Eldest

Eldest

Christopher Paolini

Traducción de
Enrique de Hériz

rocabolsillo

Título original: *Eldest*
© 2005 by Christopher Paolini
© 2005 by John Jude Palencar
This translation published by arrangement with Random House Children's Books,
a division of Random House, Inc.

Segunda edición: octubre de 2012

© de la traducción: Enrique de Hériz
© de esta edición: Roca Editorial de Libros, S.L.
Marquès de l'Argentera, 17. Pral.
08003 Barcelona
info@rocabolsillo.com
www.rocabolsillo.com

Impreso por Liberdúplex, S. L. U.
Sant Llorenç d'Hortons (Barcelona)

ISBN: 978-84-96940-52-9
Depósito legal: B-28477-2012

Como siempre, este libro es para mi familia.
Y también para mis increíbles seguidores.
Habéis hecho posible esta aventura.
Sé onr sverdar sitja hvass!

Resumen de la primera parte

*E*ragon, un granjero de 15 años, se ve sorprendido cuando aparece ante él una piedra azul en la cadena montañosa conocida como las Vertebradas. Se lleva la piedra a la granja donde vive con su tío Garrow y su primo Roran. Garrow y su ya difunta esposa, Marian, han criado a Eragon. Nada se sabe de su padre; su madre, Selena, era hermana de Garrow y nadie la ha vuelto a ver desde que nació Eragon.

Más adelante el huevo se quiebra y asoma una criatura hembra de dragón. Cuando Eragon la toca, le aparece en la palma de la mano una señal plateada y se forja entre sus mentes un vínculo irrevocable que convierte al muchacho en uno de los legendarios Jinetes de Dragones.

Los Jinetes de Dragones fueron creados miles de años antes, en la etapa posterior a la gran guerra entre elfos y dragones, con la intención de asegurar que nunca volvieran a producirse hostilidades entre esas dos razas. Los Jinetes se convirtieron en fuerzas de paz, educadores, sanadores, filósofos naturales e insuperables hechiceros, pues la unión con los dragones los convertía en magos. Bajo su guía y protección, la tierra disfrutó de una era dorada.

Cuando llegaron los humanos a Alagaësia, fueron sumados también a esa orden de elite. Tras muchos años de paz, los monstruosos y belicosos úrgalos mataron al dragón de un joven jinete llamado Galbatorix. Enloquecido por la pérdida y por la negativa de sus mayores a conce-

9

derle otro dragón, Galbatorix se empeñó en derribar a los Jinetes.

Robó otro dragón —al que llamó Shruikan y lo obligó a servirle por medio de la magia negra— y reunió a un grupo de trece traidores: los Apóstatas. Con la ayuda de esos crueles discípulos, Galbatorix derribó a los Jinetes; mató a su líder, Vrael; y se declaró rey de Alagaësia. Su éxito fue sólo parcial, pues los elfos y los enanos mantuvieron su autonomía en sus respectivas guaridas, y algunos humanos han establecido un país independiente, Surda, en el sur de Alagaësia. Dichas facciones han mantenido una tregua durante los últimos veinte años, tras las ocho décadas de guerra abierta que produjo la destrucción de los Jinetes.

La aparición de Eragon se da, entonces, en esa frágil situación política. Teme hallarse en peligro mortal —pues es de sobras conocido que Galbatorix mató a todos los Jinetes que no le juraron lealtad— y por ello oculta a su familia la existencia de la dragona mientras la cría. Mientras tanto, decide llamarla Saphira, el mismo nombre de un dragón mencionado en las historias de Brom, el cuentacuentos de la aldea. Poco después Roran abandona la granja para buscarse un trabajo que le permita ganar el dinero suficiente para casarse con Katrina, la hija del carnicero.

Cuando Saphira empieza a ser más alta que Eragon, dos figuras desconocidas y amenazantes, con aspecto de escarabajos, llamadas Ra'zac, llegan a Carvahall en busca de la piedra que resultó ser huevo. Asustada, Saphira secuestra a Eragon y vuela hacia las Vertebradas. Eragon logra convencerla para que regresen, pero para entonces su casa ya ha sido destrozada por los Ra'zac. Eragon encuentra a Garrow entre las ruinas, torturado y malherido.

Garrow muere poco después, y Eragon jura perseguir y matar a los Ra'zac. Entonces se le acerca Brom, que sabe de la existencia de Saphira, y se ofrece a acompañarlo por sus propias razones. Cuando Eragon lo acepta, Brom le entrega la espada *Zar'roc*, que perteneció en otro tiempo a un Jinete, aunque se niega a explicarle cómo la ha conseguido.

Eragon aprende muchas cosas de Brom durante sus viajes, incluido el arte de pelear con la espada y el uso de la magia. Al fin pierden la pista de los Ra'zac y visitan la ciudad de Teirm, donde Brom cree que su amigo Jeod podrá ayudarlos a ubicar su guarida.

En Teirm, Angela, la excéntrica herbolaria, adivina el futuro de Eragon y predice que los más altos poderes se enfrentarán por controlar su destino; un romance épico con alguien de origen noble; el hecho de que algún día abandonará Alagaësia para no regresar jamás; y que será traicionado por un pariente. Su compañero, el hombre gato Solembum, también le ofrece algún consejo. Luego, Eragon, Brom y Saphira parten hacia Dras-Leona, donde esperan encontrar a los Ra'zac.

Brom termina por revelar que es un agente de los vardenos —un grupo rebelde empeñado en destronar a Galbatorix— y que se había escondido en la aldea de Eragon en espera de que apareciera un nuevo Jinete. Brom le explica también que hace veinte años él y Jeod robaron a Galbatorix el huevo de Saphira. En ese proceso, Brom mató a Morzan, primero y último de los Apóstatas. Sólo quedan otros dos huevos de dragón y ambos permanecen en poder de Galbatorix.

Cerca de Dras-Leona, los Ra'zac atacan a Eragon y sus compañeros, y Brom recibe una herida mortal al intentar proteger al Jinete. Un misterioso joven llamado Murtagh ahuyenta a los Ra'zac y afirma que venía persiguiéndolos. Brom muere la noche siguiente. En su último aliento confiesa que en otro tiempo también él era un Jinete y que su dragón, ya muerto, se llamaba Saphira. Eragon entierra a Brom en una tumba de arenisca, que Saphira transmuta en puro diamante.

Sin Brom, Eragon y Saphira deciden unirse a los vardenos. Por mala fortuna, Eragon es capturado en la ciudad de Gil'ead y llevado ante Durza, Sombra, mano derecha de Galbatorix. Con la ayuda de Murtagh, Eragon huye de la prisión y se lleva consigo a otra cautiva: Arya, la elfa, que permanece inconsciente. A esas alturas, Eragon y Murtagh se han convertido en grandes amigos.

Con su mente, Arya informa a Eragon de que es ella quien ha llevado el huevo de Saphira entre los vardenos y los elfos con la confianza de que algún día prendería ante alguna de sus criaturas. Sin embargo, sufrió una emboscada de Durza y se vio obligada a enviar el huevo a otra parte por medio de la magia; así llegó a manos de Eragon. Ahora Arya está gravemente herida y necesita la ayuda médica de los vardenos. Proyectando imágenes mentales, muestra a Eragon dónde encontrarlos.

Se produce una persecución épica. Eragon y sus amigos recorren más de 600 kilómetros en ocho días. Los persigue un contingente de úrgalos, que los atrapan en las escarpadas montañas Beor. Murtagh, que no quería ir con los vardenos, se ve obligado a confesar a Eragon que es hijo de Morzan.

Sin embargo, Murtagh ha denunciado las obras de su padre y ha huido de los auspicios de Galbatorix para buscar su propio destino. Muestra a Eragon una gran cicatriz que cruza su espalda, infligida por Morzan cuando, siendo él todavía un niño, lanzó contra él su espada, *Zar'roc*. Así descubre Eragon que su espada perteneció en otro tiempo al padre de Murtagh, el mismo que traicionó a los Jinetes ante Galbatorix y mató a muchos de sus antiguos camaradas.

Justo antes de que los superen los úrgalos, Eragon y sus amigos son rescatados por los vardenos, que parecen surgir de la piedra. Resulta que los rebeldes se han instalado en Farthen Dûr, una montaña hueca de unos 16.000 metros de altura y otros tantos de anchura en la base. Allí se encuentra también la capital de los enanos, Tronjheim. Una vez dentro, llevan a Eragon ante Ajihad, líder de los vardenos, mientras Murtagh queda encarcelado por su parentesco. Ajihad explica muchas cosas a Eragon, como el dato de que los vardenos, elfos y enanos se han puesto de acuerdo en que cuando apareciera un nuevo Jinete, debía instruirlo inicialmente Brom para luego terminar su formación entre los elfos. Ahora, Eragon debe decidir si quiere seguir esa norma.

Eragon conoce al rey de los enanos, Hrothgar, y a la hija de Ajihad, Nasuada; es sometido a prueba por los gemelos, dos magos calvos y bastante desagradables que sirven a Ajihad; se entrena con Arya cuando ésta se recupera; y se encuentra de nuevo con Angela y Solembum, que se han unido a los vardenos. Además, Eragon y Saphira bendicen a una niña huérfana vardena.

La noticia de que los úrgalos se aproximan por los túneles de los enanos interrumpe la estancia de Eragon. En la batalla que se produce a continuación, Eragon se separa de Saphira y se ve obligado a luchar a solas contra Durza. Éste, mucho más fuerte que cualquier humano, vence con facilidad a Eragon y le abre una herida en la espalda, desde el hombro hasta la cadera. En ese momento Saphira y Arya rompen el techo de la cámara —un zafiro estrellado de dieciocho metros de anchura— y distraen lo suficiente a Durza para que Eragon le atraviese el corazón. Libres del hechizo de Durza, los úrgalos se retiran por los túneles.

Mientras Eragon permanece inconsciente tras la batalla, recibe el contacto telepático de un ser que se identifica como Togira Ikonoka, el Lisiado que está Ileso. Éste ofrece respuesta a todas las preguntas de Eragon y le urge a buscarlo en Ellesméra, donde viven los elfos.

Al despertarse, Eragon descubre que, pese a los esfuerzos de Angela, tiene una cicatriz enorme, parecida a la de Murtagh. Desanimado, comprende también que sólo ha matado

13

a Durza por pura suerte y que necesita proseguir con su formación.

Al final del Libro Primero, Eragon decide que sí viajará en busca de Togira Ikonoka para aprender de él. Pues el destino, de mirada gris, acelera su paso, resuena en la tierra el eco de las primeras notas de guerra y se acerca deprisa la hora de que Eragon dé un paso adelante y se enfrente a su único enemigo verdadero: el rey Galbatorix.

Un doble desastre

«*L*os cantos de los muertos son los lamentos de los vivos.»

Eso pensó Eragon mientras pasaba por encima del cuerpo retorcido y despedazado de un úrgalo. El rostro destrozado del monstruo lo miraba con recelo mientras Eragon escuchaba los lamentos de las mujeres que retiraban a sus seres queridos del suelo de Farthen Dûr, embarrado por la sangre. Tras él, Saphira bordeó con delicadeza el cadáver. El único color que brillaba en la penumbra de la montaña hueca procedía de sus escamas azules.

Habían pasado ya tres días desde que los vardenos y los enanos se enfrentaran a los úrgalos por la posesión de Tronjheim, la ciudad montaña; pero la matanza seguía desparramada por el campo de batalla. La cantidad de cadáveres había frustrado la intención de enterrar a los muertos. A lo lejos, una pira de fuego emitía un lúgubre brillo junto al muro de Farthen Dûr, donde quemaban a los úrgalos. No había entierro ni honroso lugar de descanso para ellos.

Al despertar, Eragon había descubierto que Angela había curado sus heridas y había intentado por tres veces colaborar en las tareas de recuperación. En cada ocasión lo habían atacado terribles dolores que parecían estallar en su columna. Los sanadores le habían proporcionado diversas pociones. Arya y Angela le dijeron que estaba perfectamente sano. Aun así, le dolía. Saphira tampoco podía ayudar; apenas alcanzaba a compartir su dolor cuando éste recorría el nexo mental que los unía.

Eragon se pasó una mano por la cara y alzó la vista a las estrellas que asomaban por la cumbre de Farthen Dûr, difuminadas por el humo tiznado de la pira. Tres días. Tres días desde que matara a Durza; tres días desde que la gente empezara a llamarlo Asesino de Sombra; tres días desde que los restos del brujo arrasaran su mente y lo salvara el misterioso Togira Ikonoka, el Lisiado que está Ileso. Sólo había hablado de eso con Saphira. Luchar contra Durza y los espíritus oscuros que lo controlaban había transformado a Eragon, pero aún no sabía con certeza si para bien o para mal. Se sentía frágil, como si cualquier golpe repentino pudiera hacer añicos su cuerpo y su conciencia, recién reconstruidos.

Ahora había acudido al lugar del combate, impulsado por un morboso deseo de ver las secuelas. Al llegar, no había encontrado más que la incómoda presencia de la muerte y la descomposición, nada de la gloria que había aprendido a esperar por las canciones heroicas.

16

Antes de que los Ra'zac asesinaran a su tío Garrow, la brutalidad que Eragon había presenciado entre humanos, enanos y úrgalos lo hubiese destrozado. Ahora, lo aturdía. Había aprendido, con la ayuda de Saphira, que la única manera de conservar la racionalidad entre tanto dolor consistía en hacer algo. Más allá de eso, sin embargo, ya no creía que la vida poseyera ningún sentido inherente; no después de ver a los hombres desgarrados por los kull, el suelo convertido en un lecho de cuerpos desmembrados y tanta sangre derramada que hasta empapaba las suelas de sus botas. Si había algún honor en la guerra, concluyó, sólo consistía en luchar por evitar el daño ajeno.

Se agachó y arrancó del suelo una muela. Mientras la agitaba en la palma de la mano, dio una lenta vuelta con

Saphira por el llano pisoteado. Se detuvieron al borde cuando vieron que Jörmundur —mano derecha de Ajihad al mando de los vardenos— se acercaba a ellos corriendo desde Tronjheim. Al llegar a su altura, hizo una reverencia; Eragon era consciente de que, apenas unos días antes, no lo hubiera hecho.

—Me alegro de encontrarte a tiempo, Eragon —dijo. Llevaba en una mano una nota garabateada en un pergamino—. Ajihad va a volver y quiere que estés ahí cuando llegue. Los demás ya lo están esperando junto a la puerta oeste de Tronjheim. Tenemos que darnos prisa para llegar a tiempo.

Eragon asintió y se dirigió hacia la puerta oeste, con una mano apoyada en Saphira. Ajihad había pasado casi tres días fuera, persiguiendo a los úrgalos que conseguían escapar por los túneles de los enanos que horadaban la piedra bajo las montañas Beor. Eragon sólo lo había visto una vez, entre dos de esas expediciones, y Ajihad estaba indignado porque acababa de descubrir que Nasuada había desobedecido la orden de marcharse con las demás mujeres y los niños antes de la batalla. En vez de eso, había luchado escondida entre los arqueros vardenos.

Murtagh y los gemelos también se habían ido con Ajihad: los gemelos, porque era una tarea peligrosa y el líder de los vardenos necesitaba protección; y Murtagh, porque estaba ansioso por demostrar que no deseaba ningún mal a los vardenos. A Eragon le sorprendió comprobar en qué medida había cambiado la actitud de la gente hacia Murtagh, teniendo en cuenta que éste era hijo de Morzan, el Jinete que había traicionado y entregado a los suyos a Galbatorix. Por mucho que Murtagh odiara a su padre y fuera leal a Eragon, los vardenos no se habían fiado de él al principio. Ahora, en cambio, con tanto trabajo por delante nadie deseaba malgastar energías en un odio tan mezquino. Echaba de me-

17

nos una buena conversación con Murtagh y tenía ganas de comentar todo lo que había pasado en cuanto regresara.

Mientras Eragon y Saphira rodeaban Tronjheim, un pequeño grupo se hizo visible a la luz de una antorcha junto a la puerta de troncos. Entre ellos estaban Orik —el enano, agitándose impaciente sobre sus robustas piernas— y Arya. El vendaje blanco que rodeaba su antebrazo brillaba en la oscuridad y reflejaba la tenue luz cenital contra la parte inferior de su melena. Eragon sintió una extraña emoción, como le ocurría cada vez que veía a la elfa. Ella lanzó una rápida mirada a Eragon y Saphira, apenas un destello de sus ojos verdes, y siguió oteando la llegada de Ajihad.

Al romper Isidar Mithrim —el gran zafiro estrellado de dieciocho metros de extensión, tallado en forma de rosa—, Arya había permitido que Eragon matara a Durza y ganara la batalla. A pesar de eso, los enanos estaban furiosos con ella por haber destrozado su más valioso tesoro. Se negaban a recoger los restos del zafiro y los habían apilado en un gran círculo dentro de la cámara central de Tronjheim. Eragon había caminado entre los añicos y había compartido el dolor de los enanos ante tanta belleza perdida.

Eragon y Saphira se detuvieron junto a Orik y otearon la tierra que rodeaba Tronjheim y llegaba hasta la base de Farthen Dûr, ocho kilómetros despejados en todas direcciones.

—¿Por dónde vendrá Ajihad? —preguntó Eragon.

Orik señaló hacia un grupo de antorchas clavadas en torno a la amplia boca de un túnel, a unos tres kilómetros de distancia.

—Pronto estará aquí.

Eragon esperó pacientemente con los demás. Contestaba cuando alguien le dirigía un comentario, pero prefería hablar con Saphira en la paz de su mente. Le iba bien el silencio que había invadido Farthen Dûr. Ya había pasado media hora cuando notaron algún movimiento en el túnel lejano.

Un grupo de diez hombres emergieron trepando desde el subsuelo y luego se dieron la vuelta para ayudar a otros tantos enanos. Uno de los hombres —Eragon dio por hecho que se trataba de Ajihad— alzó una mano, y los guerreros se reunieron tras él en dos filas rectas. Tras una señal, la formación marchó con orgullo hacia Tronjheim.

Apenas habían recorrido cinco metros cuando, tras ellos, estalló el bullicio en la boca del túnel al aparecer unas figuras. Eragon achinó los ojos, incapaz de ver desde tan lejos.

¡Son úrgalos!, exclamó Saphira, tensando el cuerpo como la cuerda de un arco listo para disparar.

Eragon no lo puso en duda.

—¡Úrgalos! —gritó.

Montó de un salto en Saphira y se maldijo por haber dejado la espada en la habitación. Nadie esperaba un ataque tras poner en fuga al ejército de los úrgalos. Sintió una punzada en la herida cuando Saphira alzó las alas azules y las batió hacia abajo al tiempo que saltaba, ganando velocidad y altura a cada segundo. Por debajo, Arya corría hacia el túnel casi tan rápido como volaba Saphira. Orik la seguía con varios hombres, mientras Jörmundur regresaba a toda prisa a los barracones.

Eragon no tuvo más remedio que contemplar, desesperado, cómo los úrgalos atacaban la retaguardia de los guerreros de Ajihad; estaba demasiado lejos para usar la magia. Los monstruos contaban con la ventaja de la sorpresa y enseguida liquidaron a cuatro hombres y obligaron a los demás guerreros, tanto hombres como enanos, a agruparse en torno a Ajihad con la intención de protegerlo. Las espadas y las hachas se entrechocaron cuando las dos fuerzas entraron en contacto. Uno de los gemelos emitió un rayo de luz, y cayó un úrgalo, aferrándose al muñón del brazo seccionado. Durante un minuto, pareció que los defensores conseguirían resistir a los úrgalos; pero luego se produjo un remolino en el aire, como si una tenue cinta de niebla envolviera a los combatientes. Cuando se despejó, sólo quedaban cuatro guerreros: Ajihad, los gemelos y Murtagh. Los úrgalos se les echaron encima y taparon la vista de Eragon, que lo contemplaba con horror y miedo crecientes.

¡No!¡No!¡No!

Antes de que Saphira pudiera sumarse a la lucha, el grupo de úrgalos se desparramó hacia el túnel y desapareció bajo tierra, dejando tras de sí un reguero de cuerpos tendidos.

En cuanto Saphira aterrizó, Eragon se bajó de un salto y luego se tambaleó, sobrecogido por el dolor y la rabia. *No puedo hacerlo.* Le recordaba demasiado al momento de su regreso a la granja, cuando se encontró con un Garrow agonizante. Luchando a cada paso contra el miedo, empezó a buscar supervivientes.

20

El lugar tenía un fantasmagórico parecido con el campo de batalla que acababa de inspeccionar, salvo que aquí la sangre era reciente.

En el centro de la masacre estaba Ajihad, con el pecho de la armadura rasgado por numerosos tajos, rodeado por los cinco úrgalos que había matado. Aún emitía jadeos entrecortados. Eragon se arrodilló a su lado y agachó el rostro de modo que sus lágrimas no cayeran en el pecho herido del líder. Nadie podía curar aquellas heridas. Llegó Arya a la carrera y se detuvo; al ver que no se podía salvar a Ajihad, la pena invadió su cara.

—Eragon.

El nombre se deslizó entre los labios de Ajihad, apenas como un murmullo.

—Sí, aquí estoy.

—Escúchame, Eragon... Tengo una última orden para ti. —Eragon se acercó más para captar las palabras del moribundo—. Has de prometerme una cosa: prométeme que no..., que no permitirás que los vardenos caigan en el caos. Son la única esperanza para resistir contra el Imperio... Han de mantenerse fuertes. Me lo tienes que prometer.

—Lo prometo.

—Entonces, que la paz sea contigo, Eragon Asesino de Sombra.

Con su último aliento, Ajihad cerró los ojos, el reposo asomó a su noble rostro, y se murió.

Eragon agachó la cabeza. Le costaba respirar, y el nudo que sentía en la garganta era tan fuerte que le dolía. Arya bendijo a Ajihad con un murmullo en el lenguaje antiguo y luego dijo con su voz musical:

—Por desgracia, habrá mucha lucha por esto. Tiene razón, debes hacer cuanto puedas para impedir una guerra de poder. Te ayudaré en lo posible.

Incapaz de hablar, Eragon se quedó mirando los demás cadáveres. Hubiera dado cualquier cosa por estar en otro sitio. Saphira apartó un cadáver con el morro y dijo: *Esto no tendría que haber ocurrido. Es obra del diablo y resulta aun peor, pues nos llega cuando deberíamos estar a salvo en la victoria.* Examinó otro cuerpo y luego ladeó la cabeza. *¿Dónde están los gemelos y Murtagh? No están entre los muertos.*

Eragon inspeccionó los cuerpos.

¡Tienes razón! Se llenó de júbilo mientras se apresuraba hacia la boca del túnel. Allí, los rastros de sangre llegaban hasta un agujero, como si alguien hubiera arrastrado por él algún cuerpo. *¡Se los han llevado los úrgalos! ¿Para qué? Nunca conservan prisioneros ni rehenes.* Al instante, regresó el desánimo. *No importa. No podemos seguirlos sin refuerzos, y tú ni siquiera cabrías por el agujero.*

Puede que aún estén vivos. ¿Los vas a abandonar?

¿Y qué quieres que haga? Los túneles de los enanos son un laberinto infinito. Arya y yo nos perderíamos. Y yo no

puedo dar alcance a los úrgalos a pie, aunque tal vez ella sí podría.

Pues pídeselo.

¡A ella!

Eragon dudó, dividido entre el deseo de actuar y la rabia de poner a Arya en peligro. De todos modos, si alguien entre los vardenos podía manejar a los úrgalos, ese alguien era ella. Con un gemido, le explicó lo que acababan de descubrir.

Las cejas inclinadas de Arya casi se unieron al fruncir el ceño.

—No tiene sentido.

—¿Puedes seguirlos?

Ella lo miró fijamente durante un largo rato.

—Wiol ono. —Por ti.

Luego saltó hacia delante, y la espada refulgió en su mano mientras se colaba en el vientre de la tierra.

Ardiendo de frustración, Eragon se sentó con las piernas cruzadas junto a Ajihad, para vigilar su cuerpo. El ataque lo había dejado en estado de incredulidad. Apenas lograba asimilar que Ajihad estuviera muerto y Murtagh, desaparecido. *Murtagh.* Hijo de uno de los Apóstatas —los trece Jinetes que habían ayudado a Galbatorix a destruir la orden y constituirse en rey de Alagaësia— y amigo de Eragon. En ciertos momentos, Eragon había deseado que Murtagh desapareciera; pero ahora que se lo habían llevado a la fuerza, la pérdida le dejaba un vacío inesperado. Permaneció sentado sin moverse mientras Orik se acercaba con los demás hombres.

Cuando Orik vio a Ajihad, pataleó y maldijo en su idioma y clavó su hacha en el cuerpo de un úrgalo. Los hombres se quedaron aturdidos. El enano pellizcó un pedazo de tierra y la frotó entre sus manos encallecidas, gruñendo.

—Ah, se ha partido una colmena de abejas; ahora no habrá paz entre los vardenos. *Barzûln,* esto lo complica todo. ¿Has llegado a tiempo para oír sus últimas palabras?

Eragon echó un vistazo a Saphira.

—Debo esperar a que esté presente la persona indicada para repetirlas.

—Ya. ¿Y dónde está Arya?

Eragon señaló.

Orik maldijo de nuevo, luego menó la cabeza y se sentó en cuclillas.

Pronto llegó Jörmundur con doce filas de guerreros, cada una compuesta por seis unidades. Les indicó por gestos que esperaran fuera del radio de cuerpos tendidos mientras él se adelantaba. Se agachó y tocó un hombro de Ajihad.

—¿Cómo puede ser tan cruel el destino, amigo mío? Hubiera llegado antes si no fuera por el tamaño de esta maldita montaña, y entonces acaso te habrías salvado. Sin embargo, recibimos esta herida en el momento más alto de la victoria.

Eragon le explicó con suavidad lo de Arya y la desaparición de los gemelos y Murtagh.

—No se tendría que haber ido —dijo Jörmundur, al tiempo que se ponía en pie—, pero ya no podemos hacer nada. Apostaremos aquí una guardia, pero vamos a tardar por lo menos una hora en encontrar guías entre los enanos para una nueva expedición por los túneles.

—Quiero dirigirla yo —se ofreció Orik

Jörmundur perdió la mirada en la distancia, en dirección a Tronjheim.

—No, ahora te necesita Hrothgar; tendrá que ir otro. Lo siento, Eragon, pero todos los que sean importantes se han de quedar aquí hasta que se elija al sucesor de Ajihad. Arya tendrá que arreglárselas sola... De todas formas, sería poco probable que la alcanzáramos.

Eragon asintió, aceptando lo inevitable.

Jörmundur lanzó una mirada en derredor antes de hablar en voz alta para que todos pudieran oírlo:

—¡Ajihad ha muerto como un guerrero! Mirad, mató a

23

cinco úrgalos, cuando un hombre de menos valía hubiera sucumbido ante uno solo. Le concederemos todos los honores y esperaremos que los dioses se vean complacidos por su espíritu. Llevadlos a él y a sus compañeros en vuestros escudos hasta Tronjheim..., y no os dé vergüenza que se vean vuestras lágrimas, pues éste es un día de dolor que todos recordarán. ¡Ojalá tengamos pronto el privilegio de hundir nuestras espadas en los monstruos que han asesinado a nuestro líder!

Todos a una, los guerreros se arrodillaron y se descubrieron las cabezas para rendir homenaje a Ajihad. Después se levantaron y con gestos reverentes lo alzaron a hombros sobre sus escudos. Pronto rompieron a llorar muchos de los vardenos y, aunque las lágrimas rodaban hasta sus barbas, no descuidaron el deber y no permitieron que Ajihad cayera. Con pasos solemnes, marcharon de vuelta a Tronjheim, con Saphira y Eragon en el centro de la procesión.

El Consejo de Ancianos

*E*ragon se despertó, rodó hasta el borde de la cama y echó un vistazo a la habitación, invadida por el tenue brillo de una antorcha que se colaba por los postigos. Se sentó y miró a Saphira dormir. Sus musculosos costados se expandían y contraían a medida que los enormes fuelles de sus pulmones forzaban la entrada y salida de aire por sus escamosas fosas nasales. Eragon pensó en su capacidad de invocar a voluntad un airado infierno y soltarlo con un rugido por las fauces. Resultaba pasmoso contemplar cómo las llamas, tan ardientes que podían derretir el metal, pasaban por su lengua y por sus dientes de marfil sin dañarlos. Desde que descubriera por primera vez su capacidad de echar fuego por la boca, durante la pelea con Durza —al lanzarse en picado hacia ellos desde lo alto de Tronjheim—, Saphira estaba insoportablemente orgullosa de su nuevo don. Se pasaba el rato soltando llamitas y no dejaba pasar una sola oportunidad de pegarle fuego a cualquier objeto.

Como Isidar Mithrim se había hecho añicos, Eragon y Saphira ya no podían permanecer en la dragonera de las alturas. Los enanos los habían alojado en un antiguo cuarto de guardia, en el nivel inferior de Tronjheim. Era una habitación grande, pero tenía el techo bajo y las paredes oscuras.

Eragon se angustió al recordar los sucesos del día anterior. Se le empozaron los ojos, y cuando saltaron las lágrimas, atrapó una con una mano. No habían sabido nada de

Arya hasta última hora de aquella misma tarde, cuando salió del túnel, débil y con los pies doloridos. A pesar de sus esfuerzos y de su magia, los úrgalos se le habían escapado.

—He encontrado esto —dijo. Luego les mostró una de las capas moradas de los gemelos, rasgada y ensangrentada, y la túnica y los guantes de piel de Murtagh—. Estaban tiradas al borde de un negro abismo a cuyas profundidades no llega ningún túnel. Los úrgalos les deben de haber robado las armaduras y las armas antes de tirar sus cuerpos al hoyo. Traté de invocar tanto a Murtagh como a los gemelos, pero no vi más que las sombras del abismo. —Sus ojos buscaron los de Eragon—. Lo siento; han desaparecido.

Ahora, en los confines de su mente, Eragon lamentaba la desaparición de Murtagh. Era una aterradora y escalofriante sensación de pérdida y horror, agravada por el hecho de que en los últimos meses había empezado a acostumbrarse a ella.

Mientras miraba la lágrima que sostenía su mano —una cúpula pequeña, brillante—, decidió que también él invocaría a los tres hombres. Sabía que era un intento desesperado y vano, pero tenía que intentarlo para convencerse de que Murtagh había desaparecido de verdad. Aun así, no estaba seguro de querer lograr lo que no había conseguido Arya, pues no creía que la visión de Murtagh destrozado al pie de un risco, por debajo de Farthen Dûr, mejorara su estado de ánimo.

Susurró: «Draumr kópa». La oscuridad envolvió el líquido y lo convirtió en un pequeño botón de la noche sobre su palma plateada. Un movimiento lo cruzó, como el aleteo de un pájaro ante la luna que asoma entre las nubes... Y luego nada.

Otra lágrima se sumó a la primera.

Eragon respiró hondo, se recostó y esperó hasta recuperar la calma. Después de recuperarse de la herida de Durza, se había dado cuenta —por humillante que fuera— de que sólo había vencido por pura suerte. «Si alguna vez me vuelvo a enfrentar a un Sombra, o a los Ra'zac, o a Galbatorix, he de ser más fuerte si quiero vencer. Brom podría haberme enseñado más, bien lo sé. Pero sin él no me queda otra elección: los elfos.»

La respiración de Saphira se aceleró, y la dragona abrió los ojos y soltó un enorme bostezo. *Buenos días, pequeñajo.*

¿Te parecen buenos? Eragon bajó la mirada y apoyó el peso en las manos, hundiendo el colchón. *Es... terrible... Murtagh y Ajihad... ¿Por qué ningún centinela de los túneles nos advirtió de que llegaban los úrgalos? No tenían que haber podido seguir al grupo de Ajihad sin que los viéramos... Arya estaba en lo cierto: no tiene sentido.*

Puede que nunca sepamos la verdad, respondió Saphira con suavidad. Se levantó; sus alas rozaban el techo. *Tienes que comer, y luego hemos de descubrir qué planean los vardenos. No hay tiempo que perder; puede que escojan a un nuevo líder en las próximas horas.*

Eragon asintió, mientras pensaba en cómo habían dejado a los demás el día anterior: Orik partía a toda prisa para llevar las últimas noticias al rey Hrothgar; Jörmundur se llevaba el cuerpo de Ajihad a un lugar donde pudiera permanecer hasta el funeral; y Arya se había quedado sola, contemplando el ajetreo de los demás.

Eragon se levantó, se ató con correa a *Zar'roc* y el arco y luego se agachó para levantar la silla de *Nieve de Fuego*. Una punzada de dolor le recorrió el torso y lo tumbó al suelo, donde se retorció, al tiempo que se hurgaba en la espalda. Sentía como si lo serraran por la mitad. Saphira gruñó al percibir aquella sensación lacerante. Trató de calmarlo con la fuerza de su mente, pero no conseguía aliviar su sufrimiento. Alzó la cola instintivamente, como si fuera a pelear.

Hubieron de pasar varios minutos para que se calmara el ataque; tras la última punzada, Eragon quedó con la respiración entrecortada. El sudor le empapaba la cara, le apelmazaba el pelo y le picaba en los ojos. Llevó una mano a la espalda y se tocó la cicatriz con cautela. Estaba caliente, inflamada y sensible al tacto. Saphira agachó el morro y le tocó un brazo. *Ay, pequeñajo...*

Esta vez ha sido peor, dijo él, tambaleándose para ponerse en pie. Aprovechó el apoyo que Saphira le brindaba mientras se secaba el sudor de la frente con un trapo y luego dio un paso vacilante hacia la puerta.

¿Te sientes con fuerzas para salir?

Tenemos que hacerlo. Como dragón y Jinete, estamos obligados a elegir en público al nuevo líder de los vardenos, tal vez incluso a influir en la selección. No voy a despreciar la fuerza de nuestra posición; sabemos que contamos con gran autoridad entre los vardenos. Al menos, no están los gemelos para quedarse con el cargo. Es lo único bueno de la situación.

Muy bien, pero Durza debería sufrir mil años de tortura por lo que te hizo.

Tú quédate a mi lado, gruñó Eragon.

Se abrieron paso por Tronjheim hacia la cocina más cercana. En los pasillos y vestíbulos, la gente se detenía, hacía reverencias y murmuraba: «Argetlam», o «Asesino de Sombra». Hasta los enanos repetían ese gesto, aunque no con la misma frecuencia. A Eragon le llamó la atención la expresión sombría y torturada de los humanos, así como la ropa oscura que llevaban para demostrar su tristeza. Muchas mujeres vestían completamente de blanco, e incluso se cubrían los rostros con velos de encaje.

En la cocina, Eragon llevó una bandeja de piedra llena de comida hasta una mesa baja. Saphira lo vigilaba con atención por si le daba otro ataque. Algunas personas trataron de acercarse a él, pero ella estiró un labio y gruñó, y todos se alejaron corriendo. Eragon picoteó la comida y trató de ignorar a quienes lo molestaban. Al fin, en un intento por dejar de pensar en Murtagh, preguntó: *¿Quién crees que dispone de los medios suficientes para hacerse con el control de los vardenos ahora que Ajihad y los gemelos han desaparecido?*

Ella dudó. *Tal vez tú podrías hacerlo, si interpretamos las últimas palabras de Ajihad como una bendición para que te asegurases el liderazgo. Casi nadie se opondría a ti. En cualquier caso, no parece que ésa sea la opción más sabia. Por ese lado, no veo más que problemas.*

Estoy de acuerdo. Además, Arya no lo aprobaría, y podría ser una enemiga peligrosa. Los elfos no pueden mentir en su idioma antiguo, pero en el nuestro no tienen esa inhibición; si le conviniera, ella podría negar que Ajihad pronunciara esas últimas palabras. No, yo no quiero ese cargo... ¿Y Jörmundur?

Ajihad lo consideraba su mano derecha. Por desgracia, sabemos poco de él y de los otros líderes de los vardenos. Ha pasado muy poco tiempo desde que llegamos aquí. Tendremos que decidir a partir de nuestras sensaciones e impresiones, sin poder analizar la historia.

Eragon empujó el pescado en torno a un montón de tubérculos machacados.

No te olvides de Hrothgar y los clanes de enanos; no se van a callar. Aparte de Arya, los elfos no tienen nada que decir sobre la sucesión: para cuando se decida, ni siquiera se habrán enterado. En cambio, nadie puede ignorar a los enanos. Hrothgar está a favor de los vardenos; pero si se le oponen muchos clanes, podrían forzarlo a dar su apoyo a alguien que no esté preparado para mandar.

¿Y quién podría ser?

Alguien fácil de manipular. Eragon cerró los ojos y se recostó en el asiento. *Podría ser cualquiera de Farthen Dûr, absolutamente cualquiera.*

29

Durante un largo rato, los dos reflexionaron sobre los asuntos que tenían por delante. Luego Saphira dijo: *Eragon, hay alguien que ha venido a verte. No consigo asustarlo para que se vaya.*

¿Eh? Eragon abrió los ojos de golpe y los achinó para acostumbrarse a la luz. Había un joven de aspecto pálido junto a la mesa. El muchacho miraba a Saphira como si temiera que se lo fuese a comer.

—¿Qué sucede? —preguntó Eragon, no sin cierta brusquedad.

El chico empezó a hablar, se aturulló y finalmente hizo una reverencia:

—Argetlam, te han convocado para hablar ante el Consejo de Ancianos.

—¿Quiénes son?

La pregunta confundió aun más al muchacho.

—El... El Consejo es... Son... gente que nosotros, o sea, los vardenos, escogemos para que hablen con Ajihad en representación nuestra. Eran sus consejeros de confianza y ahora quieren verte. ¡Es un gran honor! —Terminó con una rápida sonrisa.

—¿Me vas a llevar ante ellos?

—Sí.

Saphira lanzó una mirada interrogativa a Eragon. Él se encogió de hombros, dejó la comida intacta e hizo señas al muchacho para que le indicara el camino. Mientras caminaban, el muchacho admiraba a *Zar'roc* con los ojos bien abiertos, y luego desvió tímidamente la vista.

—¿Cómo te llamas? —le preguntó Eragon.

—Jarsha, señor.

—Es un buen nombre. Has entregado tu mensaje correctamente; deberías estar orgulloso.

Jarsha se iluminó y echó a andar a saltos.

Llegaron a una puerta convexa de piedra, y Jarsha la abrió

de un empujón. Dentro había una sala circular, con una bóveda azul celeste decorada con constelaciones. En el centro había una mesa redonda de mármol con la cresta del Dûrgrimst Ingeitum incrustada: un martillo en pie, rodeado por doce estrellas. Sentados en torno a ella, estaban Jörmundur y otros dos hombres, uno alto y uno muy grueso; una mujer con los labios prietos, los ojos muy juntos y las mejillas laboriosamente maquilladas; y otra mujer con un inmenso montón de cabello gris que le caía sobre un rostro de expresión maternal que se contradecía con la empuñadura de la daga asomada entre las vastas colinas de su corpiño.

—Puedes retirarte —dijo Jörmundur a Jarsha, quien de inmediato hizo una reverencia y se fue.

Consciente de que lo miraban, Eragon repasó la sala y luego se sentó en medio de una zona de sillas vacías, de tal modo que los miembros del consejo se vieron obligados a volver sus sillas para poderlo mirar. Saphira se agachó tras él; Eragon notaba su cálido aliento en la coronilla.

Jörmundur se levantó a medias para hacer una leve reverencia y volvió a sentarse.

—Gracias por venir, Eragon, a pesar de la pérdida que has sufrido. Éste es Umérth —el hombre alto—; Falberd —el grueso— y Sabrae y Elessari —las dos mujeres.

Eragon agachó la cabeza y preguntó:

—¿Y los gemelos? ¿Formaban parte de este consejo?

Sabrae negó con la cabeza bruscamente y tamborileó con sus largas uñas sobre la mesa.

—No tenían nada que ver con nosotros. Eran bazofia. Peor que bazofia, sanguijuelas que sólo buscaban su propio beneficio. No tenían ninguna intención de servir a los vardenos. O sea, que no había lugar para ellos en este consejo.

A Eragon le llegaba su perfume desde el otro lado de la mesa. Era espeso y grasiento, como el de una flor podrida. Disimuló una sonrisa.

—Basta. No estamos aquí para hablar de los gemelos —dijo Jörmundur—. Nos enfrentamos a una crisis y debemos resolverla rápida y eficazmente. Si no escogemos al sucesor de Ajihad, alguien lo hará. Hrothgar ya se ha puesto en contacto con nosotros para hacernos llegar sus condolencias. Aunque estuvo más que cortés, seguro que mientras hablamos, él ya está preparando sus planes. También hay que tener en cuenta a Du Vrangr Gata, los que dominan la magia. La mayoría son leales a los vardenos, pero es difícil predecir sus acciones, incluso en las mejores circunstancias. Podrían decidir oponerse a nuestra autoridad en busca de algún beneficio propio. Por eso necesitamos tu ayuda, Eragon, para que quienquiera que obtenga el lugar de Ajihad lo haga con la mayor legitimidad.

Falberd se levantó, apoyando sus carnosas manos en la mesa.

—Nosotros cinco ya hemos decidido a quién apoyar. Entre nosotros no hay la menor duda de que se trata de la persona adecuada. Sin embargo —alzó un dedo muy grueso—, antes de que revelemos quién es, nos tienes que dar tu palabra de que, tanto si estás de acuerdo como si no, nada de lo que aquí hablemos saldrá de esta sala.

¿Y por qué quieren eso?, preguntó Eragon a Saphira.

No lo sé, contestó ella con un resoplido. *Tal vez sea una trampa. A mí no me han pedido que jure nada. Siempre puedo contarle a Arya lo que hayan dicho, si es que hace falta. Qué tontos, se han olvidado de que soy tan inteligente como cualquier humano.*

Satisfecho con esa idea, Eragon dijo:

—Muy bien, tenéis mi palabra. Bueno, ¿quién queréis que lidere a los vardenos?

—Nasuada.

Sorprendido, Eragon bajó la mirada y pensó a toda prisa. No había pensado en Nasuada para la sucesión, por su juventud: apenas era unos pocos años mayor que él. Por supuesto, no había ninguna otra razón que le impidiera tomar el mando; pero ¿por qué el Consejo de Ancianos quería que fuese ella? ¿Qué beneficio obtendrían? Recordó el consejo de Brom y trató de examinar el asunto desde todos los ángulos posibles, sabedor de que tenía que decidirse deprisa.

Nasuada está hecha de hierro, observó Saphira. *Sería como su padre.*

Tal vez, pero ¿por qué razón la eligen a ella?

Con la intención de ganar tiempo, Eragon preguntó:

—¿Por qué no tú, Jörmundur? Ajihad te consideraba su mano derecha. ¿No significa eso que deberías ocupar su lugar ahora que él ya no está?

Una corriente de incomodidad recorrió al consejo: Sabrae se puso todavía más tiesa, con las manos entrelazadas por delante; Umérth y Falberd intercambiaron miradas oscuras; mientras que Elessari se limitó a sonreír, y la empuñadura de la daga se sacudió en su pecho.

—Es que —respondió Jörmundur, escogiendo con cuidado sus palabras— Ajihad lo decía única y exclusivamente en un sentido militar. Además, soy miembro de este Consejo, que sólo tiene poder porque nos apoyamos entre nosotros. Sería temerario y peligroso que uno de nosotros se alzara sobre los demás.

Cuando terminó de hablar, el Consejo entero se relajó, y Elessari dio una palmada a Jörmundur en el antebrazo.

¡Ja!, exclamó Saphira. *Probablemente, habría tomado el poder si hubiera sido capaz de forzar el apoyo de los demás. Fíjate en cómo lo miran. En medio de ellos, parece un lobo.*

En todo caso, un lobo en una manada de chacales.

—¿Y Nasuada tiene suficiente experiencia? —inquirió Eragon.

Elessari se apretó contra el borde de la mesa al inclinarse hacia delante.

—Cuando Ajihad se unió a los vardenos, yo ya llevaba aquí siete años. He visto el cambio de Nasuada, de la niña mona que era a la mujer que es ahora. A veces actúa un poco a la ligera, pero es una buena figura para liderar a los vardenos. La gente la adorará. Y tanto yo —aquí se dio un sentido golpe en el pecho— como mis amigos estaremos aquí para guiarla a través de estos tiempos tan complicados. Nunca le faltará alguien que le muestre el camino. La falta de experiencia no debe ser un obstáculo para que ocupe la posición que merece.

Eragon lo entendió de golpe. *¡Quieren un títere!*

—Dentro de dos días se celebrará el funeral de Ajihad —intervino Umérth—. Justo después, planeamos designar a Nasuada como nuestra nueva líder. Aún se lo tenemos que proponer, pero seguro que lo acepta. Queremos que estés presente en el nombramiento y que jures lealtad a los vardenos; así nadie, ni siquiera Hrothgar, podrá quejarse. Eso devolverá a la gente la confianza que perdió por la muerte de Ajihad y evitará que nadie intente dividir esta organización.

¡Lealtad!

Saphira se puso de inmediato en contacto con la mente de Eragon. *Fíjate en que no te piden que jures lealtad a Nasuada, sino sólo a los vardenos.*

Sí, y quieren ser ellos quienes propongan a Nasuada, lo cual implicaría que el Consejo es más poderoso que ella. Podían haberle pedido a Arya que la propusiera ella, o nosotros, pero eso significaría reconocer a quien lo hiciera como superior entre los vardenos. De esa manera, reafirman su superioridad sobre Nasuada, obtienen control sobre nosotros por medio del juramento de lealtad y además logran el beneficio de conseguir que un Jinete apoye a Nasuada en público.

—¿Qué ocurre —preguntó— si decido no aceptar vuestra propuesta?

—¿Propuesta? —respondió Falberd, aparentemente sorprendido—. Bueno, nada, claro. Aunque supondría un terrible desaire que no estuvieras presente cuando se elija a Nasuada. Si el héroe de la batalla de Farthen Dûr la ignora, qué va a pensar, sino que un Jinete la ha despreciado y no ha considerado que los vardenos merezcan su servicio. ¿Quién podría soportar tal vergüenza?

El mensaje no podía ser más claro. Eragon apretó la empuñadura de *Zar'roc* por debajo de la mesa, deseoso de gritar que no hacía ninguna falta forzarle para que diera su apoyo a los vardenos, que lo pensaba hacer de todos modos. Ahora, sin embargo, deseaba instintivamente rebelarse, eludir los grilletes que le intentaban colocar.

—Como los Jinetes son tan respetados, podría decidir que sería mejor dedicar mis esfuerzos a liderar yo mismo a los vardenos.

El ambiente de la sala se tensó.

—Eso no sería muy inteligente —afirmó Sabrae.

Eragón forzó la mente en busca de una salida de la situación.

En ausencia de Ajihad —dijo Saphira—, *tal vez no sea posible mantener la independencia con respecto a todos los grupos, tal como él deseaba. No podemos molestar a los vardenos y, si este consejo va a controlarlos cuando Nasuada ocupe el cargo, tenemos que complacerlos. Recuerda que actúan en defensa propia, igual que nosotros.*

Pero ¿qué nos pedirán que hagamos cuando ya estemos en su poder? ¿Respetarán el pacto de los vardenos con los elfos y nos enviarán a Ellesméra para la formación, u ordenarán lo contrario? Jörmundur me parece un hombre honrado, pero ¿qué pasa con el resto del Consejo? No lo sé.

Saphira le rozó la coronilla con el mentón. *Acepta estar presente en la ceremonia con Nasuada; creo que eso sí debemos hacerlo. En cuanto al juramento de lealtad, trata de evitar un compromiso. Tal vez antes de que llegue el momento ocurra algo que nos haga cambiar de postura... Acaso Arya tenga la solución.*

Sin previo aviso, Eragon asintió y dijo:

—Como queráis; estaré presente en el nombramiento de Nasuada.

Jörmundur parecía aliviado.

—Bien, bien. Entonces sólo nos queda un asunto que debatir antes de que te vayas: la aceptación de Nasuada. No hay razón para retrasarla, ya que estamos todos aquí. La mandaré llamar de inmediato. Y a Arya también: antes de hacer pública esta decisión, necesitamos la aprobación de los elfos. No tendría que ser difícil conseguirla: Arya no puede oponerse a todo el Consejo y a ti, Eragon. Tendrá que estar de acuerdo con nuestra opinión.

—Espera —ordenó Elessari, con una mirada de hierro—. ¿Qué pasa con tu palabra, Jinete? ¿Le jurarás lealtad durante la ceremonia?

—Sí, eso hay que hacerlo —insistió Falberd—. Los vardenos caerían en desgracia si no pudieran brindarte toda su protección.

¡Vaya manera de decirlo!

Valía la pena intentarlo —afirmó Saphira—. *Me temo que ahora ya no tienes elección.*

Si me negara, no se atreverían a perjudicarnos.

No, pero podrían causarnos males sin fin. No te digo que lo aceptes por mi bien, sino por el tuyo. Hay muchos males de los que no puedo protegerte, Eragon. Con Galbatorix en contra de nosotros, necesitas rodearte de aliados, no de enemigos. No podemos permitirnos pelear al mismo tiempo con el Imperio y con los vardenos.

—Daré mi palabra —concedió al fin.

En torno a la mesa abundaron las muestras de relajación; incluso Umérth dejó escapar un mal disimulado suspiro.

¡Nos temen!

Y bien que hacen, apostilló Saphira.

Jörmundur llamó a Jarsha y, tras unas pocas palabras, lo envió a la carrera en busca de Nasuada y Arya. En su ausencia, la conversación decayó en un incómodo silencio. Eragon ignoró al Consejo y prefirió concentrarse en buscar una salida a su dilema. No se le ocurrió ninguna.

Cuando se abrió de nuevo la puerta, todos se volvieron con expectación. Entró primero Nasuada, con el mentón bien alto y la mirada firme. Llevaba un vestido bordado del más oscuro negro, más oscuro incluso que su piel, apenas partido por un brochazo de púrpura real que iba del hombro a la cadera. Tras ella iba Arya, con pasos ágiles y ligeros como una gata, y un Jarsha claramente abrumado.

Despidieron al muchacho, y luego Jörmundur invitó a Nasuada a tomar asiento. Eragon se apresuró a hacer lo mismo con Arya, pero ella ignoró la silla que se le ofrecía y se mantuvo a distancia de la mesa.

Saphira —dijo Eragon—, *cuéntale todo lo que ha pasado. Tengo la sensación de que el Consejo no le va a informar de que me han obligado a jurar lealtad a los vardenos.*

—Arya —saludó Jörmundur con una inclinación de cabeza. Luego se concentró en Nasuada—. Nasuada, hija de Ajihad, el Consejo de Ancianos desea transmitirte su más sentido pésame por esta pérdida que tú has sufrido más que nadie... —En voz más baja, añadió—: Cuenta también con nuestra comprensión. Todos sabemos lo que representa que el Imperio te mate a un familiar.

—Gracias —murmuró Nasuada, al tiempo que apartaba sus ojos almendrados. Permaneció sentada, tímida y recatada, y con un aire de vulnerabilidad que provocaba a Eragon deseos de reconfortarla. Su comportamiento era trágicamente distinto del de la joven enérgica que los había visitado, a él y a Saphira, en la dragonera antes de la batalla.

—Aunque estás en momentos de duelo, hay un dilema que debes resolver. Este Consejo no puede liderar a los vardenos. Y alguien debe reemplazar a tu padre a partir del funeral. Te pedimos que ocupes esa posición. Como heredera suya, te corresponde ese derecho; los vardenos esperan que lo aceptes.

Nasuada inclinó la cabeza con los ojos brillantes. Cuando habló, el dolor era evidente en su voz:

—Nunca pensé que, siendo tan joven, me vería llamada a ocupar el lugar de mi padre. Sin embargo... Si insistís en que es mi deber... Aceptaré el cargo.

La verdad entre amigos

Los miembros del Consejo de Ancianos estaban exultantes por su triunfo, complacidos por haber conseguido que Nasuada hiciera lo que ellos querían.

—Insistimos —dijo Jörmundur— por tu propio bien y por el de los vardenos.

Los demás miembros del Consejo sumaron sus muestras de aprobación, que Nasuada acogió con tristes sonrisas. Sabrae lanzó una mirada iracunda a Eragon al ver que éste no se sumaba.

Mientras duraba la conversación, Eragon miró a Arya en busca de alguna reacción con respecto a las novedades o al anuncio del Consejo. Ninguna de aquellas revelaciones provocó cambio alguno en su expresión inescrutable. Sin embargo, Saphira le dijo: *Quiere hablar con nosotros luego.*

Antes de que Eragon pudiera responder, Falberd se volvió hacia Arya:

—¿Los elfos lo encontrarán aceptable?

Ella se quedó mirando fijamente a Falberd hasta que éste cedió ante su mirada desgarradora y enarcó una ceja:

—No puedo hablar en nombre de mi reina, pero no veo nada que objetar. Nasuada cuenta con mi bendición.

«¿Cómo iba a ser de otra manera, teniendo en cuenta lo que le hemos contado? —pensó Eragon con amargura—. Estamos todos entre la espada y la pared.»

Obviamente, el comentario de Arya gustó al Consejo. Nasuada le dio las gracias y preguntó a Jörmundur:

—¿Hay algo más de lo que debamos hablar? Es que me siento débil.

Jörmundur negó con la cabeza.

—Nos encargaremos de los preparativos. Te prometo que no se te molestará antes del funeral.

—Gracias de nuevo —dijo Nasuada—. ¿Podéis dejarme sola? Necesito tiempo para pensar en la mejor manera de honrar a mi padre y servir a los vardenos. Me habéis dado mucho que pensar.

Nasuada abrió sus delicados dedos encima del regazo, sobre la tela negra.

Umérth parecía a punto de protestar porque se despidiera de aquel modo al Consejo, pero Falberd alzó una mano y lo hizo callar.

—Por supuesto, haremos todo lo que haga falta si eso te da la paz. Si necesitas ayuda, estamos listos y dispuestos a servirte.

Indicó a los demás por gestos que lo siguieran y pasó junto a Arya en dirección a la puerta.

—Eragon, ¿puedes quedarte, por favor?

Sorprendido, Eragon se dejó caer de nuevo en la silla e ignoró las miradas atentas de los miembros del Consejo. Falberd se quedó junto a la puerta, reacio de pronto a marcharse, y al fin salió despacio. Arya fue la última en salir. Antes de cerrar la puerta, miró a Eragon, y sus ojos mostraron una alarma y una aprensión que antes habían permanecido escondidas.

Nasuada se sentó medio de espaldas a Eragon y Saphira.

—Así que volvemos a encontrarnos, Jinete. No me has saludado. ¿Acaso te he ofendido?

—No, Nasuada; no me decidía a hablar por miedo a parecer rudo, o estúpido. Las circunstancias actuales no se prestan a afirmaciones precipitadas. —La paranoia de que los demás pudieran estar escuchando a hurtadillas se apoderó de él. Atravesó la barrera de su mente, se hundió en la magia y entonó—: Atra nosu waíse vardo fra eld hórnya... Bueno, ya podemos hablar sin que nos oiga ningún hombre, enano o elfo.

Nasuada dulcificó su posición.

—Gracias, Eragon, no sabes lo bueno que es ese don.

Sus palabras sonaban más fuertes y seguras que antes.

Detrás de la silla de Eragon, Saphira se agitó y luego rodeó con cuidado la mesa para plantarse delante de Nasuada. Bajó la cabeza hasta que uno de sus ojos de zafiro se clavó en los ojos negros de Nasuada. La dragona la miró fijamente durante un minuto entero antes de resoplar suavemente y volverse a levantar. *Dile* —pidió Saphira a Eragon— *que siento dolor por ella y por su pérdida. Dile también que cuando vista la túnica de Ajihad, su fuerza ha de ser la de los vardenos. Necesitarán una guía firme.*

Eragon repitió sus palabras y añadió:

—Ajihad era un gran hombre. Siempre se recordará su nombre... Hay algo que debo decirte. Antes de morir, Ajihad me encargó, me ordenó, que impidiera que los vardenos se sumieran en el caos. Ésas fueron sus últimas palabras. Arya también las oyó. Pensaba mantener en secreto lo que me dijo porque tiene ciertas implicaciones, pero tienes derecho a saberlo. No estoy seguro de lo que Ajihad quería decir, ni de qué deseaba exactamente, pero de esto sí estoy seguro: siempre defenderé a los vardenos hasta donde alcancen mis fuerzas. Quería que lo entendieras, así como que no tengo ningún deseo de usurpar el liderazgo de los vardenos.

Nasuada rió con amargura.

—Pero ese liderazgo no será mío, ¿verdad? —Abandonada toda reserva, sólo le quedaban la compostura y la determinación—. Sé por qué estabas aquí antes que yo y sé lo que pretende el Consejo. ¿Acaso crees que, durante los años en que serví a mi padre, nunca planificamos esta eventualidad? Esperaba que el Consejo hiciera exactamente lo que ha hecho. Y ahora todo está a punto para que yo tome el mando de los vardenos.

—No tienes ninguna intención de permitir que te utilicen —dijo Eragon, admirado.

—No. Sigue conservando las instrucciones de Ajihad en secreto. Sería poco inteligente correr la voz, pues la gente podría interpretar que él quería que fueras tú su sucesor, y eso minaría mi autoridad y desestabilizaría a los vardenos. Él dijo lo que le pareció necesario para proteger a los vardenos. Yo hubiera hecho lo mismo. Mi padre... —Por un momento, titubeó—. La obra de mi padre no quedará sin terminar, aunque eso me cueste la tumba. Eso es lo que quiero que tú, como Jinete que eres, entiendas. Todos los planes de Ajihad, todas sus estrategias y sus objetivos, son ahora míos. No le fallaré con mi debilidad. El Imperio será derrotado, Galbatorix perderá el trono y se establecerá el gobierno correspondiente.

Cuando terminó, una lágrima rodaba mejilla abajo. Eragon la miró fijamente, apreció las dificultades de su situación y descubrió una fortaleza de carácter que no había reconocido antes.

—¿Y qué será de mí, Nasuada? ¿Qué haré yo entre los vardenos?

Ella lo miró directamente a los ojos.

—Puedes hacer lo que quieras. Los miembros del Consejo están locos si piensan que te van a controlar. Eres un héroe entre los vardenos y los enanos, y hasta los elfos celebrarán tu victoria sobre Durza cuando se enteren. Si te pones en contra del Consejo o de mí, nos veremos obligados a ceder porque el pueblo te brindará su apoyo incondicional. Ahora mismo, eres la persona más poderosa entre los vardenos. Sin embargo, si aceptas mi liderazgo, seguiré el sendero marcado por Ajihad; tú te irás con Arya en busca de los elfos, te instruirás con ellos y luego volverás con los vardenos.

¿Por qué es tan sincera con nosotros?, se preguntó Eragon. *Si está en lo cierto, tal vez podríamos haber rechazado las exigencias del Consejo.*

Saphira se tomó un momento antes de contestar: *En cualquier caso, ya es tarde. Ya has aceptado sus condiciones. Creo que Nasuada es sincera porque tu hechizo se lo permite, y también porque espera que seas leal a ella, y no a los Ancianos.*

A Eragon se le ocurrió de pronto una idea, pero antes de compartirla, preguntó: *¿Podemos confiar en que no cuente lo que le digamos? Es muy importante.*

Sí, respondió Saphira. *Ha hablado con el corazón.*

Entonces Eragon compartió su propuesta con Saphira. Como ella dio su consentimiento, Eragon sacó a *Zar'roc* y caminó hacia Nasuada. Vio en ella un temblor de miedo al acercarse; lanzó una rápida mirada a la puerta y llevó la mano hacia un pliegue de la ropa, donde agarró algo. Eragon se detuvo ante ella y se arrodilló, sosteniendo a *Zar'roc* con ambas manos.

—Nasuada, Saphira y yo llevamos poco tiempo aquí. Sin embargo, en ese tiempo llegamos a respetar a Ajihad, y ahora a ti. Luchaste bajo el Farthen Dûr mientras otros, entre quienes se contaban las dos mujeres del Consejo, huían. Además, nos has tratado abiertamente, sin engaños. En consecuencia, te ofrezco mi arma... y mi lealtad como Jinete.

Eragon verbalizó el juramento con la sensación de que era irrevocable, sabedor de que antes de la batalla no lo habría dicho. Ver que tantos hombres caían y morían en torno a él había cambiado su perspectiva. Ya no ofrecía resistencia al Imperio por sí mismo, sino por los vardenos y por toda la gente que seguía atrapada bajo el mando de Galbatorix. Por

43

mucho tiempo que costara, estaba comprometido en esa tarea. De momento, lo mejor que podía hacer era prestar sus servicios.

Aun así, él y Saphira corrían terribles riesgos al dar su palabra a Nasuada. El consejo no podría objetar, pues Eragon había prometido que juraría lealtad; pero no había dicho a quién. Pese a todo, él y Saphira no tenían ninguna garantía de que Nasuada resultara una buena líder. «Es mejor rendir servicio a una tonta sincera que a un sabio mentiroso», decidió Eragon.

La sorpresa cruzó la cara de Nasuada. Tomó la empuñadura de *Zar'roc*, la levantó, miró su filo carmesí y luego apoyó la punta en la cabeza de Eragon.

—Acepto con honor tu lealtad, Jinete, así como tú aceptas todas las responsabilidades que conlleva. Álzate como buen vasallo y toma tu espada.

Eragon hizo lo que se le ordenaba. Luego habló:

—Ahora que eres mi señora, puedo decirte abiertamente que el Consejo me obligó a prometer que juraría lealtad a los vardenos en cuanto te nombrasen. Sólo de este modo podíamos librarnos de ellos Saphira y yo.

Nasuada se rió con placer genuino.

—Ah, veo que ya has aprendido a seguir nuestro juego. Muy bien. Ahora que eres mi más reciente y único vasallo, ¿aceptarás jurarme lealtad de nuevo en público cuando el Consejo pida tu voto?

—Por supuesto.

—Bien, con eso nos libramos del Consejo. Y ahora, hasta que llegue el momento, déjame sola. Tengo mucho que planificar y debo preparar el funeral. Recuerda, Eragon, que el vínculo que acabamos de crear nos compromete por igual. Soy responsable de tus acciones en la misma medida en que tú estás obligado a servirme. No me deshonres.

—Ni tú a mí.

Nasuada se detuvo y luego lo miró a los ojos y, en un tono más amable, añadió:

—Cuenta con mis condolencias, Eragon. Me doy cuenta de que no soy la única persona que tiene razones para sentir dolor; yo he perdido a mi padre, pero tú también has perdido a un amigo. Murtagh me gustaba mucho, y me entristece que haya desaparecido... Adiós, Eragon.

Eragon asintió, con un sabor amargo en la boca, y abandonó la sala con Saphira. En toda la gris amplitud del vestíbulo no se veía a nadie. El Jinete se llevó una mano a los labios, echó la cabeza hacia atrás y suspiró. El día no había hecho más que empezar, y sin embargo, ya estaba exhausto por todas las emociones que había experimentado.

Saphira le dio un empujón con el morro y dijo: *Por aquí.* Sin más explicación, se adelantó por el lado derecho del túnel. Sus zarpas bruñidas resonaban sobre el duro suelo.

Eragon frunció el ceño, pero la siguió. *¿Adónde vamos?* No obtuvo respuesta. *Saphira, por favor.* Ella se limitaba a menear la cola. Resignado a esperar, Eragon siguió hablando: *La verdad es que las cosas han cambiado mucho. Nunca se sabe qué esperar de un día para otro, aparte de dolor y sangre derramada.*

No todo está tan mal —lo riñó ella—. *Hemos obtenido una gran victoria. Habría que celebrarlo, en vez de lamentarse.*

Tener que enfrentarnos a estas tonterías tampoco ayuda mucho.

Ella resopló, enfadada. Una fina línea de fuego salió por sus narices y le chamuscó el hombro a Eragon. Éste dio un salto hacia atrás y se mordió los labios para no soltar una retahíla de insultos.

¡Uf!, dijo Saphira, agitando la cabeza para despejar el humo.

¿Uf? ¡Casi me quemas el costado!

No me lo esperaba. Siempre me olvido de que si no voy

con cuidado, echo fuego. Imagínate que cada vez que levantaras un brazo, cayera un rayo. Sería fácil moverlo sin darte cuenta y destruir algo sin querer.

Tienes razón. Perdona que te haya reñido.

El huesudo párpado de Saphira sonó cuando la dragona guiñó un ojo.

No importa. Lo que intentaba explicarte es que ni siquiera Nasuada puede obligarte a hacer nada.

¡Si acabo de darle mi palabra de Jinete!

Tal vez, pero si tengo que romperla yo para mantenerte a salvo o para que hagas lo que debas hacer, no dudaré. Es una carga que puedo sobrellevar fácilmente. Como estoy unida a ti, mi honor es inherente a tu juramento; pero como individuo, no me compromete a nada. Si me veo obligada, te secuestraré. En ese caso, si tuvieras que desobedecer, no sería culpa tuya.

No deberíamos llegar a eso. Si hemos de usar esa clase de trampas para hacer lo debido, será que Nasuada y los vardenos han perdido toda integridad.

Saphira se detuvo. Estaban delante del arco grabado de la biblioteca de Tronjheim. La sala vasta y silenciosa parecía vacía, aunque las filas de estanterías con columnas interpuestas podían esconder a mucha gente. Las antorchas derramaban una suave luz por encima de las paredes recubiertas de pergaminos e iluminaban los espacios de lectura que quedaban a sus pies.

Caminando entre las estanterías, Saphira lo llevó hasta un espacio en el que estaba sentada Arya. Eragon se detuvo y la estudió. Parecía más agitada que nunca, aunque sólo se notaba en la tensión de sus movimientos. Al contrario que antes, llevaba la espada cruzada al cinto. Una mano descansaba en la empuñadura.

—¿Qué has hecho? —preguntó Arya con una hostilidad inesperada.

—¿A qué te refieres?

Ella alzó el mentón.

—¿Qué has prometido a los vardenos? ¿Qué has hecho?

La última frase llegó a Eragon incluso mentalmente. Se dio cuenta de que la elfa estaba muy cerca de perder el control. Sintió un poco de miedo.

—No hemos hecho más que lo que debíamos. Ignoro las costumbres de los elfos, de modo que si nuestros actos te han molestado, pido perdón. No hay razón para el enfado.

—¡Estúpido! No sabes nada de mí. Me he pasado siete décadas representando a mi reina aquí. Durante quince de esos años cargué con el huevo de Saphira entre los vardenos y los elfos. En ese tiempo, luché por asegurarme de que los vardenos tuvieran líderes sabios y fuertes, capaces de enfrentarse a Galbatorix y de respetar nuestros deseos. Brom me ayudó a lograr el acuerdo sobre el nuevo Jinete; o sea, sobre ti. Ajihad mantuvo el compromiso de que tú fueras independiente para que no se perdiera el equilibrio de poderes. Y ahora veo que te pones de parte del Consejo de Ancianos, aunque sea en contra de tu voluntad, para que controlen a Nasuada. ¡Has echado a perder una vida entera de trabajo! ¡Pero qué has hecho!

Desanimado, Eragon abandonó toda pretensión. Con palabras breves y claras, explicó por qué había accedido a las exigencias de los miembros del Consejo y cómo, con Saphira, había intentado restarles autoridad. Cuando hubo terminado, Arya dijo:

—Vale.

«Vale.» *Setenta años*. Aunque sabía que los elfos tenían vidas extraordinariamente largas, nunca había sospechado que Arya tuviera tantos años, o incluso más, ya que parecía una mujer de poco más de veinte. El único rasgo de edad en su rostro sin arrugas eran sus ojos de esmeralda: profundos, sabios y a menudo solemnes.

Arya se echó hacia atrás y lo escrutó.

—No estás en la posición que quisiera, pero es mejor de lo que esperaba. He sido maleducada; Saphira... y tú... entendéis más de lo que creía. Los elfos aceptarán que hayas transigido, pero no debes olvidar jamás que tienes una deuda con nosotros a causa de Saphira. Sin nuestros esfuerzos, no habría Jinetes.

—Llevo esa deuda grabada en la sangre y en la palma de la mano —contestó Eragon. En el silencio siguiente, buscó un nuevo asunto de que hablar, deseoso de prolongar la conversación y tal vez descubrir algo más de ella—. Llevas mucho tiempo fuera; ¿añoras Ellesméra? ¿O tal vez vivías en otro sitio?

—Ellesméra era y será siempre mi casa —contestó ella, con la mirada perdida más allá de Eragon—. No he vivido en la casa de mi familia desde que salí en busca de los vardenos, cuando las primeras flores de la primavera envolvían los muros y las ventanas. Cuando he podido volver, ha sido siempre para estancias breves, fugaces jirones de la memoria, según nuestro sentido del tiempo.

Eragón notó una vez más que ella olía a pinaza aplastada. Era un olor leve y especiado que se colaba en sus sentidos y le refrescaba la mente.

—Debe de ser duro vivir entre todos estos enanos y humanos, sin nadie de los tuyos.

Ella alzó la cabeza.

—Hablas de los humanos como si tú no lo fueras.

—Tal vez... —Eragon dudó—. Tal vez sea otra cosa, una mezcla de dos razas. Saphira vive dentro de mí como yo dentro de ella. Compartimos sensaciones, sentimientos, ideas, hasta tal punto que no somos dos mentes, sino una sola.

Saphira inclinó la cabeza para mostrarse de acuerdo y estuvo a punto de tumbar la mesa con el morro.

—Así es como debe ser —dijo Arya—. Os une un pacto

más antiguo y poderoso de lo que puedes imaginar. No entenderás de verdad lo que significa ser un Jinete hasta que se haya completado tu formación. Pero eso debe esperar hasta después del funeral. Mientras tanto, que las estrellas se cuiden de ti.

Dicho eso, partió y se perdió en las sombrías profundidades de la biblioteca. Eragon pestañeó. *¿Soy yo, o es que todo el mundo está muy nervioso hoy? Arya, por ejemplo: primero está indignada y luego va y me suelta una bendición.*

Nadie se sentirá a gusto hasta que todo vuelva a ser normal.

Define normal.

Roran

*R*oran ascendía penosamente la colina.

Se detuvo y entrecerró los ojos para mirar hacia el sol entre su cabello enmarañado.

«Cinco horas hasta la puesta de sol. No me podré quedar mucho.» Con un suspiro siguió caminando junto a la fila de olmos, cada uno de ellos rodeado por un trozo de hierba sin cortar.

Era su primera visita a la granja desde que él, Horst y otros seis hombres de Carvahall se habían llevado todo lo que podía rescatarse de la casa destrozada y del granero quemado. Durante casi cinco meses, ni siquiera había podido plantearse la posibilidad de volver.

Al llegar a la cima, paró y se cruzó de brazos. Tenía por delante los restos de la casa de su infancia. Una esquina del edificio permanecía en pie —casi desmenuzada y chamuscada—, pero el resto se había derrumbado y estaba cubierto de maleza y malas hierbas. No se veía el granero. Las pocas hectáreas que habían conseguido cultivar cada año estaban ahora llenas de diente de león, mostaza silvestre y hierbajos. Aquí y allá habían sobrevivido remolachas y nabos sueltos, pero eso era todo. Justo detrás de la granja, un espeso grupo de árboles oscurecía el río Anora.

Roran apretó el puño y las mandíbulas con dolor para resistirse a la mezcla de rabia y pena. Se quedó plantado en el mismo lugar durante largos minutos, echándose a temblar cada vez que un recuerdo agradable lo invadía. Aquel lugar representaba su vida entera y mucho más. Era su pasado... y su futuro. Su padre, Garrow, le había dicho en una ocasión: «La tierra es algo especial. Cuídala y ella te cuidará. No se puede decir lo mismo de muchas cosas». Roran había intentado hacer exactamente eso hasta el momento en que su mundo quedó desgarrado por un mensaje silencioso de Baldor.

Con un gruñido, se dio la vuelta y echó a andar hacia el camino. La impresión de aquel momento seguía resonando en su interior. La experiencia de que le arrancaran a todos sus seres queridos en un instante había cambiado su alma de tal modo que ya nunca podría recuperarse. Se había colado en todos los rincones de su comportamiento y de su aspecto físico.

También había obligado a Roran a pensar mucho más que antes. Era como si hubiera llevado atadas con fuerza unas cintas en torno a su mente y de pronto esas cintas se hubieran soltado, permitiéndole plantearse ideas que antes hubieran sido inimaginables. Ideas como el hecho de que tal vez ya nunca podría ser granjero, o que la justicia —el mayor recurso de las canciones y las leyendas— apenas se sostenía en la realidad. A veces, esos pensamientos llenaban su conciencia de tal modo que a duras penas era capaz de levantarse por la mañana, pues su pesadez lo dejaba abotargado.

Tomó una curva del camino y se dirigió al norte, hacia el valle de Palancar, de vuelta a Carvahall. Las montañas recortadas a ambos lados estaban cargadas de nieve, pese al verde primaveral que había crecido sobre la tierra del valle durante las semanas anteriores. En lo alto, una sola nube gris flotaba hacia las cumbres.

Roran se pasó una mano por el mentón y sintió el rastrojo de barba. «Eragon tuvo la culpa de todo esto (él y su

maldita curiosidad) por traerse aquella piedra de las Vertebradas.» Le había costado semanas llegar a esa conclusión.
Había oído todas las versiones distintas. Le había pedido a
Gertrude, la curandera del pueblo, que le leyera varias veces
la carta que Brom había dejado para él. Y no había otra explicación posible. «Fuera lo que fuese esa piedra, atrajo a
esos extraños.» Aunque sólo fuera por eso, culpaba a Eragon
de la muerte de Garrow, aunque no lo hacía con rabia. Sabía
que Eragon no había deseado ningún mal a nadie. No, lo que
provocaba su furia era que Eragon hubiera huido del valle
de Palancar sin enterrar a Garrow, abandonando todas sus
responsabilidades para largarse al galope con el viejo cuen-
tista en un viaje descabellado. ¿Cómo podía ser que a Eragon
le importaran tan poco los que quedaban atrás? ¿Corría porque se sentía culpable? ¿Por miedo? ¿Acaso lo engañó Brom
con sus locos cuentos de aventuras? ¿Y por qué habría de escuchar Eragon esas historias en esta época? «Ni siquiera sé
si ahora mismo está vivo o muerto.»

Roran frunció el ceño y subió y bajó los hombros, mientras trataba de aclararse. «La carta de Brom... ¡Bah!» Nunca
había oído una colección tan ridícula de insinuaciones e indirectas de tan mal agüero. Lo único que dejaba claro era que
había que evitar a los extraños, lo cual, para empezar, era de
puro sentido común. «Ese viejo estaba loco», decidió.

Un rápido movimiento obligó a Roran a darse la vuelta,
y vio doce venados, entre los que había un joven cervatillo
con cuernos de terciopelo, que trotaban hacia los árboles. Se
aseguró de recordar su ubicación para poder encontrarlos al
día siguiente. Se enorgullecía de ser tan buen cazador que
podía mantenerse a sí mismo en casa de Horst, aunque nunca había sido tan hábil como Eragon.

Mientras caminaba, siguió poniendo orden en sus pensamientos. Tras la muerte de Garrow, Roran había abandonado su trabajo en el molino de Dempton, en Therinsford, para

volver a Carvahall. Horst había aceptado alojarlo y, durante los meses siguientes, le había dado trabajo en la fragua. El dolor había retrasado las decisiones de Roran acerca del futuro hasta dos días antes, cuando por fin había establecido un plan de acción.

Quería casarse con Katrina, la hija del carnicero. Su primera razón para acudir a Therinsford había sido la de ganar algo de dinero para asegurar un buen principio a su vida en pareja. Pero ahora, sin granja, hogar ni medios para mantenerla, su conciencia no le permitía pedir la mano de Katrina. Su orgullo no lo permitía. Además, Roran no creía que Sloan, el padre de Katrina, aceptara a un candidato con tan pobres perspectivas. Incluso en las mejores circunstancias, Roran había previsto que le costaría convencer a Sloan de que renunciara a Katrina; ellos dos nunca se habían llevado demasiado bien. Y Roran no podía casarse con Katrina sin el consentimiento de su padre, salvo que decidieran dividir la familia, enfadar al pueblo por enfrentarse a la tradición y, muy probablemente, dar pie a un duelo sangriento con Sloan.

Al plantearse la situación, a Roran le parecía que sólo le quedaba la opción de reconstruir su granja, aunque para ello tuviera que levantar la casa y el granero con sus propias manos. Sería duro, tendría que partir de cero, pero una vez hubiera reafirmado su posición, podría acercarse a Sloan con la cabeza alta. «Como muy pronto, podremos empezar a hablar la próxima primavera», pensó Roran con una mueca de dolor.

Sabía que Katrina iba a esperar... Al menos, hasta entonces.

Siguió caminando a buen paso hasta el anochecer, cuando el pueblo apareció ante su vista. Entre el pequeño racimo de edificios, se veía la ropa tendida en cuerdas que iban de ventana a ventana. Los hombres regresaban a las casas desde los campos vecinos, llenos de trigo invernal. Más allá de Carvahall, las cataratas de Igualda, de setecientos metros de altura, brillaban en el crepúsculo al derramarse por las Vertebradas hacia el Anora. Aquella visión animó a Roran por lo que tenía de ordinaria. Nada lo reconfortaba tanto como ver que todo permanecía en su sitio.

Abandonó el camino y ascendió hacia la casa de Horst, desde donde se dominaba la vista de las Vertebradas. La puerta ya estaba abierta. Roran entró a trompicones y siguió el sonido de una conversación que venía de la cocina.

Ahí estaba Horst, apoyado en la burda mesa que había en un rincón, arremangado. A su lado estaba su mujer, Elain, embarazada de cinco meses y con una sonrisa de alegría en la cara. Sus hijos varones, Albriech y Baldor, los miraban.

Cuando entró Roran, Albriech estaba diciendo:

—... y yo aún no me había ido de la forja. Thane jura que me vio, pero yo estaba al otro lado del pueblo.

—¿Qué pasa? —preguntó Roran, mientras soltaba el fardo.

Elaine y Horst se miraron.

—Espera, que te daré algo de comer. —Le puso delante un poco de pan y un cuenco de estofado frío. Luego lo miró a los ojos, como si buscara en él alguna expresión particular—. ¿Qué tal ha ido?

Roran se encogió de hombros.

—Toda la madera está quemada o podrida. No queda nada que pueda usarse. El pozo sigue intacto; supongo que debería estar agradecido por eso. Si quiero tener un techo cuando llegue la temporada de siembra, tendré que empezar a cortar leños lo antes posible. Bueno, contadme, ¿qué ha pasado?

—¡Ah! —exclamó Horst—. Ha habido mucho lío por aquí. A Thane le ha desaparecido una guadaña y cree que se la ha robado Albriech.

—Probablemente se le habrá caído entre la hierba y no recuerda dónde la dejó —resopló Albriech.

—Probablemente —concedió Horst, con una sonrisa.

Roran dio un mordisco al pan.

—No tiene ningún sentido acusarte a ti. Si necesitaras una guadaña, te la forjarías tú mismo.

—Ya lo sé —dijo Albriech, al tiempo que se dejaba caer en una silla—. Pero en vez de buscarla, se ha puesto a gruñir que vio a alguien salir de sus campos y que ese alguien se parecía un poco a mí... Y como no hay nadie que se parezca a mí, resulta que le he robado la guadaña.

Era cierto que nadie se parecía a él. Albriech había heredado la estatura de su padre y la melena rubia de Elain, lo cual lo convertía en una rareza en Carvahall, donde predominaba el cabello moreno. En cambio, Baldor era más delgado y tenía el pelo oscuro.

—Estoy seguro de que aparecerá —dijo Baldor en voz baja—. Mientras tanto, intenta no enfadarte demasiado.

—Qué fácil es decirlo.

Mientras Roran terminaba el pan y empezaba a comerse el estofado, preguntó a Horst:

—¿Me necesitas para algo mañana?

—No especialmente. Trabajaré en el carro de Quimby. El maldito marco todavía no encaja.

Roran asintió, complacido.

—Bien. Entonces me tomaré el día libre y me iré a cazar. En el valle hay unos cuantos venados que no parecen demasiado escuálidos. Al menos no se les veían las costillas.

Baldor se animó de pronto.

—¿Quieres compañía?

—Claro. Podemos salir al amanecer.

Cuando terminó de comer, Roran se lavó la cara y las manos y luego salió a aclararse un poco la mente. Estiró los músculos ociosamente y paseó hacia el centro del pueblo.

55

A medio camino, un resonar de voces animadas fuera del Seven Sheaves le llamó la atención. Se dio la vuelta, llevado por la curiosidad, y echó a andar hacia la taberna, donde se enfrentó a una visión extraña. Había un hombre de mediana edad, envuelto en un abrigo de retales de cuero, sentado en el porche. A su lado había un bulto adornado con las mandíbulas de plata propias de los cazadores de pieles. Una docena de aldeanos escuchaba mientras el hombre gesticulaba y decía:

—Entonces, cuando llegué a Therinsford, fui a ver a ese hombre, Neil. Un hombre bueno y honesto. En primavera y verano le ayudo con sus campos.

Roran asintió. Los cazadores se pasaban el invierno escondidos en las montañas y volvían en primavera para vender sus pieles a los curtidores como Gedric y luego aceptaban trabajos, por lo general como campesinos. Como Carvahall era el pueblo que quedaba más al norte de las Vertebradas, muchos cazadores de pieles lo cruzaban; era una de las razones por las que Carvahall tenía taberna, herrero y curtidor.

—Tras unas pocas jarras de cerveza... Ya sabéis, para lubricar el habla después de medio año sin pronunciar palabra, salvo por alguna blasfemia contra el mundo y contra todo cada vez que pierdo un perro de caza de osos... Me acerqué a Neil, con la escarcha aún fresca en mi barba, y empezamos a contarnos cotilleos. A medida que avanzó la conversación, le fui preguntando por las cuestiones sociales, qué noticias había del Imperio o del rey, que así se pudra con gangrena y llagas en la boca. ¿Algún nacimiento, muerte o destierro que mereciera la pena conocer? Y entonces, ¿sabéis lo que pasó? Neil se inclinó hacia delante, se puso todo serio y dijo que estaba corriendo la voz, que llegaban rumores de Dras-Leona y de Gil'ead sobre extraños sucesos ocurridos allí y por toda Alagaësia. Los úrgalos casi han desaparecido de las tierras de la civilización, así se larguen con viento fresco, pero no hay hombre capaz de explicar por qué, o adónde han ido. La mitad de los negocios del Imperio ha desaparecido a consecuencia de incursiones y ataques que, según he oído, no pueden ser obra de meros malhechores, pues son demasiado abundantes y planificados. Nadie roba nada: sólo queman y estropean. Pero la cosa no acaba ahí, ah, no, por las barbas de mi abuela.

El cazador meneó la cabeza y bebió un trago de la bota de vino antes de continuar:

—Se murmura que un Sombra acecha los territorios del norte. Lo han visto en los límites de Du Weldenvarden y cerca de Gil'ead. Dicen que tiene los dientes afilados como clavos, los ojos rojos como el vino y el cabello tan encarnado como la sangre que bebe. Aun peor, parece que algo ha hecho perder los estribos a nuestro fino y loco monarca. Hace cinco días, un malabarista del sur se detuvo en Therinsford, en su solitario camino hacia Ceunon, y contó que las tropas se estaban reuniendo y se desplazaban hacia algún lugar, aunque no se le ocurría por qué razón. —Se encogió de hombros—. Tal como me enseñó mi padre cuando era un bebé, por el humo se sabe dónde está el fuego. Tal vez sean los vardenos. Le han dado muchas patadas en el culo al viejo Huesos de Hierro estos últimos años. O quizá Galbatorix se ha hartado finalmente de tolerar a los de Surda. Al menos sabe dónde está, no como los rebeldes. Aplastará Surda como un oso aplasta a una hormiga, eso seguro.

Roran pestañeó al tiempo que una maraña de preguntas acosaban al cazador. Más bien se inclinaba por poner en duda las informaciones sobre un Sombra —se parecía demasiado a las historias que inventan los leñadores borrachos—, pero el resto sonaba tan mal que podía ser cierto. *Surda...* A Carvahall llegaba poca información sobre aquel país lejano, pero al menos Roran sabía que, aunque Surda y el Imperio mantenían una paz aparente, los surdanos vivían con un miedo constante a la invasión de su vecino del norte, más poderoso. Por esa razón se decía que Orin, su rey, apoyaba a los vardenos.

Si el cazador tenía razón en lo que decía de Galbatorix, eso podía implicar que en el futuro los acechara una fea guerra, acompañada de penurias, aumento de impuestos y levas obligatorias. «Preferiría vivir en una época carente de momentos trascendentales. La agitación hace que nuestras vidas, ya de por sí difíciles, se vuelvan casi imposibles.»

—Y aun hay más, corren cuentos sobre... —Aquí el cazador hizo una pausa y, con expresión de complicidad, se llevó un índice al costado de la nariz—. Sobre un nuevo Jinete en Alagaësia.

Luego soltó una carcajada fuerte y profunda y se golpeó el vientre mientras se balanceaba en el porche.

Roran también se rió. Cada pocos años aparecían nuevas historias de Jinetes. Las primeras dos o tres veces habían despertado su interés, pero pronto había aprendido a no fiarse de aquellos cuentos, pues todos terminaban en nada. Los rumores no eran más que la expresión de las ilusiones de quienes anhelaban un futuro mejor.

Estaba a punto de partir cuando se fijó en que Katrina estaba en un rincón de la taberna, ataviada con un largo vestido encarnado, decorado con cintas verdes. Lo estaba mirando con la misma intensidad con que la miraba él. Se acercó, le puso una mano en el hombro y salieron juntos.

Caminaron hacia el límite de Carvahall, donde se quedaron mirando las estrellas. El cielo brillaba y temblaba con miles de fuegos celestiales. Arqueada sobre sus cabezas, de norte a sur, se extendía la gloriosa cinta perlada que iba de horizonte a horizonte, como un polvo de diamantes soltado por un escanciador.

Sin mirarlo, Katrina apoyó la cabeza en el hombro de Roran y preguntó:

—¿Qué tal te ha ido el día?

—He vuelto a casa.

Notó que ella se ponía rígida.

—¿Cómo estaba?

—Fatal. —Le falló la voz. Guardó silencio y la abrazó con fuerza. El aroma de su cabello cobrizo junto a la mejilla era como un elixir de vino, especias y perfume. Se colaba en lo más profundo de su interior, cálido y reconfortante—. La casa, el granero, los campos, todo va quedando cubierto. Si no supiera dónde buscar, no lo habría encontrado.

Al fin, ella se dio la vuelta para encararse a él, con el brillo de las estrellas en la mirada y el dolor en la cara.

—Oh, Roran... —Le dio un beso, apenas un leve roce de sus labios—. Has aguantado tantas pérdidas, y sin embargo, nunca te han abandonado las fuerzas. ¿Volverás a tu granja?

—Sí. Sólo sé cultivar campos.

—¿Y qué será de mí?

Roran dudó. Desde que empezara a cortejarla, los dos habían supuesto que acabarían casándose. No había sido necesario hablar de sus intenciones: estaban claras como el agua. Por eso la pregunta lo inquietó. También le pareció poco oportuno que planteara la cuestión de una manera tan abierta, cuando él no estaba en condiciones de hacerle una propuesta concreta. Era a él a quien correspondía plantear las cosas —primero a Sloan y después a Katrina—, y no a ella. Aun así, como ya había expresado su preocupación, tenía que darle alguna respuesta.

—Katrina... No puedo hablar con tu padre tal como había previsto. Se reiría de mí con todo el derecho del mundo. Tenemos que esperar. Cuando tenga un lugar en el que podamos vivir y ya haya recogido la primera cosecha, entonces sí me escuchará.

Ella miró al cielo una vez más y susurró algo tan débilmente que él no llegó a entenderlo.

—¿Qué?

—Digo que si te da miedo.

—¡Claro que no!

—Entonces has de conseguir su permiso mañana mismo y preparar el compromiso. Hazle entender que, aunque ahora no tengas nada, me darás un buen hogar y serás un yerno del que pueda mostrarse orgulloso. Teniendo en cuenta nuestros sentimientos, no hay razón alguna para que desperdiciemos años viviendo separados.

—No puedo hacerlo —contestó Roran con un punto de desánimo, ansioso porque ella lo entendiera—. No puedo mantenerte, no puedo...

—¿No lo entiendes? —Ella se apartó de él, y su voz se tensó con la urgencia—. Te amo, Roran, y quiero estar contigo, pero mi padre tiene otros planes para mí. Hay hombres con más posibilidades que tú de resultar escogidos, y cuanto más te retrases, más me presiona él para que acepte la pareja que ha escogido para mí. Teme que me convierta en una vieja solterona, y yo también lo temo. No me queda tanto tiempo, ni hay en Carvahall tantos hombres para elegir. Si me veo obligada a escoger a otro, lo haré.

Las lágrimas brillaban en sus ojos mientras lo escrutaba con la mirada, esperando su respuesta. Luego recogió los bajos del vestido y se fue corriendo hacia las casas.

Roran se quedó allí, paralizado por la impresión. Su ausencia le provocaba un dolor tan agudo como la pérdida de la granja: el mundo se volvía de pronto frío e inhóspito. Era como si le hubieran arrancado una parte de sí mismo.

Pasaron horas antes de que pudiera volver a casa de Horst y meterse en la cama.

Los cazadores cazados

*E*l polvo crujía bajo las botas de Roran mientras bajaba hacia el valle, frío y oscuro en las horas tempranas de la mañana nublada. Baldor lo seguía de cerca, y los dos llevaban arcos tensados. Ninguno de los dos habló mientras estudiaban el entorno en busca de huellas de los venados.

—Ahí —dijo Baldor en voz baja, al tiempo que señalaba una serie de huellas que se encaminaban a un zarzal a la orilla del Anora.

Roran asintió y echó a andar siguiendo el rastro. Como parecía del día anterior, se arriesgó a hablar:

—¿Puedo pedirte un consejo, Baldor? Parece que se te da bien entender a la gente.

—Por supuesto. ¿De qué se trata?

Durante un largo rato, no sonó más ruido que el de sus pasos.

—Sloan quiere casar a Katrina, y no precisamente conmigo. Cada día que pasa, aumenta la posibilidad de que arregle un matrimonio según sus intereses.

—¿Y qué dice Katrina?

Roran se encogió de hombros.

—Es su padre. No puede seguir desafiando su voluntad mientras el hombre a quien sí quiere no dé un paso adelante y la reclame.

—O sea, tú.

—Eso.

—Y por eso te has levantado tan temprano. —No era una pregunta.

De hecho, Roran estaba tan preocupado que no había podido dormir. Se había pasado toda la noche pensando en Katrina, tratando de encontrar una solución a su dilema.

—No soportaría perderla. Pero no creo que Sloan nos dé su bendición, teniendo en cuenta la situación en que me encuentro.

—No, creo que no te la dará —concedió Baldor. Miró a Roran con el rabillo del ojo—. De todos modos, ¿qué consejo querías pedirme?

A Roran se le escapó un resoplido de risa.

—¿Cómo puedo convencer a Sloan de lo contrario? ¿Cómo puedo resolver este dilema sin provocar un duelo de sangre? —Alzó las manos—. ¿Qué debo hacer?

—¿Tienes alguna idea?

—Sí, pero ninguna me complace. Se me ocurrió que Katrina y yo podíamos limitarnos a anunciar que estamos comprometidos, aunque aún no lo estamos, y afrontar las consecuencias. Eso obligaría a Sloan a aceptar nuestro compromiso.

Baldor frunció la frente. Luego dijo con cuidado:

—Tal vez, pero eso también provocaría un montón de sentimientos negativos en todo Carvahall. Pocos aprobarían vuestra acción. Y tampoco sería muy sabio de tu parte obligar a Katrina a escoger entre tú y su familia; te lo podría echar en cara con el paso de los años.

—Ya lo sé, pero ¿qué alternativa tengo?

—Antes de dar un paso tan drástico, te recomiendo que intentes ganarte a Sloan como aliado. Al fin y al cabo, tienes algunas opciones de triunfar si él entiende que nadie más va a querer casarse con Katrina si ella se enfada. Sobre todo si tú estás disponible para ponerle los cuernos al marido. —Roran hizo una mueca y mantuvo la mirada fija en el suelo. Baldor se rió—. Si fracasas... Bueno, entonces puedes proceder con confianza, sabiendo que has hecho todo lo que estaba en tus manos. Y será menos probable que la gente te escupa por romper la tradición. Al contrario, considerarán que Sloan se lo habrá ganado por tozudo.

—Ninguno de los dos caminos es fácil.

—Eso ya lo sabías antes de empezar. —Baldor volvió a adoptar una expresión sombría—. Sin duda, habrá algo más que palabras si retas a Sloan, pero al final la cosa se calmará. Tal vez no llegue a ser grato, pero sí soportable. Aparte de Sloan, sólo ofenderás a mojigatos como Quimby, aunque para mí es un misterio que Quimby sea capaz de destilar una bebida tan fuerte y al mismo tiempo ser tan estirado y tan amargo.

Roran asintió, comprensivo. En Carvahall, las rencillas podían hervir a fuego lento durante muchos años.

—Me alegro de que hayamos hablado. Ha sido...

Titubeó, pensando en las conversaciones que solía tener con Eragon. Le había resultado reconfortante saber que existía alguien dispuesto a escucharlo, en cualquier momento y circunstancia. Y saber que esa persona lo ayudaría siempre, costara lo que costase.

La falta de esa clase de vínculos era lo que hacía que se sintiera vacío.

Baldor no lo presionó para que terminara la frase y se detuvo a beber de la bota de agua. Roran continuó unos metros más y se paró al notar un aroma que se colaba entre sus pensamientos.

Era un olor espeso de carne abrasada y ramas de pino chamuscadas. «¿Quién puede haber aquí, además de nosotros?» Respiró hondo y se dio la vuelta en redondo para determinar de dónde venía el fuego. Una leve ráfaga le llegó del otro lado del camino, cargada de humo caliente. El olor de comida era tan intenso que se le hizo la boca agua.

63

Llamó con un gesto a Baldor, que se apresuró a llegar a su lado.

—¿Hueles eso?

Baldor asintió. Regresaron juntos al camino y lo siguieron hacia el sur. Unas decenas de metros más allá, el sendero trazaba una curva en torno a un bosquecillo de álamos y desaparecía de la vista. Al acercarse a la curva, les llegaron unas voces oscilantes, acalladas por la espesa capa de bruma matinal que cubría el valle.

Al llegar al borde del bosquecillo, Roran se detuvo. Sorprender a un grupo que también podía haber salido de caza era una estupidez. Aun así, algo lo preocupaba. Tal vez fuera el número de voces; el grupo parecía más numeroso que cualquier familia del valle. Sin pensar, se salió del camino y se metió entre la maleza que bordeaba el bosquecillo.

—¿Qué haces? —preguntó Baldor.

Roran se llevó un dedo a los labios y luego avanzó a rastras, en paralelo al camino, procurando que sus pies hicieran el menor ruido posible. Al doblar la curva, se quedó paralizado.

En la hierba, junto al camino, había un campamento de soldados. Treinta yelmos brillaban bajo un rayo de luz matinal mientras sus dueños devoraban alguna ave y un guiso que se cocinaba en más de un fuego. Aunque los hombres iban salpicados de barro y manchados por el viaje, el signo de Galbatorix permanecía visible en sus túnicas rojas. Llevaban bandoleras de piel —cargadas de pedazos de hierro ribeteados—, mallas y armillas. Casi todos los soldados llevaban sable, aunque había media docena de arqueros y otros tantos acarreaban alabardas de aspecto siniestro.

Acuclillados entre ellos se encontraban dos cuerpos negros retorcidos que Roran reconoció por las numerosas descripciones que le habían dado los aldeanos al volver de Therinsford: los extraños que habían destruido su granja. Se le heló la sangre. «¡Son siervos del Imperio!» Empezó a caminar, y ya sus dedos alcanzaban el arco cuando Baldor le agarró por el jubón y lo tiró al suelo.

—No lo hagas. Harás que nos maten a los dos.

Roran lo fulminó con la mirada y luego soltó un gruñido:

—Son... Son esos cabrones. —Se calló al darse cuenta de que le temblaban las manos—. ¡Han vuelto!

—Roran —murmuró Baldor atentamente—, no puedes hacer nada. Mira, trabajan para el rey. Incluso si consiguieras escapar, te convertirías en un fugitivo dondequiera que fueras, y provocarías un desastre en Carvahall.

—¿Qué quieren? ¿Qué pueden querer?

«El rey. ¿Por qué permitió Galbatorix que torturasen a mi padre?»

—Si no obtuvieron lo que querían de Garrow y Eragon se escapó con Brom, entonces puede que te busquen a ti. —Baldor guardó silencio para permitir que sus palabras surtieran efecto—. Tenemos que volver y avisar a todo el mundo. Y luego te has de esconder. Sólo esos seres extraños tienen caballos. Si echamos a correr, podemos llegar antes que ellos.

Roran miró a través de la maleza, en dirección a los soldados, ajenos a su presencia. El corazón le latía con una fuerza salvaje en busca de venganza, le urgía a atacar y luchar, quería ver a aquellos dos causantes de su desgracia atravesados por las flechas y sometidos a sus propias leyes. No importaba que él muriese, a cambio de lavar su dolor y su pena en un momento. Sólo tenía que abandonar su guarida. Lo demás caería por su propio peso.

Sólo un pequeño paso.

Contuvo un sollozo, apretó el puño y bajó la mirada. «No puedo abandonar a Katrina.» Permaneció rígido, apretó los párpados con fuerza y luego, con una lentitud agónica, empezó a arrastrarse hacia atrás.

—Entonces, vayámonos a casa.

Sin esperar a que Baldor reaccionara, tras salir al camino abierto, Roran aminoró el paso y mantuvo un cómodo trote hasta que su amigo estuvo a su lado. Luego dijo:

—No corras la voz. Hablaré con Horst.

Baldor asintió, y echaron a correr.

Al cabo de tres kilómetros, se detuvieron a beber y descansar un poco. Tras recobrar el aliento, siguieron por las colinas bajas que llevaban a Carvahall. Pese a que la tierra arada frenaba considerablemente su avance, pronto tuvieron el pueblo a la vista.

Roran se dirigió de inmediato a la fragua y dejó que Baldor fuera al centro del pueblo. Mientras corría entre las casas, Roran tramaba alocados planes para huir de los extraños o para matarlos sin provocar la ira del Imperio.

Entró de golpe en la fragua y sorprendió a Horst clavando una puntilla en el lateral del carro de Quimby y cantando:

> ¡… Oh, oh!
> Con un tin y con un tan,
> cómo resuena el viejo metal.
> Con un golpe y un latido en los huesos de la tierra,
> ¡he doblegado al viejo metal!

El herrero detuvo el martillo a medio recorrido al ver a Roran.

—¿Qué pasa, muchacho? ¿Está herido Baldor?

Roran negó con la cabeza y se inclinó hacia delante, boqueando para recuperar el aliento. Casi a golpes, logró explicar lo que había visto y sus posibles implicaciones, sobre todo ahora que quedaba claro que los extraños eran agentes del Imperio.

Horst se manoseó la barba.

—Tienes que irte de Carvahall. Coge algo de comida en

casa y luego te llevas mi yegua. La ha cogido Ivor para arrancar tocones. Vete a las estribaciones. Cuando sepamos qué
quieren los soldados, te enviaré a Albriech o Baldor de mensajero.

—¿Qué dirás si te preguntan por mí?

—Que has salido a cazar y no sabemos cuándo volverás.
No deja de ser cierto, y dudo que se arriesguen a meterse en
el bosque por miedo a perderte. Eso, suponiendo que te busquen a ti.

Roran asintió, se dio la vuelta y fue corriendo a casa de
Horst. Una vez dentro, cogió los aperos y las alforjas de la
yegua, hizo a toda prisa un hato con nabos, remolachas, un
poco de cecina y una barra de pan que anudó en una manta,
cogió un pote de hojalata y salió volando. Apenas se detuvo
más que para contarle la situación a Elain.

Mientras corría hacia el este, desde Carvahall hacia la
granja de Ivor, sentía los víveres como un extraño bulto entre sus brazos. Ivor estaba detrás de la granja y atizaba a la
yegua con una vara de sauce mientras el animal se esforzaba por arrancar las peludas raíces de un olmo.

—¡Venga! —gritaba el granjero—. ¡Empuja con el lomo!

La yegua temblaba por el esfuerzo y echaba espuma por
la boca. Al fin, con un último tirón tumbó de lado el tocón y
las raíces quedaron boca arriba, como dedos de una mano retorcida. Ivor dio un tirón a las riendas para que parase y le
palmeó el lomo con buen humor.

—Muy bien... Ya está.

Roran lo saludó desde lejos y, cuando llegó a su lado, señaló a la yegua.

—Me la tengo que llevar.

Explicó sus razones. Ivor maldijo y se puso a soltar a la
yegua, entre gruñidos.

—Siempre llegan las interrupciones cuando empiezo a
trabajar. Nunca antes.

Se cruzó de brazos y frunció el ceño mientras Roran, concentrado en su trabajo, ceñía la silla. Cuando estuvo listo, montó de un salto, con el arco en la mano.

—Lamento las molestias, pero no se puede evitar.

—Bueno, no te preocupes. Asegúrate de que no te pillen.

—Eso haré.

Mientras clavaba los talones en los costados de la yegua, Roran oyó que Ivor gritaba:

—¡Y no te escondas en mi arroyo!

Sonrió, meneó la cabeza y se inclinó hacia el cuello de la montura. Pronto alcanzó las estribaciones de las Vertebradas y se abrió paso hacia las montañas que formaban el límite norte del valle de Palancar. Una vez allí, escaló hasta un punto de la ladera desde donde podía observar Carvahall sin ser visto. Luego ató el corcel y se acomodó para esperar.

Roran se estremecía mientras miraba hacia los oscuros pinares. No le gustaba estar tan cerca de las Vertebradas. Casi nadie de Carvahall se atrevía a pisar la cadena montañosa, y era común que quienes sí lo hacían no lograran regresar.

No pasó mucho tiempo antes de que Roran viera a los soldados marchar por el camino en fila doble, con las dos figuras de mal augurio a la cabeza. Al llegar al límite de Carvahall, los detuvo un andrajoso grupo de hombres, algunos armados con picas. Ambos grupos hablaron y luego quedaron frente a frente, como perros rugientes que sólo esperaran saber cuál atacaría antes. Al cabo de un largo rato, los hombres de Carvahall se echaron a un lado y dejaron pasar a los intrusos.

«¿Y ahora qué?», se preguntó Roran, balanceándose en cuclillas.

Al atardecer, los soldados instalaron su campamento en un terreno junto al pueblo. Sus tiendas formaban un bloque bajo y gris que emitía extrañas sombras temblorosas mientras los centinelas patrullaban alrededor. En el centro del bloque, una gran fogata enviaba volutas de humo hacia el cielo.

Roran también había acampado y ahora se limitó a contemplar y a pensar. Siempre había dado por hecho que, tras destruir su casa, los extraños habían encontrado lo que buscaban; o sea, la piedra que Eragon había traído de las Vertebradas. «Será que no la encontraron —decidió—. A lo mejor Eragon consiguió huir con la piedra... A lo mejor pensó que debía irse para protegerla.» Frunció el ceño. Con eso empezaba a explicarse la huida de Eragon, pero a Roran seguía pareciéndole muy aventurado. «Sea por lo que fuere, la piedra ha de ser un magnífico tesoro para que el rey envíe tantos hombres a buscarla. No entiendo por qué es tan valiosa. Tal vez sea mágica.»

Respiró hondo aquel aire frío y prestó atención al ulular de un búho. Percibió un movimiento. Miró montaña abajo y vio que un hombre se acercaba por el bosque. Roran se escondió detrás de una roca, con el arco listo. Esperó hasta estar seguro de que se trataba de Albriech y luego silbó suavemente.

Albriech llegó enseguida a la roca. Llevaba a la espalda un fardo sobrecargado y, al dejarlo en el suelo, soltó un gruñido.

—Pensaba que ya no te encontraría.

—Me sorprende que lo hayas hecho.

—No puedo decir que haya disfrutado del paseo por el bosque después de la puesta de sol. En todo momento temía encontrarme con un oso, o con algo peor. Las Vertebradas no son un buen lugar para un hombre, ésa es mi opinión.

Roran volvió a mirar hacia Carvahall.

—Bueno, ¿a qué han venido?

—A tomarte bajo su custodia. Están dispuestos a esperar tanto como haga falta hasta que vuelvas de «cazar».

Roran se sentó de golpe y sintió en las tripas el apretujón de la anticipación.

—¿Han dado alguna razón? ¿Han mencionado la piedra?

Albriech negó con la cabeza.

—Lo único que han dicho es que es un asunto del rey. Se han pasado todo el día haciendo preguntas acerca de Eragon y de ti; no les interesa nada más. —Dudó un momento—. Me quedaría contigo, pero si mañana notan que no estoy, se darán cuenta. Te he traído mucha comida y mantas, aparte de algunos bálsamos de Gertrude por si te hicieras una herida. Aquí no estarás mal.

Roran invocó sus energías para sonreír.

—Gracias por la ayuda.

—Cualquiera lo hubiera hecho —contestó Albriech con un avergonzado encogimiento de hombros. Ya empezaba a irse cuando, volviendo la cara por encima del hombro, añadió—: Por cierto, esos dos extraños... Los llaman Ra'zac.

La promesa de Saphira

$\mathcal{A}$ la mañana siguiente de su encuentro con el Consejo de Ancianos, Eragon limpiaba y engrasaba la silla de Saphira —con cuidado de no extenuarse—, cuando apareció Orik de visita. El enano esperó a que Eragon terminara con una correa y luego preguntó:

—¿Hoy te encuentras mejor?

—Un poco.

—Bien, a todos nos hace falta recuperar fuerzas. He venido en parte para saber cómo estabas y en parte porque Hrothgar quiere hablar contigo, si estás disponible.

Eragon dirigió una sonrisa irónica al enano.

—Para él siempre estoy disponible. Seguro que ya lo sabe.

Orik se rió.

—Ah, pero es más educado pedirlo amablemente. —Mientras Eragon dejaba la silla, Saphira salió de su rincón acolchado y saludó a Orik con un gruñido amistoso—. Buenos días también para ti —dijo con una reverencia.

Orik los llevó por uno de los cuatro pasillos principales de Tronjheim hacia la cámara central y las dos escaleras gemelas que descendían trazando curvas hacia el salón del trono del rey de los enanos, en el subsuelo. Antes de llegar a la cámara, sin embargo, el enano tomó otra escalera menor que descendía. Eragon tardó un poco en darse cuenta de que Orik había tomado un camino lateral para no tener que ver los restos destrozados de Isidar Mithrim.

Se detuvieron ante unas puertas de granito con una corona de siete puntas grabada. A cada lado de la entrada había siete enanos cubiertos con armaduras, que golpearon simultáneamente el suelo con los palos de sus azadones. Mientras resonaba el eco del golpe de la madera contra la piedra, las puertas se abrieron hacia dentro.

Eragon se despidió de Orik con un gesto y luego entró en la oscura sala con Saphira. Avanzaron hacia el trono distante, pasando ante las rígidas estatuas, *hírna*, de antiguos reyes enanos. Al pie del pesado trono negro, Eragon hizo una reverencia. El rey devolvió el gesto inclinando la cabeza, cubierta con su melena plateada, y los rubíes encastrados en su yelmo de oro brillaron suavemente bajo la luz como chispas de hierro candente. *Volund*, el martillo de guerra, descansaba sobre sus piernas malladas. Hrothgar habló:

—Asesino de Sombra, bienvenido a mi salón. Has hecho muchas cosas desde que nos vimos por última vez. Y, según parece, se ha demostrado que me equivoqué con *Zar'roc*. La espada de Morzan será bienvenida en Tronjheim siempre que seas tú quien la lleve.

—Gracias —contestó Eragon, al tiempo que se levantaba.

—Además —tronó el enano—, queremos que conserves la armadura que llevaste en la batalla de Farthen Dûr. Ya mismo están reparándola nuestros más hábiles herreros. Lo mismo ocurre con la armadura de la dragona, y cuando esté restaurada, Saphira podrá usarla siempre que quiera, o al menos hasta que se le quede pequeña. Es lo mínimo que podemos hacer para demostraros nuestra gratitud. Si no fuera por la guerra con Galbatorix, habría banquetes y celebraciones en tu nombre... Pero eso tendrá que esperar hasta un momento más oportuno.

Eragon puso palabras a sus sentimientos, compartidos por Saphira:

—Tu generosidad supera nuestras mayores expectativas. Apreciamos tus nobles regalos.

Pese a que parecía claramente complacido, Hrothgar apretó bien juntas las cejas y gruñó:

—De todos modos, no podemos perder el tiempo con finuras. Los clanes me acosan con la exigencia de que tome alguna decisión con respecto a la sucesión de Ajihad. Ayer, cuando el Consejo de Ancianos proclamó que daría su apoyo a Nasuada, provocó un alboroto como no se había visto desde que yo ascendí al trono. Los jefes tenían que decidir si aceptaban a Nasuada o buscaban a otro candidato. La mayoría ha llegado a la conclusión de que Nasuada debería liderar a los vardenos, pero yo quiero conocer tu opinión sobre este asunto, Eragon, antes de apoyar con mi palabra a unos u otros. Lo peor que puede hacer un rey es parecer estúpido.

¿Hasta dónde podemos contarle?, preguntó Eragon a Saphira, mientras pensaba a toda prisa.

Siempre nos ha tratado con nobleza, pero no sabemos qué habrá prometido a otros. Será mejor que tengamos cuidado hasta que Nasuada haya tomado el poder.

Muy bien.

—Saphira y yo hemos aceptado ayudarla. No nos opondremos a su ascenso. Y... —Eragon se preguntó si estaría llegando demasiado lejos— te ruego que hagas lo mismo; los vardenos no se pueden permitir una pelea entre ellos. Necesitan unidad.

—*Oeí* —dijo Hrothgar, recostándose en el trono—, hablas con una autoridad nueva. Es una buena sugerencia, pero te va a costar una pregunta: ¿crees que Nasuada sabrá liderarnos con sabiduría, o hay otras razones para elegirla?

Es una prueba —advirtió Saphira—. *Quiere saber por qué la hemos apoyado.*

Eragon notó que su labio se estiraba en una media sonrisa.

—Creo que es más sabia y astuta de lo que corresponde a su edad. Será buena para los vardenos.

—¿Y por eso la apoyas?

—Sí.

Hrothgar asintió y hundió su larga y nívea barba.

—Eso me alivia. Últimamente nadie se ha ocupado mucho del bien y del mal, y sí en cambio de la persecución del poder individual. Es difícil contemplar tanta idiotez y no enfadarse.

Un incómodo silencio se instaló entre ellos, ahogando la amplia sala del trono. Para romperlo, Eragon preguntó:

—¿Qué pasará con la dragonera? ¿Le pondrán un suelo nuevo?

Por primera vez, los ojos del rey mostraron su duelo, y se volvieron más profundas las arrugas que los rodeaban, extendidas como radios de una rueda de carreta. Eragon nunca había visto a un enano tan cerca del llanto.

—Hay que hablar mucho antes de que se pueda tomar esa medida. Lo que hicieron Saphira y Arya fue terrible. Tal vez necesario, pero terrible. Ah, hubiera sido mejor que nos derrotaran los úrgalos, antes que aceptar que se rompiera Isidar Mithrim. El corazón de Tronjheim se ha hecho añicos, y el nuestro, también.

Hrothgar se llevó un puño al pecho y luego abrió lentamente la mano y la alargó para agarrar la empuñadura de *Volund*, recubierta de cuero.

Saphira entró en contacto con la mente de Eragon. Éste percibió diversas emociones, pero lo que más le sorprendió fue notar sus remordimientos y su sentido de culpa. Lamentaba verdaderamente la pérdida de la Rosa Estrellada, por necesaria que hubiera sido. *Pequeñajo* —dijo la dragona—, *ayúdame. Necesito hablar con Hrothgar. Pregúntale: ¿tienen los enanos la capacidad de reconstruir Isidar Mithrim a partir de los fragmentos?*

Cuando Eragon repitió sus palabras, Hrothgar murmuró algo en su propio idioma y luego dijo:

—Sí tenemos esa capacidad, pero ¿para qué sirve? Esa tarea nos llevaría meses, o años, y el resultado final sería una ruinosa burla de la belleza que antaño brilló en Tronjheim. Es una aberración que no aprobaré.

Saphira siguió mirando al rey sin pestañear. *Ahora dile esto: Si consiguieran reunir de nuevo los fragmentos de Isidar Mithrim sin que faltara una sola pieza, creo que yo podría arreglarla del todo.*

Eragon la miró boquiabierto y, en su sorpresa, se olvidó de Hrothgar. *¡Saphira! ¡Eso requeriría mucha energía! Tú misma me dijiste que no puedes usar la magia a voluntad. ¿Qué te hace pensar que serías capaz de lograrlo?*

Puedo hacerlo si es suficientemente necesario. Será mi regalo a los enanos. Recuerda la tumba de Brom; eso debería bastar para anular tus dudas. Y cierra la boca: es muy feo, y el rey te está mirando.

75

Cuando Eragon tradujo la propuesta de Saphira, Hrothgar se puso derecho y exclamó:

—¿Es posible? Ni siquiera los elfos podrían intentar semejante proeza.

—Ella confía en sus habilidades.

—Entonces reconstruiremos Isidar Mithrim, aunque nos cueste cien años. Montaremos un marco para la joya y pondremos cada pieza en su lugar original. No olvidaremos ni una sola astilla. Incluso si tuviéramos que partir las piezas más grandes para poderlas trasladar, lo haremos con toda nuestra sabiduría sobre el trabajo con gemas, para que no se pierda ningún añico, ni siquiera el polvo. Luego vendréis vosotros, cuando hayamos terminado, y curaréis la Rosa Estrellada.

—Vendremos —confirmó Eragon, con una reverencia.

Hrothgar sonrió y fue como si un muro de granito se resquebrajara.

—Menuda alegría me has dado, Saphira. De nuevo vuelvo a sentir una razón para vivir y para mandar. Si haces eso, los enanos de todo el mundo honrarán tu nombre durante generaciones incontables. Marchad ahora con mi bendición, mientras yo hago correr la voz entre los clanes. Y no os sintáis obligados a esperar que sea yo quien lo anuncie, pues esta noticia no debe negársele a ningún enano: decídselo a quienquiera que os encontréis. Que resuenen los salones con el júbilo de nuestra raza.

Tras una última reverencia, Eragon y Saphira se fueron y dejaron al rey enano sonriendo en su trono. Al abandonar la sala, Eragon le contó a Orik lo que había ocurrido. El enano se inclinó de inmediato y besó el suelo ante Saphira. Se levantó con una sonrisa y palmeó a Eragon en el brazo, al tiempo que le decía:

—Una maravilla, sin duda. Nos has dado exactamente la esperanza que necesitábamos para enfrentarnos a los últimos sucesos. Apuesto a que esta noche correrá la bebida.

—Y mañana es el funeral.

Orik se contuvo por un momento.

—Mañana, sí. Pero hasta entonces no permitiremos que nos moleste ningún pensamiento desgraciado. ¡Venid!

El enano tomó a Eragon de la mano y tiró de él por las entrañas de Tronjheim hasta un gran salón de banquetes en el que había muchos enanos, sentados ante mesas de piedra. Orik saltó sobre una de ellas, derramando platos por el suelo, y con voz atronadora proclamó las noticias sobre Isidar Mithrim. Los gritos y los vítores casi ensordecieron a Eragon. Uno por uno, los enanos insistieron en acercarse a Saphira y besar el suelo ante ella, tal como había hecho Orik. Luego abandonaron la comida y llenaron sus jarras de piedra con cerveza y aguamiel.

Eragon se sorprendió del desenfreno con que él mismo se sumaba al jolgorio. Le ayudaba a liberarse de la melancolía que inundaba su corazón. Sin embargo, intentó resistirse a la disipación total, pues era consciente de las tareas que le esperaban para el día siguiente y quería tener la cabeza despejada.

Incluso Saphira tomó un trago de aguamiel, y como resultó que le gustaba, los enanos sacaron rodando un tonel para ella. Bajando sus poderosas mandíbulas hacia el extremo abierto del tonel, lo vació en tres largos tragos; después alzó la cabeza hacia el techo y eructó una gigantesca lengua de fuego. A Eragon le costó unos cuantos minutos convencer a los enanos de que podían acercarse de nuevo a ella sin temor, pero a continuación le sacaron otro tonel —haciendo oídos sordos a las protestas del cocinero— y contemplaron con asombro cómo también lo vaciaba.

A medida que Saphira se iba emborrachando, sus emociones y pensamientos recorrían cada vez con más fuerza la mente de Eragon. Se le hacía difícil contar con la información de sus propios sentidos: la visión de la dragona empezó a imponerse a la suya, el movimiento resultaba borroso y los colores cambiaban. Incluso los olores que percibía iban cambiando y se volvían más agudos y mordaces.

Los enanos se pusieron a cantar juntos. Tambaleándose, Saphira los acompañaba con un tarareo y remataba cada verso con un rugido. Eragon abrió la boca para sumarse, pero se llevó la sorpresa de que, en vez de palabras, brotara de ella el gruñido rasposo de la voz del dragón. «Esto —pensó, meneando la cabeza— está llegando demasiado lejos... ¿O será que estoy borracho?» Decidió que no importaba y se puso a cantar bulliciosamente, ya fuera con su voz o con la de la dragona.

Iban llegando más y más enanos al salón a medida que se extendían las noticias sobre Isidar Mithrim. Pronto hubo cientos de ellos en torno a las mesas y formaron un nutrido corro en torno a Eragon y Saphira. Orik llamó a los músicos, que se instalaron en un rincón y sacaron sus instrumentos de las fundas de terciopelo verde. Pronto, las doradas melodías de arpas, laúdes y flautas plateadas flotaban sobre la multitud.

Pasaron muchas horas antes de que el ruido y la excitación empezaran a aminorar. Cuando así ocurrió, Orik se subió de nuevo a la mesa. Se quedó allí plantado, con los pies bien separados para mantener el equilibrio, su jarra en la mano, la gorra de forro metálico ladeada, y exclamó:

—¡Escuchad! ¡Escuchad! Por fin hemos celebrado algo como es debido. ¡Los úrgalos se han ido, Sombra ha muerto y hemos vencido! —Todos los enanos golpearon las mesas en señal de aprobación. Era un buen discurso: corto y al grano. Pero Orik no había terminado—: ¡Por Eragon y Saphira! —rugió, alzando la jarra. Eso también fue bien recibido.

Eragon se levantó e hizo una reverencia, gesto que provocó más exclamaciones. A su lado, Saphira dio un paso atrás y cruzó un antebrazo por el pecho, en un intento de replicar su movimiento. Se tambaleó, y los enanos, conscientes del peligro que corrían, se dispersaron correteando. Se alejaron justo a tiempo. Con un sonoro resoplido, Saphira cayó hacia atrás y quedó tumbada en una de las mesas.

Eragon sintió un gran dolor en la espalda y cayó sin sentido junto a la cola de la dragona.

Réquiem

—¡*D*espiértate, Knurlheim! Ahora no puedes dormir. Nos necesitan en la puerta. No pueden empezar sin nosotros.

Eragon se obligó a abrir los ojos, consciente de que le dolía la cabeza y tenía el cuerpo magullado. Estaba tumbado en una fría mesa de piedra.

—¿Qué?

Hizo una mueca de disgusto al notar el mal sabor de boca. Orik se tironeaba de la barba oscura.

—La procesión de Ajihad. ¡Tenemos que estar presentes!

—No, ¿cómo me has llamado?

Estaban todavía en la sala de banquetes, pero no había nadie más aparte de él, Orik y Saphira, que seguía acostada a su lado, entre dos mesas. La dragona se agitó, alzó la cabeza y echó un vistazo con cara de sueño.

—¡Cabeza de piedra! Te he llamado cabeza de piedra porque llevo casi una hora intentando despertarte.

Eragon consiguió erguirse y se bajó de la mesa. Algunos relámpagos de recuerdos de la noche anterior se abrieron camino en su mente. *Saphira, ¿cómo estás?*, preguntó, mientras se acercaba a ella a trompicones.

Ella giró la cabeza de un lado a otro y se pasó la lengua encarnada por los dientes, como un gato que hubiera comido algo desagradable. *Creo que... entera. Tengo una sensación extraña en el ala izquierda; creo que caí sobre ella. Y siento la cabeza llena de mil flechas.*

—¿Hirió a alguien al caer? —preguntó Eragon.

Del grueso pecho del enano brotó una sentida carcajada.

—Sólo los que se cayeron de las sillas de tanta risa. ¡Una dragona borracha haciendo reverencias! Estoy seguro de que se cantarán baladas sobre esto durante décadas. —Saphira movió las alas y, remilgada, desvió la mirada—. Como no podíamos moverte, nos pareció que era mejor dejarte aquí. El cocinero jefe se enfadó mucho. Tenía miedo de que te siguieras bebiendo lo mejor de su bodega, aparte de los cuatro toneles que te tragaste.

¡Y eso que una vez me reñiste por beber! Si me llego a tomar yo cuatro toneles, me mataría.

Por eso no eres un dragón.

Orik encajó un bulto de ropa entre los brazos de Eragon.

—Venga, ponte esto. Es más apropiado para un funeral que lo que llevas puesto. Pero date prisa, nos queda poco tiempo.

Eragon se puso las prendas con dificultad: una camisa blanca muy ancha, con lazos en los puños; un chaleco rojo decorado con trenzas y encajes dorados; pantalones oscuros; unas botas negras relucientes que resonaban al pisar el suelo; y una capa con mucho vuelo que se anudaba al cuello con un broche tachonado. En lugar de la cinta lisa de cuero que solía usar, para atarse a *Zar'roc* utilizó un cinturón ornamentado.

Eragon se echó agua a la cara e intentó arreglarse un poco el pelo. Luego Orik les instó a abandonar el salón y dirigirse a la puerta sur de Tronjheim.

—Hemos de salir desde allí —explicó, al tiempo que se desplazaba con una sorprendente velocidad para sus cortas y fornidas piernas—, porque es donde se detuvo hace tres días la procesión con el cuerpo de Ajihad. Su viaje hacia la tumba no puede interrumpirse, o su espíritu no encontrará descanso.

Una vieja costumbre, señaló Saphira.

Eragon se mostró de acuerdo y luego notó que la dragona caminaba con un cierto desequilibrio. En Carvahall solía enterrarse a la gente en sus granjas o, si vivían en la aldea, en pequeños cementerios. Como únicos rituales para acompañar el proceso, se recitaban algunos versos de ciertas baladas y después se organizaba un banquete entre los parientes y amigos del fallecido. *¿Podrás aguantar todo el funeral?,* preguntó al ver que Saphira se tambaleaba de nuevo.

Ella hizo una breve mueca. *Aguantaré eso y el nombramiento de Nasuada, pero luego me hará falta dormir. ¡Mal rayo parta al aguamiel!*

Eragon reanudó la conversación con Orik y le preguntó:

—¿Dónde van a enterrar a Ajihad?

Orik aminoró el paso y miró a Eragon con precaución:

—Eso ha sido motivo de enfrentamiento entre los clanes. Cuando muere un enano, creemos que debe quedar encerrado en piedra, porque en caso contrario no podría reunirse con sus ancestros. Es algo complejo y no puedo explicar más detalles a un extraño..., pero somos capaces de cualquier cosa para asegurarnos de que se cumple el entierro. La vergüenza cae sobre cualquier familia o clan que permita que uno de los suyos descanse en un elemento de rango menor.

»Por debajo de Farthen Dûr hay una cámara que se ha convertido en hogar de todos los knurlan que vivían aquí, todos enanos. A Ajihad lo llevarán allí. No pueden enterrarlo con nosotros porque es humano, pero se ha preparado aparte una alcoba consagrada para él. Allí los vardenos podrán visitarlo sin entrar en nuestras grutas sagradas, y Ajihad recibirá el respeto que se le debe.

—Vuestro rey ha hecho mucho por los vardenos —comentó Eragon.

—Algunos opinan que demasiado.

Ante la gruesa puerta —alzada sobre cadenas ocultas

para dejar pasar la tenue luz del día que se colaba en Farthen Dûr—, se encontraron con una fila cuidadosamente dispuesta. Al frente descansaba Ajihad, frío y pálido, sobre un féretro de mármol blanco que sostenían seis hombres ataviados con armaduras negras. Llevaba en la cabeza un yelmo recubierto de piedras preciosas. Tenía las manos entrelazadas sobre el esternón, apoyadas en el mango de marfil de su espada desnuda, que se extendía bajo el escudo que le tapaba el pecho y las piernas. La malla de plata, que trazaba anillos de luz de luna, descansaba en sus extremidades y se desparramaba sobre el féretro.

Nasuada estaba muy cerca del cadáver: grave, con una capa de marta cebellina, mantenía una fuerte apostura, aunque las lágrimas adornaban su semblante. A un lado iba Hrothgar con ropa oscura; luego, Arya; el Consejo de Ancianos, todos ellos con oportunas expresiones de dolor; finalmente, una fila de enlutados formaba un arroyo que discurría por Tronjheim hasta más allá de un kilómetro y medio.

Todas las puertas y arcadas del vestíbulo de cuatro pisos de altura que llevaba a la cámara central de Tronjheim, a casi un kilómetro, estaban abiertas de par en par y llenas de hombres y enanos. Entre los grupos de rostros cenizos, los grandes tapices se ondularon por la fuerza de los cientos de suspiros y susurros que provocó la aparición de Saphira y Eragon.

Jörmundur les indicó por gestos que se acercaran a él. Esforzándose por no romper la formación, Eragon y Saphira avanzaron por la fila hasta ocupar el espacio que había a su lado, ganándose una mirada de reprobación de Sabrae. Orik fue a situarse detrás de Hrothgar.

Esperaron todos juntos, aunque Eragon no sabía a qué esperaban.

Todas las antorchas estaban tapadas a medias, de tal modo que el aire quedaba envuelto en un frío crepúsculo que aportaba una sensación etérea al evento. Nadie parecía moverse, ni respirar siquiera; por un breve instante, a Eragon le pareció que todos eran estatuas congeladas hasta la eternidad. Una sola voluta de incienso se alzaba desde el féretro, curvándose hacia el brumoso techo a medida que extendía su aroma de cedro y enebro. Era el único movimiento de la sala: un látigo que se cimbreaba en el aire, de lado a lado.

En lo más hondo de Tronjheim, sonó un tambor. *Bum*. La nota grave y sonora resonó en sus huesos, hizo vibrar la ciudad-montaña y levantó en ella un eco, como si hubiera sonado una gran campana de piedra.

Dieron un paso adelante.

Bum. En la segunda nota, otro tambor, más grave, se sumó al primero; cada pulsación rodaba inexorablemente por la sala. La fuerza de aquel sonido los impulsaba a avanzar con paso majestuoso. En el temblor que los rodeaba, no había lugar para ningún pensamiento, sino tan sólo para una desbordante emoción que los tambores manipulaban con pericia para invocar las lágrimas y, al mismo tiempo, una agridulce alegría.

Bum.

Al llegar al final del túnel, los que cargaban con Ajihad se detuvieron entre los pilares de ónice que llevaban a la cámara central. Allí, Eragon vio que los enanos se ponían aun más solemnes al recordar Isidar Mithrim.

Bum.

Pasaron por un cementerio de cristal. En el centro de la gran cámara había un círculo de fragmentos apilados que rodeaban el martillo y las estrellas de cinco puntas. Algunos trozos eran más grandes que Saphira. Los rayos del zafiro estrellado seguían brillando en cada pieza, y en algunas se veían todavía los pétalos de la rosa grabada.

Bum.

83

Los que llevaban el féretro siguieron avanzando entre los incontables filos, agudos como navajas. Luego la procesión torció a un lado y descendió los amplios escalones que llevaban a los túneles inferiores. Desfilaron por muchas cavernas y pasaron por chozas de piedra en las que los niños enanos se aferraban a sus madres y miraban con los ojos bien abiertos.

Bum.

Con aquel crescendo final, se detuvieron bajo las estriadas estalactitas que pendían sobre una gran catacumba rodeada de nichos. En cada uno de éstos había una lápida con un nombre y un emblema de algún clan grabados. Allí había miles, cientos de miles de cuerpos enterrados. La única luz, tenue entre las sombras, venía de unas pocas antorchas rojas espaciadas.

Al cabo de un rato, los que llevaban el féretro entraron en una pequeña sala anexa a la cámara principal. En el centro, sobre una plataforma elevada, había una gran cripta abierta a la oscuridad expectante. Encima, grabado sobre la piedra, se podía leer:

> *Que todos, knurlan, humanos y elfos,*
> *Recuerden*
> *A este hombre.*
> *Era noble, fuerte y sabio.*

> *Gûntera Arûna*

Cuando los miembros de la procesión pudieron reunirse en torno a la tumba, bajaron el cuerpo de Ajihad dentro de la cripta, y se permitió acercarse a quienes lo habían conocido personalmente. Eragon y Saphira eran los quintos en la cola, detrás de Arya. Mientras subía los escalones de mármol que le permitirían ver el cuerpo, Eragon se vio sobrecogido por una abrumadora sensación de pena, y su angustia aumentó por el hecho de que para él aquello representaba tanto el funeral de Ajihad como el de Murtagh.

Quieto junto a la tumba, Eragon bajó la mirada hacia Ajihad. Parecía más calmado y tranquilo que en vida, como si la muerte hubiera reconocido su grandeza y le hubiera honrado retirando cualquier rastro de sus preocupaciones mundanas. Eragon sólo había tratado a Ajihad durante un tiempo breve, pero había llegado a sentir respeto no sólo por su persona, sino por lo que representaba: la liberación de la tiranía. Además, había sido el primero en ofrecerle un refugio seguro desde que Eragon y Saphira salieran del valle de Palancar.

Afectado, Eragon intentó pensar en la mejor alabanza que pudiera decir. Al final, un susurro se abrió paso a través del nudo que atenazaba su garganta:

—Serás recordado, Ajihad. Lo juro. Descansa en paz, pues debes saber que Nasuada continuará tu obra y el Imperio será derrotado gracias a tus logros.

Se dio cuenta de que Saphira le tocaba un brazo y abandonó con ella la plataforma para permitir que Jörmundur ocupara su lugar.

Cuando todos hubieron mostrado sus respetos, Nasuada se inclinó sobre Ajihad, tocó la mano de su padre y la sostuvo con amable urgencia. Soltó un gemido y empezó a cantar con un extraño y quejumbroso idioma que llevó sus lamentos por toda la caverna.

Entonces llegaron doce enanos y deslizaron una losa de mármol sobre el rostro de Ajihad. Y éste pasó a mejor vida.

85

Lealtad

*E*ragon bostezó y se tapó la boca entre la gente que entraba al anfiteatro subterráneo. En la espaciosa sala rebotaba el eco de un tumulto de voces que comentaban el funeral recién terminado.

Se sentó en la hilera más baja, al mismo nivel que el estrado. A su lado estaban Orik, Hrothgar, Nasuada y el Consejo de Ancianos. Saphira se quedó en los escalones que partían la grada. Orik se inclinó hacia delante y dijo:

—Desde Korgan, aquí se han escogido todos nuestros reyes. Es correcto que los vardenos hagan lo mismo.

«Aún está por ver —pensó Eragon— si la transmisión de poder se hará de modo pacífico.» Se frotó un ojo para retirar las lágrimas recientes; la ceremonia del funeral le había afectado.

A los restos de su dolor se superponía ahora una ansiedad que le retorcía las tripas. Le preocupaba su propio papel en los acontecimientos inminentes. Incluso si todo iba bien, él y Saphira iban a ganarse enemigos poderosos. La mano descendió hacia *Zar'roc* y se tensó en torno a la empuñadura.

El anfiteatro tardó unos cuantos minutos en llenarse. Luego Jörmundur subió al estrado.

—Pueblo de los vardenos, estuvimos aquí por última vez hace quince años, cuando murió Deynor. Su sucesor, Ajihad, hizo más por oponerse al Imperio y a Galbatorix que todos sus antecesores. Ganó incontables batallas contra fuerzas superiores. Estuvo a punto de matar a Durza y llegó a marcar una muesca en el filo de la espada de Sombra. Y por encima de todo, acogió en Tronjheim al Jinete Eragon y a Saphira. En cualquier caso, hay que escoger un nuevo líder, alguien que nos brinde una gloria aun mayor.

En lo alto, alguien gritó:

—¡El Asesino de Sombra!

Eragon se esforzó por no reaccionar. Le agradó comprobar que Jörmundur ni siquiera pestañeaba.

—Tal vez en el futuro, pero ahora tiene otros deberes y responsabilidades —dijo—. No, el Consejo de Ancianos ha pensado mucho: hace falta alguien que entienda nuestras necesidades y deseos, alguien que haya sufrido a nuestro lado. Alguien que se negó a huir, incluso cuando la batalla era inminente.

En ese momento, Eragon percibió que los que escuchaban empezaban a entender. El nombre brotó como un suspiro de mil gargantas y terminó por pronunciarlo el propio Jörmundur: Nasuada. Jörmundur hizo una reverencia y dio un paso a un lado.

La siguiente era Arya. Contempló a la expectante audiencia y dijo:

—Esta noche, los elfos honramos a Ajihad. Y en nombre de la reina Islanzadí, reconozco el ascenso de Nasuada y le ofrezco el mismo apoyo y la misma amistad que otorgamos a su padre. Que las estrellas la protejan.

Hrothgar subió al estrado y contempló a la gente con aspereza.

—También yo apoyo a Nasuada, al igual que los clanes.

Se apartó. Le tocaba a Eragon. Plantado ante la muchedumbre, con todas las miradas fijas en él y en Saphira, dijo:

—También nosotros apoyamos a Nasuada.

Saphira confirmó la afirmación con un gruñido.

Una vez establecidos los compromisos, el Consejo de Ancianos se alineó a ambos lados del estrado, con Jörmundur delante. Con compostura orgullosa, Nasuada se acercó y se arrodilló ante él, con el vestido inflado de pliegues negros. Jörmundur alzó la voz para decir:

—Por derecho de herencia y sucesión, hemos escogido a Nasuada. Por el mérito de los logros obtenidos por su padre, y con la bendición de sus pares, hemos escogido a Nasuada. Ahora, os pregunto: ¿hemos escogido bien?

El rugido fue abrumador:

—¡Sí!

Jörmundur asintió.

—Entonces, por el poder que se le concede a este Consejo, pasamos los privilegios y las responsabilidades concedidos a Ajihad a su única descendiente, Nasuada. —Colocó gentilmente un aro de plata en la frente de Nasuada. Le tomó una mano, la alzó en el aire y exclamó—: He aquí vuestra nueva líder.

Durante diez minutos, los vardenos y los enanos vitorearon, y su aprobación sonó como un trueno hasta que toda la sala vibró con aquel clamor. Cuando al fin aminoraron los gritos, Sabrae señaló a Eragon y murmuró:

—Ha llegado el momento de que cumplas tu promesa.

En ese momento, Eragon dejó de oír cualquier ruido. También desaparecieron sus nervios, llevados por la marea del momento. Respiró hondo para armarse de valor, y luego él y Saphira se acercaron a Jörmundur y Nasuada. Cada paso parecía durar una eternidad. Mientras caminaban, Eragon miró fijamente a Sabrae, Elessari, Umérth y Falberd, y notó sus medias sonrisas, su petulancia y, en el caso de Sabrae, su claro desprecio. Arya permanecía detrás de los miembros del Consejo. Movió la cabeza en muestra de apoyo.

Estamos aquí para cambiar la historia, dijo Saphira.

Nos estamos tirando por un acantilado, sin saber si es profunda el agua que hay abajo.

Ah, pero qué lucha tan gloriosa.

Tras una breve mirada al rostro sereno de Nasuada, Eragon hizo una reverencia y se arrodilló. Desenfundó a *Zar'-roc*, la sostuvo plana sobre las palmas y la alzó, como si fuera a ofrecérsela a Jörmundur. Por un instante, la espada flotó entre éste y Nasuada, como si se tambaleara en el fiel de la balanza entre dos destinos diferentes. Eragon notó que le faltaba el aire: el equilibrio de su vida dependía de una simple elección. Algo más que su vida: ¡una dragona, un rey, un Imperio!

Entonces el aire volvió de golpe y llevó de nuevo el tiempo a sus pulmones en el momento en que se encaró a Nasuada:

—Con el más profundo respeto, y consciente de las dificultades a las que te enfrentas, yo, Eragon, primer Jinete de los vardenos, Asesino de Sombra y Argetlam, te entrego mi espada y mi lealtad, Nasuada.

Los vardenos y los enanos lo miraban fijamente, estupefactos. En el mismo instante, los miembros del Consejo de Ancianos pasaron del regodeo en la victoria a la rabiosa impotencia. Sus miradas ardían con la fuerza y el veneno propios de quien ha sido traicionado. Incluso Elessari permitió que su amable conducta transparentara su indignación. Sólo Jörmundur, tras un breve respingo de sorpresa, pareció aceptar el anuncio con ecuanimidad.

Nasuada sonrió, tomó la espada y apoyó la punta en la cabeza de Eragon, tal como había hecho en la ocasión anterior.

—Me honra que elijas servirme, jinete Eragon. Acepto, al igual que tú, las responsabilidades que se derivan de este acto. Levántate, vasallo, y toma tu espada.

Eragon lo hizo y luego se retiró con Saphira. Entre gritos de aprobación, la muchedumbre se puso en pie: los enanos golpeaban rítmicamente el suelo con sus botas tachonadas, mientras que los humanos entrechocaban las espadas con los escudos.

Nasuada se encaró al atril, se agarró a él con una mano en cada lado y miró a los presentes en el anfiteatro. Les dedicó una sonrisa resplandeciente, con el brillo de la pura alegría en la cara:

—¡Pueblo de los vardenos!

Silencio.

—Tal como hizo mi padre antes que yo, daré mi vida por vosotros y por vuestra causa. No cesaré de pelear hasta que hayamos vencido a los úrgalos, Galbatorix esté muerto y Alagaësia recupere su libertad.

Más vítores y aplausos.

—Por lo tanto, os digo que ha llegado la hora de prepararse. Aquí, en Farthen Dûr, tras infinitas escaramuzas, hemos ganado nuestra mayor batalla. Ha llegado la hora de devolver los golpes. Galbatorix está debilitado porque ha perdido muchas fuerzas y nunca tendremos otra oportunidad como ésta. Por eso, de nuevo os digo que ha llegado la hora de prepararnos para que salgamos, una vez más, victoriosos.

Tras algunos discursos más en boca de diversos personajes —incluido un Falberd que aún mantenía el ceño fruncido—, el anfiteatro empezó a vaciarse. Cuando Eragon se levantó para salir, Orik lo agarró por un brazo y lo detuvo. El enano lo miraba boquiabierto:

—Eragon, ¿habías planeado todo esto de antemano?

Eragon pensó por un instante si era inteligente decirle la verdad y luego asintió:

—Sí.

Orik exhaló y meneó la cabeza.

—Ha sido una jugada atrevida, vaya que sí. De entrada, has concedido a Nasuada una posición fuerte. Sin embargo, a juzgar por las reacciones del Consejo, era peligroso. ¿Contabas con la aprobación de Arya?

—Estuvo de acuerdo en que era necesario.

El enano lo estudió con atención.

—Estoy seguro de que lo era. Acabas de alterar el equilibrio de poder, Eragon. Nadie volverá a subestimarte por ello... Cuídate de las almas podridas. Hoy te has ganado unos cuantos enemigos poderosos.

Le dio una palmada en el costado y echó a andar.

Saphira lo vio irse y luego dijo: *Deberíamos prepararnos para abandonar Farthen Dûr. El Consejo estará sediento de venganza. Cuanto antes estemos lejos de su alcance, mejor.*

91

Una bruja, una serpiente y un pergamino

*E*sa misma tarde, cuando Eragon regresaba a su cuarto después de darse un baño, le sorprendió encontrarse a una mujer alta que lo esperaba en el vestíbulo. Tenía el cabello oscuro, unos asombrosos ojos azules y una expresión irónica en la boca. En torno a la muñeca llevaba un brazalete de oro con forma de serpiente sibilante. Eragon deseó que no hubiera acudido en busca de consejo, como hacían tantos de los vardenos.

—Argetlam —lo saludó con elegancia.

Él devolvió el saludo inclinando la cabeza.

—¿Puedo ayudarte en algo?

—Espero que sí. Soy Trianna, la bruja de Du Vrangr Gata.

—¿De verdad? ¿Una bruja? —preguntó, intrigado.

—Y maga de la guerra y espía y cualquier otra cosa que los vardenos consideren necesaria. Como no hay suficientes conocedores de la magia, terminamos todos con media docena de tareas distintas. —Al sonreír, mostró una dentadura blanca y recta—. Por eso he venido. Sería un honor que te ocuparas de nuestro grupo. Eres el único que puede reemplazar a los gemelos.

Casi sin darse cuenta, Eragon le devolvió la sonrisa. Era tan amistosa y encantadora, que le costaba decir que no.

—Me temo que no puedo. Saphira y yo nos iremos pronto de Tronjheim. Además, en cualquier caso, tendría que consultarlo antes con Nasuada.

«Y no quiero involucrarme en más cuestiones políticas... Y menos todavía en el terreno que antes dominaban los gemelos.»

Trianna se mordió los labios.

—Lamento oír eso. —Se acercó un paso más—. Tal vez podamos pasar juntos un rato antes de que te vayas. Podría enseñarte cómo invocar espíritus y controlarlos. Sería un buen «aprendizaje» para los dos.

Eragon notó que un sofoco le calentaba la cara.

—Agradezco la propuesta, pero la verdad es que en estos momentos estoy demasiado ocupado.

Una centella de rabia brilló en los ojos de Trianna y luego se desvaneció tan rápido que Eragon se preguntó si había llegado a verla de verdad. Ella suspiró con delicadeza:

—Lo entiendo.

Parecía tan decepcionada —y tenía un aspecto tan triste— que Eragon se sintió culpable por haberla rechazado. «Tampoco va a pasar nada por hablar con ella unos minutos», se dijo.

—Por curiosidad, ¿cómo aprendiste magia?

Trianna se animó.

—Mi madre era una sanadora de Surda. Tenía algo de poder y logró instruirme en las costumbres antiguas. Por supuesto, no soy ni mucho menos tan poderosa como un Jinete. Nadie de Du Vrangr Gata podría haber vencido a Durza sin ayuda, como hiciste tú. Eso fue una heroicidad.

Avergonzado, Eragon arrastró las botas por el suelo.

—Si no llega a ser por Arya, no habría sobrevivido.

—Eres demasiado modesto, Argetlam —lo regañó—. Fuiste tú quien dio el golpe final. Deberías estar orgulloso de tu logro. Es una gesta digna del mismísimo Vrael. —Se acercó a él. El corazón de Eragon se aceleró al oler su perfume, que era intenso y almizclado, con un toque de especias exóticas—. ¿Has oído las canciones que han compuesto sobre ti?

Los vardenos las cantan cada noche en torno a las fogatas. ¡Dicen que has venido a arrebatarle el trono a Galbatorix!

—No —contestó Eragon, rápido y abrupto. No pensaba tolerar ese rumor—. Ellos pueden decir lo que quieran, pero yo no. Sea cual sea mi destino, no aspiro a mandar.

—Y es muy sabio por tu parte. Al fin y al cabo, qué es un rey, sino un hombre aprisionado por sus deberes. Eso, sin duda, sería una pobre recompensa para el último Jinete libre y su dragona. No, a ti te corresponde la habilidad de hacer lo que desees y, por extensión, dar forma al futuro de Alagaësia. —Hizo una pausa—. ¿Te queda algo de familia en el Imperio?

«¿Qué?»

—Sólo un primo.

—Entonces, no estás prometido.

La pregunta lo pilló con la guardia baja. Nunca se lo habían preguntado hasta entonces.

—No, no estoy prometido.

—Pero seguro que hay alguien que te importa.

Se acercó un paso más, y las cintas de su manga rozaron el brazo de Eragon.

—No tenía ninguna relación de compromiso en Carvahall —titubeó— y desde entonces no he hecho más que viajar.

Trianna dio un paso atrás y luego alzó la muñeca para que la serpiente quedara a la altura de sus ojos.

—¿Te gusta? —preguntó. Eragon pestañeó y asintió, aunque en realidad estaba un poco desconcertado—. La llamo *Lorga*. Es mi familiar y mi protectora. —Se inclinó hacia delante, sopló hacia el brazalete y murmuró—: Sé orúm thornessa hávr sharjalví lífs.

Con un chasquido seco, la serpiente se agitó y cobró vida. Eragon la miró fascinado, mientras la criatura se retorcía en torno al pálido brazo de Trianna y luego se alzaba para clavar en él sus ojos mareantes, mientras metía y sacaba la lengua bífida. Los ojos parecían expandirse hasta alcanzar cada uno el tamaño de un puño de Eragon. Éste se sentía como si fuera a caer en sus fogosas profundidades; por mucho que lo intentara, no podía desviar la mirada.

Luego, tras una breve orden, la serpiente se volvió rígida y recuperó su posición anterior. Con un suspiro de cansancio, Trianna se apoyó en la pared.

—No todo el mundo entiende lo que hacemos los magos. Pero quería que supieras que hay otros como tú y que estamos dispuestos a ayudarte si hace falta.

Respondiendo a un impulso, Eragon apoyó una mano en la de Trianna. Nunca había intentado acercarse de ese modo a una mujer, pero lo impulsaba el instinto y le daba valor para arriesgarse. Le provocaba temor y excitación.

—Si quieres, podemos ir a comer. No muy lejos de aquí hay una cocina.

Ella apoyó su otra mano encima de la suya, con unos dedos suaves y fríos, muy distintos de los contactos rudos a los que estaba acostumbrado.

—Me encantaría. ¿Vamos...?

Trianna dio un trompicón hacia delante al abrirse la puerta que tenía detrás. La bruja se dio la vuelta y no pudo más que soltar un grito al encontrarse cara a cara con Saphira. Ésta permaneció inmóvil, salvo por un labio que se alzó lentamente para mostrar una línea de dientes serrados. Entonces, rugió. Fue un rugido asombroso, intensamente cargado de burla y amenazas, que osciló arriba y abajo en la sala durante más de un minuto. Oírlo era como soportar una virulenta bronca cargada de ira.

Eragon no dejó de fulminarla con la mirada.

Cuando terminó, Trianna se agarraba el vestido con los dos puños, retorciendo la tela. Tenía la cara blanca y asustada. Saludó a Saphira con una rápida inclinación de cabeza y luego, con un movimiento apenas controlado, se dio la vuelta y salió corriendo. Actuando como si nada hubiera ocurrido, Saphira levantó una pierna y se lamió la zarpa. *Era casi imposible abrir la puerta*, soltó.

Eragon ya no pudo contenerse más. *¿Por qué has hecho eso? ¡No tenías ninguna razón para entrometerte!*

Necesitabas mi ayuda, contestó Saphira, imperturbable.

Si necesitara tu ayuda, te hubiera llamado.

No me grites —contestó bruscamente la dragona, entrechocando las mandíbulas. Eragon notó que sus emociones estaban sometidas al mismo bullicio que las suyas—. *No permitiré que se te acerque una cualquiera como ésa, más interesada en Eragon como Jinete que en ti como persona.*

No era una cualquiera —rugió Eragon. Llevado por la frustración, golpeó la pared—. *Ahora soy un hombre, Saphira, no un eremita. No puedes pretender que ignore... Que ignore a una mujer sólo por ser quien soy. Y en cualquier caso, no eres tú quien debe tomar esa decisión. Por lo menos, podía haber disfrutado de una buena conversación con ella, en vez de todas las tragedias que hemos vivido últimamente. Conoces lo suficiente mi mente para entender cómo me siento. ¿Por qué no podías dejarme en paz? ¿Qué hacía de malo?*

No lo entiendes. Saphira evitó mirarlo a los ojos.

¿Que no lo entiendo? ¿Vas a impedir que tenga una esposa e hijos? ¿Y qué pasa con la familia?

Eragon. —Al fin lo miró con uno de sus grandes ojos—. *Estamos unidos íntimamente.*

¡Evidentemente!

Y si mantienes una relación, con mi bendición o sin ella, y te... comprometes... con alguien, mis sentimientos también quedarán comprometidos. Deberías saberlo. Por lo tanto —te aviso una sola vez—, ten mucho cuidado de a quién escoges, porque tu elección nos involucrará a los dos.

Eragon repasó sus palabras brevemente. *El lazo funciona en los dos sentidos, de todos modos. Si tú odias a alguien, me influirá a mí del mismo modo. Entiendo que te preocupas. Entonces, ¿no era sólo por celos?*

Ella volvió a lamerse la zarpa. *Tal vez un poco sí.*

Ahora era Eragon el que rugía. Pasó volando junto a la dragona, cogió a *Zar'roc* y se fue, indignado, mientras se la ataba al cinto.

Pasó horas deambulando por Tronjheim y evitando el contacto con la gente. Lo que había ocurrido le dolía, aunque no podía negar la veracidad de las palabras de Saphira. De todos los asuntos que compartían, aquél era el más delicado y el que más los ponía en desacuerdo. Aquella noche —por primera vez desde que lo capturaran en Gil'ead— durmió lejos de Saphira, en una de las barracas de los enanos.

A la mañana siguiente, Eragon volvió a sus aposentos. Por un acuerdo tácito, él y Saphira evitaron hablar de lo que había ocurrido; no tenía sentido discutir cuando ninguna de las dos partes estaba dispuesta a ceder. Además, los dos estaban tan aliviados por el reencuentro que no querían poner en peligro de nuevo su amistad.

Estaban comiendo —Saphira desgarraba una pierna ensangrentada— cuando apareció Jarsha al trote. Igual que la vez anterior, se quedó mirando a Saphira con los ojos bien abiertos y siguiendo sus movimientos mientras ella mordisqueaba un extremo del hueso de la pierna.

—¿Sí? —preguntó Eragon.

Se limpió la barbilla y se preguntó si el Consejo de Ancianos lo enviaba en su busca. No había vuelto a saber de ellos desde el funeral.

Jarsha logró apartar de Saphira la mirada el tiempo suficiente para decir:

—Nasuada quiere verlo, señor. Lo espera en el estudio de su padre.

¡Señor! Eragon casi se echa a reír. Apenas un rato antes, era él quien daba ese trato a los demás. Miró a Saphira.

—¿Has terminado, o hemos de esperar unos minutos más?

Saphira puso los ojos en blanco, se echó lo que quedaba de carne a la boca y partió el hueso con un fuerte crujido. *Ya estoy.*

—Vale —dijo Eragon, mientras se ponía de pie—. Puedes irte, Jarsha. Conocemos el camino.

Les costó casi media hora llegar al estudio, dado el tamaño de la ciudad-montaña. Igual que ocurría durante el mandato de Ajihad, había una guardia ante la puerta; pero ahora no se trataba de dos hombres, sino de un batallón entero de guerreros curtidos en muchas batallas y atentos a la menor señal de peligro. Parecía evidente que estaban dispuestos a sacrificarse para proteger a su nueva líder de cualquier ataque o emboscada. Aunque aquellos hombres no podían dejar de reconocer a Eragon y Saphira, cerraron el paso mientras alguien avisaba a Nasuada de la llegada de los visitantes. Sólo entonces se les permitió entrar.

Eragon notó de inmediato un cambio: un jarrón de flores en el estudio. Los pequeños capullos violetas eran discretos, pero llenaban el aire de una cálida fragancia que provocó en Eragon la evocación de moras recién cogidas en verano y campos segados que se bronceaban al sol. Inspiró y apreció la habilidad con que Nasuada había reafirmado su personalidad sin anular el recuerdo de Ajihad.

Ella estaba sentada tras el amplio escritorio, todavía cubierta con la capa negra de luto. Cuando Eragon se sentó, con Saphira a su lado, Nasuada dijo:

—Eragon. —Era una simple aseveración, carente de cariño o de hostilidad. Se volvió un momento y luego se concentró en él con una mirada fría e intensa—. He pasado los últimos días revisando el estado actual de los asuntos de los vardenos. Ha sido una actividad lúgubre. Somos pobres, estamos demasiado diseminados, tenemos pocas provisiones y son pocos los reclutas del Imperio que se suman a nosotros. Quiero cambiar eso.

»Los enanos no pueden seguir apoyándonos mucho tiempo porque ha sido un pésimo año para el campo y han sufrido pérdidas. Teniendo eso en cuenta, he decidido llevarme a los vardenos a Surda. Es una propuesta difícil, pero lo considero necesario para mantener la seguridad. Cuando estemos en Surda, al fin nos encontraremos cerca de enfrentarnos directamente al Imperio.

Hasta Saphira se agitó por la sorpresa.

¡Cuánto trabajo daría eso! —dijo Eragon—. *Podría costar meses llevar todas las propiedades a Surda, por no mencionar a la gente. Y probablemente serían atacados en el camino.*

—Creía que el rey Orrin no se atrevía a enfrentarse abiertamente a Galbatorix —protestó.

Nasuada le dedicó una amarga sonrisa.

—Su postura ha cambiado desde que derrotamos a los úrgalos. Nos dará refugio y alimento y luchará a nuestro lado. Ya hay muchos vardenos en Surda, sobre todo mujeres y niños que no saben pelear, ni quieren. También ellos nos darán apoyo, y si no, les retiraré el nombre.

—¿Cómo —preguntó Eragon— has conseguido comunicarte tan rápido con el rey Orrin?

—Los enanos tienen un sistema de espejos y antorchas que les permite enviar mensajes por los túneles. Pueden enviar un mensaje desde aquí hasta el límite este de las montañas Beor en menos de un día. Después los mensajeros lo llevan hasta Aberon, capital de Surda. Por rápido que parezca, ese método sigue siendo demasiado lento si tenemos en cuenta que Galbatorix puede sorprendernos con un ejército de úrgalos y que tardaríamos más de un día en saberlo. Quiero preparar algo que resulte más expeditivo entre los magos de Du Vrangr Gata y los de Hrothgar antes de irnos.

Nasuada abrió un cajón del escritorio y sacó un grueso pergamino.

—Los vardenos abandonarán Farthen Dûr este mismo mes.

Hrothgar está de acuerdo en proporcionarnos un paso seguro a través de los túneles. Además, ha enviado una tropa a Orthíad para alejar a los últimos vestigios de úrgalos y sellar los túneles, de manera que nadie pueda volver a invadir a los enanos por esa ruta. Como eso podría no bastar para garantizar la supervivencia de los vardenos, tengo que pedirte un favor.

Eragon asintió. Esperaba una petición o una orden. Sólo podía haberlo convocado por esa razón.

—Me tienes a tus órdenes.

—Quizá. —Desvió la mirada hacia Saphira durante un segundo—. En cualquier caso, esto no es una orden, y quiero que lo pienses detenidamente antes de responder. Para contribuir a aumentar el apoyo a los vardenos, quisiera hacer correr la voz por todo el Imperio de que un nuevo Jinete, llamado Eragon Asesino de Sombra, se ha unido a nuestra causa con su dragona, Saphira. No obstante, quisiera contar con tu permiso.

Es demasiado peligroso, objetó Saphira.

De todos modos, nuestra presencia aquí llegará a oídos del Imperio —señaló Eragon—. *Los vardenos querrán ufanarse de su victoria y de la muerte de Durza. Como va a ocurrir con o sin nuestra aprobación, deberíamos aceptarlo.*

La dragona resopló levemente. *Me preocupa Galbatorix. Hasta ahora no habíamos hecho públicas nuestras simpatías.*

Nuestros actos han sido elocuentes.

Sí, pero incluso cuando Durza peleaba contigo en Tronjheim, no intentaba matarte. Si hacemos pública nuestra oposición al Imperio, Galbatorix no volverá a ser tan indulgente. A saber qué fuerzas o tramas habrá reservado mientras pretendía ganarse nuestro apoyo. Mientras sigamos siendo ambiguos, no sabrá qué hacer.

El tiempo para la ambigüedad ya ha pasado —afirmó Eragon—. *Hemos luchado contra los úrgalos, hemos matado a Durza, y yo he jurado lealtad a la líder de los vardenos.*

No hay ninguna ambigüedad. No; con tu permiso, voy a aceptar su propuesta.

Saphira guardó silencio un largo rato y luego bajó la cabeza. *Como quieras.*

Eragon le apoyó una mano en el costado antes de volver a concentrarse en Nasuada y decir:

—Haz lo que te parezca oportuno. Si así es como mejor podemos ayudar a los vardenos, que así sea.

—Gracias. Sé que es mucho pedir. Ahora, como ya hablamos antes del funeral, espero que viajes a Ellesméra y completes tu formación.

—¿Con Arya?

—Por supuesto. Los elfos han rechazado el contacto con humanos y enanos desde que ella fue capturada. Arya es el único ser que puede convencerlos para que abandonen su aislamiento.

—¿No puede usar la magia para avisarles de que fue rescatada?

—No, por desgracia. Cuando los elfos se retiraron a Du Weldenvarden tras la caída de los Jinetes, dejaron guardas alrededor del bosque para impedir que cualquier pensamiento, objeto o ente entrara allí por medios arcanos, aunque no cerraron el camino de salida, si he entendido bien la explicación de Arya. Así, Arya debe visitar físicamente Du Weldenvarden para que la reina Islanzadí sepa que está viva, que Saphira y tú existís, y para que se entere de los muchos sucesos que han acontecido a los vardenos en estos últimos meses. —Nasuada le pasó el pergamino. Llevaba estampado un sello de cera—. Esto es una misiva para la reina Islanzadí, en la que le cuento la situación de los vardenos y mis planes al respecto. Cuídala con tu vida; podría causar muchos males si cae en manos equivocadas. Espero que después de todo lo que ha ocurrido, Islanzadí sienta suficiente bondad por nosotros para reanudar los lazos diplomáticos. Su ayuda podría marcar la diferencia entre la victoria y la derrota. Arya lo sabe y ha accedido a hablar en nuestro favor, pero quería que tú también conocieras la situación para que puedas aprovechar cualquier oportunidad que se presente.

Eragon se encajó el pergamino en el jubón.

—¿Cuándo salimos?

—Mañana por la mañana... Salvo que tengas algún otro plan.

—No.

—Bien. —Dio una palmada—. Has de saber que otra persona viajará con vosotros. —Eragon la miró sorprendido—. El rey Hrothgar ha insistido en que, en nombre de la justicia, debería haber un representante de los enanos en tu formación, puesto que también afecta a los suyos. Enviará contigo a Orik.

La primera reacción de Eragon fue irritarse. Saphira podía haber cargado con él y Arya volando hasta Du Weldenvarden, eliminando así semanas enteras de viaje innecesario. En cambio, no había modo de que cupieran tres pasajeros a espaldas de la dragona. La presencia de Orik los obligaría a ir por tierra.

Tras algo de reflexión, Eragon admitió que la propuesta de Hrothgar era sabia. Era importante que él y Saphira mantuvieran una apariencia de ecuanimidad al manejar los intereses de las diferentes razas. Sonrió.

—Ah, bueno, eso nos frenará un poco, pero supongo que debo contentar a Hrothgar. A decir verdad, me encanta que venga Orik. Cruzar Alagaësia sin otra compañía que Arya era una perspectiva desalentadora. Es...

Nasuada sonrió también.

—Es distinta.

—Sí. —Se puso serio de nuevo—. ¿De verdad piensas atacar al Imperio? Tú misma has dicho que los vardenos están debilitados. No parece la decisión más sabia. Si esperamos...

—Si esperamos —dijo ella con solemnidad—, Galbatorix

será cada vez más fuerte. Desde que asesinaron a Morzan, es la primera vez que tenemos una mínima oportunidad de tomarlo por sorpresa. No tenía ninguna razón para sospechar que pudiéramos derrotar a los úrgalos, lo cual conseguimos gracias a ti, de modo que no habrá preparado el Imperio para defenderse de una invasión.

¡Invasión! —exclamó Saphira—. *¿Y cómo piensa matar a Galbatorix cuando salga volando para arrasar al ejército con su magia?*

Nasuada meneó la cabeza en respuesta después de que Eragon le trasladara la pregunta.

—Por lo que sabemos de él, no luchará hasta que considere que Urû'baen está amenazada. A Galbatorix no le importa que destruyamos la mitad del Imperio mientras nos estemos acercando, en vez de alejarnos. Además, ¿por qué habría de preocuparse? Si conseguimos llegar hasta él, nuestras tropas serán acosadas y diezmadas, de modo que le resultará más fácil destruirnos.

—Aún no has contestado a la pregunta de Saphira.

—Porque aún no puedo hacerlo. Será una campaña larga. Cuando termine, tal vez tú tengas la fuerza suficiente para derrotar a Galbatorix, o quizá se nos hayan unido los elfos...; y sus hechiceros son los más fuertes de Alagaësia. Pase lo que pase, no podemos permitirnos la espera. Ha llegado el momento de apostar y atreverse a hacer lo que nadie nos cree capaces de lograr. Los vardenos llevan demasiado tiempo viviendo en las sombras: tenemos que desafiar a Galbatorix, o rendirnos y desaparecer.

El alcance de lo que sugería Nasuada inquietó a Eragon. Implicaba tantos riesgos, tantos peligros desconocidos, que casi resultaba absurdo plantearse semejante empeño. De todos modos, no le correspondía a él decidirlo, y lo aceptó. Tampoco pensaba discutirlo más adelante. *Ahora hemos de confiar en su juicio.*

—Pero ¿qué será de ti, Nasuada? ¿Estarás a salvo en mi ausencia? Debo pensar en mi juramento. Ahora, mi responsabilidad es asegurarme de que no tengas pronto tu propio funeral.

Nasuada apretó el mentón y señaló hacia la puerta y los soldados que permanecían tras ella.

—No temas nada, estoy suficientemente protegida. —Bajó la mirada—. He de admitir que... una razón para ir a Surda es que Orrin me conoce de hace tiempo y me ofrecerá su protección. No puedo entretenerme aquí si tú y Arya no estáis y el Consejo de Ancianos mantiene su poder. No me aceptarán como líder mientras no demuestre, más allá de cualquier duda, que soy yo quien controla a los vardenos, y no ellos.

Luego pareció recurrir a alguna energía interior y alzó los hombros y el mentón de tal modo que parecía distante y aislada.

104

—Vete ya, Eragon. Prepara tu caballo, reúne provisiones y preséntate en la puerta del norte al amanecer.

Él hizo una profunda reverencia, respetando aquel regreso a la formalidad, y luego se fue con Saphira.

Después de cenar, Eragon y Saphira salieron juntos a volar. Se alzaron sobre Tronjheim, entre los almenados carámbanos que pendían de las laderas de Farthen Dûr, formando una gran cinta blanca en torno a ellos. Pese a que faltaban aún algunas horas para el anochecer, dentro de la montaña ya todo estaba oscuro.

Eragon echó la cabeza atrás y saboreó el aire que le rozaba la cara. Echaba de menos el viento, aquel viento que podía correr entre la hierba y agitar las nubes hasta que todo quedaba fresco y alborotado. El viento que traía lluvia y tormentas y empujaba los árboles hasta lograr que se inclinaran. *Ya puestos, también echo de menos los árboles* —pensó—. *Farthen Dûr es un lugar increíble, pero tiene menos plantas y animales que la tumba de Ajihad.*

Saphira estaba de acuerdo. *Parece que los enanos creen que las piedras preciosas ocupan el lugar de las flores.* Guardó silencio mientras la luz se iba atenuando. Cuando oscureció tanto que Eragon ya no podía ver con claridad, la dragona dijo: *Es tarde. Deberíamos regresar.*

De acuerdo.

Descendió hacia el suelo trazando amplias e indolentes espirales para acercarse a Tronjheim, que brillaba como una almenara en el centro de Farthen Dûr. Todavía estaban lejos de la ciudad-montaña cuando Saphira ladeó la cabeza y dijo: *Mira eso.*

Eragon siguió su mirada, pero no alcanzó a ver más que la gris y anodina llanura que tenían debajo. *¿Qué?*

En vez de contestar, inclinó las alas y se deslizó hacia la izquierda para descender hacia una de las cuatro carreteras radiales que salían de Tronjheim siguiendo los cuatro puntos cardinales. Al aterrizar, Eragon se fijó en una mancha blanca que se veía en una colina cercana. La mancha se agitó extrañamente en la penumbra, como una vela flotante, y luego se convirtió en Angela, vestida con una túnica clara de lana.

La bruja llevaba una cesta de mimbre de más de un metro de anchura con un asombroso surtido de setas, la mayoría irreconocibles para Eragon. Mientras ella se acercaba, él las señaló y dijo:

—¿Has estado recogiendo hongos?

—Hola —saludó Angela, riéndose mientras soltaba su carga—. Ah, no, hongos es un término demasiado genérico. —Los diseminó con una mano—. Éste es de mata de sulfuro, éste es un tintero, éste un ombliguillo, un escudo de enano, un pata rojilla, un anillo de sangre, y ese otro es un engaño con pintas. Maravilloso, ¿verdad?

Los iba señalando de uno en uno, y terminó en una seta en cuyo sombrero había salpicaduras de rosa, lavanda y amarillo.

—¿Y ésa? —preguntó Eragon, señalando una que tenía el pie azul relámpago, las laminillas de un naranja líquido y el sombrero de un negro lustroso.

Ella lo miró con cariño.

—Fricai Andlát, como dirían los elfos. El pedúnculo provoca la muerte inmediata, mientras que el sombrero puede curar la mayoría de envenenamientos. De ahí sale el néctar de Tunivor. Fricai Andlát sólo crece en cuevas de Du Weldenvarden y Farthen Dûr; aquí se moriría si los enanos echaran en otro lugar su estiércol.

Eragon volvió a mirar la colina y se dio cuenta de que era exactamente eso: una montaña de estiércol.

—Hola, Saphira —dijo Angela, pasando junto a Eragon para tocarle la nariz a la dragona. Saphira pestañeó y se mostró complacida, agitando la cola. Al mismo tiempo, Solembum apareció a la vista con una rata firmemente agarrada en la boca. Sin mover siquiera el bigote, el gato se instaló en el suelo y empezó a mordisquear el roedor, ignorando a los otros tres—. Bueno —prosiguió, al tiempo que retiraba un rizo de su enorme melena—, ¿os vais a Ellesméra? —Eragon asintió. No se molestó en preguntarle cómo lo había averiguado; al parecer, siempre se enteraba de todo lo que pasaba. Como Eragon guardaba silencio, ella lo regañó—: Bueno, no estés tan taciturno. ¡Tampoco es que vayan a ejecutarte!

—Ya lo sé.

—Pues sonríe. Si no van a ejecutarte, has de ser feliz. Estás más flácido que la rata de Solembum. «Flácido.» Qué maravillosa palabra, ¿no te parece?

Eso le arrancó una sonrisa, y Saphira soltó una carcajada desde las profundidades de su garganta.

—No estoy seguro de que sea tan maravillosa como tú crees, pero sí, entiendo lo que quieres decir.

—Me encanta que lo entiendas. Es bueno entender. —Con las cejas enarcadas, pasó una uña bajo una seta, le dio la vuelta y, mientras estudiaba sus laminillas, dijo—: Qué casualidad que nos hayamos encontrado esta noche, porque tú estás a punto de irte y yo... Yo acompañaré a los vardenos a Surda. Ya te dije en alguna ocasión que me gusta estar donde ocurren las cosas, y esta vez será allí.

Eragon sonrió más todavía.

—Bueno, entonces eso significa que vamos a tener un buen viaje. Si no, estarías con nosotros.

Angela se encogió de hombros y luego habló con seriedad.

—Ten cuidado en Du Weldenvarden. El hecho de que los elfos no muestren sus emociones no significa que no estén sujetos a iras y pasiones como el resto de los mortales. Lo que los vuelve más peligrosos, de todas formas, es esa capacidad que tienen para esconderlo, a veces durante años enteros.

—¿Has estado allí?

—Hace mucho tiempo.

Tras una pausa, Eragon preguntó:

—¿Qué opinas de los planes de Nasuada?

—Mmm... ¡Está condenada! ¡Tú estás condenado! ¡Están todos condenados! —Se echó a reír, doblándose por la mitad, y luego se estiró de golpe—. Date cuenta de que no he especificado qué clase de condena, así que, pase lo que pase, podré decir que lo predije. Qué lista soy. —Levantó de nuevo la cesta y se la apoyó en una cadera—. Supongo que no te voy a ver durante un tiempo, así que adiós, que tengas la mejor suerte; evita la col podrida, no te comas la cera de las orejas y sé siempre optimista.

Y se alejó tras un alegre guiño, dejando a Eragon pestañeando y perplejo.

Después de una apropiada pausa, Solembum recogió su cena y la siguió, siempre tan digno.

El regalo de Hrothgar

*F*altaba media hora para el amanecer cuando Eragon y Saphira llegaron a la puerta norte de Tronjheim. La puerta estaba alzada hasta la altura necesaria para que pudiera pasar Saphira, de modo que se apresuraron a cruzarla y luego esperaron en la empotrada zona posterior, donde se alzaban las columnas de jaspe y las bestias talladas gruñían entre los pilares ensangrentados. Más allá, en el mismo límite de Tronjheim, había dos grifos sentados, de diez metros de altura. Pares idénticos a aquél guardaban todas las puertas de la ciudad-montaña. No había nadie a la vista.

Eragon sujetó las riendas de *Nieve de Fuego*. Habían cepillado, herrado y ensillado al semental, y sus alforjas iban llenas de provisiones. Sus cascos rasgaban el suelo con impaciencia; Eragon llevaba más de una semana sin montar en él.

Al poco apareció Orik, que llevaba un gran saco a la espalda y un fardo entre los brazos.

—¿Sin caballo? —preguntó Eragon, más bien sorprendido.

«¿Se supone que vamos a llegar a Du Weldenvarden caminando?»

Orik gruñó.

—Nos pararemos en Tarnag, no muy lejos de aquí en dirección norte. Desde allí usaremos balsas para bajar por el Az Ragni hasta Hedarth, un destacamento destinado al comercio con los elfos. No necesitaremos corceles hasta Hedarth, de modo que, hasta entonces, iré a pie.

Soltó el fardo con un resonar metálico y luego lo deshizo para mostrar la armadura de Eragon. El escudo estaba repintado de tal modo que el roble se veía claramente en el centro, y habían desaparecido todas las abolladuras y rasguños. Debajo había una larga malla, bruñida y tan engrasada que el metal relucía. No se veía ningún rastro del tajo que le había causado Durza al cortar la espalda de Eragon. La toca, los guantes, los protectores para los brazos, las espinilleras y el yelmo estaban igualmente reparados.

—Han estado trabajando nuestros mejores herreros —dijo Orik—. Y con la tuya también, Saphira. De todas formas, como no podemos llevar con nosotros una armadura de dragón, se la han quedado los vardenos y la guardarán hasta nuestro regreso.

Dale las gracias en mi nombre, por favor, pidió Saphira.

Eragon lo hizo, luego se puso los protectores para los brazos y las espinilleras y guardó los demás elementos en las alforjas. Por último quiso coger el yelmo, pero se encontró con que lo sostenía Orik. El enano hizo rodar la pieza entre sus manos y luego dijo:

—No te lo quieras poner tan rápido, Eragon. Antes tienes que hacer una elección.

—¿Qué elección?

Orik alzó el yelmo y descubrió la pulida parte delantera, que, según pudo ver Eragon, había sido alterada: habían grabado en el hierro el martillo y las estrellas del clan de Hrothgar y Orik, el Ingeitum. Orik frunció el ceño, con aspecto a la vez complacido y preocupado, y anunció con voz formal:

—Mi rey, Hrothgar, desea que te regale este yelmo como símbolo de la amistad que te profesa. Y con él Hrothgar te presenta la oferta de adoptarte como miembro del Dûrgrimst Ingeitum, como uno más de su familia.

Eragon miró fijamente el yelmo, sorprendido por el ges-

109

to de Hrothgar. *¿Eso quiere decir que estaría sujeto a su mando?... Si sigo acumulando lealtades y tributos a este ritmo, dentro de poco quedaré incapacitado: no podré hacer nada sin incumplir algún juramento.*

No tienes por qué ponértelo, señaló Saphira.

¿Y arriesgarme a insultar a Hrothgar? Una vez más, estamos atrapados.

Sin embargo, tal vez la intención sea meramente hacerte un regalo, un signo más de otho, no una trampa. Yo diría que nos agradece mi propuesta de reparar Isidar Mithrim.

A Eragon no se le había ocurrido porque estaba demasiado ocupado en pensar qué clase de ventaja podía obtener sobre ellos el rey de los enanos. *Cierto. Pero yo creo que también es un intento de corregir el desequilibrio de poder que se creó cuando juré lealtad a Nasuada. Dudo que a los enanos les encantara ese giro.*

Volvió a mirar a Orik, que esperaba con ansiedad:

—¿Esto se hace a menudo?

—¿Para un humano? Nunca. Hrothgar discutió con las familias del clan Ingeitum durante un día y una noche enteros hasta que te aceptaron. Si consientes en llevar nuestro emblema, tendrás todos los derechos de un miembro del clan. Podrás participar en nuestros consejos y tendrás voz en todos los asuntos. Y —aquí se puso muy sombrío— si así lo deseas, tendrás derecho a ser enterrado con los nuestros.

Por primera vez, Eragon se dio cuenta de la enormidad del gesto de Hrothgar. Los enanos no podían ofrecer un honor mayor. Con un rápido movimiento, arrebató el yelmo a Orik y se lo caló en la cabeza.

—Unirme al Dûrgrimst Ingeitum es un privilegio.

Orik movió la cabeza para demostrar su aprobación y dijo:

—Entonces, toma este Knurlnien, este Corazón de Piedra, y sostenlo entre tus manos. Sí, así. Ahora debes reunir todo tu valor y cortarte una vena para humedecer la piedra. Bastará con unas gotas... Para terminar, repite conmigo: Os il dom qirânû carn dûr thargen, zeitmen, oen grimst vor formv edaris rak skilfz. Narho is belgond...

Era una larga declamación que se hizo aun más larga porque Orik se detenía a cada rato para traducir las frases que iba diciendo. Luego, Eragon se curó la muñeca con un rápido hechizo.

—Digan lo que digan los clanes acerca de este asunto —observó Orik—, te has comportado con integridad y respeto. Eso no lo pueden ignorar. —Sonrió—. Ahora somos del mismo clan, ¿eh? ¡Eres mi hermano adoptivo! En circunstancias más normales, Hrothgar te hubiera dado personalmente el yelmo y hubiéramos celebrado una larga ceremonia para conmemorar tu entrada en el Dûrgrimst Ingeitum; pero todo ocurre tan rápido que no nos podemos entretener. No lo tomes como un desaire, sin embargo. Tu adopción se celebrará con los debidos rituales cuando Saphira y tú volváis a Farthen Dûr. Comerás y bailarás y tendrás que firmar muchos papeles para formalizar tu nueva situación.

—Ardo en deseos de que llegue ese día.

Aún le preocupaba discernir las muy numerosas ramificaciones que podía implicar su pertenencia al Dûrgrimst Ingeitum.

Sentado con la espalda apoyada en un pilar, Orik se sacudió el saco que llevaba a la espalda, sacó su hacha y se puso a girarla entre las palmas. Al cabo de unos minutos, se inclinó hacia delante y lanzó una mirada atrás, hacia Tronjheim.

—¡Barzûl knurlar! ¿Dónde están? Arya dijo que vendría aquí. ¡Ah! La única noción del tiempo que tienen los elfos es la de llegar tarde, o más tarde todavía.

—¿Has tenido muchos tratos con ellos? —preguntó Eragon, al tiempo que se ponía de cuclillas.

Saphira los miraba con interés.

111

El enano soltó una carcajada repentina.

—Eta. Sólo con Arya, y aun con ella apenas esporádicamente, porque se iba de viaje a menudo. En siete décadas, sólo he descubierto una cosa de ella: no hay manera de meterle prisa a un elfo. Es como darle martillazos a una lima; tal vez se parta, pero nunca se va a curvar.

—¿Acaso no son iguales los enanos?

—Ah, pero las piedras cambian, si se les concede suficiente tiempo. —Orik suspiró y meneó la cabeza—. De todas las razas, los elfos son los que menos cambian, por eso me apetece tan poco este viaje.

—Pero si vamos a conocer a la reina Islanzadí, y veremos Ellesméra y yo qué sé qué más... ¿Cuándo invitaron por última vez a un enano a Du Weldenvarden?

Orik lo miró con el ceño fruncido.

—Los paisajes no significan nada. En Tronjheim y en otras ciudades quedan tareas urgentes, pero a mí me toca vagar por Alagaësia para intercambiar cortesías y quedarme sentado y engordar mientras te forman a ti. ¡Podría costar años!

«¡Años! A pesar de todo, si es necesario para vencer a los Sombra y a los Ra'zac, lo haré.»

—¡Por fin! —exclamó Orik, al tiempo que se levantaba.

Se acercaban Nasuada —cuyas zapatillas asomaban por debajo del vestido, como ratones que se escaparan a toda velocidad de un agujero—, Jörmundur y Arya, que llevaba un saco como el de Orik. Iba vestida con la misma ropa de cuero negro con que Eragon la había visto por primera vez, así como la espada.

En ese momento, se le ocurrió que tal vez a Arya y Nasuada no les pareciera bien que se hubiera unido a los Ingeitum. La culpa y el temor lo invadieron al darse cuenta de que tenía que haber consultado antes a Nasuada. ¡Y a Arya! Se encogió al recordar el enfado de la elfa después de su primer encuentro con el Consejo de los Ancianos.

Por eso, cuando Nasuada se detuvo ante él, Eragon desvió la mirada, avergonzado. Pero ella se limitó a decir:

—Has aceptado.

Su voz sonaba amable y controlada.

Eragon asintió sin levantar la vista.

—Tenía mis dudas. Ahora, de nuevo las tres razas tienen algún poder sobre ti. Los enanos pueden exigir tu lealtad como miembro del Dûrgrimst Ingeitum; los elfos te van a formar y entrenar. Tal vez su influencia sea la más fuerte, pues Saphira y tú estáis unidos por una magia que les pertenece. Al mismo tiempo, has jurado lealtad a mí, una humana... Tal vez sea mejor que todos compartamos tu lealtad.

Reaccionó a su sorpresa con una extraña sonrisa, luego le puso en la mano una bolsa pequeña llena de monedas y se apartó.

Jörmundur extendió una mano, y Eragon la estrechó, un poco aturdido.

113

—Que tengas buen viaje, Eragon. Cuídate mucho.

—Vamos —dijo Arya, deslizándose ante ellos hacia la oscuridad de Farthen Dûr—. Es hora de irnos. Aiedail se ha puesto y tenemos un largo camino por delante.

—Vale —asintió Orik.

Sacó una antorcha roja de un lado de su bolsa.

Nasuada los repasó con la mirada una vez más.

—Muy bien. Eragon y Saphira, tenéis la bendición de los vardenos, así como la mía. Ojalá tengáis un viaje seguro. Recordad que lleváis con vosotros todas nuestras esperanzas, todas nuestras expectativas, así que desenvolveos honorablemente.

—Haremos cuanto podamos —prometió Eragon.

Tomó con firmeza las riendas de *Nieve de Fuego* y arrancó tras Arya, que ya se había adelantado unos cuantos metros. Lo seguía Orik, y detrás, Saphira. Cuando ésta pasó por delante de Nasuada, Eragon vio que se detenía y le daba un suave lametazo en la mejilla. Luego alargó el paso y se puso a su altura.

Mientras avanzaban hacia el norte por el camino, el hueco de la puerta que dejaban atrás se fue volviendo cada vez más pequeño hasta quedar reducido a un agujerito de luz en el que se recortaban las siluetas de Nasuada y Jörmundur, que se habían quedado esperando.

Cuando llegaron por fin a la base de Farthen Dûr, encontraron un par de puertas gigantes, de diez metros de altura, que los esperaban abiertas. Tres guardas enanos hicieron una reverencia y se apartaron de la abertura. Las puertas daban a un túnel de proporciones similares, cuyos primeros quince metros estaban flanqueados por columnas y antorchas. El resto estaba vacío y silencioso como un mausoleo.

Era exactamente igual a la entrada oeste de Farthen Dûr, pero Eragon sabía que aquel túnel era distinto. En vez de hundirse como una madriguera a través de la base, de más de kilómetro y medio de espesor, para llegar al exterior, éste seguía por debajo montaña tras montaña sin emerger hasta la ciudad enana de Tarnag.

—Éste es nuestro camino —afirmó Orik, al tiempo que alzaba su antorcha.

Él y Arya traspasaron el umbral, pero Eragon se retuvo, repentinamente inseguro. No temía la oscuridad, pero tampoco le hacía gracia saberse rodeado por una noche eterna hasta que llegaran a Tarnag. Y entrar en aquel árido túnel significaba arrojarse una vez más a lo desconocido, abandonar aquellas pocas cosas a las que había podido acostumbrarse entre los vardenos a cambio de un destino incierto.

¿Qué pasa?, preguntó Saphira.

Nada.

Respiró hondo y echó a caminar, permitiendo que la montaña lo absorbiera en sus profundidades.

Martillo y tenazas

*T*res días después de la llegada de los Ra'zac, Roran caminaba nervioso de un lado a otro sin control alguno, al borde de su campamento en las Vertebradas. No había recibido ninguna noticia desde la visita de Albriech, y resultaba imposible obtener información mediante la mera observación de Carvahall. Lanzó una mirada iracunda a las lejanas tiendas en que se alojaban los soldados y siguió caminando arriba y abajo.

A mediodía, probó un poco de comida sin beber. Se secó la boca con el dorso de la mano y se preguntó: «¿Cuánto tiempo estarán dispuestos a esperar los Ra'zac?». Si se trataba de una prueba de paciencia, estaba decidido a ganar.

Para pasar el tiempo, practicó con el arco disparando contra un tronco podrido, y sólo paró cuando una flecha se partió al golpear una piedra encastrada en la madera. Luego no tenía nada que hacer, aparte de ponerse de nuevo a caminar de un lado a otro por el sendero pelado que arrancaba en la roca que usaba para dormir.

Así seguía cuando oyó unos pasos más abajo, en el bosque. Agarró el arco, se escondió y esperó. Sintió un gran alivio al ver que aparecía la cara de Baldor. Roran gesticuló para que lo viera.

Mientras se sentaban, Roran preguntó:

—¿Por qué no ha venido nadie?

—No podíamos —contestó Baldor, al tiempo que se secaba el sudor de la frente—. Los soldados nos han vigilado muy de cerca. Sólo ahora he podido escaparme por primera vez. Y tampoco me puedo quedar mucho rato. —Volvió el rostro hacia el pico que se alzaba sobre ellos y se estremeció—. Para quedarte aquí, has de ser más valiente que yo. ¿Has tenido algún problema con lobos, osos o gatos monteses?

—No, no, estoy bien. ¿Han dicho algo nuevo los soldados?

—Anoche uno de ellos se jactó ante Morn de que hubieran escogido a su brigada especialmente para esta misión. —Roran frunció el ceño—. No han parado quietos. Cada noche se emborrachan por lo menos dos o tres. El primer día, un grupo destrozó la sala común de Morn.

—¿Pagaron los daños?

—Por supuesto que no.

Roran cambió de postura y miró hacia la aldea.

—Aún me cuesta creer que el Imperio se tome tanto trabajo para detenerme. ¿Qué podría darles? ¿Qué creen que puedo darles?

Baldor siguió su mirada.

—Los Ra'zac han interrogado hoy a Katrina. Alguien mencionó que tenéis una relación muy estrecha, y los Ra'zac sintieron curiosidad por saber si ella conocía tu paradero.

Roran volvió a mirar el rostro franco de Baldor.

—¿Está bien?

—Hace falta algo más que esos dos para asustarla —lo tranquilizó Baldor. Su siguiente frase fue cautelosa y tentativa—: Quizá deberías plantearte la posibilidad de entregarte.

—¡Antes me colgaría y me los llevaría por delante! —Roran se levantó y se puso a recorrer de nuevo su ruta habitual, sin dejar de golpearse la pierna—. ¿Cómo puedes decir eso, sabiendo que torturaron a mi padre?

Baldor lo cogió por un brazo y le dijo:

—¿Qué pasa si sigues escondido y los soldados no se marchan? Darán por hecho que hemos mentido para ayudarte a huir. El Imperio no perdona a los traidores.

Roran se zafó de Baldor. Se dio la vuelta, se golpeó la pierna y luego se sentó bruscamente. «Si no aparezco, los Ra'zac culparán a quienes tengan delante. Si intento alejar a los Ra'zac...» Roran no conocía el bosque tan bien como para librarse de treinta hombres más los Ra'zac. «Eragon podría hacerlo, pero yo no.» Sin embargo, si la situación no cambiaba, podía ser su única opción. Miró a Baldor.

—No quiero que nadie sufra por mi causa. Esperaré un poco más, y si los Ra'zac se impacientan y amenazan a alguien... Bueno, entonces ya pensaré qué hacer.

—Es una situación desagradable para todos —comentó Baldor.

—Y tengo la intención de sobrevivir a ella.

Baldor se fue poco después y dejó a Roran a solas con sus pensamientos, recorriendo aquel camino interminable. Recorría kilómetro tras kilómetro, cavando un surco bajo el peso de sus cavilaciones. Cuando llegó el gélido crepúsculo, se quitó las botas por miedo a gastarlas y siguió caminando descalzo.

Justo cuando se alzó la pálida luna y bañó las sombras de la noche con rayos de luz marmórea, Roran percibió algún alboroto en Carvahall. Grupos de antorchas recorrían la oscura aldea y parecían apagarse y encenderse al entrar y salir de las casas. Las manchas amarillas se concentraron en el centro de Carvahall como una nube de luciérnagas y luego se dirigieron desordenadamente hacia el borde del pueblo, donde se encontraron con una línea más gruesa de antorchas de los soldados acampados.

Durante dos horas, Roran vio cómo se oponían los dos grupos: las agitadas antorchas pululaban sin remedio ante

117

las estólidas teas. Al fin, las luces cada vez más tenues de ambos grupos se dispersaron y regresaron a las casas y a las tiendas.

Viendo que no ocurría nada más de interés, Roran desató su saco de dormir y se metió bajo las sábanas.

Durante todo el día siguiente, hubo un ajetreo inusual en Carvahall. Algunas figuras caminaban de una casa a otra e incluso, para sorpresa de Roran, salieron a caballo hacia diversas granjas del valle de Palancar. A mediodía vio que dos hombres entraban en el campamento de los soldados y desaparecían, durante al menos una hora, en la tienda de los Ra'zac.

Seguía con tal atención aquellos sucesos que apenas se movió en todo el día. Estaba a media cena cuando, tal como esperaba, volvió a aparecer Baldor.

—¿Tienes hambre? —preguntó Roran, por gestos.

Baldor meneó la cabeza y se sentó con aires de extenuación. Las ojeras hacían que su piel pareciera fina y magullada.

—Quimby ha muerto.

El cuenco de Roran resonó al caer al suelo. Maldijo, se limpió el guiso frío que le había caído en una pierna y preguntó:

—¿Cómo?

—Anoche un par de soldados empezaron a molestar a Tara. —Tara era la esposa de Morn—. No es que a ella le importara, pero los dos hombres empezaron a pelearse por decidir a quién debía servir ella antes. Quimby estaba allí, reparando un barril que, según Morn, se había caído. Intentó separarlos. —Roran asintió. Quimby era así, siempre intervenía para asegurarse de que los demás se comportaran correctamente—. Lo que pasa es que un soldado lanzó una jarra y le golpeó en la frente. Lo mató al instante.

Roran se quedó mirando al suelo con las manos en las caderas, esforzándose por recuperar el control de su agitada respiración. Era como si Baldor le hubiera dejado sin aire de golpe. «Parece imposible... Quimby, ¿muerto?» El granjero, y destilador en horas libres, formaba parte de aquel paisaje en la misma medida que las montañas que rodeaban Carvahall, una presencia indudable que daba forma a la textura de la aldea.

—¿Van a castigar a esos hombres?

Baldor alzó una mano.

—Justo después de morir Quimby, los Ra'zac robaron su cuerpo de la taberna y lo arrastraron hasta las tiendas. Intentamos recuperarlo anoche, pero se negaron a hablar con nosotros.

—Lo vi.

Baldor gruñó y se frotó la cara.

—Papá y Loring se han reunido hoy con los Ra'zac y han conseguido convencerlos de que devuelvan el cuerpo. En cualquier caso, los soldados no cargarán con las consecuencias. —Hizo una pausa—. Yo estaba a punto de irme cuando han devuelto a Quimby. ¿Sabes lo que le han dado a su mujer? Huesos.

—¡Huesos!

—Pelados a mordiscos; incluso se notaban las marcas de los dientes. Y habían partido algunos para sacar el tuétano.

El asco se apoderó de Roran, así como un profundo terror por el destino de Quimby. Era sabido por todos que una persona no podía hallar descanso si no se enterraba debidamente su cuerpo. Sublevado por la profanación, preguntó:

—Entonces, ¿quién, o qué, se lo comió?

—Los soldados también estaban horrorizados, o sea que habrán sido los Ra'zac.

—¿Por qué? ¿De qué sirve?

—Creo —explicó Baldor— que los Ra'zac no son humanos. Tú no los has visto de cerca, pero tienen un aliento hediondo y siempre se tapan la cara con bufandas negras.

119

Tienen la espalda encorvada y retorcida y hablan entre sí con crujidos. Hasta sus hombres parecen temerlos.

—Si no son humanos, ¿qué clase de criaturas son? —preguntó Roran—. No son úrgalos.

—Quién sabe.

El miedo se sumó a la repulsión de Roran; se trataba de miedo a lo sobrenatural. Lo vio reflejado en el rostro de Baldor cuando éste entrecruzó las manos. Pese a todas las historias sobre las maldades de Galbatorix, seguía causándoles impresión tener la maldad del rey alojada entre sus casas. Roran sintió el peso de la historia al darse cuenta de que se relacionaba con fuerzas de cuya existencia sólo había sabido hasta entonces por medio de canciones y relatos populares.

—Hay que hacer algo —murmuró.

El aire se volvió más caliente aquella noche, y al mediodía siguiente, el valle de Palancar resplandecía, sofocado por un inesperado calor primaveral. Carvahall parecía en paz bajo el claro cielo azul, aunque Roran percibió el amargo resentimiento que se aferraba a sus habitantes con una intensidad maliciosa. La calma era como una sábana tendida, tensada por el viento.

Pese a la expectación, el día resultó rematadamente aburrido; Roran se pasó casi todo el tiempo cepillando la yegua de Horst. Al fin se acostó y alzó la mirada, más allá de los elevados pinos, hacia la bruma de estrellas que adornaban el cielo nocturno. Parecían tan cercanas que se sintió como si volara entre ellas a toda velocidad, cayendo hacia el más negro vacío.

La luna se estaba poniendo cuando se despertó Roran, con la garganta irritada por el humo. Tosió y rodó para levantarse, con los ojos ardientes y humedecidos al tiempo. Aquel humo tan nocivo le impedía respirar.

Roran cogió sus mantas, ensilló a la asustada yegua y luego la espoleó montaña arriba, con la esperanza de encontrar un poco de aire puro. Pronto se dio cuenta de que el humo también ascendía y decidió darse la vuelta y tomar hacia un lado por el bosque.

Tras maniobrar unos cuantos minutos en la oscuridad, por fin se abrieron paso y llegaron a una cornisa despejada por la brisa. Roran purgó sus pulmones con hondas inspiraciones y escrutó el valle en busca del fuego. Lo descubrió al instante.

El granero de Carvahall ardía blanco entre un ciclón de llamas que transformaban su contenido en una fuente de centellas ambarinas. Roran se estremeció al contemplar la destrucción de los víveres del pueblo. Quería gritar y correr por el bosque para ayudar a quienes pretendían apagarlo con cubos, pero no pudo obligarse a renunciar a su seguridad.

Entonces una centella aterrizó en casa de Delwin. A los pocos segundos, el techo de paja explotó en una oleada de fuego.

Roran maldijo y se tiró de los pelos, al tiempo que le corrían las lágrimas por la cara. Por eso jugar con fuego era un delito mayor en Carvahall. ¿Se trataba de un accidente? ¿Habían sido los soldados? ¿Sería que los Ra'zac castigaban a los aldeanos por haberlo protegido? ¿Tenía él alguna responsabilidad por esto?

A continuación, la casa de Fisk se sumó a la conflagración. Aterrado, Roran sólo pudo desviar la mirada y odiarse por su cobardía.

Al amanecer habían logrado apagar todos los fuegos, o se habían extinguido ellos solos. Sólo la mera fortuna y la falta de viento habían salvado al resto de Carvahall de la consunción. Roran esperó hasta que estuvo seguro de que todo había terminado y luego se retiró a su antiguo campamento y se tumbó a descansar. Desde la mañana hasta el anochecer, permaneció ajeno al mundo, al que sólo vio a través de la lente de sus sueños atormentados.

Cuando despertó de nuevo, se limitó a esperar una visita de la que estaba seguro. Esta vez era Albriech. Llegó en pleno crepúsculo, con una expresión amarga y extenuada.

—Ven conmigo —le dijo.

Roran se puso tenso.

—¿Por qué?

«¿Habrán decidido entregarme?»

Si la causa del fuego era él, podía entender que los aldeanos quisieran su desaparición. Incluso podía entender que fuera necesaria. No era razonable esperar que nadie de Carvahall se sacrificara por él. Sin embargo, eso no significaba que él pudiera permitir que lo entregaran a los Ra'zac. Después de lo que aquellos monstruos habían hecho a Quimby, Roran estaba dispuesto a luchar a muerte con tal de no convertirse en su prisionero.

—Porque —explicó Albriech, tensando los músculos del mentón— el fuego lo empezaron los soldados. Morn les prohibió entrar en el Seven Sheaves, pero se emborracharon con su cerveza. Uno de ellos tiró una antorcha al granero cuando se iban a acostar.

—¿Algún herido? —preguntó Roran.

—Algunos quemados. Gertrude ha podido ocuparse de ellos. Hemos intentado negociar con los Ra'zac. Al oír nuestros reclamos de que el Imperio costee las pérdidas y los culpables se enfrenten a la justicia, se han limitado a escupir. Incluso se han negado a confinar a los soldados en sus tiendas.

—Entonces, ¿por qué he de volver?

Albriech soltó una risotada vacía.

—Por el martillo y las tenazas. Necesitamos tu ayuda para... deshacernos de los Ra'zac.

—¿Haréis eso por mí?

—No nos arriesgamos sólo por tu bien. Esto ya afecta a toda la aldea. Al menos ven a hablar con papá y los demás y escucha lo que opinan... Me parece que te encantará abandonar estas montañas malditas.

Roran pensó la propuesta de Albriech larga e intensamente antes de decidirse a acompañarlo. «Si no, tendré que huir; y para huir siempre hay tiempo.» Fue a buscar la yegua, ató sus bolsas a la silla y luego siguió a Albriech hacia el fondo del valle.

El avance se fue frenando a medida que se acercaban a Carvahall, pues se escondían tras los árboles y la maleza. Albriech se deslizó detrás de un depósito de agua de lluvia, comprobó que la calle estuviera despejada y luego se comunicó por gestos con Roran. Ambos fueron arrastrándose de sombra en sombra, siempre atentos a la posible presencia de los siervos del Imperio. Al llegar a la fragua de Horst, Albriech abrió una de las dos hojas de la puerta, apenas lo suficiente para que Roran y la yegua entraran sin hacer ruido.

123

Dentro, el taller estaba iluminado por una sola vela, que emitía un halo tembloroso sobre los rostros reunidos en torno a ella y rodeados por la oscuridad. Horst, cuya espesa barba destacaba como un saliente bajo la luz, estaba rodeado por los duros rostros de Delwin, Gedric y Loring. El resto del grupo lo componían hombres más jóvenes: Baldor, los tres hijos de Loring, Parr y el muchacho de Quimby, Nolfavrell, que sólo tenía trece años.

Todos se dieron la vuelta para mirar cuando Roran entró en la reunión. Horst dijo:

—Ah, lo has conseguido. ¿Evitaste las desgracias mientras estabas en las Vertebradas?

—He tenido suerte.

—Entonces, prosigamos.

—¿Con qué, exactamente?

Roran ató la yegua a un yunque mientras hablaba.

Contestó Loring. El rostro apergaminado del zapatero era una masa de heridas y arrugas retorcidas.

—Hemos intentado recurrir a la razón con esos Ra'zac... Esos invasores. —Se detuvo. Un desagradable zumbido metálico sacudía su cuerpo desde lo más hondo del pecho—. Han rechazado la razón. Nos han puesto en peligro sin la menor señal de remordimiento o contrición. —Carraspeó y luego anunció con una pronunciada deliberación—: Ellos... han de... desaparecer. Esas criaturas...

—No —dijo Roran—. Criaturas, no. Profanadores.

Todos pusieron mala cara y movieron la cabeza en señal de consentimiento. Delwin retomó el hilo de la conversación:

—El asunto es que todas nuestras vidas corren peligro. Si ese fuego llega a extenderse más, hubieran muerto docenas de personas y los que se hubieran librado habrían perdido todo lo que tenían. En consecuencia, hemos decidido alejar a los Ra'zac de Carvahall. ¿Te unirás a nosotros?

Roran dudó.

—¿Y si regresan o envían refuerzos? No podemos derrotar a todo el Imperio.

—No —contestó Horst, grave y solemne—, pero tampoco podemos permanecer callados y permitir que los soldados nos maten y destruyan nuestras propiedades. Lo que un hombre puede aguantar sin devolver el golpe tiene un cierto límite.

Loring se rió y echó la cabeza atrás de tal modo que la llama iluminó sus dientes partidos.

—Primero nos fortificaremos —susurró con regocijo— y luego pelearemos. Haremos que se arrepientan de haber puesto sus podridas miradas en Carvahall. ¡Ja, ja!

Represalias

Cuando Roran se mostró de acuerdo con su plan, Horst empezó a repartir palas, horcas y mayales, cualquier cosa que pudiera servir para echar a los soldados y a los Ra'zac a golpes.

Roran sopesó una pica y la dejó a un lado. Aunque nunca le habían interesado las historias de Brom, había una, la «Canción de Gerand», que resonaba en su interior cada vez que la oía. Hablaba de Gerand, el mayor guerrero de su época, que cambió su espada por una esposa y una granja. Sin embargo, no encontró la paz porque un señor celoso inició una contienda de sangre contra su familia, lo cual obligó a Gerand a volver a matar. Pero no peleó con su espada, sino con un simple martillo.

Roran se acercó a la pared y cogió un martillo de tamaño mediano que tenía el mango largo y un lado de la cabeza redondo. Se lo pasó de una mano a otra, se acercó a Horst y le preguntó:

—¿Puedo quedarme esto?

Horst contempló la herramienta y luego miró a Roran:

—Úsalo con sabiduría. —Después se dirigió al resto del grupo—. Escuchadme. No los queremos matar, sino asustarlos. Romped unos cuantos huesos si queréis, pero no os dejéis llevar. Y pase lo que pase, no os quedéis a pelear. Por muy valientes y heroicos que seáis, recordad que ellos son soldados bien entrenados.

Una vez estuvieron todos bien equipados, abandonaron

la fragua y se abrieron paso por Carvahall hacia el límite del campamento de los Ra'zac. Los soldados ya se habían acostado, salvo cuatro centinelas que patrullaban el perímetro de tiendas grises. Los dos caballos de los Ra'zac estaban atados junto a las ascuas de una fogata.

Horst repartió órdenes en voz baja: envió a Albriech y Delwin a emboscar a dos centinelas, y a Parr y Roran a por los otros dos.

Roran contuvo el aliento mientras acechaba al soldado despistado. Su corazón empezó a estremecerse, y la energía le aguijoneó las extremidades. Se escondió tras la esquina de una casa, temblando, y esperó la señal de Horst.

«Espera.»

«Espera.»

Con un rugido, Horst abandonó su escondite y dirigió la carga hacia las tiendas. Roran se lanzó adelante y agitó el martillo, que alcanzó al centinela en el hombro con un crujido espeluznante.

El hombre aulló y soltó su alabarda. Se tambaleó al recibir nuevos golpes de Roran, en las costillas y en la espalda. Roran alzó de nuevo el martillo, y el hombre se retiró, pidiendo ayuda a gritos.

Roran corrió tras él, gritando incoherencias. Lanzó un golpe al lateral de una tienda de lana, pisoteó a quien hubiera dentro y luego aplastó un yelmo que vio asomar de otra tienda. El metal sonó como una campana. Roran apenas se dio cuenta de que Loring pasaba danzando a su lado; el anciano cacareaba y chillaba en la noche mientras punzaba a los soldados con una horca. Había confusión y cuerpos enfrascados en la lucha por todas partes.

Roran giró sobre sí mismo y vio que un soldado intentaba armar el arco. Se lanzó a toda prisa y golpeó el arco con su mazo metálico, partiendo en dos la madera. El soldado huyó.

Los Ra'zac salieron a rastras de su tienda con unos aullidos terribles, armados con sus espadas. Sin darles tiempo a atacar, Baldor desató los caballos y los forzó a galopar hacia aquellos dos espantapájaros. Los Ra'zac se separaron y volvieron a reagruparse, pero se vieron arrastrados cuando los soldados, perdida la moral, echaron a correr.

Entonces se terminó.

Roran boqueaba en silencio, con la mano acalambrada en torno al mango del martillo. Al cabo de un rato, se abrió paso hacia Horst entre los montones de mantas y tiendas derrumbadas. Bajo la barba, el herrero sonreía.

—Hacía años que no tenía una reyerta tan buena.

Tras ellos, Carvahall cobraba vida a medida que la gente intentaba averiguar el origen de aquella conmoción. Roran vio que se encendían las lámparas tras las ventanas cerradas y luego se dio la vuelta al oír un suave sollozo.

El muchacho, Nolfavrell, estaba arrodillado junto al cuerpo de un soldado, apuñalándolo metódicamente mientras le corrían las lágrimas hasta la barbilla. Gedric y Albriech se acercaron corriendo y alejaron a Nolfavrell del cadáver.

—No tendría que haber venido —dijo Roran.

Horst se encogió de hombros.

—Tenía todo el derecho.

«De todas formas, haber matado a un hombre de los Ra'zac aun nos complicará más la tarea de librarnos de los profanadores.»

—Deberíamos poner barricadas en el camino y entre las casas para que no nos pillen por sorpresa.

Repasó a los hombres por si alguno estaba herido y vio que Delwin tenía un largo tajo en el antebrazo. El granjero se lo vendó con una tira que arrancó de su camisa destrozada.

Con unos pocos gritos, Horst organizó al grupo. Encargó a Albriech y Baldor que sacaran el carro de Quimby de la forja y envió a los hijos de Loring y a Parr a rebuscar por Carvahall cualquier objeto que pudiera servir para asegurar la aldea.

Mientras él hablaba, la gente se fue congregando al borde del campo y contemplaba los restos del campamento de los Ra'zac y el soldado muerto.

—¿Qué ha pasado? —gritó Fisk.

Loring se adelantó y miró al carpintero a los ojos:

—¿Que qué ha pasado? Yo te contaré lo que ha pasado. Hemos derrotado a esos mamarrachos, los hemos pillado descalzos y les hemos hecho huir como perros.

—Me encanta. —Aquella voz fuerte era de Birgit, una mujer de pelo castaño que tenía a Nolfavrell abrazado junto a su pecho, ignorando la sangre que le manchaba el rostro—. Merecen morir como cobardes por la muerte de mi marido.

Los aldeanos soltaron murmullos de consentimiento, pero luego habló Thane:

—¿Te has vuelto loco, Horst? Incluso si habéis asustado a los Ra'zac y a los soldados, Galbatorix enviará más hombres. El Imperio no cederá hasta que atrapen a Roran.

—Deberíamos entregarlo —gruñó Sloan.

Horst levantó las manos.

—Estoy de acuerdo: nadie vale por sí mismo más que todo Carvahall. Pero si entregamos a Roran, ¿de verdad creéis que Galbatorix permitirá que no se nos castigue por nuestra resistencia? Para él no valemos más que los vardenos.

—Entonces, ¿por qué habéis atacado? —quiso saber Thane—. ¿Quién te ha concedido la autoridad para tomar esta decisión? ¡Nos has condenado a todos!

Esta vez contestó Birgit:

—¿Permitirías que mataran a tu esposa? —Rodeó la cara de su hijo con las manos y luego le mostró las palmas ensangrentadas a Thane, como una acusación—. ¿Permitirías que nos quemaran? ¿Dónde está tu hombría, alfarero?

El hombre bajó la mirada, incapaz de enfrentarse a su severa expresión.

—Quemaron mi granja —dijo Roran—, se comieron a Quimby y estuvieron a punto de destruir Carvahall. No son crímenes que puedan quedar impunes. ¿Debemos acobardarnos y aceptar nuestro destino como conejos asustados? ¡No! Tenemos derecho a defendernos. —Se calló al ver que Albriech y Baldor subían la calle con dificultad, arrastrando el carro—. Ya lo discutiremos más tarde. Ahora tenemos que prepararnos. ¿Quién nos ayuda?

Cuarenta hombres, o más, se ofrecieron como voluntarios. Entre todos se ocuparon de la difícil tarea de convertir Carvahall en un lugar impenetrable. Roran trabajó sin cesar, clavando estacas entre las casas, amontonando barriles llenos de piedras para formar falsas paredes y arrastrando leños por el camino principal, que quedó bloqueado con dos carros tumbados.

Cuando iba de una tarea a la siguiente, Katrina lo abordó en un callejón. Lo abrazó y dijo:

—Me alegro de que hayas vuelto y de que estés bien.

Roran le dio un suave beso.

—Katrina, tengo que hablar contigo en cuanto terminemos. —Ella sonrió insegura, pero con una chispa de esperanza—. Tenías razón: esperar era una estupidez por mi parte. Cada momento que pasamos juntos es muy valioso, y no tengo ninguna intención de derrochar ese tiempo ahora que cualquier capricho del destino podría separarnos.

Roran echaba agua al techo de paja de la casa de Kiselt para que no se incendiara cuando Parr gritó:

—¡Los Ra'zac!

Roran soltó el cubo y corrió hacia los carros, donde había dejado su martillo. Mientras recogía el arma, vio a uno de los Ra'zac montado en su caballo al fondo del camino, casi a tiro de arco. Una antorcha sostenida en la mano izquierda iluminaba a la criatura, mientras que la derecha estaba echada hacia atrás, como si fuera a lanzar algo.

Roran se rió:

—¿Nos va a tirar una piedra? Está demasiado lejos para acertar...

Tuvo que callarse porque el Ra'zac soltó el brazo como un látigo y una ampolla de cristal recorrió en un arco la distancia que los separaba y se estrelló contra el carro de la derecha. Un instante después, una bola de fuego elevó el carro por los aires y un puño de aire ardiente lanzó a Roran contra una pared.

Aturdido, cayó de cuatro patas y boqueó para recuperar la respiración. Entre rugidos, sus oídos distinguieron el tamborileo de caballos lanzados al galope. Se obligó a levantarse y encararse al sonido, pero tuvo que lanzarse a un lado al ver que los Ra'zac entraban a toda velocidad en Carvahall por el hueco que había quedado entre los dos carros.

Los Ra'zac tiraron de las riendas, y brillaron las espadas cuando se pusieron a lanzar mandobles contra la gente que se desperdigaba en torno a ellos. Roran vio morir a tres hombres; luego Horst y Loring se acercaron a los Ra'zac y los obligaron a retroceder con sus horcas. Antes de que los aldeanos pudieran agruparse, los soldados se colaron por la abertura y empezaron a matar indiscriminadamente en la oscuridad.

Roran sabía que había que detenerlos si quería evitar la conquista de Carvahall. Saltó hacia un soldado, lo cogió por sorpresa y le golpeó en la cara con el martillo. El soldado se desplomó sin el menor ruido. Al ver que sus compañeros se le echaban encima, Roran arrancó el escudo del brazo inerte del muerto. Consiguió liberarlo justo a tiempo para escudarse del primer golpe.

Caminando hacia atrás en dirección a los Ra'zac, Roran esquivó un sablazo y luego alzó el martillo hacia la barbilla del hombre y lo tumbó.

—¡A mí! —gritó Roran—. ¡Defended vuestras casas!
—Dio un paso lateral para esquivar un puñetazo, al tiempo
que cinco hombres se acercaron con la intención de rodear-
lo—. ¡A mí!

Baldor fue el primero en responder a su llamada, y luego, Albriech. Unos pocos segundos después, se sumaron los
hijos de Loring, seguidos por otros muchos hombres. Desde
las calles laterales, las mujeres y los niños acribillaban con
piedras a los soldados.

—Permaneced juntos —ordenó Roran, defendiendo su
terreno—. Somos más que ellos.

Los soldados se detuvieron al ver que la fila de aldeanos
que tenían delante seguía aumentando. Con más de cien
hombres a su espalda, Roran avanzó.

—Atacad, estúpidos —gritaron los Ra'zac, al tiempo que
esquivaban la horca de Loring.

Una flecha suelta silbó en dirección a Roran. La detuvo
con su escudo y se rió. Los Ra'zac estaban ahora al mismo
nivel que los soldados y siseaban de pura frustración. Ful-
minaban a los aldeanos bajo sus ensombrecidas capuchas. De
pronto, Roran sintió que le entraba una especie de letargo y
que no podía moverse; incluso le costaba pensar. La fatiga
parecía encadenar sus brazos y sus piernas.

Entonces oyó un grito de Birgit desde Carvahall. Un segundo después, una piedra voló por encima de su cabeza y
cayó hacia el Ra'zac que iba delante. Éste se retorció con una
velocidad sobrenatural para evitar el misil. Aquella distracción, aunque fugaz, liberó la mente de Roran de la influencia soporífera. «¿Eso era magia?», pensó.

Soltó el escudo, agarró el martillo con las dos manos y
lo alzó por encima de la cabeza, tal como hacía Horst para
aplanar el metal. Roran se adelantó de puntillas, con todo
el cuerpo curvado hacia atrás, y lanzó los brazos con una
exclamación. El martillo voló rodando por el aire y rebotó

131

en el escudo del Ra'zac, donde dejó una formidable abolladura.

Los dos ataques bastaron para perturbar lo que quedaba del extraño poder de los Ra'zac. Cuando los aldeanos se abalanzaron rugiendo, los Ra'zac se comunicaron con rápidos chasquidos y luego, con un tirón de las riendas, se dieron la vuelta.

—¡Retirada! —gruñían al cabalgar entre los soldados.

De pronto, los soldados de capas encarnadas se alejaron de Carvahall, acuchillando a cualquiera que se acercara demasiado. Sólo cuando ya estuvieron a buena distancia de los carros en llamas se atrevieron a darse la vuelta.

Roran suspiró y recuperó su martillo. Notaba las magulladuras del costado y de la espalda, donde se había golpeado al chocar contra la pared. Agachó la cabeza al ver que la explosión había matado a Parr. Habían muerto otros ocho hombres. Sus madres y esposas ya rasgaban la noche con sus gemidos de dolor.

¿Cómo podía haber pasado eso allí?

—¡Venid todos! —exclamó Baldor.

Roran pestañeó y anduvo a trompicones hacia la mitad del camino, donde estaba Baldor. Uno de los Ra'zac estaba sentado en su caballo, como un escarabajo, a poco más de veinte metros. La criatura señaló con un dedo retorcido a Roran y dijo:

—Tú... Hueles como tu primo. Nunca olvidamos un olor.

—¿Qué queréis? —gritó él—. ¿Por qué habéis venido?

El Ra'zac soltó una carcajada horrible, como de insecto.

—Queremos... información. —Echó una mirada por encima del hombro, hacia el lugar por donde habían desaparecido sus compañeros, y luego gritó—: Entregad a Roran, y os venderemos como esclavos. Protegedlo, y os comeremos a todos. Obtendremos vuestra respuesta cuando volvamos. Aseguraos de que sea la adecuada.

Az Sweldn rak Anhûin

Cuando se abrieron las puertas, la luz estalló en el túnel. Eragon achinó los ojos, pues no estaban acostumbrados a la luz después de tantos días en el subsuelo. A su lado, Saphira siseó y arqueó el cuello para ver mejor lo que la rodeaba.

Les había costado dos días atravesar el paso subterráneo desde Farthen Dûr, aunque a Eragon se le había hecho más largo por la interminable penumbra que los rodeaba y el silencio que se había impuesto en el grupo. A lo sumo, recordaba un puñado de palabras intercambiadas en todo el trayecto.

Eragon había alimentado la esperanza de saber más cosas de Arya mientras viajaban juntos, pero la única información que había obtenido procedía simplemente de la observación. No había cenado nunca antes con ella, y le sorprendió ver que llevaba su propia comida y que no probaba la carne. Cuando le preguntó por qué, ella contestó:

—Tú tampoco probarás carne de ningún animal después de tu formación, o si lo haces, será sólo en ocasiones muy extraordinarias.

—¿Y por qué he de renunciar a la carne? —quiso saber.

—No te lo puedo explicar con palabras, pero lo entenderás en cuanto lleguemos a Ellesméra.

Se olvidó de todo eso mientras aceleraba el paso para llegar al umbral, ansioso por ver su lugar de destino. Se encontró en pie sobre un saledizo de granito, a más de treinta metros de altitud sobre un lago cubierto por una bruma púrpura que brillaba bajo el sol del este. Igual que en Kóstha-mérna, el agua iba de una montaña a otra, llenando todo el valle. Desde el otro lado del lago, el Az Ragni fluía hacia el norte, curvándose entre los picos hasta que —a lo lejos— se abalanzaba sobre las llanuras del este.

A su derecha las montañas parecían anodinas, salvo por unos pocos senderos, mientras que a la izquierda... A la izquierda estaba la ciudad enana de Tarnag. Allí los enanos habían trabajado la tierra de las Beor, aparentemente inmutables, para crear una serie de terrazas. La inferior estaba ocupada sobre todo por granjas —se veían oscuros trazados de tierra en espera de plantaciones—, salpicadas por edificios achaparrados que, hasta donde él podía imaginar, parecían de piedra. Sobre esos niveles vacíos se alzaban hileras e hileras de edificios entrelazados hasta culminar en una gigantesca cúpula dorada y blanca. Era como si los edificios de toda la ciudad no fueran más que escalones para subir hasta la cúpula. Brillaba como piedra lunar pulida, un abalorio lechoso que flotara sobre una pirámide de pizarra gris.

Orik se adelantó a la pregunta de Eragon:

—Eso es Celbedeil, el mayor templo del mundo de los enanos, hogar del Dûrgrimst Quan, el clan de los Quan, sirvientes y mensajeros de los dioses.

¿Mandan ellos en Tarnag?, preguntó Saphira. Eragon repitió la pregunta.

—No —respondió Arya, al tiempo que daba un paso adelante—. Aunque los Quan son fuertes, y a pesar de su poder sobre la vida del más allá y sobre el oro, son muy pocos. Los que controlan Tarnag son los Ragni Hefthyn, los Guardianes del Río. Mientras estemos aquí, nos instalaremos en casa del jefe del clan, Ûndin.

Mientras seguían a la elfa para abandonar el saledizo y meterse en el retorcido bosque que cubría como un manto la montaña, Orik dijo a Eragon al oído:

—No le hagas caso. Lleva muchos años discutiendo con los Quan. Cada vez que visita Tarnag y habla con un sacerdote, provoca unas peleas tan salvajes que asustarían a un kull.

—¿Arya?

Orik asintió con gravedad.

—No sé mucho de eso, pero me han contado que está en profundo desacuerdo con muchas prácticas de los Quan. Parece que los elfos no se llevan muy bien con la idea de «pedirle ayuda al aire».

Eragon contempló la espalda de Arya mientras bajaban, preguntándose si serían ciertas las palabras de Orik y, en ese caso, cuáles serían las creencias de la elfa. Respiró hondo y apartó el asunto de su mente. Era maravilloso estar de nuevo al aire libre, donde podía oler el musgo, los helechos y los árboles del bosque, donde el sol le calentaba la cara y las abejas y otros insectos revoloteaban agradablemente en enjambres.

El camino descendía por el límite del lago antes de alzarse de nuevo hacia Tarnag y sus puertas abiertas.

—¿Cómo habéis conseguido esconderle Tarnag a Galbatorix? —preguntó Eragon—. Lo de Farthen Dûr lo entiendo, pero esto... No había visto nada igual.

Orik rió suavemente.

—¿Esconderla? Sería imposible. No, cuando cayeron los Jinetes nos vimos obligados a abandonar todas nuestras ciudades en la superficie y retirarnos a los túneles para huir de Galbatorix y los Apóstatas. A menudo recorrían las Beor volando y mataban a quien encontraran por ahí.

—Creía que los enanos siempre habían vivido bajo tierra.

Orik frunció tanto el ceño que se le juntaron las cejas.

—¿Y por qué íbamos a hacerlo? Tenemos ciertas afinidades con la piedra, pero nos gusta el aire libre tanto como a los humanos y a los elfos. En cualquier caso, apenas hace un decenio y medio, desde la muerte de Morzan, que nos atrevimos a regresar a Tarnag y a otras antiguas residencias. Galbatorix puede tener un poder sobrenatural, pero nunca atacaría una ciudad él solo. Por supuesto, él y su dragón podrían causarnos problemas infinitos si quisieran, pero últimamente apenas salen de Urû'baen, ni siquiera para viajes cortos. Y Galbatorix tampoco podría traer un ejército hasta aquí sin conquistar antes Buragh o Farthen Dûr.

Lo cual ha estado a punto de hacer, comentó Saphira.

Al alcanzar un montículo, Eragon dio un salto de sorpresa cuando un animal saltó de la maleza y se plantó en el camino. La esmirriada criatura parecía una cabra montés de las Vertebradas, pero era más grande y tenía una gigantesca cornamenta estriada que se trenzaba en torno a las mejillas; en comparación, los cuernos de los úrgalos eran pequeños como nidos de golondrinas. Aun más extraños parecían la silla atada al lomo de la cabra y el enano que iba sentado en ella con firmeza y les apuntaba con un arco medio alzado al aire.

—¿Hert dûrgrimst? ¿Fild rastn? —exclamó el extraño enano.

—Orik Thrifkz menthiv oen Hrethcarach Eragon rak Dûrgrimst Ingeitum —respondió Orik—. Wharn, az vanyali-carharûg Arya. Né oc Ûndinz grimstbelardn.

La cabra miraba con recelo a Saphira. Eragon percibió el brillo y la inteligencia de sus ojos, aunque la cara era más bien chistosa con su barba escarchada y aquella expresión tan sombría. Le recordó a Hrothgar, y estuvo a punto de echarse a reír al darse cuenta de que el animal se parecía a los enanos.

—Azt jok jordn rast —llegó la respuesta.

Sin aparente intervención del enano, la cabra saltó hacia delante y recorrió una distancia tan extraordinaria que por un instante pareció que alzara el vuelo. Jinete y corcel desaparecieron entre los árboles.

—¿Qué era eso? —preguntó Eragon, asombrado.

Orik echó a andar de nuevo.

—Un Feldûnost, una de las cinco especies de animales que sólo viven en estas montañas. Cada una de ellas da nombre a un clan. De todos modos, el Dûrgrimst Feldûnost tal vez sea el clan más valiente y venerado.

—¿Por qué?

—Dependemos de ellos para conseguir leche, lana y carne. Sin su ayuda, no podríamos vivir en las Beor. Cuando Galbatorix y sus Jinetes traidores nos aterrorizaban, los del Dûrgrimst Feldûnost eran los que se arriesgaban a mantener los rebaños y los campos, y siguen haciéndolo. Así que todos estamos en deuda con ellos.

—¿Todos los enanos montan en Feldûnost?

Eragon se atrabancó un poco al pronunciar aquella palabra extraña.

—Sólo en las montañas. Los Feldûnost son resistentes y tienen el paso firme, pero se adaptan mejor a las montañas que a las llanuras.

Saphira empujó a Eragon con el morro, obligando a *Nieve de Fuego* a apartarse.

Eso sí que sería buena caza, mejor que cualquiera que haya probado desde que salimos de las Vertebradas. Si me sobra algo de tiempo en Tarnag...

No —contestó Eragon—. *No podemos ofender a los enanos.*

Saphira resopló, irritada. *Puedo pedirles permiso.*

El camino que los había mantenido escondidos largo rato bajo la oscuridad de las ramas entró en un gran claro que rodeaba Tarnag. Habían empezado a reunirse ya grupos de observadores en los campos cuando siete Feldûnost con arneses enjoyados salieron de la ciudad dando botes. Sus jinetes llevaban lanzas con banderines que flameaban como látigos al viento. Tirando de las riendas de su extraña montura, el enano que los lideraba dijo:

137

—Sed bienvenidos a la ciudad de Tarnag. Por el otho de Úndin y Gannel, yo, Thorv, hijo de Brokk, os ofrezco la paz y el refugio de nuestros aposentos.

Tenía un acento arrastrado y áspero, con un ronroneo rudo, muy distinto del de Orik.

—Y por el otho de Hrothgar, los Ingeitum aceptamos vuestra hospitalidad.

—Lo mismo digo yo, en nombre de Islanzadí —añadió Arya.

Aparentemente satisfecho, Thorv hizo un gesto a sus compañeros, que espolearon a sus Feldûnost para que formaran en torno a ellos. Con un movimiento ostentoso, los enanos echaron sus monturas a andar y los guiaron hacia Tarnag y a través de las puertas de la ciudad.

La muralla exterior medía doce metros de espesor y creaba un túnel de sombras para las primeras de las muchas granjas que rodeaban Tarnag. Otros cinco niveles —cada uno de ellos, defendido por una puerta fortificada— los llevaron más allá de los campos hasta el principio de la ciudad propiamente dicha.

En contraste con las gruesas murallas de Tarnag, los edificios que se albergaban en su interior, pese a ser de piedra, estaban construidos con tal astucia que trasmitían una sensación de levedad y ligereza. Unas tallas gruesas y vistosas, generalmente de animales, adornaban las casas y las tiendas. Pero aun era más sorprendente la propia piedra: los colores vibrantes, que iban de un escarlata brillante al verde más sutil, acristalaban la roca en capas translúcidas.

Colgadas por toda la ciudad se veían las antorchas sin llama de los enanos, las chispas multicolores que se anticipaban al crepúsculo de las Beor y a su larga noche.

Al contrario que Tronjheim, Tarnag estaba construida según la proporción de los enanos, sin ninguna concesión a los visitantes humanos, elfos o dragones. Como máximo, los umbrales alcanzaban un metro y medio de altura y a menudo no sobrepasaban el metro veinte. Eragon era de mediana estatura, pero ahora se sentía como un gigante transportado a un teatrillo de marionetas.

Las calles eran amplias y estaban llenas de gente. Enanos de diversos clanes se afanaban en sus tareas o regateaban a las puertas de las tiendas. Muchos llevaban ropas extrañas y exóticas, como un grupo de enanos de fiero aspecto, con melenas negras, que llevaban cascos de plata esculpidos con forma de cabezas de lobo.

Eragon miraba sobre todo a las enanas, pues apenas había podido echar un vistazo a alguna en Tronjheim. Eran más gruesas que los hombres y tenían duros rostros, aunque sus ojos brillaban, tenían el pelo bien lustroso y las manos que posaban en sus diminutos hijos parecían tiernas. Evitaban las fruslerías, salvo por unos pequeños e intrincados broches de hierro y piedra.

139

Al oír los resonantes pasos de los Feldûnost, los enanos se volvían para mirar a los recién llegados. No vitoreaban como Eragon hubiera esperado; más bien hacían reverencias y murmuraban «Asesino de Sombra». Cuando veían el martillo y las estrellas grabadas en el yelmo de Eragon, la admiración daba paso a la sorpresa y, en muchos casos, a la indignación. Una cierta cantidad de enanos indignados se reunieron en torno a los Feldûnost, fulminaron a Eragon con la mirada, entre los cuerpos de los animales, y gritaron algunos improperios.

A Eragon se le erizó el vello de la nuca. *Parece que adoptarme no era la decisión más popular que podía tomar Hrothgar.*

Sí —concedió Saphira—. *Tal vez haya obtenido más control sobre ti, pero a costa de indignar a muchos enanos. Será mejor que desaparezcamos de su vista antes de que haya sangre derramada.*

Thorv y los otros guardias siguieron avanzando como si aquella muchedumbre no existiera, abriéndose paso por otros siete niveles hasta que sólo una puerta los separó de la mole de Celbedeil. Entonces Thorv torció a la derecha, hacia una gran plaza pegada a la falda de la montaña y protegida del exterior por una barbacana rematada por dos torres con matacanes.

Al acercarse a la plaza, un grupo de enanos armados salió de entre las casas y formó una gruesa hilera que bloqueaba la calle. Llevaban las caras y los hombros cubiertos por largos velos de color púrpura, como tocas de malla.

De inmediato los guardias tiraron de las riendas de sus Feldûnost, y pusieron caras serias.

—¿Qué pasa? —preguntó Eragon a Orik.

El enano se limitó a menear la cabeza y caminó hacia delante, con una mano en el hacha.

—¡Etzil nithgech! —exclamó un enano velado, con un puño alzado—. ¡Formv Hrethcarach... formv Jurgencarmeitder nos eta goroth bahst Tarnag, dûr encesti rak kythn! ¿Jok is warrev az barzûlegûr dûr dûrgrimst, Az Sweldn rak Anhûin, môgh tor rak Jurgenvren? Në ûdim etal os rast knurlag. Knurlag ana...

Siguió despotricando durante un largo rato, con creciente malhumor.

—¡Vrron! —ladró Thorv para cortarle.

Los dos enanos se pusieron a discutir. Pese a la brusquedad del intercambio, Eragon vio que Thorv parecía respetar al otro.

Eragon se echó a un lado para conseguir una mejor vista por detrás del Feldûnost de Thorv. El enano del velo guardó silencio de repente y señaló el yelmo de Eragon con expresión de horror.

—¡Knurlag qana quirânû Dûrgrimst Ingeitum! —exclamó—. Qarzûl ana Hrothgar oen volfild...

—¿Jok is frekk dûrgrimstvren? —lo interrumpió Orik en voz baja, al tiempo que blandía el hacha.

Eragon miró a Arya, pero ella estaba demasiado concentrada en la discusión para darse cuenta. Disimuladamente, deslizó la mano hacia abajo y rodeó la empuñadura metálica de *Zar'roc*.

El extraño enano miró a Orik con dureza y luego sacó del bolsillo un anillo de hierro, se arrancó tres pelos de la barba, los enroscó en torno al anillo, tiró éste al suelo con un seco resonar y luego escupió. Sin añadir palabra, los enanos de los velos púrpura se marcharon.

Thorv, Orik y los demás guerreros soltaron un respingo cuando el anillo rebotó sobre el pavimento de granito. Incluso Arya parecía afectada. Dos de los enanos más jóvenes empalidecieron y se aprestaron a desenfundar las espadas, pero las soltaron cuando Thorv gritó:

—¡Eta!

Sus reacciones inquietaron a Eragon mucho más que la ronca conversación. Cuando Orik se adelantó y depositó el anillo en una bolsa, Eragon le preguntó:

—¿Qué significa eso?

—Significa —contestó Thorv— que tienes enemigos.

Se apresuraron a cruzar la barbacana y llegaron a un amplio patio ocupado por tres mesas dispuestas para un banquete, decoradas con antorchas y banderolas. Delante de las mesas había un grupo de enanos, y ante ellos había un enano de barba gris envuelto en piel de lobo. Éste abrió los brazos y dijo:

—Bienvenidos a Tarnag, hogar del Dûrgrimst Ragni Hefthyn. Hemos oído hablar muy bien de ti, Eragon Asesino de Sombra. Yo soy Ûndin, hijo de Derûnd y jefe del clan.

Otro enano dio un paso adelante. Tenía los hombros y el pecho de un soldado, y sus abolsados ojos negros no abandonaron en ningún momento el rostro de Eragon.

141

—Y yo soy Gannel, hijo de Orm, Hacha de Sangre, jefe del Dûrgrimst Quan.

—Es un honor ser vuestro invitado —contestó Eragon, inclinando la cabeza.

Percibió que Saphira se impacientaba porque la habían ignorado. *Paciencia*, le murmuró, forzando una sonrisa.

Ella resopló.

Los jefes de los clanes saludaron por turnos a Arya y Orik, pero con este último se trataba de una hospitalidad malgastada, pues se limitó a extender la mano que sostenía el anillo de hierro.

Ûndin abrió mucho los ojos y alzó con cautela el anillo, sosteniéndolo entre el pulgar y el índice como si fuera una serpiente venenosa.

—¿Quién te ha dado esto?

—Ha sido Az Sweldn rak Anhûin. Y no me lo ha dado a mí, sino a Eragon.

Al ver que la alarma se apoderaba de sus rostros, Eragon recuperó la aprensión de antes. Había visto a enanos enfrentarse a solas a los kull sin huir. El anillo debía de simbolizar algo verdaderamente terrible si era capaz de debilitar su coraje.

Ûndin frunció el ceño mientras escuchaba los murmullos de sus consejeros. Luego dijo:

—Hemos de consultar este asunto. Asesino de Sombra, se ha preparado un banquete en tu honor. Si permites que mis sirvientes te acompañen a tus aposentos, podrás refrescarte, y tal vez luego podamos empezar.

—Por supuesto.

Eragon pasó las riendas de *Nieve de Fuego* a un enano que esperaba y siguió a un guía hacia la plaza. Al pasar bajo un umbral, echó una mirada atrás y vio a Arya y Orik en pleno bullicio con los jefes de los clanes, con las cabezas bien juntas. *No tardaré mucho*, prometió a Saphira.

Tras recorrer agachado los pasillos de tamaño enano, vio con alivio que la habitación que le habían asignado era suficientemente espaciosa para permanecer en ella de pie. El sirviente hizo una reverencia y dijo:

—Volveré cuando el Grimstborith Ûndin esté listo.

Cuando se fue el enano, Eragon se quedó quieto, respiró hondo y agradeció el silencio. El encuentro con los enanos de los velos seguía en su mente y le dificultaba relajarse. «Al menos no vamos a quedarnos mucho en Tarnag. Eso evitará que nos creen problemas.»

Se quitó los guantes y se acercó a una pileta de mármol que había en el suelo, junto a la baja cama. Metió las manos en el agua y las sacó de un tirón, con un grito involuntario. El agua estaba casi hirviendo. «Debe de ser una costumbre de los enanos», concluyó. Esperó a que se enfriara un poco y luego se mojó la cara y el cuello y se los frotó para lavarlos, arrancándole vapor a la piel.

143

Recuperado, se quitó los bombachos y la túnica y se puso la ropa que había llevado para el funeral de Ajihad. Cogió a *Zar'roc*, pero decidió que si la llevaba al banquete, sería una ofensa para Ûndin; la sustituyó por el cuchillo de caza.

Luego sacó de la bolsa el pergamino que le había dado Nasuada para que se lo entregara a Islanzadí y lo sostuvo en la mano, preguntándose dónde esconderlo. La misiva era demasiado importante para dejarla a la vista, donde cualquiera podría leerla o robarla. Como no se le ocurría un sitio mejor, se lo metió dentro de la manga. «Ahí estará a salvo, a menos que me meta en alguna pelea, en cuyo caso tendré problemas más importantes de los que preocuparme.»

Cuando al fin volvió el enano en busca de Eragon, apenas pasaba más de una hora del mediodía, pero el sol ya se había puesto tras las altas montañas, sumiendo Tarnag en el crepúsculo. Al salir a la plaza, Eragon se sorprendió por la transformación de la ciudad. Con la llegada prematura de la noche, las antorchas de los enanos revelaban su verdadera potencia y derramaban por las calles una luz pura y firme que hacía brillar todo el valle.

Ûndin y los otros enanos estaban reunidos en el patio con Saphira, que se había instalado en la cabecera de la mesa. Nadie parecía interesado en disputarle el puesto.

¿Ha pasado algo?, preguntó Eragon, apresurándose para llegar a su lado.

Ûndin ha llamado a más soldados y ha mandado cerrar las puertas.

¿Espera que nos ataquen?

Por lo menos le preocupa esa posibilidad.

—Por favor, Eragon, ven conmigo —dijo Ûndin, señalando una silla que quedaba a su derecha.

El jefe del clan se sentó al mismo tiempo que Eragon, y los demás comensales los imitaron a toda prisa.

Eragon se alegró al ver que Orik quedaba a su lado y Arya, justo enfrente, aunque los dos parecían sombríos. Sin darle tiempo a preguntar por el anillo, Ûndin golpeó la mesa y rugió:

—¡Ignh az voth!

Los sirvientes salieron del vestíbulo cargados con bandejas de oro llenas hasta arriba de carne, pasteles y frutas. Se dividieron en tres columnas, una para cada mesa, y dejaron los platos con un movimiento ostentoso.

Ante ellos había sopas y guisos llenos de diversos tubérculos, venados asados, largas barras calientes de pan de masa fermentada e hileras de pasteles de miel empapados en mermelada de perejil; a un lado, las anguilas encurtidas miraban lúgubres un recipiente de queso, como si tuvieran la esperanza de escapar de allí para volver al río. En cada mesa había un cisne rodeado de bandadas de perdices, ocas y patos rellenos.

Había setas por todas partes: asadas con sabrosas salsas, colocadas en la cabeza de un ave a modo de gorra o recortadas con forma de castillo entre montones de salsas. Se veía una increíble variedad, desde unos inflados champiñones blancos del tamaño del puño de Eragon hasta unos que podían pasar por trozos de corteza retorcida, pasando por unos hongos limpiamente partidos por la mitad para exhibir el color azul de su carne.

Mostraron la pieza principal del banquete: un gigantesco cerdo asado, reluciente de salsa. Al menos a Eragon le pareció que era un cerdo, aunque el esqueleto era tan grande como *Nieve de Fuego* y para transportarlo hacían falta seis enanos. Los colmillos eran más largos que los antebrazos de Eragon, y el morro, tan ancho como su cabeza. Y el olor se imponía a todos los demás en oleadas tan acres que a Eragon se le aguaron los ojos.

—Nagra —murmuró Orik—. Cerdo gigante. Esta noche Ûndin te hace un verdadero homenaje, Eragon. Sólo los enanos más valientes se atreven a dar caza al Nagra, y sólo se les sirve a quienes tienen auténtico valor. Además, creo que el gesto significa que te apoyará contra el clan de los Nagra.

Eragon se inclinó hacia él para que no pudiera oírle nadie más.

—Entonces, ¿éste es otro de los animales de las Beor? ¿Cómo son los demás?

—Lobos de montaña tan grandes que atacan a los Nagra y tan hábiles que cazan a los Feldûnost. Osos de las cuevas, a los que nosotros llamamos Urzhadn y los elfos Beor, y que a su vez dieron nombre a estos picos, aunque nosotros nos referimos a ellos de otro modo. El nombre de las montañas es un secreto que no compartimos con ninguna raza. Y...

—Smer voth —ordenó Ûndin, sonriendo a sus invitados.

Los sirvientes sacaron al instante unos cuchillitos curvos y cortaron porciones del Nagra que fueron depositando en todos los platos menos en el de Arya, incluida una pesada ración para Saphira. Ûndin volvió a sonreír, sacó una daga y cortó un pedazo de su carne.

Eragon iba a coger su cuchillo, pero Orik le agarró la mano:

—Espera.

Ûndin masticó despacio, puso los ojos en blanco y meneó exageradamente la cabeza; luego tragó y proclamó:

—¡Ilf gauhnith!

—Ahora —dijo Orik, y se concentró en la comida, al tiempo que en todas las mesas brotaba la conversación.

Eragon nunca había probado nada como aquel cerdo. Era jugoso, suave y extrañamente especiado, como si hubieran macerado la carne en miel y sidra, un sabor aumentado por la menta que habían usado para sazonar el cerdo. *Me pregunto cómo se las habrán arreglado para cocinar algo tan grande.*

Muy lentamente, comentó Saphira, mordisqueando su Nagra.

Entre bocados, Orik explicó:

—Desde los tiempos en que entre los clanes era habitual el envenenamiento, es costumbre que el anfitrión pruebe primero la comida y la declare apta para los invitados.

Durante el banquete, Eragon dividió su tiempo entre probar la multitud de platos distintos y conversar con Orik, Arya y los enanos que había al otro lado de la mesa. De ese modo, las horas pasaron deprisa, porque el banquete duró mucho, y se hizo muy tarde antes de que sirvieran el último plato, los comensales dieran el último bocado y se terminara el último cáliz. Cuando los sirvientes empezaron a recoger las mesas, Ûndin se volvió a Eragon y le dijo:

—Te ha gustado la comida, ¿no?

—Estaba deliciosa.

Ûndin asintió.

—Me alegro de que te haya gustado. Hice sacar las mesas ayer para que la dragona pudiera cenar con nosotros.

Mantenía la mirada fija en Eragon en todo momento.

Eragon sintió frío por dentro. Con o sin intención, Ûndin acababa de tratar a Saphira como una mera bestia. Eragon se había propuesto preguntarle en privado por los enanos de los velos, pero ahora —por puro deseo de incomodar a Ûndin— le dijo:

—Saphira y yo te lo agradecemos. —Y luego añadió—: Señor, ¿por qué nos han tirado ese anillo?

Un doloroso silencio recorrió el patio. Con el rabillo del ojo, Eragon vio que Orik hacía una mueca de dolor. Arya, en cambio, sonreía como si entendiera lo que estaba ocurriendo.

Ûndin soltó su daga y frunció el ceño.

—Los knurlagn que os habéis encontrado son de un clan trágico. Antes de la caída de los Jinetes, se contaban entre las familias más antiguas y ricas de nuestro reino. Su destino quedó condenado, sin embargo, por dos errores: vivían en el lado oeste de las Beor, y sus mejores guerreros se ofrecieron voluntarios para ayudar a Vrael. —La rabia se colaba en su voz con crujidos agudos—. Galbatorix y sus malditos Apóstatas los arrasaron en vuestra ciudad de Urû'baen. Luego se echaron sobre nosotros y mataron a muchos. De aquel clan sólo sobrevivieron la Grimstcarvlorss Anhûin y sus guardias. La pobre Anhûin pronto murió de pena, y sus hombres adoptaron el nombre de Az Sweldn rak Anhûin (las Lágrimas de Anhûin) y se taparon los rostros para recordar su pérdida y sus deseos de venganza.

A Eragon le dolían las mejillas por el esfuerzo de mantener un rostro inexpresivo.

—Entonces —dijo Ûndin, sin dejar de contemplar un pastel—, rehicieron el clan con el paso de las décadas, esperaron y se dedicaron a cazar a cambio de recompensas. Y ahora llegas tú con la marca de Hrothgar. Para ellos es el insulto definitivo, a pesar de tus servicios en Farthen Dûr. Por eso el anillo, el desafío definitivo. Significa que el Dûrgrimst Az Sweldn rak Anhûin se opondrá a ti con todos sus recursos en cualquier asunto, por grande o pequeño que sea. Se han puesto totalmente en tu contra; ahora son tus enemigos de sangre.

—¿Pretenden hacerme daño? —preguntó Eragon, tenso.

La mirada de Ûndin vaciló un momento mientras se posaba en Gannel. Luego meneó la cabeza y soltó una risotada brusca que sonó con más fuerza de lo requerido por la ocasión.

—No, Asesino de Sombra. Ni siquiera ellos se atreverían a herir a un invitado. Está prohibido. Sólo quieren que te vayas para siempre, siempre, siempre. —Eragon no salía de dudas. Entonces Ûndin dijo—: Por favor, no hablemos más de estos asuntos desagradables. Gannel y yo te hemos ofrecido nuestra comida y nuestra aguamiel en señal de amistad. ¿Acaso no es eso lo que importa?

El sacerdote murmuró para señalar que estaba de acuerdo.

—Y yo lo valoro —dijo finalmente Eragon.

Saphira lo miró con ojos de solemnidad y dijo: *Están asustados, Eragon. Asustados y resentidos porque se han visto obligados a aceptar la ayuda de un Jinete.*

Ya. Tal vez peleen con nosotros, pero no pelean por nosotros.

Celbedeil

*E*l amanecer sin alba encontró a Eragon en la sala principal de Ûndin, escuchando la conversación del jefe del clan con Orik en el idioma de los enanos. Ûndin se apartó al acercarse Eragon y dijo:

—Ah, Asesino de Sombra. ¿Has dormido bien?

—Sí.

—Bien. —Hizo un gesto a Orik—. Nos hemos planteado la posibilidad de que te vayas. Yo tenía la esperanza de que pasaras un tiempo con nosotros. Pero dadas las circunstancias, parece mejor que sigas tu viaje mañana por la mañana a primera hora, cuando hay menos gente capaz de molestarte por la calle. Ahora mismo, mientras hablamos, están preparando provisiones y medios de transporte. Hrothgar ordenó que nuestros guardias te acompañaran hasta Ceris. He aumentado la cantidad, de tres a siete.

—¿Y mientras tanto?

Ûndin encogió los hombros, revestidos de piel.

—Tenía la intención de mostrarte las maravillas de Tarnag, pero ahora sería estúpido que deambularas por mi ciudad. De todos modos, Grimstborith Gannel te ha invitado a pasar el día en Celbedeil. Si te apetece, acéptalo. Con él estarás a salvo.

El jefe del clan parecía olvidar su afirmación anterior, según la cual Az Sweldn rak Anhûim no iba a hacer daño a un invitado.

—Gracias, puede que lo acepte. —Al salir del vestíbulo, Eragon hizo un aparte con Orik y le preguntó—: Dime la verdad, ¿tan serio es ese desafío? Necesito saberlo.

Orik contestó con una reticencia evidente:

—En el pasado no era extraño que los duelos de sangre durasen varias generaciones. Familias enteras se extinguían por ellos. Es imprudente por parte de Az Sweldn rak Anhûin invocar las costumbres de antaño; no se ha hecho algo así desde la última guerra de clanes... Mientras no retiren su juramento, debes cuidarte de sus traiciones, ya sea durante un año o un siglo. Lamento que tu amistad con Hrothgar te acarree estas consecuencias, Eragon. Pero no estás solo. El Dûrgrimst Ingeitum está contigo en esto.

Después de salir, Eragon se acercó corriendo a ver a Saphira, que había pasado la noche enroscada en el patio.

¿Te importa que me vaya a visitar Celbedeil?

Ve si tienes que hacerlo. Pero llévate a Zar'roc.

Eragon siguió su consejo, y también encajó el pergamino de Nasuada bajo la túnica.

Cuando Eragon se acercó a las puertas del cerco que rodeaba la plaza, cinco enanos apartaron los troncos y lo rodearon con las manos en sus hachas y espadas mientras inspeccionaban la calle. Los guardias permanecieron a su lado mientras Eragon recorría el camino del día anterior para llegar a la entrada del último nivel de Tarnag.

Eragon se estremeció. La ciudad parecía sobrenaturalmente vacía. Las puertas estaban cerradas, los postigos de las ventanas también, y los pocos peatones que se veían volvían la cara y tomaban callejones laterales para no verlo. «Les da miedo que los vean conmigo —se dio cuenta—. Tal vez porque saben que Az Sweldn rak Anhûim tomará represalias contra cualquiera que me ayude.» Ansioso por salir a terreno abierto, Eragon alzó la mano para llamar a la puerta; pero, sin darle tiempo a hacerlo, una de las hojas se abrió hacia fuera, y un enano vestido de negro lo llamó por gestos desde dentro. Eragon se apretó el cinto de la espada y entró, dejando fuera a sus guardias.

La primera impresión fue el color. Un césped de un verde ardiente se extendía en torno a la mole de Celbedeil, rodeada de columnas, como un manto tendido sobre la colina simétrica que sostenía el templo. La hiedra estrangulaba los antiguos muros del edificio, extendiendo palmo a palmo sus velludas cuerdas, y con el rocío brillante aún en las puntas de sus hojas. Curvada sobre toda la superficie, salvo la de la montaña, se alzaba la gran cúpula blanca recorrida por cintas de oro tallado.

La siguiente impresión fue el olor. Las flores y el incienso mezclaban sus perfumes en un aroma tan etéreo que Eragon sintió que podía alimentarse sólo de él.

Lo último fue el sonido, pues a pesar de los grupos de sacerdotes que recorrían los caminos con suelo de mosaico, el único ruido que distinguió Eragon fue el aleteo de un grajo que volaba en lo alto.

El enano gesticuló de nuevo y echó a andar hacia la avenida principal, en dirección a Celbedeil. Al pasar bajo sus aleros, Eragon no pudo sino maravillarse por la riqueza y la artesanía que veía a su alrededor. Incrustadas en los muros había gemas de todos los colores y tallas posibles —aunque todas impecables—; y en las venas que se entrelazaban al recorrer los techos, muros y suelos de piedra, habían encajado a martillazos cintas de oro rojo. De vez en cuando pasaban junto a mamparas talladas en jade.

En el templo no había ninguna tela decorativa. En su lugar, los enanos habían tallado una multitud de estatuas, muchas de las cuales representaban monstruos y dioses enlazados en batallas épicas.

Tras ascender varios pisos, pasaron por una puerta de cobre amarillento por el verdín y estampada con nudos de formas intrincadas, para entrar en una habitación vacía con el suelo de madera. Había muchas armaduras colgadas de las paredes, junto a hileras de espadas idénticas a la que había usado Angela para pelear en Farthen Dûr.

Gannel estaba allí, entrenándose con tres enanos más jóvenes. El jefe del clan llevaba la capa recogida sobre los muslos para moverse con libertad, tenía un gesto feroz en la cara y giraba entre las manos la vara de madera, cuyos extremos sin filo revoloteaban como avispones irritados.

Dos enanos se lanzaron hacia Gannel, pero salieron frustrados en un repiqueteo de madera y metal, pues se coló entre ellos, les golpeó en las rodillas y en la cabeza y los lanzó al suelo. Eragon sonrió mientras veía cómo Gannel desarmaba al último oponente con una brillante oleada de golpes.

Al fin, el jefe del clan se percató de la presencia de Eragon y despidió a los otros enanos. Mientras Gannel enfundaba su arma, Eragon dijo:

—¿Todos los Quan son tan eficaces con las armas? Parece un oficio extraño para sacerdotes.

Gannel se encaró a él.

—Hemos de poder defendernos, ¿no? Muchos enemigos acechan estas tierras.

Eragon asintió.

—Esas espadas son únicas. Nunca había visto una igual, salvo por la que usaba una herbolaria en la batalla de Farthen Dûr.

El enano dio un respingo y luego soltó el aire en un siseo entre los dientes.

—Angela. —Adoptó una expresión amarga—. Le ganó la espada a un sacerdote en un concurso de adivinanzas. Fue un truco feo, porque sólo a nosotros se nos permite usar el hûthvír. Ella y Arya... —Se encogió de hombros y se acercó a una mesa pequeña, sobre la que llenó dos jarras de cerveza. Le pasó una a Eragon y siguió hablando—: Te he invitado a petición de Hrothgar. Me dijo que si aceptabas su propuesta de formar parte de los Ingeitum, yo debería informarte sobre las tradiciones de los enanos.

Eragon bebió un trago de cerveza, guardó silencio y observó cómo la gruesa frente de Gannel captaba la luz, al tiempo que sus huesudos pómulos se sumían en la sombra.

El jefe del clan siguió hablando.

—Nunca se han enseñado a nadie de fuera nuestras creencias secretas, y tú no podrás hablar de ellas con ningún humano ni elfo. Sin embargo, sin esos conocimientos no podrías respetar lo que significa ser un knurla. Ahora eres un Ingeitum: nuestra sangre, nuestra carne, nuestro honor. ¿Lo entiendes?

—Sí.

—Ven.

Sin soltar su cerveza, Gannel sacó a Eragon de la sala de entrenamientos y lo dirigió por cinco grandes pasillos hasta detenerse en un arco que daba a una cámara en penumbra, nebulosa por el incienso. Frente a ellos, el achaparrado perfil de una estatua se alzaba pesadamente hasta el techo, y una tenue luz iluminaba su cara pensativa de enano, esculpida en el granito marrón con una extraña crudeza.

—¿Quién es? —preguntó Eragon, intimidado.

—Gûntera, el rey de los dioses. Es un guerrero y un sabio, pero tiene un humor veleidoso, de modo que quemamos ofrendas para asegurarnos su afecto en los solsticios, antes de las siembras y cuando hay muertes o nacimientos. —Gannel retorció la mano en un extraño gesto y dedicó una reverencia a la estatua—. Le rezamos antes de las batallas, pues él moldeó esta tierra a partir de los huesos de un gigante y es él quien trae orden al mundo. Todos los reinos pertenecen a Gûntera.

Luego Gannel enseñó a Eragon la manera apropiada de venerar a aquel dios y le explicó los signos y las palabras que

153

se usaban para homenajearlo. Le aclaró el significado del incienso —que simbolizaba la vida y la felicidad— y dedicó largos minutos a contarle leyendas sobre Gûntera: que el dios había nacido con forma de loba al ocultarse las estrellas, que había luchado contra monstruos y gigantes para obtener un lugar para los suyos en Alagaësia y que había tomado por compañera a Kílf, la diosa de los ríos y del mar.

Luego pasaron a la estatua de Kílf, esculpida con exquisita delicadeza en una piedra de color azul claro. Su cabello volaba en ondas líquidas, se derramaba por el cuello y flanqueaba sus alegres ojos de amatista. Sostenía entre las manos un nenúfar y un fragmento de piedra roja y porosa que Eragon no reconoció.

—¿Qué es eso? —preguntó, señalándola.

—Coral de las profundidades del mar que bordea las Beor.

—¿Coral?

Gannel tomó un sorbo de cerveza y dijo:

—Lo encontraron nuestros buceadores cuando buscaban perlas. Parece que, con la sal del mar, algunas piedras crecen como plantas.

Eragon lo miró asombrado. Nunca había pensado en los guijarros y pedruscos como materia viva; sin embargo, ahí estaba la prueba de que sólo necesitaban agua y sal para florecer. Así se explicaba al fin que las rocas siguieran apareciendo en los campos del valle de Palancar, incluso cuando cada primavera araban el suelo. ¡Crecían!

Avanzaron hasta Urûr, amo del aire y de los cielos, y su hermano Morgothal, dios del fuego. Ante la encarnada estatua de Morgothal, el sacerdote le contó que los dos hermanos se habían querido tanto que no podían existir independientemente. Eso explicaba el palacio ardiente de Morgothal durante el día en el cielo, y las chispas de su fragua que aparecían por la noche en lo alto. Y también así se entendía que

Urûr alimentara permanentemente a su hermano para que no muriera.

Después de eso sólo quedaban dos dioses: Sindri, madre de la tierra, y Helzvog.

La estatua de Helzvog era distinta. El dios desnudo estaba doblado sobre un bulto de sílex gris de estatura enana y lo acariciaba con la yema del dedo índice. Los músculos de la espalda se contraían y anudaban por el esfuerzo inhumano, pero su expresión era increíblemente tierna, como si lo que tenía delante fuera un recién nacido.

Gannel bajó la voz hasta adoptar un tono grave y rasposo:

—Gûntera puede ser el rey de los dioses, pero es a Helzvog a quien llevamos en nuestros corazones. Él fue quien pensó que había que poblar la tierra cuando fueron vencidos los gigantes. Los otros dioses no estuvieron de acuerdo, pero Helzvog los ignoró y, en secreto, dio forma al primer enano con las raíces de una montaña.

»Cuando descubrieron su obra, los celos invadieron a los dioses y Gûntera creó a los elfos para que le controlaran Alagaësia. Luego Sindri formó a los humanos con algo de tierra, y Urûr y Morgothal combinaron sus conocimientos y enviaron a la tierra a los dragones. Sólo Kílf se contuvo. Así llegaron al mundo las primeras razas.

Eragon absorbió las palabras de Gannel y aceptó la sinceridad del jefe del clan, aunque no conseguía acallar una simple pregunta: «¿Cómo lo sabe?». Sin embargo, se dio cuenta de que sería una pregunta molesta y se limitó a asentir mientras escuchaba.

—Esto—dijo Gannel, al tiempo que se terminaba la cerveza— nos lleva a nuestro rito más importante, y ya sé que Orik lo ha comentado contigo. Todos los enanos han de ser enterrados en piedra, pues de otro modo nuestros espíritus nunca se unirían en la sala de Helzvog. No somos de tierra,

155

aire o fuego, sino de piedra. Y como Ingeitum, tienes la responsabilidad de garantizar un lugar de reposo apropiado para cualquier enano que muera en tu compañía. Si no lo consigues, en ausencia de heridas o enemigos, Hrothgar te desterrará y ningún enano reconocerá tu presencia hasta después de la muerte. —Estiró los hombros y miró a Eragon con dureza—. Tienes mucho más que aprender, pero si mantienes las costumbres que te he destacado hoy, no te irá mal.

—No lo olvidaré —dijo Eragon.

Satisfecho, Gannel lo apartó de las estatuas y lo dirigió hacia una escalera. Mientras subían, el jefe del clan hundió una mano en su capa y sacó un collar sencillo, una cadena enhebrada en el pomo de un martillo minúsculo de plata. Se lo dio a Eragon.

—Es otro favor que me pidió Hrothgar —explicó Gannel—. Le preocupa que Galbatorix pueda haber obtenido tu imagen de la mente de Durza, de los Ra'zac o de cualquiera de los muchos soldados que te han visto por todo el Imperio.

—¿Por qué debería darme miedo eso?

—Porque en ese caso Galbatorix podría hechizarte. Tal vez ya lo haya hecho.

Un estremecimiento de aprensión se alojó en el costado de Eragon, como una gélida serpiente. «Tendría que haberlo pensado», se reprochó.

—El collar evitará que nadie pueda hechizarte a ti o a tu dragón, siempre que lo lleves puesto. Yo mismo lo he encantado, de modo que debería aguantar, incluso frente a la mente más poderosa. Pero te aviso de antemano que, cuando se active, el collar absorberá tu energía hasta que te lo quites o hasta que haya pasado el peligro.

—¿Y si estoy dormido? ¿Podría consumir toda mi energía sin que me dé cuenta?

—No. Te despertará.

Eragon hizo rodar el martillo entre los dedos. Era difícil

evitar los hechizos ajenos, y más aun los de Galbatorix. «Si Gannel tiene tanta capacidad, ¿qué otros encantamientos puede ocultar este regalo?» Se dio cuenta de que en el mango del martillo había una frase grabada con runas. Se leía «Astim Hefthyn». Al llegar a lo alto de la escalera, preguntó:

—¿Por qué escriben los enanos con las mismas runas que los hombres?

Por primera vez desde que se habían encontrado, Gannel se echó a reír, y su voz se alzó por el templo al tiempo que se agitaban sus hombros.

—Es al revés. Los humanos escriben con nuestras runas. Cuando tus antepasados aterrizaron en Alagaësia, eran más analfabetos que los conejos. Sin embargo, pronto adoptaron nuestro alfabeto y lo adaptaron a su idioma. Incluso algunas de vuestras palabras vienen de las nuestras, como «padre», cuyo origen está en «farthen».

—Entonces, Farthen Dûr significa...

Eragon se pasó el collar por la cabeza y lo escondió debajo de la túnica.

—Padre Nuestro.

Gannel se detuvo ante la puerta y señaló a Eragon el camino por una galería curva que quedaba justo debajo de la cúpula. El pasadizo bordeaba Celbedeil y, a través de los arcos abiertos en las montañas, ofrecía una vista más allá de Tarnag, así como de las terrazas de la ciudad, que quedaban muy abajo.

Eragon apenas contempló el paisaje porque el muro interior de la galería estaba cubierto por una pintura de un extremo a otro, una gigantesca ilustración narrativa que describía la creación de los enanos por mano de Helzvog. Las figuras y los objetos sobresalían de la superficie en relieve y daban al panorama una sensación de hiperrealismo con sus colores saturados y brillantes y la precisión de sus detalles.

Cautivado, Eragon preguntó:

157

—¿Cómo está hecho?

—Cada escena está esculpida sobre una pequeña placa de mármol, que luego se quema con esmalte y se une en una sola pieza.

—¿No sería más fácil usar pintura normal?

—Lo sería —concedió Gannel—, pero no si se quiere que dure siglos, o milenios, sin cambiar. El esmalte nunca se descolora ni pierde la brillantez, al contrario que la pintura al óleo. Esta primera sección se esculpió sólo una década después del descubrimiento de Farthen Dûr, mucho antes de que los elfos pusieran sus pies en Alagaësia.

El sacerdote tomó a Eragon del brazo y lo guió por el retablo. Cada paso los llevaba ante incontables años de historia.

Eragon vio que los enanos habían sido en otro tiempo nómadas en una llanura aparentemente interminable, hasta que la tierra se volvió tan caliente y desolada que se vieron obligados a emigrar al sur, hacia las montañas Beor. «Así es como se formó el desierto de Hadarac», comprendió, asombrado.

Al seguir recorriendo el mural, en dirección a la parte trasera de Celbedeil, Eragon presenció todas las etapas, desde la domesticación de los Feldûnost hasta el momento en que tallaron Isidar Mithrim, el primer encuentro entre dragones y elfos y la coronación de cada uno de los reyes enanos. Aparecían con frecuencia dragones que echaban fuego y causaban grandes matanzas. A Eragon le costó evitar los comentarios en esas secciones.

Sus pasos se volvieron más lentos cuando la pintura pasó al suceso que esperaba encontrar: la guerra entre elfos y dragones. Allí los enanos habían dedicado un vasto espacio a la destrucción que las dos razas habían provocado en Alagaësia. Eragon se estremeció de horror ante la visión de elfos y dragones exterminándose mutuamente. La batalla duraba

158

metros y metros, cada imagen más sangrienta que la anterior, hasta que se retiraba la oscuridad y aparecía un elfo arrodillado al borde de un acantilado, con un huevo de dragón en las manos.

—¿Es...? —susurró Eragon.

—Sí, es Eragon, el Primer Jinete. Además es un retrato fiel, porque aceptó posar para nuestros artesanos.

Fascinado, Eragon estudió el rostro de su homónimo. Siempre lo había imaginado mayor. El elfo tenía unos ojos angulosos que, junto a su nariz ganchuda y una barbilla estrecha, le daban un aspecto salvaje. Era un rostro extraño, completamente distinto del suyo... Y sin embargo, la postura de sus hombros, altos y tensos, le recordó cómo se había sentido al encontrar el huevo de Saphira. «Tú y yo no somos tan distintos —pensó mientras tocaba el frío esmalte—. Y cuando mis orejas se parezcan a las tuyas, seremos auténticos hermanos a través del tiempo... Sin embargo, me pregunto: ¿aprobarías mis actos?» Sabía que al menos en una ocasión habían escogido lo mismo: los dos se habían quedado con el huevo.

Oyó que la puerta se abría y volvía a cerrarse y, al darse la vuelta, vio que Arya se acercaba desde el otro extremo de la galería. La elfa examinó el muro con la misma falta de expresión que Eragon le había visto adoptar para enfrentarse al Consejo de Ancianos. Fueran cuales fuesen sus emociones concretas, Eragon entendió que la situación le resultaba desagradable.

Arya inclinó la cabeza.

—Grimstborith.

—Arya.

—¿Has enseñado vuestra mitología a Eragon?

Gannel sonrió levemente.

—Siempre conviene entender la fe de la sociedad a la que perteneces.

159

—Pero comprender no implica creer. —Señaló el pilar de una arcada—. Ni implica que quienes suministran esas creencias lo hagan por algo más que... beneficios materiales.

—¿Niegas los sacrificios que hace mi clan para brindar consuelo a nuestros hermanos?

—No niego nada, sólo me pregunto qué se lograría si vuestra riqueza se esparciera entre los necesitados, los que pasan hambre, los que no tienen hogar, o tal vez se usara para comprar provisiones para los vardenos. En vez de eso, la habéis acumulado en un monumento a vuestra propia bondad ingenua.

—¡Basta! —El enano tensó un puño, con el rostro enrojecido—. Sin nosotros, los cultivos se marchitarían en la sequía. Los ríos y los lagos se desbordarían. Nuestro ganado pariría bestias de un solo ojo. Los mismos cielos se resquebrajarían bajo la ira de los dioses. —Arya sonrió—. Sólo nuestros rezos y nuestro servicio impiden que eso ocurra. Si no fuera por Helzvog, dónde...

Eragon se perdió pronto en la discusión. No entendía las vagas críticas de Arya al Dûrgrimst Quan, pero por las respuestas de Gannel entendió que, de un modo indirecto, la elfa había insinuado que los dioses de los enanos no existían, había cuestionado la capacidad mental de cualquier enano que entrara en un templo y había señalado lo que le parecían defectos de razonamiento. Todo ello, con una voz amable y educada.

Al cabo de unos minutos, Arya alzó una mano para detener a Gannel y dijo:

—Eso es lo que nos diferencia, Grimstborith. Tú te dedicas a aquello que crees verdadero pero no puedes demostrar. En eso, estaremos de acuerdo en que no estamos de acuerdo. —Se volvió hacia Eragon—. Az Sweldn rak Anhûin ha puesto a los ciudadanos de Tarnag en contra de ti. Ûndin cree, y yo también, que sería mejor que permanecieras tras sus paredes hasta que nos vayamos.

Eragon dudó. Quería ver más cosas de Celbedeil, pero si se presentaban problemas, su lugar estaba junto a Saphira. Dedicó una reverencia a Gannel y le pidió que lo excusara.

—No has de pedir perdón, Asesino de Sombra —dijo el jefe del clan. Fulminó a Arya con la mirada—. Haz lo que debas, y que la bendición de Gûntera te acompañe.

Eragon y Arya abandonaron el templo y, rodeados de una docena de guerreros, corretearon por la ciudad. Mientras lo hacían, Eragon oyó gritos de una muchedumbre airada en el nivel inferior. Una piedra rebotó en un tejado cercano. Al seguir el movimiento con la mirada, descubrió un oscuro jirón de humo que se alzaba en el límite de la ciudad.

Al llegar a la plaza, Eragon se apresuró hacia su habitación. Allí se puso la malla metálica; se ató las espinilleras y los protectores de los antebrazos; se encajó el gorro de cuero, la toca y el yelmo en la cabeza. Luego cogió su escudo. Agarró su saco y las alforjas, volvió corriendo al patio y se sentó en la pata delantera derecha de Saphira.

Tarnag parece un hormiguero revuelto, observó la dragona.

Esperemos que no nos muerdan.

Arya tardó poco en sumarse a ellos, al igual que un grupo de cincuenta enanos bien armados que se instalaron en medio del patio. Los enanos esperaban impacientes y hablaban con gruñidos graves mientras miraban la puerta fortificada y la montaña que se alzaba tras ellos.

—Tienen miedo —dijo Arya, al tiempo que se sentaba junto a Eragon— de que la muchedumbre nos impida llegar a los rápidos.

—Siempre nos puede sacar Saphira volando.

—¿Y a *Nieve de Fuego* también? ¿Y a los guardias de Ûndin? No, si nos detienen, tendremos que esperar a que la ira de los enanos se calme. —Estudió el cielo, que ya oscurecía—. Es una lástima que hayas conseguido ofender a tantos

161

enanos, pero quizá fuera inevitable. Los clanes siempre han sido pendencieros: lo que gusta a unos enfurece a los otros.

Eragon toqueteó el borde de su malla.

—Ahora preferiría no haber aceptado la oferta de Hrothgar.

—Ah, sí. Al igual que Nasuada, creo que tomaste la única opción viable. No tienes ninguna culpa. El error, si es que lo hubo, corresponde a Hrothgar por hacerte la propuesta, en primer lugar. Seguro que era consciente de las repercusiones.

Se impuso el silencio durante unos minutos. Media docena de enanos marchaban en torno a la plaza, estirando las piernas. Al fin, Eragon preguntó:

—¿Tienes familiares en Du Weldenvarden?

Arya tardó mucho en contestar.

—Ninguno de quien me sienta cercana.

—Y eso... ¿por qué?

Arya volvió a dudar.

—No les gustó que eligiera ser la enviada y embajadora de la reina; les pareció inapropiado. Cuando ignoré sus objeciones e insistí en que me tatuaran el yawë en el hombro, lo cual significa que me iba a dedicar a la causa del bien de nuestra raza, igual que el anillo que tú recibiste de Brom, mi familia se negó a volver a verme.

—Pero de eso hace más de setenta años —protestó Eragon.

Arya apartó la mirada y escondió el rostro tras el velo de su melena.

Eragon trató de imaginar cómo debía de haberse sentido: desterrada de la familia y enviada a vivir entre dos razas totalmente distintas a la suya. «No me extraña que sea tan reservada», concluyó.

—¿Hay más elfos que vivan fuera de Du Weldenvarden?

Sin descubrir el rostro, Arya dijo:

—Fuimos tres los enviados de Ellesméra. Fäolin y Glenwing viajaban siempre conmigo cuando transportamos el huevo de Saphira de Du Weldenvarden a Tronjheim. Sólo yo sobreviví a la emboscada de Durza.

—¿Cómo eran?

—Guerreros orgullosos. A Glenwing le encantaba hablar a los pájaros mentalmente. Se plantaba en el bosque rodeado de una bandada de pájaros cantores y pasaba horas escuchando su música. Luego, nos cantaba las melodías más bellas.

—¿Y Fäolin?

Esta vez Arya no quiso contestar, pero sus manos se aferraron al arco. Impasible, Eragon buscó otro tema de conversación.

—¿Por qué te molesta tanto Gannel?

Ella lo miró de repente y le tocó la cara con sus suaves dedos. Sorprendido, Eragon soltó un respingo.

—Eso —dijo Arya— lo hablaremos en otro momento.

Luego se levantó y se buscó con calma otro sitio en el patio.

Confundido, Eragon se quedó mirando su espalda. *No lo entiendo*, dijo mientras se apoyaba en el vientre de Saphira. Ésta resopló, divertida; luego lo rodeó con el cuello y la cola y pronto se quedó dormida.

Cuando se oscureció el valle, Eragon luchó por permanecer atento. Sacó el collar de Gannel y lo examinó varias veces con los recursos de la magia, pero sólo descubrió el hechizo protector del sacerdote. Abandonó, se colocó el collar debajo de la túnica, se tapó con el escudo y se acomodó para pasar la noche.

A la primera insinuación de luz en lo alto —pese a que el valle seguía sumido en la sombra y permanecería así casi hasta el mediodía—, Eragon despertó a Saphira. Los enanos ya estaban en pie, ocupados en envolver con telas sus armas para poder escabullirse de Tarnag con la máxima discreción. Incluso Ûndin le pidió a Eragon que atara unos trapos en torno a las zarpas de Saphira y las pezuñas de *Nieve de Fuego*.

Cuando estuvo todo listo, Ûndin y sus guerreros se reu-

163

nieron en un gran grupo en torno a Eragon, Saphira y Arya. Se abrieron con cautela las puertas —las engrasadas bisagras no emitieron el menor ruido—, y echaron a andar hacia el lago.

Tarnag parecía desierta, con sus calles vacías flanqueadas por casas cuyos habitantes dormían ajenos a todo. Los pocos enanos que se encontraron los miraban en silencio; luego se iban como fantasmas en el crepúsculo.

En las puertas de cada nivel, un guarda les abría el paso sin hacer comentarios. Pronto abandonaron los edificios y se encontraron en los campos yermos que se extendían en la base de Tarnag. Tras ellos, alcanzaron el muelle de piedra que bordeaba el agua quieta y gris.

Junto al muelle los esperaban dos grandes balsas. Había tres enanos acuclillados en la primera y cuatro en la segunda. Al ver llegar a Ûndin, se levantaron.

Eragon ayudó a los enanos a manear a *Nieve de Fuego* y ponerle las orejeras, y luego convencieron al caballo reticente para que montara en la segunda balsa, donde lo obligaron a doblar las patas y lo ataron. Mientras tanto, Saphira se metió en el lago y se apartó del muelle. Sólo su cabeza permanecía por encima de la superficie mientras chapoteaba en el agua.

Ûndin tomó del brazo a Eragon.

—Aquí debemos separarnos. Llevas contigo a mis mejores hombres. Te protegerán hasta que llegues a Du Weldenvarden. —Eragon quiso darle las gracias, pero Ûrdin negó con la cabeza—. No, no es nada que debas agradecer. Es mi obligación. Mi única pena es que tu estancia entre nosotros se viera oscurecida por el odio de Az Sweldn rak Anhûin.

Eragon hizo una reverencia y luego se montó en la primera balsa con Orik y Arya. Soltaron las amarras, y los enanos alejaron las balsas del muelle, empujando con sus largas pértigas. Mientras se acercaba el amanecer, las dos balsas se deslizaron hacia la boca del Az Ragni; Saphira nadaba entre ellas.

Diamantes en la noche

«*E*l Imperio ha violado mi hogar.»

Eso pensaba Roran mientras escuchaba los angustiados gemidos de los hombres heridos en la batalla de la noche anterior contra los Ra'zac y los soldados. Roran se estremeció de miedo y rabia hasta que todo su cuerpo quedó consumido por unos escalofríos febriles que le incendiaban las mejillas y lo dejaban sin aliento. Y estaba triste, tan triste... Como si las maldades de los Ra'zac hubieran destruido la inocencia del hogar de su infancia.

Dejó que Gertrude, la sanadora, atendiera a los heridos y se dirigió a casa de Horst. No pudo evitar fijarse en las barricadas improvisadas que llenaban los huecos entre los edificios: tablones, barriles, montones de piedras, los astillados maderos de los dos carros destrozados por los explosivos de los Ra'zac. Todo parecía lamentablemente frágil.

Las pocas personas que se movían por Carvahall tenían la mirada vidriosa de impresión, dolor y extenuación. Roran también estaba cansado, más de lo que recordaba haber estado jamás. Llevaba dos noches sin dormir, y le dolían los brazos y la espalda por la pelea.

Entró en casa de Horst y vio a Elain de pie junto a la puerta que llevaba al comedor, escuchando el fluir regular de conversaciones que salían de dentro. Elain le hizo un gesto para que se acercara.

Tras rechazar el contraataque de los Ra'zac, los miembros más prominentes de Carvahall se habían encerrado con la intención de decidir qué debía hacer el pueblo y si había que castigar a Horst y sus aliados por haber iniciado las hostilidades. El grupo llevaba casi toda la mañana deliberando.

Roran echó un vistazo a la sala. Sentados en torno a una mesa grande estaban Birgit, Loring, Sloan, Gedric, Delwin, Fisk, Morn y otros más. Horst presidía la reunión en la cabecera de la mesa.

—¡...y yo digo que ha sido estúpido y temerario! —exclamaba Kiselt apoyado en sus huesudos codos—. No tenías ninguna razón para poner en peligro...

Morn agitó una mano en el aire.

—De eso ya hemos hablado. No tiene sentido discutir si se debería haber hecho lo que ya está hecho. Da la casualidad de que yo estoy de acuerdo. Quimby era tan amigo mío como de cualquier otro, y me estremezco sólo de pensar en lo que le harían esos monstruos a Roran. Pero... lo que quiero saber es cómo podemos salir de este apuro.

—Fácil. Matamos a los soldados —ladró Sloan.

—¿Y luego, qué? Vendrán más hombres, y terminaremos nadando en un mar de túnicas encarnadas. Ni siquiera entregar a Roran serviría de nada; ya oísteis lo que dijo el Ra'zac. Si entregamos a Roran, nos matarán, y si no, nos convertirán en esclavos. Tal vez no opinéis lo mismo que yo; pero, por mi parte, prefiero morir que pasar el resto de mi vida como esclavo. —Morn meneó la cabeza, con los labios prietos en una fina línea de amargura—. No podemos sobrevivir.

Fisk se inclinó hacia delante.

—Podríamos irnos.

—No tenemos adónde ir —respondió Kiselt—. Estamos arrinconados contra las Vertebradas, los soldados han cortado el camino y tras ellos está todo el Imperio.

—Todo por tu culpa —gritó Thane, agitando un dedo

tembloroso en dirección a Horst—. Incendiarán nuestras casas y matarán a nuestros niños por tu culpa. ¡Por tu culpa!

Horst se levantó tan deprisa que la silla cayó hacia atrás.

—¿Qué se ha hecho de tu honor, hombre? ¿Vas a dejar que se nos coman sin pelear?

—Sí, si lo contrario implica suicidarse.

Thane fulminó a los presentes con la mirada y luego salió como una centella, pasando junto a Roran. El puro y auténtico miedo contorsionaba su rostro.

Gedric vio a Roran y lo invitó a entrar por gestos.

—Ven, ven, te estábamos esperando.

Roran entrelazó las manos en torno a la nuca y se enfrentó a todas aquellas duras miradas.

—¿En qué puedo ayudar?

—Creo —dijo Gedric— que estamos todos de acuerdo en que, a estas alturas, no serviría de nada entregarte al Imperio. Tampoco tiene sentido discutir si lo haríamos en caso contrario. Lo único que podemos hacer es prepararnos para otro ataque. Horst forjará puntas de lanza y, si le da tiempo, otras armas, y Fisk está de acuerdo en preparar escudos. Por suerte, su carpintería no ardió. Y alguien tiene que vigilar nuestras defensas. Nos gustaría que fueras tú. Tendrás mucha ayuda.

Roran asintió.

—Lo haré lo mejor que pueda.

Al lado de Morn, Tara se levantó, imponente junto a su marido. Era una mujer alta, con el cabello negro salpicado de gris y unas manos fuertes tan capaces de retorcer el cuello de un pollo como de separar a dos hombres en plena pelea.

—Espero que así sea, Roran —dijo—. Porque si no, habrá más funerales. —Luego se volvió hacia Horst—. Antes de seguir, hemos de enterrar a los hombres. Y tendríamos que enviar a los niños a algún lugar seguro, quizás a la granja de Cawley, en el arroyo de Nost. Elain, tú también deberías ir.

167

—No pienso abandonar a Horst —respondió Elain con calma.

Tara se indignó:

—Éste no es lugar para una embarazada de cinco meses. Correteando así de un sitio a otro, perderás a tu hijo.

—Me perjudicaría más preocuparme sin saber qué ha pasado que quedarme aquí. Ya he tenido hijos; me quedaré, y sé que tú y todas las demás mujeres de Carvahall también lo haréis.

Horst rodeó la mesa y, con expresión de ternura, tomó la mano de Elain.

—Tampoco yo aceptaría que no estuvieras a mi lado. En cambio, los niños se han de ir. Cawley los cuidará bien, pero debemos asegurarnos de que esté despejado el camino hasta su granja.

—No sólo eso —intervino Loring con voz grave—. Ninguno de nosotros, ni un solo maldito hombre, puede tener nada que ver con las familias en el valle, aparte de Cawley, por supuesto. No pueden ayudarnos, y no queremos que esos profanadores les creen problemas.

Todos estuvieron de acuerdo en que tenía razón; luego se terminó la reunión y quienes habían participado en ella se dispersaron por Carvahall. Al poco, sin embargo, volvieron a congregarse —junto con casi todo el resto del pueblo— en el pequeño cementerio que quedaba detrás de la casa de Gertrude. Había diez cuerpos con mortajas blancas dispuestos junto a las tumbas, con un ramito de cicuta sobre cada uno de los pechos fríos y un amuleto de plata en cada cuello.

Gertrude dio un paso adelante y recitó sus nombres:

—Parr, Wyglif, Ged, Bardrick, Farold, Hale, Garner, Kelby, Melkolf y Albem.

Les puso guijarros negros en los ojos y luego levantó los brazos, alzó el rostro al cielo y empezó a entonar una temblorosa letanía. Las lágrimas brotaban de sus ojos cerrados mientras su voz oscilaba con las frases inmemoriales, suspiraba y gemía con el dolor de la aldea. Cantó acerca de la tierra y la noche, y sobre el eterno dolor de la humanidad, de quien nadie puede librarse.

Cuando el silencio absorbió la última nota de duelo, los familiares alabaron los logros y la personalidad de sus seres queridos. Luego enterraron los cuerpos.

Mientras escuchaba, Roran desvió la mirada hacia el túmulo anónimo en el que habían enterrado a los tres soldados. «Nolfavrell mató a uno; yo, a otros dos.» Aún sentía la impresión visceral que le habían provocado sus músculos y sus huesos al ceder, al crujir, al ablandarse bajo su martillo. Se le agitó la bilis, y tuvo que esforzarse por no vomitar ante los ojos de todo el pueblo. «Soy yo quien los ha destruido.» Roran nunca había imaginado que mataría a alguien, ni lo había deseado; sin embargo, había terminado con más vidas que nadie de Carvahall. Se sentía como si llevara una marca de sangre en la frente.

169

Se fue en cuanto pudo, sin detenerse siquiera a hablar con Katrina, y ascendió hasta un punto desde el que podía supervisar todo Carvahall y pensar cómo protegerla mejor. Por desgracia, las casas quedaban demasiado apartadas para formar un perímetro defensivo si se limitaban a fortificar los espacios entre los edificios. A Roran tampoco le parecía buena idea que los soldados pelearan junto a los muros de las casas y pisotearan sus jardines. «El río Anora cierra el flanco oeste —pensó—, pero en el resto de Carvahall ni siquiera podríamos evitar que entrara un crío. ¿Podemos construir en unas pocas horas algo tan sólido que sirva de barricada?»

Correteó hacia la mitad del pueblo y gritó:

—Necesito que todos los que no tengan nada que hacer me ayuden a talar árboles. —Al poco rato, algunos hombres empezaron a salir de sus casas y se acercaron por las calles—. ¡Vamos! ¡Más gente! ¡Hemos de ayudar todos!

Roran esperó al ver que el grupo que lo rodeaba seguía creciendo.

Uno de los hijos de Loring, Darmmen, se puso a su lado.

—¿Qué plan tienes?

Roran alzó la voz para que lo oyeran todos.

—Necesitamos un muro en torno a Carvahall; cuanto más grueso, mejor. Supongo que si conseguimos unos cuantos árboles grandes, los tumbamos y les afilamos las ramas, a los Ra'zac les costará mucho pasar por encima.

—¿Cuántos árboles crees que harán falta? —preguntó Orval.

Roran dudó mientras trataba de medir a ojo el perímetro de Carvahall.

—Al menos cincuenta. Tal vez sesenta para hacerlo bien. —Los hombres maldijeron y empezaron a discutir—. ¡Esperad! —Roran contó a los presentes en la multitud. Llegó a cuarenta y ocho—. Si cada uno de vosotros tala un árbol en la próxima hora, casi habremos acabado. ¿Podréis hacerlo?

—¿Por quién nos has tomado? —respondió Orval—. ¡La última vez que me costó una hora talar un árbol tenía diez años!

Darmmen alzó la voz:

—¿Y las zarzas? Podríamos rodear los árboles con ellas. No conozco a nadie capaz de escalar un zarzal de parras espinosas.

Roran sonrió.

—Es una buena idea. Además, los que tengáis hijos, decidles que pongan el arnés a los caballos para que podamos arrastrar los troncos hasta aquí. —Los hombres asintieron y se esparcieron por todo Carvahall para recoger las hachas y sierras necesarias para la tarea. Roran paró a Darmmen y le dijo—: Asegúrate de que los árboles tengan ramas por todo el tronco, porque si no, no servirán.

—¿Dónde estarás tú? —preguntó Darmmen.

—Preparando otra defensa.

Roran lo abandonó y corrió a casa de Quimby, donde encontró a Birgit ocupada en reforzar las ventanas con tablas.

—¿Sí? —preguntó la mujer, mirándolo.

Le explicó a toda prisa su plan con los árboles.

—Quiero cavar una trinchera por dentro del anillo de árboles, para retener a cualquiera que los cruce. Incluso podríamos poner estacas en el fondo y...

—¿Qué es lo que quieres, Roran?

—Me gustaría que organizaras a todas las mujeres y a los niños, y a todos los que puedas, para cavar. Tengo que encargarme de demasiadas cosas, y no nos queda mucho tiempo. —Roran la miró directamente a los ojos—. Por favor.

Birgit frunció el ceño:

—¿Por qué me lo pides a mí?

—Porque odias a los Ra'zac tanto como yo, y sé que harás todo lo posible por detenerlos.

—Sí —susurró Birgit. Luego entrelazó las manos con rudeza—. Muy bien, como quieras. Pero nunca olvidaré, Roran Garrowsson, que fuisteis tú y tu familia quienes provocasteis la condena de mi marido.

Se fue a grandes zancadas antes de que Roran pudiera contestar.

Aceptó con ecuanimidad su animadversión; era de esperar, si se tenía en cuenta su pérdida. Aun tenía suerte de que no hubiera iniciado un duelo de sangre. Luego se puso en marcha y corrió hacia el punto en que el camino principal entraba en Carvahall. Era el punto más débil de la aldea y requería una doble protección. «No se puede permitir que los Ra'zac se limiten a abrirse paso con una explosión.»

Roran reclutó a Baldor y juntos se pusieron a excavar una fosa perpendicular al camino.

—Me tengo que ir pronto —le avisó Baldor entre dos golpes de pica—. Papá me necesita en la forja.

Roran gruñó sin alzar la mirada. Mientras trabajaba, su mente se llenó de nuevo del recuerdo de los soldados: el aspecto que tenían cuando los golpeó y la sensación, la horrible sensación de aplastar un cuerpo como si fuera una cepa podrida. Mareado, paró de trabajar y se fijó en la conmoción que recorría Carvahall mientras la gente se preparaba para el siguiente asalto.

Cuando se fue Baldor, Roran terminó a solas la fosa, que llegaba a la altura de los muslos, y luego se fue al taller de Fisk. Con permiso del carpintero, hizo que arrastraran con caballos cinco leños del montón de leña puesta a secar. Una vez allí los instaló con la punta hacia arriba dentro de la fosa de tal modo que formaran una barrera impenetrable a la entrada de Carvahall.

Cuando estaba apisonando la tierra en torno a los troncos, apareció Darmmen al trote.

172

—Ya tenemos los árboles. Están empezando a ponerlos en su sitio.

Roran lo acompañó hacia el extremo norte de Carvahall, donde doce hombres se esforzaban por alinear cuatro pinos verdes lustrosos mientras una reata de caballos comandados por el látigo de un muchacho regresaba al pie de las colinas.

—La mayoría de nosotros ayudamos a recoger los árboles. Los otros se han animado; cuando me he ido, parecían dispuestos a talar el resto del bosque.

—Bien, no nos irá mal que sobre leña.

Darmmen señaló unos densos zarzales amontonados al borde de los campos de Kiselt.

—Los he cortado a la orilla del Anora. Úsalos como quieras. Voy a buscar más.

Roran le dio una palmada en el brazo y se volvió hacia el lado este de Carvahall, donde había una larga y curva hilera de mujeres, niños y hombres cavando la tierra. Se acercó a ellos y vio que Birgit daba órdenes como un general y repartía agua entre los cavadores. La trinchera ya tenía metro y medio de ancho y medio metro de profundidad. Cuando Birgit se detuvo a respirar hondo, Roran le dijo:

—Estoy impresionado.

Ella se retiró un mechón de la cara sin mirarlo.

—Primero hemos arado la tierra. Luego ha sido más fácil.

—¿Tienes una pala para mí?

Birgit señaló una pila de herramientas al otro lado de la trinchera. Mientras caminaba hacia ella, Roran divisó el brillo cobrizo de la melena de Katrina entre las espaldas inclinadas. A su lado, Sloan clavaba la pala en la suave tierra con una energía furiosa y obsesiva, como si pretendiera despellejar la tierra, arrancarle su piel de arcilla y mostrar la musculatura que se escondía tras ella. Tenía los ojos enloquecidos y mostraba la dentadura en una mueca retorcida, pese a las motas de polvo y suciedad que se posaban en sus labios.

Roran se estremeció al percibir la expresión de Sloan y pasó deprisa, mirando hacia otro lado para no encontrarse con sus ojos, inyectados en sangre. Agarró una pala y la clavó de inmediato en el suelo, esforzándose por olvidar sus preocupaciones al calor de la extenuación física.

El día avanzó en un continuo ajetreo, sin pausas para comer o descansar. La trinchera se volvió más grande y profunda, rodeó dos terceras partes del pueblo y alcanzó la orilla del río Anora. Toda la tierra suelta quedó apilada por el lado interior de la trinchera para intentar evitar que alguien pudiera saltarla... y para obstaculizar a quien pretendiera salir de ella escalando.

El muro de árboles quedó listo a primera hora de la tarde. Roran dejó de cavar y se puso a ayudar a los que afilaban las incontables ramas —superpuestas y entrelazadas en la medida de lo posible— y a quienes colocaban los zarzales. De vez en cuando tenían que sacar un árbol para que los granjeros como Ivor pudieran meter su ganado en el territorio ahora seguro de Carvahall.

173

Hacia el atardecer, las fortificaciones eran más seguras y extensas de lo que Roran se había atrevido a esperar, aunque todavía requerían unas cuantas horas de trabajo para completarlas del todo satisfactoriamente.

Se sentó en el suelo, dio un bocado a un pedazo de pan de masa fermentada y contempló las estrellas entre la bruma de la extenuación. Alguien apoyó una mano en su hombro; al alzar la mirada, vio que se trataba de Albriech.

—Toma.

Albriech le dio un rudo escudo, hecho de tablas serradas y encajadas, y una lanza de dos metros. Roran los aceptó agradecido. Albriech avanzó, distribuyendo lanzas y escudos a quien se cruzara con él.

Roran se puso en pie, fue a coger su martillo a casa de Horst y, así armado, acudió a la entrada del camino principal, donde Baldor y otros dos mantenían la guardia.

—Despertadme cuando necesitéis descansar —dijo Roran.

Luego se tumbó en la suave hierba, bajo el alero de una casa cercana. Dejó sus armas preparadas de modo que pudiera encontrarlas en la oscuridad y cerró los ojos con una ansiosa anticipación.

—Roran.

El susurro sonó en su oído derecho.

—¿Katrina? —Se esforzó por sentarse, pestañeando mientras ella destapaba una antorcha. Un rayo de luz le iluminó el muslo—. ¿Qué haces aquí?

—Quería verte.

Las sombras de la noche se posaban en sus ojos, grandes y misteriosos en aquella cara pálida. Lo tomó del brazo y lo llevó hasta un porche vacío, lejos de los oídos de Baldor y los demás guardias. Luego tomó su cara entre las manos y lo besó suavemente, pero él estaba demasiado cansado para responder a sus muestras de afecto. Katrina se apartó y lo escrutó:

—¿Qué te pasa, Roran?

A él se le escapó un ladrido de risa malhumorada.

—¿Qué me pasa? Qué le pasa al mundo; está torcido como el marco de un cuadro después de recibir un golpe en un lado. —Se dio un golpe en la barriga—. Y a mí también me pasa algo. Cada vez que me permito descansar, veo a los soldados sangrando bajo mi martillo. Yo maté a esos hombres, Katrina. Y sus ojos... ¡Sus ojos! Sabían que iban a morir y que no podían hacer nada por impedirlo. —Se echó a temblar en la oscuridad—. Ellos lo sabían... Yo también... Y sin embargo, tenía que hacerlo. No podía...

Le fallaron las palabras, y las lágrimas echaron a rodar por sus mejillas.

Katrina acunó su cabeza mientras Roran lloraba, llevado por la impresión de los últimos días. Lloraba por Garrow y Eragon; lloraba por Parr, Quimby y los demás muertos; lloraba por sí mismo y lloraba por el destino de Carvahall. Sollozó hasta que sus emociones se calmaron y lo dejaron tan seco y vacío como una vieja cáscara de cebada.

Roran se obligó a respirar hondo, miró a Katrina y notó que también estaba llorando. Con el pulgar, retiró sus lágrimas, similares a diamantes en la noche.

—Katrina... Mi amor. —Lo repitió, saboreando las palabras—. Mi amor. No tengo nada que darte, además de mi amor. Aun así..., debo preguntártelo: ¿te quieres casar conmigo?

Bajo la tenue luz de la antorcha, vio que la pura alegría y el asombro saltaban a su cara. Luego Katrina titubeó y aparecieron las dudas de la preocupación. No estaba bien que se lo pidiera, ni que ella lo aceptara, sin permiso de Sloan. Pero a Roran ya no le importaba; tenía que saber en aquel momento si Katrina y él iban a pasar el resto de sus vidas juntos.

Entonces, suavemente:

—Sí, Roran, sí quiero.

Bajo el oscuro cielo

Aquella noche llovió.

Capa tras capa de nubes preñadas cubrieron con su manto el valle de Palancar, se aferraron a las montañas con sus brazos tenaces y llenaron el aire con una niebla fría y pesada. Desde dentro, Roran contemplaba mientras los cordones de lluvia gris acribillaban los árboles y llenaban de espuma sus hojas, enfangaban la trinchera que rodeaba Carvahall y tamborileaban con dedos rotundos en los techados de paja y en los alerones a medida que las nubes se desprendían de su carga.

A media mañana la tormenta había amainado, aunque una llovizna continua seguía horadando la niebla. Pronto empapó el pelo y la ropa de Roran cuando éste ocupó la guardia en la barricada del camino principal. Se acuclilló junto a los troncos verticales, se sacudió la capa y luego se encajó la capucha en torno a la cara y trató de ignorar el frío.

A pesar del tiempo, Roran estaba excitado y exultante por la alegría que le daba la aceptación de Katrina. ¡Estaban comprometidos! En su mente, era como si la pieza que le faltaba al mundo hubiera encajado en su lugar, como si se le garantizara la confianza de un guerrero invulnerable. Qué importaban los soldados, o los Ra'zac, o el Imperio, ante un amor como el suyo. Pelillos a la mar.

Sin embargo, a pesar de aquella nueva dicha, su mente estaba concentrada por completo en lo que se había convertido en el acertijo más importante de su existencia: cómo asegurarse de que Katrina sobreviviera a la ira de Galbatorix. Desde que despertara, no había pensado en otra cosa. «Lo mejor sería que se fuera a la granja de Cawley —decidió, con la mirada fija en el brumoso camino—, pero no aceptará irse... Salvo que Sloan se lo mande. Tal vez consiga convencerlo; estoy seguro de que desea tanto como yo librarla del peligro.

Mientras pensaba en maneras de abordar al carnicero, las nubes se espesaron de nuevo y la lluvia redobló su asalto a la aldea, arqueándose en oleadas punzantes. Alrededor de Roran, los charcos cobraban vida cuando los perdigones de agua tamborileaban en su superficie y rebotaban hacia arriba como saltamontes asustados.

Cuando le entró hambre, Roran pasó la guardia a Larne, el hijo menor de Loring, y se fue a comer algo, buscando a saltos refugio bajo los aleros. Al doblar una esquina, le sorprendió ver a Albriech en el porche de su casa, discutiendo violentamente con un grupo de hombres.

Ridley gritaba:

—... estás ciego. Si seguimos los álamos, no nos verán. Habéis escogido el camino equivocado.

—Pues pruébalo, si quieres.

—¡Claro que lo probaré!

—Entonces podrás contarme si te gusta el tacto de las flechas.

—Tal vez —dijo Thane— no seamos tan torpes como vosotros.

Albriech se volvió hacia él con un gruñido.

—Tus palabras son tan torpes como tus sesos. No soy tan estúpido como para poner en peligro a mi familia bajo la única protección de unas hojas de árbol que ni siquiera he visto nunca. —A Thane se le salían los ojos de las órbitas, y su rostro adquirió un tono manchado de profundo escarlata—. ¿Qué? —se mofó Albriech—. ¿No tienes lengua?

Thane rugió y golpeó con el puño a Albriech en la mejilla. Albriech se rió.

—Tu brazo es débil como el de una mujer.

Luego agarró a Thane por un hombro y lo lanzó al fango, fuera del porche, donde quedó tumbado y aturdido.

Roran agarró la lanza como si fuera un palo y se plantó junto a Albriech de un salto, para evitar que Ridley y los demás le echaran la mano encima.

—Ya basta —rugió Roran, furioso—. Tenemos otros enemigos. Convocaremos una asamblea, y los árbitros decidirán si debe compensarse a Albriech o a Thane. Pero hasta entonces, no podemos pelear entre nosotros.

—Es muy fácil decirlo —escupió Ridley—. No tienes mujer ni hijos.

Luego ayudó a Thane a levantarse y se fue con el resto del grupo.

Roran miró con dureza a Albriech y se fijó en la magulladura amoratada que empezaba a extenderse bajo su ojo derecho.

—¿Cómo ha empezado? —preguntó.

—Yo... —Albriech se detuvo con una mueca y se palpó la mandíbula—. He salido de inspección con Darmmen. Los Ra'zac han apostado soldados en varias colinas. Pueden vernos desde el otro lado del Anora y a lo largo del valle. Uno de nosotros podría arrastrarse detrás de ellos sin que lo vieran, pero no podríamos llevar a los niños hasta Cawley sin matar a los soldados, y en ese caso sería como anunciar a los Ra'zac adónde nos dirigimos.

El miedo se apoderó de Roran y fluyó por su corazón y sus venas como un veneno. «¿Qué puedo hacer?» Mareado por la sensación de condena, rodeó los hombros de Albriech con un brazo:

—Ven; será mejor que Gertrude te eche un vistazo.

—No —respondió Albriech, deshaciéndose de su abrazo—. Tiene casos más urgentes que yo.

Respiró hondo con anticipación, como si fuera a tirarse de cabeza a un lago, y avanzó pesadamente bajo el chubasco, en dirección a la forja.

Roran lo vio partir, meneó la cabeza y entró. Se encontró a Elain sentada en el suelo con una hilera de niños, afilando un montón de puntas de lanza con limas y piedras de afilar. Roran llamó la atención de Elain con un gesto. Cuando estuvieron en otra habitación, le contó lo que acababa de pasar.

Elain maldijo con crudeza, lo cual le sorprendió porque nunca la había visto usar semejantes palabras, y luego preguntó:

—¿Tiene Thane motivos para plantear un duelo?

—Probablemente —admitió Roran—. Se han ofendido los dos, pero los insultos de Albriech eran más graves... De todos modos, el primer golpe lo ha dado Thane. Tú también podrías declarar un duelo.

—Tonterías —afirmó Elain, envolviéndose los hombros con un chal—. Esa disputa la resolverán los árbitros. Si hemos de pagar una multa, da lo mismo, siempre que se evite el derramamiento de sangre.

Salió hacia la puerta delantera, con una lanza en la mano.

Preocupado, Roran encontró pan y carne en la cocina y luego ayudó a los niños a afilar las puntas de lanza. Cuando llegó Felda, una de las madres, Roran dejó a los niños a su cargo y cruzó Carvahall con esfuerzo para llegar al camino principal.

Cuando se agachó sobre el fango, un rayo de luz del sol estalló bajo las nubes e iluminó los pliegues de la lluvia de tal modo que cada gota brilló con un fuego cristalino. Roran lo miró fijamente, anonadado, haciendo caso omiso del agua que le corría por la cara. El hueco entre las nubes se ensanchó hasta que un saledizo de nubes atronadoras quedó pendido sobre el lado oeste del valle de Palancar, enfrentado a una cinta de cielo azul despejado. Entre el techo de nubes y

179

el ángulo de incidencia del sol, la tierra empapada de lluvia se saturaba de luz brillante por un lado y quedaba pintada de ricas sombras por el otro; lo cual teñía los campos, los montes, los árboles, el río y las montañas de los más extraordinarios colores. Era como si todo el mundo se hubiera transformado en una escultura de metal bruñido.

Justo en ese momento, un movimiento captó la atención de Roran, quien bajó la mirada para ver a un soldado que permanecía de pie en el camino, con la malla brillante como si fuera de hielo. El hombre contempló boquiabierto de asombro las nuevas fortificaciones de Carvahall y luego se dio la vuelta y desapareció entre la bruma dorada.

—¡Soldados! —gritó Roran, poniéndose en pie de un salto.

Deseó tener a mano su arco, pero lo había dejado dentro para protegerlo de los elementos. Su único consuelo era que a los soldados todavía les iba a costar más mantener sus armas secas.

Hombres y mujeres salieron de las casas, se reunieron junto a la trinchera y miraron entre los pinos amontonados que formaban el muro. Las ramas largas lloraban gotas de humedad, gemas translúcidas que reflejaban montones de ojos ansiosos.

Roran se encontró al lado de Sloan. El carnicero llevaba uno de los escudos improvisados por Fisk en la mano izquierda, y en la derecha una de las cuchillas de la carnicería, curvada como una media luna. Llevaba un cinto festoneado con al menos media docena de cuchillos, largos y afilados como navajas. Él y Roran intercambiaron un enérgico saludo con la cabeza y luego concentraron la mirada en el lugar por donde había desaparecido el soldado.

Menos de un minuto después, la voz de un Ra'zac se deslizó por entre la niebla:

—¡Como seguís defendiendo Carvahall, habéis proclamado vuestra elección y sellado vuestra condena! ¡Vais a morir!

Loring respondió:

—¡Mostrad vuestras caras de gusanos si os atrevéis, bicharracos con hígado de lirio, piernas retorcidas y ojos de serpiente! ¡Os abriremos los cráneos y cebaremos a nuestros perros con vuestra sangre!

Una oscura forma flotó hacia ellos, seguida por el zumbido sordo de una lanza que se clavaba en una puerta, a escasos centímetros del brazo de Gedric.

—¡Cubríos! —gritó Horst, en medio de la línea de gente.

Roran se arrodilló tras su escudo y miró por una abertura mínima que quedaba entre dos tablas. Justo a tiempo, pues media docena de lanzas pasaron sobre el muro de árboles y se clavaron entre los asustados aldeanos.

Un grito agónico se alzó en medio de la niebla.

El corazón de Roran daba saltos de un temblor doloroso. Pese a que aún no se había movido, boqueaba para respirar y tenía las manos resbaladizas por el sudor. Oyó el leve sonido de cristales destrozados en el lado norte de Carvahall y luego el bramido de una explosión y de leños partidos.

Él y Sloan se dieron la vuelta y corrieron hacia Carvahall, donde encontraron a un grupo de seis soldados que retiraban los restos astillados de varios árboles. Tras ellos, pálidos y espectrales bajo las brillantes gotas de lluvia, montaban los Ra'zac a sus caballos. Sin frenar, Roran se echó encima del primer hombre y lo azuzó con la lanza. El hombre desvió los dos primeros pinchazos alzando un brazo, pero Roran le acertó al tercero en la cadera y, cuando caía, le atravesó la garganta.

Sloan gritó como una bestia encolerizada, lanzó su cuchillo y le partió el yelmo a otro de los hombres, aplastándole el cráneo. Dos soldados cargaron con las espadas desenfundadas. Sloan dio un paso a un lado, se echó a reír y bloqueó sus ataques con el escudo. Uno de los soldados soltó un mandoble tan fuerte que el filo quedó clavado en el borde del escudo. Sloan lo acercó de un tirón y lo atravesó cerca del ojo con uno de los cuchillos de trinchar que llevaba en el cinto. Sacó otro y rodeó a un nuevo oponente con una sonrisa de maníaco.

—¿Quieres que te despedace y te corte los tendones? —le preguntó, casi haciendo cabriolas, con una risotada terrible y sangrienta.

Roran perdió la lanza al enfrentarse al siguiente hombre. Apenas logró sacar el martillo a tiempo para evitar que una espada le cortase la pierna. El soldado que le había arrancado la lanza la blandía ahora contra él, y apuntaba al pecho. Roran soltó el martillo, agarró la lanza a medio vuelo —lo cual le sorprendió a él tanto como a los soldados—, la giró en el aire y atravesó con ella la armadura y las costillas del hombre que se la había tirado. Como se había quedado sin arma, se vio obligado a retirarse frente al último soldado. Tropezó con un cadáver y, al caer, se hizo un corte en la pantorrilla con una espada y tuvo que rodar para esquivar el golpe que le lanzaba el soldado con las dos manos. Manoteó frenéticamente entre el lodo que le llegaba a los tobillos en busca de algo, cualquier cosa que le sirviera de arma. Se golpeó los dedos con una empuñadura y arrancó el puñal del lodo para lanzar un tajo hacia la mano que sostenía la espada del soldado, a quien hirió en el pulgar.

El hombre se quedó mirando fijamente el muñón brillante y dijo:

—Eso es lo que pasa por no cubrirme con un escudo.

—Eso —concedió Roran. Y lo decapitó.

El último soldado cedió al pánico y salió volando hacia los espectros impasibles de los Ra'zac, mientras Sloan lo bombardeaba con un torrente de insultos y ofensas. Cuando el soldado rasgó al fin la brillante cortina de lluvia, Roran contempló con un estremecimiento de horror cómo las dos figuras negras se inclinaban desde sus corceles a ambos lados del hombre y lo agarraban por la nuca con sus manos retorcidas. Los crueles dedos apretaron, y el hombre aulló desesperado, en plena convulsión, y luego quedó inerte. Los Ra'zac dejaron su cadáver sobre una de las sillas, dieron la vuelta a sus monturas y se marcharon.

Roran se estremeció y miró a Sloan, que limpiaba sus cuchillos.

—Has luchado bien.

Nunca había sospechado que el carnicero tuviera tal ferocidad.

Sloan contestó en voz baja:

—Nunca atraparán a Katrina. Nunca, aunque tenga que despellejarlos o enfrentarme a mil úrgalos, y además al rey. Antes de que sufra un solo rasguño, sería capaz de derrumbar el mismísimo cielo y permitir que el Imperio se ahogara en su propia sangre.

183

Sólo entonces cerró la boca, encajó el último cuchillo en el cinto y se puso a arrastrar los tres pinos partidos a su posición original.

Mientras tanto, Roran hizo rodar los cuerpos de los soldados muertos sobre el barro pisoteado para apartarlos de las fortificaciones. «Ya he matado a cinco.» Tras completar su faena, estiró el cuerpo y miró a su alrededor, sorprendido, pues no se oía más que el silencio y el silbido de la lluvia. «¿Por qué no ha venido nadie a ayudarnos?»

Preguntándose qué más había ocurrido, regresó con Sloan al escenario del primer ataque. Dos soldados pendían sin vida de las afiladas ramas del muro de árboles, pero no fue eso lo que llamó su atención. Horst y los demás aldeanos estaban arrodillados en círculo en torno a un cuerpo pequeño. Roran contuvo la respiración. Era Elmund, hijo de Delwin. El muchacho, que apenas tenía diez años, había recibido un golpe de lanza en el costado. Sus padres estaban sentados en el lodo, a su lado, con los rostros duros como la piedra.

«Hay que hacer algo», pensó Roran, al tiempo que se arrodillaba, apoyándose en la lanza. Pocos niños vivían más allá de los cinco o seis años. Pero perder al primogénito a esa edad, cuando todo indicaba que iba a crecer alto y fuerte para ocupar el lugar de su padre en Carvahall... Eso podía destrozar a cualquiera. «Katrina... Los niños... Hay que protegerlos a todos. Pero ¿dónde? ¿Dónde? ¿Dónde? ¿Dónde?»

Lago abajo con la corriente

*E*l día que salieron de Tarnag, Eragon hizo el esfuerzo de aprenderse el nombre de todos los guardias de Ûndin. Se llamaban Ama, Tríhga, Hedin, Ekksvar, Shrrgnien —que a Eragon le parecía impronunciable, aunque le contaron que significaba Corazón de Lobo—, Dûthmér y Thorv.

Cada balsa tenía una pequeña cabina en el centro. Eragon prefería pasar el tiempo sentado al borde de los troncos, viendo pasar las Beor. Las grajillas y algún martín pescador revoloteaban a lo largo del claro río, mientras que las garzas azuladas se quedaban quietas sobre sus zancos en las orillas pantanosas, tachonadas por las lanzas de luz que se colaban entre los bosquecillos de avellanos, hayas y sauces. De vez en cuando, una rana toro croaba desde un brote de helechos.

Cuando Orik se sentó a su lado, Eragon dijo:

—Qué bonito.

—Eso sí.

El enano encendió tranquilamente su pipa y luego se recostó y soltó una bocanada.

Eragon escuchó los crujidos de la madera y las cuerdas mientras Tríhga dirigía la balsa con el largo remo de popa.

—Orik, ¿me puedes contar por qué Brom se unió a los vardenos? Sé tan pocas cosas de él... Durante la mayor parte de mi vida, sólo fue el cuentacuentos del pueblo.

—Nunca se unió a los vardenos; sólo ayudó a fundarlos. —Orik se detuvo para tirar un poco de ceniza al río—.

Cuando Galbatorix se convirtió en rey, Brom era el único Jinete que quedaba vivo, aparte de los Apóstatas.

—Pero no era un Jinete, ya no. Habían matado a su dragón en la batalla de Doru Araeba.

—Bueno, tenía la formación de un Jinete. Brom fue el primero que organizó a los amigos y aliados de los Jinetes, que se habían visto obligados a exiliarse. Fue él quien convenció a Hrothgar para que permitiera a los vardenos vivir en Farthen Dûr, y quien obtuvo la ayuda de los elfos.

Guardaron silencio un rato.

—¿Por qué renunció Brom al liderazgo? —preguntó Eragon.

Orik sonrió con ironía.

—Tal vez nunca lo quiso. Eso fue antes de que Hrothgar me adoptara, así que yo no sé mucho de la vida de Brom en Tronjheim. Siempre estaba en algún otro lugar, luchando con los Apóstatas o liado en cualquier conspiración.

—¿Tus padres están muertos?

—Sí. Se los llevó la viruela cuando era joven; Hrothgar tuvo la bondad de acogerme en su salón y, como no tiene hijos, me nombró su heredero.

Eragon pensó en su yelmo, marcado con el símbolo del Ingeitum. «Conmigo también ha sido bueno.»

Cuando llegó el crepúsculo, los enanos colgaron una antorcha en cada esquina de las balsas. Recordaron a Eragon que las antorchas eran rojas porque permitían ver de noche. Se quedó junto a Arya y estudió las profundidades puras e inmóviles de las antorchas.

—¿Sabes cómo las hacen? —preguntó.

—Con un hechizo que regalamos a los enanos hace mucho tiempo. Lo usan con mucha habilidad.

Eragon alzó una mano, se rascó la barbilla y las mejillas y notó el rastrojo de barba que había empezado a crecerle.

—¿Podrías enseñarme más magia mientras viajamos?

Ella lo miró, manteniendo un perfecto equilibrio sobre los oscilantes troncos.

—No me corresponde. Te está esperando un profesor.

—Al menos dime una cosa —insistió—. ¿Qué significa el nombre de mi espada?

La voz de Arya sonó suave:

—Tu espada se llama «suplicio». Es lo que fue hasta que tú la blandiste.

Eragon miró a *Zar'roc* con aversión. Cuanto más sabía de su arma, más malvada le parecía, como si su filo pudiera causar desgracias por su propia voluntad. «No es sólo que Morzan matara con ella a los Jinetes, es que hasta su propio nombre es malvado.» Si no se la hubiera dado Brom, y si no fuera porque *Zar'roc* nunca se desafilaba y nada podía partirla, Eragon la hubiera tirado al río en aquel mismo momento.

Antes de que oscureciera más, Eragon se acercó nadando a Saphira. Volaron juntos por primera vez desde la salida de Tronjheim y se alzaron sobre el Az Ragni, donde el aire era fino y el agua, allá abajo, apenas parecía una línea morada.

Sin la silla, Eragon se agarraba con fuerza a Saphira con las rodillas y notó que sus duras escamas le rozaban las cicatrices del primer vuelo.

Cuando Saphira se inclinó a la izquierda para alzarse con una corriente de aire, Eragon vio tres manchas marrones que saltaban desde la falda de la montaña y ascendían con rapidez. Al principio creyó que eran halcones; pero a medida que se acercaron, se dio cuenta de que medían casi dos metros de largo y tenían colas cortas y alas ásperas. De hecho, parecían dragones, pero sus cuerpos eran más pequeños, más flacos, y más serpentinos que el de Saphira. Y sus escamas no brillaban, sino que estaban moteadas de verde y marrón.

Agitado, Eragon se las señaló a Saphira. *¿Pueden ser dragones?*, preguntó.

187

No lo sé.

Saphira se quedó flotando e inspeccionó a los recién llegados, que ascendían hacia ellos trazando espirales. Las criaturas parecían asombradas de ver a Saphira. Se lanzaron contra ella, pero en el último momento se pusieron a sisear y descendieron en picado.

Eragon sonrió y quiso proyectar su mente para entrar en contacto con sus pensamientos. Cuando lo hizo, los tres animales retrocedieron y aullaron, abriendo las fauces como serpientes hambrientas. Su aullido desgarrador era mental, además de físico. Atravesó a Eragon con una fuerza salvaje, con la intención de incapacitarlo. Saphira también lo sintió. Sin cortar el convulso aullido, las criaturas atacaron con sus afiladas zarpas.

Espera, advirtió Saphira. Plegó el ala izquierda y dio media vuelta en el aire para esquivar a dos de los animales, y luego aleteó deprisa para alzarse sobre el tercero. Al mismo tiempo, Eragon se esforzó con furia por bloquear el aullido. En cuanto notó su mente despejada, quiso recurrir a la magia. *No los mates* —dijo Saphira—. *Quiero vivir esta experiencia.*

Aunque las criaturas eran más ágiles que Saphira, ella les aventajaba en tamaño y fuerza. Una de las criaturas se lanzó contra ella. Saphira se echó hacia atrás de golpe para volar boca abajo y dio una patada al animal en el pecho.

La intensidad del aullido fue disminuyendo al retirarse el enemigo.

Saphira agitó las alas y trazó un giro a la derecha para recibir de frente a los otros dos animales, que se le echaban encima a la vez. Arqueó el cuello. Eragon oyó un profundo tronido entre sus costillas, y luego una lengua de fuego salió rugiendo de sus fauces. Un halo de azul líquido envolvió la cabeza de Saphira y brilló entre sus escamas como gemas, hasta que soltó unas gloriosas centellas y pareció elevarse por dentro.

Las dos bestias aullaron de desánimo y se desviaron hacia los lados. El asalto mental cesó cuando se alejaron a toda prisa, descendiendo hacia la ladera de la montaña.

Casi me tiras, dijo Eragon, soltando los brazos acalambrados con que la agarraba por el cuello.

Ella lo miró con aire de suficiencia. *Casi, pero no.*

Tienes razón, se rió Eragon.

Iluminados por la emoción de la victoria, volvieron a las balsas. Cuando aterrizaron entre dos alerones de agua, Orik gritó:

—¿Os han herido?

—No —contestó Eragon. El agua helada se arremolinaba en torno a sus piernas mientras Saphira se acercaba nadando a la balsa—. ¿Era otra raza exclusiva de las Beor?

Orik le ayudó a subir a la balsa.

—Los llamamos Fanghur. No son tan inteligentes como los dragones y no son capaces de echar fuego, pero no dejan de ser formidables enemigos.

—Ya lo hemos visto. —Eragon se masajeó las sienes con la intención de aliviar el dolor de cabeza que le había provocado el ataque de los Fanghur—. De todos modos, era mucha Saphira para ellos.

Por supuesto, dijo la dragona.

—Ellos cazan así —explicó Orik—. Usan sus mentes para inmovilizar a la presa mientras la matan.

Saphira movió la cola para salpicar a Eragon. *Es una buena idea. Quizá lo pruebe la próxima vez que vaya de caza.*

Eragon asintió. *En una lucha tampoco vendría mal.*

Arya se acercó al borde de la balsa.

—Me alegro de que no los hayáis matado. Los Fanghur son tan escasos que la pérdida de esos tres hubiera sido tremenda.

—A pesar de eso, consiguen comerse buena parte de nuestros rebaños —gruñó Thorv desde dentro de la cabina.

El enano se acercó a Eragon, mascullando irritado entre los nudos retorcidos de su barba—. No vuelvas a volar mientras estemos en las Beor, Asesino de Sombra. Bastante difícil resulta conservarte intacto sin que te pongas a luchar con tu dragona contra víboras aladas.

—Permaneceremos en superficie hasta que lleguemos a los llanos —prometió Eragon.

—Bien.

Cuando se detuvieron a pasar la noche, los enanos amarraron las balsas a unos álamos temblones en la desembocadura de un arroyuelo. Ama encendió un fuego mientras Eragon ayudaba a Ekksvar a bajar a *Nieve de Fuego* a tierra. Ataron al semental en una zona de hierba.

Thorv supervisó la instalación de seis tiendas grandes. Hedin recogió leña suficiente para aguantar hasta el amanecer, y Dûthmér sacó las provisiones de la segunda balsa y empezó a preparar la cena. Arya quedó de guardia al borde del campamento, donde pronto se le unieron Ekksvar, Ama y Tríhga, una vez finalizadas sus tareas.

Cuando Eragon se dio cuenta de que no tenía nada que hacer, se acuclilló junto al fuego con Orik y Shrrgnien. Cuando éste se quitó los guantes y mantuvo las manos llenas de cicatrices sobre las llamas, Eragon se fijó en unas puntas de acero pulido —de apenas medio centímetro— que sobresalían en todos los nudillos del enano, salvo en los pulgares.

—¿Qué es eso? —preguntó.

Shrrgnien miró a Orik y se rió.

—Son mis Ascûdgamln... Mis «puños de acero». —Sin levantarse, se dio media vuelta y golpeó el tronco de un álamo temblón y dejó cuatro agujeros simétricos en la corteza. Shrrgnien se volvió a reír—. Van muy bien para golpear cosas, ¿eh?

La curiosidad y la envidia de Eragon aumentaron.

—¿Cómo se hacen? O sea, ¿cómo se atan las puntas a tus manos?

Shrrgnien titubeó, en busca de las palabras adecuadas.

—Un sanador te sume en un sueño profundo para que no sientas ningún dolor. Luego te... taladran, ¿sí?, te taladran un agujero en las articulaciones...

Se detuvo y empezó a hablar deprisa con Orik en el idioma de los enanos.

—En cada agujero encajan un cilindro de metal —explicó Orik—. Se usa la magia para fijarlo en su lugar, y cuando el guerrero se recupera del todo, se pueden meter en los cilindros puntas de diversos tamaños.

—Sí, mira —dijo Shrrgnien, sonriendo. Cogió la punta que quedaba sobre el índice de la mano izquierda, la sacó cuidadosamente del nudillo y se la pasó a Eragon.

Eragon sonrió mientras rodaba el afilado muñón sobre la palma de la mano.

191

—No me importaría tener mis propios «puños de acero».

Devolvió la punta a Shrrgnien.

—Es una operación peligrosa —advirtió Orik—. Pocos knurlan tienen Ascûdgamln porque es fácil perder la capacidad de usar las manos si el taladro se hunde demasiado. —Alzó un puño y se lo mostró a Eragon—. Nuestros huesos son más gruesos que los vuestros. No sé si funcionaría en un humano.

—Lo recordaré.

Sin embargo, Eragon no podía evitar imaginar cómo sería pelear con Ascûdgamln, ser capaz de golpear lo que quisiera impunemente, incluso un úrgalo con armadura. Le encantaba la idea.

Después de cenar, Eragon se retiró a su tienda. La luz que arrojaba el fuego le permitía ver la silueta de Saphira acostada junto a su tienda, como una figura recortada en papel y enganchada a un lienzo.

Eragon se sentó con las mantas por encima de las piernas y se miró el regazo, aturdido pero sin deseos de dormir todavía. Desatada, su mente se puso a pensar en el hogar. Se preguntó cómo les iría a Roran, a Horst y a todos los de Carvahall, y si haría el suficiente calor en el valle de Palancar para que los granjeros pudieran empezar a plantar sus cultivos. La añoranza y la tristeza se apoderaron de él de repente.

Sacó un cuenco de madera de su bolsa, cogió la bota de agua y lo llenó hasta el borde. Luego se concentró en una imagen de Roran y susurró: «Draumr kópa».

Como siempre, el agua se oscureció antes de relucir para revelar el objeto invocado. Eragon vio a Roran sentado a solas en un dormitorio iluminado por una vela y reconoció que era en casa de Horst. «Debe de haber abandonado su trabajo en Therinsford», pensó. Su primo estaba recostado en las rodillas y tenía las manos entrelazadas mientras miraba fijamente la pared con una expresión que Eragon supo interpretar como señal de que se enfrentaba a algún problema difícil. Aun así, parecía en buen estado, aunque algo desanimado, lo cual reconfortó a Eragon. Al cabo de un minuto liberó la magia, puso fin al hechizo y la superficie del agua se aclaró.

Tranquilo, Eragon vació el cuenco, se tumbó y alzó las mantas hasta la barbilla. Cerró los ojos y se sumió en la cálida penumbra que separa la conciencia del sueño, en la que la realidad se curva y cimbrea al aire del pensamiento, y la creatividad florece, liberada de las limitaciones, y todo es posible.

El sueño se apoderó de él. Apenas pasó nada mientras descansaba, pero justo antes de despertarse, los habituales fantasmas de la noche fueron reemplazados por una visión tan clara y vibrante como cualquiera que pudiera experimentar despierto.

Vio un cielo torturado, negro y encarnado de humo. Cuervos y águilas volaban en círculos por encima de las fle-

*chas que rasgaban el aire de un lado a otro en plena bata-
lla. Había un hombre despatarrado en el barro revuelto, con
el yelmo partido y la malla ensangrentada... Su rostro se
escondía detrás de un brazo.*

*Una mano con guante de hierro entró en la visión de Era-
gon. El guante estaba tan cerca que emborronaba de hierro
bruñido la visión de medio mundo. Como una máquina inexorable, el pulgar y los últimos tres dedos se cerraban en un
puño, dejando el dedo índice, como un tronco, para señalar al
hombre del suelo con la autoridad del mismísimo destino.*

La visión seguía ocupando la mente de Eragon cuando
salió a rastras de la tienda. Encontró a Saphira algo alejada
del campamento, mordisqueando un pellejo. Cuando le contó lo que había visto, se detuvo a medio bocado. Luego, con
un golpe de cuello, se tragó un pedazo de carne.

La última vez que ocurrió —dijo la dragona—, *resultó
ser una predicción verdadera de cosas que ocurrían en otro
sitio. ¿Crees que hay alguna batalla en Alagaësia?*

Eragon dio una patada a una rama suelta. *No estoy seguro... Brom dijo que sólo se podía invocar gente, rostros y cosas que ya hubiera visto antes. Sin embargo, nunca he visto
ese lugar. Tampoco había visto a Arya la primera vez que
soñé con ella en Teirm.*

Tal vez Togira Ikonoka pueda explicárnoslo.

Mientras se preparaban para partir, los enanos parecían
mucho más relajados ahora que se habían alejado de Tarnag.
Cuando empezaron a descender por el Az Ragni con sus pértigas, Ekksvar —que capitaneaba la balsa en la que iba *Nieve de Fuego*— se puso a cantar con voz muy grave:

> Abajo con la rápida corriente
> De la sangre acumulada de Kílf,
> Deslizamos nuestros troncos retorcidos
> Para el hogar, para el clan, para el honor.

Bajo el solemne tanque del cielo,
Entre las hondonadas de lobos de hielo en los bosques,
Arrastramos la madera destripada
Para el hierro, para el oro y el diamante.

Que ciña mi mano las herramientas para descortezar
Y cuiden mi piedra las hojas de la batalla
Mientras abandono el hogar de mis padres
En busca de las tierras vacías del más allá.

Los demás enanos se unieron a Ekksvar y pasaron a su propia lengua para entonar los versos siguientes. El lento pálpito de sus voces acompañó a Eragon mientras se desplazaba con cautela hacia la otra punta de la balsa, donde Arya permanecía sentada con las piernas cruzadas.

—He tenido... una visión mientras dormía —le dijo. Arya lo miró con interés, y él le contó las imágenes que había visto—. Si es una invocación...

—No lo es —contestó Arya. Hablaba con deliberada lentitud, como si quisiera evitar cualquier malentendido—. He pensado mucho en cómo me viste presa en Gil'ead, y creo que mientras yo estaba inconsciente, mi espíritu buscaba auxilio allá donde pudiera encontrarlo.

—¿Y por qué yo?

Arya asintió mirando hacia donde Saphira flotaba en el agua.

—Me acostumbré a la presencia de Saphira durante los quince años que pasé al cuidado del huevo. Cuando entré en contacto con tus sueños, iba en busca de algo que resultara familiar.

—¿De verdad eres tan fuerte como para contactar desde Gil'ead con alguien que está en Teirm? Encima, te habían drogado.

El fantasma de una sonrisa se posó en los labios de Arya.

—Podría quedarme ante las mismísimas puertas de Vroengard, y aun así me oirías con tanta claridad como ahora. —Hizo una pausa—. Si no me invocaste tú en Teirm, tampoco puedes haber invocado este nuevo sueño. Debe de ser una premonición. Se sabe que han ocurrido entre las razas sensibles, pero sobre todo entre los conocedores de la magia.

La balsa dio un bandazo, y Eragon se agarró a la red que rodeaba un montón de víveres.

—Si lo que he visto es algo que va a ocurrir, ¿cómo podemos evitar que ocurra? ¿Tiene alguna importancia nuestra elección? ¿Qué pasaría si me tirara de la balsa ahora mismo y me ahogara?

—Es que no lo vas a hacer. —Arya tocó la superficie del río con su largo índice izquierdo y miró la única gota que quedó prendida en su piel, como una lente temblorosa—. Una vez, hace muchos años, el elfo Maerzadí tuvo la premonición de que mataría accidentalmente a su hijo en una batalla. En vez de vivir para verlo, prefirió suicidarse para salvar a su hijo y demostrar de paso que el futuro no está determinado. Aparte de matarte, en cualquier caso, hay poco que puedas hacer para cambiar tu destino, pues no sabes qué opciones te llevarán a la porción particular de tiempo que has visto. —Agitó la mano y la gota salpicó el tronco que los separaba—. Sabemos que es posible obtener información del futuro, pues los adivinos predicen a menudo los distintos caminos que podría tomar la vida de una persona. Pero no hemos sido capaces de refinar el proceso hasta el extremo de que puedas escoger qué quieres ver, dónde y cuándo quieres verlo.

A Eragon, el concepto de extraer conocimiento del tiempo le parecía profundamente inquietante. Planteaba demasiadas dudas sobre la naturaleza de la realidad. «Incluso si el destino y la ventura existen, lo único que puedo hacer es disfrutar del presente y vivir con la mayor honradez posible.» Aun así, no pudo evitar la pregunta:

195

—En cualquier caso, ¿qué puede impedirme invocar un recuerdo? Todo lo que contienen lo he visto... O sea, que debería ser capaz de verlos por medio de la magia.

La mirada de Arya se clavó en la suya.

—Si concedes algún valor a tu vida, nunca lo intentes. Hace muchos años, algunos de nuestros hechiceros se dedicaron a desafiar los enigmas del tiempo. Cuando intentaron invocar su pasado, sólo lograron crear una imagen borrosa en sus espejos antes de que el hechizo consumiera su energía y los matara. No hicimos más experimentos al respecto. Hay quien dice que el hechizo funcionaría si participaran en él más magos, pero nadie está dispuesto a aceptar el riesgo y esa teoría ha quedado sin demostrar. Incluso si se pudiera invocar el pasado, serviría para poco. Y para invocar el futuro, tendrías que saber exactamente qué va a pasar, dónde y cuándo, y en ese caso ya no tendría sentido.

»Por eso, es un misterio que la gente tenga premoniciones mientras duerme, que puedan hacer de modo inconsciente algo ante lo que se han rendido nuestros más grandes sabios. Las premoniciones podrían estar ligadas a la mismísima naturaleza y textura de la magia... O tal vez funcionen igual que los recuerdos ancestrales de los dragones. No lo sabemos. Muchos caminos de la magia aún están por explorar. —Se puso en pie con un solo movimiento fluido—. Procura no perderte por ellos.

Deslizarse

*E*l valle se fue ensanchando a lo largo de la mañana a medida que las balsas avanzaban hacia un luminoso hueco entre dos montañas. Llegaron a la abertura a mediodía y se encontraron mirando desde las sombras una soleada pradera que se extendía hacia el norte.

Luego la corriente los empujó más allá de los peñascos, y los muros del mundo se retiraron para revelar un cielo gigantesco y un horizonte liso. Casi de inmediato se calentó el aire. El Az Ragni se curvó hacia el este, recortando las laderas de la cadena montañosa por un lado y las llanuras por el otro.

Aquella cantidad de espacio abierto parecía inquietar a los enanos. Empezaron a murmurar entre ellos, y miraban con añoranza la fisura cavernosa que dejaban atrás.

A Eragon la luz del sol le pareció vigorizante. Era difícil sentirse verdaderamente despierto cuando tres cuartas partes del día transcurrían bajo el crepúsculo. Detrás de su balsa, Saphira abandonó el agua y echó a volar por la pradera hasta que su figura menguó y se convirtió en una manchita agitada en la bóveda celeste.

¿Qué ves?, le preguntó Eragon.

Veo grandes rebaños de gacelas al norte y al este. Al oeste, el desierto de Hadarac. Eso es todo.

¿Nada más? ¿Ni úrgalos, ni esclavistas, ni nómadas?

Estamos solos.

Aquella tarde, Thorv escogió una pequeña caleta para acampar. Mientras Dûthmér preparaba la cena, Eragon despejó un espacio junto a su tienda, desenfundó a *Zar'roc* y adoptó la postura de preparación que le había enseñado Brom la primera vez que se entrenaron juntos. Eragon sabía que tenía mucha desventaja con respecto a los elfos y no tenía intención de llegar a Ellesméra desentrenado.

Con una lentitud exasperante, alzó a *Zar'roc* por encima de la cabeza y la bajó con las dos manos, como si quisiera partirle el yelmo a un enemigo. Mantuvo la postura un segundo. Manteniendo un control absoluto sobre el movimiento, pivotó hacia la derecha —mostrando la punta de *Zar'roc* para bloquear un golpe imaginario— y luego se quedó quieto, con los brazos rígidos.

Con el rabillo del ojo vio que Orik, Arya y Thorv lo miraban. Los ignoró y se concentró sólo en el filo de rubí que sostenían sus manos; lo aguantó como si fuera una serpiente que pudiera retorcerse para librarse de su agarre y morderle el brazo.

Se dio la vuelta de nuevo e inició una serie de figuras, fluyendo de una a otra con una disciplinada facilidad a medida que aumentaba gradualmente la velocidad. En su mente, ya no estaba en la sombría caleta, sino rodeado de un grupo de úrgalos y kull feroces. Esquivaba y tajaba, desviaba, contraatacaba, saltaba a un lado y clavaba en un remolino de actividad. Peleaba con energía mecanizada, como había hecho en Farthen Dûr, sin pensar en la salvaguarda de su propia carne, acosando y partiendo a sus enemigos imaginarios.

Giró a *Zar'roc* en el aire —con la intención de pasar la empuñadura de una mano a otra— y tuvo que soltarla porque una línea dentada de dolor le recorrió la espalda. Se tambaleó y cayó. Por encima de su cabeza alcanzó a oír el parloteo de Arya y los enanos, pero sólo pudo ver una constelación de centellas rojizas y brumosas, como si alguien hubiera cubierto el mundo con un velo ensangrentado. No existía más sensación que el dolor. Borraba cualquier otro pensamiento, cualquier razonamiento, para dejar sólo un animal feroz que aullaba para que lo soltaran.

Cuando Eragon se recuperó lo suficiente para saber dónde estaba, entendió que lo habían metido en su tienda y envuelto con mantas bien prietas. Arya estaba sentada a su lado, y la cabeza de Saphira asomaba por la entrada.

¿He estado inconsciente mucho tiempo?, preguntó.

Un poco. Al final has dormido un rato. He intentado sacarte de tu cuerpo para meterte en el mío y refugiarte del dolor, pero no había mucho que hacer con tu subconsciente.

Eragon asintió y cerró los ojos. Todo su cuerpo palpitaba. Respiró hondo, miró a Arya y preguntó en voz baja:

—¿Cómo puedo entrenarme? ¿Cómo puedo luchar o usar la magia? Soy un jarrón roto.

Al hablar, la edad le ensombrecía la cara.

Arya contestó con la misma suavidad:

—Puedes sentarte y mirar. Puedes escuchar. Puedes leer. Y puedes aprender.

A pesar de sus palabras, Eragon notó una pizca de incertidumbre, o incluso de miedo, en su voz. Se puso de lado para no mirarla a los ojos. Le daba vergüenza que lo viera tan impotente.

—¿Cómo me hizo esto Sombra?

—No tengo respuestas, Eragon. No soy la elfa más sabia, ni la más fuerte. Todos hacemos lo que podemos, y nadie te puede culpar por ello. Tal vez el tiempo cure tu herida. —Arya le tocó la frente con sus dedos y murmuró—: Sé mor'ranr ono finna. —Luego abandonó la tienda.

Eragon se sentó e hizo una mueca al estirar los músculos de la espalda. Se miró las manos, pero no las veía. *Me pregunto si a Murtagh le dolía tanto la cicatriz como a mí.*

No lo sé, contestó Saphira.

Siguió un silencio mortal. Luego: *Tengo miedo.*

¿Por qué?

Porque... —Dudó—. *Porque no puedo hacer nada para prevenir otro ataque. No sé cuándo ni dónde ocurrirá, pero sé que es inevitable. Así que espero y en todo momento temo que si levanto algo demasiado pesado, o si me estiro de mala manera, vuelva el dolor. Mi propio cuerpo se ha convertido en un enemigo.*

Saphira soltó un profundo murmullo. *Yo tampoco tengo respuestas. La vida está hecha de dolor y de placer a la vez. Si éste es el precio que has de pagar por las horas de disfrute, ¿te parece demasiado caro?*

Sí, contestó Eragon con brusquedad. Retiró las mantas y salió deprisa, tambaleándose hasta el centro del campamento, donde Arya y los enanos estaban sentados en torno a una fogata.

—¿Queda comida? —preguntó.

Dûthmér llenó un cuenco y se lo pasó sin decir palabra. Con expresión deferente, Thorv le preguntó:

—¿Estás mejor ahora, Asesino de Sombra?

Él y los demás enanos parecían asombrados por lo que habían visto.

—Estoy bien.

—Llevas una carga muy pesada, Asesino de Sombra.

Eragon frunció el ceño y echó a caminar abruptamente hacia el límite de las tiendas, donde se sentó en la oscuridad. Notaba la presencia cercana de Saphira, pero la dragona lo dejó en paz. Maldijo en voz baja y clavó la cuchara en el guiso de Dûthmér con una rabia sorda.

Justo cuando daba un mordisco, Orik, a su lado, le dijo:

—No deberías tratarlos así.

Eragon fulminó el rostro ensombrecido de Orik con la mirada.

—¿Qué?

—Thorv y sus hombres han venido para protegeros a ti y a Saphira. Morirán por vosotros si es necesario y confían en que les proveas de un entierro sagrado. Debes recordarlo.

Eragon contuvo una respuesta ruda y clavó la mirada en la negra superficie del río —siempre en movimiento, nunca detenido— con la intención de calmarse.

—Tienes razón. Me he dejado llevar por el temperamento.

Los dientes de Orik brillaron en la oscuridad cuando sonrió:

—Es una lección que todo jefe debe aprender. A mí me la enseñó Hrothgar a golpes cuando le tiré una bota a un enano que se había dejado la alabarda en un lugar donde cualquiera podía pisarla.

—¿Acertaste?

—Le partí la nariz —se rió Orik.

A pesar de su enfado, Eragon se rió también.

—Recordaré que no debo hacerlo.

Sostenía el cuenco con las dos manos para que no se enfriara. Oyó un tintineo metálico porque Orik estaba sacando algo de una bolsa.

—Toma —dijo el enano, al tiempo que soltaba en la palma de la mano de Eragon unos anillos de oro entrelazados—. Es un juego que usamos para hacer pruebas de inteligencia y habilidad. Hay ocho cintas. Si las dispones del modo adecuado, forman un solo anillo. A mí me resulta útil para distraerme cuando estoy preocupado.

—Gracias —murmuró Eragon, ya embelesado por la complejidad de aquella prueba reluciente.

—Si consigues montarlo, te lo puedes quedar.

Al volver a la tienda, Eragon se tumbó boca abajo y estudió los anillos a la escasa luz que se colaba por la entrada. Cuatro cintas enroscadas a otras cuatro. Todas eran suaves por la mitad inferior y tenían una masa asimétrica y retorcida en la superior, por donde se encajaban con las demás

201

piezas.

Tras probar unas cuantas combinaciones, se frustró enseguida por una sencilla razón: parecía imposible separar los dos grupos de cintas en paralelo de tal modo que pudieran quedar todas planas.

Absorbido por el reto, olvidó el terror que acababa de soportar.

Eragon se despertó justo antes del amanecer. Se frotó los ojos para sacudirse el sueño, salió de la tienda y estiró la musculatura. Su respiración se volvía blanca bajo el fresco aire de la mañana. Saludó con una inclinación de cabeza a Shrrgnien, que mantenía la guardia junto al fuego, y luego caminó hacia la orilla del río y se lavó la cara, pestañeando bajo la impresión del agua fría.

Localizó a Saphira con su mente, se ató a *Zar'roc* a la cintura y se dirigió hacia ella entre las hayas que flanqueaban el Az Ragni. Al poco rato las manos y la cara de Eragon estaban cubiertas de rocío por un enmarañado muro de zarzales de capulí que le obstaculizaba el camino. Con esfuerzo, se abrió paso entre el nudo de ramas y salió a la llanura silenciosa. Una colina redonda se alzaba ante él. En su cresta estaban Saphira y Arya, como dos estatuas. Miraban al este, donde un brillo líquido se alzaba hacia el cielo y teñía de ámbar la pradera.

Cuando la claridad iluminó a las dos figuras, Eragon recordó que Saphira se había puesto a mirar la salida del sol desde su cama apenas cuatro horas después de nacer. Era como un halcón o un gavilán, con aquellos ojos duros y centelleantes bajo la frente huesuda, el duro arco del cuello y la fibrosa fuerza grabada en todas las líneas de su cuerpo. Era una cazadora y estaba dotada de toda la salvaje belleza que eso implicaba. Los rasgos angulosos de Arya y su agilidad de pantera encajaban a la perfección al lado de la dragona. No había ninguna discrepancia en sus comportamientos, mientras permanecían bajo los primeros rayos del alba.

Un cosquilleo de asombro y alegría recorrió la columna de Eragon. Como Jinete, aquél era su lugar. De todas las cosas que había en Alagaësia, él había tenido la suerte de verse unido a aquello. El asombro llevó lágrimas a sus ojos y le provocó una sonrisa salvaje de puro júbilo que disipó todas las dudas y los miedos con la pujanza de su pura emoción.

Sin perder la sonrisa, ascendió a la cumbre, ocupó su lugar al lado de Saphira y juntos contemplaron la llegada del nuevo día.

Arya lo miró. Eragon le sostuvo la mirada, y algo se sacudió en su interior. Se puso rojo sin saber por qué y sintió una repentina conexión con ella, una sensación de que ella lo entendía mejor que nadie, aparte de Saphira. Su reacción lo dejó confundido, pues nadie le había afectado antes de esa manera.

Durante el resto del día, Eragon sólo tuvo que volver a pensar en aquel momento para recuperar la sonrisa y notar en las entrañas un remolino de extrañas sensaciones que no lograba identificar. Se pasó la mayor parte del tiempo sentado, con la espalda apoyada en la cabina de la balsa, trabajando con el anillo de Orik y viendo pasar el cambiante paisaje.

Hacia el mediodía pasaron por la boca del valle, y otro río se fundió con el Az Ragni, que dobló su tamaño y su velocidad de tal modo que las orillas ya quedaron separadas por más de un kilómetro y medio. Lo único que podían hacer los enanos era evitar que las balsas fueran arrastradas como pecios de un naufragio ante la inexorable corriente, para no chocar con los troncos que de vez en cuando aparecían flotando.

Casi dos kilómetros después de que se unieran los dos ríos, el Az Ragni enfiló hacia el norte y pasó junto a una cumbre solitaria coronada por las nubes, que se alzaba aparte del cuerpo central de la cadena de las Beor, como una gigantesca torre erguida para mantener la vigilancia sobre las llanuras.

Los enanos hicieron una reverencia al pico nada más verlo, y Orik le contó a Eragon:

—Es Moldûn el Orgulloso. Es la última montaña verdadera que veremos durante el viaje.

Cuando amarraron las balsas para pasar la noche, Eragon vio que Orik desenvolvía una larga caja negra incrustada con madreperlas, rubíes y trazos curvos de plata. Orik accionó un broche y luego alzó la tapa para descubrir un arco sin encordar, encajado en terciopelo rojo. Los brazos del arco parecían de ébano, y sobre ese fondo se habían grabado complejas figuras de parras, flores, animales y runas, todas ellas del más fino oro. Era un arma tan lujosa que Eragon se preguntó cómo podía alguien atreverse a usarla.

Orik encordó el arco. Era casi tan alto como él, aunque para las medidas de Eragon correspondía al tamaño del arco de un niño. Dejó a un lado la caja y dijo:

—Me voy a buscar comida fresca. Volveré dentro de una hora.

Dicho eso, desapareció entre la maleza. Thorv emitió un gruñido de desaprobación, pero no hizo nada por detenerlo.

Cumpliendo su palabra, Orik regresó con una brazada de ocas de cuello largo.

—He encontrado una bandada descansando en un árbol —dijo, al tiempo que le lanzaba las aves a Dûthmér.

Cuando Orik sacó de nuevo la caja enjoyada, Eragon le preguntó:

—¿De qué madera está hecho tu arco?

—¿Madera? —Orik se rió y negó con la cabeza—. No se puede hacer un arco de este tamaño con madera y lanzar una flecha a más de veinte metros: se rompería, o cedería por la presión de la cuerda a los pocos disparos. No, este arco es de cuerno de úrgalo.

Eragon lo miró con suspicacia, convencido de que el enano pretendía engañarle.

—El cuerno no es lo suficientemente flexible y elástico para hacer un arco.

—Ah —se rió Orik—. Eso es porque hay que saber cómo tratarlo. Primero aprendimos a hacerlo con los cuernos de Feldûnost, pero no van tan bien como los de los úrgalos. Hay que cortar el cuerno a lo largo, y luego se va recortando la corteza exterior hasta que tiene el espesor apropiado. El resultado es una cinta que se hierve para alisarla y se lija para darle forma antes de engancharla al interior de una cuaderna de fresno con un pegamento que se obtiene mezclando escamas de peces y piel del paladar de una trucha. Luego se cubre la parte trasera de la cuaderna con múltiples capas de tendones: así se da flexibilidad al arco. El último paso es la decoración. Todo el proceso puede durar casi una década.

—Nunca había oído hablar de un arco hecho de esta manera —dijo Eragon. Hacía que su propia arma pareciera poco más que una ramita burdamente recortada—. ¿Qué distancia alcanzan las flechas?

—Pruébalo tú mismo —dijo Orik.

Dejó que Eragon cogiera el arco, y éste lo sostuvo con cautela por miedo a dañar los acabados. Orik sacó una flecha de su aljaba y se la pasó.

—De todos modos, me deberás una flecha.

Eragon encajó la flecha en la cuerda, apuntó por encima del Az Ragni y la tensó. El arco tensado medía poco más de medio metro, pero le sorprendió descubrir que pesaba mucho más que el suyo; apenas alcanzaba a sostener la cuerda con todas sus fuerzas. Soltó la flecha, que desapareció con un tañido y reapareció al poco, muy lejos, por encima del río. Eragon contempló asombrado cómo caía en mitad del curso del Az Ragni, salpicando agua.

De inmediato sobrepasó la barrera de su mente para recurrir a la ayuda de la magia y dijo:

—Gath sem oro um lam iet. —Al cabo de unos segundos, la flecha voló hacia atrás por el aire para aterrizar en su mano abierta—. Y aquí tienes —añadió— la flecha que te debo.

Orik se golpeó el pecho con un puño y luego tomó la flecha y el arco con evidente placer.

—¡Maravilloso! Así sigo teniendo la docena completa. Si no, hubiera tenido que esperar hasta Hedarth para recargar la munición.

Desencordó con destreza el arco, lo guardó en la caja y luego envolvió ésta con trapos suaves para protegerla.

Eragon vio que Arya estaba mirando. Le preguntó:

—¿Los elfos también usáis arcos de cuerno? Eres muy fuerte. Un arco de madera hecho para ti tendría que ser muy pesado y se rompería.

—Nosotros elaboramos nuestros arcos cantando a los árboles que no crecen —contestó Arya. Y se alejó.

Durante días enteros se deslizaron entre campos de hierba invernal mientras las Beor desaparecían en la brumosa muralla blanca que iban dejando atrás. A menudo en las orillas aparecían grandes rebaños de gacelas y de pequeños cervatillos rojos que los miraban con sus ojos acuosos.

Ahora que ya no los amenazaban los Fanghur, Eragon volaba casi constantemente con Saphira. Desde antes de Gil'ead no habían tenido ocasión de pasar tanto rato en el aire, y se aprovecharon de ello. Además, Eragon agradecía la oportunidad de escaparse de la atestada cubierta de la balsa, donde se sentía incómodo por la cercanía de Arya.

Arya Svit-kona

*E*ragon y sus acompañantes siguieron el Az Ragni hasta que se unió al río Edda, que a partir de ahí se deslizaba hacia el desconocido este. En la confluencia de los dos ríos visitaron el puesto de avanzada de los enanos para el comercio, Hedarth, y cambiaron sus balsas por asnos. Los enanos nunca usaban caballos por su estatura.

Arya rechazó el mulo que le ofrecían.

—No regresaré a la tierra de mis ancestros montada en un burro.

Thorv frunció el ceño.

—¿Y cómo vas a seguir nuestro paso?

—Correré.

Y vaya si corría, tanto que adelantaba a *Nieve de Fuego* y a los burros y luego tenía que sentarse a esperarlos en la siguiente colina, o en algún bosquecillo. Pese a sus esfuerzos, no daba la menor muestra de cansancio cuando se detenían a pasar la noche, ni parecía sentir mayor inclinación por pronunciar más que unas pocas palabras entre el desayuno y la cena. A cada paso parecía más tensa.

Desde Hedarth avanzaron hacia el norte y remontaron el Edda hacia su nacimiento, en el lago Eldor.

Al cabo de tres días tuvieron la primera visión de Du Weldenvarden. Primero apareció el bosque como si fuera una brumosa protuberancia en el horizonte y luego se fue extendiendo hasta conformar un mar esmeralda de viejos robles, hayas y arces. Desde el lomo de Saphira, Eragon vio que los bosques se extendían sin parar hasta el horizonte, tanto al norte como al oeste, y supo que llegaban hasta mucho más allá, que recorrían toda la extensión de Alagaësia.

Las sombras que se formaban bajo las arqueadas ramas de los árboles le parecían misteriosas y fascinantes, al tiempo que peligrosas, pues allí vivían los elfos. Escondida en algún lugar del veteado corazón de Du Weldenvarden estaba Ellesméra —donde iba a completar su formación— y también Osilon y otras once ciudades élficas que pocos foráneos habían visitado desde la caída de los Jinetes. El bosque era un lugar peligroso para los mortales, pensó Eragon, sin duda habitado por una magia extraña y unas criaturas más extrañas todavía.

Es como si fuera otro mundo, observó. Un par de mariposas se alzaron del oscuro interior del bosque, trazando espirales al perseguirse.

Espero —dijo Saphira— *caber entre los árboles en el camino que usen los elfos. No puedo volar todo el rato.*

Estoy seguro de que, en la época de los Jinetes, encontraron una manera de acomodar a los dragones.

Mmm.

Esa noche, justo cuando Eragon se disponía a buscar sus mantas, Arya apareció a su lado, como un espíritu que se materializara en el aire. Le dio un susto con su sigilo; nunca podría entender cómo se movía tan silenciosamente. Sin darle tiempo a preguntar qué quería, la mente de la elfa entró en contacto con la suya y le dijo: *Sígueme con el mayor silencio que puedas.*

El contacto le sorprendió tanto como la petición. Habían compartido algún pensamiento durante el vuelo a Farthen Dûr —pues sólo así podía hablar Eragon con ella mientras durara el coma autoinducido—; pero desde que Arya se recuperara, no había vuelto a intentar entrar en contacto con su mente. Era una experiencia profundamente personal. Cuando Eragon entraba en contacto con la conciencia de otra persona, era como si una faceta de su alma desnuda se frotara con la suya. Iniciar algo tan privado sin previa invitación le hubiera parecido zafio y rudo, aparte de una traición de la confianza de Arya, de por sí escasa. Además, Eragon temía que un lazo de esa naturaleza revelara sus nuevos y confusos sentimientos hacia ella, y no sentía el menor deseo de ser ridiculizado por ellos.

La acompañó, y abandonaron juntos la rueda de tiendas, evitando con cuidado a Tríhga, que se ocupaba de la primera guardia, para llegar a un lugar donde no pudieran oírles los enanos. Dentro de él, Saphira mantenía una atenta vigilancia, lista para plantarse de un salto en su ayuda si era necesario.

Arya se agachó en un tronco cubierto de musgo y se rodeó las rodillas con los brazos, sin mirarle.

209

—Hay cosas que debes saber antes de que lleguemos a Ceris y Ellesméra, para que ni tú ni yo debamos avergonzarnos de tu ignorancia.

—¿Por ejemplo?

Eragon se acuclilló junto a ella, curioso.

Arya dudó.

—Durante los años que he pasado como embajadora de Islanzadí, he observado que los enanos y los humanos se parecen mucho. Compartís muchas creencias y pasiones. Más de un humano ha vivido cómodamente entre los enanos porque podía entender su cultura, igual que ellos entienden la vuestra. Los dos amáis, deseáis, odiáis, peleáis y creáis casi de la misma manera. Tu amistad con Orik y tu aceptación del Dûrgrimst Ingeitum son buena muestra de ello. —Eragon asintió, aunque a él le parecía que las diferencias eran mayores—. Los elfos, en cambio, no son como las demás razas.

—Hablas de ellos como si tú no lo fueras —dijo, recordando sus palabras en Farthen Dûr.

—He vivido los suficientes años con los vardenos como para acostumbrarme a sus tradiciones —replicó Arya con fragilidad.

—Ah... Entonces, ¿quieres decir que los elfos no tienen las mismas emociones que los enanos y los humanos? Me cuesta creerlo. Todos los seres vivos tienen las mismas necesidades y deseos básicos.

—No quería decir eso. —Eragon se echó atrás, frunció el ceño y la estudió. Era inusual que se mostrara tan brusca. Arya cerró los ojos, se llevó los dedos a las sienes y respiró hondo—. Como los elfos vivimos tantos años, consideramos que la cortesía es la máxima virtud social. No puedes permitirte ofender a nadie cuando la ofensa puede mantenerse durante décadas o siglos. La cortesía es la única manera de evitar que se acumule la hostilidad. No siempre se consigue, pero nos apegamos con rigor a nuestros rituales porque nos protegen de los extremos. Además, las elfas no son fecundas, de modo que resulta vital que evitemos los conflictos. Si tuviéramos los mismos índices de criminalidad que vosotros, o que los enanos, pronto nos extinguiríamos.

»Hay una manera adecuada de saludar a los centinelas de Ceris, ciertos hábitos y fórmulas que debes respetar cuando te presentes ante la reina Islanzadí, y cien maneras distintas de tratar a quienes te rodean; eso cuando no es mejor que te limites a callar.

—Con tantas costumbres —se arriesgó a decir Eragon—, más bien parece que aun resulte más fácil ofender a la gente.

Una sonrisa cruzó los labios de Arya.

—Tal vez. Sabes tan bien como yo que se te juzgará con la mayor exigencia. Si cometes un error, los elfos creerán que lo has hecho a propósito. Y si descubren que ha sido por pura ignorancia, aun será peor. Es mejor que te consideren rudo y capaz, que rudo e inútil, pues de lo contrario te arriesgas a que te manipulen como a la serpiente en una competición de runas. Nuestra política sigue ciclos que son a la vez largos y sutiles. Lo que veas u oigas un día de un elfo puede ser poco más que un sutil movimiento en una estrategia de milenios de duración, y no indica nada acerca de cómo se comportará ese elfo al día siguiente. Es una partida en la que jugamos todos, pero pocos controlan; una partida en la que estás a punto de entrar.

»Tal vez ahora entiendas por qué digo que los elfos no son como las demás razas. Los enanos también viven mucho tiempo, pero son mucho más prolíficos que nosotros y no comparten nuestra contención, ni nuestro amor por la intriga. Y los humanos...

Su voz se perdió en un amable silencio.

—Los humanos —dijo Eragon— hacemos lo que podemos con lo que se nos da.

—Aun así...

—¿Por qué no le cuentas todo esto también a Orik? Él se va a quedar en Ellesméra igual que yo.

La voz de Arya se tensó.

—Él ya tiene cierta familiaridad con nuestro protocolo. En cualquier caso, como Jinete, harías bien en mostrarte más educado que él.

Eragon aceptó su respuesta sin protestar.

—¿Qué debo aprender?

Así empezó Arya a enseñarle —y a través de él, también a Saphira— las sutilezas de la sociedad de los elfos. Primero le explicó que cuando un elfo se encuentra con otro, se detienen y se llevan dos dedos a los labios para señalar que «no distorsionaremos la verdad durante nuestra conversación». A continuación se pronuncia la frase: «Atra esterní ono thelduin», a la que se contesta: «Atra du evarínya ono varda».

211

—Y —dijo Arya— si es una situación especialmente formal, hay una tercera respuesta: «Un atra mor'ranr lífa unin hjarta onr», que significa «que la paz viva en tu corazón». Estas frases se adoptaron de una bendición pronunciada por un dragón cuando terminó nuestro pacto con ellos. Dice así:

> Atra esterní ono thelduin,
> Mor'ranr lífa unin hjarta onr,
> Un du evarínya ono varda.

»O sea: «Que la fortuna gobierne tus días, la paz viva en tu corazón y las estrellas cuiden de ti».

—¿Cómo se sabe quién ha de hablar primero?

—Si saludas a alguien de mayor estatus que tú, o si quieres honrar a un subordinado, hablas tú primero. Si saludas a alguien con menos estatus que tú, hablas el último. Pero si no estás seguro de tu posición, da una oportunidad al otro y, sólo si guardan silencio, hablas tú. Ésa es la norma.

¿Eso también funciona para mí?, preguntó Saphira.

Arya recogió del suelo una hoja seca y la desmenuzó entre los dedos. Detrás de ella, el campamento se sumió en las sombras porque los enanos apagaron el fuego, cubriendo las llamas con una capa de tierra para que las ascuas y el carbón sobrevivieran hasta la mañana siguiente.

—Como dragón, en nuestra cultura nadie tiene una posición más elevada que la tuya. Ni siquiera la reina reclamaría autoridad sobre ti. Puedes hacer y decir lo que quieras. No esperamos que nuestras leyes comprometan a los dragones.

Luego enseñó a Eragon a torcer la mano derecha y apoyarla en el esternón, componiendo así un curioso gesto.

—Esto —le dijo— lo usarás cuando conozcas a Islanzadí. Así indicas que le estás ofreciendo tu lealtad y obediencia.

—¿Implica un compromiso, como mi juramento de lealtad a Nasuada?

—No, es sólo una cortesía, y bien pequeña.

Eragon se esforzó por recordar los abundantes modos de relacionarse que le enseñaba Arya. Los saludos cambiaban según se intercambiaran entre hombre y mujer, adultos y niños, chicos y chicas, así como en función del rango y el prestigio de cada uno. Era una lista desalentadora, pero Eragon sabía que tenía que memorizarla a la perfección.

Cuando hubo absorbido tanto como le era posible, Arya se levantó y se frotó las manos para eliminar el polvo:

—Si no lo olvidas, no te irá mal.

Se dio la vuelta para irse.

—Espera —dijo Eragon.

Alargó un brazo para detenerla, pero lo retiró de golpe antes de que ella se diera cuenta. Arya miró hacia atrás con una pregunta en sus oscuros ojos, y el estómago de Eragon se tensó mientras intentaba encontrar el modo de poner palabras a sus pensamientos. Pese a todo su esfuerzo, al fin sólo supo decir:

—¿Estás bien, Arya? Desde que salimos de Hedarth, pareces angustiada, como si no te encontraras muy bien.

Al ver que la cara de Arya se endurecía y se convertía en una máscara rígida, Eragon se encogió por dentro y entendió que había escogido una manera errónea de acercarse a ella, aunque no se le ocurría por qué podía ofenderla con esa pregunta.

—Cuando estemos en Du Weldenvarden —le informó—, confío en que no me hablarás con esa familiaridad, salvo que pretendas afrentarme.

Se fue a grandes zancadas.

¡Corre tras ella!, exclamó Saphira.

¿Qué?

No nos podemos permitir que se enfade contigo. Ve a pedirle perdón.

Su orgullo se rebeló. *¡No! No es culpa mía, sino suya.*

213

Ve a pedir perdón, Eragon, o te llenaré la tienda de carroña. La amenaza no era pequeña.

Saphira pensó un segundo y le dijo qué debía hacer. Sin discutir, Eragon se puso en pie y se plantó delante de Arya, obligándola a detener el paso. Ella lo miró con expresión altanera.

Eragon se llevó dos dedos a los labios y dijo:

—Arya Svit-kona. —Era el título honorífico destinado a las mujeres de gran sabiduría, según acababa de aprender—. He hablado mal y te pido perdón por ello. Saphira y yo estábamos preocupados por tu bienestar. Con todo lo que has hecho por nosotros, nos parecía que lo mínimo que podíamos hacer era ofrecerte nuestra ayuda, en caso de que la necesites.

Por fin, Arya se relajó y dijo:

—Aprecio vuestra preocupación. Y también yo he hablado mal. —Bajó la mirada. En la oscuridad, la silueta de sus extremidades y de su torso parecía dolorosamente rígida—. ¿Me preguntas qué me preocupa, Eragon? ¿De verdad quieres saberlo? Entonces, te lo diré. —Su voz era suave como los vilanos de cardo que flotan en el viento—. Tengo miedo.

Atónito, Eragon se quedó sin respuesta. Arya dio un paso adelante y lo dejó solo en la noche.

Ceris

$\mathcal{A}$ la mañana del cuarto día, Eragon cabalgaba junto a Shrrgnien, y el enano le dijo:

—Bueno, cuéntame, ¿es cierto que los humanos tenéis diez dedos en los pies, como dicen por ahí? La verdad es que nunca he salido de nuestras fronteras.

—¡Claro que tenemos diez dedos! —contestó Eragon. Se ladeó sobre la silla de *Nieve de Fuego*, levantó el pie derecho, se quitó la bota y los calcetines y meneó los dedos ante la asombrada mirada de Shrrgnien—. ¿Vosotros no?

Shrrgnien negó con la cabeza.

—No, nosotros tenemos siete en cada pie. Cinco son pocos y seis es mal número..., pero siete es perfecto.

Miró de nuevo el pie de Eragon y luego espoleó el asno y se puso a hablar animadamente con Ama y Hedin, quienes terminaron por darle unas cuantas monedas de plata.

Creo —dijo Eragon— *que acabo de ser motivo de una apuesta.* Por alguna razón, a Saphira le pareció inmensamente divertido.

A medida que avanzaba el crepúsculo y ascendía la luna llena, el río Edda se fue acercando al borde de Du Welden-varden. Cabalgaban por un estrecho sendero entre cornejos y rosales florecidos, que llenaban el aire del atardecer con el cálido aroma de sus flores.

Un presagio de ansiedad invadió a Eragon al mirar hacia el interior del bosque oscuro y saber que ya habían entrado en el dominio de los elfos y estaban cerca de Ceris. Se inclinó hacia delante a lomos de *Nieve de Fuego* y sostuvo las riendas con fuerza. Saphira estaba tan excitada como él; volaba por las alturas, agitando la cola adelante y atrás con impaciencia.

Eragon se sintió como si hubieran entrado en un sueño. *No parece real*, dijo.

Sí. Aquí las antiguas leyendas siguen asentadas en la tierra.

Al fin llegaron a un pequeño prado abierto entre el río y el bosque.

—Paremos aquí —dijo Arya en voz baja. Se adelantó y se quedó sola en medio de la lustrosa hierba, y luego gritó en el idioma antiguo—: ¡Salid, hermanos! No tenéis nada que temer. Soy Arya, de Ellesméra. Mis compañeros son amigos y aliados; no pretenden haceros ningún daño.

Añadió también otras palabras que Eragon no conocía.

Durante unos cuantos minutos, sólo se oyó el río que discurría tras ellos, hasta que entre las hojas salió una voz élfica, tan rápida y breve que a Eragon se le escapó el significado. Arya respondió:

—Sí.

Con un susurro, dos elfos se plantaron al borde del bosque y otros dos corrieron con ligereza por las ramas de un roble retorcido. Los que iban por tierra llevaban largas lanzas de filos blancos, mientras que los otros iban armados con arcos. Todos llevaban túnicas del color del musgo y de corteza, bajo capas volantes atadas en los hombros con broches de marfil. Uno tenía el cabello tan negro como Arya. Los otros tres, melenas de luz estrellada.

Los elfos saltaron de los árboles y abrazaron a Arya, riendo son voces claras y puras. Se estrecharon las manos y bailaron en círculo como niños, cantando felices mientras rodaban por la hierba.

Eragon los miraba asombrado. Arya nunca le había dado razones para sospechar que a los elfos les gustara reír, ni siquiera que pudieran hacerlo. Era un sonido formidable, como de flautas y arpas temblando de placer por su propia música. Deseó no dejar de oírlo nunca.

Entonces Saphira bajó hacia el río y se instaló junto a Eragon. Al ver que se acercaba, los elfos gritaron asustados y la apuntaron con sus armas. Arya habló deprisa en tono tranquilizador, señalando primero a Saphira y luego a Eragon. Cuando se detuvo para tomar aliento, Eragon se quitó el guante que llevaba en la mano derecha, agitó la mano para que la luz de la luna iluminara el gedwëy ignasia y, tal como había hecho con Arya tanto tiempo atrás, dijo:

—Eka fricai un Shur'tugal. —Soy un Jinete y un amigo. Recordó la lección del día anterior y se tocó los labios antes de añadir—: Atra esterní ono thelduin.

Los elfos bajaron las armas, y la alegría irradió sus rostros angulosos. Se llevaron los índices a los labios e hicieron una reverencia dedicada a Eragon y Saphira, al tiempo que murmuraban su respuesta en el lenguaje antiguo.

Luego se levantaron, señalaron a los enanos y se rieron como si alguien hubiera hecho una broma. Volvieron a meterse en el bosque y desde allí los llamaron por gestos:

—¡Venid! ¡Venid!

Eragon siguió a Arya con Saphira y los enanos, que gruñían entre ellos. Al pasar entre los árboles, el dosel de sus ramas los sumió en una oscuridad aterciopelada, salvo por leves fragmentos de luz de luna que refulgían por los huecos que dejaban las hojas al superponerse. Eragon oía los susurros y las risas de los elfos por todas partes, aunque no alcanzaba a verlos. De vez en cuando, daban alguna dirección cuando él o los enanos se desviaban.

Más adelante, un fuego brilló entre los árboles, creando sombras que correteaban como espíritus sobre la hojarasca

217

del suelo. Al entrar en el radio de luz, Eragon vio tres pequeñas cabañas apiñadas en torno a la base de un gran roble. En lo alto del árbol había una plataforma techada, desde la cual un vigilante podía observar el río y el bosque. Habían atado una pértiga entre dos cabañas; de ella pendían ovillos de plantas que se secaban.

Los cuatro elfos desaparecieron dentro de las cabañas, volvieron a salir con los brazos cargados de frutas y verduras —y nada de carne— y empezaron a preparar una comida para sus invitados. Canturreaban mientras trabajaban y pasaban de una tonada a la siguiente según les venía en gana. Cuando Orik les preguntó cómo se llamaban, el elfo de cabello oscuro se señaló a sí mismo y dijo:

—Yo soy Lifaen, de la casa de Rílvenar. Y mis compañeros, Edurna, Celdin y Narí.

Eragon se sentó al lado de Saphira, contento de poder descansar y mirar a los elfos. Aunque eran todos machos, sus rostros se parecían al de Arya, con labios delicados, narices finas y ojos largos y rasgados que brillaban bajo las cejas. El resto de sus cuerpos también era parecido, con la espalda estrecha y los brazos y las piernas esbeltos. Eran todos más finos y nobles que cualquier humano que hubiera visto Eragon, aunque de un modo exótico y extraño.

«¿A quién se le hubiera ocurrido que yo acabaría visitando el hogar de los elfos?», se preguntó Eragon. Sonrió y se apoyó en la esquina de una cabaña, mareado por el calor de la fogata. Por encima de él, los bailarines ojos azules de Saphira seguían a los elfos con firme concentración.

Esta raza tiene más magia —dijo al fin— *que los humanos o los enanos. No se sienten como si procedieran de la tierra o de la piedra, sino más bien de otro reino, sólo a medias presente en la tierra, como reflejos entrevistos a través del agua.*

Desde luego, son elegantes, dijo Eragon.

Los elfos se movían como bailarines, todos sus gestos eran suaves y ágiles.

Brom le había contado a Eragon que era maleducado hablar mentalmente con el dragón de un Jinete sin su permiso; los elfos, siguiendo esa costumbre, dirigieron sus comentarios a Saphira en voz alta, y ella les contestaba del mismo modo. Saphira solía evitar el contacto con los pensamientos de humanos y enanos y usaba a Eragon para transmitir sus palabras, pues eran pocos los miembros de esas razas que tenían la formación suficiente para preservar sus mentes si deseaban intimidad. También parecía una imposición usar un contacto tan íntimo para intercambios casuales. Los elfos, en cambio, no tenían esa clase de inhibiciones: abrían sus mentes a Saphira y disfrutaban de su presencia.

Por fin la comida estuvo lista y servida en platos que parecían de huesos densos, aunque las flores y los sarmientos que decoraban el borde tenían textura de madera. A Eragon le dieron también una jarra de vino de grosella —hecha del mismo material extraño— con un dragón esculpido en torno al pie.

Mientras comían, Lifaen sacó un juego de flautas de caña y se puso a tocar una melodía fluida, pasando los dedos por los diversos agujeros. Al poco, el elfo más alto de entre los que tenían el cabello plateado, Narí, alzó la voz para cantar:

219

> ¡Oh!
> Termina el día; brillan las estrellas;
> Las hojas están quietas; la luna está blanca.
> Ríete de la aflicción y del enemigo;
> El vástago de Menoa está a salvo esta noche.
>
> Perdimos en la lucha un niño del bosque:
> ¡La hija nemorosa, prendida por la vida!
> Libre del miedo y de la llama,
> Arrancó a un Jinete de las sombras.

De nuevo abren sus alas los dragones,
Y nosotros vengamos su sufrimiento.
Tan fuerte la espada como el brazo,
¡Ha llegado la hora de que matemos al rey!

¡Oh!
El viento es suave; el río es profundo;
Altos son los árboles; duermen los pájaros.
Ríete de la aflicción y del enemigo.
¡Llegó la hora de que estalle la alegría!

Cuando terminó Narí, Eragon soltó el aire estancado en los pulmones. Nunca había oído una voz así: parecía como si el elfo hubiera revelado su esencia, su propia alma.

—Qué bonito, Narí-vodhr.

—Una composición improvisada, Argetlam —objetó Narí—. Gracias, de todos modos.

Thorv gruñó.

—Muy bonito, maestro elfo. De todos modos, hemos de atender algunos asuntos más serios que estos versos. ¿Vamos a seguir acompañando a Eragon?

—¡No! —dijo Arya enseguida, llamando la atención de los demás elfos—. Podéis volver a casa mañana. Nos aseguraremos de que Eragon llegue a Ellesméra.

Thorv inclinó la cabeza.

—Entonces, nuestra tarea se ha terminado.

Tumbado en el lecho que le habían preparado los elfos, Eragon aguzó el oído para captar el discurso de Arya, que procedía de una de las cabañas. Aunque usaba muchas palabras extrañas del idioma antiguo, Eragon dedujo que estaba explicando a los anfitriones cómo había perdido el huevo de Saphira y todo lo que aconteció desde entonces. Cuando terminó de hablar, siguió un largo silencio, y luego un elfo dijo:

—Qué bueno que hayas vuelto, Arya Dröttningu. Islanzadí quedó amargamente herida cuando te capturaron y robaron el huevo... ¡nada menos que los úrgalos! Su corazón quedó, y sigue, marcado.

—Calla, Edurna... Calla —chistó otro—. Los Dvergar son pequeños, pero tienen oídos agudos y estoy seguro de que informarán a Hrothgar.

Luego bajaron la voz, y Eragon ya no alcanzó a distinguir nada entre su murmullo de voces mezcladas con el susurro de las hojas y fue abandonando la vigilia con un sueño en el que se repetía interminablemente la canción del elfo.

El aroma de las flores era denso cuando Eragon se despertó y contempló el Du Weldenvarden invadido por el sol. Por encima de él se arqueaba una veteada panoplia de hojas agitadas, sostenidas por gruesos troncos que se enterraban en el suelo, seco y desnudo. Sólo el musgo, los líquenes y unos pocos arbustos sobrevivían en aquella sombra verde que todo lo invadía. La escasez de maleza permitía la visión en grandes distancias entre los pilares nudosos, así como caminar libremente bajo el techo moteado.

Rodó para ponerse en pie y se encontró con Thorv y sus guardias, ya listos para partir. El asno de Orik estaba atado tras el mulo de Ekksvar. Eragon se acercó a Thorv y le dijo:

—Gracias, gracias a todos vosotros por protegernos a mí y a Saphira. Por favor, transmite nuestro agradecimiento a Úndin.

Thorv se llevó un puño al corazón:

—Transmitiré tus palabras. —Titubeó y echó una mirada a las cabañas—. Los elfos son una raza extraña, llena de luces y sombras. Por la mañana, beben contigo; por la noche, te apuñalan. Mantén la espalda pegada a la pared, Asesino de Sombra. Son muy caprichosos.

—Lo recordaré.

—Mmm. —Thorv gesticuló, señalando el río—. Piensan subir por el lago Eldor con botes. ¿Qué vas a hacer con tu caballo? Podríamos llevárnoslo a Tarnag, y luego desde allí a Tronjheim.

—¡Botes! —exclamó Eragon decepcionado. Siempre había planeado entrar en Ellesméra con *Nieve de Fuego*. Resultaba práctico tener un caballo si Saphira se alejaba, o en lugares demasiado estrechos para el tamaño del dragón. Pasó un dedo por los pelillos sueltos de su mandíbula—. Es una amable propuesta. ¿Te asegurarás de que cuiden bien a *Nieve de Fuego*? No soportaría que le pasara nada.

—Por mi honor —prometió Thorv—, cuando vuelvas, lo encontrarás gordo y lustroso.

222 Eragon fue a por *Nieve de Fuego* y puso el semental, su silla y sus útiles de limpieza en manos de Thorv. Se despidió de todos los guerreros, y luego él, Saphira y Orik vieron cabalgar a los enanos, de vuelta por el mismo sendero que los había llevado hasta allí.

Eragon y el resto de la partida regresaron a las cabañas y siguieron a los elfos hasta un matorral a orillas del Edda. Allí, amarradas a ambos lados de una roca, había dos canoas blancas con parras talladas en los costados.

Eragon montó en la más cercana y dejó su bolsa junto a sus pies. Le asombraba la ligereza de la nave; podría haberla levantado con una sola mano. Aun más sorprendente, parecía que los cascos estuvieran hechos de paneles de corteza de abedul unidos sin ninguna clase de fisura. Impelido por la curiosidad, tocó un costado de la canoa. La corteza era dura y rígida, como un pergamino tensado, y fría por el contacto con el agua. Golpeó con los nudillos. La corteza fibrosa emitió una sorda reverberación de tambor.

—¿Hacéis así todos vuestros botes? —preguntó.

—Todos, menos los más largos —contestó Narí, al tiempo que se sentaba en la proa de la embarcación de Eragon—. Para ésos, damos forma con nuestros cantos a los mejores cedros y robles.

Antes de que Eragon pudiera preguntarle qué quería decir, Orik montó en su canoa, mientras Arya y Lifaen tomaban la segunda. Arya se volvió hacia Edurna y Celdin —que se habían quedado en la orilla— y les dijo:

—Mantened la guardia para que nadie pueda seguirnos y no habléis con nadie de nuestra presencia. La reina ha de ser la primera en conocerla. Os enviaré refuerzos en cuanto lleguemos a Sílthrim.

—Arya Dröttningu.

—Que las estrellas cuiden de vosotros —respondió.

Narí y Lifaen se inclinaron hacia delante, sacaron unas pértigas de tres metros del fondo de los botes y empezaron a impulsar las canoas contra la corriente. Saphira se metió en el agua tras ellas y se abrió paso con las zarpas junto a la orilla hasta que llegó a su altura. Cuando Eragon la miró, Saphira le guiñó un ojo con indolencia y luego se sumergió, provocando que el río cubriera con una ola el pico de su lomo. Los elfos se echaron a reír y pronunciaron muchos cumplidos sobre su envergadura y su fuerza.

Al cabo de una hora llegaron al lago Eldor, agitado por pequeñas olas picudas. Los pájaros y las moscas revoloteaban en enjambres junto al muro de árboles que bordeaba la orilla occidental, mientras que la oriental se extendía hacia las llanuras. Por ese lado vagaban cientos de ciervos.

Cuando hubieron superado la corriente del río, Narí y Lifaen guardaron las pértigas y repartieron remos cuyas palas tenían forma de hoja. Orik y Arya ya sabían dirigir una canoa, pero Narí tuvo que explicarle el proceso a Eragon:

—Giramos hacia el lado en que remes tú —le dijo el

223

elfo—. Así que si yo remo a la derecha y Orik a la izquierda, tú tienes que remar primero por un lado y luego por el otro, pues de lo contrario perderíamos el rumbo.

A la luz del sol, el cabello de Narí brillaba como si estuviera hecho de fino alambre y cada mechón trazara una línea de fuego.

Eragon dominó pronto la práctica, y a medida que el movimiento se volvió mecánico, su mente quedó libre para la ensoñación. Así, avanzó flotando en el frío lago, perdido en los mundos fantásticos que se escondían tras sus ojos. Cuando paró para descansar los brazos, sacó una vez más del cinto el juego del anillo de Orik y trató de colocar las obstinadas cintas de oro del modo correcto.

Narí vio lo que estaba haciendo.

—¿Puedo ver ese anillo?

Eragon se lo pasó al elfo, que luego se dio la vuelta. Durante un breve rato, Eragon y Orik maniobraron la canoa mientras Narí toqueteaba las cintas entrelazadas. Luego, con una exclamación de felicidad, Narí alzó una mano y el anillo bien armado brilló en su dedo corazón.

—Un jueguecito delicioso —dijo Narí.

Se lo quitó y lo agitó de tal modo que, al devolvérselo a Eragon, había recuperado su forma original.

—¿Cómo lo has resuelto? —preguntó Eragon, desanimado por la envidia de que Narí hubiera podido dominarlo tan fácilmente—. Espera... No me lo digas. Quiero descubrirlo yo solo.

—Claro, claro —dijo Narí, con una sonrisa.

Heridas del pasado

*D*urante tres días y medio, los habitantes de Carvahall hablaron del último ataque, de la tragedia de la muerte del joven Elmund y de lo que podían hacer para salir de aquella situación, triplemente maldita. El debate se reprodujo con amarga rabia en todas las habitaciones de todas las casas. Por una mera palabra se enfrentaban los amigos entre sí, los maridos con sus esposas, los niños con sus padres; todo para reconciliarse momentos más tarde en su frenético intento de encontrar una manera de sobrevivir.

Algunos decían que, como Carvahall estaba condenada de todos modos, bien podían matar a los Ra'zac y a los soldados que quedaban para, al menos, tomarse su venganza. Otros opinaban que, si de verdad Carvahall estaba condenada, la única salida lógica era rendirse y confiar en la piedad del rey, incluso si eso implicaba la tortura y la muerte para Roran y la esclavitud de todos los demás. Y aún quedaban otros que, en vez de secundar cualquiera de esas opiniones, se sumían en una amarga furia negra dirigida contra quien hubiera provocado aquella calamidad. Muchos hacían todo lo posible por esconder su pánico en las profundidades de una jarra de cerveza.

Al parecer, los Ra'zac se habían percatado de que, tras la muerte de once soldados, ya no tenían suficientes fuerzas para atacar Carvahall, y se habían retirado más allá del camino, donde se contentaban con plantar centinelas en el valle de Palancar y esperar.

—Si queréis mi opinión —dijo Loring en una reunión—, están esperando que lleguen las pulgosas tropas de Ceunon o de Gil'ead.

Roran escuchó eso y muchas cosas más, evitó las discusiones y analizó en silencio todos los planes. Todos parecían peligrosos. Aún no le había dicho a Sloan que se había comprometido con Katrina. Sabía que era estúpido esperar, pero temía la reacción del carnicero cuando se enterase de que él y Katrina se habían saltado la tradición, minando de paso su autoridad. Además, el exceso de trabajo distraía su atención; se convenció de que el refuerzo de las fortificaciones de Carvahall era, en ese momento, su tarea principal.

Conseguir que la gente ayudara resultó más fácil de lo que había imaginado. Después de la última batalla, los aldeanos estaban más predispuestos a escucharlo y obedecerlo; al menos, aquellos que no lo culpaban a él de la situación en que se hallaban. Estaba fascinado por su nueva autoridad, hasta que se dio cuenta de que procedía del asombro, respeto y tal vez incluso miedo que había generado su capacidad de matar. Lo llamaban Martillazos. Roran *Martillazos*.

Le gustaba el nombre.

Cuando la noche envolvió el valle, Roran se apoyó en una esquina del comedor de Horst con los ojos cerrados. La conversación fluía entre los hombres y mujeres sentados a la mesa, a la luz de una vela. Kiselt estaba explicando el estado de las provisiones de Carvahall.

—No nos moriremos de hambre —concluyó—, pero si no podemos atender pronto nuestros campos y rebaños, cuando llegue el próximo invierno haríamos bien en cortarnos el cuello. Sería un destino más agradable.

—¡Comilón! —exclamó Horst.

—Tal vez lo sea —concluyó Gertrude—, pero dudo que podamos averiguarlo. Cuando llegaron los soldados, éramos diez por cada uno de ellos. Perdieron once hombres; nosotros, doce, más otros nueve heridos que tengo a mi cuidado. ¿Qué pasará, Horst, cuando haya diez de ellos por cada uno de nosotros?

—Daremos a los bardos una razón para recordar nuestros nombres —respondió el herrero. Gertrude meneó la cabeza con tristeza.

Loring dio un puñetazo en la mesa.

—Pues yo digo que nos toca atacar a nosotros, antes de que nos superen en número. Sólo necesitamos unos cuantos hombres, escudos y lanzas para librarnos de esa peste. ¡Podríamos hacerlo esta misma noche!

Inquieto, Roran cambió de posición. Había oído todo eso antes, y como en cada ocasión, la propuesta de Loring provocó una discusión que dejó al grupo exhausto. Al cabo de una hora, no había señal de que fuera a resolverse el debate, ni se había presentado alguna idea nueva, salvo por la sugestión de Thane de que Gedric se fuera a freír espárragos, que estuvo a punto de provocar una pelea a puñetazos.

Al fin, cuando amainó la conversación, Roran se acercó cojeando a la mesa, tan deprisa como le permitía su muslo herido.

—Tengo algo que decir.

Para él era como pisar un largo espino y luego arrancarlo sin detenerse a pensar en el dolor; había que hacerlo, y cuanto antes mejor.

Todas las miradas —duras, suaves, amables, indiferentes o curiosas— recayeron en él. Roran respiró hondo.

—La indecisión nos matará tan fácilmente como una espada o una flecha. —Orval puso los ojos en blanco, pero los demás siguieron escuchando—. No sé si hemos de atacar o huir...

—¿Adónde? —resopló Kiselt.

—... Pero sí sé una cosa: hay que proteger del peligro a nuestros niños, madres y heridos. Los Ra'zac han cortado el camino hasta Cawley y las demás granjas del valle. ¿Qué más da? Conocemos estas tierras mejor que nadie de Alagaësia, y hay un lugar... Hay un lugar en el que nuestros seres queridos estarán a salvo: las Vertebradas.

Roran se encogió bajo el asalto de un aluvión de voces airadas. La más sonora era la de Sloan, que gritaba:

—¡Antes de poner un pie en esas malditas montañas, dejaré que me cuelguen!

—Roran —dijo Horst, imponiéndose a la conmoción—. Deberías saber mejor que nadie que las Vertebradas son demasiado peligrosas. ¡Allí encontró Eragon la piedra que nos trajo a los Ra'zac! Hace frío en esas montañas, y están llenas de lobos, osos y otros monstruos. ¿Cómo se te ocurre mencionarlas?

«¡Para mantener a salvo a Katrina!», quería gritar Roran. En vez de eso, dijo:

228

—Porque, por muchos soldados que convoquen los Ra'zac, nunca se atreverían a entrar allí. Sobre todo desde que Galbatorix perdió allí medio ejército.

—Hace mucho tiempo de eso —dijo Morn, dubitativo.

Roran se apresuró a aprovechar el comentario.

—¡Y las historias se han vuelto aun más aterradoras de tanto contarlas! Hay un camino trazado hasta las cataratas de Igualda. Lo único que tenemos que hacer es mandar allí a los niños y a los demás. Apenas estarán al borde de las montañas, pero estarán a salvo. Si toman Carvahall, pueden esperar hasta que se vayan los soldados y luego refugiarse en Therinsford.

—Es demasiado peligroso —gruñó Sloan. El carnicero se agarraba al borde de la mesa con tanta fuerza que las puntas de los dedos se le volvían blancas—. El frío, las bestias. Ningún hombre en su sano juicio enviaría allí a su familia.

—Pero... —Roran titubeó, desequilibrado por la respuesta de Sloan. Aunque sabía que el carnicero odiaba las Vertebradas más que la mayoría (porque su mujer había muerto al despeñarse por un acantilado cerca de las cataratas de Igualda), había contado con que su rabioso deseo de proteger a Katrina tuviera la fuerza suficiente para imponerse a su animadversión. En ese momento, Roran entendió que debía convencerlo, igual que a todos los demás. Adoptó un tono aplacador y siguió hablando—: No es tan grave. La nieve ya se está derritiendo en los picos. En las Vertebradas no hace más frío que aquí mismo hace unos pocos meses. Y dudo que los lobos y los osos se atrevan con un grupo tan numeroso.

Sloan hizo una mueca de dolor, apretando los labios sobre los dientes, y negó con la cabeza.

—Lo único que vas a encontrar en las Vertebradas es la muerte.

Los demás parecían estar de acuerdo, lo cual no hizo sino reforzar la determinación de Roran, pues estaba convencido de que Katrina moriría si no los convencía. Estudió los amplios rostros ovalados en busca de una sola expresión comprensiva.

—Delwin, sé que es cruel por mi parte decírtelo, pero si Elmund no hubiera estado en Carvahall, seguiría vivo. Estoy seguro de que estarás de acuerdo en que es lo mejor que podemos hacer. Tienes la ocasión de evitar que otros padres sufran como tú.

Nadie respondió.

—Y tú, Birgit. —Roran se arrastró para llegar a su lado, agarrándose a los respaldos de las sillas para no caerse—. ¿Quieres que Nolfavrell tenga el mismo destino que su padre? Se tiene que ir. ¿No lo entiendes? ¿No ves que es la única manera de que esté a salvo...? —Aunque hacía cuanto podía por contenerlas, notó que las lágrimas bañaban sus ojos—. ¡Es por los niños! —gritó enfadado.

La sala permaneció en silencio mientras Roran se quedó

con la mirada fija en la madera que tenía bajo las manos, luchando por controlarse. Delwin fue el primero en reaccionar.

—No abandonaré Carvahall mientras los asesinos de mi hijo sigan aquí. Sin embargo —hizo una pausa y luego continuó con dolorosa lentitud—, no puedo negar la verdad de lo que dices; hay que proteger a los niños.

—Como dije yo desde el principio —declaró Tara.

Entonces habló Baldor:

—Roran tiene razón. No podemos permitir que nos ciegue el miedo. La mayoría hemos ascendido hasta las cataratas alguna vez. Es bastante seguro.

—También yo —añadió Birgit al fin— he de estar de acuerdo.

Horst asintió:

—Preferiría no hacerlo, pero teniendo en cuenta las circunstancias... Creo que no nos queda otra elección.

Al cabo de un rato, aquellos hombres y mujeres empezaron a aceptar la propuesta con reticencia.

—¡Tonterías! —estalló Sloan. Se puso en pie y dirigió un dedo acusatorio a Roran—. ¿De dónde sacarán la comida para esperar durante semanas y semanas? No pueden cargar con ella. ¿Cómo van a calentarse? Si enciende un fuego, los verán. ¿Cómo? ¿Cómo? ¿Cómo? Si no se mueren de hambre, se congelarán. Si no se congelan, se los comerán. Si no se los comen... Quién sabe. ¡Podrían caerse!

Roran abrió los brazos.

—Si ayudamos todos, tendrán comida abundante. El fuego no será un problema si se meten en el bosque, cosa que por otra parte han de hacer porque junto a las cataratas no hay espacio suficiente para acampar.

—¡Excusas! ¡Justificaciones!

—¿Qué quieres que hagamos, Sloan? —preguntó Morn, mirándolo con curiosidad.

Sloan soltó una risa amarga.

—Esto no.

—¿Y entonces?

—No importa. Ésta es la única elección equivocada.

—Nadie te obliga a participar —señaló Horst.

—Y no lo haré —contestó el carnicero—. Adelante, si queréis, pero ni yo ni los míos entraremos en las Vertebradas mientras me quede tuétano en los huesos.

Cogió su gorra y se fue tras fulminar con la mirada a Roran, quien le devolvió el gesto con la misma intensidad.

Tal como lo veía Roran, Sloan estaba poniendo en peligro a Katrina con su tozudez. «Si no consigo convencerlo para que acepte las Vertebradas como refugio —decidió—, se convertirá en mi enemigo y tendré que ocuparme yo mismo del asunto.»

Horst se inclinó hacia delante, apoyando los codos, y entrelazó los gruesos dedos.

—Bueno... Si vamos a seguir el plan de Roran, ¿qué hará falta preparar?

El grupo intercambió miradas de extenuación, y luego empezaron a discutir el asunto.

Roran esperó hasta quedar convencido de que había logrado su objetivo antes de abandonar el comedor. Avanzando por la oscura aldea, buscó a Sloan en el perímetro interior del muro de árboles. Al fin localizó al carnicero agachado bajo una antorcha, con el escudo aferrado a las rodillas. Roran se dio la vuelta sobre un pie, echó a correr hasta la carnicería y fue directo a la cocina, en la parte trasera.

Katrina, que estaba poniendo la mesa, se quedó parada y lo miró con asombro.

—¡Roran! ¡A qué has venido! ¿Se lo has dicho a mi padre?

—No. —Se acercó, le tomó un brazo y disfrutó del contacto. Le bastaba con estar en la misma habitación que ella para que lo invadiera la alegría—. Te tengo que pedir un

231

gran favor. Se ha decidido enviar a los niños, y a otros, a las cataratas de Igualda, en las Vertebradas. —Katrina dio un respingo—. Quiero que vayas con ellos.

Impresionada, Katrina se deshizo de su contacto y se volvió hacia la chimenea, donde se cruzó de brazos y se quedó mirando fijamente el lecho de pulsátiles ascuas. No dijo nada durante un largo rato. Luego:

—Mi padre me prohibió acercarme a las cataratas cuando murió mi madre. En los últimos diez años, lo más cerca que he estado de las Vertebradas ha sido la granja de Albem. —Se estremeció, y su voz sonó acusadora—. ¿Cómo puedes sugerir que os abandone a mi padre y a ti? Éste es mi hogar, tanto como el tuyo. ¿Por qué tengo que irme si Elain, Tara y Birgit se quedan?

—Katrina, por favor. —Puso una mano tentativa en su hombro—. Los Ra'zac han venido a por mí, y no quiero que sufras ningún daño por eso. Mientras tú corras peligro, no podré concentrarme en lo que hay que hacer: defender Carvahall.

—¿Y quién va a respetarme por huir como una cobarde? —Alzó la barbilla—. Me daría vergüenza plantarme ante las mujeres de Carvahall y decir que soy tu esposa.

—¿Cobarde? No hay ninguna cobardía en vigilar y proteger a los niños en las Vertebradas. En todo caso, requiere más valor entrar en las montañas que quedarse aquí.

—¿Qué horror es éste? —susurró Katrina. Se retorció entre sus brazos, con los ojos brillantes y la boca firme—. El hombre que iba a ser mi esposo ya no me quiere a su lado.

Él negó con la cabeza.

—No es verdad. Yo...

—¡Es verdad! ¿Y si te matan mientras yo no estoy?

—No digas...

—¡No! Hay muy pocas esperanzas de que Carvahall sobreviva, y si hemos de morir, prefiero que muramos juntos y no acurrucada en las Vertebradas sin vida y sin corazón. Que los niños se cuiden solos. Lo mismo haré yo.

Una lágrima rodó por su mejilla.

La gratitud y el asombro invadieron a Roran al comprobar la fuerza de su devoción. La miró a los ojos.

—Si quiero que te vayas, es por amor. Sé cómo te sientes. Sé que es el mayor sacrificio que cualquiera de los dos puede hacer, y te lo estoy pidiendo.

Katrina se estremeció, con todo el cuerpo rígido, las manos blancas apretujadas en torno al fajín de gasa que llevaba puesto.

—Si hago esto —dijo con voz temblorosa—, has de prometerme, aquí y ahora, que nunca me volverás a pedir algo así. Has de prometer que incluso si nos enfrentamos al mismísimo Galbatorix y sólo uno de los dos puede escapar, no me pedirás que me vaya.

Roran la miró desesperado.

—No puedo.

—Entonces, ¿cómo esperas que yo haga lo que no quieres hacer tú? —exclamó Katrina—. Ése es mi precio, y ni el oro ni las joyas ni las palabras bonitas pueden reemplazar tu juramento. ¡Si no te importo tanto como para sacrificarte, Roran *Martillazos*, puedes irte ahora mismo, y nunca más querré ver tu cara!

«No puedo perderla.» Aunque casi le dolía más de lo que era capaz de soportar, inclinó la cabeza y dijo:

—Tienes mi palabra.

Katrina asintió, se dejó caer en una silla —con la espalda tiesa y rígida— y se secó las lágrimas con la manga. En voz baja, dijo:

—Mi padre me odiará por ir.

—¿Cómo se lo vas a decir?

—No se lo diré —contestó, desafiante—. Nunca me dejaría entrar en las Vertebradas, pero tiene que entender que la decisión es mía. Además, no se atreverá a perseguirme por la montaña; le tiene más miedo que a la mismísima muerte.

—Puede que aun tema más perderte.

—Ya lo veremos. Si llega... Cuando llegue el momento de volver, espero que ya hayas hablado con él sobre nuestro compromiso. Así tendrá tiempo de resignarse a ese hecho.

Roran asintió para indicar que estaba de acuerdo, sin dejar de pensar que habrían de tener mucha suerte para que el asunto acabara así.

Heridas del presente

Cuando llegó el amanecer, Roran se despertó y se quedó tumbado, mirando el cielo encalado mientras escuchaba el zumbido lento de su propia respiración. Al cabo de un minuto, salió rodando de la cama, se vistió, y se dirigió a la cocina, donde consiguió un mendrugo de pan, lo untó de queso blando y salió al porche delantero a comer y admirar la salida del sol.

Su tranquilidad quedó pronto interrumpida cuando un grupo de muchachos traviesos atravesó a la carrera el jardín de una casa cercana, aullando de placer mientras jugaban a perseguirse, seguidos por unos cuantos adultos, concentrados en sus diversas responsabilidades. Roran se quedó mirando hasta que el sonoro desfile desapareció por una esquina, luego se echó a la boca el último trozo de pan y volvió a la cocina, donde estaban ya todos los demás.

Elain lo saludó.

—Buenos días, Roran. —Abrió los postigos de las ventanas y contempló el cielo—. Parece que puede volver a llover.

—Cuanto más, mejor —afirmó Horst—. Nos ayudará a permanecer escondidos mientras subamos la montaña Narnmor.

—¿Subamos? —preguntó Roran.

Se sentó a la mesa junto a Albriech, que se frotaba los ojos de sueño.

Horst asintió:

—Sloan tenía razón en lo de las provisiones. Tenemos que ayudarles a subirlas hasta las cataratas, porque si no, se quedarán sin comida.

—¿Quedará gente para defender Carvahall?

—Por supuesto, por supuesto.

Cuando hubieron desayunado todos, Roran ayudó a Baldor y Albriech a envolver comida, mantas y provisiones en tres grandes fardos que luego se echaron a las espaldas y cargaron hasta el extremo norte del pueblo. A Roran le dolía la pantorrilla, pero tampoco era insoportable. Por el camino, se encontraron a los tres hermanos, Darmmen, Larne y Hamund, que iban igualmente cargados. Dentro de la trinchera que rodeaba las casas, Roran y sus compañeros encontraron al gran grupo de niños, padres y abuelos, todos ocupados en organizar la expedición. Diversas familias habían ofrecido sus asnos para cargar las provisiones y a los niños más pequeños. Los animales estaban atados formando una reata inquieta, y sus rebuznos aumentaban la confusión general.

Roran dejó su fardo en el suelo y estudió al grupo. Vio a Savart —tío de Ivor y, ya cercano a los sesenta, el hombre más anciano de Carvahall— sentado en una pila de ropa, haciendo reír a un niño con su larga barba blanca; a Nolfavrell, vigilado por Birgit; a Felda, Nolla, Calitha y otras madres con gestos de preocupación; y a mucha gente reticente, tanto hombres como mujeres. Roran también vio a Katrina entre la multitud. Ella abandonó un nudo que trataba de atar, alzó la mirada, le sonrió y reemprendió la tarea.

Como nadie parecía dirigir los preparativos, Roran hizo cuanto pudo para evitar el caos, supervisando a quienes disponían y empaquetaban las provisiones. Descubrió que necesitaban más botas de agua, pero cuando pidió que trajeran más, acabaron sobrándole trece. Con esa clase de retrasos pasaron las primeras horas de la mañana.

En plena discusión con Loring acerca de si faltaban más

zapatos o no, Roran se detuvo al ver a Sloan en la entrada de un callejón.

El carnicero estudiaba la actividad que tenía delante. El desprecio se marcaba en las arrugas que rodeaban su caída boca. La mueca se convirtió en rabiosa incredulidad cuando vio a Katrina, que se había echado un fardo al hombro, descartando así la posibilidad de que sólo estuviera ahí para ayudar. Una vena latió en la mitad de la frente de Sloan.

Roran corrió hacia Katrina, pero Sloan llegó antes. El padre agarró la parte superior del fardo y la agitó con violencia mientras gritaba:

—¿Quién te ha obligado a hacer esto?

Katrina dijo algo sobre los niños y trató de soltarse, pero Sloan tiró del fardo —retorciendo los brazos de su hija al soltarse las correas que lo sujetaban a los hombros—, que cayó al suelo de tal manera que su contenido se desparramó. Sin dejar de gritar, Sloan agarró a Katrina de un brazo y empezó a tirar de ella. La hija clavó los talones y peleó, con la melena cobriza cubriéndole la cara como una tormenta de arena.

Furioso, Roran se lanzó sobre Sloan y lo apartó de Katrina con un empujón en el pecho que envió al carnicero varios metros más atrás, tambaleándose.

—¡Basta! Soy yo quien quiere que se vaya.

Sloan fulminó a Roran con la mirada y gruñó:

—¡No tienes ningún derecho!

—Los tengo todos. —Roran miró al corro de espectadores que se habían reunido en torno a ellos y declaró en voz alta para que lo oyeran todos—: Katrina y yo estamos comprometidos en matrimonio, y no voy a permitir que se trate así a mi futura esposa.

Por primera vez en todo el día, los aldeanos guardaron silencio por completo; hasta los asnos se callaron.

La sorpresa y un dolor profundo e incontrolable brotaron en el rostro de Sloan, junto al brillo de las lágrimas. Por un instante, Roran sintió compasión por él, y luego una serie de contorsiones, cada una más fuerte que la anterior, distorsionaron el rostro de Sloan hasta que se puso rojo como una remolacha. Maldijo y gritó:

—¡Cobarde de dos caras! ¿Cómo podías mirarme a los ojos y hablarme como un hombre honesto mientras, al mismo tiempo, cortejabas a mi hija sin mi permiso? Te he tratado de buena fe y ahora descubro que saqueabas mi casa cuando me daba la vuelta.

—Hubiera querido hacer esto de buenas maneras —dijo Roran—, pero las circunstancias han conspirado contra mí. Nunca tuve la intención de causarte el menor dolor. Aunque esto no ha salido como ninguno de los dos quería, aún deseo tu bendición, si estás dispuesto a darla.

—Antes de aceptarte a ti como hijo, me quedaría con un cerdo lleno de gusanos. No tienes granja. No tienes familia. ¡Y no tendrás nada que ver con mi hija! —El carnicero maldijo de nuevo—. ¡Y ella no tendrá nada que ver con las Vertébradas!

Sloan se dirigió a Katrina, pero Roran le obstaculizó el camino, con la misma dureza en el rostro que en los puños cerrados. Separados apenas un palmo, se miraron a los ojos, temblando por la fuerza de sus emociones. Los ojos enrojecidos de Sloan brillaban con intensidad maníaca.

—Katrina, ven aquí —ordenó.

Roran se apartó —de tal modo que los tres quedaron formando un triángulo— y miró a Katrina. Las lágrimas le corrían por la cara mientras su mirada iba de Roran a su padre. Dio un paso adelante, dudó y luego, con un largo y ansioso grito, se tiró de los cabellos en un ataque de indecisión.

—¡Katrina! —exclamó Sloan, en un arrebato de miedo.

—Katrina —murmuró Roran.

Al oír su voz, las lágrimas de Katrina cesaron y se puso tiesa con una expresión calmada. Dijo:

—Lo siento, padre, pero he decidido casarme con Roran. Y dio un paso a su lado.

Sloan se puso blanco como un hueso. Se mordió un labio con tanta fuerza que apareció una gota de sangre de rubí.

—¡No puedes abandonarme! ¡Eres mi hija!

Se lanzó hacia ella con las manos retorcidas. En ese instante, Roran soltó un rugido, golpeó con todas sus fuerzas al carnicero y lo dejó despatarrado entre el polvo, delante de toda la aldea.

Sloan se levantó despacio con la cara y el cuello rojos de humillación. Cuando volvió a ver a Katrina, el carnicero pareció arrugarse por dentro, como si perdiera altura y envergadura, hasta tal punto que a Roran le parecía ver a un espectro del hombre original. Con un susurro, dijo:

—Siempre es así; son los más cercanos quienes causan mayor dolor. No obtendrás ninguna dote de mí, serpiente, ni siquiera la herencia de tu madre.

Llorando amargamente, Sloan se dio la vuelta y se fue a su tienda.

Katrina se apoyó en Roran, y él la rodeó con un brazo. Permanecieron abrazados mientras la gente los rodeaba y les ofrecía condolencias, consejos, felicitaciones y muestras de reprobación. A pesar de la conmoción, Roran sólo pensaba en la mujer que tenía entre sus brazos, y que le devolvía el abrazo.

Justo entonces, Elain se acercó tan deprisa como permitía su embarazo.

—¡Ay, pobrecita! —exclamó mientras abrazaba a Katrina, soltándola de los brazos de Roran—. ¿Es verdad que te has comprometido? —Katrina asintió y sonrió, pero luego apoyó la cabeza en el hombro de Elain y se abandonó a un llanto histérico—. Ya está, ya está... —le iba diciendo suavemente Elain, mientras la acariciaba y trataba de calmarla, aunque no lo lograba. Cada vez que Roran creía que Katrina

239

estaba a punto de recuperarse, ella rompía a llorar con renovada intensidad. Al fin, Elain miró por encima del tembloroso hombro de Katrina y dijo—: Me la llevo a su casa.

—Voy contigo.

—No, tú no —respondió Elain—. Necesita tiempo para calmarse, y tú tienes cosas que hacer. ¿Quieres un consejo? —Roran asintió—. Mantente alejado hasta el anochecer. Te garantizo que para entonces estará como una rosa. Puede unirse mañana a los demás.

Sin esperar su respuesta, Elain escoltó a la sollozante Katrina y la alejó del muro de troncos afilados.

Roran se quedó con los brazos colgando a ambos lados, aturdido y desesperado. «¿Qué hemos hecho?» Lamentaba no haber revelado antes su compromiso a Sloan. Lamentaba no poder trabajar con el carnicero para proteger a Katrina del Imperio. Y lamentaba que Katrina se viera obligada a renunciar a su familia por él. Ahora era doblemente responsable de su bienestar. No tenían más elección que casarse. «Menudo lío he armado con esto.» Suspiró, apretó los puños e hizo una mueca de dolor al estirarse sus magullados nudillos.

—¿Cómo estás? —le preguntó Baldor, apareciendo a su lado.

Roran forzó una sonrisa.

—No ha salido exactamente como esperaba. Cuando se trata de las Vertebradas, Sloan pierde la razón.

—Y Katrina.

—También.

Roran guardó silencio al ver que Loring se detenía delante de ellos.

—¡Maldita tontería acabas de hacer! —gruñó el zapatero, arrugando la nariz. Luego adelantó la barbilla, sonrió y mostró su boca desdentada—. De todas formas, espero que esa chica y tú tengáis mucha suerte. —Meneó la cabeza—. ¡Eh, Martillazos, la vas a necesitar!

—La necesitaremos todos —dijo bruscamente Thane mientras pasaba a su lado.

Loring gesticuló:

—Bah, es un amargado. Oye, Roran: llevo muchos, muchos años viviendo en Carvahall, y según mi experiencia, lo mejor es que esto haya pasado ahora, y no cuando estábamos todos a gusto y calentitos.

Baldor asintió, pero Roran preguntó:

—¿Por qué?

—¿No es evidente? Normalmente, Katrina y tú hubierais sido carne de cotilleos durante los próximos nueve meses. —Loring se llevó un dedo al costado de la nariz—. Ah, pero así, pronto se olvidarán de vosotros, así como de todo lo que ha pasado, y hasta podría ser que tuvierais cierta paz.

Roran frunció el ceño.

—Prefiero que hablen de mí, que tener a esos profanadores acampados en el camino.

—Y nosotros también. Sin embargo, es algo que agradecer. Y todos necesitamos algo que agradecer... ¡Sobre todo los casados! —Loring soltó una carcajada y señaló a Roran—. ¡Se te ha puesto la cara morada, muchacho!

Roran gruñó y se puso a recoger del suelo las cosas de Katrina. Mientras lo hacía, lo interrumpían los comentarios de todos los que estaban cerca, ninguno de los cuales contribuyó a calmar sus nervios.

—Sapo podrido —masculló en voz baja tras oír un comentario particularmente odioso.

Aunque la expedición a las Vertebradas se retrasó por la escena inusual que acababan de presenciar los aldeanos, la caravana de gente y asnos empezó poco después del mediodía el ascenso por el sendero excavado en la montaña Narnmor que llevaba a las cataratas de Igualda. Era una cuesta pronunciada y había que subirla despacio, sobre todo por los niños y por el tamaño de las cargas que todos llevaban.

241

Roran se pasó casi todo el tiempo atrapado detrás de Calitha —la mujer de Thane— y sus cinco hijos. No le importó, pues eso le concedía la oportunidad de cuidar su pantorrilla herida y aprovechó para reconsiderar con calma los sucesos recientes. Le inquietaba su enfrentamiento con Sloan. «Al menos —se consoló— Katrina no seguirá mucho tiempo en Carvahall.» Y es que, en lo más profundo de su corazón, Roran estaba convencido de que el pueblo no tardaría en ser derrotado. Tomar conciencia de ello era aleccionador, pero inevitable.

Se detuvo para descansar cuando llevaban tres cuartas partes del camino recorrido y se apoyó en un árbol mientras admiraba la vista elevada del valle de Palancar. Intentó descubrir el campamento de los Ra'zac —pues sabía que quedaba justo a la izquierda del río Anora y del camino que llevaba al sur—, pero no logró distinguir ni una sola voluta de humo.

Roran oyó el rugido de las cataratas de Igualda mucho antes de que aparecieran a la vista. La caída de agua parecía como una gran melena nívea que se inflaba y caía de la escarpada cabeza del Narnmor hacia el fondo del valle, casi un kilómetro más abajo.

Pasaron junto a la repisa de pizarra donde el Anora iniciaba su salto al aire, bajaron una cañada llena de moras y finalmente llegaron a un claro grande, resguardado por un lado gracias a un montón de rocas. Roran vio que los que encabezaban la expedición ya habían empezado a instalar el campamento. Los gritos y las exclamaciones de los niños resonaban en el bosque.

Roran soltó su fardo, desató el hacha que llevaba en la parte superior y, acompañado por otros hombres, empezó a despejar la maleza. Cuando terminaron, se pusieron a talar suficientes árboles como para rodear el campamento. El aroma de los pimpollos de pino invadió el aire. Roran trabajaba deprisa, y las astillas de madera iban saltando al son de sus golpes rítmicos.

Cuando se terminó la fortificación, el campamento ya estaba instalado: diecisiete tiendas de lana, cuatro fogatas pequeñas para cocinar y expresión sombría por igual en todos los rostros; tanto de humanos como de asnos. Nadie quería irse y nadie quería quedarse.

Roran supervisó el grupo de muchachos y ancianos agarrados a sus lanzas y pensó: «Demasiada experiencia por un lado y demasiado poca por otro. Los abuelos saben cómo enfrentarse a un oso y cosas por el estilo, pero ¿tendrán los nietos la fuerza suficiente para hacerlo?». Entonces notó la dureza en la mirada de las mujeres y se dio cuenta de que, por mucho que estuvieran sosteniendo a un bebé u ocupadas en la curación de un rasguño en un brazo, siempre tenían al alcance de la mano sus escudos y lanzas. Roran sonrió. «Quizá... Quizá haya que conservar la esperanza.»

243

Vio a Nolfavrell, sentado a solas en un tronco y mirando hacia el valle de Palancar. Se unió al muchacho, y éste lo miró con seriedad.

—¿Te vas a ir pronto? —preguntó Nolfavrell. Roran asintió, impresionado por su aplomo y determinación—. Harás lo que puedas por matar a los Ra'zac y vengar a mi padre, ¿verdad? Lo haría yo mismo, pero mi madre dice que he de cuidar de mis hermanos y hermanas.

—Si puedo, te traeré sus cabezas —prometió Roran.

Un temblor sacudió la barbilla del muchacho.

—¡Qué bien!

—Nolfavrell... —Roran se detuvo mientras buscaba las palabras idóneas—. Aparte de mí, eres el único de los presentes que ha matado a un hombre. Eso no significa que seas mejor ni peor que cualquier otro, pero sí significa que puedo confiar en que lucharás bien si os atacan. Cuando venga Katrina mañana, ¿te asegurarás de que esté bien protegida?

El pecho de Nolfavrell se hinchó de orgullo.

—La protegeré dondequiera que vaya. —Luego pareció arrepentirse—. O sea, si no tengo que cuidar a...

Roran lo entendió.

—Bueno, tu familia es lo primero. Pero a lo mejor Katrina se puede quedar en la misma tienda que tus hermanos y hermanas.

—Sí —contestó lentamente Nolfavrell—. Sí, creo que eso puede funcionar. Puedes confiar en mí.

—Gracias.

Roran le dio una palmada en el hombro. Podía habérselo pedido a hombres mayores y más capaces, pero los adultos estaban demasiado ocupados con sus propias responsabilidades para defender a Katrina tal como él esperaba. Nolfavrell, en cambio, tendría la oportunidad y el deseo de asegurarse de que permanecía a salvo. «Puede ocupar mi lugar mientras estemos separados.» Roran se levantó al ver que se acercaba Birgit.

Ésta lo miró con expresión grave y dijo:

—Vamos, ya es la hora.

Luego abrazó a su hijo y echó a caminar hacia las cataratas con Roran y los demás aldeanos que regresaban a Carvahall. A sus espaldas, todos los que se quedaban en el pequeño campamento se apiñaron entre los árboles talados y los siguieron con miradas lúgubres entre sus barrotes de madera.

El rostro de su enemigo

*D*urante el resto del día, mientras Roran seguía ocupado en su trabajo, sintió en su interior el vacío de Carvahall. Era como si le hubieran arrancado una parte de sí mismo para esconderla en las Vertebradas. Y en ausencia de los niños, la aldea parecía ahora un campamento armado. El cambio parecía volverlos serios y solemnes a todos.

Cuando los ansiosos dientes de las Vertebradas se tragaron por fin el sol, Roran ascendió la cuesta que llevaba a casa de Horst. Se detuvo ante la puerta y apoyó una mano en el tirador, pero se quedó quieto, incapaz de entrar. «¿Por qué me asusta esto tanto como luchar?»

Al fin, abandonó la puerta delantera y se fue al lateral de la casa, por donde se coló en la cocina y, para su desánimo, vio a Elain tejiendo junto a la mesa y hablando con Katrina, que quedaba frente a ella. Las dos se volvieron a mirarlo, y Roran soltó:

—¿Estáis...? ¿Estáis bien?

Katrina se acercó a su lado.

—Estoy bien. —Sonrió amablemente—. Lo que pasa es que he sufrido una terrible impresión cuando mi padre... Cuando... —Agachó la cabeza un momento—. Elain se ha portado maravillosamente bien conmigo. Ha aceptado dejarme la habitación de Baldor para pasar esta noche.

—Me alegro de que estés mejor —dijo Roran.

La abrazó, con la intención de transmitirle todo su amor y adoración con aquel simple contacto.

Elain recogió su costura.

—Venga. Se ha puesto el sol y ya es hora de que te acuestes, Katrina.

Roran la soltó con reticencia, y ella le dio un beso en la mejilla y dijo:

—Te veré por la mañana.

Él empezó a seguirla, pero se detuvo cuando Elain dijo con tono mordaz:

—Roran.

—¿Sí?

Elain esperó hasta que sonó el crujido de escalones que indicaba que Katrina ya no podía oírles.

—Espero que todas las promesas que le has hecho a esa chica fueran en serio, porque en caso contrario convocaré una asamblea y haré que te expulsen en una semana.

Roran estaba aturdido.

—Por supuesto que iban en serio. La amo.

—Katrina acaba de renunciar por ti a todo lo que poseía, a todo lo que le importaba. —Elain lo miraba fijamente con ojos firmes—. He visto a algunos hombres dirigir su afecto a las doncellas jóvenes como si echaran grano a los pollos. Las doncellas suspiran y lloran y se creen especiales, pero para el hombre sólo es un divertimento sin importancia. Siempre has sido honrado, Roran, pero el deseo puede convertir incluso a la persona más sensata en un perrito brincador o en un astuto y malvado zorro. ¿Lo eres tú? Porque Katrina no necesita un estúpido ni un tramposo; ni siquiera necesita amor. Lo que más necesita es un hombre que cuide de ella. Si la abandonas, la convertirás en la persona más desgraciada de Carvahall, obligada a vivir de sus amigos, nuestra primera y única pedigüeña. Por la sangre de mis venas, no permitiré que eso ocurra.

—Ni yo —protestó Roran—. Para hacer eso, tendría que ser un desalmado, o algo peor.

Elain alzó la barbilla.

—Exactamente. No olvides que pretendes casarte con una mujer que ha perdido su dote y la herencia de su madre. ¿Entiendes lo que significa para Katrina perder su herencia? No tiene plata, ni sábanas, ni encajes, ninguna de las cosas que hacen falta para que una casa funcione bien. Esos objetos son nuestra única pertenencia, traspasada de madre a hija desde que llegamos a Alagaësia por primera vez. De ellas depende nuestra valía. Una mujer sin herencia es como... Es como...

—Es como un hombre sin granja ni oficio —dijo Roran.

—Exacto. Sloan ha sido cruel al negarle la herencia a Katrina, pero eso ya no lo podemos evitar. Ni tú ni ella tenéis dinero ni recursos. La vida ya es muy difícil sin esas penurias añadidas. Empezarás sin nada y desde la nada. ¿Te asusta la perspectiva, o te parece insoportable? Te lo pregunto una vez más, y no me mientas porque los dos lo lamentaríais durante el resto de vuestras vidas: ¿cuidarás de ella sin queja ni resentimiento alguno?

—Sí.

Elain suspiró y llenó de sidra dos tazas de barro con una jarra que pendía de las vigas. Pasó una a Roran y se sentó de nuevo a la mesa.

—Entonces, te sugiero que te dediques a sustituir la casa y la herencia de Katrina para que ella y cualquier hija que tengáis pueda hablar sin vergüenza con las viudas de Carvahall.

Roran bebió la fría sidra.

—Eso si vivimos tanto.

—Sí. —Elain retiró un mechón de su melena rubia y meneó la cabeza—. Has escogido un camino duro, Roran.

—Tenía que asegurarme de que Katrina abandonara Carvahall.

Elain enarcó una ceja.

—De modo que fue por eso. Bueno, no lo voy a discutir, pero ¿por qué diablos no le habías dicho nada de vuestro compromiso a Sloan hasta esta mañana? Cuando Horst se lo pidió a mi padre, regaló a mi familia doce ovejas, un arado y ocho pares de candelabros de hierro forjado, antes incluso de que mis padres aceptaran su petición. Así es como debe hacerse. Sin duda podrías haber pensado en una estrategia mejor que pegar a tu futuro suegro.

A Roran se le escapó una risa de dolor.

—Podría, pero con estos ataques nunca me pareció el momento adecuado.

—Los Ra'zac llevan seis días sin atacar.

Roran frunció el ceño.

—No, pero... Es que era... ¡Ah, yo qué sé!

Frustrado, dio un puñetazo en la mesa.

Elain soltó su taza y le envolvió el puño con sus manitas.

—Si consigues arreglar tu pelea con Sloan ahora mismo, antes de que se acumulen años de resentimiento, tu vida con Katrina será mucho, mucho más fácil. Mañana por la mañana deberías ir a su casa y suplicar su perdón.

—¡No pienso suplicar! Y menos a él.

—Roran, escúchame. Obtener la paz para tu familia bien vale un mes entero de súplicas. Lo sé por experiencia; pelear sólo sirve para que te sientas más desgraciado.

—Sloan odia las Vertebradas. No querrá saber nada de mí.

—Pero tienes que intentarlo —dijo Elain con seriedad—. Incluso si rechaza tus súplicas, al menos no podrá culparte de no haber hecho el esfuerzo. Si amas a Katrina, trágate el orgullo y haz lo que debes por ella. No dejes que sufra por tu error.

Se terminó la sidra, apagó las velas con un dedal de latón y dejó a Roran sentado en la oscuridad.

Pasaron varios minutos antes de que Roran consiguiera moverse. Estiró un brazo y recorrió con él el borde de la barra de la cocina hasta que encontró la puerta, luego subió las escaleras sin dejar de tocar con las yemas de los dedos las paredes talladas para no perder el equilibrio. Ya en la habitación, se desvistió y se tumbó a lo largo de la cama.

Roran rodeó con sus brazos la almohada rellena de lana y escuchó los débiles sonidos que flotaban de noche en la casa: el correteo de un ratón en el desván y sus chillidos intermitentes; el crujido de las vigas de madera al enfriarse en la noche, el susurro y la caricia del viento en el lintel de su ventana; y... Y el arrastrar de unas zapatillas en el vestíbulo que daba a su cuarto.

Vio que el pasador se desencajaba, y luego la puerta se abrió lentamente con un quejido de protesta. Se paró. Una figura oscura se deslizó hacia el interior de la habitación, la puerta se cerró, y Roran sintió que una cortina de cabello rozaba su cara, junto con unos labios como pétalos de rosa. Suspiró.

Katrina.

Un trueno arrancó a Roran del sueño.

La luz llameó en su rostro mientras se esforzaba por recuperar la conciencia, como un buzo desesperado por alcanzar la superficie. Abrió los ojos y vio un agujero recortado por una explosión en la puerta. Entraron a toda prisa seis soldados por la hendidura, seguidos por los dos Ra'zac, que parecían llenar la habitación con su horrenda presencia. Alguien le apoyó la punta de una espada en el cuello. A su lado, Katrina gritó y tiró de las mantas para taparse.

—Arriba —ordenaron los Ra'zac. Roran se levantó con cautela. Sentía el corazón a punto de explotar en el pecho—. Atadle las manos y traedlo.

Cuando se acercó un soldado con una cuerda, Katrina volvió a gritar, saltó hacia los asaltantes, les mordió y les lanzó furiosos zarpazos. Sus afiladas uñas les rasgaban la cara y, cegados por la sangre, los soldados no dejaban de maldecir.

Roran apoyó una rodilla en el suelo, agarró su martillo, se puso en pie de nuevo y lo blandió por encima de la cabeza, rugiendo como un oso. Los soldados se lanzaron hacia él, con la intención de abatirlo por mera superioridad numérica, pero no lo lograron: Katrina corría peligro, y él era invencible. Los escudos se desmoronaban bajo sus golpes, las mallas y bandoleras se partían bajo su despiadada arma, y los yelmos se hundían. Dos hombres quedaron heridos, y otros tres cayeron para no levantarse más.

Los golpes y el clamor habían despertado a toda la casa; Roran oyó vagamente que Horst y sus hijos gritaban en el vestíbulo. Los Ra'zac intercambiaron unos siseos, luego se escabulleron hacia delante y agarraron a Katrina con una fuerza inhumana, alzándola en volandas mientras abandonaban la habitación.

—¡Roran! —aulló.

Roran invocó las energías que le quedaban y sobrepasó a toda velocidad a los dos hombres que quedaban. Llegó a trompicones hasta el vestíbulo y vio que los Ra'zac salían por una ventana. Roran se lanzó tras ellos y golpeó al que iba detrás, justo cuando estaba a punto de descender desde el alféizar. El Ra'zac se estiró, agarró la muñeca de Roran en el aire y chilló de puro placer, echándole un fétido aliento a la cara:

—¡Sí! ¡A ti te queremos!

Roran trató de zafarse, pero el Ra'zac no cedió. Con la mano libre, Roran golpeó la cabeza y los hombros de la criatura, duros como el hierro. Desesperado y rabioso, cogió la punta de la capucha del Ra'zac y tiró de ella para desenmascarar sus rasgos.

El rostro horrible y torturado le gritó. La piel era negra y brillante, como el caparazón de un escarabajo. La cabeza, calva. Los ojos, sin párpados, eran del tamaño de su puño y brillaban como una bola de hematita pulida; no había iris, ni pupila. En vez de nariz, boca y barbilla, un pico curvado y puntiagudo chasqueaba sobre la lengua morada y espinosa.

Roran gritó y apretó los talones contra los laterales del marco de la ventana, esforzándose por librarse de aquella monstruosidad; pero el Ra'zac lo sacó de la casa inexorablemente. Vio a Katrina en el suelo, todavía luchando y peleando.

Justo cuando cedían sus rodillas, apareció Horst a su lado y le rodeó el pecho con un nudoso brazo para mantenerlo en pie.

—¡Que alguien traiga una lanza! —gritó el herrero. Se le hinchaban las venas del cuello y gruñía por el esfuerzo de sostener a Roran—. Para superarnos, hará falta algo más que este huevo endemoniado.

El Ra'zac dio un último tirón y, al ver que no conseguía arrastrar a Roran, alzó la cabeza y dijo:

251

—Eres nuestro.

Se lanzó hacia delante con una velocidad cegadora, y Roran aulló al notar que el pico del Ra'zac se cerraba en su hombro derecho y asomaba por la parte delantera, atravesando la musculatura. Al mismo tiempo, la muñeca se partió. Con un cacareo malicioso, el Ra'zac lo soltó y desapareció en la noche.

Horst y Roran quedaron despatarrados en el recibidor.

—Tienen a Katrina —gruñó Roran.

Cuando se apoyó en el brazo izquierdo para levantarse —pues el derecho pendía inerte—, le tembló la visión y se le tiñó de negro por los laterales. Albriech y Baldor salieron de su habitación, salpicados de sangre. Detrás de ellos sólo quedaban cadáveres. «Ya he matado a ocho.» Roran recuperó su martillo y salió a trompicones por el vestíbulo; pero Elain, con su camisón blanco, le tapó la salida.

Lo miró con los ojos bien abiertos y luego lo tomó del brazo y le obligó a sentarse en un baúl de madera que había contra la pared.

—Tienes que ver a Gertrude.

—Pero...

—Si no detenemos la hemorragia, te desmayarás.

Roran se miró el costado derecho; estaba empapado de escarlata.

—Tenemos que rescatar a Katrina antes... —apretó los dientes al sentir una oleada de dolor— antes de que le hagan algo.

—Tiene razón; no podemos esperar —dijo Horst, inclinándose sobre ellos—. Véndalo lo mejor que puedas, y nos vamos.

Elain apretó los labios y se fue corriendo al armario de las sábanas. Volvió con varios trapos y los apretó con firmeza en torno al hombro de Roran y su muñeca fracturada. Mientras tanto, Albriech y Baldor se apropiaron de las armaduras y las espadas de dos soldados. Horst se contentó con una lanza.

Elain apoyó las manos en el pecho de Horst y le dijo:

—Ten cuidado. —Luego miró a sus hijos—. Todos.

—Todo irá bien, madre —prometió Albriech.

Ella forzó una sonrisa y le dio un beso en la mejilla.

Abandonaron la casa y corrieron hasta el límite de Carvahall, donde descubrieron que el muro de árboles estaba forzado y el guardia, Byrd, apuñalado. Baldor se arrodilló, examinó el cuerpo y luego, con voz ahogada, dijo:

—Lo han apuñalado por la espalda.

Roran apenas lo oyó, porque la sangre se agolpaba en sus oídos. Mareado, se apoyó en una casa y boqueó para respirar.

—¡Eh! ¿Quién va?

Desde sus puestos a lo largo del perímetro de Carvahall, los demás guardias se congregaron en torno a su compañero asesinado, formando un corrillo de antorchas a media luz. En un tono apagado, Horst explicó el ataque y la situación de Katrina.

—¿Quién nos ayuda?—preguntó.

Tras una rápida discusión, cinco hombres aceptaron acompañarlos; el resto se quedaba de guardia para volver a cerrar el muro y despertar a todos los aldeanos.

Roran se apartó de la casa con un empujón y trotó hasta la cabeza del grupo, que ya recorría los campos y enfilaba el valle hacia el campamento de los Ra'zac. Cada paso era una agonía, pero no importaba: nada importaba, salvo Katrina. Una vez tropezó, y Horst lo sostuvo sin decir palabra.

A poco menos de un kilómetro de Carvahall, Ivor detectó a un centinela en un montículo; lo cual les obligó a dar un amplio rodeo. Unos cientos de metros más allá, el rojizo brillo de las antorchas se hizo visible. Roran alzó el brazo bueno para frenar la marcha y luego, al avanzar por la enmarañada hierba a gachas y a rastras, asustó a una liebre. Los demás hombres lo siguieron mientras se acercaba al límite de un pradillo de anea, donde se detuvo y apartó una cortina de tallos para observar a los trece soldados que quedaban.

«¿Dónde está ella?»

En contraste con su primera aparición, los soldados parecían ahora amargados y demacrados, con sus armas melladas y sus armaduras picadas. La mayoría llevaba vendajes con manchas de sangre seca. Estaban todos juntos, encarados a los dos Ra'zac, que ahora, al otro lado del fuego, llevaban las capuchas caladas.

Uno de los hombres gritaba:

—...más de la mitad, muertos por una banda de pueblerinos con menos cerebro que un berberecho, ratas de bosque que no distinguen una pica de un hacha de guerra, incapaces de encontrar la punta de una espada aunque la tengan clavada en las tripas. Y todo porque vosotros tenéis menos sentido común que mi hijo pequeño. Me da lo mismo que Galbatorix en persona os limpie las botas a lametazos; no pensamos hacer nada hasta que tengamos un nuevo comandante. —Los demás hombres asintieron—. Y que sea humano.

—¿De verdad? —preguntaron los Ra'zac con suavidad.

—Estamos hartos de recibir órdenes de jorobados como vosotros, con ese cacareo y esos silbidos, que parecéis una tetera. ¡Nos da asco! Y no sé qué le habéis hecho a Sardson, pero si os quedáis una noche más, os llenaremos de hierro y descubriremos si sangráis como nosotros. De todos modos, podéis dejar a la chica. Nos...

El hombre no tuvo ocasión de continuar, pues el más alto de los Ra'zac saltó por encima del fuego y aterrizó en sus hombros, como un cuervo gigante. Gritando, el soldado se derrumbó por el peso. Intentó desenfundar la espada, pero el Ra'zac hundió dos veces en su cuello el pico oculto por la capucha y lo dejó tieso.

—¿Contra eso hemos de pelear?—murmuró Ivor detrás de Roran.

Los soldados se quedaron inmóviles de la impresión, mientras los dos Ra'zac lamían el cuello del cadáver. Cuando las negras criaturas se alzaron de nuevo, se frotaron las nudosas manos como si se estuvieran lavando y dijeron.

—Sí, nos vamos. Quedaos, si queréis. En pocos días llegarán los refuerzos.

Los Ra'zac echaron las cabezas hacia atrás y se pusieron a aullar al cielo; el aullido se fue volviendo cada vez más agudo, hasta que se hizo inaudible.

Roran alzó también la vista. Al principio no vio nada, pero luego lo invadió un terror innombrable al ver que dos sombras recortadas aparecían en lo alto de las Vertebradas, eclipsando las estrellas. Avanzaban deprisa y parecían cada vez más grandes, hasta que su horrible presencia oscureció la mitad del cielo. Un viento fétido recorrió la tierra, trayendo consigo una miasma sulfurosa que provocó toses y náuseas a Roran.

Los soldados también se vieron afectados; sus maldiciones resonaban mientras se tapaban la nariz con mangas y pañuelos.

En lo alto, las sombras se detuvieron y empezaron a descender, encerrando el campamento en una cúpula de oscuridad amenazante. Las temblorosas antorchas oscilaron y parecieron a punto de apagarse, pero daban aún la suficiente luz para dejar ver a las dos bestias que descendían entre las tiendas.

Sus cuerpos, desnudos y pelados como ratones recién nacidos, tenían la piel gris y encurtida, muy tirante en la zona de sus musculosos pechos y vientres. Por su forma parecían perros hambrientos, pero las piernas traseras tenían una musculatura tan poderosa que parecían capaces de destrozar una roca. Una pequeña cresta se extendía por la parte trasera de sus cabezas pequeñas, en dirección opuesta al pico largo y recto, del color del ébano, adecuado para atravesar a sus presas, y unos ojos fríos que parecían bulbos, idénticos a los de los Ra'zac. En la espalda brotaban unas alas cuyo peso hacía gemir al aire.

Los soldados se echaron al suelo, acobardados, y escondieron los rostros ante la presencia de los monstruos. De aquellas criaturas emanaba una inteligencia terrible y extraña que hablaba de una raza más antigua y mucho más poderosa que los humanos. Roran temió de pronto que su misión pudiera fracasar. Tras él, Horst susurró a los hombres y les urgió a permanecer quietos y escondidos si no querían perecer.

Los Ra'zac saludaron a las bestias con una reverencia. Luego, se metieron en una de las tiendas y volvieron a salir con Katrina —atada con unas cuerdas— y con Sloan detrás. El carnicero caminaba suelto.

255

Roran lo miró fijamente, incapaz de comprender cómo habían capturado a Sloan. «Su casa queda muy lejos de la de Horst.» Entonces lo entendió. «Nos ha traicionado», pensó Roran, asombrado. Cerró el puño lentamente sobre el martillo al tiempo que el verdadero horror de la situación le estallaba por dentro. «¡Ha matado a Byrd y nos ha traicionado a todos!»

—Roran —murmuró Horst, agachado junto a él—. No podemos atacar ahora; nos masacrarían. Roran..., ¿me oyes?

Sólo oía un murmullo lejano mientras veía cómo el Ra'zac más pequeño montaba en los hombros de una de las bestias y luego agarraba a Katrina, sostenida en brazos del otro Ra'zac. Sloan ahora parecía enfadado y asustado. Empezó a discutir con los Ra'zac, meneando la cabeza y señalando el suelo. Al final, un Ra'zac le golpeó en la boca y lo dejó inconsciente. Mientras montaba en la segunda bestia, con el carnicero desmayado sobre su espalda, el Ra'zac más alto declaró:

—Volveremos cuando sea más seguro. Matad al chico, y os perdonaremos la vida.

Luego los corceles flexionaron sus abultados muslos y alzaron el vuelo de un salto, convirtiéndose de nuevo en sombras contra el campo de estrellas.

A Roran no le quedaban palabras ni emociones. Estaba totalmente destrozado. Sólo le quedaba matar a los soldados. Se levantó y alzó el martillo, listo para cargar; pero al dar un paso adelante, su cabeza palpitó al mismo tiempo que el hombro herido, la tierra se desvaneció en un estallido de luz, y se sumió en el olvido.

Una flecha en el corazón

*D*esde que abandonaron el puesto de avanzada de Ceris, todos los días fueron una bruma de ensueño con tardes calurosas, dedicadas a remar para remontar el lago Eldor y luego el río Gaena. En torno a ellos, el agua gorgoteaba por el túnel de pinos verdes que se hundía en lo más hondo de Du Weldenvarden.

A Eragon le parecía delicioso viajar con los elfos. Narí y Lifaen sonreían, carcajeaban y cantaban a todas horas, sobre todo cuando Saphira estaba cerca. En su presencia, apenas miraban a otro lado o hablaban de otra cosa.

De todos modos, los elfos no eran humanos, por mucho que su aspecto fuera semejante. Se movían demasiado deprisa, con demasiada fluidez para ser criaturas de carne y hueso. Y cuando hablaban, solían hacerlo con largos rodeos y aforismos que dejaban a Eragon más confundido que antes de empezar. Entre un estallido de contentura y el siguiente, Lifaen y Narí permanecían horas en silencio, observando los alrededores con un brillo de rapto pacífico en sus rostros. Si Eragon u Orik intentaban hablar con ellos mientras duraba la contemplación, apenas recibían una o dos palabras de respuesta.

Así se dio cuenta Eragon de que, en comparación, Arya era franca y directa. De hecho, parecía incómoda ante Lifaen y Narí, como si ya no estuviera muy segura de cómo debía comportarse entre los suyos.

Desde la proa, Lifaen miró hacia atrás y dijo:

—Cuéntame, Eragon-finiarel... ¿Qué canta tu gente en estos días oscuros? Recuerdo las epopeyas y las baladas que oí en Ilirea, sagas de vuestros orgullosos reyes y nobles, pero de eso hace mucho, mucho tiempo, y mis recuerdos son como flores marchitadas en la mente. ¿Qué nuevas palabras ha creado tu gente? —Eragon frunció el ceño mientras trataba de recordar los nombres de las historias que le recitaba Brom. Cuando Lifaen los oyó, meneó la cabeza con gesto de pena y respondió—: Cuántas cosas se han perdido. Ya no hay baladas cortesanas y, a decir verdad, tampoco queda mucho de vuestra historia y vuestro arte, salvo por los escasos relatos imaginativos cuya supervivencia ha permitido Galbatorix.

—Una vez Brom nos contó la caída de los Jinetes —dijo Eragon, a la defensiva.

La imagen de un ciervo que saltaba entre troncos podridos llegó a su mente a través de la de Saphira, que se había ido de caza.

—Ah, un hombre valiente. —Durante un rato, Lifaen remó en silencio—. Nosotros también cantamos sobre la Caída, pero no muy a menudo. La mayoría estábamos vivos cuando Vrael entró en el vacío, y todavía nos duelen las ciudades quemadas: los lirios rojos de Éwayëna, los cristales de Luthivíra. Y también nuestras familias asesinadas. El tiempo no ahoga el dolor de esas heridas, por mucho que pasen mil millares de años y hasta el sol muera para dejar al mundo flotando en una noche eterna.

Orik gruñó desde la proa.

—Lo mismo ocurre con los enanos. Recuerda, elfo, que Galbatorix terminó con un clan entero.

—Y nosotros perdimos a nuestro rey, Evandar.

—Eso no lo había oído —dijo Eragon, sorprendido.

Lifaen asintió mientras los guiaba para rodear una roca sumergida.

—Poca gente lo sabe. Brom te lo podría haber contado; estaba allí cuando dieron el golpe fatal. Antes de morir Vrael, los elfos se enfrentaron a Galbatorix en los llanos de Ilirea, en un último intento de derrotarlo. Luego Evandar...

—¿Dónde está Ilirea? —preguntó Eragon.

—Es Ûru'baen, muchacho —dijo Orik—. Antes era una ciudad de elfos.

Sin molestarse por la interrupción, Lifaen siguió hablando:

—Tal como dices, Ilirea era una de nuestras ciudades. La abandonamos durante nuestra guerra con los dragones, y luego, siglos después, los humanos la adoptaron como capital cuando se exilió el rey Palancar.

—¿El rey Palancar? —dijo Eragon—. ¿Quién era? ¿Por eso se llama así el valle?

Esta vez el elfo se dio la vuelta y lo miró, divertido.

—Tienes más preguntas que hojas hay en un árbol, Argetlam.

—Brom opinaba lo mismo.

Lifaen sonrió y luego hizo una pausa, como si ordenara sus pensamientos.

—Cuando tus antepasados llegaron a Alagaësia, hace ochocientos años, deambulaban por estas tierras, buscando un lugar apto para vivir. Al final se instalaron en el valle de Palancar, aunque entonces no se llamaba así. Era uno de los pocos lugares defendibles que no habíamos reclamado nosotros, ni los enanos. Allí vuestro rey, Palancar, empezó a construir un estado poderoso.

»Nos declaró la guerra con la intención de expandir sus fronteras, aunque no hubo provocación alguna por nuestra parte. Atacó tres veces, y vencimos las tres. Nuestra fuerza asustó a los nobles de Palancar, que suplicaron la paz a su señor feudal. Él ignoró sus consejos. Entonces los nobles se acercaron a nosotros con un tratado que los elfos firmamos sin que lo supiera el rey.

»Con nuestra ayuda, Palancar perdió el trono y fue desterrado, pero él, su familia y sus vasallos se negaron a abandonar el valle. Como no teníamos ninguna intención de matarlos, construimos la torre de Ristvak'baen para que los Jinetes vigilaran a Palancar y se aseguraran de que nunca volviera a tomar el poder ni a atacar a nadie más en Alagaësia.

»Al poco tiempo Palancar fue asesinado por un hijo que no quería esperar a que la naturaleza siguiera su curso. Desde entonces, la política familiar consistió en asesinar, traicionar y otras depravaciones que redujeron la casa de Palancar a una sombra de su antigua grandeza. Sin embargo, sus descendientes nunca se fueron, y la sangre del rey sigue viva en Therinsford y Carvahall.

—Ya veo —dijo Eragon.

Lifaen enarcó una ceja oscura.

—¿Sí? Significa más de lo que crees. Fue ese suceso el que convenció a Anurin, el predecesor de Vrael como líder de los Jinetes, de que debía permitir a los humanos convertirse en Jinetes y así prevenir esa clase de disputas.

Orik soltó un ladrido de risa.

—Seguro que eso se discutió mucho.

—Fue una decisión impopular —admitió Lifaen—. Todavía ahora algunos cuestionan su sabiduría. Provocó un desacuerdo tan grave entre Anurin y la reina Dellanir, que aquél se escindió de nuestro gobierno y estableció a los Jinetes en Vroengard como entidad independiente.

—Pero si se suponía que los Jinetes debían mantener la paz y estaban separados de vuestro gobierno, ¿cómo podían hacerlo?

—No podían —concedió Lifaen—. No pudieron hasta que la reina Dellanir entendió que era sabio liberar a los Jinetes de cualquier rey o señor, y les concedió de nuevo acceso a Du Weldenvarden. Aun así, nunca le gustó que otros tuvieran más autoridad que ella.

Eragon frunció el ceño.

—Sin embargo, se trataba precisamente de eso, ¿no?

—Sí... y no. Se suponía que los Jinetes debían vigilar los errores de los distintos gobiernos de las razas, pero ¿quién vigilaba a los vigilantes? Ése fue el problema que causó la Caída. Nadie podía divisar los errores del sistema de los Jinetes porque estaban por encima de cualquier supervisión; de ese modo, se deterioraron.

Eragon acarició el agua —primero a un lado, luego al otro— mientras pensaba en las palabras de Lifaen. El remo tembló en sus manos al cortar la corriente en diagonal.

—¿Quién sucedió a Dellanir en el trono?

—Evandar. Ocupó el trono nudoso hace quinientos años, cuando Dellanir abdicó para dedicarse a estudiar los misterios de la magia, y lo conservó hasta la muerte. Ahora nos gobierna su compañera, Islanzadí.

—Eso es... —Eragon se detuvo con la boca abierta. Iba a decir «imposible», pero se dio cuenta de que esa afirmación sonaría ridícula. En cambio, preguntó—: ¿Los elfos son inmortales?

Con voz suave, Lifaen contestó:

—En otro tiempo éramos como vosotros: brillantes, fugaces y efímeros como el rocío de la mañana. Ahora nuestras vidas se alargan sin fin por el polvo de los años. Sí, somos inmortales, aunque no dejamos de ser vulnerables a las heridas de la carne.

—Entonces, ¿os convertisteis en inmortales? ¿Cómo?

—El elfo se negó a explicarlo, aunque Eragon lo presionaba para que diera detalles. Al fin, Eragon preguntó—: ¿Cuántos años tiene Arya?

Lifaen clavó en él sus ojos relucientes, hurgando en la mirada de Eragon con una agudeza desconcertante.

—¿Arya? ¿Por qué te interesa?

—Yo...

Eragon titubeó, inseguro de pronto de sus propias intenciones. La atracción que sentía por Arya se veía complicada por el hecho de que ella era una elfa y de que su edad, fuera ésta cual fuese, superaba con mucho la suya. «Me debe de ver como a un crío.»

—No sé —dijo con sinceridad—. Pero nos salvó la vida a Saphira y a mí, y tengo curiosidad por saber más de ella.

—Me avergüenzo —dijo Lifaen, escogiendo con cuidado sus palabras— de haberte preguntado eso. Entre los nuestros es de mala educación meterse en los asuntos ajenos... Pero debo decir, y creo que Orik está de acuerdo conmigo, que harás bien en vigilar tu corazón, Argetlam. No es el mejor momento para perderlo, ni en este caso sería un buen lugar donde perderlo.

—Sí —gruñó Orik.

El calor invadió a Eragon al subirle la sangre a la cara, como si lo recorriera por dentro un sebo derretido. Antes de que pudiera responder, Saphira se coló en su mente y le dijo: *Y ahora es un buen momento para vigilar tu lengua. Tienen buena intención. No los insultes.*

Respiró hondo y trató de esperar a que se le pasara el bochorno. *¿Estás de acuerdo con ellos?*

Creo, Eragon, que estás lleno de amor y buscas a alguien que te devuelva todo ese afecto. No has de avergonzarte por eso.

Se esforzó por digerir sus palabras y al final le dijo: *¿Vas a volver pronto?*

Ya estoy volviendo.

Eragon prestó de nuevo atención a cuanto lo rodeaba y descubrió que tanto el elfo como el enano lo miraban.

—Entiendo vuestra preocupación. Aun así, me gustaría que contestaras a mi pregunta.

Lifaen dudó un instante.

—Arya es bastante joven. Nació un año antes de la destrucción de los Jinetes.

¡Cien años! Aunque esperaba una cifra similar, Eragon quedó impresionado. Lo disimuló con rostro inexpresivo y pensó: «¡Podría tener bisnietos mayores que yo!». Rumió el asunto un largo rato y luego, por distraerse, dijo:

—Has mencionado que los humanos descubrieron Alagaësia hace ochocientos años. Sin embargo, Brom decía que llegaron tres siglos después de la formación de los Jinetes, y de eso hace miles de años.

—Según nuestros cálculos, dos mil setecientos cuatro años —declaró Orik—. Brom tenía razón si cifras la llegada de los humanos a Alagaësia por un solo barco con veinte guerreros. Aterrizaron al sur, donde está ahora Surda. Nos encontramos cuando ellos estaban explorando e intercambiamos regalos, pero luego se fueron y no volvimos a ver a otro humano durante casi mil años, o hasta que llegó el rey Palancar, seguido de toda su flota. Para entonces los humanos nos habían olvidado por completo, salvo por vagas historias sobre hombres peludos de las montañas que acechaban a los niños por la noche. ¡Bah!

—¿Sabéis de dónde vino Palancar? —preguntó Eragon.

Orik frunció el ceño, se mordisqueó las puntas del bigote y meneó la cabeza.

—Nuestras historias sólo dicen que su hogar quedaba al sur, muy lejos, más allá de las Beor, y que su éxodo era consecuencia de una guerra y de la hambruna.

Excitado por una idea, Eragon espetó:

—O sea que en algún lugar podría haber países dispuestos a ayudarnos contra Galbatorix.

—Tal vez —contestó Orik—. Pero sería difícil encontrarlos, incluso a lomos de un dragón, y dudo que hablen nuestro idioma. Además, ¿quién va a querer ayudarnos? Los vardenos tienen poco que ofrecer a cualquier otro país, y bastante cuesta llevar un ejército de Farthen Dûr a Urû'baen; mucho más difícil sería trasladar tropas desde cientos, o miles, de kilómetros.

—Y aun así te necesitaríamos a ti —dijo Lifaen a Eragon.

—De todas formas...

Eragon se calló al ver que Saphira volaba por encima del río, seguida por una furiosa bandada de gorriones y mirlos empeñados en alejarla de sus nidos. Al mismo tiempo, un coro de parloteos y chillidos brotó del ejército de ardillas escondidas entre las ramas.

Lifaen sonrió y exclamó:

—¿No os parece gloriosa? ¡Mirad cómo reflejan la luz sus escamas! Ningún tesoro del mundo puede igualarse a esta visión.

Desde el otro lado del río llegaron las exclamaciones similares de Narí.

—Pues a mí me parece insoportable —murmuró Orik bajo la barba.

Eragon disimuló una sonrisa, aunque estaba de acuerdo con el enano. Los elfos nunca se cansaban de alabar a Saphira.

No pasa nada por recibir unos cuantos cumplidos, dijo Saphira. Aterrizó con un chapoteo gigantesco y sumergió la cabeza para esquivar a un gorrión que se lanzaba en picado.

Claro que no, contestó Eragon.

Saphira lo miró desde debajo del agua. *¿Eso era una ironía?*

Eragon chasqueó la lengua y lo dejó estar. Echó un vistazo a la otra canoa y vio cómo remaba Arya, con la espalda perfectamente recta y el rostro inescrutable mientras flotaba entre una telaraña de luz veteada junto a los árboles cubiertos de musgo.

—Lifaen —preguntó en voz baja para que no lo oyera Orik—, ¿por qué Arya es tan... desgraciada? Tú y...

Los hombros de Lifaen se tensaron bajo la túnica rojiza, y contestó en un susurro tan bajo que Eragon apenas lo oyó:

—Tenemos el honor de servir a Arya Dröttningu. Ha sufrido más de lo imaginable por defender a nuestro pueblo. Celebramos con alegría lo que ha conseguido con Saphira y en nuestros sueños lloramos por su sacrificio... y su pérdida. Sin embargo, sus penas son sólo suyas, y no puedo revelarlas sin su permiso.

Sentado junto a la fogata del campamento nocturno, mientras acariciaba un fragmento de musgo que parecía al tacto como la piel de un conejo, Eragon oyó una conmoción en el interior del bosque. Intercambió una mirada con Saphira y Orik y avanzó a rastras hacia el sonido, con *Zar'roc* desenfundada.

Eragon se detuvo al borde de un pequeño barranco y miró al otro lado, donde un girohalcón con un ala quebrada se agitaba en un lecho de perlillas de zarza. El raptor se quedó quieto al ver a Eragon y luego abrió el pico y soltó un aullido desgarrador.

Qué terrible destino no poder volar, dijo Saphira.

265

Cuando llegó Arya, miró al girohalcón y luego armó el arco y, con certera puntería, le clavó una flecha en el pecho. Al principio Eragon creyó que lo había hecho para obtener comida, pero luego vio que no hacía nada por cobrar la pieza ni por recuperar la flecha.

—¿Por qué? —le preguntó.

Con dura expresión, Arya desarmó el arco.

—La herida era tan grave que no se la podía curar y hubiera muerto esta misma noche o mañana. Así es la naturaleza de las cosas. Le he ahorrado horas de sufrimiento.

Saphira agachó la cabeza y tocó el hombro de Arya con el morro. Luego regresó al campamento, arrancando la corteza de los árboles con su cola. Cuando Eragon echó a andar tras ella, notó que Orik le daba un tirón de la manga y se agachó para oír lo que decía el enano en voz baja:

—Nunca le pidas ayuda a un elfo, ¿eh?; podría decidir que más te vale estar muerto.

La invocación de Dagshelgr

Aunque estaba cansado por el ejercicio del día anterior, Eragon se obligó a levantarse antes del amanecer con la intención de ver dormir a alguno de los elfos. Para él se había convertido en un juego descubrir cuándo se levantaban los elfos, suponiendo que durmieran en algún momento, pues nunca había logrado ver a uno con los ojos cerrados. Aquel día tampoco fue la excepción.

—Buenos días —dijeron Narí y Lifaen desde lo alto.

Eragon alzó la cabeza y vio que cada uno estaba en la copa de un pino, a casi cinco metros de altura. Saltando de rama en rama con elegancia felina, los elfos bajaron a tierra y se pusieron a su lado.

—Estábamos haciendo guardia —explicó Lifaen.

—¿Por qué?

Arya salió de detrás de un árbol y dijo:

—Por mis miedos. Du Weldenvarden tiene muchos misterios y peligros, sobre todo para un Jinete. Llevamos miles de años viviendo aquí, y en algunos lugares quedan viejos hechizos aún activos; la magia impregna el aire, el agua y la tierra. En algunos lugares ha afectado a los animales. A veces aparecen criaturas extrañas deambulando por el bosque, y no todas son amistosas.

—¿Están...?

Eragon se detuvo al notar que el gedwëy ignasia temblaba. El collar con un martillo de plata que le había regalado

Gannel se calentó en su pecho, y empezó a notar que el hechizo del amuleto absorbía sus energías.

Alguien estaba intentando invocarlo.

«¿Será Galbatorix?», se preguntó. Agarró el collar y lo puso por fuera de la túnica, dispuesto a arrancárselo de un tirón si se sentía demasiado débil. Desde el otro lado del campamento, Saphira acudió corriendo a su lado y colaboró con sus reservas de energía.

Al cabo de un rato, el calor abandonó el martillo y lo dejó frío al contacto con la piel de Eragon. Éste lo sostuvo sobre la palma de la mano y luego volvió a meterlo bajo la ropa. En ese momento Saphira dijo: *Nuestros enemigos nos están buscando.*

¿Enemigos? ¿No podría ser alguien de Du Vrangr Gata?

Creo que Hrothgar debió de avisar a Nasuada de que había ordenado a Gannel que te preparase este collar hechizado... Incluso es probable que se le ocurriera a ella misma.

Arya frunció el ceño cuando Eragon le explicó lo que había ocurrido.

—Ahora todavía me parece más importante que lleguemos pronto a Ellesméra para que puedas reemprender tu formación. En Alagaësia las cosas pasan más despacio, y temo que no tengas el tiempo suficiente para tus estudios.

Eragon quería seguir hablando de eso, pero con las prisas por desarmar el campamento perdió la ocasión. En cuanto estuvieron cargadas las canoas y apagado el fuego, siguieron desplazándose hacia arriba por el Gaena.

Apenas llevaban una hora en el agua cuando Eragon notó que el río se ensanchaba y se volvía más profundo. Unos minutos después llegaron a la cascada que esparcía por Du Weldenvarden su característico murmullo vibrante. La catarata tendría unos treinta metros de altura y se despeñaba sobre un acantilado de piedra rematado por un peñasco en lo alto, imposible de escalar.

—¿Cómo pasamos al otro lado?

Ya sentía la fría salpicadura en la cara.

Lifaen señaló hacia la orilla izquierda, a cierta distancia de la cascada, donde se veía un sendero que subía por la empinada cuesta.

—Hemos de llevar a cuestas las canoas y las provisiones durante media legua, hasta que se aclare el río.

Los cinco desataron los fardos que descansaban entre los asientos de las canoas y dividieron las provisiones en montones para metérselas en las bolsas.

—Uf —dijo Eragon al sopesar su carga.

Era casi el doble de lo que solía llevar cuando viajaba a pie.

Podría remontar el río volando... y llevarme toda la carga, propuso Saphira, al tiempo que se arrastraba hasta la orilla enfangada y se sacudía para secarse.

Cuando Eragon repitió su propuesta, Lifaen respondió horrorizado:

—Ni se nos ocurriría usar un dragón como bestia de carga. Sería una deshonra para ti, Saphira; también para Eragon como Shur'tugal. Y pondría en duda nuestra hospitalidad.

Saphira resopló, y de su nariz brotó un penacho de llamas que calentó la superficie del río y creó una nube de vapor. *Qué tontería.* Alargó una pierna escamosa hacia Eragon, pasó los talones por las correas de las bolsas y despegó hacia las alturas. *¡Pilladme si podéis!*

Un repique de risa clara rompió el silencio, como el trino de un ruiseñor. Sorprendido, Eragon se volvió y miró a Arya. Era la primera vez que la oía reír; le encantaba ese sonido. La elfa sonrió a Lifaen:

—Si crees que le puedes decir a un dragón lo que debe y no debe hacer, tienes mucho que aprender.

—Pero la deshonra...

—Si Saphira lo hace por su propia voluntad, no hay deshonra alguna —afirmó Arya—. Bueno, vayámonos sin perder más tiempo.

Con la esperanza de que el esfuerzo no despertara su dolor de espalda, Eragon alzó la canoa con Lifaen y se la echó a los hombros. Tenía que confiar en la guía del elfo durante todo el camino, pues sólo alcanzaba a ver la tierra bajo sus pies.

Una hora más tarde habían llegado a lo alto de la cuesta y siguieron andando más allá de las peligrosas aguas blancas hacia el lugar donde el Gaena parecía de nuevo tranquilo y cristalino. Allí los esperaba Saphira, ocupada en pescar en las aguas poco profundas, hundiendo su cabeza triangular en el agua como una garza.

Arya la llamó y se dirigió a ella y Eragon:

—Detrás del próximo recodo está el lago Ardwen y, en su orilla oeste, Sílthrim, una de nuestras ciudades mayores. Desde allí, una vasta extensión de bosques nos separa de Ellesméra. Cerca de Sílthrim nos encontraremos con muchos elfos. Sin embargo, no quiero que os vean hasta que hayamos hablado con la reina Islanzadí.

¿Por qué?, preguntó Saphira, haciéndose eco de los pensamientos de Eragon.

Con su acento musical, Arya contestó:

—Vuestra presencia representa un cambio grande y terrible para nuestro reino, y esos cambios son peligrosos si no se manejan con cuidado. La reina ha de ser la primera en veros. Sólo ella tiene autoridad y sabiduría para supervisar la transición.

—Hablas de ella con respeto —comentó Eragon.

Al oírle, Narí y Lifaen se quedaron quietos y vigilaron a Arya con mirada atenta. Su rostro empalideció y luego adoptó una pose orgullosa.

—Nos ha liderado bien... Eragon, ya sé que llevas una capa con capucha de Tronjheim. Hasta que nos libremos de

269

posibles observadores, ¿te importa ponértela y mantener la cabeza cubierta para que nadie pueda ver tus orejas redondas y saber que eres humano? —Eragon asintió—. Y tú, Saphira, tienes que esconderte durante el día y desplazarte tras nosotros por la noche. Ajihad me contó que así lo hiciste en el Imperio.

Y lo odié a cada momento, gruñó la dragona.

—Será sólo hoy y mañana. Luego ya estaremos lejos de Sílthrim y no tendremos que preocuparnos por ningún encuentro importante —prometió Arya.

Saphira clavó sus ojos celestes en Eragon. *Cuando huimos del Imperio, juré que siempre estaría cerca de ti para protegerte. Cada vez que me voy, pasa algo malo: Yazuac, Daret, Dras-Leona, los esclavistas.*

En Teirm no pasó nada.

¡Ya sabes a qué me refiero! Me molesta especialmente dejarte porque no puedes defenderte solo con la espalda lastimada.

Confío en que Arya y los demás me mantendrán a salvo. ¿Tú no?

Saphira dudó. *Me fío de Arya.* Se ladeó, caminó por la orilla del río, se quedó un momento sentada y luego volvió. *Muy bien.* Anunció su aceptación a Arya y añadió: *Pero sólo esperaré hasta mañana por la noche, por mucho que en ese momento estéis en medio de Sílthrim.*

—Lo entiendo —dijo Arya—. Aun así, deberás tener cuidado al volar por la noche, pues los elfos ven con claridad, salvo en la oscuridad total. Si te ven por casualidad, podrían atacarte con magia.

Fantástico, comentó Saphira.

Mientras Orik y los elfos volvían a cargar las canoas, Eragon y Saphira exploraron el bosque en penumbra en busca de un escondrijo aceptable. Escogieron un hoyo seco rodeado de rocas despeñadas y cubierto por un lecho de pinaza que parecía suave al tacto de los pies. Saphira se enroscó en el fondo y asintió. *Ya os podéis ir. Estaré bien aquí.*

Eragon se abrazó a su cuello, con cuidado de no clavarse sus pinchos, y luego partió con reticencia, sin dejar de mirar atrás. Al llegar al río, se echó por encima la capa antes de reemprender el viaje.

El aire estaba quieto cuando apareció ante su vista el lago Ardwen y, en consecuencia, el vasto manto de agua estaba liso y llano, un espejo perfecto para los árboles y las nubes. La ilusión era tan inmaculada que Eragon se sintió como si mirara por una ventana y viera otro mundo, con la sensación de que si seguían adelante, las canoas caerían sin fin por el cielo reflejado. Se estremeció al pensarlo.

En la brumosa distancia, abundantes botes de corteza de abedul se desplazaban a lo largo de ambas orillas, como zancudos de agua, impulsados a una velocidad increíble por la fuerza de los elfos. Eragon agachó la cabeza y tiró del borde de la capucha para estar seguro de que le tapaba la cara.

Su lazo con Saphira se fue volviendo cada vez más tenue a medida que se iban separando, hasta que apenas los conectaba una brizna de pensamiento. Al anochecer ya no notaba su presencia, por mucho que esforzara al límite la mente. De repente, Du Weldenvarden le pareció más solitario y desolado.

Cuando se cerró la noche, un racimo de luces blancas —instaladas a cualquier altura concebible entre los árboles— brotó un kilómetro y medio más allá. Fantasmagóricas y misteriosas en la noche, las chispas brillaban con el fulgor blanco de la luna.

—Ahí está Sílthrim —dijo Lifaen.

Con un débil chapoteo pasó un barco junto a ellos en dirección contraria, y el elfo que lo dirigía murmuró:

—Kvetha Fricai.

Arya acercó su canoa a la de Eragon.

—Pasaremos aquí la noche.

271

Acamparon algo alejados del lago, donde la tierra estaba suficientemente seca para poder dormir en ella. Las hordas feroces de mosquitos obligaron a Arya a pronunciar un hechizo protector para que pudieran cenar con relativa comodidad.

Luego los cinco se sentaron en torno al fuego y se quedaron mirando las llamas doradas. Eragon apoyó la cabeza en un árbol y contempló un meteorito que cruzaba el cielo. Estaba a punto de cerrar los párpados cuando le llegó una voz femenina desde los bosques de Sílthrim, un leve susurro que acariciaba el aire en sus oídos, como una pelusa de pluma. Frunció el ceño y estiró el cuerpo con la intención de oír mejor el tenue murmullo.

Como un hilo de humo que se espesa cuando el fuego recién encendido cobra vida, la voz se hizo más fuerte hasta que el bosque entero empezó a susurrar una melodía fascinante y retorcida que oscilaba arriba y abajo con una salvaje sensación de abandono. Más voces se unieron en aquella canción sobrenatural, adornando el tema original con cientos de variaciones. El mismo aire parecía temblar con la textura de aquella música tempestuosa.

La médula de Eragon se estremeció con un sobresalto de euforia y miedo provocado por aquella cadencia fantasiosa; nubló sus sentidos y lo arrastró hacia el terciopelo de la noche. Seducido por las notas fascinantes, se puso en pie de un salto, dispuesto a echar a correr por el bosque hasta que encontrara la fuente de aquellas voces, listo para bailar entre los árboles y el musgo, capaz de cualquier cosa con tal de poderse unir al deleite de los elfos. Sin embargo, antes de que pudiera moverse, Arya lo agarró de un brazo y de un tirón lo encaró a ella.

—¡Eragon! ¡Despéjate la mente! —Él luchó en un inútil intento de soltarse—. ¡Eyddr eyreya onr! —¡Vacía tus oídos!

Todo quedó en silencio, como si se hubiera vuelto sordo. Dejó de resistirse y miró a su alrededor, preguntándose qué había ocurrido. Al otro lado del fuego, Lifaen y Narí forcejeaban en silencio con Orik.

—Dejadme en paz —gruñó Orik.

Lifaen y Narí alzaron las manos y dieron un paso atrás.

—Perdón, Orik-vodhr —dijo Lifaen.

Arya miró hacia Sílthrim.

—He contado mal los días. No quería estar cerca de la ciudad durante el Dagshelgr. Nuestras fiestas saturnales, nuestras celebraciones, son peligrosas para los mortales. Cantamos en el idioma antiguo, y las letras trazan hechizos de pasión y añoranza que resultan difíciles de resistir incluso para nosotros mismos.

Narí se agitó, inquieto.

—Deberíamos estar en algún manglar.

—Cierto —accedió Arya—. Pero cumpliremos con nuestra obligación y esperaremos.

Tembloroso, Eragon se sentó más cerca del fuego y deseó que Saphira estuviera cerca. Estaba seguro de que ella habría protegido su mente de la influencia de la música.

—¿Para qué sirve el Dagshelgr? —preguntó.

Arya se sentó en el suelo junto a él, con sus largas piernas cruzadas.

—Sirve para mantener el bosque sano y fértil. Cada primavera cantamos a los árboles, a las plantas y a los animales. Sin nosotros, Du Weldenvarden sería la mitad de grande. —Como si quisieran reforzar lo que acababa de decir, pájaros, ciervos, ardillas rojas y grises, tejones rayados, zorros, conejos, lobos, ranas, sapos, tortugas y todos los demás animales cercanos abandonaron sus escondrijos y echaron a correr alocados entre una cacofonía de chillidos y aullidos—. Buscan pareja —explicó Arya—. Por todo Du Weldenvarden, en todas nuestras ciudades, los elfos cantan esta can-

273

ción. Cuantos más participan, más fuerte es el hechizo y más se agrandará Du Weldenvarden ese año.

Eragon echó las manos hacia atrás al ver que un trío de erizos pasaban lentamente junto a su muslo. Todo el bosque vibraba con el ruido. «He entrado en la tierra de los cuentos de hadas», pensó mientras se rodeaba con los brazos.

Orik se acercó al fuego y alzó la voz por encima del clamor.

—Por mi barba y mi hacha, no permitiré que la magia me controle en contra de mi voluntad. Si vuelve a ocurrir, Arya, juro por la faja de piedra de Helzvog que regresaré a Farthen Dûr y tendrás que enfrentarte a la ira del Dûrgrimst Ingeitum.

—No era mi intención que experimentaras el Dagshelgr —dijo Arya—. Te pido perdón por mi error. De todos modos, aunque os estoy protegiendo del hechizo, no podéis evitar la magia en Du Weldenvarden. Lo impregna todo.

—Mientras no me enloquezca la mente...

Orik meneó la cabeza y toqueteó el mango de su hacha mientras miraba a las bestias sombrías que atestaban la oscuridad, más allá de la luz de la fogata.

Esa noche no durmió nadie. Eragon y Orik permanecieron despiertos por el estruendo aterrador y por los animales que pasaban en todo momento junto a sus tiendas; los elfos, porque seguían escuchando la canción. A Lifaen y Narí les dio por caminar trazando círculos interminables, mientras que Arya se quedó mirando fijamente en dirección a Sílthrim con expresión de ansia, la parda piel de los pómulos tensa y tirante.

Cuando llevaban cuatro horas de ruido y movimiento, Saphira descendió en picado del cielo, con un extraño brillo en los ojos. *El bosque está vivo* —dijo—. *Y yo estoy viva. Mi*

sangre arde como nunca. Arde como la tuya cuando piensas
en Arya. ¡Ahora... lo entiendo!

Eragon le apoyó una mano en un hombro y notó los
temblores que recorrían su cuerpo; los costados vibraban
mientras tarareaba la música. Saphira se aferró a la tierra
con sus zarpas de marfil, los músculos encogidos y tensos en
un supremo esfuerzo por permanecer quieta. La punta de la
cola se agitaba como si estuviera a punto de saltar.

Arya se levantó y se unió a Eragon, al otro lado de Saphira. La elfa apoyó también una mano en el hombro de la
dragona, y los tres se enfrentaron a la oscuridad, unidos por
una cadena viva.

Cuando rompió el alba, lo primero que observó Eragon
fue que todos los árboles tenían brotes de agujas verdes en la
punta de las ramas. Se inclinó, examinó los zarzales de perlilla que había a sus pies y descubrió que todas las plantas, ya
fueran grandes o pequeñas, habían crecido durante la noche.
El bosque vibraba por la plenitud de sus colores; todo estaba
lustroso, fresco y limpio. Olía como si acabara de llover.

Saphira se sacudió junto a Eragon y dijo: *Ha pasado la*
fiebre; vuelvo a ser yo misma. He sentido unas cosas... Era
como si el mundo naciera de nuevo y yo ayudara a crearlo
con el fuego de mis extremidades.

¿Cómo estás? Por dentro, quiero decir.

Necesitaré algo de tiempo para entender lo que he sen-
tido.

Como había cesado la música, Arya retiró el hechizo que
protegía a Eragon y Orik. Luego dijo:

—Lifaen. Narí. Id a Sílthrim y conseguid caballos para
los cinco. No podemos ir andando desde aquí hasta Ellesméra. De paso, avisad a la capitana Damítha que Ceris necesita
refuerzos.

Narí hizo una reverencia.

—¿Y qué le decimos cuando pregunte por qué hemos abandonado nuestro puesto de vigilancia?

—Decidle que ha ocurrido lo que en otro tiempo esperó y temió; que el wyrm se ha mordido la cola. Lo entenderá.

Los dos elfos partieron hacia Sílthrim después de sacar las provisiones de los botes. Tres horas después, Eragon oyó el crujido de una ramita y, al alzar la mirada, vio que regresaban por el bosque montados en orgullosos sementales blancos y llevaban otros cuatro caballos idénticos detrás. Las magníficas bestias se movían entre los árboles con extraño sigilo, y sus pelajes brillaban en la penumbra esmeralda. Ninguno de ellos llevaba silla o arnés.

—Blöthr, blöthr —murmuró Lifaen.

Su corcel se detuvo y hurgó la tierra con sus oscuras pezuñas.

—¿Todos vuestros caballos son tan nobles como éstos? —preguntó Eragon.

Se acercó a uno con cautela, asombrado por su belleza. Los animales eran apenas unos pocos palmos más altos que un poni, de modo que les resultaba fácil abrirse camino entre los troncos cercanos. No parecía que Saphira les diera miedo.

—No todos —se rió Narí, meneando su cabellera plateada—, pero sí la mayoría. Hace muchos siglos que los criamos.

—¿Cómo se supone que he de montarlo?

—Los caballos de los elfos —explicó Arya— responden instantáneamente a las ordenes pronunciadas en el idioma antiguo; dile adónde quieres ir y te llevará. Pero no lo maltrates con golpes o malas palabras, porque no son esclavos nuestros, sino amigos y socios. Cargan contigo sólo mientras lo consientan; montar en uno de ellos es un gran privilegio. Yo sólo pude salvar el huevo de Saphira de Durza porque nuestros caballos entendieron que pasaba algo raro y se detuvieron para no caer en su emboscada... No te dejarán caer salvo que tú mismo te tires deliberadamente, y tienen mucha habilidad para escoger el sendero más rápido y seguro en tierras traicioneras. Los Feldûnost de los enanos son iguales.

—Tienes razón —gruñó Orik—. Un Feldûnost es capaz de subirte y bajarte por un acantilado sin un solo rasguño. Pero ¿cómo vamos a llevar la comida y todo lo demás sin alforjas? No voy a montar cargado con una mochila.

Lifaen soltó un montón de bolsas de cuero a los pies de Orik y señaló al sexto caballo.

—Ni falta que hace.

Les costó una hora preparar las provisiones en las bolsas y cagarlas en una pila abultada sobre la grupa del caballo. Luego, Narí explicó a Eragon y Orik las palabras que podían usar para dirigir a los caballos:

277

—«Gánga fram» para ir adelante; «blöthr» para parar; «hlaupa» si necesitas correr y «gánga aptr» para ir hacia atrás. Podréis dar instrucciones más precisas si aprendéis más del antiguo idioma. —Acompañó a Eragon hasta un caballo y le dijo—: Éste es *Folkvír*. Enséñale una mano.

Eragon lo hizo, y el caballo resopló con las fosas nasales bien abiertas. *Folkvír* olisqueó la palma de la mano de Eragon, luego la tocó con el morro y le permitió acariciarle el grueso cuello.

—Bien —dijo Narí.

Luego repitió la misma operación con Orik y el siguiente caballo.

Cuando Eragon montó en *Folkvír*, Saphira se acercó. Eragon la miró y notó que seguía inquieta por lo que había ocurrido durante la noche.

Un día más, le dijo.

Eragon... —La dragona hizo una pausa—. *Mientras es-*

taba bajo el hechizo de los elfos, se me ocurrió algo; algo que siempre me había parecido poco importante, pero ahora me crece por dentro como una montaña de terror negro: toda criatura, no importa cuán pura o monstruosa sea, tiene una pareja de su misma especie. Sin embargo, yo no la tengo. —Se estremeció y cerró los ojos—. En ese sentido, estoy sola.

Aquella afirmación recordó a Eragon que apenas tenía ocho meses de vida. Por lo general, no se le notaba la edad por la influencia de los instintos y recuerdos heredados, pero en aquella cuestión tenía aun menos experiencia que él, con sus leves aproximaciones al romance en Carvahall y Tronjheim. La pena invadió a Eragon, pero la reprimió antes de que pudiera colarse en su conexión mental. Saphira hubiera despreciado esa emoción: no servía para resolver su problema, ni la haría sentirse mejor. Por eso dijo: *Galbatorix todavía tiene dos huevos de dragón. En nuestra primera audiencia con Hrothgar dijiste que querías rescatarlos. Si podemos...*

Saphira resopló con amargura. *Podría costar años, y aunque consiguiéramos recuperar los huevos, no tengo ninguna garantía de que vayan a salir del cascarón, ni de que sean machos, ni de que alguno sea mi pareja. El destino ha abandonado mi raza a la extinción.* Soltó un latigazo frustrado con la cola y partió en dos un pimpollo. Parecía peligrosamente a punto de echarse a llorar.

¿Qué te puedo decir? —preguntó Eragon, inquieto por su desánimo—. *No debes renunciar a la esperanza. Queda una oportunidad de que encuentres pareja, pero has de tener paciencia. Incluso si no funciona lo de los huevos de Galbatorix, en algún otro lugar del mundo debe de haber dragones, igual que humanos, elfos y úrgalos. En cuanto nos libremos de nuestras obligaciones, te ayudaré a buscarlos. ¿De acuerdo?*

De acuerdo —resopló ella. Echó la cabeza hacia atrás y soltó una vaharada de humo blanco que se dispersó entre las ramas—. *Ya sé que no debería dejar que las emociones se apoderen de mí.*

Tonterías. Para no sentirte así, tendrías que ser de piedra. Es perfectamente normal... Pero prométeme que no te regodearás en eso mientras estés sola.

Ella fijó en él un gigantesco ojo de zafiro. *No lo haré.* Eragon sintió la calidez en sus entrañas al percibir que Saphira le agradecía la tranquilidad y el compañerismo. Inclinándose desde la grupa de *Folkvír*, le apoyó una mano en la áspera mejilla y la dejó allí un momento. *Venga, pequeñajo,* —murmuró ella—. *Te veo luego.*

Eragon odiaba dejarla en ese estado. Con cierta reticencia, se adentró en el bosque con Orik y los elfos en dirección al oeste, al corazón de Du Weldenvarden. Después de darle vueltas durante una hora al dilema de Saphira, se lo mencionó a Arya.

Unas débiles arrugas recorrieron el ceño fruncido de Arya.

—Es uno de los peores crímenes de Galbatorix. No sé si hay alguna solución, pero podemos tener esperanza. Hemos de tenerla.

La ciudad de pino

*E*ragon llevaba tanto tiempo en Du Weldenvarden que ya empezaba a anhelar la presencia de claros, campos, e incluso montañas, en vez de aquellos infinitos troncos de árboles y la escasa maleza. Sus vuelos con Saphira no ofrecían alivio, pues sólo revelaban montes de un verde espinoso que se extendían sin pausa en la distancia como un mar de verde.

A menudo, las ramas eran tan espesas en lo alto que resultaba imposible determinar por dónde salía y se ponía el sol. Eso, combinado con el paisaje repetitivo, daba a Eragon la sensación de estar perdido sin remedio, por mucho que Arya y Lifaen se esforzaran en mostrarle los puntos cardinales. Sabía que, de no ser por los elfos, podía deambular por Du Weldenvarden el resto de su vida sin encontrar jamás el camino.

Cuando llovía, las nubes y el dosel del bosque los sumían en una profunda oscuridad, como si estuvieran sepultados en el hondo subsuelo. El agua se recogía en las negras agujas de los pinos y luego goteaba y se derramaba desde treinta metros o más sobre sus cabezas, como un millar de pequeñas cascadas. En esos momentos, Arya invocaba una brillante esfera de magia verde que flotaba sobre su mano y aportaba la única luz en el bosque cavernoso. Se detenían y se apiñaban bajo un árbol hasta que pasaba la tormenta, pero incluso entonces el agua atrapada en la miríada de ramas les caía encima como una ducha, a la menor provocación, durante las siguientes horas.

A medida que se adentraban con sus caballos en el corazón de Du Weldenvarden, los árboles eran más gruesos y altos, y también parecían más separados para dar cabida al mayor tamaño de sus ramas. Los troncos —palos desnudos de color marrón que se alzaban hacia el techo entrecruzado, difuso y oscurecido por las sombras— medían más de sesenta metros, más que cualquier árbol de las Vertebradas o de las Beor. Eragon caminó en torno a la circunferencia de uno de ellos y calculó que mediría más de veinte metros de ancho.

Se lo comentó a Arya, y ésta asintió y dijo:

—Significa que estamos cerca de Ellesméra. —Alargó una mano y la apoyó con levedad en una raíz retorcida que tenía a su lado, como si acariciara con total delicadeza el hombro de un amigo o amante—. Estos árboles se cuentan entre las más antiguas criaturas vivientes de Alagaësia. Los elfos los amamos desde que vimos por primera vez Du Weldenvarden, y hemos hecho todo lo posible para contribuir a su crecimiento. —Una tenue cinta de luz rasgó las polvorientas ramas de color esmeralda en lo alto y bañó su brazo y su rostro de oro líquido, cegadoramente brillante contra el fondo opaco—. Hemos llegado lejos juntos, Eragon, pero ahora estás a punto de entrar en mi mundo. Muévete con suavidad, pues la tierra y el aire están cargados de recuerdos y nada es lo que parece. No vueles hoy con Saphira, dado que ya hemos despertado ciertas alarmas que protegen Ellesméra. No sería muy inteligente apartarse del camino.

Eragon inclinó la cabeza y se retiró al lado de Saphira, que estaba tumbada en un lecho de musgo y se divertía soltando hilos de humo por la nariz y contemplando cómo desaparecían trazando espirales. Sin mayor preámbulo, la dragona dijo: *Ahora hay mucho sitio para mí en la tierra. No tendré ninguna dificultad.*

Bien. Eragon montó en *Folkvír* y siguió a Orik y a los elfos, que se adentraban aun más en el bosque vacío y silencioso. Saphira lo siguió a rastras. Tanto ella como los caballos blancos refulgían en la sombría penumbra.

Eragon se detuvo, sobrecogido por la belleza del entorno. Todo transmitía la sensación de una era invernal, como si nada hubiera cambiado bajo las agujas del techo durante mil años, ni fuera a cambiar en el futuro; el tiempo mismo parecía haberse rendido a un sueño del que nunca despertaría.

A última hora de la tarde, se disipó la penumbra y apareció ante ellos un elfo envuelto en un brillante rayo de luz que descendía desde el cielo. Llevaba ropas holgadas y tenía una circunferencia plateada en la frente. El rostro era viejo, noble y sereno.

—Eragon —murmuró Arya—. Muéstrale la palma de la mano y el anillo.

Eragon se quitó el guante de la mano derecha y alzó ésta de tal modo que se pudiera ver el anillo de Brom y luego el gedwëy ignasia. El elfo sonrió, cerró los ojos y abrió los brazos en señal de bienvenida. Mantuvo la postura.

—El camino queda abierto —dijo Arya.

Tras una suave orden, su corcel avanzó. Rodearon al elfo como rodea el agua la base de una roca, y cuando ya habían pasado todos, éste estiró el cuerpo, dio una palmada y desapareció en cuanto dejó de existir la luz que lo había iluminado hasta entonces.

¿Quién es?, preguntó Saphira.

Arya contestó:

—Es Gilderien *el Sabio*, príncipe de la Casa Miolandra, depositario de la Llama Blanca de Vándil y guardián de Ellesméra desde los tiempos de Du Fyrn Skulblaka, nuestra guerra con los dragones. Nadie puede entrar en la ciudad sin su permiso.

Casi medio kilómetro más allá, el bosque clareó un poco y empezaron a abrirse huecos en su techado, permitiendo que unos puntales de luz moteada trazaran unas barras sobre el camino. Luego pasaron bajo dos árboles fornidos que juntaban sus copas y se detuvieron al borde de un claro vacío.

El suelo estaba repleto de densos grupos de flores. El tesoro fugaz de la primavera se amontonaba en rosas, jacintos y lirios, como si fueran pilas de rubíes, zafiros y ópalos. Sus aromas intoxicantes atraían hordas de abejorros. A la derecha, un arroyuelo borboteaba tras una hilera de rosales, mientras un par de ardillas se perseguían alrededor de una roca.

Al principio a Eragon le pareció como un lugar donde pudieran acostarse los ciervos a pasar la noche. Pero al seguir mirándolo, empezó a descubrir senderos escondidos entre la maleza y los árboles; una luz suave y cálida donde normalmente debería haber sombras castañas; un extraño patrón en la forma de las ramitas, ramas grandes y flores, tan sutil que era casi imposible de detectar: indicios de que lo que estaba viendo no era del todo natural. Pestañeó y la visión cambió de pronto, como si le hubieran colocado ante los ojos una lente y todas las formas se volvieran reconocibles. Eran caminos, sí. Y flores también. Pero lo que había tomado por bosquecillos de árboles grumosos y retorcidos eran en realidad gráciles edificios que crecían directamente en los pinos.

Un árbol tenía la base tan ancha que, antes de hundir sus raíces en el suelo, conformaba una casa de dos pisos. Los dos pisos eran hexagonales, aunque el superior tenía la mitad de anchura que el primero, lo cual daba a la casa un aspecto escalonado. Los techos y las paredes estaban hechos de láminas de madera envueltas en torno a seis gruesos caballetes. El musgo y el liquen amarillo jalonaban los aleros y pendían sobre enjoyadas ventanas que daban a ambos lados. La puerta delantera era una misteriosa silueta negra retranqueada bajo un arco lleno de símbolos cincelados en la madera.

Había otra casa anidada entre tres pinos, pegados a ella por medio de una serie de ramas curvadas. Reforzada por aquellos contrafuertes volantes, la casa tenía cinco pisos de altura, ligeros y airosos. Junto a ella había un enramado hecho de sauce y cornejos, del que pendían antorchas apagadas que parecían llagas de la madera.

Cada uno de aquellos edificios únicos realzaba y complementaba su entorno, fundiéndose sin fisuras con el resto del bosque de tal modo que resultaba imposible detectar dónde empezaba el artificio y dónde proseguía la naturaleza. Ambas se equilibraban a la perfección. En vez de someter el medio, los elfos habían escogido aceptar el mundo como era y adaptarse a él.

Los habitantes de Ellesméra se revelaron finalmente en un remolino de movimientos a la vista de Eragon, como agujas de pinaza revoloteadas por la brisa. Luego captó el movimiento de alguna mano, un pálido rostro, un pie calzado con sandalias, un brazo alzado. De uno en uno, algunos elfos aparecieron a la vista, con sus ojos almendrados fijos en Saphira, Arya y Eragon.

Las mujeres llevaban el cabello suelto. Les caía por la espalda en cascadas de plata y azabache, trenzado con flores frescas, como la fuente de un jardín. Todas poseían una belleza delicada y etérea que ocultaba su fuerza inquebrantable; a Eragon le parecieron inmaculadas. Los hombres eran igual de sorprendentes con sus pómulos altos, sus narices finamente esculpidas y sus gruesos párpados. Ambos sexos se ataviaban con túnicas rústicas verdes y marrones y con flecos de oscuros tonos anaranjados, rojizos y dorados.

«Sin duda, la Gente Hermosa», pensó Eragon. Se tocó los labios para saludar.

Todos a una, los elfos doblaron la cintura en una reve-

rencia. Luego sonrieron y se rieron con felicidad desatada.
Entre ellos, una mujer cantó:

Gala O Wyrda brunhvitr,
Abr Berundal vandr-fódhr,
Burthro laufsblädar ekar undir,
Eom kona dauthleikr...

Eragon se tapó los oídos con ambas manos, temiendo que
la melodía fuera un hechizo como el que había oído en Sílthrim, pero Arya meneó la cabeza y alzó las manos.

—No es magia. —Luego se dirigió al caballo—: Gánga.
—El semental soltó un suave relincho y echó a trotar—.
Soltad vuestros corceles. Ya no los necesitamos, y se mere-
cen descansar en nuestros establos.

La canción sonó con más fuerza mientras Arya avanzaba
por un sendero hecho de adoquines de turmalina verde que
serpenteaba entre las malvas róseas, las casas y los árboles
antes de cruzar finalmente un arroyo. Los elfos bailaban en
torno al grupo mientras ellos caminaban revoloteando de un
lado a otro según su capricho, riéndose y saltando de vez en
cuando a una rama para pasarles por encima. Alababan a
Saphira con nombres como «Zarpazos», «Hija del Aire y del
Fuego» y «Fuerte».

285

Eragon sonrió, complacido y encantado. «Aquí podría vivir», pensó con sensación de paz. Encerrado en Du Weldenvarden, a la vez escondido y al aire abierto, a salvo del resto
del mundo... Sí, sin duda le gustaba mucho Ellesméra, más
que cualquier ciudad de los enanos. Señaló una vivienda situada en un pino y preguntó a Arya:

—¿Cómo se hace eso?

—Cantamos al bosque en el idioma antiguo y le damos
nuestra fuerza para que crezca con la forma que deseamos.
Todos nuestros edificios y utensilios se hacen así.

El sendero terminaba entre una red de raíces que conformaban escalones, como charcos limpios de tierra. Ascendían hasta una puerta encastrada en un muro de pimpollos. El corazón de Eragon se aceleró cuando se abrió una puerta, aparentemente por su propia voluntad, y reveló una plaza arbolada. Cientos de ramas se fundían para formar un techo de celosía. Debajo había doce sillas alineadas a lo largo de las paredes laterales.

En ellas reposaban veinticuatro caballeros y damas.

Eran sabios y hermosos, con semblantes suaves sin rastro de edad y ojos entusiastas que brillaban de excitación. Se inclinaron hacia delante, agarrados a los brazos de las sillas, y miraron fijamente al grupo de Eragon con asombro y esperanza. Al contrario que los demás elfos, llevaban al cinto espadas en cuyas empuñaduras relucían los granates y berilos, y las frentes adornadas con diademas.

A la cabeza de la asamblea había un pabellón blanco que daba sombra a un trono de raíces nudosas. En él estaba sentada la reina Islanzadí. Era bella como un ocaso de otoño, orgullosa e imperial, con dos cejas oscuras rasgadas como alas alzadas al viento, los labios brillantes y rojos como zarzas y una melena de medianoche recogida bajo una diadema de diamantes. La túnica era carmesí. Rodeaba sus caderas una faja de oro trenzado. Y la capa de terciopelo que se cerraba en torno al cuello caía hasta el suelo en lánguidos pliegues. Pese a su planta imponente, la reina parecía frágil, como si escondiera un gran dolor.

Junto a su mano había un cilindro curvado con una cruceta grabada. Un cuervo blanco se aposentaba en ella y cambiaba la garra de apoyo una y otra vez con impaciencia. El pájaro alzó la cabeza y repasó a Eragon con una inteligencia asombrosa, luego soltó un largo y grave graznido y aulló:

—¡Wyrda!

Eragon se estremeció por la fuerza de aquella única palabra graznada. La puerta se cerró tras ellos seis cuando entraron en el vestíbulo y se acercaron a la reina. Arya se arrodilló en el suelo cubierto de musgo y fue la primera en hacer una reverencia; la siguieron Eragon, Orik, Lifaen y Narí. Incluso Saphira, que nunca había hecho una reverencia a nadie, ni siquiera a Ajihad o a Hrothgar, agachó la cabeza.

Islanzadí se levantó y descendió del trono, arrastrando la capa tras ella. Se detuvo delante de Arya, le apoyó sus manos temblorosas en los hombros y dijo con un potente vibrato:

—Levántate.

Arya se levantó, y la reina estudió su cara con creciente intensidad, hasta tal punto que pareció que intentara descifrar un oscuro texto.

Al fin, Islanzadí soltó una exclamación, abrazó a Arya y dijo:

—Ah, hija mía, qué males te he causado.

287

La reina Islanzadí

*E*ragon se arrodilló ante la reina de los elfos y sus consejeros en aquella fantástica sala hecha de troncos de árboles vivos, en una tierra casi mítica, y sólo una impresión llenaba su cabeza: «¡Arya es una princesa!». De alguna manera todo encajaba, pues siempre había tenido un aire altivo, pero a Eragon le provocó cierta amargura porque eso establecía otra barrera más entre ellos cuando ya estaba a punto de superarlas todas. La revelación le llenaba la boca del sabor de las cenizas. Recordó la profecía de Angela, según la cual amaría a alguien de cuna noble..., y el aviso de que no podía saber si terminaría bien o mal.

Notó que Saphira también se sorprendía y luego lo encontraba divertido. *Parece que hemos viajado acompañados por la realeza sin saberlo*, le dijo.

¿Por qué no nos lo habrá dicho?

Tal vez implicara correr más peligros.

—Islanzadí Dröttning —dijo Arya, con formalidad.

La reina se apartó como si la hubieran pinchado y luego repitió en el lenguaje antiguo:

—Ah, hija mía, qué males te he causado. —Se tapó la cara—. Desde que desapareciste, apenas he podido dormir y comer. Me perseguía tu destino, y temía no volverte a ver. Alejarte de mi presencia fue el error más grande que jamás he cometido... ¿Podrás perdonarme?

Los elfos reunidos se agitaron asombrados.

La respuesta de Arya tardó en llegar, pero al fin dijo:

—Durante setenta años he vivido y amado, luchado y matado sin hablar jamás contigo, madre. Nuestras vidas son largas, pero aun así, no es un período breve.

Islanzadí se puso tiesa y alzó la barbilla. Un temblor la recorrió.

—No puedo deshacer el pasado, Arya, por mucho que lo desee.

—Ni puedo yo olvidar lo que he soportado.

—No deberías. —Islanzadí tomó las manos de su hija—. Arya, te quiero. Eres mi única familia. Vete si debes hacerlo, pero salvo que quieras renunciar a mí, quisiera que nos reconciliáramos.

Durante un terrible momento, pareció que Arya no iba a contestar, o aun peor, que fuera a rechazar la oferta. Eragon vio que dudaba y lanzaba un rápido vistazo a la audiencia. Luego agachó la cabeza y dijo:

—No, madre. No podría irme.

Islanzadí sonrió insegura y abrazó de nuevo a su hija. Esta vez Arya le devolvió el gesto, y asomaron las sonrisas entre los elfos reunidos.

El cuervo blanco saltó en su cruceta, gorjeando:

—Y en la puerta grabaron para siempre lo que desde entonces fue el lema familiar: «Desde ahora nos vamos a adorar».

—Calla, Blagden —dijo Islanzadí al cuervo—. Guárdate los ripios para ti. —La reina se desprendió del abrazo y se volvió hacia Eragon y Saphira—. Debéis perdonarme por ser descortés e ignoraros, pues sois nuestros más importantes invitados.

Eragon se llevó una mano a los labios y luego dobló la mano derecha sobre el esternón, tal como le había enseñado Arya:

—Islanzadí Dröttning. Atra esterní ono thelduin. —No le cupo la menor duda de que debía hablar primero.

289

Islanzadí abrió de par en par sus ojos negros.

—Atra du evarínya ono varda.

—Un atra mor'ranr lífa unin hjarta onr —replicó Eragon, completando así el ritual.

Notó que los elfos se sorprendían del conocimiento que mostraba de sus costumbres. En su mente, escuchó a Saphira repetir su saludo a la reina.

Cuando la dragona terminó, Islanzadí pergunptó:

—¿Cómo te llamas, dragona?

Saphira.

Un brillo de reconocimiento apareció en el rostro de la reina, pero no hizo ningún comentario.

—Bienvenida a Ellesméra, Saphira. ¿Y tú, Jinete?

—Eragon Asesino de Sombra, majestad.

Esta vez, una agitación audible recorrió a los elfos sentados tras ellos; incluso Islanzadí parecía asustada.

—Tienes un nombre poderoso —dijo con suavidad—. No solemos ponérselo a nuestros hijos... Bienvenido a Ellesméra, Eragon Asesino de Sombra. Hace mucho que te esperamos. —Avanzó hacia Orik, lo saludó, regresó a su trono y se echó sobre un brazo la capa de terciopelo—. Doy por hecho, por tu presencia entre nosotros, Eragon, tan poco tiempo después de la captura del huevo de Saphira, así como por el anillo que llevas en la mano y la espada que hay en tu cinto, que Brom ha muerto y que tu formación con él no llegó a completarse. Quiero oír toda la historia, incluida la caída de Brom y cómo llegaste a conocer a mi hija, o cómo te conoció ella a ti, según sea. Luego escucharé qué misión te trae aquí y el relato de tus aventuras, Arya, desde la emboscada en Du Weldenvarden.

Eragon había relatado sus experiencias anteriormente, de modo que no tuvo problema para repetírselas a la reina. En las pocas ocasiones en que su memoria fallaba, Saphira pudo aportarle la descripción exacta de los sucesos. En diversos momentos permitió que fuera ella quien lo contara. Cuando hubieron terminado, Eragon sacó de su bolsa el pergamino de Nasuada y se lo entregó a Islanzadí.

La reina tomó el pergamino enrollado, rompió el sello rojo de cera y, al terminar de leer la misiva, suspiró y cerró brevemente los ojos.

—Ahora veo la profundidad de mi estupidez. Mi dolor hubiera terminado mucho antes si no hubiera retirado a mis soldados e ignorado a los mensajeros de Ajihad cuando supe que habían emboscado a Arya. Nunca tendría que haber culpado a los vardenos por su muerte. Para mi avanzada edad, todavía soy demasiado estúpida...

Siguió un largo silencio, pues nadie se atrevió a mostrarse de acuerdo o en contra. Invocando su coraje, Eragon dijo:

—Como Arya ha regresado viva, ¿aceptarás ayudar a los vardenos como antes? En caso contrario, Nasuada no puede triunfar. Y yo he jurado apoyar su causa.

—Mi pelea con los vardenos ya es polvo en el viento —dijo Islanzadí—. No temas; la ayudaremos como hicimos antaño y más todavía gracias a ti y a tu victoria sobre los úrgalos. —Se inclinó hacia delante apoyada en un brazo—. ¿Me das el anillo de Brom, Eragon? —Sin dudarlo, él se quitó el anillo y se lo ofreció a la reina, que lo tomó de la palma de su mano con sus dedos delgados—. No deberías haberlo llevado, Eragon, pues no fue hecho para ti. Sin embargo, por la ayuda que has prestado a los vardenos y a mi familia, te nombro Amigo de los Elfos y te confiero este anillo, Aren, de modo que todos los elfos, dondequiera que vayas, sabrán que mereces su confianza y su ayuda.

Eragon dio las gracias y volvió a ponerse el anillo, muy consciente de la mirada fija de la reina, que seguía posada en él con una inquietante agudeza para estudiarlo y analizarlo. Se sentía como si ella supiera cualquier cosa que fuera a hacer o decir.

291

—Hace muchos años que no recibimos en Du Welden-varden noticias como las tuyas. Estamos acostumbrados a un estilo de vida más lento que en el resto de Alagaësia, y me inquieta que puedan ocurrir tantas cosas tan rápidamente sin llegar a mis oídos.

—¿Y mi formación?

Eragon lanzó una furtiva mirada a los elfos sentados, preguntándose cuál de ellos sería Togira Ikonoka, el ser que había entrado en contacto con su mente y le había librado de la terrible influencia de Durza después de la batalla de Farthen Dûr, el mismo que le había animado a viajar hasta Ellesméra.

—Empezará en su debido momento. Sin embargo, temo que instruirte sea inútil mientras persista tu enfermedad. Salvo que logres superar la magia de Sombra, quedarás reducido a la condición de títere. Tal vez aún seas útil, pero sólo como sombra de la esperanza que hemos cultivado durante más de un siglo. —Islanzadí hablaba sin reproches, pero sus palabras golpearon a Eragon como un martillazo. Sabía que tenía razón—. No eres culpable de tu situación, y me duele decir estas cosas, pero debes entender la gravedad de tu incapacidad... Lo siento.

Luego, Islanzadí se dirigió a Orik:

—Ha pasado mucho desde que el último de los tuyos entró en nuestros salones, enano. Eragon-finiarel ha explicado el porqué de tu presencia, pero ¿tienes algo que añadir?

—Sólo un saludo de mi rey, Hrothgar, y la petición, ya innecesaria, de que reanudes el contacto con los vardenos. Aparte de eso, estoy aquí para asegurarme de que se honre el pacto que Brom forzó entre vosotros y los humanos.

—Nosotros cumplimos nuestras promesas, tanto si las pronunciamos en este lenguaje como en el antiguo. Acepto los saludos de Hrothgar y se los devuelvo del mismo modo. —Finalmente, tal como Eragon estaba seguro de que deseaba hacer desde que llegaran, Islanzadí miró a Arya y preguntó—: Bueno, hija, ¿qué te pasó?

Arya empezó a contar, en un tono continuo, primero su captura y luego su largo aprisionamiento y tortura en Gil'ead. Saphira y Eragon habían ocultado deliberadamente los detalles de sus abusos, pero Arya no parecía encontrar dificultad en el recuento de aquello a lo que se había visto sometida. Sus descripciones, carentes de emoción, provocaron en Eragon la misma rabia que la primera visión de sus heridas. Los elfos permanecieron en completo silencio durante todo el relato de Arya, aunque agarraban las espadas y sus rostros se endurecían con finas arrugas de rabia fría. Una sola lágrima rodó por la mejilla de Islanzadí.

Luego, un ágil caballero de los elfos caminó sobre el musgoso césped que quedaba entre las sillas.

—Sé que hablo por todos nosotros, Arya Dröttningu, al decir que mi corazón arde de pena por tus sufrimientos. Es un crimen sin perdón, mitigación o reparación posible, y Galbatorix debe ser castigado por él. Además, estamos en deuda contigo por mantener la ubicación de nuestras ciudades oculta a Sombra. Pocos de nosotros hubiéramos podido resistirle tanto tiempo.

—Gracias, Däthedr-vor.

Luego habló Islanzadí, y su voz resonó como una campana entre los árboles.

—Basta. Nuestros invitados esperan de pie y están cansados, y llevamos demasiado rato hablando de cosas malas. No permitiré que se estropee la ocasión por regodearnos en las heridas del pasado. —Una gloriosa sonrisa iluminó su cara—. Mi hija ha vuelto, han aparecido una dragona y su Jinete, y quiero que lo celebremos del modo adecuado.

Se levantó, alta y magnífica con su túnica carmesí, y dio una palmada. Tras ese sonido, cubrieron las sillas y el pabellón cientos de lirios y rosas que caían desde seis metros más arriba como coloridos copos de nieve y llenaban el aire de su densa fragancia.

No ha usado el idioma antiguo, observó Eragon.

Se dio cuenta de que, mientras todo el mundo estaba ocupado con las flores, Islanzadí tocaba gentilmente a Arya en un hombro y murmuraba en un tono casi inaudible:

—No habrías sufrido tanto si hubieses seguido mi consejo. Tenía razón cuando me opuse a tu decisión de aceptar el yawë.

—Era una decisión mía.

La reina se detuvo y luego asintió y extendió un brazo.

—Blagden.

Con un aleteo, el cuervo voló desde su percha y aterrizó en su hombro izquierdo. Todos los miembros de la asamblea hicieron una reverencia mientras Islanzadí avanzaba hacia el fondo del salón y abría la puerta para que entraran los cientos de elfos que había fuera, tras lo cual pronunció una breve declaración en el idioma antiguo que Eragon no entendió. Los elfos soltaron vítores y echaron a correr en todas direcciones.

—¿Qué ha dicho? —susurró Eragon a Narí.

Éste sonrió.

—Que abran nuestros mejores toneles y enciendan las hogueras para cocinar, porque ésta será una noche de fiestas y canciones. ¡Ven!

Tomó a Eragon de la mano y tiró de él tras la reina, que se abría paso entre los enmarañados pinos y los brotes de fríos helechos. Mientras ellos habían estado encerrados, el sol había descendido en el cielo, empapando el bosque con una luz ambarina que se aferraba a los árboles y a las plantas como una capa de grasa brillante.

Supongo que te habrás dado cuenta —dijo Saphira— *de que Evandar, el rey mencionado por Lifaen, debe de ser el padre de Arya.*

Eragon estuvo a punto de tropezar. *Tienes razón... Y eso significa que lo mató Galbatorix, o tal vez los Apóstatas.*

Círculos encerrados en círculos.

Se detuvieron en la cresta de una pequeña colina, donde un grupo de elfos había instalado una larga mesa sobre caballetes, rodeada de sillas. En torno a ellos, el bosque vibraba de actividad. A medida que se acercaba el anochecer, el alegre brillo de las fogatas parecía esparcirse por toda Ellesméra, empezando por una hoguera encendida cerca de la mesa.

Alguien pasó a Eragon una copa hecha de la misma madera extraña que había descubierto en Ceris. Se bebió su claro licor y luego boqueó al notar que le ardía la garganta. Sabía a sidra especiada y mezclada con aguamiel. La poción le provocó un cosquilleo en las puntas de los dedos y en las orejas, así como una maravillosa sensación de claridad.

—¿Qué es esto? —preguntó a Narí.

Éste se echó a reír.

—¿El faelnirv? Lo destilamos a partir de bayas de saúco e hilachas de rayos de luna. Si es necesario, un hombre fuerte puede pasarse tres días viajando sin consumir otra cosa.

Saphira, tienes que probarlo. Ella olisqueó la copa, abrió la boca y permitió que Eragon le echara el resto del faelnirv. Abrió mucho los ojos y agitó la cola.

¡Qué gustazo! ¿Hay más?

Antes de que Eragon pudiera contestar, Orik se plantó ante ellos con pasos fuertes.

—La hija de la reina... —masculló, meneando la cabeza—. Ojalá pudiera contárselo a Hrothgar y a Nasuada. Les encantaría saberlo.

Islanzadí se sentó en una silla de respaldo alto y dio otra palmada. Del interior de la ciudad salió un cuarteto de elfos con instrumentos musicales. Los primeros llevaban dos arpas de madera de cerezo; el tercero, un juego de flautas de caña; y la cuarta, tan sólo su voz, que aplicó de inmediato a una canción juguetona que pronto bailó en sus oídos.

Eragon apenas captaba una de cada tres palabras, pero lo que entendió le provocó una sonrisa. Era la historia de un ciervo que no podía beber en un estanque porque una urraca no dejaba de molestarle.

Mientras escuchaba, Eragon echó un vistazo alrededor y descubrió a una chiquilla que rondaba detrás de la reina. Cuando volvió a mirarla, vio que su melena abultada no era plateada, como la de muchos elfos, sino blanqueada por la edad, y tenía la cara marchita y recorrida por arrugas como una manzana seca. No era una elfa, ni una enana, ni siquiera —según le pareció a Eragon— humana. Le sonrió, y Eragon creyó haber visto una fila de dientes afilados.

Cuando calló la cantante y las flautas y laúdes llenaron el silencio, Eragon vio que se le acercaban montones de elfos que querían conocerlo a él y, según observó, más todavía a Saphira. Los elfos se presentaban con leves reverencias y se tocaban los labios con los dedos índice y corazón, a lo que Eragon respondía con el mismo gesto, entre infinitas repeticiones de las fórmulas para el saludo en el idioma antiguo. Interrogaban a Eragon con educadas preguntas acerca de sus gestas, pero reservaban el grueso de la conversación para Saphira.

Al principio, a Eragon le gustó dejar que hablara Saphira, pues era el primer lugar en que alguien se interesaba por conversar con ella. Pero pronto se aburrió de que lo ignorasen; se había acostumbrado a que la gente le escuchara. Sonrió compungido, desanimado al comprobar en qué medida había llegado a dar por hecha la atención de los demás desde que se uniera a los vardenos, y se obligó a relajarse y disfrutar de la celebración.

Poco tardó el aroma de la comida en impregnar aquel claro, y aparecieron los elfos cargados con bandejas llenas de delicadezas. Aparte de las hogazas de pan caliente y pilas de pequeños pasteles redondos de miel, todos los demás platos eran de fruta, verduras y bayas. Sobre todo predominaban las bayas en todas sus formas: desde una sopa de arándanos hasta la salsa de frambuesa, pasando por una mermelada de moras. Había un cuenco de manzanas cortadas, empapadas en sirope y adornadas con fresas salvajes junto a un pastel de setas relleno de espinacas, tomillo y grosellas.

No había nada de carne, pescado o aves, lo cual seguía sorprendiendo a Eragon. En Carvahall y en cualquier otro lugar del Imperio, la carne era un símbolo de estatus y de lujo. Cuanto más oro tuvieras, más a menudo podías permitirte comer ternera y otras carnes. Incluso la nobleza menor consumía carne en todas las comidas. Lo contrario era señal de déficit en sus cofres. Y sin embargo, los elfos no suscribían esa filosofía, pese a su obvia riqueza y a la facilidad de cazar por medio de la magia.

Los elfos se acercaron a la mesa con un entusiasmo que sorprendió a Eragon. Pronto estuvieron todos sentados: Islanzadí a la cabeza con Blagden, el cuervo; Däthedr a su izquierda; Arya y Eragon a su derecha; Orik frente a ellos; y luego todos los demás, incluidos Narí y Lifaen. En el otro extremo de la mesa no había ninguna silla; sólo un enorme plato tallado para Saphira.

A medida que avanzaba la cena, todo se disolvió en torno a Eragon en una bruma de charla y alborozo. Estaba tan atrapado por la fiesta que perdió la conciencia del tiempo y sólo oía las risas y las palabras de aquel idioma ajeno que revoloteaban sobre su cabeza, así como el cálido brillo que el faelnirv dejaba en su estómago. La escurridiza música de las arpas suspiraba y susurraba al borde de su capacidad auditiva y le provocaba estremecimientos de excitación en el costado. De vez en cuando se distraía con la perezosa mirada rasgada de la mujer-niña, que parecía concentrarse en él con una obcecada intensidad, incluso mientras comía.

Aprovechando una pausa en la conversación, Eragon se volvió hacia Arya, que apenas había pronunciado una docena de palabras. No dijo nada; se limitó a mirarla y a preguntarse quién era realmente.

Arya se agitó.

—Ni siquiera lo sabía Ajihad.

—¿Qué?

—Fuera de Du Weldenvarden, no confesé mi identidad a nadie. Brom la conocía porque me conoció aquí, pero la mantuvo en secreto a petición mía.

Eragon se preguntó si se lo estaba contando por cumplir con un deber o porque se sentía culpable por haberlos engañado a él y a Saphira.

—Brom dijo una vez que lo que los elfos callaban era más importante que lo que decían.

—Nos entendía bien.

—Pero ¿por qué? ¿Pasaba algo si lo sabía alguien?

Esta vez fue Arya quien dudó.

—Cuando salí de Ellesméra, no tenía ningunas ganas de que me recordasen mi posición. Tampoco parecía relevante para mi tarea con los vardenos y los enanos. No tenía nada que ver con la persona en que me había convertido... Con quien soy ahora.

Miró a la reina.

—A Saphira y a mí nos lo podrías haber dicho.

Arya pareció torcer el gesto al percibir un reproche en su voz.

—No tenía ninguna razón para sospechar que mi relación con Islanzadí había mejorado, y decíroslo no hubiera cambiado nada. Mis pensamientos son sólo míos, Eragon.

Éste se sonrojó por la alusión: ¿por qué había de confiar ella, diplomática, princesa, elfa y mayor que él, su padre y su abuelo juntos, quienesquiera que éstos fuesen, en él, que apenas era un humano de diecisiete años?

—Al menos —murmuró— te has arreglado con tu madre.

Ella mostró una extraña sonrisa.

—¿Acaso tenía otra opción?

En ese momento, Blagden saltó del hombro de Islanzadí y correteó por la mesa, agachando la cabeza a ambos lados en un remedo de reverencia. Se detuvo ante Saphira, soltó una tos burda y graznó:

> Los dragones tienen garras
> Para atacar a degüello.
> Los dragones tienen cuello
> Igual que las jarras.
> Las usa para beber el cuervo,
> ¡mientras el dragón se come un ciervo!

299

Los elfos se quedaron quietos con expresión mortificada mientras esperaban la reacción de Saphira. Tras un largo silencio, la dragona alzó la vista de su pastel de membrillo y soltó una nube de humo que envolvió a Blagden. *También como pajarillos*, dijo proyectando su pensamiento de modo que lo oyera todo el mundo. Al fin los elfos se echaron a reír mientras Blagden se tambaleaba hacia atrás, graznando indignado y aleteando para despejar el aire.

—Debo pedir perdón por los versos malvados de Blagden —dijo Islanzadí—. Siempre ha sido muy lenguaraz, pese a nuestros esfuerzos por domarlo.

Se aceptan las disculpas, dijo Saphira con calma, y regresó a su pastel.

—¿De dónde ha salido? —preguntó Eragon, deseoso de encontrar un tema de conversación más cordial con Arya, pero llevado también por la curiosidad.

—Blagden —explicó Arya— le salvó en una ocasión la

vida a mi padre. Evandar peleaba con un úrgalo cuando tropezó y perdió la espada. Antes de que el úrgalo pudiera atacar, un cuervo voló hacia él y le picoteó los ojos. Nadie sabe por qué lo hizo el pájaro, pero la distracción permitió a Evandar recuperar el equilibrio y ganar la batalla. Como mi padre siempre fue generoso, dio las gracias al cuervo con la bendición de un hechizo que le concedía inteligencia y una larga vida. Sin embargo, la magia tuvo dos efectos que no había previsto: Blagden perdió todo el color de sus plumas y ganó la habilidad de predecir ciertos sucesos.

—¿Es capaz de ver el futuro? —preguntó Eragon, asombrado.

—¿Verlo? No. Pero tal vez pueda sentir lo que va a ocurrir. En cualquier caso, también habla con ripios, la mayoría de los cuales sólo son un montón de tonterías. Recuerda que si Blagden se te acerca y te dice algo que no sea un chiste o un juego de palabras, harás bien en tenerlo en cuenta.

Cuando hubo terminado la cena, Islanzadí se levantó —provocando un revuelo de actividad porque todos se apresuraron a imitarla— y dijo:

—Es tarde, estoy cansada y quiero regresar a mis ramas. Acompañadme, Saphira y Eragon, y os mostraré dónde podéis dormir esta noche.

La reina señaló a Arya con una mano y abandonó la mesa. Arya la siguió.

Mientras rodeaba la mesa con Saphira, Eragon se detuvo ante la mujer-niña, atrapado por sus ojos salvajes. Todos los elementos de su apariencia física, desde sus ojos hasta la enmarañada melena, pasando por los colmillos blancos, despertaron la memoria de Eragon.

—Eres una mujer gata, ¿verdad? —Ella pestañeó una vez y mostró los dientes en una sonrisa peligrosa—. Conocí a uno de los tuyos, Solembum, en Teirm y Farthen Dûr.

La sonrisa se volvió más abierta.

—Sí. Un buen elemento. A mí me aburren los humanos, pero a él le parece divertido viajar con Angela, la bruja.

Luego desvió la mirada hacia Saphira y soltó un profundo murmullo de aprecio, mitad gruñido, mitad ronroneo.

¿Cómo te llamas?, preguntó Saphira.

—Los nombres son poderosos en el corazón de Du Weldenvarden, dragona, sí que lo son. De todos modos..., entre los elfos me conocen como la Vigilanta, Zarpa Rápida y la Bailarina de Sueños, pero para ti puedo ser Maud. —Meneó su melena de rígidos mechones blancos—. Será mejor que sigáis a la reina, jovencitos; no se toma a la ligera a los tontos y a los tardones.

—Ha sido un placer conocerte, Maud —dijo Eragon.

Hizo una reverencia y Saphira agachó la cabeza. Eragon miró a Orik, preguntándose adónde lo llevarían, y luego siguió a Islanzadí.

Llegaron a la altura de la reina justo cuando ésta se detenía junto a la base de un árbol. En el tronco había una delicada escalera encastrada que ascendía en espiral hasta una serie de habitaciones globulares suspendidas en la corona del árbol por unas ramas abiertas en abanico.

Islanzadí alzó una mano con elegancia y señaló la construcción elevada.

—Tú tienes que subir volando, Saphira. Cuando crecieron las escaleras, nadie pensaba en dragones. —Luego se dirigió a Eragon—. Ahí es donde dormía el líder de los Jinetes de Dragones cuando estaba en Ellesméra. Te lo cedo ahora, pues eres el justo heredero de dicho título... Es tu herencia.

Antes de que Eragon pudiera agradecérselo, la reina avanzó deslizándose y se fue con Arya, quien sostuvo la mirada de Eragon un largo rato antes de desaparecer en las profundidades de la ciudad.

¿Vamos a ver qué clase de acomodo nos han preparado?, preguntó Saphira. Se elevó de un salto y rodeó el árbol en

un círculo cerrado, equilibrándose con la punta de un ala, perpendicular al suelo.

Cuando Eragon dio el primer paso, vio que Islanzadí había dicho la verdad: las escaleras y el árbol eran lo mismo. Bajo sus pies, la corteza estaba suave y lisa por los muchos elfos que la habían pisado, pero seguía formando parte del tronco, al igual que el balaustre de celosía retorcida que quedaba a su lado y la barandilla curvada que se deslizaba bajo su mano derecha.

Como las escaleras estaban diseñadas a la medida de la fuerza de los elfos, Eragon no estaba acostumbrado a un ascenso tan pronunciado y pronto empezaron a arderle los muslos y las pantorrillas. Al llegar arriba —tras colarse por una trampilla del suelo de una de las habitaciones—, respiraba con tal fuerza que tuvo que descansar las manos en las rodillas y doblar la cintura para boquear. Una vez recuperado, estiró el cuerpo y examinó el entorno.

Estaba en un vestíbulo circular con un pedestal en el centro, del cual salía una escultura que representaba dos antebrazos, con sus respectivas manos, que ascendían rodeándose en espiral sin llegar a tocarse. Tres puertas enteladas salían del vestíbulo: una daba a un comedor austero en el que cabrían a lo sumo diez personas; otra, a un armario con un agujero en el suelo para el que Eragon no supo discernir utilidad alguna; la última, a un dormitorio que se abría sobre la vasta extensión de Du Weldenvarden.

Eragon cogió una linterna encajada en el techo y, al entrar en el dormitorio, provocó que una gran cantidad de sombras saltaran y revolotearan como bailarines alocados. En la pared exterior había un agujero con forma de lágrima y de tamaño suficiente para que entrara por él un dragón. En la habitación había una cama, situada de tal modo que desde ella, tumbado boca arriba, podía contemplar el cielo y la luna; una chimenea de una madera gris que al tacto parecía dura y fría como el acero, como si el leño estuviera comprimido hasta alcanzar una densidad nunca vista; y una tarima enorme, de bordes bajos, instalada en el suelo y rellena de suaves mantas, para que durmiera Saphira.

Mientras Eragon lo miraba todo, Saphira trazó un círculo hacia abajo y aterrizó en el borde de la parte abierta, con las escamas relucientes como una constelación de estrellas azules. Tras ella, los últimos rayos de sol se desparramaban por el bosque y pintaban los montes y colinas con una bruma ambarina que hacía brillar la pinaza como si fuera de hierro candente y perseguía a las sombras para expulsarlas hacia el horizonte violeta. Desde aquella altura, la ciudad parecía una serie de agujeros en la voluminosa cubierta del bosque, islas de calma en un océano inquieto. El verdadero tamaño de Ellesméra quedaba ahora revelado; se extendía varios kilómetros al oeste y al norte.

Si Vrael vivía así normalmente, aún respeto más a los Jinetes —dijo Eragon—. *Es mucho más sencillo de lo que esperaba.* Toda la estructura se balanceó ligeramente en respuesta a un soplo del viento.

Saphira olisqueó las mantas. *Aún tenemos que ver Vroengard,* le advirtió, aunque Eragon notó que estaba de acuerdo con él.

Mientras cerraba la puerta de tela del dormitorio, vio con el rabillo del ojo algo que se le había escapado en la primera inspección: una escalera espiral que se enroscaba para subir en torno a una chimenea de madera oscura. Ascendió cautelosamente, con la antorcha por delante, paso a paso. Al cabo de unos seis metros, salió a un estudio amueblado con un escritorio —lleno de plumas, tinta y papel, aunque sin pergaminos— y otro rincón para el descanso de un dragón. También en la pared del fondo había una abertura para que entrara un dragón.

Saphira, ven a ver esto.

¿Cómo?

Por fuera.

Eragon se encogió al ver que una capa de corteza se astillaba y crujía bajo las zarpas de Saphira cuando ésta abandonó a rastras su lecho para subir al estudio. *¿Satisfecha?*, le preguntó cuando llegó. Saphira lo miró con sus ojos de zafiro y luego se dedicó a estudiar las paredes y los muebles.

Me pregunto —dijo— *cómo te las arreglas para conservar el calor con estas paredes abiertas.*

No lo sé. Eragon examinó las paredes al otro lado de la apertura, pasando las manos sobre las formas abstractas arrancadas al árbol por medio de las canciones de los elfos. Se detuvo al notar un saliente vertical encastrado en la corteza. Tiró de él y salió una membrana diáfana de la pared, como si hubiera tirado de un carrete. La pasó bajo el portal y encontró una segunda hendidura en la que encajar el borde de la tela. En cuanto estuvo encajada, el aire se espesó y se calentó notablemente. *Ahí tienes tu respuesta,* dijo. Soltó la tela, que se recogió soltando leves latigazos de un lado a otro.

Cuando regresaron al dormitorio, Eragon deshizo su bolsa mientras Saphira se enroscaba en su tarima. Dispuso con cuidado su escudo, los protectores de antebrazos y espinillas, la toca y el yelmo, y luego se quitó la túnica y la camisa de malla, con la parte trasera de piel. Se sentó en la cama con el pecho desnudo y estudió los eslabones engrasados, sorprendido por la similitud con las escamas de Saphira.

Lo hemos conseguido, dijo desconcertado.

Ha sido un largo viaje... pero, sí, lo hemos conseguido. Hemos tenido suerte de que no nos golpeara la desgracia por el camino.

Eragon asintió. *Ahora sabremos si merecía la pena. A veces me pregunto si no hubiéramos aprovechado mejor el tiempo ayudando a los vardenos.*

¡Eragon! Sabes que necesitamos más instrucción. Brom lo hubiera querido así. Además, merecía la pena venir hasta aquí sólo por Ellesméra e Islanzadí.

Tal vez. —Al fin, preguntó—: *¿Qué te parece todo esto?*

Saphira abrió un poco las fauces para mostrar los dientes. *No sé. Los elfos tienen aun más secretos que Brom y son capaces de hacer con la magia cosas que yo no creía posibles. No tengo idea de qué métodos usan para que sus árboles adopten estas formas, ni cómo hizo Islanzadí para que aparecieran esas flores. Me resulta totalmente incomprensible.*

Para Eragon suponía un alivio comprobar que no era el único que se sentía abrumado. *¿Y Arya?*

¿Qué pasa con ella?

Bueno, ahora sabes quién es.

Ella no ha cambiado; sólo tu percepción de quién es. Saphira cloqueó en la profundidad de su garganta, con un sonido como de piedras entrechocadas, y luego apoyó la cabeza en las patas delanteras.

Ya brillaban las estrellas en el cielo, y el suave ulular de los búhos flotaba por Ellesméra. Todo el mundo estaba en calma y silencio, como si se sumiera en el sueño de una noche líquida.

Eragon se arrastró bajo las sedosas sábanas y alargó una mano para apagar la antorcha, pero se detuvo a escasos centímetros. Ahí estaba: en la capital de los elfos, a más de treinta metros de altura, acostado en la cama que en otro tiempo ocupara Vrael.

Pensarlo ya era demasiado.

Rodó para levantarse, agarró la antorcha con una mano y a *Zar'roc* con la otra y sorprendió a Saphira al acercarse a rastras a su tarima y acurrucarse en su cálido costado. Ella ronroneó y lo tapó con un ala de terciopelo mientras él apagaba la antorcha y cerraba los ojos.

Juntos en Ellesméra, durmieron larga y profundamente.

305

Desde el pasado

*E*ragon se despertó al amanecer, bien descansado. Apoyó una mano en las costillas de Saphira, y ella alzó el ala. Se pasó las manos por el pelo, caminó hacia el precipicio que bordeaba la habitación y se apoyó en una pared lateral, notando la rugosa corteza en el hombro. Abajo, el bosque refulgía como si fuera un campo de diamantes porque cada árbol reflejaba la luz de la mañana con mil millares de gotas de rocío.

Dio un salto de sorpresa al notar que Saphira pasaba junto a él, retorciéndose como un berbiquí para ascender hacia la cubierta del bosque hasta que consiguió elevarse y trazar círculos en el cielo, rugiendo de alegría. *Buenos días, pequeñajo.* Eragon sonrió, feliz de que ella estuviera contenta.

Abrió la puerta de la habitación y se encontró dos bandejas de comida —fruta, sobre todo— que alguien había dejado junto al dintel durante la noche. Al lado de las bandejas había un fardo de ropa con una nota escrita en un papel. A Eragon le costó descifrar la fluida escritura, pues llevaba más de un mes sin leer y había olvidado algunas letras, pero al fin entendió lo que decía:

Saludos, Saphira Bjartskular y Eragon Asesino de Sombra.

Yo, Bellaen, de la Casa Miolandra, con toda la humildad te pido perdón, Saphira, por esta comida insatisfactoria. Los elfos no cazamos, y no hay manera de obtener carne en Ellesméra, ni en ninguna de nuestras otras ciudades. Si lo deseas, puedes hacer como solían los dragones de antaño y cazar lo que te parezca en Du Weldenvarden. Sólo te pedimos que abandones tus piezas en el bosque para que nuestro aire y nuestra agua permanezcan impolutos de sangre.

Eragon, la ropa es para ti. La tejió Niduen, de la casa de Islanzadí, y te la regala.

Que la fortuna gobierne vuestros días,
La paz anide en vuestro corazón
Y las estrellas vigilen vuestro camino.

Bellaen du Ljödhr

Cuando Eragon leyó el mensaje a Saphira, ésta contestó: *No importa; después de la cena de ayer, puedo pasar un tiempo sin comer nada.* Sin embargo, sí se había tragado unos cuantos pasteles de semillas. *Sólo para no parecer maleducada,* explicó.

Cuando hubo terminado de desayunar, Eragon llevó el fardo de ropa hasta su cama, lo deshizo con cuidado y se encontró dos túnicas largas y rojizas, bordadas con verde de moras de perlilla, un juego de leotardos para calentarse las pantorrillas y tres pares de calcetines tan suaves que le parecieron líquidos al tacto cuando los recorrió con las manos. La calidad de la tela hubiera avergonzado a las tejedoras de Carvahall, así como a quienes habían tejido la ropa de enano que llevaba hasta entonces.

Eragon agradeció las nuevas vestiduras. Su propia túnica y sus bombachos estaban por desgracia desgastados por el viaje, tras semanas de exposición a la lluvia y al sol desde que salieran de Farthen Dûr. Se desnudó, se cubrió con una de las lujosas túnicas y disfrutó de su textura sedosa.

Acababa de atarse las botas cuando alguien llamó a la puerta de la habitación.

—Adelante —dijo, al tiempo que cogía a *Zar'roc*.

Orik asomó la cabeza y luego entró con cuidado, comprobando que el suelo resistiera bajo sus pasos. Miró el techo.

—Siempre preferiré una cueva, en vez de uno de estos nidos de pájaro. ¿Qué tal has pasado la noche, Eragon? ¿Y tú, Saphira?

—Bastante bien. ¿Y tú? —preguntó Eragon.

—He dormido como una roca. —El enano soltó una risita por el chiste que acababa de hacer y luego hundió el mentón en la barba y toqueteó la cabeza de su hacha—. Como veo que ya has comido, te voy a pedir que me acompañes. Arya, la reina y un montón de elfos te esperan en la base del árbol. —Clavó los ojos en Eragon con una mirada de mal genio—. Está pasando algo que no nos han contado. No estoy seguro de qué quieren de ti, pero es importante. Islanzadí está tensa como un lobo arrinconado... Me ha parecido que debía avisarte de antemano.

Eragon le dio las gracias y luego los dos bajaron por las escaleras mientras Saphira se deslizaba hasta el suelo por el aire. Al llegar abajo, los recibió Islanzadí, ataviada con un manto de alborotadas plumas de cisne que parecían nieve de invierno apilada en el pecho de un cardenal. Los saludó y añadió:

—Seguidme.

El camino los llevó al borde de Ellesméra, donde había pocos edificios y los caminos, de poco usados, apenas se veían. En la base de un montículo arbolado, Islanzadí se detuvo y anunció con voz terrible:

—Antes de proseguir, los tres debéis jurar en el idioma antiguo que nunca hablaréis con extraños de lo que vais a ver, al menos no sin mi permiso, el de mi hija o el de quien nos suceda en el trono.

—¿Y por qué debo amordazarme yo mismo? —preguntó Orik.

Eso, ¿por qué? —dijo Saphira—. *¿No os fiáis de nosotros?*

—No es cuestión de confianza, sino de seguridad. Hemos de proteger este conocimiento a cualquier coste, pues es nuestra mayor ventaja sobre Galbatorix, y si estáis comprometidos por el idioma antiguo, nunca revelaréis el secreto voluntariamente. Orik-vodhr, has venido a supervisar la formación de Eragon. Si no me das tu palabra, ya puedes volverte a Farthen Dûr.

Al fin, Orik contestó:

—Creo que no deseáis ningún mal a los enanos ni a los vardenos; si no, en ningún caso lo aceptaría. Y entiendo por el honor de tu familia y de tu clan que esto no es una trama para engañarnos. Explícame qué he de decir.

Mientras la reina enseñaba a Orik la correcta pronunciación de la frase deseada, Eragon preguntó a Saphira: *¿Debo hacerlo?*

¿Tenemos otra opción? Eragon recordó que Arya le había preguntado lo mismo el día anterior y empezó a presentir lo que quería decir: la reina no dejaba espacio para maniobrar.

Cuando terminó Orik, Islanzadí miró expectante a Eragon. Éste dudó, pero al fin pronunció el juramento, al igual que Saphira.

—Gracias —dijo Islanzadí—. Ahora podemos proceder.

En lo alto del montículo, los árboles cedían su lugar a un lecho de tréboles rojos que se extendían unos cuantos metros hasta el borde de un precipicio de piedra. El precipicio se alargaba cinco kilómetros en cada dirección y caía unos trescientos metros hacia el bosque, que luego se extendía hasta fundirse con el cielo. Parecía que estuvieran en el límite del mundo y contemplaran una infinita vastedad de bosques.

Conozco este sitio, se dio cuenta Eragon, recordando su visión de Togira Ikonoka.

Zum. El aire tembló por la fuerza de la sacudida. *Zum.* Otro golpe seco y los dientes de Eragon castañetearon. *Zum.* Se tapó los oídos con los dedos para protegerlos de la presión de aquellas lanzas. Los elfos permanecían inmóviles. *Zum.* Los tréboles se cimbrearon bajo una repentina ráfaga de viento.

Zum. Desde la parte baja del precipicio ascendió un enorme dragón dorado con un Jinete a su espalda.

Condena

$\mathcal{R}$oran fulminó a Horst con la mirada. Estaban en la habitación de Baldor. Roran estaba sentado en la cama, escuchando al herrero, que decía:

—¿Qué esperabas que hiciera? Cuando te desmayaste, ya no pudimos atacar. Además, los hombres no estaban en condiciones de pelear. No se les puede culpar. Yo mismo estuve a punto de morderme la lengua cuando vi a esos monstruos. —Horst agitó al aire su desordenada melena—. Nos han arrastrado a uno de esos cuentos antiguos, Roran, y eso no me gusta nada. —Roran permanecía con expresión pétrea—. Mira, puedes matar a los soldados si quieres, pero antes has de recuperar las fuerzas. Tendrás muchos voluntarios; la gente se fía de ti al pelear, sobre todo desde que ayer derrotaste aquí a los soldados.

Al ver que Roran seguía callado, Horst suspiró, le dio una palmada en el hombro bueno y abandonó la habitación, cerrando la puerta tras de sí.

Roran ni siquiera pestañeó. En su vida, hasta entonces, sólo le habían importado tres cosas: su familia, su hogar en el valle de Palancar y Katrina. El año anterior habían aniquilado a su familia. La granja estaba derruida y quemada, aunque todavía le quedaba la tierra, que era lo más importante.

Pero Katrina ya no estaba.

Un sollozo ahogado superó el nudo de hierro que tenía en la garganta. Se enfrentaba a un dilema que le desgarraba las mismísimas entrañas: la única manera de rescatar a Katrina era perseguir de algún modo a los Ra'zac y dejar atrás el valle de Palancar, pero no podía irse de Carvahall y abandonar a los soldados. Ni podía olvidar a Katrina.

«Mi corazón, o mi hogar», pensó con amargura. Ninguna de las dos cosas tenía el menor valor sin la otra. Si mataba a los soldados, sólo evitaría el regreso de los Ra'zac, acaso con Katrina. Además, la matanza no tendría ningún sentido si estaban a punto de llegar los refuerzos, pues su aparición marcaría sin duda la derrota de Carvahall.

Roran apretó los dientes porque del hombro vendado surgía una nueva oleada de dolor. Cerró los ojos. «Ojalá se coman a Sloan igual que a Quimby.» Ningún destino le parecía demasiado terrible para el traidor. Roran lo maldijo con los más oscuros juramentos.

«Incluso si pudiera abandonar Carvahall, ¿cómo iba a encontrar a los Ra'zac? ¿Quién sabe dónde viven? ¿Quién se atrevería a delatar a los siervos de Galbatorix?» Mientras se debatía con el problema, lo abrumó el desánimo. Se imaginó en una de aquellas grandes ciudades del Imperio, explorando sin rumbo entre edificios sucios y hordas de desconocidos, en busca de una pista, un atisbo, una pizca de su amor.

No tenía sentido.

Un río de lágrimas fluyó, y Roran dobló la cintura, gruñendo por la fuerza de la agonía y del miedo. Se balanceaba, sin ver otra cosa que la desolación del mundo.

Hubo de pasar un tiempo infinito para que los sollozos de Roran se convirtieran en débiles quejidos de protesta. Se secó los ojos y se obligó a tomar una profunda y temblorosa bocanada de aire.

«Tengo que pensar», se dijo.

Se apoyó en la pared e, impelido por la pura fuerza de su voluntad, empezó a dominar paulatinamente las emociones desobedientes, luchando con ellas para someterlas a lo único que podía salvarlo de la locura: la razón. El cuello y los hombros temblaban por la violencia de sus esfuerzos.

Una vez recuperado el control, Roran ordenó cuidadosamente sus pensamientos, como un artesano que organizara en limpias hileras todos sus utensilios. «Tiene que haber una solución escondida entre mis pensamientos, pero he de ser creativo.»

No podía seguir por aire a los Ra'zac. Eso estaba claro. Alguien tendría que decirle dónde encontrarlos; entre todos aquellos a quienes podía preguntar, tal vez fueran los vardenos quienes más supieran. En cualquier caso, le iba a costar tanto encontrarlos a ellos como a los profanadores, y no podía perder tanto tiempo en la búsqueda. Sin embargo... Una vocecilla escondida en su mente le recordó los rumores que había oído a cazadores de pieles y comerciantes, según los cuales Surda apoyaba en secreto a los vardenos.

Surda. El país quedaba al fondo del Imperio, o eso había oído Roran, pues nunca había visto un mapa de Alagaësia. En condiciones ideales, llegar a caballo costaría varias semanas, o más todavía si tenía que esconderse de los soldados. Por supuesto, el medio de transporte más rápido sería un barco de vela que recorriera la costa, pero eso implicaba desplazarse hasta el río Toark y luego hasta Teirm para encontrar un barco. Demasiado largo. Y seguía sin librarse de los soldados.

«Si pudiera, si fuera capaz, si consiguiera...», murmuraba, apretando una y otra vez el puño izquierdo. El único puerto que conocía al norte de Teirm era Narda, pero para llegar a él tenía que cruzar de punta a punta las Vertebradas; una gesta que ni siquiera los cazadores de pieles habían superado.

Maldijo en voz baja. Era una conjetura inútil. «En vez de abandonar Carvahall, debería pensar en el modo de salvarla.» El problema era que ya había decidido que la aldea y quienes permanecieran en ella estaban condenados. Las lágrimas asomaron de nuevo a sus ojos. «Todos los que se queden...»

«¿Y...? ¿Y si todos los habitantes de Carvahall me acompañaran a Narda y luego a Surda?» Así cumplía sus dos deseos a la vez.

La audacia de la idea lo dejó aturdido.

Era una herejía, una blasfemia, creer que convencería a los granjeros para que abandonaran sus campos, y los comerciantes sus tiendas; y sin embargo... Y sin embargo, ¿qué alternativa les quedaba, aparte de la esclavitud o la muerte? Sólo los vardenos estarían dispuestos a refugiar a unos fugitivos del Imperio, y Roran estaba seguro de que a los rebeldes les encantaría disponer de todo un pueblo como nuevos reclutas, sobre todo aquellos que ya se habían estrenado en la batalla. Además, si se llevaba a los aldeanos, obtendría la confianza suficiente de los vardenos, que estarían dispuestos a revelarle la ubicación de los Ra'zac. «Tal vez eso explique que Galbatorix esté tan desesperado por capturarme.»

Para que funcionara el plan, sin embargo, había que ponerlo en marcha antes de que las nuevas tropas llegaran a Carvahall. Sólo quedaban unos pocos días, como mucho, para preparar la marcha de trescientas personas. Daba miedo pensar en la logística.

Roran sabía que la razón no bastaría para persuadirlos a todos; haría falta un fervor mesiánico para agitar las emociones de la gente, para lograr que sintieran en lo más profundo de sus corazones la necesidad de renunciar a cuanto rodeaba sus vidas y sus identidades. Tampoco bastaría con limitarse a instigar su miedo, pues sabía perfectamente que el miedo a menudo empujaba a pelear con más determinación. En lugar de eso, tenía que imbuirles de un sentido, de un destino, para lograr que los aldeanos creyeran, como él, que unirse a los vardenos y ofrecer resistencia a la tiranía de Galbatorix era la acción más noble del mundo.

Hacía falta una pasión capaz de no verse intimidada por las penurias, disuadida por el sufrimiento o sofocada por la muerte.

Roran vio mentalmente a Katrina plantada ante él, pálida y fantasmagórica, con sus solemnes ojos ambarinos. Recordó el calor de su piel, el especiado aroma de su cabello y la sensación que le provocaba estar con ella bajo el manto de la oscuridad. Luego, en una larga fila detrás de ella apareció la familia de Roran, los amigos, todos sus conocidos de Carvahall, vivos o muertos. «Si no fuera por Eragon y por mí, los Ra'zac no habrían venido jamás. Debo rescatar a la aldea del Imperio, igual que debo rescatar a Katrina de las manos de esos profanadores.»

Esa visión le dio energía para levantarse de la cama, aunque le ardía y punzaba el hombro herido. Se tambaleó y se apoyó en la pared. «¿Alguna vez podré volver a usar el brazo derecho?» Esperó a que cediera el dolor. Al ver que no cedía, mostró los dientes, se levantó de un empujón y salió de la habitación.

Elain estaba plegando toallas en el vestíbulo. Sorprendida, exclamó:

—¡Roran! ¿Qué haces...?

—Ven —gruñó él al pasar por su lado, tambaleándose.

Con gesto de preocupación, Baldor asomó por el umbral de una puerta.

—Roran, no deberías caminar. Has perdido demasiada sangre. Déjame ayudarte a...

—Venid.

Roran oyó que lo seguían mientras bajaba por la escalera de caracol hacia la entrada de la casa, donde Horst y Albriech estaban hablando. Lo miraron asombrados.

—Venid.

Ignoró la catarata de preguntas, abrió la puerta delantera y salió bajo la débil luz del anochecer. En lo alto había una imponente masa de nubes con encajes de oro y púrpura.

A la cabeza del pequeño grupo, Roran avanzó hasta el límite de Carvahall, repitiendo su mensaje de dos sílabas a cualquier hombre o mujer que se cruzara en su camino. Arrancó del fango una antorcha montada en una pértiga, giró sobre sí mismo y desanduvo el camino hasta el centro del pueblo. Allí plantó la antorcha entre sus dos pies, alzó el brazo izquierdo y rugió:

—¡Venid!

La voz resonó en todo el pueblo. Siguió llamándolos mientras la gente salía de las casas y de los sombríos callejones y empezaba a reunirse en torno a él. Muchos tenían curiosidad; otros, pena; algunos, asombro; y otros, enfado. Una y otra vez, el canto de Roran llegó hasta el valle. Apareció Loring, con sus hijos en fila tras él. Por el lado contrario llegaron Birgit, Delwin y Fisk con su mujer, Isold. Morn y Tara salieron juntos de la taberna y se unieron al grupo de espectadores.

Cuando ya tenía a casi todo Carvahall delante, Roran guardó silencio y tensó el puño izquierdo de tal modo que se le clavaron las uñas en la palma. «Katrina». Alzó la mano, la abrió y mostró a todo el mundo las lágrimas encarnadas que goteaban por su brazo.

—Esto —les dijo— es mi dolor. Miradlo bien, porque será vuestro si no derrotamos la maldición que nos ha enviado el caprichoso destino. Atarán a vuestros amigos y parientes con cadenas y los destinarán a la esclavitud en tierras extranjeras, o los matarán ante vuestros ojos, abiertos en canal por los filos despiadados de las armas de los soldados. Galbatorix sembrará nuestra tierra con sal para que quede estéril para siempre. Lo he visto. Lo sé.

Caminaba de un lado a otro como un lobo enjaulado, con

el ceño fruncido, y meneaba la cabeza. Había captado su interés. Ahora necesitaba avivarlos en un arrebato similar al suyo.

—Esos profanadores mataron a mi padre. Mi primo se ha ido. Arrasaron mi granja. Y mi prometida fue secuestrada por su propio padre, que mató a Byrd y nos traicionó a todos. Se comieron a Quimby, incendiaron el granero y las casas de Fisk y Delwin. Parr, Wyglif, Ged, Bardrick, Farold, Hale, Garner, Kelby, Melkolf, Albem y Elmund: todos asesinados. Muchos estáis heridos como yo y ya no podéis mantener a vuestras familias. ¿No teníamos suficiente con sufrir cada día de nuestra vida para arrancarle el sustento a la tierra, sometidos a los caprichos de la naturaleza? ¿No teníamos suficiente con la obligación de pagar impuestos de hierro a Galbatorix, que encima nos toca aguantar estos tormentos sin sentido?

Roran se rió como un maníaco, aulló al cielo y escuchó la locura de su propia voz. En la muchedumbre nadie se movía.

—Yo conozco la verdadera naturaleza del Imperio y de Galbatorix; ellos son el mal. Galbatorix es una plaga perversa para el mundo. Destruyó a los Jinetes y terminó con la mayor paz y prosperidad que habíamos disfrutado jamás. Sus siervos son demonios apestosos que vieron la luz en algún viejo pozo. ¿Acaso se contenta Galbatorix con aplastarnos bajo su bota? ¡No! Quiere envenenar toda Alagaësia para sofocarnos con su capa de miserias. Nuestros hijos y todos sus descendientes vivirán a la sombra de su oscuridad hasta el fin de los tiempos, convertidos en esclavos, gusanos, alimañas de cuya tortura obtendrá placer. Salvo que... —Roran miró con los ojos bien abiertos a los aldeanos, consciente del control que había obtenido sobre ellos. Nadie se había atrevido jamás a decir lo que estaba a punto de decir él. Dejó que su voz sonara grave en la garganta—. Salvo que tengamos el coraje de enfrentarnos al mal. Hemos luchado contra

317

los soldados y los Ra'zac, pero eso no significa nada si morimos solos y nos olvidan, o si nos sacan de aquí en carretas como si fuéramos muebles. No podemos quedarnos, y yo no voy a permitir que Galbatorix destruya todo aquello por lo que merece la pena vivir. Antes que verlo triunfar, preferiría que me sacaran los ojos y me cortaran las manos. ¡He escogido pelear! ¡He escogido alejarme de la tumba y dejar que se entierren en ella mis enemigos!

»He escogido abandonar Carvahall.

»Cruzaré las Vertebradas y tomaré un barco en Narda para llegar a Surda, donde me uniré a los vardenos, que llevan décadas luchando para librarnos de esta opresión. —Los aldeanos parecían impresionados por la idea—. Pero no quiero ir solo. Venid conmigo. Venid conmigo y aprovechad esta oportunidad de buscar una vida mejor. Soltad los grilletes que os atan a este lugar. —Roran señaló a quienes lo escuchaban, pasando el dedo de uno a otro—. Dentro de cien años, ¿qué nombres cantarán los labios de los bardos? Horst... Birgit... Kiselt... Thane; recitarán nuestras sagas. Cantarán la «Epopeya de Carvahall», porque seremos el único pueblo con el valor suficiente para desafiar al Imperio.

Lágrimas de orgullo brotaban de los ojos de Roran.

—¿Hay algo más noble que borrar la mancha de Galbatorix de Alagaësia? Ya no viviríamos con miedo de que nos destrocen las granjas, o de que nos maten y se nos coman. El grano que cosechamos sería para nosotros, salvo por los sobrantes que enviaríamos como regalo a algún rey justo. El oro correría por nuestros ríos y arroyos. ¡Estaríamos a salvo, felices y gordos!

»Es nuestro destino.

Roran alzó una mano ante la cara y cerró lentamente los dedos sobre las heridas sangrantes. Se quedó encorvado por el brazo herido —y crucificado por las miradas— y esperó alguna respuesta a su discurso. Nadie se acercó. Al fin se dio cuenta de que querían que siguiera; querían saber más de la causa y el futuro que les había descrito.

Katrina.

Entonces, mientras la oscuridad se apiñaba más allá del radio de luz de su antorcha, Roran se puso tieso y arrancó a hablar de nuevo. No escondió nada, sólo se esforzó por lograr que entendieran lo que pensaba y sentía para que también ellos pudieran compartir la sensación de responder a un propósito.

—Nuestra era se termina. Hemos de dar un paso adelante y unir nuestro destino al de los vardenos si queremos vivir en libertad con nuestros hijos.

Hablaba con ira, pero al mismo tiempo con dulzura y siempre con aquella ferviente convicción que mantenía en trance a su audiencia. Cuando se le terminaron las imágenes, Roran miró a la cara a sus amigos y vecinos y dijo:

—Partiré dentro de dos días. Acompañadme si queréis, pero yo me voy igual.

Agachó la cabeza y se apartó de la luz.

En lo alto, la luna menguante brillaba tras la lente de las nubes. Una leve brisa recorrió Carvahall. Una veleta de hierro crujió en un tejado para seguir la dirección del viento.

Birgit abandonó la muchedumbre y se abrió camino hasta la antorcha, alzando los bajos de su vestido para no tropezar. Con expresión apagada, se ajustó el chal.

—Hoy hemos visto... —Se detuvo, meneó la cabeza y se echó a reír con algo de vergüenza—. Me resulta difícil hablar después de Roran. No me gusta su plan, pero creo que es necesario, aunque por una razón distinta: quiero perseguir a los Ra'zac y vengar la muerte de mi marido. Iré con él. Y me llevaré a mis hijos.

También ella se apartó de la luz.

Transcurrió un minuto en silencio, y luego Delwin y su mujer, Lenna, avanzaron abrazados. Lenna miró a Birgit y dijo:

—Entiendo tu necesidad, hermana. Nosotros también queremos venganza, pero aun queremos más que nuestros hijos estén a salvo. Por esa razón iremos también con él.

Diversas mujeres cuyos maridos habían sido asesinados dieron un paso adelante y se mostraron de acuerdo.

Los aldeanos murmuraban entre ellos, pero luego se quedaron quietos y callados. Nadie parecía atreverse a hablar del asunto: era demasiado repentino. Roran lo entendió. Él mismo necesitaba tiempo para digerir las implicaciones.

Al fin, Horst se adelantó hacia la antorcha y miró la llama con rostro concentrado.

—Ya no sirve de nada seguir hablando... Necesitamos tiempo para pensar. Cada hombre debe decidir por sí mismo. Mañana... Mañana será otro día. Quizás entonces todo esté más claro.

Tras menear la cabeza, levantó la antorcha, le dio la vuelta y la clavó bocabajo para apagarla contra el suelo, dejando a todos con la luz de la luna como única guía para encontrar el camino de vuelta a casa.

Roran se unió a Albriech y Baldor, que caminaban a una discreta distancia detrás de sus padres para que pudieran hablar en privado. Ninguno de los hermanos miró a Roran. Inquieto por su falta de respuesta, Roran les preguntó:

—¿Creéis que vendrá alguien más? ¿Lo he hecho bien?

Albriech soltó un ladrido de risa:

—¿Bien?

—Roran —dijo Baldor, con una voz extraña—, esta noche hubieras convencido a un úrgalo para que se convirtiera en granjero.

—¡No!

—Cuando has terminado, estaba a punto de coger mi lanza y salir corriendo hacia las Vertebradas detrás de ti. Y no hubiera sido el único. La pregunta no es quién irá, sino quién se va a quedar. Lo que has dicho... Nunca había oído nada igual.

Roran frunció el ceño. Su intención había sido que la gente aceptara su plan, no que lo siguieran a él personalmente. «Si ha de ser así...», concluyó, encogiéndose de hombros. De todos modos, la perspectiva lo cogía por sorpresa. En otro tiempo le hubiera inquietado, pero ahora se limitaba a agradecer cualquier cosa que contribuyera a rescatar a Katrina y salvar a los aldeanos.

Baldor se inclinó hacia su hermano:

—Papá perderá casi todas sus herramientas.

Albriech asintió con solemnidad.

Roran sabía que los herreros se preparaban cualquier utensilio que necesitaran, y que luego esas herramientas hechas a mano conformaban un legado que pasaba de padre a hijo, o de maestro a aprendiz. Una forma de medir la riqueza y la habilidad de un herrero consistía en saber cuántas herramientas tenía. Para Horst, renunciar a las suyas no sería... «No sería más difícil que lo que deberán hacer los demás», pensó Roran. Sólo lamentaba que eso implicara dejar a Albriech y Baldor sin su justa herencia.

Cuando llegaron a casa, Roran se retiró a la habitación de Baldor y se acostó. A través de los muros, le llegaba el leve sonido de las voces de Horst y Elain. Se quedó dormido imaginando que la misma conversación se estaría repitiendo en todo Carvahall para decidir su destino. El suyo y el de los demás.

321

Repercusiones

A la mañana siguiente de su discurso, Roran miró por la ventana y vio a doce hombres que abandonaban Carvahall en dirección a las cataratas de Igualda. Bostezó y bajó a la cocina por las escaleras.

Horst estaba solo, sentado a la mesa con una jarra de cerveza entre las manos nerviosas.

—Buenos días —le dijo.

Roran gruñó, arrancó un currusco de pan de la barra que había sobre el mostrador y se sentó al otro lado de la mesa. Mientras comía, notó que Horst tenía los ojos inyectados en sangre y la barba descuidada. Roran supuso que el herrero había pasado toda la noche en vela.

—¿Sabes por qué hay un grupo que sube...?

—Tienes que hablar con sus familias —dijo Horst, abruptamente—. Desde el alba están todos corriendo hacia las Vertebradas. —Soltó la jarra con un *crac*—. Roran, no tienes ni idea de lo que has hecho al pedirnos que nos vayamos. Todo el pueblo está agitado. Nos empujaste contra un rincón que sólo permitía una salida: la que querías tú. Algunos te odian por ello. Claro que muchos ya te odiaban antes por habernos traído esta desgracia.

En la boca de Roran el pan sabía a serrín a medida que aumentaba su resentimiento. «Fue Eragon quien trajo la piedra, no yo.»

—¿Y los demás?

Horst bebió un trago de cerveza e hizo una mueca.

—Los demás te adoran. Nunca pensé que vería llegar el día en que el hijo de Garrow me removiera el corazón con sus palabras, pero lo hiciste, muchacho, lo hiciste. —Se pasó una mano nudosa por la cabeza—. ¿Ves todo esto? Lo construí para Elain y mis hijos. ¡Me costó siete años terminarlo! ¿Ves esa viga de ahí, encima de la pared? Me partí tres dedos de los pies para ponerla en su sitio. Y ¿sabes qué? Voy a renunciar a ello sólo por lo que dijiste anoche.

Roran guardó silencio; era lo que quería. Abandonar Carvahall era la decisión adecuada y, como se había comprometido con esa salida, no veía razón alguna para atormentarse con culpas y lamentos. «La decisión está tomada. Aceptaré el resultado sin quejarme, por funesto que sea, pues es nuestra única huida del Imperio.»

—Pero —dijo Horst, al tiempo que se apoyaba en un codo y sus ojos negros ardían bajo las cejas— recuerda que si la realidad no se acerca a los etéreos sueños que has conjurado, habrá deudas que pagar. Dale esperanza a la gente y luego quítasela: te destrozarán.

A Roran no le preocupaba esa perspectiva. «Si llegamos a Surda, los rebeldes nos recibirán como a héroes. Si no, nuestra muerte saldará todas las deudas.» Cuando pareció claro que el herrero había terminado, Roran preguntó:

—¿Dónde está Elain?

Horst frunció el ceño por el cambio de tema.

—En la parte trasera. —Se levantó y se alisó la túnica sobre los gruesos hombros—. Tengo que recoger el taller y decidir qué herramientas me voy a llevar. Las demás las esconderé, o las destruiré. El Imperio no se va a beneficiar de mi trabajo.

—Te ayudo —Roran empujó la silla hacia atrás.

—No —contestó bruscamente Horst—. Esa tarea sólo puedo hacerla con Albriech y Baldor. La forja ha sido toda mi vida, y la suya... Además, con ese brazo tampoco ayudarías mucho. Quédate aquí. Elain necesitará tu ayuda.

Cuando se fue el herrero, Roran abrió la puerta trasera y vio a Elain hablando con Gertrude junto al gran montón de leña que Horst conservaba todo el año. La sanadora se acercó a Roran y le puso una mano en la frente:

—Ah, temía que tuvieras fiebre después de la excitación de ayer. Los de tu familia os curáis con una rapidez extraordinaria. Cuando Eragon echó a andar después de despellejarse las piernas y pasarse dos días en cama, no me lo podía creer. —Roran se puso tenso al oír la mención de su primo, pero ella no pareció darse cuenta—. Vamos a ver qué tal va el hombro, ¿no?

Roran agachó la cabeza para que Gertrude pudiera pasar una mano y desatar el nudo del cabestrillo de lana. Cuando lo hubo soltado, Roran bajó con cuidado el brazo derecho, entablillado, hasta que quedó estirado. Gertrude pasó los dedos bajo la cataplasma que cubría la herida y la descubrió.

—Huy, vaya... —dijo.

Un olor rancio y espeso se atascó en el aire. Roran apretó los dientes para retener una náusea y luego bajó la mirada. La piel, bajo la cataplasma, se había vuelto blanca y esponjosa, como un lunar gigantesco de carne infestada de gusanos. Le habían cosido la mordedura mientras estaba inconsciente, de modo que sólo vio una línea irregular y rosada, manchada de sangre, en la parte delantera del hombro. Por culpa de la hinchazón y la inflamación, los hilos de tripa de gato se le habían clavado en la carne y unas perlas de líquido claro asomaban por la herida.

Gertrude chasqueó la lengua mientras lo inspeccionaba y luego ató de nuevo los vendajes y miró a Roran a los ojos.

—Vas bastante bien, pero el tejido podría infectarse. Aún no lo puedo saber. Si se infecta, tendremos que cauterizarte el hombro.

Roran asintió:

—¿Podré mover el hombro cuando esté curado?

—Si el músculo se suelda bien, sí. También depende de lo que quieras hacer con él. Podrás...

—¿Podré pelear?

—Si quieres pelear —dijo Gertrude lentamente—, te sugiero que aprendas a usar la mano derecha.

Le dio una palmada en la mejilla y se fue corriendo a su cabaña.

«Mi brazo.» Roran se quedó mirando el brazo vendado como si ya no le perteneciera. Hasta entonces no se había dado cuenta de en qué medida su identidad estaba ligada a la condición de su cuerpo. Una herida en su carne era una herida en su psique, y viceversa. Roran estaba orgulloso de su cuerpo, y verlo mutilado le provocó un sobresalto de pánico, sobre todo porque el daño era permanente. Incluso si recuperaba el uso del brazo, llevaría siempre una gruesa cicatriz como recuerdo de la herida.

325

Elain lo tomó de la mano y lo llevó al interior de la casa, donde partió hojas de menta en una pava y la puso a hervir en la estufa.

—La quieres de verdad, ¿no?

—¿Qué? —Roran la miró, sorprendido.

Elain se llevó una mano al vientre.

—A Katrina. —Sonrió—. No estoy ciega. Sé lo que has hecho por ella y estoy orgullosa de ti. No muchos hombres hubieran llegado a tanto.

—Si consigo liberarla, no importará.

La pava empezó a silbar con estridencia.

—Lo conseguirás, estoy segura. De alguna manera... —Elain sirvió la infusión—. Será mejor que empecemos a prepararnos para el viaje. Voy a repasar la cocina primero. Mientras tanto, puedes subir y traerme toda la ropa, las sábanas y cualquier cosa que te parezca útil.

—¿Dónde lo dejo? —preguntó Roran.

—En el comedor estará bien.

Como las montañas eran demasiado empinadas para los carros —y el bosque demasiado denso—, Roran se dio cuenta de que tendrían que limitar las provisiones a lo que pudiera llevar cada uno, aparte de lo que pudiera apilarse en los dos caballos de Horst, aunque uno de ellos debería quedar suficientemente aliviado para poder llevar a Elain cuando el camino fuese demasiado duro para su embarazo.

El problema se agravaba porque algunas familias de Carvahall no tenían monturas suficientes para cargar con las provisiones y con los ancianos, niños y enfermos incapaces de seguir el camino a pie. Todos tendrían que compartir recursos. Sin embargo, la cuestión era ¿con quién? Aún no sabían quién más iría, aparte de Birgit y Delwin.

Así, cuando Elain terminó de empaquetar los objetos que le parecieron esenciales —sobre todo comida y ropa de abrigo—, envió a Roran a averiguar si alguien necesitaba más espacio para guardar sus cosas o si, al contrario, alguien podía prestarle ese espacio a ella, pues había muchos objetos no esenciales que hubiera preferido llevarse pero estaba dispuesta a abandonar.

Pese a la gente que se ajetreaba por las calles, en Carvahall se notaba el peso de una quietud forzada, una calma artificial que contradecía la actividad febril que se escondía en las casas. Casi todo el mundo guardaba silencio y caminaba con la cabeza gacha, encerrados en sus propios pensamientos.

Cuando Roran llegó a casa de Orval tuvo que golpear la aldaba durante casi un minuto hasta que el granjero acudió a la puerta.

—Ah, eres tú, Martillazos. —Orval salió al porche—.

Perdón por la espera, pero estaba ocupado. ¿En qué puedo ayudarte?

Golpeó la pipa, larga y negra, contra la palma de la mano y luego se puso a rodarla entre los dedos, nervioso. Dentro de la casa, Roran oyó que alguien arrastraba sillas por el suelo, así como el entrechocar de ollas y sartenes.

Roran explicó enseguida la petición y el ofrecimiento de Elain. Orval miró al cielo con los ojos fruncidos.

—Creo que tengo espacio suficiente para mis cosas. Pregunta por ahí y, si necesitas espacio, tengo un par de bueyes que aún pueden soportar algo más de carga.

—Entonces... ¿Venís?

Orval se balanceó, incómodo.

—Bueno, yo no diría eso. Sólo nos estamos... preparando por si vuelven a atacar.

—Ah.

Perplejo, Roran caminó con dificultad hasta la casa de Ki-selt. Pronto descubrió que nadie estaba dispuesto a revelar si habían decidido irse, por mucho que las pruebas de sus preparativos estuvieran a la vista.

Y todos trataban a Roran con una deferencia que le resultaba inquietante. Se manifestaba en pequeños gestos: ofrecimientos de condolencias por su desgracia, silencio respetuoso siempre que hablaba y murmullos de asentimiento cuando afirmaba algo. Era como si sus obras hubieran agigantado su estatura e intimidaran a aquellos que lo conocían desde la infancia, distanciándolos.

«Estoy marcado», pensó Roran, mientras cojeaba en el fango. Se detuvo al borde de un charco y se agachó para ver su reflejo, con la curiosidad de descubrir qué lo hacía tan distinto.

Vio a un hombre vestido con ropas ajadas y empapadas de sangre, con la espalda encorvada y un brazo retorcido y atado sobre el pecho. Una barba incipiente oscurecía el cuello y las mejillas, y el pelo se enmarañaba en cuerdas que se retorcían para crear un halo en torno a su cabeza. Lo más aterrador de todo, sin embargo, eran sus ojos, que, muy hundidos en las cuencas, le daban aspecto de embrujado. Desde aquellas dos cavernas, su mirada hervía como hierro fundido, llena de pérdida, rabia y un ansia obsesiva.

Una sonrisa ladeada cruzó el rostro de Roran, y su cara adoptó un aspecto aun más sorprendente. Le gustaba aquella pinta. Encajaba con sus sentimientos. Ahora entendía cómo había logrado influir en los aldeanos. Mostró los dientes. «Puedo usar esta imagen. Puedo usarla para destruir a los Ra'zac.»

Alzó la cabeza y caminó arrastrando los pies calle arriba, contento. Thane se acercó y le agarró el antebrazo izquierdo con un apretón sentido.

—¡Martillazos! No sabes cuánto me alegro de verte.

—¿Te alegras? —Roran se preguntó si el mundo entero se había vuelto del revés durante la noche.

Thane asintió con vigor.

—Desde que atacaron los soldados, todo me ha parecido inútil. Me duele admitirlo, pero así era. Me daba saltos el corazón a todas horas, como si estuviera a punto de caer en un pozo; me temblaban las manos, y me sentía terriblemente enfermo. ¡Creía que me habían envenenado! Era peor que la muerte. Pero lo que dijiste ayer me curó al instante y me permitió ver de nuevo un propósito y un sentido en el mundo... No puedo ni empezar a explicarte el horror del que me salvaste. Estoy en deuda contigo. Si necesitas o quieres cualquier cosa, no tienes más que pedírmelo y te ayudaré.

Conmovido, Roran devolvió al granjero el apretón en el antebrazo y dijo:

—Gracias, Thane. Gracias.

Thane agachó la cabeza con lágrimas en los ojos y luego soltó a Roran y lo dejó solo en medio de la calle.

«¿Qué habré hecho?»

Éxodo

Un muro de aire espeso y cargado de humo envolvió a Roran cuando entró en el Seven Sheaves, la taberna de Morn. Se detuvo bajo los cuernos de úrgalo colgados sobre la puerta y esperó a que sus ojos se adaptaran a la penumbra del interior.

—¿Hola? —llamó.

La puerta de las habitaciones traseras se abrió de golpe y apareció Tara, seguida por Morn. Los dos fulminaron con una hosca mirada a Roran. Tara plantó los gruesos puños en las caderas y preguntó:

—¿A qué has venido?

Roran fijó en ella la mirada mientras intentaba determinar el origen de su animadversión.

—¿Habéis decidido si me vais a acompañar a las Vertebradas?

—No es de tu incumbencia —contestó Tara con brusquedad.

«Vaya que si lo es», pensó Roran, pero se contuvo y dijo:

—Sea cual sea vuestra intención, si decidierais venir, Elain quisiera saber si os queda espacio en las bolsas para unas cuantas cosas o si, al contrario, necesitáis también más espacio. Tiene...

—¡Espacio de sobra! —estalló Morn. Señaló la pared trasera de la barra, tapada por toneles de roble—. Tengo, empacados en paja, doce barriles de la más clara cerveza de invierno que se han conservado a la temperatura perfecta durante los últimos cinco meses. ¡Son los últimos que preparó Quimby! ¿Qué se supone que debo hacer con ellos? ¿Y con mis propias cubas de cerveza clara y negra? Si los dejo, los soldados se la tragarán en una semana o agujerearán los barriles y la derramarán por el suelo, donde las únicas criaturas que podrán disfrutarlas serán las larvas y los gusanos. ¡Oh! —Morn se sentó y se retorció las manos al tiempo que meneaba la cabeza—. ¡Doce años de trabajo! Desde que murió mi padre, llevé la taberna igual que él, día sí y día también. Y entonces Eragon y tú tuvisteis que crear este problema. Es...

Se detuvo, respirando con dificultad, y se secó la cara machacada con el borde de la manga.

—Bueno, bueno, venga —dijo Tara. Le pasó un brazo por encima a Morn y señaló a Roran con un dedo acusatorio—. ¿Quién te dio permiso para agitar Carvahall con tus palabras caprichosas? Si nos vamos, ¿cómo se va a ganar la vida mi marido? No puede llevarse consigo su negocio, como Horst o Gedric. No puede instalarse en una granja vacía y sus campos abandonados, como tú. ¡Imposible! Se irá todo el mundo, y nosotros nos moriremos de hambre. Y si nos vamos, también nos moriremos de hambre. ¡Nos has arruinado!

Roran pasó la mirada del rostro enrojecido y furioso de Tara al de Morn, consternado, y luego se dio la vuelta y abrió la puerta. Se detuvo en el umbral y dijo en voz baja:

—Siempre os he contado entre mis amigos. No puedo permitir que el Imperio os mate.

Salió, se estiró bien el chaleco y se alejó de la taberna sin dejar de rumiar.

Se detuvo a beber en el pozo de Fisk, y Birgit se unió a él. Vio cómo se esforzaba por dar vueltas a la manivela con una sola mano, se ocupó de ella, subió el cubo de agua y se lo pasó sin beber. Roran bebió un trago del fresco líquido y dijo:

—Me alegro de que vengas. —Le devolvió el cubo.

Birgit lo miró.

—Reconozco la fuerza que te empuja, Roran, porque es la misma que me mueve a mí: los dos queremos encontrar a los Ra'zac. Sin embargo, cuando al fin los encontremos, me compensarás por la muerte de Quimby. No lo olvides.

Soltó el cubo lleno dentro del pozo y lo dejó caer sin control, mientras la manivela giraba enloquecida. Un segundo después, el eco de un chapuzón ahogado resonó en el pozo.

Roran sonrió mientras la veía alejarse. Más que molestarle, aquella declaración le complacía: sabía que, incluso si todos los demás habitantes de Carvahall abandonaban la causa o morían, Birgit seguiría ayudándolo a perseguir a los Ra'zac. Sin embargo, más adelante —si es que todavía quedaba un más adelante— tendría que pagar su deuda con ella o matarla. Era la única manera de resolver esa clase de asuntos.

Al atardecer, Horst y sus hijos habían vuelto a la casa con dos pequeños fardos envueltos en hule.

—¿Eso es todo? —preguntó Elain.

Horst asintió de manera cortante, soltó los fardos sobre la mesa de la cocina y los deshizo para exponer cuatro martillos, tres tenazas, un torno, un fuelle de tamaño mediano y un yunque de casi dos kilos.

Cuando se sentaron los cinco a cenar, Albriech y Baldor hablaron de la gente a quien habían visto hacer preparativos de manera encubierta. Roran escuchó atentamente con la intención de seguir la pista de quién había prestado sus asnos a quién, quién no daba muestras de estar a punto de partir y quién podía necesitar ayuda para la partida.

—El mayor problema —dijo Baldor— es la comida. Sólo podemos cargar una cierta cantidad, y en las Vertebradas será difícil cazar tanto como para alimentar a doscientas o trescientas personas.

—Mmm. —Horst meneó un dedo, con la boca llena de judías, y al fin tragó—. No, cazar no servirá. Nos tenemos que llevar los rebaños. Entre todos, tenemos corderos y cabras para alimentar a toda la gente durante un mes, o más.

Roran alzó el cuchillo.

—Lobos.

—A mí me preocupa más evitar que los animales se metan en el bosque —replicó Horst—. Pastorearlos dará mucho trabajo.

Roran se pasó el día siguiente ayudando a cuantos pudo, habló poco y por lo general dejó que la gente lo viera trabajar por el bien del pueblo. A última hora de la noche se desplomó en la cama, exhausto pero esperanzado.

La llegada del amanecer desgarró sus sueños y lo despertó con una sensación de expectación excepcional. Se levantó, bajó las escaleras de puntillas, salió de la casa y se quedó mirando las montañas entre la bruma, absorbidas por el silencio de la mañana. Su aliento generaba una nube blanca en el aire, pero se sentía caliente porque su corazón latía con fuerza, empujado por el miedo y la ansiedad.

Tras un ligero desayuno, Horst llevó los caballos a la parte delantera de la casa, donde Roran ayudó a Albriech y Baldor a cargarlos con las alforjas y algunos fardos llenos de provisiones. Luego tomó su propia bolsa y rechistó con fuerza cuando la correa de piel se clavó en su herida.

Horst cerró la puerta de la casa. Se quedó un momento quieto con los dedos en el picaporte de hierro y luego tomó la mano de Elain y dijo:

—Vayámonos.

Mientras recorrían Carvahall, Roran vio familias sombrías reunidas en torno a sus casas con sus posesiones amontonadas y sus quejosos ganados. Vio corderos y perros con bolsas atadas a los lomos, críos llorosos montados en asnos y trineos improvisados atados a los caballos con cajones llenos de pollos agitados a ambos lados. Vio los frutos de su éxito y no supo si reír o llorar.

Se detuvieron en el extremo norte de Carvahall y esperaron para ver quién se unía a ellos. Al cabo de un minuto se acercó desde un lado Birgit, acompañada por Nolfavrell y los gemelos, más jóvenes. Birgit saludó a Horst y Elain y se quedó a su lado.

Ridley y su familia llegaron al otro lado de la muralla de árboles, desde la zona este del valle de Palancar, seguidos por más de un centenar de corderos.

—Me pareció que era mejor mantenerlos fuera de Carvahall —gritó Ridley por encima de los animales.

—¡Bien pensado! —respondió Horst.

Luego llegaron Delwin, Lenna y sus cinco hijos; Orval y su familia; Loring con sus hijos; Calitha y Thane, que dirigió a Roran una gran sonrisa; y luego el clan de Kiselt. Las mujeres que acababan de enviudar, como Nolla, se apiñaron en torno a Birgit. Antes de que el sol iluminara los picos de las montañas, casi todo el pueblo se había reunido junto al muro. Pero no todos.

Morn, Tara y otros todavía tenían que aparecer, y cuando llegó Ivor, lo hizo sin ninguna provisión.

—Os quedáis —observó Roran.

Rodeó un grupo de cabras malhumoradas que Gertrude trataba de refrenar.

—Sí —respondió Ivor, arrastrando la palabra en un débil asentimiento. Se estremeció, cruzó los huesudos brazos para calentarse, se encaró al sol saliente y alzó la cabeza como si quisiera atrapar los rayos transparentes—. Svart se ha negado a irse. ¡Ah! Para empezar, intentar convencerlo para que entrase en las Vertebradas era como luchar contra mí mismo. Alguien tiene que cuidar de él, y como yo no tengo hijos... —Se encogió de hombros—. De todas formas, no sería capaz de renunciar a mi granja.

—¿Qué haréis cuando lleguen los soldados?

—Ofrecerles una batalla que no olvidarán jamás.

Roran se rió con la voz quebrada y dio una palmada a Ivor en el brazo, esforzándose por ignorar el silenciado destino que ambos sabían que esperaba a quienes se quedaran. Ethlbert, un hombre delgado de mediana edad, se acercó al borde de la congregación y gritó:

—¡Sois todos unos idiotas! —Con un murmullo de mal presagio la gente se dio la vuelta para mirar al acusador—. He guardado silencio en medio de esta locura, pero no pienso seguir a un loco charlatán. Si no os hubieran cegado sus palabras, veríais que os lleva a la destrucción. Bueno, pues yo no voy. Me arriesgaré a colarme entre los soldados y encontrar refugio en Therinsford. Al menos son de los nuestros, no como los bárbaros que os esperan en Surda.

Escupió en el suelo, se dio la vuelta y se alejó a grandes zancadas.

Temeroso de que Ethlbert pudiera convencer a otros para que lo abandonaran, Roran estudió a la muchedumbre y se tranquilizó al no ver más que un murmullo inquieto. Aun así, no quería entretenerse y darles la oportunidad de cambiar de opinión. En voz baja, preguntó a Horst:

—¿Cuánto hemos de esperar?

—Albriech, tú y Baldor id corriendo tan rápido como podáis y comprobad si viene alguien más. Si no, nos vamos.

Los dos hermanos salieron disparados en direcciones contrarias.

Media hora después regresó Baldor con Fisk, Isold y su caballo prestado. Isold se apartó de su marido y se acercó corriendo a Horst, espantando con las manos a cualquiera que se interpusiera en su camino y sin darse cuenta de que casi todo el cabello se había zafado de la encerrona del moño y asomaba en extraños penachos. Se detuvo y resolló en busca de aire.

—Lamento que lleguemos tan tarde, pero a Fisk le ha costado cerrar la tienda. No podía escoger qué cepillos o escoplos traerse. —Se rió en un tono agudo, casi histérico—. Era como ver a un gato rodeado de ratones y tratando de decidir a cuál iba a dar caza. Primero éste, luego el otro...

Una sonrisa irónica abrió los labios de Horst.

—Lo entiendo perfectamente.

Roran se puso de puntillas para atisbar a Albriech, pero no lo consiguió. Apretó los dientes.

—¿Dónde está?

Horst le tocó el hombro.

—Por ahí, creo.

335

Albriech avanzaba entre las casas con tres toneles de cerveza atados a la espalda, y su rostro ofendido resultaba tan cómico que Baldor y otros se echaron a reír. A ambos lados de Albriech caminaban Morn y Tara, tambaleándose bajo el peso de sus enormes morrales, igual que el asno y las dos cabras que arrastraban tras ellos. Para asombro de Roran, los animales cargaban con más toneles.

—No durarán ni un kilómetro —dijo Roran, molesto por la estupidez de la pareja—. Y no traen nada de comida. ¿Esperan que les demos de comer o...?

Horst lo cortó con una risilla.

—Yo no me preocuparía por la comida. La cerveza de Morn irá bien para los ánimos, y eso vale más que unas cuantas comidas. Ya lo verás.

En cuanto Albriech se liberó de los toneles, Roran les preguntó a él y a su hermano:

—¿Ya estamos todos? —Ante su respuesta afirmativa,

Roran maldijo y se golpeó el muslo con un puño cerrado. Aparte de Ivor, otras tres familias estaban decididas a quedarse en el valle de Palancar: la de Ethlbert, la de Parr y la de Knute. «No puedo obligarlos a venir.» Suspiró—. Vale. No tiene sentido seguir esperando.

La excitación recorrió a los aldeanos; al fin había llegado el momento. Horst y otros cinco hombres abrieron un hueco en el muro de árboles y tumbaron unas planchas sobre la trinchera para que la gente y los animales pudieran caminar por encima.

Horst hizo un gesto:

—Creo que debes pasar tú primero, Roran.

—¡Esperad! —Fisk se adelantó corriendo y, con evidente orgullo, entregó a Roran una vara ennegrecida de espino de dos metros que tenía en un extremo un nudo de raíces pulidas, y una contera de hierro azulado que se estrechaba para formar una punta de lanza en la base—. La hice anoche —dijo el carpintero—. Me pareció que a lo mejor te haría falta.

Roran pasó la mano izquierda por la madera, maravillado por su suavidad.

—No te podía haber pedido nada mejor. Tienes la destreza de un maestro... Gracias.

Fisk sonrió y se apartó.

Consciente de que toda la multitud lo contemplaba, Roran se puso frente a las montañas y las cataratas de Igualda. El hombro palpitaba bajo la cinta de cuero. Tras él quedaban los huesos de su padre y todo lo que había conocido en vida. Ante él, los picos recortados se alzaban contra el pálido cielo y se interponían en su camino y su voluntad. Pero no podrían con él. Y no pensaba mirar atrás.

«Katrina.»

Roran alzó la barbilla y echó a andar. La vara golpeó las duras tablas mientras cruzaba la trinchera y salía de Carvahall, llevando a los aldeanos hacia la naturaleza salvaje.

En los riscos de Tel'naeír

Zum.

Brillante como un sol en llamas, el dragón quedó suspendido ante Eragon y todos los reunidos en los riscos de Tel'naeír, abofeteándolos con las ráfagas que provocaban sus poderosos aletazos. El cuerpo del dragón parecía incendiarse porque el brillante amanecer iluminaba sus escamas doradas y desparramaba en la tierra y en los árboles astillas de luz cegadora. Era bastante mayor que Saphira, tanto que podía tener varios cientos de años y, en proporción, el cuello, las patas y la cola parecían aun más gruesos. A su grupa iba montado el Jinete, con la ropa de un blanco cegador entre el brillo de las escamas.

Eragon cayó de rodillas, con el rostro alzado. «No estoy solo...» El asombro y el alivio lo recorrieron. Ya no tendría que cargar a solas con la responsabilidad de los vardenos y de Galbatorix. Ahí estaba uno de los guardianes de antaño, resucitado de entre las profundidades del tiempo para guiarle, un símbolo viviente, un testamento de las leyendas que le habían contado al crecer. Ahí estaba su maestro. ¡Era una leyenda!

Cuando el dragón se acercó a la tierra, Eragon dio un respingo: la pata izquierda delantera de la criatura había recibido un terrible tajo, y un muñón blanco sin remedio ocupaba el lugar de lo que antaño fuera una poderosa extremidad. El Jinete descendió con cuidado de su corcel por la pierna derecha, intacta, y se acercó a Eragon con las manos entrelazadas. Era un elfo de cabello plateado, anciano de incontables años, aunque el único rastro de su edad era la expresión de gran compasión y tristeza que mostraba su rostro.

—Osthato Chetowä —dijo Eragon—. El Sabio Doliente... He venido como me pediste. —Sobresaltado, recordó las buenas maneras y se llevó dos dedos a los labios—. Atra esterní ono thelduin.

El Jinete sonrió. Tomó a Eragon por los hombros, lo levantó y lo miró con tal bondad que Eragon no podía ver otra cosa: lo consumían las infinitas profundidades de la mirada del elfo.

—Mi verdadero nombre es Oromis, Eragon Asesino de Sombra.

—Lo sabías —murmuró Islanzadí con una expresión herida que pronto se transformó en una tormenta de rabia—. ¿Sabías de la existencia de Eragon y no me lo dijiste? ¿Por qué me has traicionado, Shur'tugal?

—Guardé silencio porque no estaba seguro de que Eragon y Arya vivieran lo suficiente para llegar hasta aquí; no tenía intención de proporcionarte una frágil esperanza que en cualquier momento podía truncarse.

Islanzadí se dio la vuelta con brusquedad. Su capa de plumas de cisne se inflaba como si tuviera alas.

—¡No tenías ningún derecho a ocultarme esa información! Podía haber enviado guerreros para proteger a Arya, Eragon y Saphira en Farthen Dûr y para escoltarlos a salvo hasta aquí.

Oromis sonrió con tristeza.

—No te he escondido nada, Islanzadí, salvo lo que tú misma escogiste no ver. Si hubieras escrutado la tierra, como es tu obligación, habrías detectado la causa del caos que recorría Alagaësia y habrías descubierto la verdad sobre Arya y Eragon. Que en tu dolor te olvidaras de los vardenos y los enanos es comprensible, pero ¿de Brom? ¿De Vinr Äl-fakyn? ¿Del último amigo de los elfos? Has permanecido ciega al mundo, Islanzadí, y te has relajado en el trono. No podía arriesgarme a alejarte todavía más sometiéndote a otra pérdida.

La furia de Islanzadí amainó, y la reina quedó con el rostro blanco y los hombros caídos.

—Ya no soy nada —susurró.

Una nube de aire caliente y húmedo rodeó a Eragon cuando el dragón dorado se agachó para examinarlo con unos ojos que brillaban y emitían chispas.

Celebro conocerte, Eragon Asesino de Sombra. Yo soy Glaedr. Su voz, inconfundiblemente masculina, recorrió la mente de Eragon y la agitó como si fuera el rugido de un alud en la montaña.

Eragon no pudo hacer más que tocarse los labios y decir:

—Es un honor.

Luego Glaedr centró su atención en Saphira. Ella se quedó quieta por completo, con el cuello rígidamente arqueado mientras Glaedr le olisqueaba la mejilla y el borde de un ala. Eragon vio que los tensos músculos de las patas de Saphira se agitaban en un temblor involuntario. *Hueles a humanos* —dijo Glaedr— *y sólo sabes de tu raza lo que te ha enseñado el instinto, pero tienes corazón de auténtico dragón.*

Durante ese silencioso intercambio, Orik se presentó a Oromis.

—Ciertamente, esto va más allá de lo que me hubiera atrevido a esperar o desear. Eres una agradable sorpresa en estos tiempos oscuros, Jinete. —Se llevó un puño al corazón—. Si no es demasiado presuntuoso, quiero pedirte un gran favor en nombre de mi rey y mi clan, tal como es costumbre entre los nuestros.

Oromis asintió.

—Y yo te lo concedo si está en mi poder.

—Entonces, dime: ¿por qué has permanecido escondido tantos años? Te necesitábamos mucho, Argetlam.

—Ah —dijo Oromis—. Hay muchas penurias en el mundo, y una de las mayores es no ser capaz de ayudar a los que sufren. No podía arriesgarme a abandonar este santuario, pues si hubiera muerto antes de que prendiera alguno de los huevos de Galbatorix, no habría quedado nadie que pudiera pasar nuestros secretos al nuevo Jinete y aun hubiese resultado más difícil derrotar a Galbatorix.

—¿Ésa fue tu razón? —espetó Orik—. ¡Ésas son las palabras de un cobarde! Los huevos podrían no haber prendido nunca.

Todo el mundo guardó un silencio absoluto, salvo por un leve gruñido que brotó de entre los dientes de Glaedr.

—Si no fueras mi huésped —dijo Islanzadí—, yo misma te golpearía por este insulto.

Oromis abrió los brazos.

—No, no me ofende. Es una reacción válida. Entiende, Orik, que Glaedr y yo no podemos pelear. Glaedr está discapacitado, y yo —se tocó un lado de la cabeza— también estoy mutilado. Los Apóstatas me partieron algo por dentro cuando era su cautivo y, aunque todavía puedo enseñar y aprender, ya no controlo la magia, salvo algunos hechizos menores. El poder se me escapa, por mucho que me esfuerce. En una batalla sería algo peor que un inútil, alguien fácil de capturar, y luego podrían usarme contra vosotros. Por eso me alejé de la influencia de Galbatorix, por el bien de la mayoría, pese a que ansiaba enfrentarme a él abiertamente.

—El Lisiado que está Ileso —murmuró Eragon.

—Perdóname —dijo Orik. Parecía golpeado.

—No tiene ninguna importancia. —Oromis apoyó una mano en el hombro de Eragon—. Islanzadí Dröttning, con tu permiso...

—Id —dijo ella, cansada—. Id y dejadme sola.

Glaedr se agachó hasta el suelo, y Oromis trepó con agilidad por la pierna hasta la silla de la grupa.

—Venid, Eragon y Saphira. Tenemos mucho que hablar.

El dragón dorado abandonó el risco de un salto y trazó un círculo en lo alto, llevado por una corriente de aire.

Eragon y Orik entrechocaron los brazos con solemnidad.

—Honra a tu clan —dijo el enano.

Mientras montaba en Saphira, Eragon se sentía como si estuviera a punto de embarcarse en un largo viaje y debiera despedirse de quienes dejaba atrás. Sin embargo, se limitó a mirar a Arya y sonreír, permitiendo que se notaran su asombro y su alegría. Ella frunció el ceño a medias, como si estuviera preocupada, pero para entonces él ya se había ido, alzado hacia el cielo por el entusiasmo del vuelo de Saphira.

Los dos dragones resiguieron juntos el blanco acantilado hacia el norte durante varios kilómetros, acompañados tan sólo por el sonido de su aleteo. Saphira flotaba al lado de Glaedr. Su entusiasmo se colaba en la mente de Eragon y acrecentaba sus propias emociones.

341

Aterrizaron en otro claro al borde del acantilado, justo antes de que el muro de piedra se desplomara en la tierra. Un sendero pelado iba del precipicio al umbral de una baja cabaña crecida entre los troncos de cuatro árboles, uno de los cuales quedaba a horcajadas sobre un arroyo que salía de las lúgubres profundidades del bosque. Glaedr no cabía; la cabaña medía tranquilamente menos que su costillar.

—Bienvenidos a mi casa —dijo Oromis, mientras saltaba al suelo con una inusual facilidad—. Vivo aquí, al borde de los riscos de Tel'naeír, porque me brinda la oportunidad de pensar y estudiar en paz. Mi mente funciona mejor lejos de Ellesméra y de las distracciones de la gente.

Desapareció dentro de la cabaña y regresó con dos taburetes y unas jarras de agua clara y limpia para él y Eragon. Éste bebió un sorbo y admiró la vista espaciosa de Du Weldenvarden, con la intención de disimular su asombro y su nerviosismo mientras esperaba que el elfo hablara. «¡Estoy en presencia de otro Jinete!» A su lado, Saphira se acurrucó con la mirada fija en Glaedr, amasando lentamente la arena que le quedaba entre las zarpas.

La pausa en la conversación se fue alargando más y más. Pasaron diez minutos..., media hora..., una hora entera. Llegó un punto en que Eragon empezó a medir el tiempo transcurrido según el progreso del sol. Al principio las preguntas y los pensamientos rebullían en su mente, pero terminaron por ceder el lugar a una tranquila aceptación. Se limitaba a observar el día y disfrutar.

Sólo entonces habló Oromis:

—Has aprendido bien el valor de la paciencia. Eso está bien.

A Eragon le costó encontrar la voz para contestar.

—Si tienes prisa, no puedes acechar a un ciervo.

Oromis bajó la jarra.

—Muy cierto. Déjame ver tus manos. Me parece que dicen mucho de la persona. —Eragon se quitó los guantes y permitió que el elfo le cogiera por las muñecas con sus dedos finos y secos. Examinó los callos de Eragon y dijo—: Corrígeme si me equivoco. Has sostenido el azadón y el arado más a menudo que la espada, aunque sí estás acostumbrado a usar el arco.

—Sí.

—Y has escrito y dibujado muy poco, tal vez nada.

—Brom me enseñó las letras en Teirm.

—Mmm. Aparte de tu uso de las herramientas, parece obvio que tiendes a ser imprudente y a olvidar tu propia seguridad.

—¿Qué te hace pensar eso, Oromis-elda? —preguntó Eragon, usando el título honorífico más respetuoso y formal que se le ocurría.

—Elda, no —lo corrigió Oromis—. Puedes llamarme maestro en este idioma y *ebrithil* en el idioma antiguo, nada más. Usarás la misma fórmula de cortesía para Glaedr. Somos vuestros profesores; vosotros sois nuestros alumnos y debéis actuar con la deferencia y el respeto debidos.

Oromis hablaba con amabilidad, pero también con la autoridad de quien espera obediencia absoluta.

—Sí, maestro Oromis.

—Y tú también, Saphira.

Eragon percibió lo mucho que le costaba a Saphira superar el orgullo para decir: *Sí, Maestro.*

Oromis asintió.

—Bueno. Para tener esa colección de cicatrices, hay que haber tenido muy mala suerte, haber peleado como un loco o haber perseguido el peligro deliberadamente. ¿Peleas como un loco?

—No.

—Tampoco parece que tengas mala suerte; más bien al contrario. Sólo nos queda una explicación. Salvo que tú opines de otro modo.

Eragon repasó mentalmente sus experiencias en el pueblo y a lo largo del camino con la intención de cualificar su comportamiento.

—Yo más bien diría que, una vez me decido por un camino o proyecto concreto, me empeño en lograrlo a cualquier precio... Sobre todo si corre peligro alguien a quien quiero.

Desvió la mirada hacia Saphira.

—¿Y te metes en proyectos que supongan un reto para ti?

—Me gustan los retos.

—Así que necesitas enfrentarte a la adversidad para comprobar tus habilidades.

—Me gusta superar retos, pero me he enfrentado a suficientes penurias para saber que es una estupidez hacer las

343

cosas más difíciles de lo que ya son por sí mismas. Es lo máximo que puedo hacer para sobrevivir, tal como está todo.

—Y sin embargo, escogiste perseguir a los Ra'zac cuando hubiera sido más fácil permanecer en el valle de Palancar. Y has venido aquí.

—Era lo que tenía que hacer..., Maestro.

Nadie habló durante unos minutos. Eragon trató de adivinar qué pensaba el elfo, pero no logró sonsacar ninguna información de su rostro, inexpresivo como una máscara. Al fin, Oromis se removió:

—¿Te dieron, tal vez, una alhaja en Tarnag, Eragon? ¿Una joya, una pieza de armadura, o quizás una moneda?

—Sí. —Eragon rebuscó por debajo de la túnica y sacó el collar con el minúsculo martillo de plata—. Gannel me hizo esto cumpliendo órdenes de Hrothgar, para evitar que alguien pudiera invocar a Saphira o a mí. Temían que Galbatorix pudiera haber descubierto mi aspecto físico... ¿Cómo lo has sabido?

—Porque —explicó Oromis— desde entonces no podía percibirte.

—Alguien trató de invocarme cerca de Sílthrim la semana pasada. ¿Eras tú?

Oromis negó con la cabeza.

—Después de invocaros a Arya y a ti, ya no necesité recurrir a esos métodos tan crudos para encontrarte. Mi mente se acercaba a la tuya y entraba en contacto, como hice cuando estabas herido en Farthen Dûr. —Alzó el amuleto, murmuró varias frases en el idioma antiguo y lo soltó—. No detecto que tenga ningún otro hechizo. Llévalo siempre contigo; es un regalo valioso. —Apretó las yemas de los dedos, con unas uñas redondas y brillantes como escamas de pescado, y miró hacia el blanco horizonte entre los arcos formados por sus dedos.

—¿A qué has venido, Eragon?

—A completar mi formación.

—¿Y qué crees que implica ese proceso?

Eragon se movió, incómodo.

—Aprender más sobre la magia y la lucha. Brom no pudo terminar de enseñarme todo lo que sabía.

—La magia, el arte de la espada y las demás habilidades no sirven para nada salvo que sepas cómo y cuándo aplicarlas. Eso es lo que te voy a enseñar. Sin embargo, tal como ha demostrado Galbatorix, el poder sin dirección moral es la fuerza más peligrosa del mundo. Por eso, mi principal tarea es enseñaros, a ti y a Saphira, a entender los principios que os guían para que no toméis las opciones apropiadas por las razones equivocadas. Tenéis que aprender más de vosotros mismos, quiénes sois y qué sois capaces de hacer. Por eso estáis aquí.

¿Cuándo empezamos?, preguntó Saphira.

Oromis empezó a contestar, pero se puso rígido y soltó la jarra. Su rostro se volvió encarnado, y los dedos se convirtieron en zarpas que rasgaban sus vestiduras como espinas de un zarzal. Eragon apenas tuvo tiempo de dar un respingo y el elfo ya se había relajado, aunque todo su cuerpo delataba ahora su cansancio.

Preocupado, Eragon se atrevió a preguntar:

—¿Estás bien?

Una chispa de diversión tiró de la comisura de los labios de Oromis.

—Menos de lo que quisiera. Los elfos nos tenemos por inmortales, pero ni siquiera nosotros podemos evitar ciertas enfermedades de la carne; su curación queda más allá de nuestro conocimiento de la magia, y sólo podemos retrasarlas. No, no te preocupes... No es contagioso, pero no puedo librarme. —Suspiró—. Llevo décadas protegiéndome con cientos de pequeños y débiles hechizos que, superpuestos como capas, imitan el efecto de encantos que ahora me re-

345

sultan inalcanzables. Me protejo con la intención de vivir lo suficiente para presenciar el nacimiento de los últimos dragones y alimentar la resurrección de los Jinetes de la ruina de nuestros errores.

—¿Cuánto falta para...?

Oromis alzó una fina ceja.

—¿Cuánto falta para mi muerte? Hay tiempo suficiente, pero para ti y para mí es muy escaso, sobre todo si los vardenos deciden solicitar tu ayuda. En consecuencia, para contestar a tu pregunta, Saphira, empezaremos vuestra instrucción de inmediato y te entrenarás más deprisa de lo que lo haya hecho o lo vaya a hacer jamás ningún otro Jinete, pues debo condensar cuatro decenios de conocimiento en meses, o semanas.

—¿Sabes... —dijo Eragon, luchando contra la vergüenza que ardía en sus mejillas— lo de mi... enfermedad? —Casi enterró la última palabra porque odiaba su sonido—. Estoy tan lisiado como tú.

La compasión atemperó la mirada de Oromis, aunque su voz sonó firme.

—Eragon, sólo estás lisiado si tú mismo lo consideras así. Entiendo cómo te sientes, pero has de ser optimista, pues la mirada negativa discapacita más que una herida física. Te hablo por mi experiencia personal. La autocompasión no os sirve de nada, ni a ti ni a Saphira. Los demás hechiceros y yo estudiaremos tu enfermedad para ver si podemos encontrar un modo de aliviarla; pero mientras tanto, tu formación proseguirá como si todo estuviera en buenas condiciones.

A Eragon se le retorcieron las tripas y saboreó la bilis al plantearse lo que eso implicaba. «Seguro que Oromis no querrá hacerme pasar otra vez por ese tormento.»

—El dolor es insufrible —dijo con gran agitación—. Me mataría. Yo...

—No, Eragon. No te matará. Eso es lo que sé de tu maldición. En cualquier caso, los dos tenemos deberes: tú con los vardenos, y yo contigo. No podemos evadirlos por un mero dolor. Hay demasiado en riesgo, y no podemos permitirnos fallar. —Eragon no pudo más que negar con la cabeza mientras el pánico amenazaba con superarlo. Intentó negar las palabras de Oromis, pero era evidente que decían la verdad—. Eragon, has de aceptar libremente esta carga. ¿No hay nada ni nadie por cuya causa estés dispuesto a sacrificarte?

Primero pensó en Saphira, pero no lo hacía por ella. Ni por Nasuada. Ni siquiera por Arya. ¿Qué lo impulsaba, entonces? Al jurar su lealtad a Nasuada, lo había hecho por el bien de Roran y de los demás que habían quedado atrapados en el Imperio. Pero ¿significaban tanto como para pasar por semejante angustia? Sí, decidió. «Sí, significan tanto porque soy el único que tiene ocasión de ayudarles y porque no me libraré de la sombra de Galbatorix si no se libran también ellos. Y porque es mi único propósito en la vida. ¿Qué otra cosa puedo hacer?» Se estremeció al pronunciar la espantosa frase:

—Lo acepto por el bien de aquellos por quienes lucho: la gente de Alagaësia, de todas las razas, que ha sufrido la brutalidad de Galbatorix. A pesar del dolor, juro que estudiaré más que cualquier alumno que hayas tenido hasta ahora.

Oromis asintió con gravedad.

—No pido menos. —Miró a Glaedr un momento y luego dijo—: Levántate y quítate la túnica. Déjame ver de qué estás hecho.

Espera —dijo Saphira—. *¿Brom sabía de tu existencia aquí, Maestro?* Eragon se detuvo, sorprendido por esa posibilidad.

—Claro —contestó Oromis—. De niño fue alumno mío en Ilirea. Me alegro de que lo enterraseis como debe ser, pues tuvo una vida dura y recibió pocas muestras de amabilidad. Espero que encontrara la paz antes de entrar en el vacío.

Eragon frunció el ceño lentamente.

—¿También conocías a Morzan?

—Fue aprendiz mío antes que Brom.

—¿Y a Galbatorix?

—Yo fui uno de los Ancianos que le negaron otro dragón cuando murió el primero, pero no, nunca tuve la desgracia de enseñarle. Se aseguró de perseguir personalmente y matar a todos sus mentores.

Eragon quería seguir preguntando, pero sabía que era mejor esperar, de modo que se levantó y desanudó la parte alta de su túnica. *Parece* —le dijo a Saphira— *que nunca descubriremos todos los secretos de Brom*. Sintió un escalofrío al quitarse la túnica bajo el frío aire y luego echó los hombros atrás y sacó pecho.

Oromis rodeó a Eragon y se detuvo con una exclamación de asombro al ver la cicatriz que cruzaba su espalda.

—¿No te ofreció Arya, ni ninguno de los sanadores vardenos, quitarte este verdugón?

—Arya me lo ofreció, pero... —Eragon se detuvo, incapaz de poner palabras a sus sentimientos. Al fin, se limitó a decir—: Ahora forma parte de mí, igual que la cicatriz de Murtagh forma parte de él.

—¿La cicatriz de Murtagh?

—Él tenía una marca similar. Se la infligieron cuando su padre, Morzan, le lanzó a *Zar'roc*, cuando sólo era un niño.

Oromis lo miró con seriedad un largo rato antes de asentir y proseguir.

—Tienes una buena musculatura y no estás torcido, como la mayoría de los espadachines. ¿Eres ambidiestro?

—En realidad, no, pero tuve que aprender a pelear con la izquierda cuando me rompí la muñeca en Teirm.

—Bien. Así ahorramos tiempo. Junta las manos detrás de la espalda y levántalas todo lo que puedas. —Eragon hizo lo que le pedía, pero aquella postura le provocaba dolor en los hombros y apenas logró juntar las manos—. Ahora dóblate hacia delante, pero mantén las rodillas rectas. Intenta tocar el suelo. —A Eragon le costó todavía más; terminó encorvado como un jorobado, con los brazos colgados inútilmente junto a la cabeza y con los corvejones retorcidos y ardientes—. Al menos puedes estirarte sin que te duela. No esperaba tanto. Puedes hacer una serie de ejercicios para ganar flexibilidad sin extenuarte. Sí.

Luego Oromis se dirigió a Saphira:

—Debería conocer también tus habilidades, dragona.

Le encargó una serie de posturas complejas que la llevaron a contorsionar cada palmo de su sinuoso cuerpo de maneras fantásticas, culminando con una serie de acrobacias aéreas que Eragon no había visto jamás. Sólo unas pocas cosas superaban su capacidad, como trazar un mortal hacia atrás mientras volaba en tirabuzones.

Cuando aterrizó, fue Glaedr quien habló: *Me temo que mimábamos demasiado a los Jinetes. Si nuestras criaturas se hubieran visto obligadas a cuidar de sí mismas en la naturaleza —como tú y como nuestros antepasados—, tal vez tendrían la misma habilidad que nosotros.*

—No —dijo Oromis—. Saphira sería una voladora extraordinaria incluso si se hubiera criado en Vroengard con los métodos establecidos. Pocas veces he visto un dragón tan adaptado al cielo de manera natural. —Saphira pestañeó, luego agitó las alas y se ocupó de limpiarse una zarpa de tal manera que su cabeza quedaba escondida—. Tienes que mejorar, como todos nosotros, pero poca cosa, poca cosa. —El elfo volvió a sentarse con la espalda perfectamente recta.

Durante las cinco horas siguientes, según el cálculo de Eragon, Oromis se sumergió en todos los aspectos de su conocimiento, así como del de Saphira, desde la botánica a la talla de madera, pasando por la metalurgia y la medicina, aunque se concentró sobre todo en su dominio de la historia

349

y del idioma antiguo. El interrogatorio reconfortó a Eragon y le recordó los tiempos en que Brom lo asaltaba a preguntas durante sus largas excursiones a Teirm y Dras-Leona.

Cuando pararon para comer, Oromis invitó a Eragon a su casa y dejaron solos a los dos dragones. Los aposentos del elfo eran austeros salvo por lo necesario para alimentarse, mantener la higiene y procurarse una vida intelectual. Había dos paredes enteras sembradas de huecos en los que se guardaban cientos de pergaminos. Junto a la mesa había una funda dorada —del mismo color que las escamas de Glaedr— y una espada a juego, cuya hoja tenía el color del bronce iridiscente.

En la cara interior de la puerta, encajado en el corazón de la madera, había un panel liso de un palmo de altura por dos de anchura. Representaba una hermosa ciudad elevada, construida contra un monte escarpado y atrapada en la luz rojiza de una luna llena de otoño. La cara picada de la luna estaba partida en dos por el horizonte y parecía descansar sobre la tierra como una cúpula manchada, grande como una montaña. La imagen era tan clara y llena de detalles que Eragon la tomó al principio por una ventana mágica; sólo al comprobar que era estática pudo apreciarla como obra de arte.

—¿Dónde está eso? —preguntó.

Los rasgos sesgados de Oromis se tensaron por un instante.

—Harás bien en memorizar ese paisaje, Eragon, pues ahí está el corazón de tu desgracia. Estás viendo lo que en otro tiempo fue nuestra ciudad de Ilirea. Fue quemada y abandonada durante el Du Fyrn Skulblaka, se convirtió en capital del reino de Broddring y ahora es la ciudad negra de Urû'baen. Hice este fairth la noche en que, con otros Jinetes, nos vimos obligados a huir de nuestro hogar antes de que llegara Galbatorix.

—¿Tú pintaste este... fairth?

—No, no pinté nada. Un fairth es una imagen fijada por medio de la magia en un recuadro de pizarra pulida que se prepara antes con capas de pigmentos. El paisaje de la puerta es exactamente como se me presentó Ilirea en el momento en que pronuncié el encanto.

—Y… —dijo Eragon, incapaz de detener el fluir de preguntas— ¿qué era el reino de Broddring?

Oromis abrió los ojos, desanimado.

—¿No lo sabes? —Eragon negó con la cabeza—. ¿Cómo puede ser que no lo sepas? Teniendo en cuenta las circunstancias y el miedo que Galbatorix genera entre tu gente, puedo entender que te criaras en la oscuridad e ignores tu legado. Pero no puedo creer que Brom fuera tan relajado en tu instrucción como para olvidar asuntos que conoce hasta el enano más joven. Los niños de vuestros vardenos podrían decirme más cosas que tú sobre el pasado.

—A Brom le preocupaba más conservarme vivo que enseñarme cosas de gente que ya murió —respondió Eragon.

Eso provocó el silencio de Oromis. Al fin, dijo:

—Perdóname. No pretendía poner en duda el juicio de Brom, pero es que la impaciencia me ciega la razón; tenemos muy poco tiempo, y cada nueva cosa que debes aprender reduce la cantidad de las que puedes dominar durante tu estancia aquí. —Abrió una serie de armarios escondidos en el interior de la pared curva, sacó bollos de pan y cuencos de fruta y los llevó a la mesa. Se detuvo un momento encima de la comida con los ojos cerrados antes de empezar a comer—. El reino de Broddring era el país de los humanos antes de que cayeran los Jinetes. Después de matar a Vrael, Galbatorix fue a Ilirea con los Apóstatas, destronó al rey Angrenost y se quedó su trono y sus títulos. El reino de Broddring formó entonces el núcleo central de las conquistas de Galbatorix. Luego añadió Vroengard y otras tierras que quedaban al este y al sur de sus territorios para crear el im-

351

perio que tú conoces. Técnicamente, el reino de Broddring todavía existe, aunque, a estas alturas, dudo que sea mucho más que un nombre en algún decreto real.

Por temor a molestar al elfo con más preguntas, Eragon se concentró en la comida. Sin embargo, debió de traicionarlo la cara porque Oromis dijo:

—Me recuerdas a Brom cuando lo escogí como aprendiz. Era más joven que tú, pues sólo tenía diez años, pero su curiosidad era igual que la tuya. Creo que durante un año entero no oí de él más que cómo, qué, cuándo y, sobre todo, por qué. No te dé vergüenza preguntar cualquier duda que lleves en tu corazón.

—Es que necesito saber tantas cosas... —murmuró Eragon—. ¿Quién eres? ¿De dónde eres? ¿De dónde era Brom? ¿Cómo era Morzan? Cómo, qué, cuándo y por qué. Y quiero saberlo todo de Vroengard y de los Jinetes. Tal vez entonces vea más claro el camino.

El silencio se interpuso entre ellos mientras Oromis desarmaba meticulosamente una frambuesa, sacando las bolitas de una en una. Cuando el último corpúsculo desapareció entre sus labios enrojecidos, se frotó las manos —se las pulió, como solía decir Garrow— y dijo:

—Entonces, has de saber esto de mí: nací hace unos siglos en nuestra ciudad de Luthivíra, que se hallaba en los bosques cercanos al lago Tüdosten. A los veinte, como a todos los elfos jóvenes, me presentaron ante los huevos que los dragones habían dado a los Jinetes y Glaedr prendió ante mí. Nos entrenamos como Jinetes y, durante casi un siglo, viajamos por todo el mundo cumpliendo la voluntad de Vrael. Al final, llegó el día en que se consideró necesario que nos retiráramos y pasáramos nuestra experiencia a la siguiente generación, de modo que nos instalamos en Ilirea y enseñamos a los nuevos Jinetes, de uno en uno, o dos a la vez como mucho, hasta que nos destruyó Galbatorix.

—¿Y Brom?

—Brom era de una familia de iluminadores de Kuasta. Su madre se llamaba Nelda, y su padre, Holcomb. Kuasta queda tan aislado del resto de Alagaësia por las Vertebradas que se ha convertido en un lugar peculiar, lleno de antiguas costumbres y supersticiones. Cuando acababa de llegar a Ilirea, Brom golpeaba tres veces el marco de una puerta antes de entrar o salir de una habitación. Los estudiantes humanos se burlaban de él por eso hasta que abandonó esa práctica y algunos otros hábitos.

»Morzan fue mi mayor fracaso. Brom lo idolatraba. Nunca se alejaba de él, siempre le discutía y nunca creyó que pudiera superarlo en ninguna empresa. Morzan, aunque me avergüence admitirlo, pues yo podía haberlo evitado, se daba cuenta de eso y se aprovechó de la devoción de Brom de cien maneras distintas. Pero, sin que yo pudiera impedirlo, Morzan ayudó a Galbatorix a robar una criatura de dragón, Shruikan, para reponer el que éste había perdido, y en ese proceso mataron al Jinete original de aquel nuevo dragón. Luego Morzan y Galbatorix huyeron juntos y sellaron nuestra condena.

»No puedes ni empezar a imaginarte el efecto que la traición de Morzan tuvo para Brom hasta que hayas entendido la profundidad del afecto que sentía por él. Y cuando Galbatorix al fin se mostró y los Apóstatas mataron al dragón de Brom, éste concentró toda su rabia y su dolor en aquel a quien consideraba responsable de la destrucción de su mundo: Morzan.

Oromis hizo una pausa, con rostro grave.

—¿Sabes por qué cuando muere el dragón o el Jinete, el superviviente suele morir también?

—Me lo puedo imaginar —dijo Eragon. La mera idea le daba pavor.

—El dolor ya es bastante, aunque no siempre interviene como factor. Pero lo que realmente hace daño es sentir que una parte de tu mente, una parte de tu identidad, se muere. Cuando le ocurrió a Brom, temí que se volviera loco durante un tiempo. Cuando me capturaron y logré escapar, traje a Brom a Ellesméra para que estuviera a salvo, pero se negó a quedarse y salió con nuestro ejército a las llanuras de Ilirea, donde habían matado al rey Evandar.

»La confusión que se produjo entonces era indescriptible. Galbatorix estaba ocupado en consolidar su poder, los enanos se retiraban, el suroeste era una masa de guerras porque los humanos se rebelaron para crear Surda, y nosotros acabábamos de perder a nuestro rey. Llevado por el deseo de venganza, Brom quiso obtener ventaja de aquella confusión. Reunió a muchos de los que se habían exilado, liberó a algunos presos y formó con ellos el grupo de los vardenos. Los lideró durante unos cuantos años y luego cedió su posición a otro y quedó libre para perseguir su auténtica pasión, que era la derrota de Morzan. Brom mató personalmente a tres de los Apóstatas, incluido Morzan, y fue responsable de la muerte de otros cinco. En toda su vida pocas veces fue feliz, pero era un buen Jinete y un buen hombre y para mí es un honor haberlo conocido.

—Nunca oí que se relacionara su nombre con la muerte de los Apóstatas —objetó Eragon.

—Galbatorix no quería que se hiciera público el hecho de que aún existía alguien capaz de derrotar a sus siervos. Gran parte de su poder reside en la apariencia de invulnerabilidad.

Una vez más, Eragon se vio obligado a revisar su concepto de Brom, desde aquel cuentacuentos de pueblo por quien lo había tomado al principio, hasta el guerrero y mago con quien había viajado, pasando por el Jinete que era y como al final se mostró; ahora, líder activista y revolucionario, y asesino. Costaba reconciliar todos aquellos papeles. «Me siento como si apenas lo conociera. Ojalá hubiera tenido ocasión de hablar con él de todo esto al menos una vez.»

—Era un buen hombre —concedió Eragon.

Miró por una de las ventanas redondas que daban al borde del acantilado y permitían que la calidez de la tarde invadiera la habitación. Miró a Saphira y se fijó en cómo se comportaba con Glaedr, tímida y coqueta a la vez. Tan pronto se daba la vuelta para examinar algo en el claro, como movía las alas y dedicaba pequeños avances al dragón grande, moviendo la cabeza de lado a lado y agitando la cola como si estuviera a punto de lanzarse sobre un ciervo. A Eragon le recordó una gatita que intentara seducir a un viejo gato callejero para que jugase con ella, aunque Glaedr asistía impasible a sus maquinaciones.

Saphira —le dijo. Ella respondió con un distraído temblor de sus pensamientos, como si casi no fuera consciente de su presencia—. *Saphira, contéstame.*

¿Qué?

Ya sé que estás emocionada, pero no hagas tonterías.

Tú has hecho tonterías un montón de veces, contestó bruscamente.

Era una respuesta tan inesperada que lo dejó aturdido. Era la clase de comentario cruel e improvisado que suelen hacer los humanos, pero jamás se le había ocurrido que se lo oiría a ella. Al fin consiguió decirle: *Eso no arregla nada.* Ella gruñó y le cerró la mente, aunque Eragon seguía notando el hilo de emociones que los conectaban.

Eragon regresó a Oromis y se encontró sus ojos grises concentrados en él. La mirada del elfo era tan perceptiva que Eragon estaba seguro de que Oromis había entendido lo que acababa de pasar. Forzó una sonrisa y señaló a Saphira:

—Aunque estamos unidos, no consigo predecir lo que va a hacer. Cuanto más sé de ella, más cuenta me doy de lo distintos que somos.

Entonces Oromis hizo la primera afirmación que a Eragon le pareció verdaderamente sabia:

355

—A menudo amamos a quienes nos resultan más ajenos. —El elfo se detuvo—. Es muy joven, como tú. A Glaedr y a mí nos costó decenios entendernos del todo mutuamente. El vínculo de un Jinete con su dragón no se parece a ninguna otra relación: es una obra en permanente creación. ¿Te fías de ella?

—Con mi vida.

—¿Y ella se fía de ti?

—Sí.

—Pues síguele la corriente. Te criaste como huérfano. Ella creció convencida de que era el único individuo sano y salvo de toda su raza. Y ahora ha visto que se equivocaba. No te sorprendas si han de pasar unos cuantos meses hasta que deje de acosar a Glaedr y vuelva a concentrar su atención en ti.

Eragon rodó un arándano entre el pulgar y el índice; había perdido el apetito.

—¿Por qué no comen carne los elfos?

—¿Por qué habríamos de comerla? —Oromis sostuvo una frambuesa y la rodó de tal modo que la luz rebotaba en su piel moteada e iluminaba los pelillos que brotaban del fruto—. Podemos obtener cantando cuanto queramos de los árboles y de las plantas, incluida nuestra comida. Sería una barbaridad hacer sufrir a los animales para tener más platos en la mesa... Dentro de poco le encontrarás más sentido a nuestra opción.

Eragon frunció el ceño. Siempre había comido carne y no le apetecía la perspectiva de vivir sólo de fruta y verduras mientras estuviera en Ellesméra.

—¿No echáis de menos el sabor?

—No se puede echar de menos lo que no se ha probado.

—Pero ¿qué pasa con Glaedr? No puede vivir de la hierba.

—No, pero tampoco causa ningún sufrimiento innecesario. Los dos hacemos lo mejor que podemos con lo que tenemos. No puedes evitar ser quien eres por nacimiento.

—¿E Islanzadí? Su capa era de plumas de cisne.

—Plumas sueltas recogidas a lo largo de muchos años. No se mató a ninguna ave para preparar su vestidura.

Terminaron de comer, y Eragon ayudó a Oromis a limpiar los platos con arena. Mientras los guardaba en el armario, el elfo preguntó:

—¿Te has bañado esta mañana? —La pregunta sorprendió a Eragon, pero contestó que no, que no lo había hecho—. Por favor, hazlo mañana, y todos los demás días.

—¡Todos los días! El agua está demasiado fría. Cogeré las fiebres palúdicas.

Oromis le lanzó una mirada extraña.

—Pues caliéntala.

Ahora le tocaba a Eragon volverse para mirarlo con extrañeza.

—No tengo tanta fuerza como para calentar todo un arroyo con magia —protestó.

El eco de la risa de Oromis resonó en la casa. Fuera, Glaedr movió la cabeza hacia la ventana, echó un vistazo al elfo y volvió a su posición anterior—. Doy por hecho que anoche exploraste tus aposentos y viste una pequeña habitación con un hueco en el suelo.

—Creí que sería para lavar la ropa o las sábanas.

—Es para que te laves tú. Hay dos pitorros escondidos en un lado de la pared, junto al hueco. Ábrelos y te podrás bañar con el agua a la temperatura que quieras. Además —señaló la barbilla de Eragon—, mientras seas mi alumno, espero que te mantengas bien afeitado hasta que puedas dejarte una barba de verdad, si es que decides hacerlo, y no con esa pinta de árbol al que se le han caído la mitad de las hojas. Los elfos no nos afeitamos, pero haré que te envíen una navaja y un espejo.

Con una mueca de dolor por el golpe asestado a su orgullo, Eragon lo aceptó. Salieron al exterior, donde Oromis miró a Glaedr y el dragón dijo: *Ya hemos decidido el programa para Saphira y para ti.*

El elfo dijo:

—Empezarás...

... *Mañana, una hora después de la puesta del sol, a la hora de los Lirios Rojos. Para entonces has de estar aquí.*

—Y tráete la silla que Brom hizo para ti, Saphira —siguió Oromis—. Hasta entonces, haced lo que queráis; hay muchas maravillas en Ellesméra para alguien de fuera, si os apetece verlas.

—Lo tendré en cuenta —dijo Eragon, al tiempo que agachaba la cabeza—. Antes de irme, Maestro, quiero darte las gracias por ayudarme en Tronjheim después de que matara a Durza. Dudo que hubiera sobrevivido sin tu ayuda. Estoy en deuda contigo.

Los dos estamos en deuda, añadió Saphira.

Oromis sonrió levemente e inclinó la cabeza.

La vida secreta de las hormigas

*E*n cuanto Oromis y Glaedr estuvieron fuera de su vista, Saphira dijo: *¡Eragon, otro dragón! ¿Te lo puedes creer?*

Eragon le dio una palmada en el hombro. *Es maravilloso.* Desde lo alto de Du Weldenvarden, la única señal de que el bosque estaba habitado era algún penacho fantasmagórico de humo que se alzaba desde la copa de un árbol y pronto se desvanecía en el claro aire.

Nunca esperé encontrarme con otro dragón aparte de Shruikan. Tal vez sí rescatar los huevos de Galbatorix, pero hasta ahí llegaban mis esperanzas. Y ahora... —Se estremeció de alegría bajo el cuerpo de Eragon—. *Glaedr es increíble, ¿verdad? Es tan mayor y tan fuerte, y sus escamas brillan tanto... Debe de ser dos, no, tres veces más grande que yo. ¿Has visto sus zarpas? Son...*

Siguió así durante varios minutos, deshaciéndose en elogios sobre los atributos de Glaedr. Pero aún más fuertes que sus palabras eran las emociones que Eragon percibía en su interior: las ganas y el entusiasmo entremezclados de tal manera que podían identificarse como una adoración anhelante.

Eragon trató de contarle a Saphira lo que había aprendido de Oromis, pues sabía que ella no había prestado atención, pero le resultó imposible cambiar el tema de conversación. Se quedó sentado en silencio en su grupa, mientras el mundo se extendía por debajo como un océano esmeralda, y se sintió como el hombre más solo de la existencia.

De regreso a sus aposentos, Eragon decidió no salir a dar una vuelta; estaba demasiado cansado por todos los sucesos del día y por las semanas que habían pasado viajando. Y Saphira estuvo más que contenta de sentarse en su lecho y charlar sobre Glaedr mientras él examinaba los misterios de la bañera de los elfos.

Llegó la mañana, y con ella apareció un paquete envuelto en papel de cebolla que contenía la navaja y el espejo que le había prometido Oromis. La factura de la hoja era típica de los elfos, así que no hacía falta afilarla ni engrasarla. Con muecas de dolor, Eragon se dio primero un baño en agua tan caliente que echaba humo y luego sostuvo el espejo y se enfrentó a su rostro.

«Parezco mayor. Mayor y cansado.» No sólo eso, sino que sus rasgos se habían vuelto mucho más angulosos y le daban un aspecto ascético, como de halcón. No era ningún elfo, pero tampoco lo habría tomado nadie por un humano púber tras una inspección cercana. Se echó atrás el pelo para destapar las orejas, que se enrollaban para mostrar una leve punta, una muestra más de cómo estaba cambiando por su lazo con Saphira. Se tocó una oreja y permitió que los dedos se pasearan por aquella forma extraña.

Le costaba aceptar la transformación de su carne. Aunque había sabido de antemano que eso iba a ocurrir —y en algún momento había dado la bienvenida a esa perspectiva, pues confirmaba definitivamente que era un Jinete—, la realidad lo llenaba de confusión. Lamentaba no poder opinar sobre cómo se iba alterando su cuerpo, aunque al mismo tiempo sentía curiosidad por saber adónde lo llevaría ese proceso. Además, se daba cuenta de que, como humano, estaba en plena adolescencia, con su correspondiente carga de misterios y dificultades.

«¿Cuándo sabré por fin quién soy y qué soy?»

Apoyó el filo de la navaja en la mejilla, como había visto

hacer a Garrow, y la arrastró sobre la piel. Cortó algunos pelos, pero quedaban largos y desordenados. Alteró el ángulo del filo y lo probó de nuevo con algo más de éxito.

Sin embargo, cuando llegó a la barbilla, se le resbaló la navaja y se hizo un corte desde la comisura de la boca hasta debajo del mentón. Chilló, soltó la navaja y tapó con una mano el corte, cuya sangre corría ya cuello abajo. Mascullando las palabras entre dientes apretados, dijo: «Waíse heill». El dolor cedió enseguida, en cuanto la magia recosió su carne, aunque el corazón aún latía impresionado.

¡Eragon!, gritó Saphira. Asomó la cabeza y los hombros por el vestíbulo, abrió con un golpe de morro la puerta del baño y olisqueó el aroma de sangre.

Sobreviviré, aseguró Eragon.

Saphira echó un vistazo al agua ensangrentada. *Ten más cuidado. Prefiero verte desaliñado como un ciervo en época de muda, que decapitado por intentar un afeitado profundo.*

Yo también. Vete, estoy bien.

Saphira gruñó y se retiró con reticencia.

Eragon se quedó sentado, mirando fijamente la navaja. Al final, masculló:

—Al diablo con esto.

Se recompuso, repasó la lista de palabras del idioma antiguo, escogió las que necesitaba y luego permitió que su lengua emitiera el hechizo recién inventado. Un leve rastro de polvo negro cayó de su cara cuando el rastrojo de barba se pulverizó, dejando sus mejillas perfectamente lisas.

Satisfecho, Eragon salió y ensilló a Saphira, que alzó el vuelo de inmediato, en dirección a los riscos de Tel'naeír. Aterrizaron junto a la cabaña, donde los esperaban Oromis y Glaedr.

Oromis examinó la silla de Saphira. Repasó todas las correas con los dedos, deteniéndose en las hebillas y costuras, y luego declaró que la hechura era pasable, teniendo en cuenta cómo y cuándo la habían creado.

—Brom siempre fue listo con las manos. Usa esta silla cuando debas viajar a gran velocidad. Pero cuando te puedas permitir algo de comodidad... —entró un momento en su cabaña y reapareció cargado con una silla gruesa y moldeada, decorada con figuras doradas en la parte del asiento y en el bajante de las piernas—, usa ésta. La hicieron en Vroengard y contiene tantos hechizos que nunca te fallará en un momento de necesidad.

Eragon se tambaleó bajo el peso de la silla cuando se la pasó Oromis. Tenía la misma forma que la de Brom, con una serie de hebillas que colgaban a ambos lados, pensadas para inmovilizar sus piernas. El asiento, hondo, estaba esculpido en la piel de tal modo que podría volar durante horas con comodidad, tanto si iba sentado como si se recostaba junto al cuello de Saphira. Además, las correas que rodeaban el pecho de Saphira tenían una serie de hendiduras y nudos para poderse acomodar al crecimiento del dragón a medida que pasaran los años. Unas cuantas cintas anchas a ambos lados de la cabeza de la silla llamaron la atención de Eragon. Preguntó para qué servían.

Glaedr murmuró: *Para fijarte las muñecas y los brazos de tal modo que no mueras de miedo como una rata cuando Saphira haga una maniobra compleja.*

Oromis ayudó a Eragon a quitar la silla antigua a Saphira.

—Saphira, hoy irás con Glaedr y yo trabajaré aquí con Eragon.

Como quieras, contestó ella, y gritó de excitación. Glaedr alzó su masa dorada y se elevó hacia el norte. Saphira lo siguió de cerca.

Oromis no concedió a Eragon tiempo para pensar en la marcha de Saphira: el elfo lo llevó a un recuadro de tierra bien prensada que quedaba bajo un sauce, al otro lado del claro. Plantado frente a él en el recuadro, Oromis dijo:

362

—Lo que voy a mostrarte ahora se llama Rimgar, o Danza de la Serpiente y la Grulla. Es una serie de posturas que hemos desarrollado con el objetivo de preparar a los guerreros para el combate, aunque todos los elfos la usan para mantener la salud y la forma física. El Rimgar tiene cuatro niveles, cada uno más difícil que el anterior. Empezaremos por el primero.

La prevención ante el sufrimiento que se avecinaba mareó a Eragon hasta tal punto que apenas podía moverse. Apretó los puños y bajó los hombros, sintiendo el tirón de la cicatriz en la piel de la espalda mientras miraba fijamente el espacio entre sus pies.

—Relájate —le aconsejó Oromis. Eragon abrió las manos de un tirón y las dejó muertas al límite de sus brazos rígidos—. Te he pedido que te relajes, Eragon. No puedes hacer el Rimgar si estás rígido como una tira de cuero.

—Sí, Maestro.

Eragon hizo una mueca y, con cierta reticencia, soltó los músculos y las articulaciones, aunque en su vientre conservaba un nudo de tensión enroscada.

—Junta los pies y deja los brazos paralelos al costado. Mira recto hacia delante. Ahora, respira hondo y alza los brazos por encima de la cabeza para juntar las palmas... Sí, eso es. Espira y dóblate hasta donde puedas, apoya las palmas en el suelo, respira de nuevo... y salta hacia atrás. Bien. Respira y dóblate hacia atrás, mirando al cielo..., y espira, alzando las caderas hasta que formes un triángulo. Respira desde el fondo de la garganta... y suelta el aire. Dentro... y fuera. Dentro...

Para alivio de Eragon, las posturas eran suaves y podía mantenerlas sin que se despertara el dolor de espalda, aunque le exigían esfuerzo: el sudor le perlaba la frente, y boqueaba para respirar. Sonrió de pura alegría, como si le hubieran concedido un indulto. Sus recelos se evaporaron y

363

pasó con fluidez de una postura a otra —pese a que la mayoría exigía más flexibilidad de la que tenía—, con una energía y confianza que no había vuelto a tener desde antes de la batalla de Farthen Dûr. «¡A lo mejor me he curado!»

Oromis practicó el Rimgar con él y demostró un nivel de fuerza y flexibilidad que asombró a Eragon, sobre todo en alguien de su edad. El elfo podía tocarse los dedos de los pies con la frente. Durante todo el ejercicio, mantuvo una compostura impecable, como si estuviera paseando por un jardín. Sus instrucciones eran más tranquilas y pacientes que las de Brom, pero absolutamente implacables. No se permitía el menor desvío del camino correcto.

—Vamos a lavarnos el sudor de brazos y piernas —dijo Oromis cuando terminaron.

Fueron al arroyo contiguo a la casa y se desvistieron deprisa. Eragon miraba disimuladamente al elfo, curioso de ver qué aspecto tenía sin ropa. Oromis era muy delgado, pero sus músculos estaban perfectamente definidos, grabados bajo la piel con las duras aristas de una talla de madera. No tenía vello en el pecho ni en las piernas, ni siquiera en el pubis. A Eragon le pareció un cuerpo casi estrafalario, comparado con el de los hombres que estaba acostumbrado a ver en Carvahall, aunque tenía algo de refinada elegancia, como el de un gato montés.

Después de lavarse, Oromis llevó a Eragon al interior de Du Weldenvarden, hasta un corro en que los árboles oscuros se inclinaban hacia delante y oscurecían el cielo que quedaba tras las ramas y los velos de liquen enmarañado. Los pies se hundían hasta los tobillos en el musgo. En torno a ellos todo estaba silencioso.

Oromis señaló un tocón blanco con la superficie lisa y pulida, a unos tres metros, en el centro del corro, y dijo:

—Siéntate ahí. —Eragon hizo lo que se le pedía—. Cruza las piernas y cierra los ojos. —El mundo se oscureció.

Desde la derecha, le llegó un susurro de Oromis—. Abre tu mente, Eragon. Abre tu mente y escucha el mundo que te rodea, los pensamientos de todos los seres de este claro, desde las hormigas de los árboles hasta los gusanos del suelo. Escucha hasta que puedas oírlos a todos y entender su propósito y su naturaleza. Escucha y, cuando ya no oigas nada, ven a contarme lo que hayas aprendido.

Y luego el bosque quedó en silencio.

Como no estaba seguro de si Oromis se había ido, Eragon retiró tentativamente las barreras de su mente y predispuso su conciencia, como solía hacer cuando intentaba entrar en contacto con Saphira a grandes distancias. Al principio sólo lo rodeó el vacío, pero luego empezaron a aparecer aguijones de luz y calor en la oscuridad y fueron cobrando fuerza hasta que se encontró sentado en medio de una galaxia de constelaciones giratorias en la que cada punto brillante representaba una vida. Siempre que había contactado con otros seres por medio de su mente, ya fuera *Cadoc, Nieve de Fuego* o Solembum, el foco se había concentrado en aquel con quien se quería comunicar. Pero esto... Esto era como si hubiera estado sordo en medio de una muchedumbre y ahora pudiera oír riadas de conversación revoloteando a su alrededor.

De pronto se sintió vulnerable: estaba totalmente expuesto al mundo. Cualquiera, o cualquier cosa, que deseara colarse en su mente y controlarlo podría hacerlo. Se tensó inconscientemente, se encogió en su interior y su consciencia del claro se desvaneció. Recordando una de las lecciones de Oromis, Eragon respiró más lento y visualizó el movimiento de sus pulmones hasta que se encontró suficientemente relajado como para abrir de nuevo la mente.

De todas las vidas que notaba, la mayoría, con mucho, eran insectos. Le aturdió la cantidad. Decenas de miles habitaban en un palmo cuadrado de musgo; millones, en el resto del pequeño claro, y una masa incontable, más allá. De hecho, aquella abundancia asustó a Eragon. Siempre había sabido que los humanos eran pocos y atribulados en Alagaësia, pero nunca había imaginado que incluso los escarabajos los superaran numéricamente de aquel modo.

Como eran uno de los pocos insectos que Eragon conocía, y Oromis las había mencionado, concentró su atención en las columnas de hormigas rojas que desfilaban por el suelo y ascendían por los tallos de un rosal silvestre. Lo que pudo sonsacarles no fueron pensamientos —pues su cerebro era demasiado primitivo—, sino urgencias: la de encontrar comida y evitar daños, la de defender el territorio propio, la de aparearse. Examinando los instintos de las hormigas, pudo empezar a comprender su comportamiento.

Le fascinó descubrir que —salvo por unos pocos individuos que exploraban las fronteras exteriores de su provincia— las hormigas sabían perfectamente adónde iban. No fue capaz de determinar qué mecanismo las guiaba, pero seguían caminos claramente definidos desde su hormiguero hasta la comida, para luego regresar. La fuente de su alimento representó otra sorpresa. Tal como había esperado, las hormigas mataban y se llevaban a cuestas a otros insectos, pero casi todos sus esfuerzos se concentraban en el cultivo de... de *algo* que salpicaba el rosal. Fuera cual fuese, aquella forma de vida era demasiado débil para que él pudiera sentirla. Concentró todas sus fuerzas en el intento de identificarla para satisfacer su curiosidad.

La respuesta era tan sencilla que, cuando la comprendió, se echó a reír en voz alta: pulgones. Las hormigas actuaban como pastoras de pulgones, los dirigían y protegían, al tiempo que obtenían sustento de ellos masajeando sus vientres con la punta de las antenas. A Eragon le costó creerlo, pero cuanto más miraba, más se convencía de estar en lo cierto. Siguió el rastro de las hormigas bajo tierra en su compleja matriz de laberintos y estudió cómo cuidaban a ciertos miembros de la especie que eran varias veces mayores que una hormiga normal. Sin embargo, fue incapaz de determinar el propósito de aquellos insectos; sólo veía a los sirvientes que los rodeaban, les daban vueltas y retiraban unas manchas de materia que producían a intervalos regulares.

Al cabo de un rato, Eragon decidió que ya había obtenido toda la información posible de las hormigas —salvo que estuviera dispuesto a permanecer todo el día allí sentado— y ya se disponía a regresar a su cuerpo cuando una ardilla entró de un salto en el claro. Se le apareció como un estallido de luz, porque estaba adaptado a los insectos. Aturdido, sintió que lo abrumaba un fluir de sensaciones y sentimientos del animal. Olió el bosque con la nariz de la ardilla, sintió cómo cedía la corteza bajo sus zarpas puntiagudas y notó cómo circulaba el aire en torno al penacho de la cola levantada. Comparada con una hormiga, la ardilla ardía de energía y poseía una indudable inteligencia.

Luego saltó a otra rama y se desvaneció de su conciencia.

El bosque parecía mucho más oscuro y silencioso que antes cuando Eragon abrió los ojos. Respiró hondo y miró alrededor, apreciando por primera vez cuánta vida existía en el mundo. Estiró las piernas acalambradas y echó a andar hacia el rosal.

Se agachó y examinó los tallos y las ramitas. Efectivamente, prendidos de ellas estaban los pulgones y sus guardianas encarnadas. Y cerca de la base de la planta había un montón de pinaza que señalaba la entrada del hormiguero. Era extraño verlo con sus propios ojos; nada de lo que veía contradecía las numerosas y sutiles interacciones que ahora conocía bien.

Enfrascado en sus pensamientos, regresó al claro, preguntándose qué podrían aplastar sus pies a cada paso. Cuando abandonó el refugio de los árboles, le sorprendió ver que el sol había descendido mucho. «Debo de haber pasado al menos tres horas ahí sentado.»

Encontró a Oromis en su cabaña, escribiendo con una pluma de ganso. El elfo terminó una frase, limpió la punta de la pluma, tapó la tinta y preguntó:

—¿Qué has oído, Eragon?

Eragon tenía ganas de compartir. Mientras describía su experiencia, notó que su voz se alzaba con entusiasmo por los detalles de la sociedad de las hormigas. Contó todo lo que era capaz de recordar, hasta la más mínima e inconsecuente observación, orgulloso de toda la información que había obtenido.

Cuando ya había terminado, Oromis enarcó una ceja.

—¿Eso es todo?

—Yo... —El desánimo se apoderó de Eragon al entender que, por alguna razón, se le había escapado el sentido del ejercicio—. Sí, Ebrithil.

—¿Y qué pasa con los demás organismos del aire y de la tierra? ¿Puedes contarme qué hacían mientras tus hormigas cuidaban a sus rebaños?

—No, Ebrithil.

—Ahí está tu error. Has de tomar consciencia de todas las cosas por igual y no ponerte anteojeras que te lleven a concentrarte en un sujeto particular. Es una lección esencial y, hasta que la domines, pasarás cada día una hora meditando en el tocón.

—¿Cómo lo sabré cuando la haya dominado?

—Podrás mirar una sola cosa y verlas todas.

Oromis lo invitó por gestos a unirse a él ante la mesa y le puso delante una hoja de papel en blanco, junto a una pluma y un tintero.

—Hasta ahora has funcionado con un conocimiento incompleto del idioma antiguo. No hay nadie entre nosotros que conozca todas las palabras del lenguaje, pero te has de familiarizar con su gramática y su estructura para que no te mates por poner un verbo en un lugar inadecuado, o por algún error parecido. No espero que lo hables como los elfos, pues eso te llevaría una vida entera, pero sí que consigas una fluidez inconsciente. O sea, has de ser capaz de hablarlo sin pensar.

»Además, has de aprender a leer y escribir en el idioma antiguo. No sólo te servirá para memorizar las palabras, es una habilidad esencial si necesitas componer un hechizo especialmente largo y no te fías de tu memoria, o si el hechizo está registrado por escrito y quieres usarlo.

»Cada raza ha desarrollado su propio sistema para escribir el idioma antiguo. Los enanos usan el alfabeto de runas, igual que los humanos. Sin embargo, son poco más que técnicas improvisadas, incapaces de expresar las auténticas sutilezas del lenguaje como nuestra Liduen Kvaedhí, la Escritura Poética. La Liduen Kvaedhí se creó para obtener la mayor elegancia, belleza y precisión posibles. Se compone de cuarenta y dos formas distintas que representan diversos sonidos. Esas formas se pueden combinar en una serie de glifos casi infinita que representa a la vez palabras individuales y frases completas. El símbolo de tu anillo es uno de esos glifos. El de *Zar'roc* es otro... Vamos a empezar: ¿cuáles son las vocales básicas del idioma antiguo?

—¿Qué?

Su ignorancia de los entresijos del idioma antiguo se hizo evidente enseguida. Mientras viajaba con Brom, el viejo cuentacuentos se había concentrado en hacerle memorizar listas de palabras que pudiera necesitar para sobrevivir, así como en perfeccionar su pronunciación. En esas dos áreas sobresalía, pero ni siquiera podía explicar la diferencia entre un artículo definido o indefinido. Si las lagunas de su educación frustraban a Oromis, ninguna palabra o acción del elfo traicionó esa sensación, y en cambio se dedicó a corregirlos con persistencia.

369

En un cierto punto de la lección, Eragon comentó:

—Nunca he necesitado muchas palabras para mis hechizos; Brom decía que saberlo hacer usando sólo «brisingr» era un don. Creo que lo más largo que dije en el idioma antiguo fue cuando hablé con la mente de Arya y cuando bendije a una huérfana en Farthen Dûr.

—¿Bendijiste a una niña en el idioma antiguo? —preguntó Oromis, alarmado de pronto—. ¿Recuerdas con qué palabras formulaste la bendición?

—Sí.

—Recítamelas. —Eragon lo hizo, y una expresión de puro horror se tragó a Oromis. Exclamó—: ¡Usaste «skölir»! ¿Estás seguro? ¿No era «sköliro»?

Eragon frunció el ceño.

—No, «skölir». ¿Por qué no podía usarla? Significa «protegido». «...y que te veas protegido ante la desgracia.» Era una buena protección.

—No era una protección, sino una maldición. —Eragon nunca había visto a Oromis tan agitado—. El sufijo «o» forma el tiempo pasado en los verbos que terminan con «r» y con «i». «Sköliro» significa «protegido», pero «skölir» significa «protector». Lo que dijiste fue: «Que la suerte y la felicidad te sigan y que te conviertas en protector de la desgracia». En vez de proteger a la niña de los caprichos del destino, la condenaste a sacrificarse por los demás, a absorber sus miserias y sufrimientos para que puedan vivir en paz.

«No, ¡no! ¡No puede ser!» Eragon se encogió al pensar en esa posibilidad.

—El efecto que tiene un hechizo no se determina sólo por las palabras, sino también por la intención, y mi intención no era...

—No se puede contradecir la naturaleza inherente a una palabra. Se puede forzar, sí. Guiar, también. Pero no contravenir su definición para que signifique exactamente lo contrario. —Oromis juntó los dedos y se quedó mirando la mesa, con los labios tan apretados que formaban una fina línea blanca—. Confío en que no tenías mala intención, pues de lo contario me negaría a seguir enseñándote. Si eras sincero y tu corazón era puro, esa bendición hará menos daño de lo que me temo, aunque no dejará de ser el núcleo de más dolor del que tú y yo deseamos.

Un violento temblor sobrecogió a Eragon cuando se dio cuenta de lo que había hecho con la vida de aquella niña.

—Tal vez no pueda deshacer mi error —dijo—, pero quizá sí puedo aliviarlo. Saphira marcó la frente de la niña, igual que había marcado mi palma con el gedwëy ignasia.

Por primera vez en su vida, Eragon vio a un elfo aturdido. Oromis abrió mucho los ojos, se quedó boquiabierto y se agarró a los brazos del asiento hasta que la madera emitió un quejido.

—Alguien que carga con la señal de los Jinetes y, sin embargo, no lo es —murmuró—. En todos mis años de vida, aún no había conocido a nadie como vosotros dos. Parece que todas vuestras decisiones tienen mayor impacto de lo que nadie se atrevería a pronosticar. Cambiáis el mundo a vuestro antojo.

—¿Eso es bueno, o malo?

—Ni una cosa ni otra. Simplemente, es. ¿Dónde está ahora esa niña?

A Eragon le costó un momento recomponer sus pensamientos.

—Con los vardenos, ya sea en Farthen Dûr o en Surda. ¿Crees que la marca de Saphira le ayudará?

—No lo sé —contestó Oromis—. No existe ningún precedente del que podamos obtener lección alguna.

—Tiene que haber maneras de retirar la maldición y negar el hechizo.

Era casi una súplica.

—Las hay. Pero para que sean efectivas, has de aplicarlas tú, y no podemos permitirnos que te ausentes de aquí. Incluso en las mejores circunstancias, algún resto de tu magia perseguirá a esta chica para siempre. Ése es el poder del antiguo lenguaje. —Hizo una pausa—. Ya veo que entiendes la gravedad de la situación, así que sólo te diré esto una vez: cargas con toda la responsabilidad de la condena de esa niña y, por el mal que le causaste, te corresponde ayudarla si alguna vez se presenta la ocasión. Según la ley de los Jinetes, cargas con esa vergüenza como si fuera tu hija ilegítima, una desgracia entre los humanos, si lo recuerdo bien.

—Sí —murmuró Eragon—. Lo entiendo.

«Entiendo que obligué a una niña indefensa a seguir cierto destino sin darle siquiera la opción de escoger. ¿Se puede ser verdaderamente bueno si no tienes la oportunidad de actuar mal? La convertí en esclava.» También sabía que si él mismo se hubiera visto atado de ese modo sin consentimiento, odiaría a su carcelero con todos los poros de su ser.

—Entonces, no se hable más de esto.

—Sí, Ebrithil.

Eragón seguía desanimado, e incluso deprimido, al terminar el día. Apenas alzó la vista cuando salieron al encuentro de Saphira y Glaedr. Los árboles se agitaron por la furia de la galerna que los dos dragones provocaban con sus alas. Saphira parecía orgullosa; arqueó el cuello y se acercó a Eragon dando brincos, con las fauces abiertas en una sonrisa lobuna.

Una piedra crujió bajo el peso de Glaedr cuando el viejo dragón clavó en Eragon su ojo gigantesco —grande como un plato llano— y preguntó: *¿Cuál es la tercera regla para detectar una corriente descendente y la quinta para evitarla?*

Eragon salió de su duermevela y apenas pudo pestañear con cara de tonto.

—No lo sé.

Entonces, Oromis se encaró a Saphira y preguntó:

—¿Qué criaturas pastorean las hormigas y cómo obtienen alimento de ellas?

No tengo ni idea, confesó Saphira. Parecía ofendida.

Un brillo de rabia asomó en la mirada de Oromis mientras se cruzaba de brazos, aunque su expresión permaneció tranquila.

—Después de todo lo que habéis hecho juntos, creía que habíais aprendido la lección básica del Shur'tugal: compartirlo todo con el socio. ¿Te cortarías el brazo derecho? Y tú ¿volarías sólo con un ala? Nunca. Entonces, ¿por qué ignoráis el vínculo que os une? De ese modo, despreciáis el mayor don y la gran ventaja que tenéis sobre cualquier oponente individual. No deberíais limitaros a hablar entre vosotros por medio de la mente, sino que deberíais mezclar vuestras conciencias hasta que penséis y actuéis como un solo cuerpo. Espero que los dos sepáis lo que cada uno aprende.

—¿Y nuestra intimidad? —preguntó Eragon.

¿Intimidad? —dijo Glaedr—. *Cuando os vayáis de aquí, proteged vuestros pensamientos si queréis; pero mientras os estemos enseñando, no hay intimidad que valga.*

Eragon miró a Saphira y se sintió aun peor que antes. Ella esquivó la mirada, pero luego dio un pisotón y lo miró directamente. *¿Qué?*

Tienen razón. Hemos sido descuidados.

No es culpa mía.

No he dicho que lo fuera. Sin embargo, Saphira había adivinado su intención. Eragon lamentaba la atención que había prestado a Glaedr y que eso los hubiera apartado. *Mejoraremos, ¿no?*

¡Por supuesto!, contestó ella bruscamente.

373

Sin embargo, Saphira se negó a ofrecer sus disculpas a Oromis y Glaedr, dejando esa tarea para Eragon.

—No volveremos a decepcionaros.

—Asegúrate de que así sea. Mañana os examinaremos para comprobar si cada uno sabe lo que ha aprendido el otro. —Oromis mostró un cacharro de madera en la palma de su mano—. Mientras os ocupéis de darle cuerda con regularidad, este aparato os despertará cada mañana a la hora adecuada. Volved aquí en cuanto estéis lavados y desayunados.

Cuando Eragon cogió el cacharro, le sorprendió que pesara tanto. Tenía el tamaño de una avellana y profundas espirales talladas en torno a un nudo trabajado para representar un capullo de rosa de musgo. Probó a girar el nudo y oyó tres clics y el avance de un mecanismo oculto.

—Gracias —dijo.

Bajo el árbol Menoa

*T*ras despedirse, Eragon y Saphira regresaron volando a su casa en el árbol, con la silla nueva de Saphira colgada entre las zarpas. Sin darse cuenta siquiera, ambos abrieron sus mentes de manera gradual y permitieron que la conexión resultara más amplia y profunda, aunque ninguno de los dos buscó conscientemente al otro. Las tumultuosas sensaciones de Eragon, en cualquier caso, debían de ser tan fuertes que Saphira las percibió de todos modos, porque le preguntó: *Bueno, ¿qué ha pasado?*

Un dolor latiente fue creciendo tras los ojos de Eragon mientras explicaba el terrible delito que había cometido en Farthen Dûr. Saphira quedó tan abrumada como él. Eragon dijo: *Tu regalo tal vez ayude a la niña, pero lo que le hice yo es inexcusable y no servirá más que para hacerle daño.*

No toda la culpa es tuya. Comparto contigo el conocimiento del idioma antiguo e, igual que tú, no detecté el error. —Como Eragon guardaba silencio, la dragona añadió—: *Al menos hoy la espalda no te ha creado problemas. Da las gracias.*

Eragon gruñó, sin ganas de abandonar su ánimo oscuro. *¿Y qué has aprendido tú en este buen día?*

A identificar y evitar los modelos climáticos peligrosos. Hizo una pausa, aparentemente dispuesta a compartir sus recuerdos con él, pero Eragon estaba demasiado preocupado por su errónea bendición para seguir preguntando. Tampoco soportaba en ese momento aquel nivel de intimidad. Al ver que no mostraba mayor interés por el asunto, Saphira se retiró en un silencio taciturno.

Al llegar de vuelta a la habitación, Eragon encontró una bandeja de comida junto a la puerta, igual que la noche anterior. Se llevó la bandeja a la cama —que alguien había hecho con sábanas limpias— y se dispuso a comer, maldiciendo la falta de carne. Cansado por el Rimgar, se recostó en las almohadas y se disponía a dar el primer mordisco cuando sonó un suave repiqueteo en la entrada de su cámara.

—Adelante —gruñó. Bebió un sorbo de agua.

Eragon estuvo a punto de atragantarse al ver que Arya traspasaba el umbral. Había abandonado la ropa de cuero que solía llevar, sustituida por una túnica de suave color verde atada a la cintura con una cinta adornada con piedras lunares. También se había quitado la habitual cinta del pelo, que ahora se derramaba en torno a su cara y sobre los hombros. El mayor cambio, sin embargo, no se notaba tanto en la ropa como en su postura: la crispada tensión que impregnaba todo su comportamiento desde que Eragon la viera por primera vez había desparecido.

Al fin parecía relajada.

Se apresuró a ponerse en pie y se dio cuenta de que ella iba descalza.

—¡Arya! ¿Qué haces aquí?

Ella se llevó dos dedos a los labios y dijo:

—¿Piensas pasar otra noche sin salir?

—Yo...

—Ya llevas tres días en Ellesméra y no has visto nada de la ciudad. Sé que siempre quisiste explorarla. Olvídate del cansancio por una vez y acompáñame.

Se deslizó hacia él, cogió a *Zar'roc*, que descansaba a su lado, y lo invitó con un gesto.

Eragon se levantó de la cama y la siguió hasta el vestíbulo, desde donde descendieron por la trampilla y luego por la muy inclinada escalera que rodeaba el rasposo tronco del árbol. En lo alto, las nubes resplandecían con los últimos rayos del sol antes de que éste se extinguiera tras el límite del mundo.

A Eragon le cayó un fragmento de corteza en la cabeza y, al alzar la mirada, vio que Saphira se asomaba desde la habitación, agarrada a la madera con las zarpas. Sin abrir las alas, saltó al aire y descendió los treinta metros aproximados que la separaban del suelo, aterrizando en una removida nube de polvo. *Yo también voy.*

—Por supuesto —dijo Arya, como si no esperara otra cosa. Eragon frunció el ceño; quería ir a solas con ella, pero sabía que no debía quejarse.

Caminaron bajo los árboles, donde el crepúsculo extendía ya sus zarcillos hasta el interior de los troncos huecos, las grietas oscuras de los árboles y la cara inferior de las hojas nudosas. Aquí y allá, alguna antorcha brillaba como una gema en el interior de algún árbol o en la punta de una rama y desprendía suaves manchas de luz a ambos lados del sendero.

Los elfos trabajaban en diversos proyectos en el radio de las antorchas y en torno a ellas, a solas por lo general, salvo por unas pocas parejas. Había varios elfos sentados en lo alto de algunos árboles, tocando melifluas tonadas en sus flautas de caña, mientras otros miraban al cielo con expresión pacífica, entre dormidos y despiertos. Había uno sentado con las piernas cruzadas ante un torno de alfarero que rodaba y rodaba con ritmo regular mientras una delicada urna iba tomando forma bajo sus manos. La mujer gata, Maud, estaba en cuclillas a su lado, entre las sombras, contemplando sus progresos. Había un brillo plateado en sus ojos cuando miró a Eragon y Saphira. El elfo siguió su mirada y los saludó sin dejar de trabajar.

Entre los árboles, Eragon atisbó a un elfo —no supo si hombre o mujer— acuclillado en una piedra en medio de un arroyo y murmurando un hechizo hacia un globo de cristal que sostenía en las manos. Eragon agachó el cuello con la intención de verlo mejor, pero el espectáculo ya se había desvanecido en la oscuridad.

—¿A qué se dedican los elfos? —preguntó Eragon en voz muy baja para no molestar a nadie—. ¿Qué profesiones tienen?

Arya contestó en el mismo tono:

—Nuestra habilidad con la magia nos permite disfrutar de tanto ocio como deseemos. No cazamos ni cultivamos la tierra y, en consecuencia, pasamos los días trabajando para dominar aquello que nos interesa, sea lo que fuere. Hay muy pocas cosas que nos exijan esfuerzo.

A través de un túnel de cornejos cubiertos de enredaderas, entraron en el atrio cerrado de una casa que había crecido entre un corro de árboles. Una cabaña abierta ocupaba el centro del atrio, que acogía una forja y un surtido de utensilios; Eragon pensó que hasta Horst los habría envidiado.

Una elfa sostenía unas tenazas pequeñas entre unas ascuas ardientes y accionaba un fuelle con la mano derecha. Con una rapidez asombrosa, sacó las tenazas del fuego —mostrando así un anillo de hierro candente atrapado entre sus extremos—, pasó el anillo por el borde de una armilla incompleta colgada encima del yunque, agarró un martillo y cerró los extremos abiertos del anillo a golpes, entre un estallido de chispas.

Sólo entonces se acercó Arya.

—Atra esterní ono thelduin.

La elfa los miró, con el cuello y las mejillas iluminadas desde abajo por la luz sanguinolenta de las ascuas. Recorría su cara un delicado trazo de arrugas, como tensos cables encajados bajo la piel; Eragon nunca había visto en un elfo semejantes rastros de la edad. La elfa no respondió a Arya, y Eragon sabía que eso era ofensivo y descortés, sobre todo porque la hija de la reina la había honrado al hablar en primer lugar.

—Rhunön-elda, te he traído al nuevo Jinete, Eragon Asesino de Sombra.

—Oí que habías muerto —dijo Rhunön a Arya. Su voz, al contrario que la de la mayoría de los elfos, era profunda y rasposa. A Eragon le recordó a los ancianos de Carvahall que se sentaban en los porches de sus casas a fumarse una pipa y contar historias.

Arya sonrió.

—¿Cuándo saliste de casa por última vez, Rhunön?

—Deberías saberlo. Fue para aquella fiesta del solsticio de verano a la que me obligaste a acudir.

—Hace tres años de eso.

—Ah, ¿sí? —Rhunön frunció el ceño al tiempo que reunía las ascuas y las cubría con una rejilla—. Bueno, ¿y qué? La compañía me impacienta. Un parloteo insignificante que... —Fulminó a Arya con la mirada—. ¿Por qué estamos hablando en este absurdo idioma? Supongo que quieres que le forje una espada. Ya sabes que juré no volver a crear ningún instrumento mortal después de la traición de aquel Jinete y la destrucción que provocó con mi espada.

—Eragon ya tiene espada —dijo Arya. Alzó un brazo y enseñó a *Zar'roc* a la herrera.

Rhunön tomó a *Zar'roc* con una mirada de asombro. Acarició la funda, del color del vino, se detuvo en el símbolo negro que llevaba labrado, quitó algo de polvo de la empuñadura y luego la envolvió con sus dedos y sacó la espada con toda la autoridad de un guerrero. Miró los dos filos de *Zar'roc* y flexionó tanto la hoja entre sus manos que Eragon temió que se rompiera. Luego, en un solo movimiento, Rhunön giró a *Zar'roc* por encima de la cabeza y la bajó de

379

golpe sobre las tenazas que descansaban en el yunque, partiéndolas por la mitad con un resonante tintineo.

—Zar'roc —dijo Rhunön—. Me acuerdo de ti. —Acunó el arma como haría una madre con su primogénito—. Tan perfecta como el día en que fuiste terminada. —Se puso de espaldas y alzó la vista a las nudosas ramas mientras reseguía las curvas del pomo—. Me he pasado toda la vida sacando estas espadas del hierro a martillazos. Luego vino él y las destruyó. Siglos de esfuerzo aniquilados en un instante. Que yo sepa, sólo quedan cuatro ejemplos de mi arte: su espada, la de Oromis y otras dos conservadas por las familias que consiguieron rescatarlas de los Wyrdfell.

¿Wyrdfell?, se atrevió a preguntar Eragon a Arya mentalmente.

Es otro nombre para los Apóstatas.

Rhunön se volvió hacia Eragon.

—Ahora Zar'roc ha vuelto a mí. De todas mis creaciones, ésta es la que menos esperaba recuperar, aparte de la suya. ¿Cómo cayó en tu poder la espada de Morzan?

—Me la dio Brom.

—¿Brom? —Sopesó a Zar'roc—. Brom… Me acuerdo de Brom. Me suplicó que repusiera la espada que había perdido. En verdad, quería ayudarlo, pero ya había hecho mi juramento. Mi negativa le hizo perder la razón de pura rabia. Oromis tuvo que dejarlo inconsciente de un golpe para sacarlo de aquí.

Eragon recogió aquella información con interés.

—Tu creación me ha servido bien, Rhunön-elda. Si no fuera por Zar'roc, hace mucho que estaría muerto. Maté al Sombra Durza con ella.

—Ah, ¿sí? Entonces ha hecho algún bien. —Rhunön enfundó a Zar'roc y se la devolvió, aunque no sin cierta reticencia, y luego miró a Saphira—. Ah, bienvenida, Skulblaka. Bienhallada, Rhunön-elda.

Sin tomarse la molestia de pedir permiso, Rhunön se acercó al hombro de Saphira, le tocó una escama con sus duras uñas y giró el cuello a uno y otro lado con la intención de mirar el translúcido elemento.

—Buen color. No como esos dragones marrones, embarrados y oscuros. Hablando con propiedad, la espada de un Jinete debería combinar con el halo de su dragón, y con este azul se podría haber hecho un filo maravilloso...

La idea parecía agotarla. Regresó al yunque y se quedó mirando la tenaza destrozada, como si ya no le quedaran ganas de repararla.

A Eragon le parecía que no estaba bien terminar la conversación con una nota tan deprimente, pero no se le ocurría una manera de cambiar de conversación con tacto. La armilla brillante captó su atención y, al estudiarla con detenimiento, le asombró ver que todos los aros estaban cerrados como si los hubiera soldado a la perfección. Como los eslabones minúsculos se enfriaban tan rápido, normalmente había que soldarlos antes de encajarlos en la malla, lo cual implicaba que las mallas más finas —como la cota de Eragon— estaban compuestas de eslabones soldados y remachados, alternativamente. Salvo que, al parecer, el herrero poseyera la velocidad y la precisión de los elfos.

381

Eragon dijo:

—Nunca he visto una malla igual que la tuya, ni siquiera las de los enanos. ¿Cómo tienes la paciencia de soldar todos los eslabones? ¿Por qué no usas la magia y te ahorras todo ese trabajo?

En ningún caso esperaba el estallido de pasión que animó a Rhunön. Agitó su corta cabellera y dijo:

—¿Y perderme todo el placer de la tarea? Ah, sí, todos los elfos y yo misma podríamos usar la magia para satisfacer nuestros deseos, y algunos lo hacen, pero entonces... ¿Qué significado tendría la vida? ¿Cómo ocuparías tú el tiempo? Dime.

—No lo sé —confesó.

—Persiguiendo aquello que más amas. Cuando te basta con pronunciar unas pocas palabras para obtener lo que quieres, no importa el objetivo, sino el camino que te lleva a él. Lección para ti. Algún día te enfrentarás al mismo dilema, si vives lo suficiente... Y ahora... ¡vete! Me he cansado de esta conversación.

Tras decir eso, Rhunön quitó la rejilla de la fragua, sacó unas tenazas nuevas y metió un anillo entre las ascuas mientras accionaba el fuelle con intensidad reconcentrada.

—Rhunön-elda —dijo Arya—. Recuerda que volveré a por ti la vigilia del Agaetí Blödhren.

Sólo obtuvo un gruñido por respuesta.

—¿Hizo ella todas las espadas de los Jinetes? —preguntó Eragon—. ¿Hasta la última?

—Y muchas más. Es la mejor herrera que ha vivido jamás. Me ha parecido que debías conocerla, por su bien y por el tuyo.

—Gracias.

¿Siempre es tan brusca?, preguntó Saphira.

Arya se rió.

—Siempre. Para ella sólo importa su artesanía, y es famosa su impaciencia con cualquier persona u objeto que la interfiera. Se le toleran las excentricidades, sin embargo, por su habilidad increíble y sus logros.

Mientras Arya hablaba, Eragon intentó interpretar el significado de *Agaetí Blödhren*. Estaba casi seguro de que «blödh» significaba «sangre» y, por lo tanto, «blödhren» debía de ser «juramento de sangre», pero nunca había oído hablar de «agaetí».

—«Celebración» —explicó Arya cuando se lo preguntó—. Organizamos la Celebración del Juramento de Sangre una vez cada siglo para honrar nuestro pacto con los dragones. Es una suerte para vosotros que estéis aquí ahora, porque ya está muy cerca... —Frunció tanto el ceño que se le juntaron las cejas—. Desde luego, el destino ha preparado una coincidencia muy prometedora.

Sorprendió a Eragon al guiarlos todavía más adentro de Du Weldenvarden por senderos entrecruzados por ortigas y groselleros, hasta que las luces se desvanecieron a su alrededor y entraron en el bosque más asilvestrado. En la oscuridad, Eragon tuvo que confiar en la aguda visión nocturna de Saphira para no perderse. Los curtidos árboles se ensanchaban y estaban cada vez más cercanos entre sí, hasta tal punto que amenazaban con crear una barrera impenetrable. Justo cuando parecía que ya no podían avanzar, el bosque se terminó y entraron en un claro bañado por la luz de una brillante hoz de luna baja en el cielo por el este.

Un pino solitario se alzaba en medio del claro. No era más alto que los demás de su especie, pero sí más ancho que un centenar de árboles normales sumados; en comparación, los demás parecían tan esqueléticos como pimpollos azotados por el viento. Un manto de raíces irradiaba desde el tronco gigantesco y cubría la tierra con unas venas enfundadas en corteza que causaban la impresión de que todo el bosque fluía desde aquel árbol, como si fuera el mismísimo corazón de Du Weldenvarden. El pino presidía el bosque como una matriarca benevolente y protegía a sus habitantes bajo el refugio de sus ramas.

—He aquí el árbol Menoa —susurró Arya—. Celebramos el Agaetí Blödhren a su sombra.

Un escalofrío recorrió el costado de Eragon al reconocer el nombre. Después de que Angela le adivinara el futuro en Teirm, Solembum se le había acercado y le había dicho: *Cuando llegue el momento en que necesites un arma, mira debajo de las raíces del árbol Menoa. Luego, cuando todo parezca perdido y tu poder no sea suficiente, ve a la roca de Kuthian y pronuncia tu nombre para abrir la cripta de las*

Almas. Eragon no podía imaginar qué clase de arma podía haber enterrada bajo el árbol, ni cómo podía encontrarla.

¿Ves algo?, preguntó a Saphira.

No, pero dudo de que las palabras de Solembum tengan sentido hasta que esté claro que lo necesitamos.

Eragon le contó a Arya las dos partes del consejo del hombre gato, aunque —tal como había hecho ante Ajihad e Islanzadí— mantuvo en secreto la profecía de Angela por su naturaleza personal y porque le dio miedo que permitiera a Arya adivinar la atracción que sentía por ella.

Cuando hubo terminado, Arya le dijo:

—Es poco frecuente que los hombres gato ofrezcan consejo, y si lo hacen, no conviene ignorarlo. Que yo sepa, no hay ninguna arma escondida aquí, ni siquiera según las viejas canciones y leyendas. En cuanto a la roca de Kuthian... Ese nombre me suena como si viniera de la voz de un sueño medio olvidado, familiar pero extraño. Lo he oído alguna vez, pero no consigo recordar dónde.

Cuando se acercaron al árbol Menoa, la multitud de hormigas que se arrastraban por encima de las raíces llamó la atención de Eragon. Apenas alcanzaba a ver las leves manchas blancas de los insectos, pero el ejercicio de Oromis lo había sensibilizado a las corrientes de vida del entorno y logró sentir en su mente las primitivas conciencias de las hormigas. Retiró las defensas y permitió que su conciencia fluyera hacia fuera, tocando levemente a Arya y Saphira y expandiéndose luego más allá para ver qué más vivía en el claro.

Con una brusquedad inesperada descubrió una entidad inmensa, un ser consciente de una naturaleza tan colosal que no alcanzaba a percibir los límites de su psique. Hasta el intelecto de Oromis, con el que Eragon había entablado contacto en Farthen Dûr, era enano comparado con aquella presencia. Hasta el aire parecía vibrar con la energía y la fuerza que emanaba de... ¿del árbol?

La fuente era inconfundible.

Deliberados e inexorables, los pensamientos del árbol se movían a pasos medidos, lentos como el avance del hielo sobre el granito. No prestaba atención a Eragon ni, seguro, a ningún otro individuo. Estaba preocupado por entero con los asuntos de todo aquello que crece y florece bajo el brillo del sol, con el cáñamo y los lirios, las prímulas de atardecer y la sedosa digital y la mostaza amarilla que crecía junto al manzano silvestre con sus flores púrpuras.

—¡Está despierto! —exclamó Eragon, llevado por la sorpresa—. O sea... Es inteligente.

Sabía que Saphira también lo estaba sintiendo; la dragona inclinó la cabeza hacia el árbol Menoa, como si escuchara, y luego voló hacia una de las ramas, que eran tan anchas como la carretera de Carvahall a Therinsford. Allí se plantó y dejó colgar la cola, agitándola de un lado a otro con la elegancia de siempre. Era una visión tan extraña, una dragona en un árbol, que Eragon casi se echó a reír.

—Claro que está despierto —dijo Arya. Su voz sonó baja y suave en el aire de la noche—. ¿Quieres que te cuente la historia del árbol Menoa?

—Me encantaría.

Un resplandor blanco cruzó el cielo, como un espectro perseguido, y se deshizo delante de Saphira y Eragon para adoptar la forma de Blagden. Los estrechos hombros del cuervo y su cuello encorvado le daban el aspecto de un avaro que se regocijara ante el brillo de un montón de oro. El cuervo alzó su pálida cabeza y soltó un chillido que no presagiaba nada bueno:

—¡Wyrda!

—Esto es lo que pasó. En otro tiempo vivía aquí una mujer, Linnëa, en la época de las especias y el vino, antes de nuestra guerra con los dragones y antes de que nos volviéramos inmortales, en la medida en que pueden serlo todos

385

los entes compuestos de carne vulnerable. Linnëa había envejecido sin el consuelo de un compañero o hijos, ni tampoco sentía necesidad de tenerlos, pues prefería ocuparse del arte de cantar a las plantas, arte que dominaba con maestría. O sea, lo dominó hasta que apareció ante su puerta un joven y la encandiló con sus palabras de amor. Sus carantoñas despertaron una parte de Linnëa de cuya existencia ella ni siquiera había sospechado, un anhelo de experimentar cosas que había sacrificado sin darse cuenta. El ofrecimiento de una segunda oportunidad era una ocasión demasiado grande para dejarla pasar. Abandonó su trabajo y se dedicó al joven, y fueron felices durante un tiempo.

»Pero el joven era joven y empezó a desear una compañera de su edad. Le echó el ojo a una mujer joven y la cortejó y obtuvo su favor. Y durante un tiempo fueron felices también.

Cuando Linnëa descubrió que había sido desdeñada, burlada y abandonada, enloqueció de dolor. El joven había hecho una de las peores maldades: le había dado a probar la plenitud de la vida para luego arrancársela sin más miramientos que el del gallo que revolotea entre una gallina y la siguiente. Ella lo descubrió con la otra mujer y, en un ataque de furia, lo mató a puñaladas.

Linnëa sabía que lo que había hecho estaba mal. También sabía que, incluso si se le perdonaba el crimen, no podría regresar a su existencia previa. La vida había perdido toda su alegría. Así que se fue al árbol más antiguo de Du Weldenvarden, se apretó contra su tronco y se fundió con él cantando, al tiempo que abandonaba todos los atributos de su raza. Cantó durante tres días y tres noches y, al terminar, se había unificado con sus amadas plantas. Y durante todo el milenio que pasó a partir de entonces no dejó de vigilar el bosque. Así se creó el árbol Menoa.

Tras terminar el relato, Arya y Eragon se sentaron juntos en el montículo de una raíz enorme, a algo más de un metro del suelo. Eragon rebotó los talones en el árbol y se preguntó si Arya le habría contado aquella historia a modo de advertencia o si se trataba de un cuento inocente.

Su duda se endureció, convertida en certeza, cuando ella preguntó:

—¿Crees que el joven tuvo la culpa de la tragedia?

—Creo —contestó, sabiendo que una respuesta torpe podía poner a Arya en su contra— que lo que hizo fue cruel... Y que la reacción de Linnëa fue excesiva. Los dos tienen su parte de culpa.

Arya lo miró hasta que Eragon se vio obligado a apartar la mirada.

—No estaban hechos el uno para el otro.

Eragon empezó a negarlo, pero se detuvo. Arya tenía razón. Y lo había manipulado de tal manera que ahora tenía que decirlo en voz alta, y tenía que decírselo nada menos que a ella.

—Tal vez —admitió.

El silencio se acumuló entre ellos como arena amontonada hasta formar una pared que ninguno de los dos quería quebrar. El agudo canturreo de las cigarras resonó desde el borde del claro. Al fin, Eragon dijo:

—Parece que te sienta bien estar en casa.

—Sí.

Con una facilidad inconsciente, Arya se inclinó hacia delante, recogió una ramita que se le había caído al árbol Menoa y empezó a tejer las agujas de pinaza para formar un cesto pequeño.

La sangre caliente subió al rostro de Eragon mientras la miraba. Esperó que la luna no brillara tanto como para revelar que sus mejillas habían adquirido un rojo moteado.

—¿Dónde...? ¿Dónde vives? ¿Islanzadí y tú tenéis un palacio o un castillo...?

387

—Vivimos en la sala Tialdarí, uno de los edificios ancestrales de nuestra familia, en la parte oeste de Ellesméra. Me encantaría enseñarte nuestra casa.

—Ah. —Una cuestión práctica se introdujo de pronto en los confusos pensamientos de Eragon, sustrayéndolo del bochorno—. Arya, ¿tienes hermanos? —Ella negó con la cabeza—. Entonces, ¿eres la única heredera del trono de los elfos?

—Por supuesto. ¿Por qué lo preguntas?

Su curiosidad parecía asombrarle.

—No consigo entender que se te permitiera convertirte en embajadora ante los vardenos y los enanos, así como portadora del huevo de Saphira desde aquí hasta Tronjheim. Es una tarea demasiado peligrosa para una princesa, y mucho más para una futura reina.

—Querrás decir que sería demasiado peligroso para una mujer humana. Ya te he dicho otras veces que no soy una de esas mujeres sin recursos. No te das cuenta de que nosotros vemos a nuestros monarcas de manera distinta que vosotros y los enanos. Para nosotros, la mayor responsabilidad de un rey o una reina es servir a su pueblo donde sea y como sea posible. Si eso implica arriesgar nuestra vida en el proceso, agradecemos la oportunidad de demostrar nuestra devoción al hogar, al salón y al honor, como dirían los enanos. Si hubiera muerto en el cumplimiento de mi deber, se habría escogido a un sucesor entre nuestras distintas casas. Incluso ahora, nadie podría obligarme a convertirme en reina si me pareciera una perspectiva desagradable. No escogemos a líderes que no estén dispuestos a dedicarse plenamente a sus obligaciones. —Titubeó, y luego recogió las rodillas sobre el pecho y apoyó en ellas la barbilla—. Tuve muchos años para perfeccionar esos argumentos con mi madre. —Durante un rato, el *cri-cri* de las cigarras sonó en el claro sin interrupción—. ¿Cómo van tus estudios con Oromis?

Eragon gruñó y recuperó el malhumor, empujado por una oleada de recuerdos desagradables que arruinaban el placer de estar con Arya. Sólo quería meterse en la cama, dormirse y olvidar aquel día.

—Oromis-elda —dijo, rumiando las palabras en su boca antes de soltarlas— es bastante duro.

Hizo una mueca cuando ella le cogió por el antebrazo con una fuerza dolorosa.

—¿Qué ha salido mal?

Intentó zafarse de su mano.

—Nada.

—He viajado contigo lo suficiente para saber cuándo estás contento, enfadado... o dolido. ¿Ha pasado algo entre Oromis y tú? Si fuera así, tienes que decírmelo para que se pueda rectificar lo antes posible. ¿O ha sido tu espalda? Podríamos...

—¡No es por mi formación! —Pese al resentimiento, Eragon se dio cuenta de que la preocupación de Arya parecía auténtica, y eso le gustó—. Pregúntale a Saphira. Que te lo cuente ella.

—Quiero oírtelo a ti —dijo Arya en voz baja.

Los músculos del mentón de Eragon se contrajeron de tanto apretar los dientes. En voz baja, apenas en un susurro, primero describió cómo había fracasado en la meditación en el claro, y luego el incidente que envenenaba su corazón como si tuviera una víbora enroscada en el pecho: la bendición.

Arya le soltó el brazo y se agarró a la raíz del árbol Menoa, como si buscara un punto de equilibrio.

—Barzûl. —Aquella palabrota propia de enanos alarmó a Eragon. Nunca había oído a la elfa pronunciar nada parecido, y aquélla era particularmente apropiada, pues significaba «mal fario»—. Supe de tu acción en Farthen Dûr, claro, pero nunca pensé... Nunca sospeché que pudiera ocurrir

389

algo así. Te suplico que me perdones, Eragon, por obligarte a salir de tus aposentos esta noche. No entendía tu malhumor. Tendrás ganas de estar solo.

—No —contestó—. No, agradezco la compañía y las cosas que me has enseñado. —Eragon sonrió a Arya, y al cabo de unos segundos, ella le devolvió la sonrisa. Se quedaron juntos, sentados y quietos junto a la base del viejo árbol, y contemplaron cómo la luna trazaba un arco sobre el bosque en paz antes de esconderse entre las nubes—. Sólo quisiera saber qué será de esa niña.

En lo alto, Blagden agitó sus alas blancas como un hueso y aulló:

—¡Wyrda!

Un laberinto de oposición

*N*asuada cruzó los brazos sin preocuparse de disimular su impaciencia mientras examinaba a los dos hombres que tenía delante.

El de la derecha tenía un cuello tan grueso que la cabeza se veía obligada a permanecer adelantada, casi en ángulo recto con los hombros, lo cual le daba aspecto de hombre terco y de escasas luces. La gruesa frente y los dos peñascos de pelo apelmazado —tan largo que casi llegaba a taparle los ojos— intensificaban esa sensación, así como sus labios abultados, que adoptaban la forma de una seta rosada, incluso mientras hablaba. Sin embargo, ella sabía que no debía tener en cuenta su aspecto repulsivo. Aunque se alojara en un entorno burdo, la lengua de aquel hombre era hábil como la de un bufón.

El único rasgo identificador del segundo hombre era la palidez de su piel, que ni siquiera se oscurecía bajo el sol de Surda, a pesar de que los vardenos llevaban ya unas cuantas semanas en Aberon, la capital. Por aquel color de piel Nasuada intuyó que el hombre era originario de los límites norteños del Imperio. Sostenía en sus manos una gorra de punto de lana y, de tanto retorcerla, casi la había convertido en una cuerda.

—Tú —le dijo, al tiempo que lo señalaba—. ¿Cuántos pollos dices que te ha matado?

—Trece, señora.

Nasuada fijó de nuevo su atención en el hombre feo.

—Una desgracia, se mire como se mire, maestro Gamble. Y también lo es para ti. Eres culpable de robo y destrucción de la propiedad ajena, y no has ofrecido una recompensa apropiada.

—Nunca lo he negado.

—Sólo me pregunto cómo has podido comerte trece pollos en cuatro días. ¿Nunca tienes bastante, maestro Gamble?

El hombre mostró una sonrisa jocosa y se rascó un lado de la cara. El rasguido de sus uñas sin cortar sobre el rastrojo de barba molestó a Nasuada, quien tuvo que hacer un esfuerzo para no pedirle que parase.

—Bueno, no pretendo faltarle al respeto, señora, pero llenar mi estómago no sería un problema si usted nos alimentara como debe ser, con lo mucho que trabajamos. Soy un hombre grande y necesito llevarme algo de carne a las tripas después de pasarme medio día partiendo piedras con una maza. Hice cuanto pude por resistir a la tentación, sí. Pero tres semanas de raciones pequeñas mientras veía a estos granjeros pasear sus ganados sin compartirlos por mucho que uno se muera de hambre... Bueno, reconozco que eso pudo conmigo. No soy un hombre fuerte en lo que respecta a la comida. Me gusta caliente y me gusta que haya mucha. Y me parece que no soy el único dispuesto a servirse de lo que haya.

«Y ése es el núcleo del problema», reflexionó Nasuada. Los vardenos no podían permitirse alimentar a sus miembros, ni siquiera con la ayuda de Orrin, el rey de Surda. Orrin les había abierto sus erarios, pero se había negado a hacer lo mismo que Galbatorix cuando desplazaba a su ejército por el Imperio: apropiarse de las provisiones de los paisanos sin pagar por ellas. Sin embargo, Nasuada sabía que eran esa clase de actos los que diferenciaban a ella, Orrin,

Hrothgar e Islanzadí del despotismo de Galbatorix. «Qué fácil sería cruzar esa frontera sin darse cuenta.»

—Entiendo tus razones, maestro Gamble. Sin embargo, aunque los vardenos no conformamos un país y no respondemos a otra autoridad que la nuestra, eso no te da, ni a ti ni a nadie, derecho a ignorar el imperio de la ley que establecieron mis predecesores y que se observa en Surda. Por lo tanto, te ordeno que pagues una moneda de cobre por cada uno de los pollos que robaste.

Gamble la sorprendió al aceptarlo sin protestar.

—Como usted desee, señora.

—¿Y ya está? —exclamó el hombre pálido. Retorció aun más la gorra—. No es un precio justo. Si los vendiera en cualquier mercado, valdrían...

Nasuada no pudo contenerse más.

—¡Sí! Valdrían más. Pero resulta que yo sé que el maestro Gamble no puede permitirse pagar lo que valen, pues yo misma pago su salario. Igual que el tuyo. Olvidas que si yo decidiera comprar tus aves por el bien de los vardenos, no sacarías más de una moneda de cobre por cada pollo, y eso con suerte. ¿Me has entendido?

—No puede...

—¿Me has entendido?

Al cabo de unos segundos, el hombre pálido cedió y murmuró:

—Sí, señora.

—Muy bien. Podéis retiraros. —Con expresión de sardónica admiración, Gamble se llevó una mano a la frente e hizo una reverencia a Nasuada antes de salir de la habitación de piedra con su amargado oponente—. Vosotros también —dijo ella a los guardias que había a ambos lados de la puerta.

En cuanto se fueron, Nasuada se dejó caer en su silla con un suspiro de cansancio, cogió un abanico y lo agitó cerca de

393

la cara, en un inútil intento de disipar las gotitas de sudor que se le acumulaban en la frente. El calor constante le consumía las fuerzas y convertía hasta el más pequeño esfuerzo en una ardua tarea.

Le daba la impresión de que, incluso si fuera pleno invierno, estaría cansada igualmente. Pese a su familiaridad con los más recónditos secretos de los vardenos, le había costado más de lo que esperaba transportar toda la organización de Farthen Dûr a través de las montañas Beor y llevarla hasta Surda y Aberon. Se estremeció al recordar los largos e incómodos días pasados sobre la silla del caballo. Planificar y ejecutar la partida había resultado extremadamente difícil, como también lo era integrar a los vardenos a su nuevo entorno al mismo tiempo que preparaba un ataque al Imperio. «Mis días no tienen tiempo suficiente para arreglar todos estos problemas», se lamentó.

Al fin, soltó el abanico y accionó el tirador de la campanilla para llamar a su doncella, Farica. El estandarte colgado a la derecha del escritorio de cerezo se agitó al abrirse la puerta que quedaba escondida detrás. Apareció Farica y se quedó junto al codo de Nasuada, con la mirada baja.

—¿Hay más? —preguntó ésta.

—No, señora.

Nasuada procuró que no se notara su alivio. Una vez por semana mantenía una corte abierta para resolver las diversas disputas que se producían entre los vardenos. Cualquiera que se sintiera maltratado podía pedirle audiencia y contar son su intervención. No se le ocurría otra tarea tan difícil e ingrata como aquélla. Como solía decir su padre después de negociar con Hrothgar: «Un buen pacto deja a todos sin energía». Parecía cierto.

Reconcentró su atención en los asuntos pendientes y dijo a Farica:

—Quiero que recoloquen a Gamble. Dale un trabajo en

el que su talento con las palabras sirva para algo. Intendente, por ejemplo, siempre y cuando el trabajo esté recompensado con buenas raciones. No quiero verlo otra vez por haber robado.

Farica asintió, se acercó al escritorio y anotó las instrucciones de Nasuada en un pergamino. Ya sólo por esa capacidad era inestimable. La doncella preguntó:

—¿Dónde puedo encontrarlo?

—En una de las brigadas que trabaja en la cantera.

—Sí, señora. Ah, mientras estaba ocupada, el rey Orrin ha pedido que se reúna con él en su laboratorio.

—¿Qué ha hecho esta vez? ¿Cegarse?

Nasuada se lavó las muñecas y el cuello con agua de lavanda, repasó su cabello en el espejo de plata pulida que le había regalado Orrin y tiró de su vestido hasta que las mangas quedaron rectas.

Satisfecha con su aspecto, salió de sus aposentos seguida por Farica. El sol brillaba tanto que para iluminar el interior del castillo Borromeo no hacían falta antorchas, cuyo calor, por otra parte, habría resultado insoportable. Caían haces de luz desde las almenas y, reflejados en la pared interior del pasadizo, trazaban en el aire barras de polvo dorado a intervalos regulares. Nasuada miró hacia la barbacana por una jamba y vio que unos treinta soldados de caballería de Orrin, con sus trajes de color naranja, iniciaban una de sus incesantes rondas para patrullar los campos que rodeaban Aberon.

«Tampoco servirían de mucho si Galbatorix decidiera atacarnos», pensó con amargura. Lo único que los protegía de ese ataque era el orgullo de Galbatorix y, según las esperanzas de Nasuada, su miedo a Eragon. Todos los líderes eran conscientes del riesgo de usurpación, pero los propios usurpadores estaban doblemente asustados por la amenaza que podía representar un individuo decidido. Nasuada sabía que estaba jugando un juego demasiado peligroso con el loco más poderoso de Alagaësia. Si se equivocaba al juzgar hasta dónde podía presionarlo, ella y el resto de los vardenos serían destruidos, y con ellos cualquier esperanza de poner fin al reinado de Galbatorix.

El fresco olor del castillo le recordaba los tiempos que había pasado allí en su infancia, cuando aún gobernaba el rey Larkin, padre de Orrin. En esa época apenas veía a Orrin. Tenía cinco años más que ella y ya estaba ocupado con sus tareas de príncipe. Ahora, en cambio, Nasuada se sentía a menudo como si fuera ella la mayor.

Al llegar a la puerta del laboratorio de Orrin, tuvo que detenerse y esperar a que sus guardias, que siempre estaban ante la puerta, anunciaran al rey su presencia. Pronto resonó la voz de Orrin en el hueco de la escalera.

—¡Señora Nasuada! Me alegro de que hayas venido. Tengo que enseñarte algo.

Preparándose mentalmente, entró en el laboratorio con Farica. Ante ellos había un laberinto de mesas cargadas con un fantástico despliegue de alambiques, vasos de precipitados y retortas, como un matorral de cristal listo para enganchar sus vestidos en cualquiera de sus múltiples ramitas frágiles. El pesado olor a vapores metálicos agUó los ojos de Nasuada. Alzando los bajos de los vestidos, ella y Farica se abrieron paso en fila de a una hacia el fondo de la sala, pasando junto a relojes de arena y reglas, volúmenes arcanos encuadernados en hierro negro, astrolabios enanos y pilas de prismas fosforescentes de cristal que emitían destellos azules intermitentes.

Encontraron a Orrin junto a un banco de mármol, donde removía un crisol de azogue con un tubo de cristal cerrado por un extremo y abierto por el otro, de al menos un metro de altura pese a que apenas medía unos centímetros de anchura.

—Señor —dijo Nasuada. Como tenía el mismo rango que el rey, se mantuvo erguida mientras Farica hacía una reverencia—. Pareces recuperado de la explosión de la semana pasada.

De buen humor, Orrin hizo una mueca.

—Aprendí que no es inteligente combinar fósforo y agua en un espacio cerrado. El resultado puede ser bastante violento.

—¿Has recuperado del todo el oído?

—No del todo, pero...

Sonriendo como un crío con su primera navaja, prendió una astilla con las ascuas de un brasero, cuya presencia se antojaba insoportable a Nasuada con aquel calor sofocante, llevó la madera en llamas de vuelta al banco y la usó para encender una pipa llena de semillas de cardo.

—No sabía que fumabas.

—En realidad, no fumo —confesó el rey—, pero he descubierto que como el tímpano no se ha soldado del todo, puedo hacer esto... —Aspiró una bocanada e infló las mejillas hasta que una voluta de humo empezó a salir por su oreja izquierda, como una serpiente que abandonara el nido, y se enroscó en torno a su cabeza. Era tan inesperado que Nasuada se echó a reír y, al poco, Orrin se unió a ella, soltando una nube de humo por la boca—. Es una sensación muy peculiar —le explicó—. Al salir, pica un montón.

397

Nasuada se puso seria de nuevo y preguntó:

—¿Hay algo más que quieras comentar conmigo, señor? Orrin chasqueó los dedos.

—Claro. —Metió su largo tubo de cristal en el crisol, lo llenó de azogue y luego tapó el extremo abierto con un dedo y se lo mostró a Nasuada—. ¿Estás de acuerdo en que en este tubo sólo hay azogue?

—Lo estoy.

«¿Para esto quería verme?»

—¿Y ahora qué?

Con un rápido movimiento, invirtió el tubo y plantó el extremo abierto dentro del crisol, al tiempo que quitaba el dedo. En vez de derramarse como Nasuada esperaba, el azogue cayó sólo hasta la mitad del tubo, donde se detuvo y conservó la posición. Orrin señaló la sección vacía que quedaba por encima del metal suspendido.

—¿Qué ocupa este espacio? —preguntó.

—Ha de ser aire —afirmó Nasuada.

Orrin sonrió y negó con la cabeza.

—En ese caso, ¿cómo podría el aire cruzar el azogue o desparramarse por el cristal? No hay camino alguno por el que pueda entrar la atmósfera. —Señaló a Farica con un gesto—. ¿Qué opinas tú, doncella?

Farica miró fijamente el tubo, se encogió de hombros y dijo:

—No puede haber nada, señor.

—Ah, eso es exactamente lo que creo: nada. Creo que he resuelto uno de los más antiguos enigmas de la filosofía natural al crear un vacío y demostrar su existencia. Invalida totalmente las teorías de Vacher y significa que, en realidad, Ládin era un genio. Parece que los ojos cegados por una explosión siempre tienen razón.

Nasuada se esforzó por mantener la cordialidad mientras preguntaba:

—Pero ¿para qué sirve?

—¿Servir? —Orrin la miró con genuino asombro—. Para nada, por supuesto. Al menos, no se me ocurre nada. Sin embargo, nos ayudará a comprender la mecánica de nuestro mundo, cómo y por qué ocurren las cosas. Es un descubrimiento asombroso. ¿Quién sabe a qué podría llevarnos? —Mientras hablaba, vació el tubo y lo depositó con cuidado en una caja forrada de terciopelo que contenía otros utensilios igual de delicados—. La perspectiva que me estimula de verdad, en cualquier caso, es la de usar la magia para hurgar en los secretos de la naturaleza. Caramba, ayer mismo, con un solo hechizo, Trianna me ayudó a descubrir dos gases completamente nuevos. Imagínate lo que se podría aprender si se aplicara la magia sistemáticamente a las disciplinas de la filosofía natural. Me estoy planteando aprender magia, si es que tengo el talento necesario y soy capaz de convencer a unos cuantos conocedores para que divulguen sus secretos. Es una pena que tu Jinete, Eragon, no te acompañara hasta aquí. Estoy seguro de que él podría ayudarme.

Nasuada miró a Farica y le dijo:

—Espérame fuera. —La mujer hizo una reverencia y se marchó. Cuando oyó que se cerraba la puerta del laboratorio, dijo—: Orrin, ¿has perdido el sentido?

—¿Qué quieres decir?

—Mientras te pasas el tiempo aquí encerrado con esos experimentos que nadie comprende, y de paso pones en peligro tu bienestar, tu país se tambalea al borde de la guerra. Un millar de asuntos esperan tu decisión, ¿y tú estás aquí echando humo y jugando con azogue?

El rostro de Orrin se endureció.

—Soy muy consciente de mis obligaciones, Nasuada. Tú podrás liderar a los vardenos, pero yo sigo siendo el rey de Surda, y harás bien en recordarlo antes de perderme el respeto. ¿Debo recordarte que vuestra presencia en este santuario depende de que yo mantenga la buena voluntad?

Nasuada sabía que era una vana amenaza: muchos surdanos tenían parientes entre los vardenos, y viceversa. El vínculo era demasiado estrecho para que ninguna de las dos partes abandonara a la otra. No, la verdadera razón para que Orrin se ofendiera era la cuestión de la autoridad. Como era casi imposible mantener grupos amplios de guerreros armados y en guardia durante largos períodos de tiempo —pues la propia Nasuada había aprendido que alimentar a tanta

399

gente inactiva suponía una pesadilla logística—, los vardenos habían empezado a aceptar trabajos, poner granjas en
marcha y, en general, integrarse en el país que los acogía.
«¿Qué significará eso finalmente para mí? ¿Quedaré como
líder de un ejército inexistente? ¿Una generala o consejera a
las órdenes de Orrin?» Su posición era precaria. Si se movía
demasiado rápido o con demasiada iniciativa, Orrin lo perci-
biría como una amenaza y se pondría en su contra, sobre
todo ahora que ella se adornaba con el brillo de la victoria de
los vardenos en Farthen Dûr. Pero si esperaba demasiado,
perderían la ocasión de aprovechar la debilidad momentánea
de Galbatorix. Su única ventaja sobre el laberinto de obstá-
culos era el dominio del único elemento que había instigado
aquel acto de la representación: Eragon y Saphira.

—No pretendo minar tu autoridad, Orrin —dijo—. Nunca he tenido esa intención y me disculpo si lo ha parecido.
—Él inclinó el cuello con un rígido golpe de cabeza. No muy
segura de cómo debía continuar, ella apoyó las puntas de los
dedos en el borde del banco—. Lo que pasa... es que hay que
hacer muchas cosas. Trabajo noche y día, incluso mantengo
un cuaderno junto a la cama para tomar notas; y sin embargo, nunca me pongo al día; me siento como si siempre estu-
viéramos haciendo equilibrios al borde del desastre.

Orrin tomó una mano de mortero ennegrecida por el uso
y la rodó entre las palmas de las manos con un ritmo regular e hipnótico.

—Hasta que viniste tú... No, eso no es cierto. Hasta que
tu Jinete se materializó y tomó cuerpo entre el éter, como
Moratensis en su fuente, yo esperaba llevar la misma vida
que llevaron antes mi padre y mi abuelo. O sea, oponerme a
Galbatorix en secreto. Debes excusarme si me cuesta un
cierto tiempo acostumbrarme a esta nueva realidad.

No podía esperar mayor contrición que aquélla.

—Lo entiendo.

Orrin detuvo por un breve instante el rodar de la mano de mortero.

—Tú acabas de llegar al poder, mientras que yo lo mantengo desde hace años. Si puedo ser arrogante y darte un consejo, he descubierto que es esencial para mi salud mental dedicar una porción del día a mis propios intereses.

—Yo no podría hacerlo —objteó Nasuada—. Cada momento que desperdicio podría ser el momento de esfuerzo necesario para derrotar a Galbatorix.

La mano de mortero se detuvo de nuevo.

—Prestas un mal servicio a los vardenos si insistes en trabajar demasiado. Nadie puede funcionar correctamente sin algo de paz y silencio de vez en cuando. No hace falta que sean largas pausas, sólo cinco o diez minutos. Incluso podrías practicar con el arco, y aun así estarías prestando un servicio a tus objetivos, pero de una manera distinta... Por eso me hice construir este laboratorio. Por eso echo humo y juego con azogue, tal como dices tú... Para no pasarme el resto del día gritando de frustración.

Pese a su reticencia a dejar de ver a Orrin como un holgazán irresponsable, Nasuada no pudo sino reconocer la validez de su argumento.

—No olvidaré tu recomendación.

Al sonreír, él recuperó algo de su anterior buen humor.

—No te pido más.

Ella caminó hacia la ventana, abrió más los postigos y miró hacia Aberon, con los gritos de los mercaderes de rápidos dedos que pregonaban sus mercancías a los inocentes clientes, el apelmazado polvo amarillo que se alzaba por el camino del oeste mientras una caravana llegaba a las puertas de la ciudad, el aire que resplandecía en las tejas de arcilla y acarreaba el aroma de las semillas de cardo e incienso desde el mármol de los templos, y los campos que rodeaban la ciudad como los pétalos abiertos de una flor.

Sin darse la vuelta, preguntó:

—¿Has recibido copias de nuestros últimos informes del Imperio?

—Sí.

Orrin se unió a ella en la ventana.

—¿Qué opinión te merecen?

—Que son demasiado escasos e incompletos para sacar ninguna conclusión significativa.

—Pero es lo mejor que tenemos. Cuéntame tus sospechas, tus intuiciones. Extrapola a partir de los hechos conocidos, como harías si se tratara de uno de tus experimentos. —Sonrió—. Te prometo que no concederé mayor significado a lo que digas.

Tuvo que esperar su respuesta, y cuando al fin llegó, contenía el doloroso peso de la profecía de una maldición.

—Aumento de impuestos, guarniciones vacías, caballos y bueyes confiscados en todo el Imperio... Parece que Galbatorix reúne a sus fuerzas y se prepara para enfrentarse a nosotros, aunque no consigo saber si los preparativos son para defenderse o para atacar. —Un revoloteo de sombras refrescó sus rostros cuando una nube de estorninos cruzó volando la luz del sol—. La cuestión que se debate ahora en mi mente es: ¿cuánto tardará en movilizarse? Porque de eso dependerá la orientación de nuestra estrategia.

—Semanas. Meses. Años. No puedo predecir sus acciones.

Orrin asintió.

—¿Se han ocupado tus agentes de correr la voz acerca de Eragon?

—Sí, aunque cada vez resulta más peligroso. Tengo la esperanza de que si inundamos ciudades como Dras-Leona con rumores sobre la proeza de Eragon, cuando lleguemos a esas ciudades y ellos lo vean se unirán a nosotros por su propia voluntad, con lo cual evitaremos un asedio.

—La guerra no suele ser tan fácil.

Ella dejó pasar el comentario sin contestar.

—¿Y cómo va la movilización de tu ejército? Los vardenos, como siempre, están listos para luchar.

Orrin extendió los brazos en un gesto aplacador.

—Es difícil poner en pie a una nación, Nasuada. Hay nobles a los que debo convencer para que me apoyen, hay que preparar armaduras y armas, reunir provisiones...

—Y mientras tanto, ¿cómo alimento a mi gente? Necesitamos más tierras de las que nos has concedido...

—Bueno, ya lo sé —dijo él.

—... y sólo las podemos conseguir si invadimos el Imperio, salvo que te apetezca que los vardenos se sumen para siempre a Surda. En ese caso, tendrás que encontrar hogares para los miles de personas que me he traído de Farthen Dûr, lo cual no gustará a tus ciudadanos. Cualquiera que sea tu elección, hazla rápido, porque me temo que si sigues dejando que pase el tiempo, los vardenos se desintegrarán y se convertirán en una horda incontrolable. —Intentó que no sonara a amenaza.

A pesar de ello, obviamente a Orrin no le gustó la insinuación. Tensó el labio superior y dijo:

—Tu padre nunca permitió que sus hombres se desmandaran. Confío en que tú tampoco lo harás si deseas seguir siendo la líder de los vardenos. En cuanto a nuestros preparativos, lo que puedo hacer en tan poco tiempo tiene sus límites: tendrás que esperar hasta que estemos listos.

Ella se aferró al alféizar hasta que se le marcaron las venas en las muñecas y las uñas se clavaron en las grietas que quedaban entre las piedras, pero no permitió que la rabia tiñera su voz.

—En ese caso, ¿prestarás más oro o comida a los vardenos?

—No, ya os he dado todo el dinero que podía permitirme.

—Entonces, ¿cómo vamos a comer?

—Sugiero que tú misma consigas fondos.

403

Furiosa, le dedicó su más amplia y brillante sonrisa y la mantuvo lo suficiente para que él tuviera que moverse, incómodo. Luego hizo una profunda reverencia, como si fuera una sirvienta, sin perder en ningún momento la sonrisa.

—Adiós entonces, señor. Espero que disfrutes tanto del resto del día como de esta conversación.

Orrin masculló una respuesta incomprensible mientras ella se dirigía a la salida del laboratorio. En plena rabia, Nasuada se enganchó la manga derecha en una botella de jade y la tumbó; la piedra se partió y soltó un líquido amarillo que le manchó la manga y empapó la falda. Molesta, agitó la muñeca en el aire sin detenerse.

Farica se unió a ella en la escalera, y atravesaron juntas la maraña de pasadizos que llevaban a los aposentos de Nasuada.

404

Pendientes de un hilo

$\mathcal{N}$asuada abrió de golpe las puertas de sus aposentos, avanzó a grandes zancadas hasta su escritorio y se dejó caer en una silla, ajena a cuanto la rodeaba. Tenía la columna vertebral tan rígida que los hombros no tocaban el respaldo. Se sentía paralizada por el dilema irresoluble a que se enfrentaban los vardenos. Sólo podía pensar: «He fracasado».

—¡Señora! ¡La manga!

Absorta, Nasuada recuperó el sentido con un susto y, al bajar la mirada, se encontró a Farica, que le frotaba el brazo derecho con un trapo. Una voluta de humo ascendía desde la manga bordada. Asustada, Nasuada se levantó y retorció el brazo, intentando averiguar el origen del humo. La manga y la falda se estaban desintegrando, convertidas en telarañas blancas como la tiza, entre agrios humos.

—Quítamelo —dijo.

Mantuvo el brazo contaminado apartado del cuerpo y se obligó a permanecer quieta mientras Farica desanudaba los lazos del vestido. Los dedos de la doncella correteaban por la espalda de Nasuada con prisa frenética, tropezando en los nudos hasta que al fin lograron soltar la carcasa de lana que encerraba el torso de Nasuada. En cuanto se aflojó el vestido, Nasuada sacó los brazos de las mangas y se libró de la tela de un zarpazo.

Se quedó junto a la mesa con la respiración entrecortada, vestida sólo con las zapatillas y un viso. Comprobó con alivio que su cara cadenilla no había sufrido ningún daño, aunque había adquirido un hedor apestoso.

—¿Te has quemado? —preguntó Farica. Nasuada negó con la cabeza, pues no se fiaba de su lengua. Farica atizó el vestido con la punta de su zapato—. ¿Qué diablura es ésta?

—Una de las pócimas de Orrin —graznó Nasuada—. La he derramado en su laboratorio.

Respiró hondo para calmarse y examinó con desánimo el vestido destrozado. Lo habían tejido las enanas del Dûrgrimst Ingeitum como regalo para su último cumpleaños y era una de las mejores piezas de su vestuario. No tenía con qué reponerla, ni podía justificar el encargo de un vestido nuevo si tenía en cuenta las dificultades económicas de los vardenos. «Tendré que arreglármelas sin él.»

Farica meneó la cabeza.

—Es una lástima perder un vestido tan bonito. —Rodeó el escritorio para acercarse al costurero y volvió con unas tijeras grabadas—. Vale la pena que salvemos la mayor parte posible de la tela. Cortaré las partes estropeadas y las haré quemar.

Nasuada frunció el ceño y caminó de un lado a otro por la habitación, rebullendo de rabia por su propia torpeza y por el problema que se añadía a su ya abrumadora lista de preocupaciones.

—Y ahora, ¿qué me voy a poner para asistir a la corte? —preguntó.

Las tijeras cortaron la suave lana con brusca autoridad.

—Quizás el vestido de lino.

—Es demasiado informal para presentarme ante Orrin y sus nobles.

—Dame una oportunidad, señora. Estoy segura de que puedo alterarlo de modo que puedas llevarlo. Cuando acabe, parecerá el doble de elegante que éste.

—No, no. No funcionará. Se reirán de mí. Bastante me

cuesta conseguir su respeto cuando voy vestida como debe ser, aun peor si llevo un traje remendado que haga pública nuestra pobreza.

La mujer mayor fijó su seria mirada en Nasuada.

—Claro que funcionará, siempre y cuando no te disculpes por tu apariencia. No sólo eso, te garantizo que las demás mujeres quedarán tan asombradas por tu nuevo vestido que te imitarán. Espera, ya verás. —Se acercó a la puerta, la abrió y pasó la tela dañada a uno de los guardianes—. Tu señora quiere que queméis esto. Hacedlo en secreto y no digáis palabra a nadie sobre esto, o tendréis que responder también ante mí. —El guardián saludó.

Nasuada no pudo evitar una sornisa.

—¿Cómo me las arreglaría sin ti, Farica?

—Bastante bien, me parece.

Tras ponerse un vestido verde de caza —que, gracias a la falda corta, le permitía aliviarse un poco del calor del día—, Nasuada decidió que, pese a su predisposición en contra de Orrin, seguiría su consejo e interrumpiría su agenda normal para no hacer nada más importante que ayudar a Farica a descoser los puntos del vestido. Aquella tarea repetitiva le resultó excelente para concentrarse en sus pensamientos. Mientras iba tirando de los hilos, habló con Farica de la situación de los vardenos, con la esperanza de que a la doncella se le ocurriera alguna solución que a ella se le hubiera escapado.

Al final, la única ayuda de Farica fue una observación:

—Parece que la mayoría de los asuntos de este mundo tienen que ver con el oro. Si tuviéramos suficiente, podríamos comprar directamente el trono negro de Galbatorix... sin tener que luchar contra sus hombres.

«¿De verdad esperaba que alguien hiciera mi trabajo? —se preguntó Nasuada—. Yo traje a mi gente a este punto ciego y yo misma tendré que sacarla.»

Con la intención de soltar una costura, estiró el brazo y clavó la punta del cuchillo en un encaje y lo partió por la mitad. Se quedó mirando la herida irregular del encaje, los deshilachados extremos de las cintas de color pergamino que se entrecruzaban sobre el vestido como un montón de gusanos retorcidos; los miró fijamente y sintió que una carcajada de histeria se apoderaba de su garganta al tiempo que la primera lágrima asomaba a sus ojos. ¿Aún podía empeorar su suerte?

El encaje era la parte más valiosa del vestido. Aunque su factura requería mucha destreza, su rareza y carestía se debían sobre todo a su elemento central: una cantidad de tiempo inmensa, abundante, paralizadora. Costaba tanto producirlo que si alguien intentaba crear un encaje así a solas, su progreso no se mediría en semanas, sino en meses. Gramo a gramo, el encaje era más caro que el oro o la plata.

Pasó los dedos por la cinta de hilos, deteniéndose en el tajo que había creado. «El encaje no exige demasiada energía, sólo tiempo.» Ella odiaba hacer encajes. «Energía... energía...» En ese momento, una serie de imágenes refulgieron en su mente: Orrin hablando de usar la magia para investigar; Trianna, la mujer que dirigía el Du Vrangr Gata desde la muerte de los gemelos; ella misma cuando tenía sólo cinco o seis años, alzando la vista para mirar a un sanador de los vardenos mientras éste le explicaba los principios de la magia. Las experiencias diversas formaron una cadena de razonamiento que resultaba tan improbable y escandalosa que al final liberó la carcajada que tenía encerrada en la garganta.

Farica la miró extrañada y esperó una explicación. De pie, Nasuada tiró al suelo la mitad del vestido que tenía en el regazo.

—Tráeme a Trianna ahora mismo —dijo—. No importa lo que esté haciendo; tráela.

La piel del contorno de los ojos de Farica se tensó, pero hizo una reverencia y dijo:

—Como desees, señora.

Salió por la puerta oculta de los sirvientes.

—Gracias —susurró Nasuada en la habitación vacía.

Entendía las reticencias de su doncella; también ella se sentía incómoda cuando tenía que relacionarse con los conocedores de la magia. Sin duda, sólo se fiaba de Eragon porque era un Jinete —aunque eso no garantizaba la virtud, tal como había demostrado Galbatorix— y por su juramento de lealtad, que Nasuada sabía que no iba a incumplir jamás. La idea de que una persona aparentemente normal pudiera matar con una palabra; invadir tu mente a voluntad; hacer trampas, mentir y robar sin ser visto; y en general, desafiar a la sociedad impunemente...

Se le aceleró el corazón.

¿Cómo se reforzaba la ley cuando una parte de la población poseía poderes especiales? En su nivel más básico, la guerra de los vardenos contra el Imperio no era más que un intento de llevar ante la justicia a un hombre que había abusado de sus capacidades mágicas y evitar que siguiera cometiendo crímenes. «Tanto dolor y tanta destrucción porque nadie tuvo la fuerza suficiente para derrotar a Galbatorix. ¡Y ni siquiera se va a morir por el mero paso de los años!»

Aunque le desagradaba la magia, sabía que tendría un papel importante a la hora de acabar con Galbatorix y que no podía permitirse alejar a quienes la practicaban hasta que se hubiera garantizado la victoria. Después de eso, tenía la intención de resolver el problema que le creaban.

Una llamada descarada a la puerta de la habitación interrumpió sus pensamientos. Nasuada fijó en el rostro una sonrisa y protegió su mente tal como le habían enseñado.

—¡Adelante!

Era importante que pareciera educada tras convocar a Trianna con tanta rudeza.

La puerta se abrió de golpe y la bruja morena entró a

grandes zancadas con sus rizos alborotados, evidentemente recogidos con prisa en lo alto de la cabeza. Parecía que acabaran de sacarla de la cama. Hizo una reverencia al estilo de los enanos y dijo:

—¿Has preguntado por mí, señora?

—Sí. —Nasuada se dejó caer en una silla y repasó lentamente a Trianna con la mirada. La bruja alzó la barbilla ante el examen de Nasuada—. Necesito saber una cosa: ¿cuál es la regla más importante de la magia?

Trianna frunció el ceño.

—Que, hagas lo que hagas con ella, requiere la misma energía que hacer lo contrario.

—¿Y lo que puedes llegar a hacer está limitado por tu ingenio y por tu conocimiento del idioma antiguo?

—También se aplican otras restricciones, pero por lo general sí. Señora, ¿por qué lo preguntas? Hay algunos principios de la magia con los que, si bien no suelen divulgarse, estoy segura de que tienes cierta familiaridad.

—La tengo. Quería estar segura de haberlos entendido bien. —Sin abandonar la silla, Nasuada se agachó y recogió el vestido para que Trianna pudiera ver el encaje mutilado—. Entonces, dentro de esos límites, deberías ser capaz de crear un hechizo que te permita bordar encajes por medio de la magia.

Una sonrisilla condescendiente turbó los labios oscuros de la bruja.

—Du Vrangr Gata tiene cosas más importantes que hacer que reparar tu ropa, señora. El nuestro no es un arte común que pueda emplearse para meros caprichos. Estoy segura de que encontrarás sastres y costureras muy capaces de cumplir con tu petición. Ahora, si me perdonas...

—Estate quieta, mujer —dijo Nasuada, con voz llana. El asombro silenció a Trianna a media frase—. Veo que debo enseñar a Du Vrangr Gata la misma lección que al Consejo de Ancianos: tal vez sea joven, pero no soy una niña a la que se pueda tratar con condescendencia. Te he preguntado por los encajes porque, si puedes manufacturarlos con rapidez y facilidad por medio de la magia, podríamos financiar a los vardenos vendiendo encajes y puntillas baratos por todo el Imperio. La propia gente de Galbatorix nos proporcionaría los fondos que necesitamos para sobrevivir.

—Pero eso es ridículo —protestó Trianna. Hasta Farica parecía escéptica—. No se puede pagar una guerra con encajes.

Nasuada enarcó una ceja.

—¿Por qué no? Muchas mujeres que de otra manera jamás podrían permitirse un encaje se abalanzarán ante la oportunidad de comprárnoslo. Lo querrán hasta las mujeres de los granjeros que deseen aparentar más riqueza de la que tienen. Hasta los comerciantes ricos y los nobles nos darán su oro porque nuestro encaje será más fino que cualquier otro cosido por manos humanas. Amasaremos una fortuna comparable con la de los enanos. Eso, suponiendo que tú tengas suficiente habilidad con la magia para hacer lo que quiero.

Trianna agitó la melena.

—¿Pones en duda mi capacidad?

—¿Se puede hacer?

Trianna dudó y luego cogió el vestido de Nasuada y estudió la cinta de encaje un largo rato. Al fin dijo:

—Debería ser posible, pero tendré que hacer unas pruebas para estar segura.

—Hazlas de inmediato. A partir de ahora, ésta es tu tarea más importante. Y busca una puntillera experta que te aconseje con las figuras.

—Sí, señora Nasuada.

Nasuada se permitió hablar con voz más suave.

—Bien. Y también quiero que escojas a los más brillantes miembros de Du Vrangr Gata y que trabajes con ellos para inventar otras técnicas mágicas con las que ayudar a los vardenos. Eso es responsabilidad vuestra, no mía.

—Sí, señora Nasuada.

—Ahora sí puedes irte. Preséntate ante mí mañana por la mañana.

—Sí, señora Nasuada.

Satisfecha, Nasuada vio irse a la bruja y luego cerró los ojos y se permitió disfrutar de un momento de orgullo por lo que acababa de lograr. Sabía que ningún hombre, ni siquiera su padre, habría dado con aquella solución.

«Ésta es mi contribución a los vardenos», se dijo, deseando que Ajihad hubiera podido verla. Luego, en voz alta preguntó:

—¿Te he sorprendido, Farica?

—Como siempre, señora.

Elva

—¿*S*eñora?... Alguien te necesita, señora.

—¿Qué?

Sin ganas de moverse, Nasuada abrió los ojos y vio que Jörmundur entraba en la habitación. El enjuto veterano se quitó el yelmo, lo sostuvo bajo el brazo derecho y se acercó a ella con la mano izquierda plantada en el pomo de la espada.

Los eslabones de su malla tintinearon cuando hizo una reverencia.

—Mi señora.

—Bienvenido, Jörmundur. ¿Cómo está tu hijo?

Estaba encantada de que hubiera acudido. De todos los miembros del Consejo de Ancianos, era el que había aceptado su liderazgo con mayor facilidad y se había puesto a su servicio con la misma obstinada lealtad y determinación que había ofrecido a Ajihad. «Si todos mis guerreros fueran como él, nadie podría detenernos.»

—Se le ha pasado la tos.

—Me alegro de oírlo. Bueno, ¿qué te trae por aquí?

La frente de Jörmundur se llenó de arrugas. Se pasó la mano libre por el cabello, que llevaba recogido en una cola, y luego se repuso y dejó la mano suelta en un costado.

—Magia, de la más fuerte.

—Ah.

—¿Recuerdas la niña que bendijo Eragon?

—Sí.

Nasuada sólo la había visto una vez, pero era muy consciente de los exagerados cuentos que circulaban acerca de ella entre los vardenos, así como de las esperanzas que éstos tenían depositadas en sus posibles logros cuando se hiciera mayor. Nasuada era más pragmática al respecto. Cualquiera que fuera el futuro de la niña, tardaría muchos años en llegar, y para entonces la batalla con Galbatorix ya estaría ganada o perdida.

—Me han pedido que te lleve con ella.

—¿Pedido? ¿Quién? ¿Y por qué?

—Un chico del campo de prácticas me dijo que deberías visitar a la niña. Dijo que te parecería interesante. Se negó a darme su nombre, pero su aspecto se parecía al que se supone que adopta el hombre gato de esa bruja, así que me pareció... Bueno, me pareció que debías saberlo. —Jörmundur parecía avergonzado—. He preguntado a mis hombres acerca de esa niña y he oído algunas cosas... Parece que es distinta.

—¿En qué sentido?

Jörmundur se encogió de hombros.

—Lo suficiente como para creer que deberías hacer lo que dice el hombre gato.

Nasuada frunció el ceño. Sabía por las viejas historias que ignorar a un hombre gato era el colmo de la estupidez y, a menudo, una condena al desastre. Sin embargo, su compañera, la herbolaria Angela, era otra conocedora de la magia de quien Nasuada no terminaba de fiarse: era demasiado independiente e impredecible.

—Magia —dijo, haciendo que sonara como una maldición.

—Magia —contestó Jörmundur, aunque él usaba la palabra en tono de asombro y miedo.

—Muy bien, vamos a ver a esa niña. ¿Está en el castillo?

—Orrin les concedió, a ella y a su cuidadora, habitaciones en el ala oeste.

—Llévame hasta ella.

Recogiéndose la falda, Nasuada ordenó a Farica que pospusiera las demás citas del día y abandonó sus aposentos. A sus espaldas, oyó que Jörmundur chasqueaba los dedos para ordenar a cuatro guardias que tomaran posiciones en torno a ella. Al cabo de un momento caminaba a su lado, señalando el camino.

Dentro del castillo, el calor había aumentado hasta tal punto que se sentían como si estuvieran atrapados en un gigantesco horno de pan. El aire brillaba como cristal líquido en los alféizares de las ventanas.

Aunque estaba incómoda, Nasuada sabía que lo soportaba mejor que los demás por su piel morena. Los que peor lo pasaban para soportar aquellas temperaturas tan altas eran los hombres como Jörmundur y sus guardias, que tenían que llevar sus armaduras todo el día, incluso cuando se quedaban plantados bajo la mirada fija del sol.

Nasuada miró con atención a los cinco hombres mientras el sudor se acumulaba en la parte visible de su piel y sus respiraciones se volvían aun más pesadas. Desde que llegaran a Aberon, algunos vardenos se habían desmayado por la insolación —dos de ellos habían muerto una o dos horas después—, y no tenía ninguna intención de perder más súbditos por obligarlos a sobrepasar sus límites físicos.

Cuando le pareció que necesitaban descansar, los obligó a parar, sin prestar atención a sus quejas, y conseguir agua o algún refresco por medio de un sirviente.

—No puedo permitir que caigáis como moscas.

Tuvieron que parar dos veces más antes de llegar a su destino, una anodina puerta encajada en la pared interior del pasillo. En torno a ella había un montón de regalos amontonados.

Jörmundur llamó, y una voz temblorosa contestó desde dentro:

—¿Quién es?

—La señora Nasuada, que viene a ver a la niña —dijo él.

—¿Tiene el corazón sincero y la voluntad resuelta?

Esta vez contestó Nasuada:

—Mi corazón es puro, y mi voluntad es de hierro.

—Cruza el umbral, entonces, y serás bienvenida.

La puerta se abría a un recibidor iluminado por una sola antorcha de los enanos. No había nadie junto a la puerta. Al avanzar, Nasuada vio que las paredes y el techo estaban tapados con capas de telas oscuras, lo cual concedía al lugar la apariencia de una cueva o una guarida. Para su sorpresa, el aire era bastante frío, casi gélido, como en una fresca noche de otoño. Un temor clavó sus zarpas envenenadas en el vientre de Nasuada. «Magia.»

416

Una cortina negra de malla metálica les cortaba el camino. Nasuada la apartó y se encontró en lo que en otro tiempo era una sala de estar. Habían quitado los muebles, salvo por una hilera de sillas pegadas a las paredes forradas de tela. Había un racimo de veladas antorchas de enanos, colgadas en un hueco de la tela combada del techo, que proyectaban extrañas sombras multicolores en todas las direcciones.

Una bruja encorvada la miraba desde un rincón del fondo, flanqueada por Angela, la herbolaria, y el hombre gato, que permanecía con el pelo erizado. En el centro de la habitación había una pálida niña arrodillada, a quien Nasuada echó apenas tres o cuatro años. La niña toqueteaba un plato de comida que tenía en el regazo. Nadie habló.

Confundida, Nasuada preguntó:

—¿Dónde está la niña?

La niña la miró.

Nasuada se quedó boquiabierta al ver brillar la marca del dragón en su frente y al clavar su mirada en aquellos ojos de color violeta. La niña retorció los labios en una terrible sonrisa de sabiduría.

—Soy Elva.

Nasuada dio un respingo hacia atrás sin pensar y agarró la daga que llevaba sujeta con una cinta en el antebrazo izquierdo. La voz era propia de un adulto y contenía toda la experiencia y el cinismo de un adulto. Sonaba profana en boca de una niña.

—No corras —dijo Elva—. Soy tu amiga. —Dejó a un lado el plato, ya vacío. Se dirigió a la vieja bruja—: Más comida. —La anciana salió corriendo de la habitación. Entonces Elva dio una palmada en el suelo, a su lado—. Siéntate, por favor. Llevo esperándote desde que aprendí a hablar.

Sin soltar la daga, Nasuada se agachó hasta el suelo de piedra.

—¿Y cuándo fue eso?

—La semana pasada.

417

Elva entrelazó las manos en el regazo. Concentró sus ojos fantasmagóricos en Nasuada como si la traspasara con la fuerza sobrenatural de su mirada. Nasuada se sintió como si una lanza violeta hubiera hendido su cráneo y se retorciera dentro de su mente, destrozando sus pensamientos y sus recuerdos. Luchó contra las ganas de gritar.

Elva se inclinó hacia delante, alargó un brazo y acarició la mejilla de Nasuada con una mano suave.

—¿Sabes una cosa? Ajihad no hubiera liderado a los vardenos mejor que tú. Has escogido el camino correcto. Tu nombre será alabado durante siglos por haber tenido la previsión y el coraje de trasladar a los vardenos a Surda y atacar al Imperio cuando todo el mundo creía que era una locura.

Nasuada la miró boquiabierta, aturdida. Igual que una llave se adapta a una cerradura, las palabras de Elva conectaban a la perfección con los miedos primarios de Nasuada, con las dudas que la mantenían despierta cada noche, sudando en la oscuridad. Una involuntaria oleada de emociones la recorrió y le otorgó una sensación de confianza y paz que no había poseído desde antes de la muerte de Ajihad. Sus ojos derramaron lágrimas de alivio que rodaron por su rostro. Era como si Elva hubiera sabido exactamente qué decir para consolarla.

Nasuada la odió por eso.

Su euforia luchaba contra la sensación de desagrado por el modo y la persona que habían inducido aquel momento de debilidad. Tampoco se fiaba de los motivos de la niña.

—¿Qué eres? —le preguntó.

—Soy lo que Eragon hizo de mí.

—Te bendijo.

Los terribles y ancianos ojos se oscurecieron un momento cuando Elva pestañeó.

—Él no entendía sus acciones. Desde que Eragon me hechizó, cada vez que veo a una persona percibo todas las heridas que la afectan y que pueden afectarla en el futuro. Cuando era más pequeña, no podía hacer nada al respecto. Por eso crecí.

—¿Por qué...?

—La magia que llevo en la sangre me empuja a proteger a la gente del dolor... por mucho que sufra yo al hacerlo y más allá de mi mayor o menor voluntad de ayudar. —Un punto de amargura se asomó a su sonrisa—. Si me resisto, lo pago caro.

Mientras Nasuada digería las implicaciones de aquello, se dio cuenta de que el aspecto inquietante de Elva era una consecuencia de todo el sufrimiento a que se había visto expuesta. Nasuada se estremeció al pensar en lo que había soportado la niña. «Tener esa compulsión y ser incapaz de actuar debe de haberla destrozado.» Aun sintiendo que era un error, Nasuada empezó a sentir una cierta compasión por Elva.

—¿Por qué me has contado esto?

—Creí que debías saber quién soy y qué soy. —Elva hizo una pausa y el fuego de su mirada se redobló—. Y que lucharé por ti como pueda. Úsame como usarías a un asesino: escondido en la oscuridad y sin piedad. —Se rió con voz aguda y aterradora—. Te preguntas por qué, ya lo veo. Porque si esta guerra no termina cuanto antes, me volveré loca. Bastante me cuesta enfrentarme a las agonías de la vida diaria sin tener que sobrellevar también las atrocidades de la batalla. Úsame para ponerle fin y me aseguraré de que tu vida sea tan feliz como la que haya podido experimentar cualquier humano.

En ese momento, la vieja bruja volvió a entrar corriendo en la habitación, hizo una reverencia a Elva y le pasó una bandeja llena de comida. Para Nasuada supuso un alivio que Elva bajara la mirada y atacara la pierna de cordero, metiéndose la comida en la boca con las dos manos. Comía con la voracidad de un lobo famélico, sin la menor muestra de decoro. Con los ojos violetas escondidos y la marca del dragón cubierta por unos mechones negros, de nuevo parecía ser poco más que una niña inocente.

Nasuada esperó hasta que pareció evidente que Elva había dicho todo lo que quería decir. Entonces, tras un gesto de Angela, siguió a la herbolaria por una puerta lateral y dejó a la pálida niña sentada a solas en el centro de la habitación oscura y envuelta en telas, como un espantoso feto alojado en el vientre, esperando el momento adecuado para emerger.

Angela se aseguró de que la puerta estuviera cerrada y murmuró:

—No hace más que comer y comer. No podemos saciar su apetito con estas raciones. ¿Puedes...?

—Tendrá comida. No te preocupes por eso.

Nasuada se frotó los brazos mientras trataba de erradicar el recuerdo de aquellos ojos horribles, atroces.

—Gracias.

—¿Esto le había pasado alguna vez a alguien?

Angela negó con la cabeza hasta que los rizos de su melena golpearon sus hombros.

—Ni una sola vez en toda la historia de la magia. He intentado predecir su futuro, pero es un atolladero imposible. Qué adorable palabra: atolladero. Es que su vida se relaciona con la de tanta gente...

—¿Es peligrosa?

—Todos lo somos.

—Ya sabes a qué me refiero.

Angela se encogió de hombros.

—Es más peligrosa que algunos, y menos que otros. De todos modos, si ha de matar a alguien, lo más probable es que sea a sí misma. Si conoce a alguien a punto de ser herido y el hechizo de Eragon la coge por sorpresa, ocupará el lugar del condenado. Por eso pasa casi todo el rato aquí dentro.

—¿Con cuánta anticipación puede predecir los sucesos?

—Dos o tres horas como mucho.

Apoyada en la pared, Nasuada caviló sobre aquella nueva complicación en su vida. Elva podía ser un arma potente si se usaba del modo correcto. «Por medio de ella puedo averiguar los problemas de mis enemigos y sus debilidades, así como saber qué les complace y volverlos dóciles a mis deseos.» En una situación de urgencia, la niña también podía actuar como guardia infalible si uno de los vardenos, como Eragon y Saphira, requería protección.

«No se la puede dejar a su aire. Necesito alguien que la vigile. Alguien que sepa de magia y se sienta a gusto con su propia identidad para resistirse a la influencia de Elva... Alguien que me parezca fiable y sincero.» Enseguida descartó a Trianna.

Nasuada miró a Angela. Aunque desconfiaba de la herbolaria, sabía que Angela había ayudado a los vardenos en asuntos de la mayor delicadeza e importancia —como curar a Eragon— sin pedir nada a cambio. A Nasuada no se le ocurría nadie más que tuviera el tiempo, las ganas y la experiencia suficientes para cuidar a Elva.

—Soy consciente —dijo Nasuada— de que es ridículo por mi parte, pues no estás bajo mis órdenes y sé poco de tu vida y tus obligaciones, pero tengo que pedirte un favor.

—Adelante. —Angela la invitó con un ademán.

Nasuada titubeó, desconcertada, y luego avanzó:

—¿Estarías dispuesta a echarle un ojo a Elva? Necesito...

—¡Por supuesto! Y si puedo prescindir de ellos, le echaré los dos. Me entusiasma la oportunidad de estudiarla.

—Tendrás que informarme —advirtió Nasuada.

—Ahí está el veneno escondido en la tarta. Bueno, supongo que me las arreglaré.

—Entonces, ¿tengo tu palabra?

—La tienes.

421

Aliviada, Nasuada gimió y se dejó caer en una silla cercana.

—Ah, qué lío. Menudo *atolladero*. Como señora feudal de Eragon, soy responsable de sus obras, pero nunca imaginé que pudiera hacer algo tan terrible como esto. Es una mancha en mi honor, en la misma medida que en el suyo.

Una onda de crujidos agudos llenó la habitación cuando Angela hizo crujir sus nudillos.

—Sí, pienso hablar con él de esto en cuanto vuelva de Ellesméra.

Su expresión era tan furibunda que alarmó a Nasuada.

—Bueno, no le hagas daño. Lo necesitamos.

—No... No será un daño permanente.

Resurgir

*U*n estallido de viento voraz arrancó a Eragon del sueño.

Las mantas se agitaron sobre su cuerpo cuando la tempestad soltó un zarpazo a su habitación, lanzando sus propiedades por el aire y las antorchas contra las paredes. Fuera, el cielo estaba lleno de nubarrones negros.

Saphira miró a Eragon, y éste se levantó a trompicones y luchó por mantener el equilibrio mientras el árbol se cimbreaba como un barco en alta mar. Bajó la cabeza para defenderse de la galerna y anduvo en torno a la habitación pegándose a las paredes hasta que llegó al portal en forma de lágrima por el que rugía la tormenta.

Eragon miró hacia abajo, más allá del agitado suelo. Parecía que se balanceara. Tragó saliva y se esforzó por ignorar el remolino del estómago.

Tanteando, encontró el borde de la membrana de tela que, al desencajarse de la pared, tapaba la abertura. Se preparó para saltar por encima del agujero, de un lado a otro. Si resbalaba, nada podría evitar que cayera hasta las raíces del árbol.

Espera, dijo Saphira.

Salió del bajo pedestal en que dormía y estiró a su lado la cola para que pudiera usarla de pasamanos.

Eragon sostuvo la tela sólo con la mano derecha, lo cual consumía todas sus fuerzas, y fue tirando de la línea de púas de la cola de Saphira para pasar el portal. En cuanto llegó al otro lado, agarró la tela con las dos manos y presionó el borde contra la ranura de sujeción.

La habitación quedó en silencio.

La membrana se hinchó hacia dentro bajo la fuerza de los rabiosos elementos, pero no parecía que fuera a ceder. Eragon la tocó con un dedo. La tela estaba tensa como un tambor.

Qué cosas tan asombrosas hacen los elfos, dijo.

Saphira alzó la cabeza y luego estiró el cuello para pegarla al techo mientras escuchaba con atención. *Será mejor que cierres el estudio: está quedando destrozado.*

Cuando se dirigía hacia la escalera, el árbol se agitó y a Eragon le flaquearon las piernas y cayó de rodillas.

—Maldita sea —gruñó.

El estudio era un remolino de papeles y plumas que volaban como dardos, como si tuvieran voluntad propia. Se metió en aquel revoloteo, cubriéndose la cabeza con ambos brazos. Cuando lo golpeaban las puntas de las plumas, era como si alguien lo estuviera acribillando con piedras.

Eragon se esforzó por cerrar el portal superior sin la ayuda de Saphira. En cuanto lo consiguió, el dolor —un dolor infinito que le aturdía la mente— le desgarró la espalda.

Soltó un grito y puso en él tanta fuerza que se quedó ronco. Se le tiñó la visión de rojo y amarillo, y luego se desplomó de lado y lo vio todo negro. Abajo se oía el aullido de frustración de Saphira; el hueco de la escalera era demasiado pequeño y había demasiado viento para que pudiera alcanzarlo desde fuera. Su conexión con ella flojeó. Se rindió a la expectante oscuridad y encontró en ella el alivio de su agonía.

Un sabor amargo llenaba la boca de Eragon cuando se despertó. No sabía cuánto rato había pasado en el suelo, pero sentía los músculos de los brazos y piernas nudosos de haber estado retorcidos para formar una prieta bola. La tormenta seguía asaltando el árbol, acompañada por una lluvia sorda que repicaba al compás del pálpito que Eragon sentía en la cabeza.

¿Saphira?

Estoy aquí. ¿Puedes bajar?

Lo intentaré.

Como estaba demasiado débil para ponerse de pie sobre aquel suelo agitado, avanzó a rastras hasta la escalera y se deslizó hacia abajo, un escalón tras otro, haciendo muecas de dolor a cada impacto. A medio camino se encontró con Saphira, que había encajado la cabeza por el hueco de la escalera hasta donde se lo permitía el cuello, arrancando maderas en su frenesí.

Pequeñajo. Sacó la lengua y le atrapó una mano con su punta rasposa. Eragon sonrió. Luego Saphira arqueó el cuello y trató de tirar de él, pero no sirvió de nada.

¿Qué pasa?

Estoy atascada.

¿Que estás...? No pudo evitarlo; se echó a reír aunque le doliera. La situación era demasiado absurda.

Ella soltó un gruñido y tiró con todo el cuerpo, agitando el árbol con todas sus fuerzas, hasta que logró bajarlo. Luego se desplomó, boqueando. *Bueno, no te quedes ahí sonriendo como un zorro idiota. ¡Ayúdame!*

Resistiéndose a las ganas de reír, Eragon le apoyó un pie en la nariz y empujó con toda la fuerza que se atrevía a usar mientras Saphira se retorcía y escurría con la intención de liberarse.

Le costó más de diez minutos conseguirlo. Sólo entonces pudo ver Eragon el alcance de los daños causados a la escalera. Gimió. Las escamas habían cortado la corteza y destrozado las delicadas tallas crecidas en la madera.

Vaya, dijo Saphira.

Suerte que lo has hecho tú, y no yo. Puede que a ti te

perdonen los elfos. Si se lo pidieras, se pasarían el día y la noche cantando baladas de amor de los enanos.

Se unió a Saphira en su tarima y se acurrucó contra las lisas escamas del vientre, escuchando el rugido de la tormenta en las alturas. La amplia membrana se volvía transparente cuando temblaban los relámpagos con sus escarpadas astillas de luz.

¿Qué hora crees que será?

Aún faltan unas cuantas horas para nuestro encuentro con Oromis. Adelante, duérmete y descansa. Yo mantendré la guardia.

Y eso hizo, pese a la agitación del árbol.

425

¿Por qué luchas?

*E*l reloj de Oromis zumbó como un abejorro gigante, causando un gran estruendo en los oídos de Eragon hasta que éste agarró el cacharro y activó el mecanismo.

La rodilla golpeada estaba morada, se sentía magullado por el ataque y por la Danza élfica de la Serpiente y la Grulla, y tenía tan mal la garganta que apenas podía hacer otra cosa que graznar. La peor herida, sin embargo, afectaba a su sensación premonitoria de que aquélla no sería la última vez que la herida de Durza le causaría problemas. La perspectiva lo enfermaba, pues le consumía la energía y la voluntad.

Pasan tantas semanas entre un ataque y el siguiente —dijo— *que empezaba a esperar que tal vez, tal vez, estuviera curado... Supongo que si he aguantado tanto, habrá sido por pura suerte.*

Saphira estiró el cuello y le acarició un brazo con el morro. *Ya sabes que no estás solo, pequeñajo. Haré todo lo que pueda por ayudarte.* Eragon respondió con una débil sonrisa. Luego Saphira le lamió la cara y añadió: *Tendrías que prepararte para salir.*

Ya lo sé. Se quedó mirando el suelo, sin ganas de moverse, y luego se arrastró hasta el baño, donde se lavó como los gatos y usó la magia para afeitarse.

Estaba secándose cuando sintió que una presencia entraba en contacto con su mente. Sin detenerse a pensar, Eragon empezó a fortificar la mente, concentrándose en la imagen del dedo gordo del pie para excluir cualquier otra cosa. Entonces oyó que Oromis le decía: *Admirable, pero innecesario. Hoy, tráete a* Zar'roc. La presencia se desvaneció.

Eragon soltó un suspiro tembloroso. *He de estar más atento* —dijo a Saphira—. *Si llega a ser un enemigo, habría quedado a su merced.*

No mientras yo esté a tu lado.

Terminadas las abluciones, Eragon soltó la membrana de la pared y montó en Saphira, sosteniendo a *Zar'roc* bajo el brazo.

Saphira alzó el vuelo con un remolino de aire y torció hacia los riscos de Tel'naeír. Desde las alturas pudieron ver los daños que había provocado la tormenta en Du Weldenvarden. En Ellesméra no había caído ningún árbol, pero más allá, donde la magia de los elfos resultaba más débil, se habían desplomado numerosos pinos. El viento todavía provocaba que los árboles caídos y las ramas se rozaran, provocando un crispado coro de crujidos y gemidos. Nubes de polen dorado, espesas como el polvo, se derramaban desde los árboles y las flores.

Mientras volaban, Eragon y Saphira intercambiaron recuerdos de lo que habían aprendido por separado el día anterior. Él le contó lo que había aprendido de las hormigas y del idioma antiguo, y ella le habló de corrientes descendentes y otros patrones climáticos peligrosos, y de cómo evitarlos.

Así, cuando llegaron y Oromis interrogó a Eragon acerca de las lecciones de Saphira, mientras Glaedr interrogaba a Saphira acerca de las de Eragon, pudieron contestar a todas las preguntas.

—Muy bien, Eragon-vodhr.

Sí. Bien jugado, Bjartskular, añadió Glaedr, dirigiéndose a Saphira.

Igual que el día anterior, Saphira se retiró con Glaedr mientras Eragon permanecía en los acantilados, aunque esta vez Saphira se preocupó de mantener el vínculo mental para que cada uno pudiera absorber las instrucciones que recibía el otro.

Cuando se fueron los dragones, Oromis observó:

—Hoy tienes la voz áspera, Eragon. ¿Te encuentras mal?

—Esta mañana me ha vuelto a doler la espalda.

—Ah. Cuenta con mi compasión. —Luego le señaló con un dedo—. Espérame aquí.

Eragon se quedó mirando mientras Oromis desaparecía a grandes zancadas en su cabaña y volvía a salir con aspecto fiero y guerrero, con la melena plateada al viento y la espada de bronce en una mano.

—Hoy —le dijo— olvidaremos el Rimgar y cruzaremos nuestras espadas, *Naegling* y *Zar'roc*. Desenfunda la espada y protege su filo tal como te enseñó tu primer maestro.

Eragon deseaba negarse por encima de todo. Sin embargo, no tenía ninguna intención de incumplir su promesa, ni de permitir que su voluntad flaqueara delante de Oromis. Se tragó la inquietud. «Esto es lo que significa ser un Jinete», pensó.

Sacando fuerzas de flaqueza, localizó el meollo que, en lo más profundo de su mente, lo conectaba con el salvaje fluido de la magia. Se hundió en él, y lo invadió la energía.

—Gëuloth du knífr —dijo.

De pronto, entre sus dedos pulgar e índice brotó una estrella azul intermitente que iba de un dedo a otro mientras Eragon la pasaba por el peligroso filo de *Zar'roc*.

En cuanto se cruzaron las espadas, Eragon supo que Oromis podía con él, igual que Durza y Arya. Eragon era un espadachín ejemplar como humano, pero no podía competir con guerreros por cuya sangre corría la magia con abundancia. Su brazo era demasiado débil, y sus reflejos, demasiado lentos. Sin embargo, eso no le impedía esforzarse por ganar. Luchaba hasta el límite de sus habilidades aunque, al fin, fuera una perspectiva fútil.

Oromis lo puso a prueba de todos los modos concebibles, obligándolo a usar todo su arsenal de golpes, contragolpes y trucos bajo mano. Todo para nada. No logró tocar al elfo. Como último recurso, intentó alterar su modo de luchar, algo que podía inquietar hasta al más endurecido veterano. Sólo le sirvió para ganarse un rasguño en el muslo.

—Mueve los pies más deprisa —gritó Oromis—. El que se queda parado como una columna muere en la batalla. El que se cimbrea como un junco triunfa.

Era glorioso ver al elfo en plena acción, con una mezcla perfecta de control y violencia desatada. Saltaba como un gato, golpeaba como una garza y se agachaba y se ladeaba con la gracia de una comadreja.

Llevaban casi veinte minutos entrenándose cuando Oromis se trastabilló y apretó los finos rasgos en una breve mueca de dolor. Eragon reconoció los síntomas de la misteriosa enfermedad de Oromis y atacó con *Zar'roc* por delante. Era una reacción fea, pero Eragon estaba frustrado, deseoso de aprovechar cualquier oportunidad, por injusta que fuera, para obtener la satisfacción de acertar a Oromis aunque sólo fuera una vez.

Zar'roc nunca llegó a su objetivo. Al volverse, Eragon se estiró demasiado y forzó la espalda.

El dolor se le echó encima sin avisar.

Lo último que oyó fue un grito de Saphira: ¡*Eragon!*

Pese a la intensidad del ataque, Eragon permaneció consciente durante todo el sufrimiento. No es que tuviera consciencia de cuanto lo rodeaba, salvo por el fuego que ardía en su carne y convertía cada segundo en una eternidad. Lo peor era que no podía hacer nada para poner fin al sufrimiento, aparte de esperar...

...y esperar...

Eragon estaba tumbado en el frío fango, boqueando. Cuando notó que su visión volvía a enfocarse, pestañeó y vio a Oromis sentado a su lado en un taburete. Apoyó las manos en el suelo para ponerse de rodillas y repasó su túnica nueva con una mezcla de lástima y desagrado. La fina tela rojiza estaba rebozada de polvo tras sus convulsiones en el suelo. También tenía mugre en el pelo.

Asimismo, sentía en su mente a Saphira, que irradiaba preocupación mientras esperaba a que él percibiera su presencia. *¿Cómo puedes seguir así?* —se lamentó—. *Te destruirá.*

Sus recelos minaron la escasa fortaleza que le quedaba a Eragon. Hasta entonces, Saphira nunca había expresado ninguna duda sobre su capacidad de imponerse: ni en Dras-Leona, ni en Gil'ead, ni en Farthen Dûr, ni ante ninguno de los peligros a que se habían enfrentado. Su confianza en él le había dado coraje. Sin ella, sentía verdadero temor.

Tendrías que concentrarte en tu lección, le dijo.

Tendría que concentrarme en ti.

¡Déjame en paz!, exclamó con brusquedad, como un animal herido que quisiera lamerse las heridas en silencio, refugiado en la oscuridad. Ella se calló y dejó abierta apenas la conexión mental necesaria para que él tuviera una vaga noción de las enseñanzas de Glaedr sobre la achicoria silvestre, que podía comerse para mejorar la digestión.

Eragon se quitó el barro del pelo con los dedos y luego echó un escupitajo de sangre.

—Me he mordido la lengua.

Oromis asintió como si contara con ello.

—¿Necesitas que te curen?

—No.

—Muy bien. Guarda tu espada, luego báñate, vete al tocón del claro y escucha los pensamientos del bosque. Escucha bien y, cuando ya no oigas nada, ven a contarme lo que hayas aprendido.

—Sí, Maestro.

Al sentarse en el tocón, Eragon encontró que la turbulencia de sus ideas y sentimientos le impedía reunir la concentración suficiente para abrir la mente y sentir a las criaturas del claro. Tampoco le interesaba hacerlo.

Aun así, la paz del entorno suavizó paulatinamente su resentimiento, su confusión y su terca rabia. No le dio felicidad, pero sí una cierta aceptación fatalista. «Es lo que me ha tocado en la vida y será mejor que me acostumbre, porque no va a mejorar en el futuro previsible.»

Al cabo de un cuarto de hora, sus facultades habían recuperado la agudeza habitual, de modo que volvió a estudiar la colonia de hormigas rojas que había descubierto el día anterior. También intentó tomar conciencia de todo lo demás que ocurría en el claro, tal como le había instruido Oromis.

Eragon obtuvo un éxito limitado. Si se relajaba y se permitía absorber información de todas las conciencias cercanas, miles de imágenes y sentimientos se apresuraban en su mente, acumulándose en rápidos fogonazos de sonido y color, tacto y olor, dolor y placer. La cantidad de información era abrumadora. Por pura costumbre, su mente atrapaba un objeto u otro de aquella corriente y excluía a todos los demás hasta que se daba cuenta del error y se forzaba a arrancar la mente para recuperar el estado de receptividad pasiva. El ciclo se repetía cada pocos segundos.

A pesar de eso, logró mejorar su comprensión del mundo de las hormigas. Tuvo un primer atisbo de sus sexos cuando dedujo que la gigantesca hormiga que había dentro del hormiguero subterráneo estaba poniendo huevos, más o menos uno cada minuto, lo cual la convertía en una hembra. Y cuando acompañó a un grupo de hormigas rojas tallo arriba por el rosal, obtuvo una vívida representación de la clase de enemigos a que se enfrentaban: algo saltó desde la cara inferior de una hoja y mató a una de las hormigas con las que Eragon estaba conectado. Le costó adivinar de qué clase de criatura se trataba exactamente, pues las propias hormigas apenas veían fragmentos del atacante y, en cualquier caso, ponían más énfasis en el olor que en la visión. Si hubieran sido personas, habría dicho que las atacaba un monstruo aterrador del tamaño de un dragón, con mandíbulas tan poderosas como las del rastrillo de Teirm y capaz de moverse con la velocidad de un látigo.

Las hormigas rodearon al monstruo como mozos de cuadra listos para capturar a un caballo en estampida. Se lanzaron contra él sin miedo alguno. Atacaban sus piernas nudosas y se retiraban un instante antes de que las pinzas del monstruo pudieran atraparlas. Cada vez más hormigas se unían al tropel. Trabajaban juntas para superar al intruso, sin ceder jamás, incluso cuando dos de ellas fueron atrapadas y asesinadas, o cuando unas cuantas hermanas cayeron al suelo desde lo alto del tallo.

Era una batalla desesperada, en la que ningún lado parecía dispuesto a dar cuartel. Sólo la huida o la victoria podía salvar a las combatientes de una muerte horrible. Eragon seguía la refriega con ansiedad, sin respirar, asombrado por la valentía de las hormigas y por su capacidad para seguir peleando pese a sufrir heridas que hubieran incapacitado a cualquier humano. Sus gestas eran tan heroicas que merecían ser cantadas por los bardos en toda la tierra.

Eragon estaba tan enfrascado en la batalla que cuando al fin vencieron las hormigas, soltó un grito de júbilo tan fuerte que asustó a los pájaros que descansaban en sus nidos entre los árboles.

Por pura curiosidad, concentró la atención en su propio cuerpo y caminó hasta el rosal para ver al monstruo derrotado. Lo que vio era una araña marrón ordinaria, con las piernas retorcidas, transportada por las hormigas hacia el nido para convertirse en alimento.

Era asombroso.

Estaba a punto de irse, pero se dio cuenta de que una vez más había olvidado contemplar la miríada de otros insectos y animales que habitaban el claro. Cerró los ojos y revoloteó entre las mentes de varias docenas de seres, esforzándose al máximo por memorizar tantos detalles interesantes como fuera posible. Era un triste sucedáneo de la observación prolongada, pero tenía hambre y ya había superado la hora que le habían asignado.

Cuando se reencontró con Oromis en su cabaña, el elfo preguntó:

—¿Cómo ha ido?

—Maestro, podría pasar los días y las noches escuchando durante los próximos veinte años y aun así no llegaría a saber todo lo que ocurre en el bosque.

Oromis alzó una ceja.

—Has progresado. —Cuando Eragon describió lo que había presenciado, el elfo añadió—: Pero me temo que aún no es suficiente. Has de trabajar más, Eragon. Sé que puedes hacerlo. Eres inteligente y persistente, y tienes potencial para ser un gran Jinete. Por difícil que resulte, debes aprender a apartar los problemas y concentrarte en la tarea que tengas delante. Encuentra la paz en tu interior y deja que tus acciones fluyan desde allí.

—Lo hago lo mejor que puedo.

—No, no es lo mejor. Cuando aparezca lo mejor, nos daremos cuenta. —Hizo una pausa, pensativo—. Tal vez ayudaría que tuvieras otro alumno con quien competir. Entonces sí veríamos lo mejor... Pensaré en ello.

Oromis sacó de sus cajoncillos una barra de pan recién horneado, una jarra de madera llena de manteca de avellana —con la que los elfos sustituían la mantequilla— y un par de cuencos que, con un cazo, llenó de un guiso de verduras que hervía a fuego lento en una olla, sobre un lecho de ascuas en la chimenea del rincón.

Eragon miró con desagrado el guiso: estaba harto de la comida de los elfos. Añoraba la carne, el pescado y las aves, algo sólido a lo que hincar los dientes en vez de aquel desfile interminable de plantas.

—Maestro —preguntó para distraerse—. ¿Por qué me haces meditar? ¿Es para que entienda lo que hacen los animales y los insectos, o hay algo más?

—¿No se te ocurre ningún otro motivo? —Al ver que Eragon negaba con la cabeza, Oromis suspiró—. Siempre me pasa lo mismo con los alumnos nuevos, sobre todo cuando son humanos; la mente es el último músculo que aprenden a usar, y el que tienen menos en cuenta. Pregúntales sobre el arte de la espada y te recitarán hasta el último golpe de un duelo que se celebró hace un mes, pero si les pides que resuelvan un problema o que hagan una afirmación coherente... Bueno, mucho será si te contestan con algo más que una mirada inexpresiva. Eres nuevo en el mundo de la gramaticia, que es el auténtico nombre de la magia, pero has de empezar a plantearte todas sus implicaciones.

—¿Y eso?

—Imagínate por un momento que eres Galbatorix, con todos sus enormes recursos a tu disposición. Los vardenos han destrozado a tu ejército de úrgalos con la ayuda de un Jinete rival, y tú sabes que le enseñó, al menos en parte, Brom, uno de tus enemigos más peligrosos e implacables. También eres consciente de que tus enemigos se están reuniendo en Surda para una posible invasión. Teniendo eso en cuenta, ¿cuál sería la manera más fácil de enfrentarte a esas amenazas sin llegar a entrar tú mismo en batalla?

Eragon removió el guiso para enfriarlo, mientras consideraba el asunto.

—A mí me parece —dijo lentamente— que la manera más fácil sería preparar a un cuerpo de magos. Ni siquiera haría falta que fueran muy poderosos. Los obligaría a jurarme lealtad en el idioma antiguo y luego los infiltraría en Surda para que sabotearan los esfuerzos de los vardenos, emponzoñaran los pozos y asesinaran a Nasuada, al rey Orrin y a los demás miembros principales de la resistencia.

—¿Y por qué no ha hecho eso Galbatorix todavía?

—Porque hasta ahora su interés por Surda era insignificante y porque los vardenos llevan decenios viviendo en Farthen Dûr, donde tenían la capacidad de examinar la mente de cualquier recién llegado en busca de alguna doblez, cosa que no pueden hacer en Surda por la extensión de sus fronteras y su población.

—A esas mismas conclusiones he llegado yo —dijo Oromis—. Mientras Galbatorix no abandone su madriguera de Urû'baen, el mayor peligro al que te puedes enfrentar en tanto dure la campaña de los vardenos vendrá de los magos que te rodean. Sabes tan bien como yo lo difícil que es protegerte de la magia, sobre todo si tu oponente ha jurado matarte en el idioma antiguo, cueste lo que cueste. En vez de intentar conquistar tu mente de entrada, ese enemigo se limitará a lanzar un hechizo para destrozarte, aunque en el instante anterior a la derrota, tendrás la libertad de contraatacar. Sin embargo, no puedes oponerte al enemigo si no sabes quién es ni dónde está.

—Entonces, ¿a veces no hay que preocuparse de controlar la mente del enemigo?

—A veces, pero vale la pena evitar el riesgo. —Oromis guardó silencio mientras tomaba unas cucharadas de guiso—. Bueno, para llegar al fondo de este asunto, ¿cómo te defiendes contra enemigos anónimos que pueden contravenir cualquier precaución física y matar con una palabra murmurada?

—No sé cómo... Salvo... —Eragon dudó y luego sonrió—. Salvo que esté en contacto con las conciencias de todos los que me rodean. Entonces podría notar si me desean algún mal.

435

Oromis parecía complacido por la respuesta.

—Eso es, Eragon-finiarel. Y eso responde a tu pregunta. Tus meditaciones preparan a tu mente para descubrir y aprovechar los fallos en la armadura mental de tus enemigos, por pequeños que sean.

—Pero si entro en contacto con sus mentes, los otros magos se darán cuenta.

—Sí, tal vez, pero no la mayoría de la gente. En cuanto a los magos, al saberlo tendrán miedo y protegerán su mente de ti, y así podrás reconocerlos.

—¿No es peligroso dejar la conciencia sin defensas? Si alguien te ataca mentalmente, puede superarte con facilidad.

—Es menos peligroso que permanecer ciego al mundo.

Eragon asintió. Golpeó la cuchara contra el cuenco como si midiera el tiempo rítmicamente, concentrado en sus pensamientos, y luego dijo:

—Me parece que eso no está bien.

—¿Oh? Explícate.

—¿Y la intimidad de la gente? Brom me enseñó a no colarme nunca en la mente de nadie si no era absolutamente necesario... Supongo que me incomoda la idea de meterme en los secretos de los demás. Secretos que tienen todo el derecho a conservar. —Alzó la cabeza—. Si es tan importante, ¿por qué no me lo dijo Brom? ¿Por qué no me lo enseñó él mismo?

—Brom te dijo —contestó Oromis— lo que era oportuno decirte en aquellas circunstancias. Colarse en las mentes ajenas puede ser adictivo para quien tenga una personalidad maliciosa o ansias de poder. No se enseñaba a los futuros Jinetes, aunque durante el entrenamiento les hacíamos meditar como a ti, hasta que estábamos convencidos de que habían madurado lo suficiente para resistirse a la tentación.

»Es una invasión de la intimidad y, por medio de ella, te enterarás de muchas cosas que no quisieras saber. Sin embargo, es por tu propio bien, y por el de los vardenos. Puedo decirte por mi propia experiencia, y por haber visto cómo otros Jinetes lo experimentaban también, que eso, por encima de todo, te ayudará a comprender qué impulsa a la gente. Y la comprensión provoca empatía y compasión, incluso por el mendigo más malvado de la más malvada ciudad de Alagaësia.

Guardaron silencio un rato mientras comían, hasta que Oromis preguntó:

—Dime una cosa: ¿cuál es la herramienta mental más importante que se puede poseer?

Era una pregunta seria, y Eragon le dio vueltas durante un tiempo razonable antes de atreverse a contestar:

—La determinación.

Oromis partió la barra de pan por la mitad con sus largos dedos blancos.

—Entiendo por qué has llegado a esa conclusión: la determinación te ha ayudado mucho en tus aventuras. Pero no es así. Me refería a la herramienta más necesaria para elegir la mejor acción ante cualquier situación. La determinación es tan común entre hombres estúpidos y anodinos como entre quienes poseen brillantes intelectos. De modo que no, la determinación no puede ser lo que estamos buscando.

Esta vez Eragon se planteó la cuestión como si fuera una adivinanza, contó la cantidad de palabras, las susurró para establecer si contenían alguna rima y buscó algún significado oculto que pudieran tener. El problema era que Eragon era muy mediocre para las adivinanzas y nunca había obtenido buenos resultados en el concurso anual de Carvahall. Su pensamiento era demasiado literal para encontrar respuesta a adivinanzas que no conociera de antemano; una consecuencia del pragmatismo de la educación brindada por Garrow.

—La sabiduría —dijo al fin—. La sabiduría es la herramienta más importante que se puede poseer.

—Buen intento, pero otra vez no. La respuesta es la lógica. O, por decirlo de otra manera, la capacidad de razonar de modo analítico. Si se aplica como debe ser, puede superar cualquier carencia de sabiduría, que es algo que sólo se obtiene con la edad y la experiencia.

Eragon frunció el ceño.

—Sí, pero... ¿Acaso tener un buen corazón no es más importante que la lógica? La pura lógica puede llevarte a conclusiones erradas en el plano ético, mientras que si tienes un sentido de la moral y de lo correcto, puedes estar seguro de no cometer ningún acto vergonzoso.

Una sonrisa fina como el filo de una navaja curvó los labios de Oromis.

—Te confundes de asunto. Sólo quería saber cuál era la herramienta más útil que puede tener una persona, más allá de que ésta sea buena o mala. Estoy de acuerdo en que es importante tener un carácter virtuoso, pero también opino que si hubiera que escoger entre darle a un hombre una voluntad noble o enseñarle a pensar con claridad, sería mejor que hicieras lo segundo. Son demasiados los problemas de este mundo creados por hombres con voluntad noble y un pensamiento nublado.

»La historia nos ofrece numerosos ejemplos de gente que, convencida de hacer lo que debía, cometió por ello crímenes terribles. No olvides, Eragon, que nadie se ve a sí mismo como un villano, y son pocos los que toman decisiones sabiendo que se equivocan. A una persona puede no gustarle su elección, pero la mantendrá porque, incluso en las peores circunstancias, está convencido de que es la mejor que puede tomar en ese momento.

»Por sí mismo, ser una persona decente no garantiza que actúes bien, lo cual nos lleva de nuevo a la única protección que tenemos contra los demagogos, los tramposos y la locura de las multitudes, así como nuestra guía fiable en las incertidumbres de la vida: pensamiento claro y razonado. La lógica no te fallará nunca, salvo que no seas consciente de las consecuencias de tus obras, o las ignores deliberadamente.

—Si tan lógicos son los elfos —dijo Eragon—, siempre estarán de acuerdo en lo que se debe hacer.

—Raramente —afirmó Oromis—. Como todas las razas, también nosotros nos apegamos a un amplio abanico de principios y, en consecuencia, a menudo llegamos a conclusiones distintas, incluso en situaciones idénticas. Conclusiones, déjame añadir, que tienen un sentido lógico según el punto de vista de cada cual. Y aunque me gustaría que fuera de otro modo, no todos los elfos han tenido la adecuada preparación mental.

—¿Cómo piensas enseñarme esa lógica?

La sonrisa de Oromis se amplió.

—Con el método más antiguo y efectivo: debatiendo. Te haré una pregunta, y tú contestarás y defenderás tu posición. —Esperó a que Eragon rellenara su cuenco de guiso—. Por ejemplo, ¿por qué luchas contra el Imperio?

El brusco cambio de tema pilló a Eragon con la guardia baja. Tuvo la sensación de que Oromis acababa de llegar al asunto que perseguía desde el principio.

—Como he dicho antes, para ayudar a quienes sufren bajo el mandato de Galbatorix y, en menor medida, por una venganza personal.

—Enconces, ¿luchas por razones humanitarias?

—¿Qué quieres decir?

—Que luchas para ayudar a los que han sido perjudicados por Galbatorix y para evitar que perjudique a nadie más.

—Exacto —contestó Eragon.

—Ah, pero dime una cosa, joven Jinete: ¿acaso tu guerra con Galbatorix no provocará más dolor del que puede evitar? La mayoría de los habitantes del Imperio tienen vidas normales, productivas, ajenas a la locura de su rey. ¿Cómo puedes justificar la invasión de sus tierras, la destrucción de sus casas, la muerte de sus hijos e hijas?

Eragon se quedó boquiabierto, asombrado de que Oromis pudiera preguntarle algo así —no en vano, Galbatorix era el mal— y de que no se le ocurriera ninguna respuesta fácil. Sabía que estaba en lo cierto, pero ¿cómo podía demostrarlo?

—¿Tú no crees que hay que derrocar a Galbatorix?

—Ésa no es la pregunta.

—Pero has de creerlo —insistió Eragon—. Mira lo que le hizo a los Jinetes.

Oromis agachó la cabeza sobre el guiso y se puso a comer, dejando a Eragon rumiar en silencio. Al terminar, el elfo entrelazó las manos sobre el regazo y preguntó:

—¿Te he molestado?

—Sí, me has molestado.

—Ya veo. Bueno, entonces sigue dándole vueltas al asunto hasta que encuentres una respuesta. Espero que sea convincente.

La gloria mañanera negra

*R*ecogieron la mesa y sacaron los platos fuera para lavarlos con arena. Oromis desmigó los restos de pan en torno a la casa para que se los comieran los pájaros, y volvieron a entrar.

Oromis sacó plumas y tinta para Eragon, y reemprendieron el aprendizaje del Liduen Kvaedhí, la forma escrita del idioma antiguo, mucho más elegante que las runas de los enanos y de los hombres. Eragon se perdió en los glifos arcanos, feliz de enfrentarse a una tarea que no exigía nada más extenuante que la pura memorización.

Tras pasar horas inclinado ante las hojas de papel, Oromis agitó una mano en el aire y dijo:

—Basta. Seguiremos mañana. —Eragon se echó hacia atrás y relajó la tensión de los hombros mientras Oromis escogía cinco pergaminos de los agujeros de la pared—. Hay dos en el idioma antiguo y tres en tu lengua nativa. Te servirán para dominar los dos alfabetos y además te aportarán una información valiosa que para mí sería tedioso vocalizar.

—¿Vocalizar?

Con una puntería certera, la mano de Oromis se desplazó como un dardo, sacó un sexto pergamino enorme de la pared y lo añadió a la pirámide que Eragon sotenía ya entre los brazos.

—Esto es un diccionario. No creo que puedas, pero inténta leértelo entero.

Cuando el elfo abrió la puerta para que Eragon saliera, éste dijo:

—Maestro...

—¿Sí, Eragon?

—¿Cuándo empezaremos a trabajar con la magia?

Oromis apoyó un brazo en el quicio de la puerta y se encogió como si ya no le quedara voluntad para permanecer erguido. Luego suspiró y dijo:

—Debes confiar en mí para que guíe tu formación, Eragon. De todos modos, supongo que sería estúpido por mi parte seguir retrasándolo. Ven, deja los pergaminos en la mesa y vamos a explorar los misterios de la gramaticia.

En el prado que se extendía ante la cabaña, Oromis se quedó mirando hacia los riscos de Tel'naeír, de espaldas a Eragon, con los pies separados a la altura de los hombros y las manos entrelazadas en la nuca. Sin darse la vuelta, le preguntó:

—¿Qué es la magia?

—La manipulación de la energía por medio del uso del idioma antiguo.

Hubo una pausa antes de que Oromis respondiera:

—Técnicamente, tienes razón. Y muchos hechiceros nunca entienden más allá de eso. Sin embargo, tu descripción no alcanza a capturar la esencia de la magia. La magia es la capacidad de pensar; no es cuestión de fuerza ni de lenguaje, pues tú mismo sabes que un vocabulario limitado no supone obstáculo alguno para usarla. Como todas las demás cosas que debes dominar, la magia exige tener un intelecto disciplinado.

»Brom se saltó el régimen normal de entrenamiento e ignoró las sutilezas de la gramaticia para asegurarse de que tuvieras los recursos necesarios para permanecer vivo. Yo también debo variar el régimen para centrarme en las habilidades que probablemente necesitarás en las batallas inminentes. Sin embargo, así como Brom te enseñó el mecanismo ordinario de la magia, yo te enseñaré su aplicación más fina, los secretos reservados a los más sabios Jinetes: cómo puedes matar sin usar más energía que la necesaria para mover un dedo; el método que te permite transportar instantáneamente un objeto de un lugar a otro; un hechizo que te ayudará a detectar venenos en la comida y en la bebida; una variante de la invocación que sirve para oír además de ver; la manera de obtener energía de lo que te rodea y así conservar tus fuerzas; y todas las maneras posibles de obtener un máximo rendimiento de tu fuerza.

»Estas técnicas son tan potentes y peligrosas que nunca se han compartido con Jinetes novicios como tú, pero las circunstancias exigen que las divulgue ahora, y confío en que no abusarás de ellas. —Alzando el brazo derecho con la mano ganchuda como una zarpa, Oromis proclamó—: ¡Adurna!

Eragon contempló cómo una esfera de agua tomaba cuerpo en el arroyuelo que había junto a la cabaña y flotaba por el aire hasta quedar pendida sobre los dedos estirados de Oromis.

El arroyo parecía oscuro y marrón bajo las ramas del bosque, pero la esfera, separada de allí, era incolora como el cristal. Briznas de musgo, polvo y pequeños fragmentos de desechos flotaban dentro del orbe.

Sin dejar de mirar al horizonte, Oromis dijo:

—Cógela.

Lanzó la esfera hacia atrás por encima del hombro, en dirección a Eragon. Éste trató de cogerla, pero en cuanto tocó su piel, el agua perdió su cohesión y le salpicó el pecho.

—Has de cogerla con magia —dijo Oromis. De nuevo, exclamó—: ¡Adurna!

Una esfera de agua se formó en la superficie del arroyuelo y saltó a su mano, como un halcón entrenado para obedecer a su amo.

443

Esta vez Oromis le lanzó la bola sin previo aviso. Sin embargo, Eragon estaba preparado y dijo, al tiempo que extendía una mano hacia la bola:

—Reisa du adurna.

La bola se detuvo a un pelo de distancia de la piel de su mano.

—Una elección torpe de palabra —dijo Oromis—; aunque, en cualquier caso, funciona.

Eragon sonrió y murmuró:

—Thrysta.

La esfera cambió de rumbo y se dirigió veloz hacia la base de la cabeza plateada de Oromis. Sin embargo, no aterrizó allí como esperaba Eragon, sino que llegó más allá del elfo, se dio la vuelta y voló de regreso a Eragon, cada vez más rápida.

El agua seguía dura y sólida como mármol pulido cuando golpeó a Eragon, provocando un sordo golpetazo al chocar con su cráneo. El golpe lo tumbó en la hierba, donde quedó aturdido, pestañeando mientras unas luces centellaban en el cielo.

—Sí —dijo Oromis—. Sería mejor la palabra «letta», o «kodthr». —Al fin se dio la vuelta y alzó una ceja con fingida sorpresa—. ¿Qué haces? Levántate. No podemos pasarnos el día tumbados.

—Sí, Maestro —gruñó Eragon.

Cuando Eragon se levantó, Oromis le hizo manipular el agua de maneras diversas: darle forma con complejos nudos, cambiar el color de la luz que absorbía o reflejaba y congelarla en ciertas secuencias determinadas; ninguna le costó demasiado.

Los ejercicios duraron tanto que el interés inicial de Eragon desapareció y fue sustituido por la impaciencia y el desconcierto. No quería ofender a Oromis, pero no le encontraba ningún sentido a lo que estaba haciendo el elfo; era como si evitara cualquier hechizo que pudiera exigir el uso de algo más que una cantidad mínima de energía. «Ya he demostrado hasta dónde llegan mis habilidades. ¿Por qué se empeña en repasar estos fundamentos?»

—Maestro —dijo—, esto ya lo sé. ¿No podemos adelantar?

Los músculos del cuello de Oromis se tensaron, y los hombros quedaron tan rígidos que parecían de granito cincelado; hasta contuvo la respiración antes de decir:

—¿Nunca aprenderás a mostrar respeto, Eragon-vodhr? ¡Como quieras!

Luego pronunció cuatro palabras del idioma antiguo en una voz tan profunda que Eragon no captó su significado.

Eragon soltó un chillido al notar que una presión envolvía sus piernas hasta la rodilla, apretando y constriñendo las pantorrillas de tal modo que le resultaba imposible caminar. Podía mover los muslos y el tronco, pero más allá de eso era como si lo hubieran envuelto en mortero.

—Libérate —dijo Oromis.

Eragon no se había enfrentado nunca a ese desafío: cómo romper los hechizos ajenos. Podía liberar los invisibles lazos que lo ataban de dos maneras distintas. La más efectiva consistía en saber cómo lo había inmovilizado Oromis —bien fuera afectando directamente a su cuerpo o sirviéndose de algún recurso externo—, pues en ese caso podía redirigir el elemento para dispersar la fuerza de Oromis. Si no, podía usar algún hechizo vago y genérico para bloquear lo que le estaba haciendo Oromis. La parte negativa de esa táctica era que podía producir un combate directo de fuerzas entre ellos. «Alguna vez tenía que ocurrir», pensó Eragon. No tenía la menor esperanza de imponerse a un elfo.

Construyó la frase idónea y la pronunció:

—Losna kalfya iet. Suelta mis pantorrillas.

Perdió una cantidad de energía mayor de la que había previsto: pasó de estar moderadamente cansado por los es-

445

fuerzos y dolores del día a sentirse como si llevara desde la mañana caminando sobre tierra dura. Luego la presión de las piernas desapareció y tuvo que tambalearse para recuperar el equilibrio.

Oromis meneó la cabeza.

—Estúpido —dijo—. Muy estúpido. Si yo me hubiera empeñado en mantener el hechizo, te habría matado. Nunca uses absolutos.

—¿Absolutos?

—Nunca pronuncies tus hechizos de tal modo que sólo haya dos resultados posibles: el éxito o la muerte. Si un enemigo hubiera atrapado tus piernas y fuera más fuerte que tú, habrías gastado todas tus energías en el intento de romper su hechizo. Habrías muerto sin la menor posibilidad de abortar el intento al darte cuenta de que era inútil.

—Y eso ¿cómo se evita?

—Es más seguro que el hechizo sea un proceso al que puedas poner fin a discreción. En vez de decir «suelta mis pantorrillas», que es un absoluto, podrías decir «reduce la magia que aprisiona mis pantorrillas». Son muchas palabras, pero así podrías decidir en qué medida quieres reducir el hechizo del oponente y calcular si te conviene deshacerlo del todo. Lo volveremos a intentar.

La presión en las piernas de Eragon se reanudó en cuanto Oromis pronunció su invocación inaudible. Eragon estaba tan cansado que no se creía capaz de ofrecer demasiada resistencia. Aun así, se puso en contacto con la magia.

Antes de que el idioma antiguo saliera por la boca de Eragon, se percató de una curiosa sensación al notar que el peso que constreñía sus piernas se reducía a ritmo continuo. Experimentó un cosquilleo y se sintió como si lo sacaran de un pantano de lodo frío y pegajoso. Miró a Oromis y vio la pasión inscrita en su rostro, como si se aferrara a algo tan valioso que no podía soportar perderlo. Una vena latía en su sien.

Cuando desaparecieron las arcanas cadenas de Eragon, Oromis se echó atrás como si le hubiera picado una avispa y clavó la mirada en sus dos manos, al tiempo que respiraba entrecortadamente. Durante un minuto, tal vez, permaneció quieto. Luego irguió el cuerpo y caminó hasta el mismo límite de los riscos de Tel'naeír; su figura solitaria se recortaba contra el pálido cielo.

La pena y el dolor invadieron a Eragon. Eran las mismas emociones que lo habían asaltado al ver por primera vez la pierna mutilada de Glaedr. Se maldijo por haber sido tan arrogante con Oromis, tan inconsciente de sus enfermedades, así como por no haber confiado lo suficiente en su juicio. «No soy el único que debe enfrentarse a las heridas del pasado.» Eragon no lo había terminado de comprender cuando Oromis le había dicho que se le escapaba cualquier magia que no fuera menor. Ahora entendía la profundidad de la situación en que se encontraba el elfo y el dolor que debía de causarle, sobre todo a alguien de su raza, nacido y criado con magia.

Eragon se acercó a Oromis, se arrodilló e hizo una reverencia al modo de los enanos, pegando la frente magullada frente al suelo.

—Ebrithil, te ruego que me perdones.

El elfo no dio señales de haberlo oído.

Permanecieron ambos en sus respectivas posiciones mientras el sol se ponía ante ellos, los pájaros entonaban los cantos del anochecer y el aire se volvía frío y húmedo. Del norte llegó el leve aleteo de Saphira y Glaedr, que daban por terminado el día y regresaban.

Con voz baja y distante, Oromis dijo:

—Mañana empezaremos de nuevo, con éste y otros asuntos. —Por su perfil, Eragon notó que Oromis había recuperado su expresión habitual de impasible reserva—. ¿Te parece bien?

—Sí, Maestro —respondió Eragon, agradeciendo la pregunta.

—Creo que será mejor que, a partir de ahora, te esfuerces por hablar sólo en el idioma antiguo. Disponemos de poco tiempo, y será la manera más rápida de que aprendas.

—¿Incluso cuando hable con Saphira?

—Incluso entonces.

Eragon adoptó la lengua de los elfos y prometió:

—Entonces trabajaré sin cesar hasta que no sólo piense en tu idioma, sino que también sueñe en él.

—Si lo consigues —dijo Oromis, también en su idioma—, tal vez tengamos éxito en nuestra empresa. —Hizo una pausa—. En vez de volar directamente aquí por la mañana, acompañarás al elfo que te enviaré para que te guíe. Te llevará al lugar donde la gente de Ellesméra practica con la espada. Quédate allí una hora y luego prosigue con normalidad.

—¿No me vas a enseñar tú? —preguntó Eragon, algo desencantado.

—No tengo nada que enseñar. Eres tan buen espadachín como cualquiera que haya conocido. No sé más que tú de batallar y no puedo darte lo que yo poseo y tú no. Lo único que te falta es conservar tu nivel actual de habilidad.

—¿Y por qué no puedo hacerlo contigo..., Maestro?

—Porque no me gusta empezar el día con altercados y conflictos. —Miró a Eragon, luego se ablandó y dijo—: Y porque te hará bien conocer a otros que viven aquí. Yo no represento a mi raza. Pero ya basta. Mira, ya llegan.

Los dos dragones se deslizaron ante el disco liso del sol. Primero llegó Glaedr con un rugido de viento, oscureciendo el cielo entero con su enorme bulto antes de descender sobre la hierba y plegar sus alas doradas; luego Saphira, rápida y ágil como un gorrión que volara junto a un águila.

Igual que por la mañana, Oromis y Glaedr hicieron una serie de preguntas para asegurarse de que Eragon y Saphira habían prestado atención a las lecciones cruzadas. No habían conseguido hacerlo en todo momento; pero cooperando y compartiendo información, lograron contestar todas las preguntas. Sólo tropezaron con el lenguaje ajeno en que les pedían que se comunicaran.

Mejor —gruñó Glaedr después—, *mucho mejor*. —Bajó la mirada hacia Eragon—. *Pronto tendremos que entrenar tú y yo.*

—Por supuesto, Skulblaka.

El viejo dragón resopló y se acercó a Oromis, caminando a saltos con la pata delantera para compensar la carencia de una extremidad. Saphira se lanzó hacia delante, tocó la punta de la cola de Glaedr y, de un cabezazo parecido al que usaría para partirle el cuello a un ciervo, la lanzó al aire. Se echó hacia atrás al ver que Glaedr se daba la vuelta y soltaba un rugido junto a su cuello, mostrando unos colmillos enormes.

Eragon hizo una mueca de dolor y, demasiado tarde, se tapó los oídos para protegerlos del rugido de Glaedr. La velocidad y la intensidad de la respuesta del dragón sugerían que no era la primera vez que Saphira lo molestaba al cabo del día. En vez de remordimiento, Eragon detectó un excitado espíritu juguetón en Saphira —como el de un niño con un juguete nuevo—, así como una devoción casi ciega hacia el otro dragón.

—¡Contente, Saphira! —dijo Oromis. Saphira caminó hacia atrás y se acuclilló, aunque no había en su comportamiento señas de contrición. Eragon murmuró una débil excusa, y Oromis agitó una mano y dijo—: Largaos los dos.

Sin discutir, Eragon montó en Saphira. Tuvo que urgirla a alzar el vuelo y, aun después, ella insistió en trazar tres círculos por encima del claro antes de tomar rumbo hacia Ellesméra.

¿Cómo se te ocurre morderle?, preguntó Eragon. Creía saberlo, pero quería que se lo confirmara.

Sólo estaba jugando.

Era la verdad, pues estaban hablando en el idioma antiguo, pero Eragon sospechó que sólo era un fragmento de una verdad mayor. *Ya, ¿y a qué juego?* Bajo su cuerpo, Saphira se tensó. *Te olvidas de tu deber. Cuando...* Buscó la palabra adecuada. Incapaz de encontrarla, recuperó su lengua nativa. *Cuando provocas a Glaedr, lo distraes a él, a Oromis y a mí... Y pones en compromiso lo que hemos de conseguir. Nunca habías sido tan insensata.*

No pretendas ser la voz de mi conciencia.

Eragon se echó a reír, olvidó por un momento que estaba sentado entre las nubes y se echó a un lado hasta que estuvo casi a punto de desprenderse del lomo de Saphira. *Ah, qué bella ironía, después de haberme dicho tantas veces lo que debía hacer. Soy tu conciencia, Saphira, igual que tú eres la mía. Has tenido buenas razones para reñirme y advertirme en el pasado, y ahora yo debo hacer lo mismo contigo: deja de acosar a Glaedr con tus atenciones.*

Ella guardó silencio.

¿Saphira?

Te estoy oyendo.

Eso espero.

Al cabo de un minuto de volar en paz, Saphira dijo:

Dos ataques en un día. ¿Cómo te encuentras?

Agotado y enfermo. —Hizo una mueca—. *En parte es por el Rimgar y el entrenamiento, pero sobre todo por los efectos secundarios del dolor. Es como un veneno, me debilita los músculos y me nubla la mente. Sólo espero permanecer sano lo suficiente para llegar al fin del entrenamiento. Luego, sin embargo... No sé qué haré. Desde luego, así no puedo pelear por los vardenos.*

No pienses en eso —le aconsejó ella—. *No puedes hacer nada por mejorar tu condición, y lo único que vas a conseguir es sentirte peor. Vive el presente, recuerda el pasado y no temas el futuro, porque no existe, ni existirá jamás. Sólo existe el ahora.*

Eragon le palmeó un hombro y sonrió con gratitud resignada. A su derecha, un azor planeaba en una corriente de aire caliente mientras patrullaba el bosque abierto en busca de alguna presa, ya fuera de piel o de plumas. Eragon lo contempló mientras repasaba la pregunta que le había hecho Oromis: ¿cómo podía justificar la lucha contra el Imperio si podía causar tanto dolor y agonía?

Yo tengo una respuesta, dijo Saphira.

¿Cuál?

Que Galbatorix ha... —Dudó, y al fin dijo—: *No, no te lo voy a decir. Tienes que resolverlo tú solo.*

¡Saphira! ¡Sé razonable!

Lo soy. Y si no sabes por qué lo que hacemos es lo correcto, más te valdría rendirte a Galbatorix.

Por muy elocuentes que fueran sus súplicas, no logró arrancarle nada, pues ella le bloqueó esa parte de su mente.

451

De vuelta a sus aposentos, Eragon se tomó una cena ligera y estaba a punto de abrir uno de los pergaminos de Oromis cuando una llamada a la puerta de tela rompió el silencio.

—Adelante —dijo, con la esperanza de que Arya hubiera vuelto para verlo.

Así era. Arya saludó a Eragon y Saphira y dijo:

—He pensado que apreciarías la ocasión de visitar el salón del Tialdarí y los jardines adyacentes, pues ayer expresaste interés en ellos. Siempre que no estés demasiado cansado.

Llevaba un faldón rojo holgado, estilizado y decorado con complejos diseños bordados con hilo negro. La combinación de colores recordaba la ropa de la reina y reforzaba el claro parecido entre madre e hija.

Eragon dejó a un lado los pergaminos.

—Me encantaría verlo.

Quiere decir que nos encantaría, apostilló Saphira.

Arya se sorprendió de que los dos hablaran en el idioma antiguo, de modo que Eragon le contó la orden de Oromis.

—Una idea excelente —dijo Arya, pasando también al mismo idioma—. Y es más conveniente que entre nosotros hablemos así mientras estés aquí.

Cuando los tres bajaron del árbol, Arya los dirigió hacia el oeste, en dirección a una zona de Ellesméra que no les resultaba familiar. Por el camino se encontraron con muchos elfos, y todos se detuvieron para hacerle una reverencia a Saphira.

Eragon volvió a darse cuenta de que no se veía a ningún niño elfo. Se lo comentó a Arya, y ésta contestó:

—Sí, tenemos pocos niños. En este momento sólo hay dos en Ellesméra: Dusan y Alanna. Valoramos a los niños sobre todo lo demás por lo escasos que son. Tener un hijo es el mayor honor y la mayor responsabilidad que se le puede conceder a cualquier ser vivo.

Al fin llegaron a un portal de ojiva estriado —crecido entre los árboles— que hacía las veces de entrada a un amplio complejo. Arya entonó:

—Raíz del árbol, fruto de la enredadera, déjame entrar por mi sangre verdadera.

Las dos puertas del arco temblaron y se abrieron hacia fuera, soltando cinco mariposas monarca que se alzaron hacia el cielo crepuscular. Al otro lado del arco se abría un gran jardín de flores dispuesto de tal modo que parecía prístino y natural como una pradera salvaje. El único elemento que delataba el artificio era la enorme variedad de plantas: muchas especies florecían cuando no era su estación, o procedían de climas más fríos o calurosos y no hubieran florecido jamás sin la magia de los elfos. El paisaje estaba iluminado por la luz de unas antorchas sin llama, puras como gemas, aumentada por constelaciones de luciérnagas voladoras.

Arya dijo a Saphira:

—Cuidado con la cola, que no se arrastre por los lechos de flores.

Avanzaron, cruzaron el jardín y se metieron en una hilera de árboles esparcidos. Antes de que Eragon se diera cuenta de dónde estaba, los árboles se volvieron más numerosos y luego se espesaron hasta formar un muro. Se encontró en el umbral de un bruñido salón de madera, pese a que no tenía conciencia de haber entrado en él.

El salón era cálido y hogareño; un lugar de paz, reflexión y comodidad. La forma estaba determinada por los troncos de los árboles, a los que, en la parte interior, habían desprovisto de corteza, pulido y frotado con aceite hasta que la madera brillaba como el ámbar. Algunos agujeros regulares entre los troncos cumplían la función de ventanas. El aroma de pinaza aplastada perfumaba el aire. Había unos cuantos elfos en el salón; leían, escribían y, en un rincón oscuro, tocaban unas flautas de caña. Todos se detuvieron e inclinaron la cabeza ante la presencia de Saphira.

—Si no fuerais Jinete y dragón —dijo Arya—, os alojaríais aquí.

—Es magnífico —replicó Eragon.

Arya los guió a otro lugar del complejo que era accesible a los dragones. Cada nueva habitación suponía una sorpresa: no había dos iguales y cada cámara mostraba maneras distintas de incorporar su construcción al bosque. En una habitación, un arroyo plateado se deslizaba por la nudosa pared, fluía por el suelo entre una veta de guijarros y volvía a salir a cielo abierto. En otra, las enredaderas envolvían toda la sala, excepto el suelo, con una piel verde llena de hojas y adornada con flores con forma de trompetilla del blanco y rosa más delicado. Arya dijo que se llamaba Lianí Vine.

453

Vieron muchas obras de arte, desde fairths y pinturas hasta esculturas y mosaicos radiantes de cristales de colores; todas se basaban en las formas curvas de plantas y animales.

Islanzadí se unió a ellos un breve rato en un pabellón abierto, unido a otros dos edificios por medio de dos caminos cubiertos. Se interesó por los progresos en la formación de Eragon y por el estado de su espalda, a lo que éste respondió con frases breves y educadas. Eso pareció satisfacer a la reina, que intercambió unas pocas palabras con Saphira y se fue.

Al final, regresaron al jardín. Eragon caminaba junto a Arya —mientras Saphira los seguía—, fascinado por el sonido de su voz mientras ella le iba contando las distintas variedades de flores, de dónde procedían, cómo las conservaban y, en muchos casos, cómo las habían alterado por medio de la magia. También señaló las flores que sólo abrían los pétalos por la noche, como un floripondio blanco.

—¿Cuál es tu favorita? —preguntó él.

Arya sonrió y lo acompañó hasta un árbol que había al borde del jardín, junto a un estanque flanqueado por juncos. Una gloria mañanera se enroscaba en torno a la rama más baja del árbol con tres capullos negros aterciopelados y cerrados por completo.

Arya sopló hacia ellos y susurró:

—Abríos.

Los pétalos crujieron al desenvolverse y abrir su tela oscura como la tinta para exponer el tesoro escondido del néctar que escondían en el centro. Un estallido de azul real llenaba el cuello de las flores y se disolvía en la corola azabache como los vestigios del día se deshacen en la noche.

—¿No es la flor más perfecta y adorable? —preguntó Arya.

Eragon la miró, con una exquisita conciencia de lo cerca que estaban en aquel momento, y dijo:

—Sí... Lo es. —Sin dar tiempo a que lo abandonara el coraje, añadió—: Como tú.

¡Eragon!, exclamó Saphira.

Arya clavó sus ojos en él y lo escrutó hasta que se vio obligado a desviar la mirada. Cuando se atrevió a mirarla de nuevo, le mortificó ver en su rostro una leve sonrisa, como si le divirtiera su reacción.

—Qué amable eres —murmuró. Alargó una mano para tocar el borde de una flor y luego lo miró—. Fäolín las creó especialmente para mí un solsticio de verano, hace mucho tiempo.

Eragon arrastró los pies y respondió unas cuantas palabras ininteligibles, herido y ofendido porque ella no hubiera tomado más en serio su cumplido. Quería volverse invisible e incluso se planteó soltar un hechizo que se lo permitiera. Al fin, tensó el cuerpo y dijo:

—Perdónanos, por favor, Arya Svit-kona, pero es muy tarde y debemos regresar a nuestro árbol.

La sonrisa de Arya se ensanchó.

—Por supuesto, Eragon. Lo entiendo. —Los acompañó hasta el arco de la entrada, les abrió las puertas y dijo—: Buenas noches, Saphira. Buenas noches, Eragon.

Buenas noches, contestó Saphira.

Pese a su vergüenza, Eragon no pudo evitar una pregunta:

—¿Nos veremos mañana?

Arya inclinó la cabeza.

—Creo que mañana estaré ocupada.

Luego se cerraron las puertas y la perdieron de vista mientras regresaba al complejo principal.

Agachada en el camino, Saphira empujó cariñosamente con el morro a Eragon en un costado. *Deja de soñar despierto y súbete a mi grupa.* Eragon escaló por la pierna delantera izquierda, ocupó su lugar habitual y se agarró a la púa del cuello que tenía delante mientras Saphira se levantaba del todo. Al cabo de unos pocos pasos, dijo: *¿Cómo puedes criticar mi comportamiento con Glaedr y luego hacer algo así? ¿En qué pensabas?*

Ya sabes lo que siento por ella, gruñó Eragon.

¡Bah! Si tú eres mi conciencia y yo soy la tuya, tengo la obligación de decirte que te comportas como un presumido engañado. No estás usando la lógica, como tanto insiste Oromis. ¿Qué esperas que pase entre Arya y tú? ¡Es una princesa!

Y yo soy un Jinete.

Ella es elfa; tú eres humano.

Cada día me parezco más a los elfos.

Eragon, ¡tiene más de cien años!

Yo viviré tanto como ella o cualquier otro elfo.

Ah, pero de momento no es así, y ése es el problema. No puedes superar una diferencia tan amplia. Es una mujer mayor con un siglo de experiencia, mientras que tú...

¿Qué? ¿Qué soy yo? —gruñó—. *¿Un crío? ¿Eso es lo que quieres decir?*

No, un crío no. No después de todo lo que has visto y hecho desde que nos unimos. Pero eres joven, incluso desde el punto de vista de tu raza, que vive poco, mucho menos que los enanos, los dragones y los elfos.

Y tú también.

La respuesta silenció a Saphira un minuto. Luego dijo: *Sólo intento protegerte, Eragon. Eso es todo. Quiero que seas feliz y temo que no lo puedas ser si insistes en perseguir a Arya.*

Lo dos estaban a punto de retirarse cuando oyeron que se abría de golpe la trampilla del vestíbulo y luego sonaba el tintineo de una malla de alguien que subía. Con *Zar'roc* en la mano, Eragon abrió hacia dentro la puerta de tela, listo para enfrentarse al intruso.

Bajó la mano al ver a Orik en el suelo. El enano bebió un

largo trago de la botella que llevaba en la mano izquierda y luego miró a Eragon con los ojos entrecerrados.

—¡Huesos y ladrillos! ¿Dónde estabas? Ah, ahí te veo. Me preguntaba dónde estarías. Como no te encontraba, he pensado que en esta noche dolorosa podía salir a buscarte... ¡Y ahí estás! ¿De qué vamos a hablar tú y yo, ahora que estamos juntos en este delicioso nido de pájaros?

Eragon agarró al enano por el brazo libre y tiró de él hacia arriba, sorprendido, como siempre, por lo mucho que pesaba, como si fuera una roca en miniatura. Cuando lo soltó, Orik se balanceó de un lado a otro, alcanzando ángulos tan forzados que amenazaba con desplomarse a la mínima provocación.

—Entra —dijo Eragon, en su propio idioma. Cerró la trampilla—. Ahí fuera te vas a resfriar.

Orik guiñó sus ojos redondos y hundidos.

—No te he vijto por mi escondrijo lleno de hojas, no, señor. Me has abandonado en compañía de los elfos... Ah, dejgraciado, qué compañía tan aburrida, sí, señor.

Un leve sentimiento de culpa obligó a Eragon a disimular con una sonrisa. Era cierto que había olvidado al enano entre tantas idas y vueltas.

—Siento no haber ido a visitarte, Orik, pero estaba ocupado en mis estudios. Ven, dame tu capa. —Mientras ayudaba al enano a quitarse el mantón marrón, le preguntó—: ¿Qué bebes?

—Faelnirv —declaró Orik—. Una poción maravillosa y cojquilleante. El mejor y más satisfactorio entre los inventos tramposos de los elfos: te concede el don de la locuacidad. Las palabras fluyen de tu lengua como cardúmenes de pececillos aleteantes, como bandadas de ruiseñores sin respiro, como ríos de serpientes agitadas. —Se calló, aparentemente sorprendido por la magnificencia irrepetible de sus comparaciones. Cuando Eragon lo animó a entrar en el dormito-

457

rio, Orik saludó a Saphira con la botella en la mano y dijo—: Saludos, oh, Diente de Hierro. Que tus ejcamas brillen tanto como las ajcuas de la fragua de Morgothal.

Saludos, Orik —dijo Saphira, apoyando la cabeza en el borde de la cama—. *¿Qué te ha dejado en ese estado? No es propio de ti.*

Eragon repitió la pregunta.

—¿Qué me ha dejado en ejte ejtado? —repitió Orik. Se dejó caer en una silla que le acercó Eragon, con los pies colgados a varios centímetros del suelo, y se puso a menear la cabeza—. Gorritos rojos, gorritos verdes, elfos por aquí, elfos por allá. Me ajfixio entre los elfos y sus cortesías, malditas sean tres veces. No tienen sangre. Son taciturnos. Sí, señor; no, señor; con eso podría llenar un saco, sí, señor, pero no hay manera de sacarles nada más. —Miró a Eragon con expresión melancólica—. ¿Qué puedo hacer mientras tú vas pasando tu instrucción? ¿He de sentarme y menear los pulgares en el aire mientras me convierto en piedra y me reúno con los ejpíritus de mis antepasados? Dime, oh sagaz Jinete.

¿No tienes ninguna habilidad, ningún pasatiempo con el que puedas entretenerte?, preguntó Saphira.

—Sí —dijo Orik—. Soy un herrero bajtante bueno, si ej que a alguien le importa. Pero ¿por qué he de crear brillantes armas y armaduras para quienes no las valoran? Aquí soy un inútil. Inútil como un Feldûnost de trej patas.

Eragon extendió una mano hacia la botella.

—¿Puedo?

Orik pasó la mirada de él a la botella y luego renunció con una mueca. El faelnirv estaba frío como el hielo cuando pasó por la garganta de Eragon, picante y vigoroso. Se le aguaron los ojos y pestañeó. Tras concederse un segundo trago, devolvió la botella a Orik, que parecía decepcionado porque quedaba poca poción.

—¿Y qué travesuras haj conseguido sonsacar a Oromis y suj bojques bucólicos? —preguntó.

El enano gimió y cloqueó alternativamente mientras Eragon describía sus entrenamientos, el error de la bendición de Farthen Dûr, el árbol Menoa, su espalda y todo lo que había ocurrido en los días anteriores. Eragon terminó con el tema que en ese momento le interesaba más: Arya. Envalentonado por el licor, le confesó el afecto que sentía por ella y describió cómo había rechazado su avance.

Orik agitó un dedo y dijo:

—Ejtás sobre una roca muy frágil, Eragon. No tientes al dejtino. Arya... —Se calló, luego soltó un gruñido y bebió otro trago de faelnirv—. Ah, ej muy tarde para eso. ¿Quién soy yo para decir qué es sabio y qué no lo es?

Saphira llevaba un rato con los ojos cerrados. Sin abrirlos, preguntó:

¿Estás casado, Orik?

459

La pregunta sorprendió a Eragon; nunca se había parado a preguntarse por la vida personal de Orik.

—Eta —contestó el enano—. Aunque ejtoy prometido a la noble Hvedra, hija de Un Ojo Thorgerd y de Himinglada. Nos íbamos a casar ejta primavera, hajta que atacaron los úrgalos y Hrothgar me envió a ejte maldito viaje.

—¿Es del Dûrgrimst Ingeitum? —preguntó Eragon.

—¡Por supuejto! —rugió Orik, golpeando un lado de la silla con un puño—. ¿Acaso creej que podrías casarme con alguien que no fuera de mi clan? Ej la nieta de mi tío Vardrûn, prima tercera de Hrothgar, y tiene unaj pantorrillas blancas, redondas y suaves como el satén, las mejillas rojas como manzanas y ej la doncella enana máj bonita que ha exijtido jamás.

Sin duda, dijo Saphira.

—Estoy seguro de que no tardarás mucho en verla de nuevo —dijo Eragon.

—Hmmm. —Orik entrecerró los ojos para mirar a Eragon—. ¿Crees en gigantes? Gigantes altos, gigantes fuertes, gigantes gordos y barbudos con dedos como palas.

—Nunca los he visto, ni he oído hablar de ellos —dijo Eragon—, salvo en las historias. Si existen, no será en Alagaësia.

—¡Ah, pero sí que exijten! ¡Claro que sí! —exclamó Orik, agitando la botella por encima de la cabeza—. Dime, oh, Jinete, si un gigante aterrador se encontrara contigo en el camino de un jardín, ¿cómo crees que te llamaría, suponiendo que no te confundiera con su cena?

—Eragon, supongo.

—No, no. Te llamaría enano, y para él lo serías. —Orik soltó una carcajada y golpeó a Eragon en las costillas con su duro codo—. ¿Lo ves? Los humanos y los elfos son gigantes. La tierra está llena de gigantes, aquí, allá y en todas partes, dando pisotones con sus grandes pies y cubriéndonos con sus sombras infinitas. —Siguió riéndose y balanceándose en la silla hasta que cayó al suelo con un golpe sordo y seco.

Eragon le ayudó a levantarse y dijo:

—Creo que será mejor que pases aquí la noche. No estás en condiciones de bajar esas escaleras en la oscuridad.

Orik se mostró de acuerdo con alegre indiferencia. Dejó que Eragon le quitara la malla y lo atara a un lado de la cama. Luego Eragon suspiró, tapó las luces y se tumbó en su lado del colchón.

Se durmió oyendo al enano murmurar:

—Hvedra... Hvedra... Hvedra...

La naturaleza del mal

La clara mañana llegó demasiado pronto.

Eragon se despertó sobresaltado por el zumbido del reloj vibrador, cogió su cuchillo de caza y saltó de la cama, esperando que alguien lo atacara. Soltó un grito ahogado cuando su cuerpo aulló para protestar por los abusos de los últimos dos días.

Pestañeando para retener las lágrimas, Eragon dio cuerda al reloj. Orik se había ido. Debía de haberse escabullido en las primeras horas del alba. Con un gemido, Eragon se desplazó hasta el baño para emprender sus abluciones matinales, como un anciano afectado de reumatismo.

Él y Saphira esperaron diez minutos junto al árbol hasta que llegó un elfo solemne de cabello negro. El elfo hizo una reverencia, se llevó dos dedos a los labios —mientras Eragon repetía el gesto— y luego se avanzó a Eragon para decirle:

—Que la buena suerte te guíe.

—Y que las estrellas cuiden de ti —replicó Eragon—. ¿Te envía Oromis?

El elfo lo ignoró y se dirigió a Saphira:

—Bienvenido, dragón. Soy Vanir, de la casa de Haldthin.

Eragon frunció el ceño, molesto.

Bienhallado, Vanir.

Sólo entonces el elfo se dirigió a Eragon:

—Te mostraré dónde puedes practicar con la espada.

Echó a andar sin esperar a que Eragon llegara a su altura.

El campo de entrenamiento estaba lleno de elfos de ambos sexos que peleaban por parejas y en grupos. Sus extraordinarios dones físicos procuraban golpes tan rápidos y repentinos que sonaban como el estallido del granizo al golpear una campana de piedra. Bajo los árboles que bordeaban el campo, algunos elfos practicaban a solas el Rimgar con más gracia y flexibilidad de la que jamás sería capaz de alcanzar Eragon.

Cuando todos los presentes en el campo se detuvieron e hicieron una reverencia a Saphira, Vanir desenfundó su estrecha espada.

—Si quieres proteger tu espada, Mano de Plata, podemos empezar.

Eragon contempló con temor la inhumana habilidad de todos los demás elfos con la espada. *¿Por qué tengo que hacer esto?* —preguntó—. *No sacaré más que una humillación.*

Te irá bien, dijo Saphira, aunque Eragon pudo notar que estaba preocupada por él.

Ya.

Mientras preparaba a *Zar'roc,* las manos de Eragon temblaron de miedo. En vez de lanzarse a la refriega, luchó con Vanir desde una cierta distancia, esquivando los golpes, echándose a un lado y haciendo cuanto podía por no provocar un nuevo ataque de dolor. A pesar de las evasivas de Eragon, Vanir lo tocó cuatro veces en una rápida sucesión: en las costillas, en la espinilla y en ambos hombros.

La expresión inicial de Vanir, de estoica impasibilidad, se convirtió pronto en franco desprecio. Bailando hacia delante, deslizó su espada a lo largo de *Zar'roc,* al tiempo que trazaba con ella un círculo para forzar la muñeca de Eragon. Éste permitió que *Zar'roc* saliera volando para no ofrecer resistencia a la fuerza superior del elfo.

Vanir apuntó su espada hacia el cuello de Eragon y dijo:
—Muerto.

Eragon apartó la espada y caminó con dificultad para recuperar a *Zar'roc*.

—Muerto —dijo Vanir—. ¿Cómo pretendes derrotar a
Galbatorix así? Esperaba algo mejor, incluso de un alfeñique
humano.

—Entonces, ¿por qué no te enfrentas tú mismo a Galbatorix en vez de esconderte en Du Weldenvarden?

Vanir se puso rígido de indignación.

—Porque —dijo, frío y altivo— no soy un Jinete. Y si lo
fuera, no sería tan cobarde como tú.

Nadie se movió o habló en todo el campo.

De espaldas a Vanir, Eragon se apoyó en *Zar'roc* y alzó el
cuello para mirar al cielo, gruñendo por dentro. «No sabe
nada. Sólo es una prueba más que superar.»

—He dicho cobarde. Tienes tan poca sangre como el resto de tu raza. Creo que Galbatorix confundió a Saphira con
sus artimañas y le hizo equivocarse de Jinete.

Los expectantes elfos soltaron un grito sordo al oír las
palabras de Vanir y se pusieron a murmurar para desapro-
bar su atroz insulto al protocolo.

Eragon rechinó los dientes. Podía soportar que lo insul-
taran, pero no a Saphira. Ella empezaba a moverse cuando la
frustración acumulada, el miedo y el dolor estallaron en el
interior de Eragon y lo empujaron a revolverse, con la punta de *Zar'roc* hendiendo el aire.

El golpe hubiera matado a Vanir si no lo llega a bloquear en
el último segundo. Parecía sorprendido por la ferocidad del ataque. Sin contenerse, Eragon llevó a Vanir al centro del campo,
lanzando estocadas y tajos como un loco, decidido a herir como
pudiera al elfo. Le golpeó en una cadera con tanta fuerza que
llegó a sangrar, pese a que el filo de *Zar'roc* estaba protegido.

En ese instante, la espalda de Eragon se quebró en una
explosión de agonía tan intensa que la experimentó con los
cinco sentidos: como una ensordecedora cascada de sonido;

463

un sabor metálido que le forraba la lengua; un hedor agrio, avinagrado, que le llegaba a la nariz y le aguaba los ojos; colores palpitantes; y sobre todo, la sensación de que Durza acababa de rajarle la espalda.

Vio a Vanir plantado ante él con una sonrisa desdeñosa. Se le ocurrió pensar que era muy joven.

Después del ataque, Eragon se secó la sangre de la boca con una mano, se la mostró a Vanir y le preguntó:

—¿Te parece poca sangre?

Sin dignarse responder, Vanir enfundó la espada y se alejó.

—¿Adónde vas? —preguntó Eragon—. Tú y yo tenemos un asunto pendiente.

—No estás en condiciones de entrenar —replicó el elfo.

—Compruébalo.

Eragon podía ser inferior a los elfos, pero se negaba a darles la satisfacción de demostrarles que sus escasas expectativas con respecto a él eran acertadas. Pensaba ganarse su respeto por pura insistencia, si no había otro modo.

Insistió en agotar la hora entera que había prescrito Oromis. Luego Saphira se acercó a Vanir y le tocó el pecho con la punta de uno de sus talones de marfil. *Muerto*, le dijo. Vanir empalideció. Los demás elfos se alejaron de él.

Cuando ya estaban en lo alto, Saphira dijo:

Oromis tenía razón.

¿Acerca de qué?

Rindes más cuando tienes un contrincante.

En la cabaña de Oromis, el día recuperó el patrón habitual: Saphira acompañó a Glaedr para instruirse, mientras que Eragon se quedó con Oromis.

Le horrorizó descubrir que Oromis esperaba que, después de todo el ejercicio anterior, practicara además el Rimgar. Tuvo que reunir todo su coraje para obedecer. Su aprensión resultó equivocada, sin embargo, pues la Danza de la Serpiente y la Grulla era demasiado suave para hacerle daño.

Eso, sumado a su meditación en el claro recluido, concedió a Eragon la primera oportunidad, desde el día anterior, de ordenar sus pensamientos y dar vueltas a la pregunta que le había planteado Oromis.

Mientras lo hacía, observó que sus hormigas rojas invadían un hormiguero rival, más pequeño, imponiéndose a sus habitantes y robándoles los recursos. Cuando terminó la masacre, apenas un puñado de las hormigas rivales permanecían con vida, solas y sin propósito en las vastas y hostiles planicies de pinaza.

«Como los dragones en Alagaësia», pensó Eragon. Al plantearse el triste destino de los dragones, su conexión con las hormigas se desvaneció. Poco a poco, se le fue revelando una respuesta al problema, una respuesta en la que podía creer y con la que podía convivir.

Terminó sus meditaciones y regresó a la cabaña. Esta vez Oromis pareció razonablemente satisfecho con los logros de Eragon.

465

Mientras Oromis le servía la comida, Eragon dijo:

—Sé por qué merece la pena luchar contra Galbatorix aunque mueran miles de personas.

—Ah. —Oromis se sentó—. Pues dímelo.

—Porque Galbatorix ha causado ya más sufrimiento en los últimos cien años del que podríamos causar nosotros en una sola generación. Y al contrario que los tiranos normales, no podemos esperar a que se muera. Podría gobernar durante siglos o milenios sin dejar de perseguir y atormentar al pueblo, si no lo detenemos. Si alcanzara la fuerza suficiente, marcharía contra los enanos y contra vosotros, aquí en Du Weldenvarden, y mataría o esclavizaría a ambas razas. Y... —Eragon frotó una muñeca en el borde de la mesa— porque rescatar los dos huevos que tiene Galbatorix es la única manera de salvar a los dragones.

Lo interrumpió el estridente gorgorito de la pava de

Oromis, cuyo volumen creció hasta saturar los oídos de Eragon. El elfo se levantó, sacó la pava del fogón y sirvió agua para un té de arándanos. Las arrugas que rodeaban sus ojos se suavizaron.

—Ahora —dijo— ya lo has entendido.

—Lo entiendo, pero no me da ningún placer.

—No tiene por qué dártelo. Pero ahora podemos estar seguros de que no te apartarás del camino cuando te enfrentes a las injusticias y atrocidades que los vardenos deberán cometer inevitablemente. No podemos permitirnos que te consuman las dudas cuando más necesarias sean tu fuerza y tu concentración. —Oromis juntó los dedos y miró el espejo oscuro de su té, contemplando lo que fuera que veía en su tenebroso reflejo—. ¿Crees que Galbatorix es el mal?

—¡Por supuesto!

—¿Crees que él se considera el mal?

—No, lo dudo.

Oromis apretó las yemas de los dedos.

—Entonces también creerás que Durza era el mal.

Los recuerdos que Eragon había cosechado de Durza cuando se enfrentaron en Tronjheim regresaron a él, recordándole que, de joven, Sombra —entonces llamado Carsaib— había sido esclavizado por los espectros convocados para vengar la muerte de su mentor, Haeg.

—Él no era malo por sí mismo, pero sí lo eran los espíritus que lo controlaban.

—¿Y los úrgalos? —preguntó Oromis, bebiendo un sorbo de té—. ¿Son malos?

Los nudillos de Eragon se blanquearon por la fuerza con que agarraba la cuchara.

—Cuando pienso en la muerte, veo el rostro de un úrgalo. Son peores que las bestias. Las cosas que han hecho... —Meneó la cabeza, incapaz de continuar.

—Eragon, ¿qué opinión tendrías de los humanos si sólo

conocieras de ellos las acciones de sus guerreros en el campo de batalla?

—Eso no es... —Respiró hondo—. Es distinto. Los úrgalos merecen ser arrasados, que no quede ni uno.

—¿Incluso sus hembras y sus hijos? ¿Los que nunca os han hecho daño, ni es probable que lo hagan? ¿Los inocentes? ¿Los matarías y condenarías a toda una raza a la desaparición?

—Si ellos tuvieran esa oportunidad, no nos perdonarían la vida.

—¡Eragon! —exclamó Oromis, en tono brusco—. No quiero volverte a oír usar esa excusa, como si lo que ha hecho alguien, o lo que haría, significara que tú también debes hacerlo. Es indolente, repugnante y revelador de una mente inferior. ¿Está claro?

—Sí, Maestro.

El elfo se llevó la taza a la boca y bebió, con sus ojos brillantes fijos en Eragon en todo momento.

467

—¿Qué sabes realmente de los úrgalos?

—Conozco su fuerza, sus debilidades, y sé cómo matarlos. No necesito saber más.

—Y sin embargo, ¿por qué odian a los humanos y luchan contra ellos? ¿Qué pasa con su historia y sus leyendas, o con su modo de vivir?

—¿Eso importa?

Oromis suspiró.

—Recuerda —dijo con amabilidad— que en cierto momento tus enemigos pueden convertirse en aliados. Así es la naturaleza de la vida.

Eragon se resistió a las ganas de discutir. Removió su té en la taza, acelerando el líquido hasta que se convirtió en un remolino negro con una lente blanca de espuma en el fondo del vértice.

—¿Por eso enroló Galbatorix a los úrgalos?

—Yo no hubiera escogido ese ejemplo, pero sí.

—Parece extraño que se ganara su amistad. Al fin y al cabo, ellos fueron quienes mataron a su dragón. Mira lo que nos hizo a los Jinetes, y eso que ni siquiera éramos responsables de su pérdida.

—Ah —dijo Oromis—, puede que Galbatorix esté loco, pero sigue siendo astuto como un zorro. Supongo que pretendía usar a los úrgalos para destruir a los vardenos y a los enanos, y a otros, si hubiera triunfado en Farthen Dûr. Así habría conseguido liquidar a dos enemigos y, simultáneamente, debilitar a los úrgalos para poder disponer de ellos según su voluntad.

El aprendizaje del idioma antiguo consumió la tarde, y luego retomaron la práctica de la magia. Gran parte de las lecciones de Oromis se referían a la manera idónea de controlar diversas formas de energía como la luz, el calor, la electricidad e incluso la gravedad. Le explicó que como aquellas energía consumían su fuerza más rápido que cualquier otra clase de hechizo, era más seguro encontrarlas allá donde existieran por naturaleza y luego darles forma con la gramaticia, en vez de intentar crearlas desde la nada.

Oromis cambió de tema y le preguntó:

—¿Cómo matarías con magia?

—Lo he hecho de muchas maneras distintas —dijo Eragon—. He cazado con una piedra, moviéndola y dirigiéndola por medio de la magia. También he usado la palabra «jierda» para partirle el cuello y las piernas a los úrgalos. Una vez, detuve el corazón de un hombre con la palabra «thrysta».

—Hay métodos más eficientes —reveló Oromis—. ¿Qué hace falta para matar a un hombre, Eragon? ¿Atravesar su pecho con una espada? ¿Partirle el cuello? ¿Que pierda sangre? Basta con que una sola arteria del cerebro reviente, o con que se corten ciertos nervios. Con el hechizo adecuado podrías destruir a todo un ejército.

—Tendría que haber pensado en eso en Farthen Dûr

—dijo Eragon, disgustado consigo mismo. «No sólo en Farthen Dûr, sino también cuando los kull nos echaron del desierto de Hadarac»—. Otra vez la misma pregunta: ¿por qué no me lo enseñó Brom?

—Porque no esperaba que te enfrentaras a un ejército durante los siguientes meses, o incluso años; no es un arma que se entregue a los Jinetes que aún no han pasado las pruebas.

—Si es tan fácil matar a la gente, de todos modos, ¿qué sentido tiene que nosotros, o Galbatorix, armemos un ejército?

—Para ser sucintos: táctica. Los magos son vulnerables al ataque físico mientras están enfrascados en sus luchas mentales. Por lo tanto, hacen falta guerreros para protegerlos. Y los guerreros deben estar protegidos, al menos parcialmente, de los ataques de la magia, porque si no, morirían en cuestión de minutos. Sus limitaciones implican que cuando dos ejércitos se enfrentan, los magos quedan diseminados entre el bulto de sus fuerzas, cerca de la primera línea pero no tanto como para correr peligro. Los magos de ambos lados abren sus mentes y tratan de percibir si alguien está usando la magia, o a punto de usarla. Como los enemigos podrían quedar más allá de su alcance mental, los magos también erigen protecciones en torno a ellos mismos y a los guerreros para impedir, o reducir, los ataques desde lejos, como por ejemplo una piedra que se les dirija volando desde más de un kilómetro.

—Pero seguro que ningún hombre puede defender a todo un ejército —dijo Eragon.

—Solo, no; pero con suficientes magos se puede conseguir una cantidad razonable de protección. El mayor peligro en esa clase de conflicto es que a un mago listo se le puede ocurrir un ataque original que sobrepase las protecciones sin despertar las alarmas. Eso bastaría para decidir una batalla.

»Además —siguió Oromis—, debes recordar que la capacidad de usar la magia es exageradamente escasa entre to-

469

das las razas. Los elfos tampoco somos una excepción, aunque tenemos mayor provisión de hechiceros que los demás, como consecuencia de juramentos que nos atan desde hace siglos. La mayoría de los bendecidos con la magia tienen un talento reducido, o no muy apreciable; con esfuerzo, consiguen curar tanto como dañan.

Eragon asintió. Había conocido magos así entre los vardenos.

—Aun así, les cuesta la misma cantidad de energía cumplir con la tarea.

—Energía sí, pero a los magos menores les cuesta más que a ti o a mí sentir el fluido de la magia y sumergirse en él. Pocos magos tienen la suficiente fuerza para convertirse en una amenaza para un ejército entero. Y los que sí la tienen suelen pasarse casi toda la batalla esquivando a sus oponentes, persiguiéndolos o luchando contra ellos; lo cual supone una ventaja para los guerreros normales, pues en caso contrario morirían todos pronto.

Preocupado, Eragon comentó:

—Los vardenos no tienen muchos magos.

—Es una de las razones por las que tú eres tan importante.

Pasó un momento mientras Eragon reflexionaba sobre lo que le había dicho Oromis.

—Y esas protecciones... ¿sólo te consumen la energía cuando las activas?

—Sí.

—Entonces, con el tiempo suficiente, se podrían preparar incontables capas de protección. Podrías volverte... —luchaba con el idioma antiguo para conseguir expresarse— ¿intocable? ¿Impermeable?... Impermeable a cualquier asalto, ya fuera mágico o físico.

—Las protecciones —contestó Oromis— dependen de la fuerza de tu cuerpo. Si alguien supera esa fuerza, te mueres. Por muchas protecciones que tengas, sólo podrás resistir los ataques mientras tu cuerpo consiga mantener la producción de energía.

—Y la energía de Galbatorix ha ido creciendo año tras año... ¿Cómo puede ser?

Era una pregunta retórica, pero Oromis guardó silencio y fijó sus ojos almendrados en un trío de gorriones que trazaban piruetas en lo alto. Eragon se dio cuenta de que el elfo estaba pensando en cómo contestarle. Los pájaros se persiguieron unos cuantos minutos. Cuando desaparecieron de la vista, Oromis dijo:

—No es oportuno mantener esta conversación en este momento.

—¿O sea que lo sabes? —preguntó Eragon, asombrado.

—Sí. Pero esa información debe esperar hasta más adelante en tu formación. No estás listo para recibirla.

Oromis miró a Eragon como si esperara que objetase.

Eragon agachó la cabeza.

471

—Como tú quieras, Maestro.

No podría obtener aquella información de Oromis mientras el elfo no estuviera dispuesto a compartirla, así que ¿para qué intentarlo? Aun así, se preguntó qué clase de información podía ser tan peligrosa como para que Oromis no se atreviera a contársela y por qué los elfos se la habían escondido a los vardenos. Se le ocurrió otra idea y dijo:

—Si las batallas con magos se plantean como dices, ¿por qué Ajihad me dejó pelear sin protección en Farthen Dûr? Ni siquiera sabía que debiera mantener la mente abierta para detectar a los enemigos. ¿Y por qué no mató Arya a casi todos los úrgalos? No había magos que pudieran oponerse a ella, salvo Durza, y él no podía defender a sus tropas mientras estaba en el subsuelo.

—¿Ajihad no mandó a Arya o a alguien del Du Vrangr Gata que te rodeara de defensas? —preguntó Oromis.

—No, Maestro.

—¿Y peleaste sin ellas?

—Sí, Maestro.

Oromis desvió la mirada y se concentró en su interior, inmóvil sobre la hierba. Volvió a hablar sin previo aviso:

—He consultado con Arya, y ella dice que los gemelos tenían órdenes de examinar tus habilidades. Le dijeron a Ajihad que eras competente en todos los terrenos de la magia, incluidas las protecciones. Ni Ajihad ni Arya pusieron en duda sus afirmaciones al respecto.

—Esos aduladores, con sus calvas, infestados de garrapatas como perros traidores... —maldijo Eragon—. ¡Querían que me mataran!

Eragon pasó a su idioma nativo y se permitió otra serie de insultos poderosos.

—No contamines el aire —dijo Oromis con suavidad—. Te sienta mal... En cualquier caso, sospecho que los gemelos permitieron que pelearas sin protección no para que te mataran, sino para que Durza pudiera capturarte.

—¿Qué?

—Según cuentas tú mismo, Arya sospechó que los vardenos habían sido traicionados cuando Galbatorix empezó a perseguir a sus aliados en el Imperio con una eficacia cercana a la perfección. Los gemelos sabían quiénes eran los colaboradores de los vardenos. Además, los gemelos te llevaron al corazón de Tronjheim para separarte de Saphira y ponerte al alcance de Durza. La explicación lógica es que son unos traidores.

—Que lo eran —puntualizó Eragon—. Eso ya no importa; hace tiempo que murieron.

Oromis inclinó la cabeza.

—Aun así. Arya dijo que los úrgalos sí tenían magos en Farthen Dûr y que ella se enfrentó a muchos. ¿Ninguno te atacó?

—No, Maestro.

—Más pruebas de que Saphira y tú estabais reservados

para que os capturase Durza y os llevara ante Galbatorix. La trampa estaba bien dispuesta.

Durante la hora siguiente, Oromis enseñó a Eragon doce maneras de matar, ninguna de las cuales exigía más energía que levantar una pluma cargada de tinta. Cuando terminó de memorizar la última, a Eragon se le ocurrió una idea que le hizo sonreír.

—La próxima vez que me cruce con los Ra'zac, no tendrán ni para empezar.

—Aun así, debes cuidarte de ellos —le advirtió Oromis.

—¿Por qué? Con tres palabras estarán muertos.

—¿Qué comen las águilas pescadoras?

Eragon pestañeó.

—Pescado, claro.

—Y si un pez fuera algo más rápido e inteligente que los demás, ¿conseguiría huir de un águila pescadora?

—Lo dudo —contestó Eragon—. Al menos, no mucho tiempo.

—Igual que las águilas están diseñadas para ser las mejores cazadoras de peces, los lobos están diseñados para ser los mejores cazadores de ciervos y otras piezas de caza mayor, y todos los animales tienen las habilidades necesarias para cumplir mejor su propósito. También los Ra'zac están diseñados para depredar a los humanos. Son los monstruos de la oscuridad, las pesadillas húmedas que persiguen a tu raza.

A Eragon se le erizó de terror el vello de la nuca.

—¿Qué clase de criaturas son?

—Ni elfos, ni humanos, ni enanos, ni dragones; no son bestias de piel, escamas ni plumas; ni reptiles, ni insectos, ni ninguna otra categoría animal.

Eragon forzó una risotada.

—Entonces, ¿son plantas?

—Tampoco. Ponen huevos para reproducirse, como los dragones. Al nacer, a las crías, o larvas, les crecen exoesqueletos negros que imitan la forma de los humanos. Es una imitación grotesca, pero lo suficientemente convincente para permitir que los Ra'zac se acerquen a sus víctimas sin despertar la alarma. En todas las zonas en que los humanos son débiles, los Ra'zac son fuertes. Pueden ver en una noche lluviosa, seguir un olor como perros de caza, saltan más alto y se mueven más deprisa. Sin embargo, les duele la luz fuerte y tienen un miedo morboso al agua profunda, porque no saben nadar. Su mayor arma es su fétido aliento, que niebla las mentes de los humanos, incapacitándolos en muchos casos, aunque es menos poderosa con los enanos, y los elfos son totalmente inmunes.

Eragon se estremeció al recordar la primera vez que vio a los Ra'zac en Carvahall y cómo se había visto incapaz de huir una vez ellos detectaron su presencia.

—Me sentía como si fuera un sueño en el que quisiera correr, pero no pudiera moverme por mucho que me esforzara.

—Una descripción tan buena como cualquier otra —dijo Oromis—. Aunque los Ra'zac no saben usar la magia, no conviene minusvalorarlos. Si saben que los persigues, en vez de revelarse se mantendrán en las sombras, donde son fuertes, y tramarán para emboscarte como hicieron en Dras-Leona. Ni siquiera la experiencia de Brom le protegió de ellos. Nunca peques de exceso de confianza, Eragon. Nunca te vuelvas arrogante porque en ese momento te descuidarás y tus enemigos se aprovecharán de tu debilidad.

—Sí, Maestro.

Oromis clavó una mirada firme en Eragon.

—Los Ra'zac permanecen como larvas durante veinte años, mientras maduran. En la primera luna llena del vigésimo año, se libran de los exoesqueletos, abren las alas y emergen como adultos para perseguir a todas las criaturas, no sólo a los humanos.

—Entonces, las monturas de los Ra'zac, las que usan para volar, en realidad son...

—Sí, son sus padres.

La imagen de la perfección

«*P*or fin entiendo la naturaleza de mis enemigos», pensó Eragon. Había temido a los Ra'zac desde que aparecieran por primera vez en Carvahall, no sólo por sus maldades, sino también por lo poco que sabía sobre aquellas criaturas. En su ignorancia, otorgaba a los Ra'zac más poderes de los que realmente tenían y los contemplaba con un terror casi supersticioso. «Pesadillas, desde luego.» Pero ahora que la explicación de Oromis había eliminado el aura de misterio que envolvía a los Ra'zac, ya no le parecían tan formidables. El hecho de que fueran vulnerables a la luz y al agua reforzó la convicción de Eragon de que cuando volvieran a encontrarse, destruiría a los monstruos que habían matado a Garrow y a Brom.

—¿Los padres también se llaman Ra'zac? —preguntó.

Oromis negó con la cabeza.

—Lethrblaka. El nombre se lo pusimos nosotros. Y así como las crías son de mente estrecha, aunque astutas, los Lethrblaka tienen tanta inteligencia como los dragones. Como un dragón cruel, vicioso y retorcido.

—¿De dónde vienen?

—De la tierra que abandonaron tus antepasados, sea cual fuera. Puede que fuese su depredación lo que obligó al rey Palancar a emigrar. Cuando nosotros, los Jinetes, nos dimos cuenta de la presencia malvada de los Ra'zac en Alagaësia, hicimos todo lo posible por erradicarlos, como hubiéramos hecho con una plaga que infestara nuestras hojas. Por desgracia, sólo triunfamos en parte. Dos Lethrblaka escaparon y ellos, con sus larvas, son los que te han provocado tanto dolor. Después de matar a Vrael, Galbatorix los buscó y negoció sus servicios a cambio de protección y una cantidad garantizada de su comida favorita. Por eso les permite vivir cerca de Dras-Leona, una de las ciudades más grandes del Imperio.

Eragon apretó las mandíbulas.

—Han de responder de muchas cosas.

«Y si lo consigo, responderán.»

—Eso sí —Oromis se mostró de acuerdo.

De regreso a la cabaña, el elfo cruzó la oscura sombra del umbral y reapareció cargado con media docena de tablas de unos quince centímetros de ancho, por treinta de alto. Le pasó una a Eragon.

—Abandonemos esos temas tan desagradabes por un rato. Me ha parecido que podría gustarte aprender a hacer un fairth. Es una manera excelente de concentrar tu pensamiento. La tabla está impregnada con la tinta suficiente para cubrirla con cualquier combinación de colores. Sólo tienes que concentrarte en la imagen que quieres capturar y luego decir: «Que lo que veo en el ojo de mi mente se duplique en la superficie de esta tabla». —Mientras Eragon examinaba la lisa tabla, Oromis señaló hacia el claro—. Mira a tu alrededor, Eragon, y busca algo que merezca ser conservado.

Los primeros objetos que percibió Eragon parecían demasiado obvios: un lirio amarillo que había a sus pies, la destartalada cabaña de Oromis, el arroyo blanco y el propio paisaje. Nada de eso era único. Nada hubiera dado a quien lo observara una idea profunda del fairth o de su creador. «Las cosas que cambian y se pierden, eso es lo que merece ser conservado.» Su mirada aterrizó en unos nudos verdosos de brotes primaverales en la punta de una rama del árbol y luego en la herida estrecha y profunda que hendía el tronco allá donde una tormenta había arrancado una rama, arrastrando con ella una tira de corteza. Unas bolas de resina translúcida cubrían la hendidura como una costra, y en ellas se refractaba la luz.

Eragon se posicionó junto al tronco de tal modo que su visión resaltara las siluetas de la rotunda hiel de la sangre congelada del árbol, enmarcadas por un grupo de agujas nuevas y brillantes. Luego fijó la visión en su mente tan bien como pudo y pronunció el hechizo.

La superficie de la tabla gris se iluminó y florecieron en ella estallidos de color que se fundían y mezclaban para crear los tonos convenientes. Cuando al fin dejaron de moverse los pigmentos, Eragon se vio ante una extraña copia de lo que había intentado reproducir. La resina y las agujas se habían copiado con un detallismo vibrante, afilado como una navaja, mientras que todo lo demás se veía borroso y diluido, como si alguien lo mirara con los ojos medio cerrados. No tenía nada que ver con la claridad universal del fairth que Oromis había reproducido de Ilirea.

Respondiendo a un gesto de Oromis, Eragon le pasó la tabla. El elfo la estudió un momento y dijo:

—Tienes una extraña manera de pensar, Eragon-finiarel. A la mayor parte de los humanos les cuesta alcanzar la concentración suficiente para crear una imagen reconocible. Tú, en cambio, pareces observarlo prácticamente todo de aquello que te interesa. Sin embargo, la mirada es estrecha. Tienes el mismo problema con esto que con la meditación. Has de relajarte, ampliar el campo de visión y permitirte absorber todo lo que te rodea sin juzgar qué es importante y qué no lo es. —Dejó la pintura a un lado, recogió de la hierba otra tabla y se la dio—. Pruébalo otra vez con lo que yo...

—¡Hola, Jinete!

Sorprendido, Eragon se dio la vuelta y vio que Orik y

Arya salían juntos del bosque. El enano alzó un brazo para saludar. Tenía la barba recién recortada y trenzada, el cabello peinado hacia atrás en una limpia cola, y llevaba una túnica nueva —cortesía de los elfos—, roja y marrón, con bordados de oro. En su aspecto no había rastro alguno de la condición en que se hallaba la noche anterior.

Eragon, Oromis y Arya intercambiaron el saludo tradicional y luego, abandonando el idioma antiguo, Oromis preguntó:

—¿A qué debo atribuir esta visita? Ambos sois bienvenidos a mi cabaña; pero como podéis ver, estoy en pleno trabajo con Eragon, y eso es más importante que cualquier otra cosa.

—Lamento haberte interrumpido, Oromis-elda —dijo Arya—, pero...

—La culpa es mía —intervino Orik. Miró a Eragon antes de continuar—: Hrothgar me envió aquí para que me asegurara de que Eragon recibe la instrucción que necesita. No tengo dudas de que así es, pero tengo la obligación de presenciar su formación con mis propios ojos para que al volver a Tronjheim, pueda ofrecer a mi rey un relato fiel de los sucesos.

—Lo que le enseño a Eragon —dijo Oromis— no puede compartirse con nadie más. Los secretos de los Jinetes son sólo para él.

—Y lo entiendo. Sin embargo, vivimos tiempos inciertos; la piedra que antaño era fija y sólida es ahora inestable. Hemos de adaptarnos para sobrevivir. Son tantas las cosas que dependen de Eragon, que los enanos tenemos derecho a verificar que su formación procede como se prometió. ¿Te parece que nuestra petición es irrazonable?

—Bien hablado, Maestro enano —dijo Oromis. Juntó las puntas de los dedos, inescrutable como siempre—. Entonces, ¿debo entender que para ti se trata de un deber?

—Un deber y un honor.

—¿Y nada permitirá que cedas en este asunto?

—Me temo que no, Oromis-elda —respondió Orik.

—Muy bien. Puedes quedarte a mirar durante el resto de la lección. ¿Te das por satisfecho?

Orik frunció el ceño.

—¿Estáis cerca del fin de la lección?

—Acabamos de empezar.

—Entonces sí, me doy por satisfecho. Al menos de momento.

Mientras hablaban, Eragon trató de captar la mirada de Arya, pero ella mantenía toda su atención en Oromis.

—¡Eragon!

Pestañeó y salió de la ensoñación con un sobresalto.

—¿Sí, Maestro?

—No te despistes, Eragon. Quiero que hagas otro fairth. Mantén la mente abierta, como te decía antes.

—Sí, Maestro.

Eragon sopesó la tabla, con las manos algo húmedas ante la idea de que Orik y Arya juzgaran su desempeño. Quería hacerlo bien para demostrar que Oromis era un buen maestro. Aun así, no pudo concentrarse en las agujas de pino y la resina; Arya tiraba de él como un imán y atraía su atención cada vez que pensaba en otra cosa.

Al fin se dio cuenta de que era inútil resistirse a la atracción. Compuso una imagen mental de la elfa —lo cual apenas le costó un instante, pues conocía sus rasgos mejor que los propios— y pronunció el hechizo en el idioma antiguo, derramando toda su adoración, todo su amor y su miedo en la corriente de aquella fantasía mágica.

El resultado lo dejó sin habla.

El fairth representaba la cabeza y los hombros de Arya sobre un fondo oscuro e indeterminado. Bañada por la luz de un fuego desde el lado derecho, miraba a quien contemplara

479

el retrato con ojos de sabiduría, con un aspecto que no sólo representaba lo que ella era, sino lo que él pensaba de ella: misteriosa, exótica, la mujer más bella que había visto jamás. Era un retrato fallido, imperfecto, pero poseía tal intensidad y pasión que provocó en Eragon una respuesta visceral. «¿De verdad la veo así?» Quienquiera que fuese, aquella mujer era tan sabia, tan poderosa y tan hipnótica que podía consumir a cualquier hombre de menor talla.

Desde lejos, oyó suspirar a Saphira: *Ten cuidado...*

—¿Qué has creado, Eragon? —preguntó Oromis.

—No... No lo sé.

Eragon dudó al ver que Oromis extendía una mano para coger el fairth, reticente a la idea de que los demás examinaran su obra, sobre todo Arya. Al cabo de una pausa larga y aterradora, Eragon desprendió los dedos de la tabla y se la entregó a Oromis.

480

La expresión del elfo se volvió seria cuando miró el fairth y luego de nuevo a Eragon, que se echó a temblar por el peso de su mirada. Sin decir palabra, Oromis pasó la tabla a Arya.

Cuando ella agachó la cabeza para mirarla, el pelo le oscureció la cara, pero Eragon vio cómo las venas y los tendones se marcaban en sus manos de tanto apretar. La tabla se agitó entre sus manos.

—Bueno, ¿qué es? —preguntó Orik.

Arya alzó el fairth sobre la cabeza, lo lanzó al suelo y el retrato se partió en mil añicos. Luego se irguió y, con gran dignidad, pasó andando al lado de Eragon, cruzó el claro y desapareció en las enmarañadas profundidades de Du Weldenvarden.

Orik recogió un fragmento de la tabla. Estaba vacío. La imagen se había desvanecido al romperse la tabla. Se dio un tirón de la barba.

—Hace decenios que conozco a Arya, y nunca había perdido el temple de esta manera. Nunca. ¿Qué has hecho, Eragon?

Aturdido, Eragon contestó:

—Su retrato.

Orik frunció el ceño, claramente desconcertado.

—¿Un retrato? ¿Y eso por qué...?

—Creo que será mejor que te vayas —intervino Oromis—. En cualquier caso, la lección se ha terminado. Vuelve mañana, o pasado, si quieres tener una idea más clara de los progresos de Eragon.

El enano miró fijamente a Eragon y luego asintió y se sacudió el polvo de las manos.

—Creo que eso haré. Gracias por tu tiempo, Oromiselda. Lo agradezco. —Echó a andar hacia Ellesméra y luego volvió la cabeza y se dirigió a Eragon—: Si quieres hablar, estaré en la sala común de Tialdarí.

Cuando se fue Orik, Oromis levantó los bajos de su túnica, se puso de rodillas y empezó a recoger los restos de la tabla. Eragon lo miró, incapaz de moverse.

—¿Por qué? —preguntó en el idioma antiguo.

—A lo mejor —dijo Oromis— has asustado a Arya.

—¿Asustarla? Ella nunca se asusta. —Incluso al decirlo, Eragon se dio cuenta de que no era verdad. Lo que pasaba era que escondía mejor que los demás su miedo. Hincó una rodilla en el suelo, recogió un fragmento de fairth y lo depósito en la palma de la mano de Oromis—. ¿Por qué habría de asustarse? —preguntó—. Dímelo, por favor.

Oromis se levantó y caminó hasta la orilla del arroyo, donde esparció los fragmentos de la tabla, dejando que las piezas grises se derramaran entre sus dedos.

—Los fairth no muestran sólo aquello que quieres. Es posible mentir con ellos, crear una imagen falsa, pero tú no tienes suficiente habilidad para lograrlo. Arya lo sabe. Por lo tanto, también sabe que tu fairth era una representación ajustada de lo que sientes por ella.

—¿Y por qué se asusta?

481

Oromis sonrió con tristeza.

—Porque le ha revelado la profundidad de tu atracción. —Juntó las yemas de los dedos, formando con ellos una serie de arcos—. Vamos a analizar la situación, Eragon. Aunque tienes edad suficiente para ser considerado un hombre entre los tuyos, a nuestros ojos no eres más que un niño. —Eragon frunció el ceño, pues oía el eco de las palabras que le había dirigido Saphira la noche anterior—. Normalmente, yo no compararía la edad de un hombre con la de un elfo; pero como tú compartes nuestra longevidad, también debes ser juzgado con nuestros criterios.

»Y eres un Jinete. Confiamos en ti para que nos ayudes a derrotar a Galbatorix; si te distraes de tus estudios, puede ser desastroso para todos en Alagaësia.

»Entonces —prosiguió Oromis—, ¿cómo podía responder Arya a tu fairth? Está claro que la ves con ojos románticos; pero, si bien no tengo duda de que ella te aprecia, la unión entre vosotros dos es imposible por tu edad, tu cultura, tu raza y tus responsabilidades. Tu interés pone a Arya en una situación incómoda. No se atreve a enfrentarse a ti por miedo a interrumpir tu formación. Pero, como hija de la reina, no puede ignorarte y arriesgarse a ofender a un Jinete, y menos a uno de quien dependen tantas cosas... Incluso si fuera conveniente vuestra unión, Arya evitaría alentarte para que pudieras dedicar todas tus energías a la tarea que tienes pendiente. Sacrificaría su felicidad por el bien común. —La voz de Oromis se volvió más grave—. Has de entender, Eragon, que matar a Galbatorix es más importante que cualquier persona. Nada más importa. —Hizo una pausa, con una mirada amable, y añadió—: Dadas las circunstancias, no es extraño que a Arya le asuste que tus sentimientos por ella puedan poner en peligro todo aquello por lo que ha trabajado.

Eragon meneó la cabeza. Le avergonzaba que su comportamiento hubiera inquietado a Arya, y se desanimaba al comprobar lo infantil e insensato que había sido. «Si supiera controlarme mejor, habría podido evitar este lío.»

Oromis le tocó un hombro y lo guió de vuelta a la cabaña.

—No creas que no siento compasión por ti, Eragon. Todo el mundo experimenta pasiones como las tuyas en algún momento de la vida. Forma parte de la experiencia de hacerse mayor. También sé lo duro que es para ti negarte los consuelos habituales de la vida, pero es necesario que lo hagas si queremos sobrevivir.

—Sí, Maestro.

Se sentaron a la mesa de la cocina, y Oromis empezó a preparar material de escritura para que Eragon practicara el Liduen Kvaedhí.

—No es razonable esperar que olvides tu fascinación por Arya, pero sí espero que impidas que vuelva a interferir en mi instrucción. ¿Me lo puedes prometer?

—Sí, Maestro, te lo prometo.

—¿Y Arya? ¿Qué sería honroso hacer con su situación? Eragon dudó.

—No quiero perder su amistad.

—No.

—Por lo tanto... Iré a verla, le pediré perdón y le aseguraré que pretendo no volver a provocarle jamás un apuro como éste. —Le costó decirlo, pero una vez dicho, sintió alivio, como si al reconocer su error se hubiera librado de él.

Oromis parecía complacido.

—Sólo con eso ya demuestras que has madurado.

Eragon alisó las hojas de papel contra la mesa y notó en las manos la suavidad de su superficie. Se quedó un momento mirando el papel blanco, luego hundió una pluma en el tintero y empezó a transcribir una columna de glifos. Cada línea irregular era una cinta de noche sobre el papel, un abismo en el que podía perderse para tratar de olvidar sus confusos sentimientos.

483

El arrasador

A la mañana siguiente, Eragon fue a buscar a Arya para disculparse. La buscó sin éxito durante más de una hora. Parecía que se hubiera desvanecido entre los muchos rincones escondidos de Ellesméra. En una ocasión la atisbó al detenerse ante la entrada del salón de Tialdarí y la llamó, pero ella desapareció sin darle tiempo a llegar a su lado. «Me está evitando», aceptó finalmente.

A medida que iban pasando los días, Eragon se entregó a la formación de Oromis con un celo que el veterano Jinete alababa, concentrado en sus estudios para distraer sus pensamientos de Arya.

Día y noche se esforzaba por dominar las lecciones. Memorizaba las palabras necesarias para crear, unir e invocar; aprendía los verdaderos nombres de plantas y animales; estudiaba los peligros de la transmutación, cómo convocar al viento y al mar, y la miríada de habilidades necesarias para entender las fuerzas del mundo. Sobresalía en los hechizos que requerían grandes energías —como la luz, el calor y el magnetismo—, pues poseía talento para juzgar casi con exactitud cuánta fuerza demandaba una tarea y determinar si superaría las reservas de su cuerpo.

De vez en cuando Orik se acercaba a mirar y se quedaba al borde del claro sin hacer comentarios mientras Oromis enseñaba a Eragon, o mientras éste se enfrentaba a solas con algún hechizo particularmente difícil.

Oromis le planteó muchos desafíos. Hizo que Eragon cocinara con magia, para enseñarle a tener un control más fino de la gramaticia; el resultado de los primeros intentos fue una masa renegrida. El elfo le enseñó a detectar y neutralizar toda clase de venenos y, desde entonces, Eragon tuvo que inspeccionar su comida en busca de las diversas ponzoñas que Oromis podía colarle en ella. Más de una vez Eragon pasó hambre por no ser capaz de encontrar el veneno, o de contrarrestarlo. Dos veces enfermó tanto que Oromis tuvo que curarlo. Y el elfo le hacía lanzar múltiples hechizos de modo simultáneo, lo cual requería una concentración tremenda para que cada hechizo se dirigiera a su objetivo y evitar que se mezclaran entre los diversos objetos que Eragon pretendía condicionar.

Oromis dedicaba largas horas al arte de imbuir materia a la energía, ya fuera para liberarla más adelante o para conceder ciertos atributos a algún objeto. Le dijo:

485

—Así fue como Rhunön encantó las espadas de los Jinetes para que nunca se quebraran ni perdieran el filo; así cantamos a las plantas para que crezca de ellas lo que queremos; así se puede poner una trampa en una caja para que se accione al abrirla; así hacemos nosotros y los enanos las Erisdar, nuestras antorchas; y así puedes curar a un herido, por mencionar sólo algunos usos. Éstos son los hechizos más poderosos, pues pueden permanecer dormidos mil años o más y son difíciles de percibir y de evitar. Casi toda Alagaësia está impregnada de ellos; dan forma a la tierra y al destino de quienes viven aquí.

Eragon preguntó:

—Podrías usar esta técnica para alterar tu propio cuerpo, ¿no? ¿O es demasiado peligroso?

Los labios de Oromis se apretaron en una leve sonrisa.

—Por desgracia, has tropezado con la mayor debilidad de los elfos: nuestra vanidad. Amamos la belleza en todas sus formas y ansiamos representar ese ideal en nuestra apariencia. Por eso se nos conoce como la Gente Hermosa. Todos los elfos tienen exactamente el aspecto que desean. Cuando aprenden los hechizos necesarios para hacer que las cosas vivas crezcan y adopten formas, a menudo escogen modificar su apariencia para reflejar mejor su personalidad. Unos pocos elfos han ido más allá de los meros cambios estéticos y han alterado su autonomía para adaptarse a diversos entornos, como verás durante la celebración del Juramento de Sangre. A menudo, son más animales que elfos.

»En cualquier caso, transferir poder a una criatura viva no es lo mismo que transferírselo a un objeto inanimado. Hay pocos materiales capaces de acumular energía; la mayoría permiten que se disipe o se cargan tanto que cuando tocas el objeto, te recorre un relámpago. Los mejores materiales que hemos encontrado para este propósito son las gemas. El cuarzo, las ágatas y otras piedras menores no son tan eficaces como, digamos, un diamante, pero cualquier gema sirve. Por eso las espadas de los Jinetes tienen siempre una joya en el pomo. Y también por eso el collar que te dieron los enanos —todo él de metal— necesita absorber tu energía para poner en marcha su hechizo, pues no puede contener energía propia.

Cuando no estaba con Oromis, Eragon complementaba su educación leyendo los muchos pergaminos que le daba el elfo, hábito al que pronto se hizo adicto. La formación de la infancia de Eragon —limitada como estaba por la escasa tutela de Garrow— lo había expuesto tan sólo a los conocimientos necesarios para mantener una granja. La información que descubría en aquellos kilómetros de papel fluía por él como la lluvia por la tierra cuarteada, saciando una sed que hasta entonces no había conocido. Devoró textos de geografía, biología, anatomía, filosofía y matemáticas, así como memorias, biografías e historias. Más importante que los meros datos era su introducción a formas alternativas de pensar. Retaban sus creencias y lo obligaban a reexaminar lo que daba por hecho acerca de todo, desde los derechos de un individuo dentro de la sociedad hasta la razón de que el sol se moviera por el cielo.

Se dio cuenta de que había unos cuantos pergaminos referidos a los úrgalos y a su cultura. Eragon los leyó y no hizo ningún comentario, ni tampoco Oromis sacó el tema.

Por sus estudios, Eragon aprendió mucho de los elfos, un conocimiento que perseguía con avidez, esperando que eso le permitiera conocer mejor a Arya. Para su sorpresa, descubrió que los elfos no practicaban el matrimonio, sino que tomaban a sus parejas por el tiempo que quisieran, ya fuera un día o un siglo. Los niños eran escasos y, entre los elfos, tener un hijo se consideraba como el voto de amor definitivo.

Eragon aprendió también que, desde que las dos razas se encontraran por primera vez, sólo había existido un puñado de parejas mixtas; casi siempre, Jinetes humanos que habían encontrado a su pareja idónea entre las elfas. Sin embargo, hasta donde pudo descifrar por los crípticos anales, casi todas aquellas relaciones habían terminado trágicamente, pues o bien los amantes eran incapaces de relacionarse entre sí, o bien los humanos habían envejecido y muerto mientras las elfas se libraban de los estragos del tiempo.

Aparte de los ensayos, Oromis proporcionó a Eragon copias de las más importantes canciones de los elfos, así como de sus poemas y gestas épicas, que capturaban la imaginación del alumno, pues sólo estaba familiarizado con las que Brom le había recitado en Carvahall. Saboreaba las gestas con tanta fruición como habría disfrutado de una comida bien guisada, y se entretenía con *La gesta de Gëda* o con *La balada de Umhodan* para prolongar su disfrute de aquellas historias.

El entrenamiento de Saphira proseguía a buen ritmo.

Como estaba vinculado a su mente, Eragon alcanzó a ver cómo Glaedr la sometía a un régimen de ejercicio tan agotador como el suyo. Practicaba cómo mantenerse en el aire al tiempo que alzaba rocas, así como carreras de velocidad, saltos y otras acrobacias. Para aumentar su resistencia, Glaedr le hacía echar fuego durante horas sobre un pilar de piedra con la intención de derretirlo. Al principio Saphira apenas podía mantener las llamas durante unos pocos minutos, pero en poco tiempo la antorcha abrasadora aguantaba más de media hora sin interrupción saliendo por sus fauces y dejaba el pilar candente. Eragon también asistió a todas las leyendas de dragones que Glaedr enseñó a Saphira, detalles de la vida y la historia de los dragones para complementar su conocimiento intuitivo. Una buena parte resultaba incomprensible para Eragon, y sospechaba que además Saphira le escondía aún más, algunos secretos que los dragones no compartían con nadie. Algo que llegó a atisbar, y que Saphira atesoraba, fue el nombre de su padre, Iormúngr, y de su madre, Vervada, que significaba «La que surca la tormenta» en el idioma antiguo. Así como Iormúngr se había vinculado con un Jinete, Vervada era una dragona salvaje que había puesto muchos huevos, pero sólo había confiado uno a los Jinetes: el de Saphira. Ambos dragones habían fallecido en la Caída.

Algunos días, Eragon y Saphira volaban con Oromis y Glaedr y practicaban el combate aéreo, o visitaban algunas ruinas desastradas, escondidas en el interior de Du Weldenvarden. Otros, revertían el orden normal de las cosas y Eragon acompañaba a Glaedr, mientras que Saphira se quedaba con Oromis en los riscos de Tel'naeír.

Cada mañana Eragon se entrenaba con Vanir, lo cual, sin excepción, le provocaba por lo menos un ataque diario de dolor. Para empeorar las cosas, el elfo seguía tratando a Eragon con condescendencia altiva. Le soltaba indirectas obli-

488

cuas que, en apariencia, nunca excedían los límites de la educación, y se negaba a ceder a la ira por mucho que Eragon lo pinchara. Éste odiaba a Vanir y su comportamiento frío y afectado. Parecía como si el elfo lo insultara con cada movimiento. Y los compañeros de Vanir —que, hasta donde podía juzgar Eragon, eran de una generación más joven— compartían su desagrado velado hacia Eragon, aunque nunca mostraron más que respeto por Saphira.

Su rivalidad llegó al colmo cuando, después de vencer a Eragon seis veces seguidas, Vanir bajó la espada y dijo:

—Muerto otra vez, Asesino de Sombra. Qué repetitivo. ¿Quieres seguir?

El tono sugería que a él le parecía inútil.

—Sí —gruñó Eragon. Ya había sufrido un episodio de dolor de espalda y no estaba para conversaciones.

Aún así, Vanir le preguntó:

—Mira, tengo una curiosidad. ¿Cómo mataste a Durza, con lo lento que eres? No puedo imaginar cómo te las arreglaste.

Y Eragon se vio impulsado a contestar:

—Lo cogí por sorpresa.

—Perdóname. Debería haber supuesto que había alguna trampa.

Eragon se resistió al impulso de rechinar los dientes.

—Si yo fuera un elfo, o tú un humano, no serías capaz de igualarme con la espada.

—Tal vez —respondió Vanir. Volvió a adoptar la posición inicial de pelea y, en apenas tres segundos y dos golpes, desarmó a Eragon—. Pero no lo creo. No deberías fanfarronear ante un espadachín mejor que tú, pues podría castigarte por tu temeridad.

Entonces Eragon perdió el humor y rebuscó en su interior el torrente de la magia. Liberó la energía acumulada con uno de los doce lazos menores, gritando:

489

—¡Malthinae!

Pretendía encadenar las piernas y los brazos de Vanir y mantenerle la boca cerrada para que no pronunciara ningún hechizo de contraataque. La indignación brilló en los ojos del elfo.

—Y tú no deberías fanfarronear con alguien más hábil que tú con la magia —dijo Eragon.

Sin previo aviso, sin que Vanir susurrara siquiera una palabra, una fuerza invisible golpeó a Eragon en el pecho y lo envió diez metros atrás sobre la hierba, donde aterrizó de costado, sin aire en los pulmones. El impacto interrumpió su control de la magia y liberó a Vanir.

«¿Cómo lo ha hecho?»

Vanir avanzó hasta él y le dijo:

—Tu ignorancia te traiciona, humano. No sabes de qué hablas. Y pensar que fuiste escogido para suceder a V·rael, que te dieron sus aposentos, que has tenido el honor de servir al Sabio Doliente... —Meneó la cabeza—. Me da asco que esos dones se concedan a alguien tan poco valioso. Ni siquiera entiendes qué es la magia, ni cómo funciona.

La rabia resurgió en Eragon como una marea encarnada.

—¿Qué te he hecho yo a ti? —preguntó—. ¿Por qué me desprecias tanto? ¿Preferirías que no existiera ningún Jinete para oponerse a Galbatorix?

—Lo que yo opine tiene poca importancia.

—Lo sé, pero me gustaría escucharlo.

—Escuchar, como escribió Nuala en *Las convocatorias*, es el camino de la sabiduría sólo cuando es el resultado de una decisión consciente, y no de un vacío de percepción.

—Controla tu lengua, Vanir, y dame una respuesta sincera.

Vanir sonrió con frialdad.

—Como tú mandes, oh, Jinete. —Tras acercarse para que Eragon pudiera oír su suave voz, el elfo dijo—: Durante ochenta años, tras la caída de los Jinetes, no tuvimos ninguna esperanza de victoria. Sobrevivimos escondiéndonos por medio del engaño y la magia, que sólo es una medida temporal, pues al final Galbatorix tendrá la fuerza suficiente para marchar contra nosotros y barrer nuestras defensas. Luego, mucho después de resignarnos a nuestro destino, Brom y Jeod rescataron el huevo de Saphira, y de nuevo existió la posibilidad de derrotar al malvado usurpador. Imagínate nuestra alegría, nuestras celebraciones. Sabíamos que para enfrentarse a Galbatorix, el nuevo jinete tenía que ser más poderoso que cualquiera de sus antepasados, incluso más poderoso que Vrael. ¿Y cómo se recompensó nuestra paciencia? Con otro humano, como Galbatorix. Peor...: un tullido. Nos condenaste a todos, Eragon, en cuanto tocaste el huevo de Saphira. No esperes que te demos la bienvenida.

Vanir se tocó los labios con los dedos índice y corazón, pasó junto a Eragon y abandonó el campo de entrenamiento, dejándolo clavado en su lugar.

«Tiene razón —pensó Eragon—. No soy digno de la tarea. Cualquiera de estos elfos, incluso Vanir, sería mejor Jinete que yo.»

Irradiando indignación, Saphira estrechó el contacto entre ellos.

¿Tan poco valoras mi criterio, Eragon? Olvidas que mientras estaba en el huevo, Arya me expuso a todos y cada uno de estos elfos —así como a muchos hijos de los vardenos— y los rechacé a todos. No habría escogido como Jinete a nadie que no pudiera ayudar a tu raza, la mía y la de los elfos, pues las tres compartimos un destino entrelazado. Eras la persona adecuada, en el lugar y el momento adecuados. Nunca te olvides de eso.

Si eso fue cierto en algún momento —contestó Eragon—, *sería antes de que Durza me hiriese. Ahora no veo más que oscuridad y maldad en nuestro futuro. No renun-*

ciaré, pero temo que no logremos imponernos. Tal vez nuestra tarea no sea destronar a Galbatorix, sino preparar el camino para el próximo Jinete escogido por los huevos que quedan.

En los riscos de Tel'naeír, Eragon encontró a Oromis sentado a la mesa en su cabaña, pintando un paisaje con tinta negra en la parte baja de un pergamino que acababa de escribir.

Eragon hizo una reverencia y se arrodilló.

—Maestro.

Pasaron quince minutos hasta que Oromis terminó de dibujar los copetes de agujas en un enebro retorcido, dejó a un lado la tinta, limpió su pincel de marta cebellina con agua de un bote de arcilla y se dirigió a Eragon:

—¿Por qué has venido tan pronto?

—Me disculpo por haberte molestado, pero Vanir abandonó nuestra lucha antes de tiempo y no sabía qué hacer.

—¿Y por qué se ha ido tan pronto Vanir, Eragon-vodhr?

Oromis entrelazó las manos en el regazo durante el relato de Eragon, que terminó con estas palabras:

—No tendría que haber perdido el control, pero lo he perdido, y eso me ha hecho parecer más estúpido todavía. Te he fallado, Maestro.

—Así es —respondió Oromis—. Tal vez Vanir te haya provocado, pero eso no era razón para responder del mismo modo. Has de mantener un mayor control de tus emociones, Eragon. Si dejas que el temperamento domine tu juicio durante una batalla, puede costarte la vida. Además, esos comportamientos infantiles sólo sirven para dar la razón a los elfos que se te oponen. Nuestras maquinaciones son sutiles y dejan poco espacio para esa clase de errores.

—Lo siento, Maestro. No volverá a ocurrir.

Como Oromis parecía decidido a esperar en su silla hasta que llegara la hora en que solían empezar a practicar el Rimgar, Eragon aprovechó la ocasión para preguntar:

—¿Cómo puede haber usado la magia Vanir sin hablar?

—¿Eso ha hecho? Tal vez algún otro elfo haya decidido ayudarle.

Eragon negó con la cabeza.

—Durante mi primer día en Ellesméra, también vi a Islanzadí convocar una cascada de flores dando una palmada, sin nada más. Y Vanir me ha dicho que no entendía cómo funciona la magia. ¿Qué quería decir?

—Una vez más —dijo Orómis, resignado—, atisbas un conocimiento para el que no estás preparado. Sin embargo, debido a las circunstancias, no puedo negártelo. Sólo debes saber esto: lo que pides no se le enseñó a los Jinetes, ni lo aprenden nuestros magos, mientras no dominen todos los demás aspectos de la magia, pues ése es el secreto de la auténtica naturaleza de la magia y del idioma antiguo. Los que lo conocen pueden adquirir un gran poder, sí, pero corren a cambio un riesgo terrible. —Se calló un momento—. ¿Cómo se vincula el idioma antiguo a la magia, Eragon-vodhr?

—Las palabras del idioma antiguo pueden liberar la energía acumulada en el cuerpo y, de ese modo, activar un hechizo.

—Ajá. ¿O sea que ciertos sonidos, ciertas vibraciones del aire pueden conectar con esa energía? ¿Sonidos tal vez producidos al azar por una criatura o un objeto?

—Sí, Maestro.

—¿No te parece absurdo?

Confundido, Eragon contestó:

—No importa que parezca absurdo, Maestro; simplemente es así. ¿Ha de parecerme absurdo que la luna crezca o mengüe, que se sucedan las estaciones o que los pájaros vuelen hacia el sur en invierno?

—Claro que no. Pero ¿cómo puede ser que un mero sonido tenga tantos efectos? ¿Puede ser que ciertos patrones de tono y volumen realmente disparen reacciones que nos permiten manipular la energía?

—Pues así es.

—El sonido no controla la magia. Lo importante no es decir una palabra o una frase en este lenguaje, sino pensarla en él. —Giró una muñeca y apareció en la palma de la mano una llama dorada, que luego se consumió—. Sin embargo, salvo que la necesidad sea imperiosa, pronunciaremos los hechizos en voz alta para evitar que algún pensamiento peregrino interfiera con ellos, lo cual resulta peligroso incluso para el mago más experimentado.

Las implicaciones que eso tenía abrumaron a Eragon. Recordó cuando había estado a punto de ahogarse bajo la cascada del lago Kóstha-mérna y su incapacidad para acceder a la magia por el agua que lo rodeaba. «Si lo hubiera sabido entonces, habría podido salvarme», pensó.

494

—Maestro —dijo—, si el sonido no afecta a la magia, ¿por qué sí lo hacen los pensamientos?

Esta vez Oromis sonrió.

—Eso, ¿por qué? Debo señalar que nosotros no somos la fuente de la magia. La magia puede existir por sí misma, independiente de cualquier hechizo, como en las luces fantasmagóricas de las ciénagas de los Arough, el pozo de sueños de las cuevas Mani, en las montañas Beor, y el cristal flotante de Eoam. Esa clase de magia salvaje es traicionera, impredecible y a menudo más fuerte que cualquiera que podamos provocar nosotros.

»Hace eones, toda la magia era así. Para usarla sólo hacían falta la capacidad de sentir la magia con la mente, algo que debe poseer todo mago, y el deseo y la fuerza necesarios. Sin la estructura del idioma antiguo, los magos no podían dominar su talento y, en consecuencia, soltaron muchos males por la tierra y hubo miles de muertos. Con el tiempo descubrieron que manifestar sus intenciones en su lenguaje les

ayudaba a ordenar los pensamientos y evitar errores costo-
sos. Pero no era un método a prueba de fallos. Al final, ocurrió un accidente tan horroroso que casi destruyó a todos los
seres vivos del mundo. Sabemos de ese suceso por fragmentos de manuscritos que sobrevivieron a la era, pero se nos
escapa quién o qué emitió aquel hechizo fatal. Los manuscritos dicen que, más tarde, una raza llamada Gente Gris
(que no eran elfos, pues nosotros éramos entonces muy jóvenes) unió sus recursos y pronunció un hechizo, tal vez el
más grande que haya existido o vaya a existir jamás. Juntos,
los miembros de la Gente Gris cambiaron la naturaleza de la
magia. Lo hicieron de tal modo que su lenguaje, el idioma
antiguo, controlara lo que se podía hacer con un hechizo...,
que llegara a limitar la magia de tal modo que si alguien decía «quema esa puerta» y por azar pensaba en mí al mismo
tiempo, la magia quemara la puerta, pero no a mí. Y le dieron al idioma antiguo sus dos rasgos exclusivos: la capacidad
de impedir que quienes lo usan puedan mentir y la de describir la verdadera naturaleza de las cosas. Sigue siendo un
misterio cómo lo consiguieron.

»Los manuscritos discrepan sobre lo que le pasó a la
Gente Gris tras terminar su trabajo, pero parece que el hechizo les consumió toda la energía y los convirtió en sombras de sí mismos. Se desvanecieron y decidieron vivir en
sus ciudades hasta que las piedras se desplomaran, convertidas en polvo, o tal vez emparejarse con las razas más jóvenes
y así desaparecer en la oscuridad.

—Entonces —dijo Eragon—, ¿se puede usar la magia sin
el idioma antiguo?

—¿Cómo crees que echa fuego Saphira? Según tu propio
relato, no pronunció ninguna palabra cuando convirtió en
diamantes la tumba de Brom, ni cuando bendijo a la niña de
Farthen Dûr. Las mentes de los dragones son distintas de las
nuestras; no necesitan protegerse de la magia. No pueden

495

usarla a conciencia, aparte de para el fuego; pero cuando los toca el don, adquieren una fuerza simpar... Pareces preocupado, Eragon. ¿Por qué?

Eragon se miró las manos.

—¿Qué significa eso para mí, Maestro?

—Significa que seguirás estudiando el idioma antiguo porque gracias a él puedes lograr cosas que de otro modo te costarían demasiado o serían demasiado peligrosas. Significa que si te capturan y te amordazan, puedes invocar la magia igualmente para liberarte, como ha hecho Vanir. Significa que si te capturan y te drogan y no consigues recordar el idioma antiguo, sí, incluso entonces, puedes soltar un hechizo, aunque sólo en las circunstancias más graves. Y significa que si has de hechizar algo que no tiene nombre en el idioma antiguo, puedes hacerlo. —Hizo una pausa—. Pero cuídate de la tentación de usar esos poderes. Incluso los más sabios de entre nosotros dudan antes de jugar con ellos por miedo a la muerte, o a algo peor.

A la mañana siguiente, y todas las mañanas a partir de entonces mientras siguió en Ellesméra, Eragon se batió en duelo con Vanir, pero no volvió a perder el temperamento, dijera el elfo lo que dijera.

A Eragon tampoco le apetecía dedicar energía a esa rivalidad. Cada vez le dolía la espalda con más frecuencia y lo llevaba a los límites de su resistencia. Los ataques debilitadores lo sensibilizaban: acciones que antes no le provocaban el menor problema podían ahora dejarlo temblando en el suelo. Incluso el Rimgar empezó a provocarle ataques cuando avanzó a posturas más forzadas. No era extraño que sufriera tres o cuatro episodios de esa clase en un solo día.

Eragon estaba más demacrado. Caminaba arrastrando los pies, con movimientos lentos y cuidadosos para intentar conservar las fuerzas. Se le hacía más difícil pensar con claridad o prestar atención a las lecciones de Oromis, y empe-

496

zaron a aparecer en su memoria lagunas de las que no era capaz de responder. En su tiempo libre, volvía a sacar el rompecabezas de Orik con la intención de concentrarse en los desafiantes anillos entrelazados antes que en su situación. Cuando Saphira estaba con él, insistía en que montara en su grupa y hacía cuanto podía para que estuviera cómodo y para ahorrarle esfuerzos.

Una mañana, mientras se aferraba a una de las púas de su espalda, Eragon le dijo: *Tengo un nombre nuevo para el dolor.*

¿Cómo es?

El arrasador. Porque cuando sientes el dolor, no existe nada más. Ni el pensamiento. Ni la emoción. Sólo la ansiedad de evitar el dolor. Cuando es fuerte, el arrasador nos despoja de todo lo que nos convierte en quienes somos hasta que nos reduce a criaturas inferiores a los animales, criaturas con un solo deseo y objetivo: escapar.

Pues es un buen nombre.

Me estoy destruyendo, Saphira, como un viejo caballo que ha arado demasiados campos. Sostenme con tu mente, porque podría abandonarme y olvidar quién soy.

No te soltaré nunca.

Poco después, Eragon fue víctima de tres ataques de agonía mientras peleaba con Vanir, y luego otros dos al practicar el Rimgar. Mientras se estiraba para desarmar el círculo que había formado con su cuerpo, Oromis le dijo:

—Una vez más, Eragon. Has de perfeccionar el equilibrio.

Eragon negó con la cabeza y, en tono grave, gruñó:

—No.

Se cruzó de brazos para disimular el temblor.

—¿Qué?

—Que no.

—Levántate, Eragon, y vuélvelo a intentar.

—¡No! Haz tú esa postura. Yo no.

497

Oromis se arrodilló junto a Eragon y le apoyó una mano fría en la mejilla. La dejó allí y lo miró con tanta ternura que Eragon entendió la profundidad de la compasión que el elfo sentía por él y que, si pudiera, Oromis asumiría de buen grado el dolor de Eragon para aliviarle el sufrimiento.

—No abandones la esperanza —dijo Oromis—. Eso nunca. —Una cierta fortaleza parecía fluir de él hacia Eragon—. Somos Jinetes. Estamos entre la luz y la oscuridad y mantenemos el equilibrio entre ambas. La ignorancia, el miedo y el odio: ésos son nuestros enemigos. Niégalos con todas tus fuerzas, Eragon, porque si no, fracasaremos. —Se levantó y extendió una mano hacia Eragon—. ¡Levántate ahora, Asesino de Sombra, y demuestra que puedes dominar los instintos de tu carne!

Eragon respiró hondo y se apoyó en un brazo para levantarse, haciendo muecas por el esfuerzo. Consiguió equilibrar los pies, se detuvo un momento y luego se estiró cuan alto era y miró a Oromis a los ojos.

El elfo asintió en señal de aprobación.

Eragon guardó silencio hasta que terminaron el Rimgar y fue a bañarse al arroyo, tras lo cual dijo:

—Maestro...

—¿Sí, Eragon?

—¿Por qué he de aguantar esta tortura? Podrías usar la magia para darme las habilidades que necesito, para dar forma a mi cuerpo, como hacéis con las plantas y los árboles.

—Podría, pero si lo hiciera, no entenderías cómo habrías conseguido tu cuerpo y tus habilidades, ni cómo mantenerlas. No hay atajos en el sendero que transitas, Eragon.

El agua fría recorrió el cuerpo de Eragon cuando se agachó en el arroyo. Hundió la cabeza bajo la superficie, sujetándose a una roca para que no se lo llevara la corriente, y se quedó estirado, sintiéndose como una flecha que volara entre el agua.

Narda

$\mathcal{R}$oran se apoyó en una rodilla y se rascó la barba recién crecida mientras bajaba la mirada hacia Narda.

El pequeño pueblo era oscuro y compacto como un mendrugo de pan de cebada encajado en una grieta a lo largo de la costa. Más allá, un mar del color del vino brillaba bajo los últimos rayos del agonizante crepúsculo. El agua lo fascinaba: era totalmente distinta del paisaje al que estaba acostumbrado.

«Lo hemos conseguido.»

Roran abandonó el promontorio y regresó andando a su tienda improvisada, disfrutando de las profundas bocanadas de aire salado. Habían acampado en lo alto de las estribaciones de las Vertebradas para evitar ser detectados por cualquiera que pudiera anunciar su paradero al Imperio.

Mientras paseaba entre los grupos de aldeanos apiñados bajo los árboles, Roran supervisó con pena y rabia la condición en que se encontraban. La excursión desde el valle de Palancar había dejado a la gente enferma, maltrecha y agotada; tenían los rostros descarnados por falta de comida y la ropa harapienta. Casi todos llevaban andrajos atados en torno a las manos para evitar la congelación en las gélidas noches de la montaña. Después de acarrear pesadas cargas durante semanas, los hombros, antes alzados con orgullo, parecían ahora caídos. La peor visión era la de los niños: delgados y tan callados que no parecía natural.

«Merecen algo mejor —pensó Roran—. Si no me hubieran protegido, ahora estaría entre las zarpas de los Ra'zac.»

Muchos se acercaban a Roran, y la mayoría sólo quería una palmada en la espalda o una palabra de consuelo. Algunos le ofrecían algo de comida, que él rechazaba o, si le insistían, aceptaba para dársela a alguien. Los que guardaban la distancia lo miraban con ojos abiertos y pálidos. Sabía lo que decían de él: que estaba loco, que lo habían poseído los espíritus, que ni siquiera los Ra'zac podían derrotarlo.

Cruzar las Vertebradas había sido incluso más duro de lo que Roran esperaba. En el bosque no había más senderos que las pistas de caza, demasiado estrechas, empinadas y serpenteantes para el grupo. En consecuencia, los aldeanos se veían obligados a abrirse paso a machetazos entre los árboles y la maleza, un doloroso esfuerzo que todos despreciaban, entre otras cosas porque facilitaba al Imperio la tarea de seguirles la pista. La única ventaja de la situación era que el hombro herido de Roran recuperó la fortaleza anterior, aunque seguía teniendo problemas para alzar el brazo en según qué ángulo.

Otras penurias les pasaron factura. Una tormenta repentina los atrapó en un paso abierto, más allá de los árboles. Tres personas se congelaron en la nieve: Hida, Brenna y Nesbit, todos ellos bastante mayores. Ésa fue la primera noche en que Roran se convenció de que todo el pueblo moriría por haberlo seguido. Poco después, un niño se partió un brazo en una caída, y luego Southwell se ahogó en el arroyo de un glaciar. Los lobos y los osos atacaban al ganado con frecuencia, ignorando las fogatas de vigilancia que los aldeanos empezaron a encender cuando dejaron de estar a la vista del valle de Palancar y de los odiados soldados de Galbatorix. El hambre se pegaba a ellos como un parásito implacable, les mordisqueaba las entrañas, les devoraba las fuerzas y socavaba su voluntad de seguir adelante.

Y sin embargo, habían sobrevivido, mostrando la misma obstinación y fortaleza que había mantenido a sus antepasados en el valle de Palancar pese a la hambruna, las guerras y las pestes. A la gente de Carvahall podía costarle una era y media tomar una decisión, pero una vez la tomaban, nada los apartaba de su camino.

Ahora que habían llegado a Narda, una sensación de triunfo y esperanza impregnó el campo. Nadie sabía qué pasaría a continuación, pero el hecho de haber llegado tan lejos les daba confianza.

«No estaremos a salvo hasta que salgamos del Imperio —pensó Roran—. Y a mí me corresponde asegurarme de que no nos atrapen. Me he vuelto responsable de toda esta gente...» Una responsabilidad que había aceptado sin reservas porque le permitía proteger a los aldeanos de Galbatorix y al mismo tiempo perseguir su objetivo de rescatar a Katrina. «Hace tanto tiempo que la capturaron... ¿Cómo va a estar viva todavía?» Se estremeció y apartó aquellos pensamientos. Si se permitía inquietarse por el destino de Katrina, lo esperaba la auténtica locura.

Al amanecer, Roran, Horst, Baldor, los tres hijos de Loring y Gertrude salieron hacia Narda. Descendieron de las estribaciones hasta la calle principal de la ciudad, asegurándose de permanecer ocultos hasta llegar a la calzada. En aquellas tierras bajas a Roran el aire le parecía espeso; era como intentar respirar bajo el agua.

Roran se aferró al martillo que llevaba al cinto a medida que se acercaban a las puertas de Narda. Dos soldados guardaban la entrada. Examinaron con duras miradas al grupo, fijándose en sus ropas andrajosas, y luego bajaron sus hachas para cortarles el paso.

—¿De dónde sois? —preguntó el hombre de la derecha. No podía tener más de veinticinco años, pero tenía el pelo blanco por completo.

Inflando el pecho, Horst cruzó los brazos y dijo:

—De la zona de Teirm, si no te importa.

—¿Qué os trae por aquí?

—El comercio. Nos han enviado los tenderos que quieren comprar productos directamente en Narda, en vez de usar a los mercaderes habituales.

—Ah, ¿sí? ¿Qué productos?

Como Horst titubeaba, Gertrude apuntó:

—Por mi parte, hierbas y medicamentos. Las plantas que he recibido de aquí eran demasiado viejas, o estaban mohosas y estropeadas. Necesito provisiones frescas.

—Y mis hermanos y yo —dijo Darmmen— venimos a negociar con vuestros zapateros. Los zapatos al estilo del norte están de moda en Dras-Leona y Urû'baen. —Hizo una mueca—. O al menos lo estaban cuando salimos.

Horst asintió con renovada confianza.

—Sí. Y yo vengo a recoger un cargamento de piezas de hierro para mi maestro.

—Eso dices. ¿Y qué pasa con ése? ¿A qué se dedica? —preguntó el soldado, señalando a Roran con su hacha.

—A la alfarería —dijo Roran.

—¿Alfarería?

—Alfarería.

—¿Y el martillo?

—¿Cómo crees que se parte el vidriado de una botella o de un jarrón? No se rompe solo, ¿sabes? Hay que darle un golpe.

Roran se enfrentó a la mirada incrédula del hombre del cabello blanco con rostro inexpresivo, retándolo a que negara su afirmación.

El soldado gruñó y lo repasó de nuevo con la mirada.

—Sea como fuere, a mí no me parecéis comerciantes. Más bien gatos callejeros muertos de hambre.

—Hemos pasado dificultades en el camino.

—Eso sí me lo creo. Si venís de Teirm, ¿dónde están vuestros caballos?

—Los hemos dejado en el campamento —apuntó Hamund.

Señaló hacia el sur, en dirección contraria a donde estaban en realidad los demás aldeanos.

—Y no lleváis ni una moneda para quedaros en la ciudad, ¿eh? —Con una risa burlona, el soldado alzó el hacha y señaló por gestos a su compañero que hiciera lo mismo—. Bueno, podéis pasar, pero no creéis problemas, o acabaréis con grilletes, o algo peor.

Una vez traspuesta la entrada, Horst se llevó a Roran a un lado de la calle y le gruñó al oído:

—Menuda tontería inventarte algo tan ridículo. ¡Partir el vidriado! ¿Tienes ganas de pelea? No podemos...

Se calló porque Gertrude le estaba tirando de la manga.

—Mirad... —murmuró Gertrude.

503

A la izquierda de la entrada había un tablero de mensajes de dos metros de altura con un tejadillo para proteger el amarillento pergamino que sostenía. Medio tablero estaba dedicado a noticias y nombramientos oficiales. En la otra mitad había una serie de carteles con bocetos de diversos delincuentes. El más visible de todos era un retrato de Roran sin barba.

Asustado, Roran echó un vistazo alrededor para asegurarse de que no hubiera nadie en la calle tan cerca como para comparar su cara y el dibujo, y luego concentró su atención en el cartel. Ya contaba con que el Imperio los persiguiera, pero no dejó de impresionarlo encontrarse con aquella prueba. «Galbatorix debe de estar destinando un montón de recursos a perseguirnos.» Mientras estaban en las Vertebradas, había sido fácil olvidar que existía el mundo exterior. «Seguro que hay carteles colgados por todo el Imperio.» Sonrió, encantado de haber dejado de afeitarse y de que tanto él como los demás se hubieran puesto de acuerdo para usar nombres falsos mientras estuvieran en Narda.

En la parte baja del cartel habían anotado la recompensa. Garrow no había enseñado a leer a Roran y Eragon, pero sí les había enseñado los números porque, según decía: «Hay que saber cuánto tienes, cuánto vale lo que tienes, y cuánto te pagan, para que no te engañe cualquier truhán mentiroso». Así, Roran pudo ver que el Imperio había ofrecido diez mil coronas por él, lo suficiente para vivir con comodidad durante décadas. De un modo perverso lo complació el tamaño de la recompensa, pues le hizo sentirse importante.

Luego pasó la mirada al siguiente cartel.

Era Eragon.

A Roran se le retorcieron las tripas como si acabara de recibir un golpe y, durante unos segundos, se olvidó de respirar.

504

«¡Está vivo!»

Cuando pasó el alivio inicial, Roran notó que ocupaba su lugar la vieja rabia por el papel de Eragon en la muerte de Garrow y en la destrucción de su granja, acompañado por un deseo ardiente de saber por qué el Imperio perseguía a Eragon. «Ha de tener alguna relación con aquella piedra azul y con la primera visita de los Ra'zac a Carvahall.» Una vez más, Roran se preguntó en qué clase de endemoniadas maquinaciones se habían visto envueltos él y los demás habitantes de Carvahall.

En vez de una recompensa, en el cartel de Eragon había dos líneas de runas.

—¿De qué crimen se le acusa? —preguntó a Gertrude.

El contorno de los ojos de Gertrude se llenó de arrugas cuando entrecerró los ojos para leer el cartel.

—De traición, a los dos. Dice que Galbatorix otorgará un condado a quien capture a Eragon, pero que quienes lo intenten deben tomar precauciones porque es extremadamente peligroso.

Roran pestañeó, asombrado. «¿Eragon?» Le pareció inconcebible hasta que se paró a pensar cuánto había cambiado él mismo en las últimas semanas. «Tenemos la misma sangre en las venas. Quién sabe, Eragon puede haber conseguido las mismas cosas que yo, o muchas más, desde que se fue.»

En voz baja, Baldor dijo:

—Si matar a los hombres de Galbatorix y enfrentarte a los Ra'zac sólo te hace valer diez mil coronas, por mucho que sea... ¿Qué hay que hacer para valer un condado?

—Molestar al mismísimo rey —sugirió Larne.

—Ya basta —intervino Horst—. Mantén la boca cerrada, Baldor, o terminaremos todos con grilletes. Y tú, Roran, no vuelvas a llamar la atención. Con semejante recompensa, la gente estará mirando a los de fuera en busca de alguien que encaje con tu descripción. —Se pasó una mano por el pelo, se apretó el cinto y añadió—: Bueno. Todos tenemos cosas que hacer. Volved aquí a mediodía para informar de vuestros progresos.

Entonces el grupo se dividió en tres. Darmmen, Larne y Hamund se fueron juntos a comprar comida para los aldeanos, tanto para surtir sus necesidades actuales como para mantenerlos en la siguiente etapa del viaje. Gertrude —tal como había anunciado al guarda— fue a rellenar su provisión de hierbas, ungüentos y tinturas. Y Roran, Horst y Baldor bajaron por las calles empinadas hacia los muelles, donde esperaban contratar un barco que pudiera transportar a los aldeanos a Surda o, como mínimo, hasta Teirm.

Cuando llegaron a la maltrecha pasarela de tarima que cubría la playa, Roran se detuvo y miró el océano, gris por las nubes y moteado de crestas blancas por el errático viento. Nunca había imaginado que el horizonte pudiera trazar

505

una recta tan perfecta. El hueco restallido del agua contra las columnas que tenía bajo los pies le hacía sentirse como si estuviera plantado en la superficie de un tambor gigantesco. El olor a pescado —fresco, destripado y podrido— se imponía a todos los demás.

Mirando a Roran y a Baldor, que también estaba hipnotizado, Horst dijo:

—Menuda visión, ¿eh?

—Sí —contestó Roran.

—Te hace sentir pequeño, ¿verdad?

—Sí —dijo Baldor.

Horst asintió.

—Recuerdo que la primera vez que vi el océano me causó el mismo efecto.

—¿Y eso cuándo fue? —preguntó Roran.

Además de las bandadas de gaviotas que revoloteaban sobre la cala, vio una extraña clase de pájaros que se posaban en los muelles. Aquellos animales tenían un cuerpo desgarbado con el pico a rayas que mantenían pegado al pecho, como un viejo pomposo, la cabeza y el cuello blancos y el torso del color del hollín. Uno de aquellos pájaros alzó el pico y mostró una bolsa pellejuda debajo.

—Bartram, el herrero anterior a mí —dijo Horst—, murió cuando yo tenía quince años, uno antes de que terminara mi aprendizaje. Tenía que conseguir un herrero dispuesto a terminar un trabajo ajeno, así que viajé a Ceunon, que se alza en el mar del Norte. Allí conocí a Kelton, un anciano malvado, pero bueno en su trabajo. Accedió a enseñarme. —Horst se rió—. Cuando terminamos, no sabía si debía darle las gracias o maldecirlo.

—Yo diría que debías darle las gracias —dijo Baldor—. Si no fuera por él, no habrías conocido a mamá.

Roran frunció el ceño mientras escrutaba los muelles.

—No hay muchos barcos —observó.

Había dos naves atracadas en el extremo sur del puerto y una tercera al otro lado; entre ellas, nada más que barcos de pesca y pequeños botes. De los dos del sur, uno tenía el mástil roto. Roran no tenía ninguna experiencia con barcos, pero ninguno de aquellos le parecía suficientemente grande como para cargar con casi trescientos pasajeros.

Tras ir de un barco a otro, Roran, Horst y Baldor pronto descubrieron que todos estaban ya contratados. Llevaría un mes, o más, arreglar el que tenía el mástil roto. La nave que descansaba a su lado, el *Waverunner*, llevaba velas de piel y estaba a punto de aventurarse hacia el norte, a las traicioneras islas donde crecía la planta del Seithr. Y el *Albatros*, el último barco, acababa de llegar de la lejana Feinster y lo estaban calafateando antes de partir con su carga de lana.

Un estibador se rió de las preguntas de Horst:

—Llegáis demasiado tarde y demasiado pronto al mismo tiempo. Casi todos los barcos de la primavera vinieron y se fueron ya hace dos o tres semanas. Dentro de un mes, empezarán a soplar los vientos del noroeste, y entonces volverán los cazadores de morsas y llegarán barcos de Teirm y de todo el Imperio para comprar pieles, carne y grasa. Entonces podéis tener la ocasión de contratar a un capitán con el barco vacío. Mientras tanto, no habrá más tráfico que éste.

Desesperado, Roran preguntó:

—¿No hay otro modo de llevar provisiones de aquí a Teirm? No hace falta que sea rápido ni cómodo.

—Bueno —dijo el hombre, al tiempo que se echaba al hombro una caja—, si no ha de ser rápido y sólo vais a Teirm, podrías probar allá, con Clovis. —Señaló una hilera de galpones que flotaban entre dos muelles de atraque. —Tiene unas gabarras con las que transporta grano en otoño. Durante el resto del año se gana la vida pescando, como casi todo el mundo en Narda. —Luego frunció el ceño—. ¿Qué clase de provisiones lleváis? Las ovejas ya están trasquiladas, y aún no hay ninguna cosecha.

—Un poco de todo —dijo Horst.

Lanzó al hombre una moneda de cobre. El estibador se la metió en el bolsillo con un guiño y un codazo cómplice.

—Tiene toda la razón, señor. Un poco de todo. Soy capaz de reconocer una evasiva. Pero no tema al viejo Ulric; no diré ni esta boca es mía. Bueno, ya nos veremos, señor. —Y se alejó silbando.

Resultó que Clovis no estaba en los muelles. Tras averiguar su dirección, les costó media hora andar hasta su casa, al otro lado de Narda, donde lo encontraron plantando bulbos de lirio en el sendero que llevaba a la puerta. Era un hombre fornido, con las mejillas quemadas por el sol y una barba salpicada de canas. Pasó otra hora hasta que consiguieron convencer al marinero de que estaban verdaderamente interesados en sus gabarras a pesar de la temporada, y luego tuvieron que desplazarse de vuelta hasta los galpones, que Clovis abrió para mostrar tres gabarras idénticas: la *Merrybell*, la *Edeline* y el *Jabalí Rojo*.

Cada barcaza medía unos veintitrés metros, por seis de anchura, y todas estaban pintadas de rojo óxido. Tenían bodegas abiertas que podían cubrirse con lonas, se podía instalar un mástil en el centro para una sola vela cuadrada, y quedaba espacio para unas cuantas cabinas en cubierta en la parte trasera, o popa, como la llamaba Clovis.

—Tienen más calado que los esquifes de las islas —explicó Clovis—, así que no hay temor de que vuelquen con mal tiempo, aunque harían bien en evitar una tempestad de verdad. Estas gabarras no están pensadas para navegar en alta mar. Han de mantenerse a la vista de la costa. Y ahora es la peor época para flotarlas. Por mi honor, llevamos un mes en que no hay más que tormentas de rayos.

—¿Tienes tripulación para las tres? —preguntó Roran.

—Bueno, verás... Eso es un problema. Casi todos los hombres que suelo emplear se fueron hace semanas a cazar focas, como suelen hacer. Como yo sólo los necesito después de las cosechas, pueden ir y venir libremente durante el resto del año. Estoy seguro de que ustedes, caballeros, entienden mi situación.

Clovis intentó sonreír, luego paseó la mirada de Roran a Horst, y después a Baldor, como si no estuviera seguro de a quién tenía que dirigirse.

Roran recorrió la *Edeline* y la examinó en busca de algún daño. La barcaza parecía vieja, pero la madera era sólida y estaba recién pintada.

—Si reemplazáramos a los que faltan de su tripulación, ¿cuánto costaría llegar a Teirm con las tres gabarras?

—Eso depende —dijo Clovis—. Los marineros ganan quince monedas de cobre al día, más todo lo que puedan comer y una copita de whisky. Lo que ganen sus hombres es cosa de ustedes. No los pagaré yo. Normalmente contratamos también guardias para cada barcaza, pero están...

—Ya, están cazando —dijo Roran—. Pondremos nosotros a los guardias.

El nudo que atenazaba el cuello bronceado de Clovis dio un salto cuando éste tragó saliva.

—Eso sería más que razonable..., sí, señor. Además de la paga de la tripulación, yo cobro una tarifa de doscientas coronas, más la compensación de cualquier daño que puedan sufrir las gabarras por culpa de sus hombres, más un doce por ciento que gano, en mi doble condición de dueño y capitán, sobre los beneficios totales por la venta de la carga.

—Nuestro viaje no aportará beneficios.

Eso pareció poner a Clovis más nervioso que ningún otro detalle. Se frotó el hueco de la barbilla con el pulgar de la mano izquierda, arrancó a hablar dos veces, se detuvo y al fin dijo:

—En ese caso, otras cuatrocientas coronas al terminar el viaje. ¿Qué desean transportar, si es que puedo atreverme a preguntárselo?

«Nos tiene miedo», pensó Roran.

—Ganado.

—¿Son ovejas, vacas, caballos, cabras, bueyes...?

—Nuestros rebaños contienen un surtido de animales distintos.

—¿Y por qué quieren llevarlos a Teirm?

—Tenemos nuestras razones. —Roran casi sonrió ante la confusión de Clovis—. ¿Se plantearía navegar más allá de Teirm?

—¡No! En Teirm está mi límite. No conozco las aguas más allá, ni tampoco quiero estar tanto tiempo lejos de mi mujer y mi hija.

—¿Cuándo podría estar listo?

Clovis dudó y dio dos pasitos.

—Tal vez cinco o seis días. No... No, mejor que sea una semana; antes de salir, debo atender algunos asuntos.

—Pagaríamos otras diez coronas por salir pasado mañana.

—Yo no...

—Doce coronas.

—Pues pasado mañana será —prometió Clovis—. Ya veré cómo me las arreglo para estar listo.

Pasando una mano por la borda de la barcaza, Roran asintió sin mirar a Clovis y dijo:

—¿Puedo quedarme un minuto a solas con mis socios para hablar con ellos?

—Como desee, señor. Daré una vuelta por los muelles hasta que terminen. —Clovis se acercó deprisa a la puerta. Cuando iba a salir del galpón, preguntó—: Perdón, ¿me vuelve a decir su nombre? Me temo que antes se me ha escapado, y tengo una memoria terrible.

—Martillazos. Me llamo Martillazos.

—Ah, claro. Qué buen nombre.

Cuando se cerró la puerta, Horst y Baldor se acercaron a Roran. Baldor dijo:

—No podemos contratarlo.

—No podemos dejar de contratarlo —replicó Roran—. No tenemos dinero para comprarle las gabarras, ni me apetece aprender a manejarlas mientras dependa de eso la vida de todos los demás. Será más rápido y seguro contratar una tripulación.

—Sigue siendo demasiado caro —dijo Horst.

Roran tamborileó en la superficie de la borda.

—Podemos pagar la tarifa inicial de Clovis, de doscientas coronas. Cuando lleguemos a Teirm, sin embargo, sugiero que robemos las gabarras gracias a las habilidades que habremos aprendido durante el viaje, o que incapacitemos a Clovis y a sus hombres hasta que encontremos otro medio para escapar. Así nos ahorramos pagar las cuatrocientas coronas extras, además del sueldo de los marinos.

—No me gusta engañar a un hombre que trabaja honestamente —dijo Horst—. Va contra mis principios.

—A mí tampoco me gusta, pero ¿se te ocurre alguna alternativa?

—¿Cómo meterías a toda la gente en las gabarras?

—Que los recoja Clovis una legua más allá, en la costa, fuera de la vista de Narda.

Horst suspiró.

—Muy bien. Así lo haremos, aunque me deja mal sabor de boca. Baldor, llama a Clovis, y sellemos este pacto.

Aquella tarde los aldeanos se reunieron en torno a una hoguera para escuchar lo que había ocurrido en Narda. Arrodillado en el suelo, Roran miraba el palpitar de las brasas mientras escuchaba a Gertrude y los tres hermanos contar sus respectivas aventuras. La noticia de los carteles de Roran y Eragon provocó murmullos de inquietud entre la audiencia.

Cuando Darmmen terminó, Horst ocupó su lugar y, con frases cortas y enérgicas, les contó la carencia de barcos adecuados en Narda, explicó que el estibador les había recomendado a Clovis y relató el acuerdo cerrado a continuación. Sin embargo, en cuanto Horst mencionó la palabra «gabarras», los gritos de ira y disgusto de los aldeanos ahogaron su voz.

Loring caminó para plantarse delante del grupo y alzó los brazos para llamar la atención.

—¿Gabarras? —dijo el zapatero—. ¿Gabarras? ¡No queremos unas gabarras apestosas!

Escupió a sus pies mientras la gente se mostraba de acuerdo con gran clamor.

—¡Callaos todos! —dijo Delwin—. Si seguimos así, nos van a oír. —Cuando el sonido más alto fue el crujir del fuego, siguió hablando en voz más baja—. Estoy de acuerdo con Loring. Las gabarras son inaceptables. Son lentas y vulnerables. Y estaríamos hacinados sin la menor intimidad y sin ningún refugio en el que hablar durante nadie sabe cuánto tiempo. Horst, Elain está de seis meses. No puedes esperar que ella y los demás enfermos se pasen semanas seguidas sentados bajo un sol abrasador.

—Podemos tirar lonas sobre las bodegas —replicó Horst—. No es mucho, pero nos protegerán del sol y de la lluvia.

La voz de Birgit se impuso al grave ronroneo de la muchedumbre:

—A mí me preocupa otra cosa. —La gente se echó a un lado para dejarla llegar hasta el fuego—. Con las doscientas coronas que se le deben a Clovis y el dinero que se han gastado Darmmen y sus hermanos, habremos agotado casi todas nuestras monedas. Al contrario que para la gente de las ciudades, para nosotros la riqueza no está en el oro, sino en los animales y las propiedades. Nuestras propiedades desaparecieron y nos quedan pocos animales. Incluso si nos convertimos en piratas y robamos esas gabarras, ¿cómo compraremos provisiones en Teirm para seguir el viaje hacia el sur?

—De entrada, lo importante —rugió Horst— es llegar a Teirm. Cuando estemos allí, ya nos preocuparemos de qué hacer a continuación... Es posible que debamos recurrir a más medidas drásticas.

El rostro huesudo de Loring se replegó en una masa de arrugas.

—¿Drásticas? ¿Qué quieres decir? Lo que hemos hecho ya es drástico. Toda esta empresa es drástica. Me da igual lo que digas; no montaré en esas malditas gabarras; no después de todo lo que hemos pasado en las Vertebradas. Las gabarras son para el grano y los animales. Lo que queremos es un barco con camarotes y catres en los que podamos dormir con comodidad. ¿Por qué no esperamos otra semana, más o menos, y vemos si llega algún barco en el que podamos negociar el pasaje? ¿Qué hay de malo en eso, eh? ¿O por qué no...?

Siguió clamando más de quince minutos, amasando una montaña de objeciones antes de ceder la palabra a Thane y Ridley, quienes elaboraron aun más sus argumentos.

La conversación se detuvo cuando Roran estiró las piernas y se puso en pie, silenciando a los aldeanos con su presencia. Se callaron, con el aliento contenido, en espera de otro de sus discursos visionarios.

—O eso, o vamos a pie —dijo.

Y se fue a la cama.

513

Cae el martillo

La luna flotaba en lo alto entre las estrellas cuando Roran abandonó la tienda improvisada que compartía con Baldor, se acercó al límite del campamento y reemplazó a Albriech, que montaba guardia.

—Nada de que informar —susurró Albriech, antes de irse.

Roran armó el arco y plantó boca arriba tres flechas con plumas de oca en el suelo, al alcance de su mano; luego se envolvió en una manta y se acurrucó contra la roca que quedaba a su izquierda. Aquella posición le permitía una buena visión desde arriba hacia las oscuras estribaciones del monte.

Como tenía por costumbre, Roran dividió el paisaje en cuadrantes y dedicó un minuto entero a examinar cada uno, siempre atento al fulgor de un movimiento o a un atisbo de luz que pudiera traicionar la proximidad de los enemigos. Pronto su mente empezó a deambular, pasando de un asunto a otro con la brumosa lógica de los sueños, distrayéndolo de la tarea. Se mordió los carrillos para obligarse a concentrarse. Era difícil permanecer despierto con aquel clima tan suave...

Roran estaba encantado de haberse librado de que le tocaran por sorteo las dos guardias previas al amanecer, pues en ellas uno no tenía ocasión de recuperar luego el sueño atrasado y se sentía agotado durante todo el día.

Un golpe de aire pasó junto a él, acariciándole las orejas y erizándole el vello de la nuca en un mal presagio. Aquel tacto molesto asustó a Roran y arruinó cualquier cosa que no fuera la convicción de que tanto él como los demás aldeanos corrían un peligro mortal. Se echó a temblar como si tuviera fiebre, el corazón se arrancó a latir con fuerza, y tuvo que resistirse con esfuerzo al impulso de abandonar la guardia y huir. «¿Qué me pasa?» Hasta tumbar una de aquellas flechas le costaba un esfuerzo.

Al este, una sombra se destacó en el horizonte. Visible sólo como un vacío entre las estrellas, flotaba como un velo ajado en el cielo hasta que cubrió la luna, donde permaneció suspendida, iluminada desde atrás. Roran distinguió las alas translúcidas de una de las monturas de los Ra'zac.

La criatura negra abrió el pico y soltó un aullido largo, desgarrador. Roran hizo una mueca de dolor por la frecuencia aguda de aquel grito. Le acuchillaba los tímpanos, le helaba la sangre y tornaba la alegría y la esperanza en desánimo. El sonido ululante despertó a todo el bosque. En kilómetros a la redonda, los pájaros y las bestias estallaron en un coro quejoso de pánico, incluido, para mayor alarma de Roran, lo que quedaba del ganado de los aldeanos.

Tambaleándose de un árbol a otro, Roran regresó al campamento y susurró a todos los que se encontraban con él:

—Han venido los Ra'zac. Callaos y permaneced donde estáis.

Vio a los demás centinelas moviéndose entre los asustados aldeanos, extendiendo el mismo mensaje.

Fisk salió de su tienda con una lanza en la mano y rugió:

—¿Nos atacan? ¿Qué ha provocado a esos malditos...?

Roran tiró al suelo al carpintero para silenciarlo y pronunció un quejido apagado al aterrizar sobre el hombro derecho, lo cual despertó el dolor de la vieja herida.

—Los Ra'zac —gruñó Roran a Fisk.

Fisk se quedó quieto y preguntó en voz baja:

—¿Qué debo hacer?

—Ayúdame a calmar a los animales.

Juntos se abrieron camino entre el campamento hasta el prado que se extendía a continuación, donde pasaban la noche las cabras, ovejas, asnos y caballos. Los granjeros propietarios de la mayor parte del ganado dormían con sus animales y estaban ya despiertos y trabajando para calmar a las bestias. Roran dio gracias a la paranoia que lo había llevado a insistir en que los animales estuvieran siempre esparcidos por el límite del prado, donde los árboles y la maleza contribuían a esconderlos a las miradas del enemigo.

Mientras intentaba calmar a un grupo de ovejas, Roran alzó la mirada hacia la terrible sombra negra que seguía oscureciendo la luna, como un murciélago gigante. Para su horror, empezó a moverse hacia el escondrijo. «Si esa criatura vuelve a chillar, estamos condenados.»

Cuando el Ra'zac empezó a trazar círculos por encima de ellos, casi todos los animales se habían calmado, salvo por un asno que se empeñaba en soltar un rasposo rebuzno. Sin dudar, Roran apoyó una rodilla en el suelo, encajó una flecha en el arco y le disparó entre las costillas. Su puntería fue certera, y el animal cayó sin hacer ruido.

Demasiado tarde, sin embargo: el rebuzno había alertado al Ra'zac. El monstruo giró la cabeza en dirección al claro y descendió hacia él con las zarpas abiertas, precedido por su fétido hedor.

«Ha llegado la hora de saber si somos capaces de matar a una pesadilla», pensó Roran. Fisk, que estaba acuclillado a su lado sobre la hierba, alzó la lanza, listo para soltarla en cuanto el animal estuviera a distancia de tiro.

Justo cuando Roran preparaba el arco —con la intención de dar inicio y fin a la batalla con una flecha bien apuntada—, lo distrajo una conmoción en el bosque.

Un grupo de ciervos atravesó con un estallido la maleza y salió en estampida por el prado, ignorando a los aldeanos y al ganado en su desesperado deseo de huir del Ra'zac. Durante casi un minuto, los ciervos pasaron dando botes junto a Roran, removiendo la tierra con sus afilados cascos y captando la luz de la luna en el reborde blanco de sus ojos. Se acercaban tanto que Roran oyó las suaves bocanadas de su esforzada respiración.

La multitud de ciervos debió de esconder a los aldeanos porque, tras una última vuelta por encima del prado, el mostruo alado se volvió hacia el sur y se deslizó más allá por las Vertebradas, fundiéndose en la noche.

Roran y sus compañeros se quedaron paralizados, como conejos sorprendidos, temerosos de que la partida del Ra'zac fuera una trampa para forzarlos a salir a campo abierto, o de que la bestia gemela estuviera tras ellos. Pasaron horas esperando, tensos y ansiosos, sin apenas moverse más que para preparar sus arcos.

517

Cuando estaba a punto de esconderse la luna, sonó a lo lejos el escalofriante aullido del Ra'zac... Y nada más.

«Hemos tenido suerte —decidió Roran cuando se despertó a la mañana siguiente—. Y no podemos contar con que la suerte nos salve la próxima vez.»

Tras la aparición de los Ra'zac, ningún aldeano se oponía a viajar en gabarra. Al contrario, estaban tan ansiosos por partir, que muchos preguntaron a Roran si era posible zarpar aquel mismo día en vez de esperar al siguiente.

—Ojalá pudiéramos —les contestó—, pero hay demasiadas cosas que hacer.

Él, Horst y un grupo de más hombres se saltaron el desayuno y caminaron hacia Narda. Roran sabía que al acompañarlos se arriesgaba a que lo reconocieran, pero la misión era demasiado importante para fallarles. Además, estaba seguro de que su aspecto era tan distinto al del cartel del Imperio que nadie los compararía.

No tuvieron problemas para entrar porque se encontraron a otros soldados en la puerta de la ciudad, y luego fueron hasta los muelles y entregaron las doscientas coronas a Clovis, que estaba ocupado supervisando a un grupo de hombres que preparaban las gabarras para navegar.

—Gracias, Martillazos —dijo, al tiempo que se ataba la bolsa de monedas al cinturón—. No hay como el amarillo del oro para alegrarle el día a un hombre.

Los llevó hasta un banco de trabajo y desplegó un carta de navegación de las aguas que rodeaban Narda, llena de notas sobre la fuerza de diversas corrientes; la ubicación de rocas, arrecifes de arena y otros peligros; y una candidad de medidas de sonda que habría tardado décadas en reunir. Clovis trazó una línea con un dedo desde Narda hasta una pequeña cala que quedaba al sur de la ciudad y dijo:

—Aquí es donde recogeremos el ganado. En esta época del año las mareas son suaves, pero de todos modos no nos conviene enfrentarnos a ellas, no nos andemos con tapujos. Así que tenemos que salir justo después de la marea alta.

—¿Marea alta? —preguntó Roran—. ¿No sería más fácil esperar a la marea baja y permitir que ella nos sacara de allí?

Clovis se dio un toque en la nariz y guiñó un ojo.

—Sí, sería mejor. Y así he empezado muchos viajes. Sin embargo, lo que no quiero es encontrarme embarrancado en la playa, cargando vuestros animales, cuando venga la marea empujando y nos meta tierra adentro. Así no correremos peligro, pero tendremos que darnos prisa para no quedarnos secos cuando se retire el agua. Si lo conseguimos, el mar trabajará a nuestro favor, ¿eh?

Roran asintió. Se fiaba de la experiencia de Clovis.

—¿Y cuántos hombres necesitarás para completar las tripulaciones?

—Bueno, he conseguido juntar a siete tipos; todos ellos fuertes, buenos marineros de verdad, dispuestos a sumarse a esta empresa, por rara que parezca. La verdad, casi todos estaban en plena curda cuando los arrinconé anoche, bebiéndose la paga del último viaje, pero cuando llegue la mañana, estarán sobrios como una solterona; eso te lo prometo. Viendo que sólo he podido conseguir siete, me gustaría disponer de otros cuatro.

—Pues cuatro serán —dijo Roran—. Mis hombres no saben mucho de navegar, pero están en buena forma y con ganas de aprender.

Clovis gruñó:

—Suelo llevar un grupo de principiantes en todos los viajes. Mientras cumplan las órdenes, les irá bien; si no, terminarán con una cabilla en la cabeza, eso te lo aseguro. En cuanto a los guardas, me gustaría disponer de nueve: tres en cada barco. Y será mejor que no estén tan verdes como los marinos, porque si no, no salgo del muelle ni por todo el whisky del mundo.

Roran se permitió mostrar una sonrisa amarga.

—Todos los hombres que viajan conmigo han participado en muchas batallas.

—Y todos responden ante ti, ¿eh, Martillazos? —dijo Clovis. Se rascó la barbilla, mirando a Gedric, Delwin y los demás, que acudían a Narda por primera vez—. ¿Cuántos sois?

—Los suficientes.

—Así que los suficientes. Vaya. —Agitó una mano en el aire—. No me hagas caso. Mi lengua va muy por delante de mi sentido común, o al menos eso solía decir mi padre. Mi primer oficial, Torson, está en el proveedor, supervisando la compra de provisiones y equipamiento. ¿Entiendo que lleváis alimento para el ganado?

—Entre otras cosas.

—Entonces será mejor que lo preparéis. Podemos cargarlo en las bodegas cuando estén instalados los mástiles.

Durante el resto de la mañana y toda la tarde, Roran y
los aldeanos que lo acompañaban trabajaron para trasladar
las provisiones que habían comprado los hijos de Loring
desde el almacén en que estaban guardadas hasta los galpones de las gabarras.

Cuando Roran cruzó la plancha para montar en la *Edeline* y pasó un saco de harina al marinero que lo esperaba en
la bodega, Clovis comentó:

—Casi nada de esto es comida para animales, Martillazos.

—No —dijo Roran—. Pero es necesario.

Le agradó que Clovis tuviera el sentido común de no seguir preguntando.

Cuando hubieron cargado el último bulto, Clovis habló
con Roran:

—Ya os podéis ir. Yo me encargaré de lo demás con los
muchachos. Pero acuérdate de estar en los muelles tres horas después del amanecer con todos los hombres que me has
prometido, o se nos escapará la marea.

—Estaremos aquí.

De nuevo en las estribaciones, Roran ayudó a Elain y los
demás a prepararse para partir. No les llevó mucho tiempo,
pues estaban acostumbrados a desmontar el campamento
cada mañana. Luego escogió a doce hombres para que lo
acompañaran a Narda al día siguiente. Todos eran buenos
guerreros, pero pidió a los mejores, como Horst y Delwin,
que se quedaran con los aldeanos por si acaso los descubrían
los soldados o volvían a aparecer los Ra'zac.

Los dos grupos partieron al caer la noche. Roran se acuclilló en una roca y vio a Horst dirigir a la columna ladera
abajo hacia la cala donde esperarían a las gabarras.

Orval se le acercó por detrás y se cruzó de brazos.

—¿Crees que estarán a salvo, Martillazos?

La ansiedad dominaba su voz como un arco tensado.

Aunque también él estaba preocupado, Roran dijo:

—Creo que sí. Te apuesto un barril de sidra a que mañana, cuando lleguemos a la costa, aún estarán durmiendo. Tendrás el placer de despertar a Nolla. ¿Qué te parece?

Orval sonrió ante la mención de su esposa y asintió, aparentemente tranquilizado.

«Ojalá tenga razón.» Roran se quedó en la roca, agachado como una gárgola sombría, hasta que la oscura hilera de aldeanos desapareció de su vista.

Se despertaron una hora antes de salir el sol, cuando el cielo apenas empezaba a aclararse con una pálida luz verde y el húmedo aire de la noche les entumecía los dedos. Roran se echó agua a la cara y luego se armó con el arco y la aljaba, su ubicuo martillo, un escudo de Fisk y una lanza de Horst. Los demás hicieron lo mismo, sumando también las espadas que habían conseguido durante las escaramuzas de Carvahall.

Corriendo tanto como se atrevían por la pronunciada colina, los trece hombres llegaron pronto a la carretera de Narda y, poco después, a la puerta principal de la ciudad. Para desánimo de Roran, los mismos dos soldados que les habían puesto problemas la primera vez mantenían la guardia en la entrada. Igual que en la ocasión anterior, los soldados cruzaron sus hachas para cortar el paso.

—Esta vez sois unos pocos más —observó el hombre de cabello blanco—. Y además no sois los mismos. Salvo tú. —Se concentró en Roran—. Supongo que querrás hacerme creer que la lanza y el escudo también son para hacer jarrones.

—No. Nos ha contratado Clovis para proteger sus gabarras de cualquier ataque en su viaje a Teirm.

—¿Vosotros? ¿Mercenarios? —Los soldados se echaron a reír—. Dijiste que erais comerciantes.

521

—Esto se paga mejor.

El del cabello blanco puso mala cara.

—Mientes. Yo quise ser caballero de fortuna en una época. Pasé muchas noches sin cenar. Además, ¿cuántos sois? Ayer siete y hoy doce, trece contándote a ti. Parece demasiada gente para una expedición de tenderos. —Achinó los ojos para escrutar el rostro de Roran—. Me resultas familiar. Cómo te llamas, ¿eh?

—Martillazos.

—No será que te llamas Roran, ¿verdad...?

Roran soltó la lanza hacia delante y acertó en el cuello del soldado de pelo blanco. Como de una fuente, brotó la sangre escarlata. Soltó la lanza, sacó el martillo y se dio la vuelta para bloquear con el escudo el golpe de hacha del otro soldado. Trazó una curva hacia arriba con el martillo y le aplastó el yelmo.

Se quedó entre los dos cuerpos con la respiración entrecortada. «Ya he matado a diez.»

Orval y los demás hombres miraron a Roran, impresionados. Incapaz de sostener sus miradas, Roran les dio la espalda y señaló con un gesto la acequia que pasaba por debajo del camino.

—Esconded los cuerpos antes de que los vea alguien —ordenó, brusco y severo.

Mientras se apresuraban a obedecerle, examinó el parapeto superior del muro, en busca de centinelas. Por suerte, no se veía a nadie allí ni en la calle, al otro lado de la entrada. Se agachó, arrancó su lanza y limpió el filo en un brote de hierba.

—Listo —dijo Mandel, saliendo de la acequia. Pese a su barba, se notaba que el joven estaba pálido.

Roran asintió y, haciendo acopio de fuerzas, se encaró a la banda:

—Escuchadme. Iremos caminando hasta los muelles a

paso rápido pero razonable. No vamos a correr. Cuando suene la alarma, y puede que ahora mismo alguien haya oído la refriega, comportaos como si estuvierais sorprendidos e interesados, no asustados. Hagáis lo que hagáis, no deis razones a nadie para sospechar de nosotros. Las vidas de nuestros parientes y amigos dependen de eso. Si nos atacan, nuestro único deber es conseguir que zarpen las gabarras. No importa nada más. ¿Está claro?

—Sí, Martillazos —contestaron.

—Pues seguidme.

Mientras caminaban por Narda, Roran se sentía tan tenso que temía quebrarse y estallar en un millar de piezas. «¿En qué me he convertido?», se preguntaba. Miraba a los hombres, mujeres, niños y perros con la intención de identificar a cualquier enemigo potencial. A su alrededor todo parecía tener un brillo supernatural, lleno de detalles; parecía como si pudiera distinguir cada hilo de la ropa de la gente.

Llegaron a los muelles sin ningún incidente, y Clovis le dijo:

—Llegas pronto, Martillazos, y eso me gusta. Así podemos dejar todo listo y bien preparado antes de partir.

—¿Podemos irnos ya? —preguntó Roran.

—Ya deberías saber que no. Hay que esperar a que termine de subir la marea. —Clovis hizo una pausa, miró a los trece hombres por primera vez y dijo—: ¿Por qué? ¿Qué pasa, Martillazos? Parece que todos acabéis de ver el fantasma de Galbatorix.

—No pasa nada que no se cure con unas pocas horas de aire del mar —contestó Roran.

En aquel estado no podía sonreír, pero sí permitió que sus rasgos adquiriesen una expresión más agradable para tranquilizar al capitán.

Clovis llamó con un silbido a los dos marinos de las barcas. Ambos estaban bronceados como avellanas.

523

—Éste es Torson, mi primer oficial —dijo Clovis, señalando al hombre que quedaba a su derecha. Torson llevaba en el hombro un tatuaje retorcido de un dragón volador—. Será el piloto de la *Merrybell*. Y ese perro negro es Flint. Él llevará la *Edeline*. Mientras estéis a bordo, su palabra es la ley, como lo es la mía en el *Jabalí Rojo*. Responderéis ante él y ante mí, no ante Martillazos. Bueno, si me habéis oído, ya podéis decir que sí.

—Sí, sí —contestaron los hombres.

—Bueno, ¿quiénes son los ayudantes y quiénes los guardas? Por mi vida que no os distingo.

Ignorando el aviso de Clovis de que era él quien mandaba y no Roran, los aldeanos miraron a éste para asegurarse de que debían obedecer. Él mostró su aprobación asintiendo, y el grupo se dividió en dos, que Clovis procedió a repartir en grupos aun menores a medida que iba asignando unos cuantos aldeanos a cada gabarra.

Durante la siguiente media hora, Roran trabajó con los marineros para terminar de preparar el *Jabalí Rojo* para zarpar, con los oídos atentos a cualquier señal de alarma. «Si seguimos aquí, nos capturarán o nos matarán», pensó mientras controlaba el nivel de crecida del agua en los muelles. Se secó el sudor de la frente.

Roran se llevó un susto cuando Clovis le agarró por el antebrazo.

Incapaz de detenerse, sacó el martillo a medias del cinto. El aire espeso le tapó la garganta.

Clovis enarcó una ceja al ver su reacción.

—Te he estado mirando, Martillazos; me interesa saber cómo te has ganado la lealtad de estos hombres. He trabajado con tantos capitanes que ya no sabría contarlos, y ni uno solo de ellos obtenía este nivel de obediencia sin abrir siquiera la boca.

Roran no lo pudo evitar: se echó a reír.

—Te diré cómo lo he conseguido: los salvé de la esclavitud y evité que se los comieran.

Clovis enarcó tanto las cejas que casi le llegaban a las entradas del pelo.

—Ah, ¿sí? Me gustaría oír esa historia.

—No, no te gustaría.

Al cabo de un momento, Clovis concedió:

—No, quizá no me gustaría. —Miró por encima de la borda—. Vaya, que me aspen. Creo que ya podemos zarpar. Y ahí está mi pequeña Galina, puntual como siempre.

El corpulento hombre salió a la plancha y, por encima de ella, pasó al muelle, donde abrazó a una chica de cabello oscuro, de unos trece años, y a una mujer que Roran supuso sería la madre. Clovis agitó el pelo de la muchacha y dijo:

—Bueno, te portarás bien mientras estoy fuera, ¿verdad, Galina?

—Sí, padre.

Mientras veía a Clovis despedirse de su familia, Roran pensó en los dos soldados de la entrada. «A lo mejor también tenían familias. Esposas e hijos que los amaban y un hogar al que regresar cada día.» Notó el sabor de la bilis y tuvo que obligar a su mente a regresar al muelle para no marearse.

En las gabarras, los hombres parecían ansiosos. Temeroso de que pudieran perder el temperamento, Roran se paseó ostentosamente por la cubierta, estiró los músculos e hizo cuanto pudo con tal de parecer relajado. Al fin, Clovis saltó al *Jabalí Rojo* y exclamó:

—¡Empujad, compañeros! Nos espera el profundo mar.

Enseguida retiraron las planchas, soltaron las amarras e izaron las velas en las tres gabarras. En el aire vibraban los gritos de órdenes y los cantos de ánimo con que los marineros manejaban las escotas.

Tras ellos, Galina y su madre se quedaron mirando

mientras se alejaban las gabarras, quietas y en silencio, solemnes y tapadas con sus capuchas.

—Estamos de suerte, Martillazos —dijo Clovis, al tiempo que le daba una palmada en un hombro—. Hoy tendremos algo de viento. Tal vez no tengamos que remar para llegar a la cala antes de que cambie la marea, ¿eh?

Cuando el *Jabalí Rojo* estaba en medio de la bahía de Narda y quedaban todavía diez minutos para alcanzar la libertad del mar abierto, ocurrió lo que temía Roran: el sonido de las campanas y las trompetas flotó sobre el agua y entre los edificios de piedra.

—¿Qué es eso? —preguntó.

—No estoy seguro —dijo Clovis. Frunció el ceño mientras miraba hacia la ciudad, con las manos en las caderas—. Podría ser un fuego, pero no hay humo en el aire. Tal vez hayan descubierto úrgalos en la zona... —La preocupación asomó a su rostro—. ¿No habréis visto a nadie por casualidad esta mañana en el camino?

Roran negó con la cabeza, pues no se fiaba de su voz.

Flint se acercó y gritó desde la cubierta de la *Edeline*:

—¿Tenemos que volver, señor?

Roran se aferró a la borda con tanta fuerza que se clavó unas astillas bajo las uñas; estaba listo para intervenir, pero no quería parecer demasiado ansioso.

Clovis dejó de mirar hacia Narda y contestó con un rugido:

—No. Se nos escaparía la marea.

—Está bien, señor. Pero daría la paga de un día a cambio de saber qué ha provocado ese clamor.

—Yo también —murmuró Clovis.

Cuando las casas y los edificios de la ciudad empezaron a encogerse tras ellos, Roran se agachó en la popa de la gabarra, se rodeó las rodillas con los brazos y apoyó la espalda en la cabina. Miró al cielo, sorprendido por su profundidad, claridad y color, y luego fijó la vista en la temblorosa estela del

Jabalí Rojo, en la que flotaban cintas de algas. El balanceo de la gabarra le provocaba sueño, como si fuera una cuna. «Qué hermoso día», pensó, dando las gracias por poder contemplarlo.

Cuando salieron de la bahía, Roran subió aliviado las escaleras del castillo de popa que quedaba detrás de las cabinas, donde Clovis manejaba el timón con una mano para mantener el rumbo. El capitán dijo:

—Ah, hay algo emocionante en el primer día de un viaje, cuando aún no te has dado cuenta de lo mala que es la comida y de lo mucho que añoras tu casa.

Consciente de la necesidad de aprender cuanto pudiera de la gabarra, Roran preguntó a Clovis los nombres y las funciones de diversos objetos que veía a bordo. Eso le valió un sermón entusiasta sobre el funcionamiento de las gabarras, los barcos y el arte de navegar en general.

Dos horas después, Clovis señaló una estrecha península de tierra que se extendía ante ellos.

—La cala queda al otro lado de eso.

Roran se asomó por la borda y estiró el cuello, ansioso por confirmar que los aldeanos estaban a salvo.

Cuando el *Jabalí Rojo* dobló la punta rocosa de tierra, apareció una playa blanca en el vértice de la cala, en la que estaban reunidos los refugiados del valle de Palancar. La muchecumbre vitoreó y agitó los brazos cuando las gabarras aparecieron tras las rocas.

Roran se relajó.

A su lado, Clovis pronunció una horrible maldición.

—Supe que pasaba algo desde el momento en que te puse la vista encima, Martillazos. Así que ganado. ¡Bah! Me has engañado como a un estúpido, sí señor.

—Me juzgas mal —respondió Roran—. No mentí. Ellos son mi rebaño, y yo, su pastor. ¿No puedo decir que son ganado si quiero?

527

—Llámalos como quieras, pero yo no acepté llevar gente a Teirm. ¿Por qué no me dijiste la verdad sobre la carga, me pregunto? Y la única respuesta que aparece en el horizonte es que, sea cual sea la empresa en que andas metido, traerá problemas... Problemas para ti y problemas para mí. Debería echaros por la borda y volver a Narda.

—Pero no lo harás —respondió Roran, con un tono letal.

—Ah, ¿no? ¿Y por qué?

—Porque necesito estas gabarras, Clovis, y haré cualquier cosa por conservarlas. Cualquier cosa. Cumple con nuestro trato y tendrás un viaje pacífico y volverás a ver a Galina. Si no...

La amenaza sonó peor de lo que era; Roran no tenía ninguna intención de matar a Clovis, aunque si se veía obligado, estaba dispuesto a abandonarlo en la costa.

El rostro de Clovis se enrojeció, pero sorprendió a Roran al contestar con un gruñido:

—Está bien, Martillazos.

Satisfecho, Roran centró la atención en la playa.

A su espalda sonó un *snic*.

Por puro instinto, Roran se apartó, se agachó, se dio la vuelta y se tapó la cabeza con el escudo. El brazo vibró cuando una cabilla se partió contra el escudo. Lo bajó y miró a un desanimado Clovis, que se retiraba por la cubierta.

Roran meneó la cabeza, sin apartar la mirada de su oponente.

—No puedes batirme, Clovis. Te lo vuelvo a preguntar: ¿cumplirás con tu parte del acuerdo? Si no, te dejaré en la costa, tomaré el mando de tus gabarras y obligaré a tus tripulantes a trabajar. No quiero arruinaros la vida, pero si me obligas... Ven. Si decides ayudarnos, éste puede ser un viaje normal, sin incidentes. Recuerda que ya te hemos pagado.

Levantándose con gran dignidad, Clovis dijo:

—Si lo acepto, tendrás la cortesía de explicarme por qué era necesario este engaño, qué hace esta gente aquí y de dónde vienen. Por mucho oro que me ofrezcas, no puedo cumplir una promesa que contradiga mis principios. Y no lo haré. ¿Sois bandidos? ¿O siervos del maldito rey?

—Saber eso puede ponerte en una situación aun más peligrosa.

—Insisto.

—¿Has oído hablar de Carvahall, en el valle de Palancar? —preguntó Roran.

—Una o dos veces —Clovis agitó una mano—. ¿Qué tiene que ver?

—La estás viendo en la playa. Los soldados de Galbatorix nos atacaron sin previa provocación. Nos defendimos y, cuando nuestra posición se volvió insostenible, cruzamos las Vertebradas y seguimos la costa hasta Narda. Galbatorix ha prometido que todos los hombres, mujeres y niños de Carvahall serán asesinados o esclavizados. Nuestra única esperanza de salvación está en llegar a Surda.

Roran evitó mencionar a los Ra'zac; no quería asustar demasiado a Clovis.

El avezado marinero se había vuelto gris.

—¿Todavía os persiguen?

—Sí, pero el Imperio aún no nos ha descubierto.

—¿Y la alarma ha sonado por vosotros?

Con mucha suavidad, Roran dijo:

—He matado a dos soldados que me habían reconocido. —La revelación asustó a Clovis; abrió mucho los ojos, dio un paso atrás y los músculos de sus antebrazos se abultaron al apretar los puños—. Escoge, Clovis. La costa está cada vez más cerca.

Supo que había ganado cuando el capitán bajó los hombros y la bravuconería desapareció de su rostro.

—Ah, así se te lleve una plaga, Martillazos. No soy amigo del rey; os llevaré a Teirm. Pero luego no quiero saber más de vosotros.

—¿Me das tu palabra de que no intentarás escaparte por la noche, o alguna trampa parecida?

—Sí, tienes mi palabra,

La arena y las piedras rasgaron el fondo del casco del *Jabalí Rojo* cuando la gabarra encaró la playa, flanqueada por sus dos compañeras. El implacable y rítmico empujón del agua al lanzarse contra la tierra sonaba como la respiración de un monstruo gigantesco. En cuanto arriaron las velas y tendieron las planchas, Torson y Flint pasaron al *Jabalí Rojo*, se acercaron a Clovis y quisieron saber qué estaba pasando.

—Ha habido un cambio de planes —dijo Clovis.

Roran le dejó que explicara la situación —saltándose las verdaderas razones por las que aquella gente había abandonado el valle de Palancar—, saltó a la arena y se puso a buscar a Horst entre el grupo de gente apretujada. Cuando vio al herrero, se acercó a su lado y le contó las muertes de Narda.

—Si descubren que he salido con Clovis, podrían enviar soldados a caballo en pos de nosotros. Hemos de meter a la gente en las gabarras lo antes posible.

Horst lo miró a los ojos durante un largo rato.

—Te has convertido en un hombre duro, Roran. Más duro de lo que yo seré jamás.

—No tenía otro remedio.

—Pero no olvides quién eres.

Roran se pasó las tres horas siguientes cargando y cambiando de sitio las pertenencias de los aldeanos en el *Jabalí Rojo* hasta que se mostró satisfecho. Había que asegurar los fardos para que no se desplazasen inesperadamente e hiriesen a alguien, además de distribuirlos de tal modo que la gabarra navegase plana, cosa que no era fácil porque todos los bultos eran distintos en tamaño y densidad. Luego cargaron a los animales en contra de su voluntad y los inmovilizaron con sogas atadas a las anillas de hierro de la bodega.

Lo último en montar fue la gente, que, como el resto de la carga, tuvo que disponerse simétricamente dentro de las gabarras para evitar que volcaran. Clovis, Torson y Flint terminaron plantados en las proas de sus gabarras, gritando órdenes a la masa de aldeanos que se instalaba en la parte baja.

«¿Y ahora qué pasa?», pensó Roran al oír que se iniciaba una disputa en la playa. Se abrió paso hasta el origen del ruido y vio a Calitha arrodillada junto a su padrastro, Wayland, intentando calmarlo.

—¡No! No voy a montar en esa bestia. ¡No me podéis obligar! —exclamaba Wayland. Agitaba los mustios brazos y pataleaba con la intención de librarse del abrazo de Calitha. Echaba saliva por la boca—. ¡Suéltame! ¡Te digo que me sueltes!

531

Esquivando los golpes, Calitha dijo:

—Desde que acampamos anoche, ha perdido la razón.

«Hubiera sido mejor para todos que se muriera en las Vertebradas, con todos los problemas que nos causó», pensó Roran. Se unió a Calitha, y entre los dos trataron de calmar a Wayland para que dejara de gritar y golpear. Como premio por su buen comportamiento, Calitha le dio un trozo de cecina, que ocupó su atención por completo. Mientras Wayland se concentraba en mordisquear la carne, ella y Roran consiguieron llevarlo a la *Edeline* e instalarlo en un rincón solitario en el que no molestara a nadie.

—Moved los riñones, vagos —gritó Clovis—. Está a punto de cambiar la marea. Vamos, vamos.

Tras un último revoloteo de actividad, se retiraron las planchas y quedó un grupo de veinte hombres en la playa delante de cada gabarra. Los tres grupos se reunieron en torno a las proas y se prepararon para empujar las embarcaciones hacia el agua.

Roran lideró el esfuerzo en el *Jabalí Rojo*. Cantando todos a la vez, él y sus hombres empujaron el peso de la enorme barcaza, mientras cedía la arena gris bajo sus pies, crujían la madera y los cables, y el olor a sudor impregnaba el aire. Durante un momento, sus esfuerzos parecieron vanos, pero luego el *Jabalí Rojo* dio una sacudida y avanzó un palmo hacia atrás.

—¡Otra vez! —gritó Roran.

Palmo a palmo avanzaron hacia el mar, hasta que la gélida agua les llegó a la cintura. Una ola rompió por encima de Roran y le llenó la boca de agua, que escupió con vigor, disgustado por el sabor de la sal; era más intenso de lo que esperaba.

Cuando la gabarra se liberó del lecho de arena, Roran flotó junto al *Jabalí Rojo* y escaló por una de las cuerdas atadas a la borda. Mientras tanto, los marineros sacaron largas pértigas y las usaron para empujar la embarcación hacia aguas más profundas, igual que hacían las tripulaciones de la *Merrybell* y la *Edeline*.

En cuanto estuvieron a una distancia razonable de la costa, Clovis ordenó que guardaran las pértigas y sacaran los remos, con los que los marineros apuntaron la proa del *Jabalí Rojo* hacia la entrada de la cala. Izaron la vela, la alinearon para que captara el viento y, a la vanguardia del trío de barcazas, enfilaron hacia Teirm por la incierta extensión de un mar interminable.

El principio de la sabiduría

*L*os días que Eragon pasaba en Ellesméra se fundían sin distinción; parecía que el tiempo no afectara a la ciudad de los pinos. La estación no avanzaba, ni siquiera a medida que iban alargándose las tardes, trazando ricas sombras en el bosque. Flores de todas las estaciones crecían al impulso de la magia de los elfos, nutridas por los hechizos que recorrían el aire.

Eragon llegó a amar Ellesméra por su belleza y su calma, por los elegantes edificios que crecían en los árboles, las encantadoras canciones que resonaban en el crepúsculo, las obras de arte escondidas entre las misteriosas viviendas y la introspección de los propios elfos, mezclada con sus estallidos de alegría.

Los animales salvajes de Du Weldenvarden no temían a los cazadores. A menudo Eragon miraba desde sus aposentos y veía a un elfo acariciar a un cervatillo o a un zorro gris, o murmurar a un oso tímido que merodeaba al borde de un claro, reticente a exponerse. Algunos animales no tenían forma reconocible. Aparecían por la noche, moviéndose y gruñendo en la maleza, y huían si Eragon se atrevía a acercarse. Una vez atisbó una criatura parecida a una serpiente peluda, y otra vez vio a una mujer con ropa blanca cuyo cuerpo tembló y desapareció para revelar en su lugar a una sonriente loba.

Eragon y Saphira seguían explorando Ellesméra cuando tenían ocasión. Iban solos o con Orik, porque Arya ya no los acompañaba, ni había conseguido hablar Eragon con ella desde que rompiera su fairth. La veía de vez en cuando, deambulando entre los árboles; pero cada vez que se acercaba con la intención de pedirle perdón, ella se retiraba y lo dejaba solo entre los viejos pinos. Al fin Eragon se dio cuenta de que había de tomar la iniciativa si quería tener una oportunidad de arreglar su relación con ella. Así que una noche recogió un ramo de flores del camino, junto a su árbol, y caminó hasta el salón de Tialdarí, donde preguntó a un elfo de la sala común dónde estaban los aposentos de Arya.

La puerta entelada estaba abierta cuando llegó a su cuarto. Nadie contestó cuando llamó. Entró, escuchando por si se acercaba algún paso mientras miraba alrededor por la espaciosa sala emparrada, que daba a una pequeña habitación a un lado y un estudio al otro. Dos fairths decoraban las paredes: un retrato de un elfo severo y orgulloso con el pelo plateado, que Eragon supuso que sería el rey Evandar, y otro de un elfo joven a quien no reconoció.

534 Eragon paseó por el apartamento, mirando pero sin tocar nada, saboreando aquel atisbo de la vida de Arya, descubriendo cuanto pudo sobre sus intereses y aficiones. Junto a su lecho vio una esfera de cristal que conservaba en su interior una gloria mañanera negra; en el escritorio, hileras ordenadas de pergaminos con títulos como *Osilon: informe de cosechas* y *Notas de actividad de la torre vigía de Gil'ead*; en el alféizar de una ventana salediza, tres árboles en miniatura habían crecido con forma de glifos del idioma antiguo que significaban respectivamente «paz», «fuerza» y «sabiduría»; y junto a los árboles había un fragmento de papel con un poema inacabado, lleno de palabras tachadas y señales garabateadas. Decía:

> Bajo la luna, la blanca luna brillante,
> Hay una balsa, una balsa lisa de plata,
> Entre helechos y zarzales
> Y pinos de corazón negro.

Cae una piedra, una piedra viva;
Quiebra la luna, la blanca luna brillante,
Entre helechos y zarzales
Y pinos de corazón negro.

Astillas de luz, espadas de luz,
Rizan la balsa,
El agua en calma, la quieta laguna,
El lago solitario.

En la noche, la noche oscura y pesada,
Se agitan las sombras, las sombras confusas,
Donde antaño...

Eragon se acercó a la mesita que había en la entrada, dejó en ella su ramo de flores y se dio la vuelta para salir. Se quedó paralizado al ver a Arya en el umbral. Ella pareció sorprenderse por su presencia, pero luego disimuló sus emociones tras una expresión impasible.

Se miraron en silencio.

Alzó el ramo, medio ofreciéndoselo.

—No sé hacer un ramo para ti como el que hizo Fäolin, pero son flores de verdad, las mejores que he sabido encontrar.

—No puedo aceptarlas, Eragon.

—No es... No es esa clase de regalo. —Hizo una pausa—. No es una excusa, pero no me di cuenta de que mi fairth te pondría en una situación tan difícil. Lo lamento y te ruego que me perdones... Sólo pretendía hacer un fairth, no causar problemas. Entiendo la importancia de mis estudios, Arya, y no has de temer que los abandone para pensar en ti. —Se desequilibró y se apoyó en la pared, demasiado mareado para permanecer de pie sin apoyo—. Eso es todo.

Ella lo miró un largo rato y luego alargó un brazo para coger el ramo y se lo acercó a la nariz. Sus ojos nunca abandonaron los de Eragon.

—Son flores de verdad —concedió. Desvió la mirada a sus pies y la subió de nuevo—. ¿Has estado enfermo?

—No. La espalda.

—Lo había oído, pero no creía...

Eragon se separó de la pared con un empujón.

—Me tengo que ir.

—Espera. —Arya dudó y luego lo acompañó hacia la ventana salediza, donde Eragon tomó asiento en el banco forrado que se curvaba junto a la pared. Arya sacó dos copas de un armario, desmigó en ellas hojas secas de ortiga, llenó de agua las copas y calentó el agua para hacer una infusión diciendo: «¡Cuécete!».

Pasó una copa a Eragon, que la sostuvo con las dos manos para absorber el calor. Miró por la ventana hacia el suelo, a unos seis metros, donde los elfos paseaban entre los jardines reales, hablando y cantando, y las luciérnagas flotaban en la oscuridad.

—Ojalá... —dijo Eragon—. Ojalá esto fuera siempre así. Es tan perfecto y tranquilo...

Arya removió su infusión.

—¿Qué tal va Saphira?

—Como siempre. ¿Y tú?

—Me estoy preparando para volver con los vardenos.

La alarma recorrió a Eragon.

—¿Cuándo?

—Después de la Celebración del Juramento de Sangre. Ya llevo demasiado tiempo aquí, pero odiaba irme e Islanzadí deseaba que me quedara. Además... Nunca he asistido a una Celebración del Juramento de Sangre, y es nuestro rito más importante. —Lo contempló por encima del borde de la copa—. ¿No hay nada que Oromis pueda hacer por ti?

Eragon forzó un débil encogimiento de hombros.

—Ha probado con todo lo que sabe.

Se tomaron la infusión y miraron a los grupos y parejas que deambulaban por los senderos del jardín.

—Pero ¿tus estudios van bien?

—Sí. —En el silencio que prosiguió, Eragon cogió el trozo de papel que había entre los arbolitos y examinó las estrofas como si las leyera por primera vez—. ¿Sueles escribir poesía?

Arya extendió la mano hacia el papel y, cuando Eragon se lo dio, lo enrolló hacia dentro de tal modo que no se vieran las palabras.

—Es costumbre que todos los que asisten a la Celebración del Juramento de Sangre lleven un poema, una canción o alguna obra de arte que hayan hecho ellos mismos y la compartan con los reunidos. Acabo de empezar a trabajar en la mía.

—Me parece bastante buena.

—Si hubieras leído mucha poesía...

—La he leído.

Arya se detuvo, luego agachó la cabeza y dijo:

—Perdóname. No eres la misma persona a quien conocí en Gil'ead.

—No. Yo... —Eragon se calló y retorció la copa entre las manos mientras buscaba las palabras exactas—. Arya, pronto te vas a ir. Para mí sería una pena que no volviéramos a vernos hasta entonces. ¿No podemos vernos de vez en cuando como antes, para que nos enseñes algo más de Ellesméra a Saphira y a mí?

—No sería inteligente —dijo ella, con voz amable pero firme.

Él la miró.

—¿Es necesario que el precio de mi indiscreción sea nuestra amistad? No puedo evitar mis sentimientos hacia ti, pero preferiría sufrir otra herida de Durza antes que permi-

537

tir que mi estupidez destruyera el compañerismo entre nosotros. Lo valoro demasiado.

Arya alzó la copa y se terminó su infusión antes de contestar:

—Nuestra amistad sobrevivirá, Eragon. En cuanto a que pasemos juntos más tiempo... —Curvó los labios en un atisbo de sonrisa—. Tal vez. De todos modos, hemos de esperar y ver qué nos trae el futuro, porque estoy ocupada y no puedo prometerte nada.

Eragon sabía que sus palabras eran lo más cercano a una reconciliación que podía recibir, y las agradeció.

—Por supuesto, Arya Svit-kona —dijo, agachando la cabeza.

Intercambiaron un par de amabilidades más, pero ya estaba claro que Arya había llegado hasta donde estaba dispuesta a llegar aquel día, de modo que Eragon volvió con Saphira, con algo de esperanza recobrada por lo que había logrado. «Ahora, será cosa del destino decidir cómo acaba esto», pensó mientras se instalaba ante el último pergamino de Oromis.

Eragon cogió una bolsita que llevaba en el cinto, sacó de ella un contenedor de esteatita lleno de nalgask —una mezcla de cera de abeja y aceite de avellana— y se untó con ella los labios para protegerlos del frío viento que le azotaba la cara. Cerró la bolsita y luego rodeó con sus brazos el cuello de Sapira y hundió la cara en el hueco de su codo para reducir el brillo de nubes del color del melocotón que tenían por debajo. El incansable aleteo de Saphira dominaba sus oídos, más agudo y rápido que el de Glaedr, a quien seguían.

Volaron hacia el suroeste desde el amanecer hasta primera hora de la tarde, deteniéndose a menudo para practicar entusiastas combates entre Glaedr y Saphira, durante los cuales Eragon tenía que atarse los brazos a la silla para no caerse con las mareantes acrobacias. Luego se soltaba tirando de los lazos corredizos con los dientes.

El viaje terminó en un grupo de cuatro montañas que se alzaban sobre el bosque, las primeras que veía Eragon en Du Weldenvarden. Coronadas de blanco y barridas por el viento, rasgaban el velo de las nubes y mostraban sus agrietadas frentes al sol, que a esa altura apenas proporcionaba calor.

Qué pequeñas parecen, comparadas con las Beor, dijo Saphira.

Tal como había adoptado por costumbre tras semanas de meditación, Eragon extendió su mente en todas las direcciones, entrando en contacto con todas las conciencias del entorno en busca de alguien que pretendiera hacerle algún daño. Percibió a una marmota caliente en su madriguera, cuervos, algunos trepadores, halcones, numerosas ardillas que corrían entre los árboles y, más abajo, serpientes que vivían entre las rocas y se ondulaban en la maleza en busca de los ratones que conformaban su presa natural, así como hordas de insectos ubicuos.

Cuando Glaedr descendió al pico pelado de la primera montaña, Saphira tuvo que esperar a que plegara sus gigantescas alas para tener suficiente espacio para aterrizar. El talud de rocas en que habían aterrizado era de un amarillo brillante porque lo cubría una capa de liquen duro y rugoso. Por encima de ellos se alzaba un escarpado acantilado negro. Servía de contrafuerte y de embalse para una cornisa de hielo azul que gemía y se quebraba bajo la fuerza del viento, soltando fragmentos recortados que se hacían añicos en el granito del suelo.

Este pico es conocido como Fionula —dijo Glaedr—. Y sus hermanos son Ethrundr, Merogoven y Griminsmal. Cada uno tiene su historia, que os contaré en el vuelo de regreso. Pero de momento me centraré en el propósito de este viaje, o sea, en la naturaleza del vínculo forjado entre dragones y elfos y, más adelante, humanos. Los dos conocéis algo de eso, y yo he insinuado sus implicaciones a Saphira; pero ha llegado el momento de que aprendáis el significado solemne y pro-

fundo de vuestra asociación, para que podáis mantenerla cuando Oromis y yo ya no estemos con vosotros.

Maestro..., preguntó Eragon, envolviéndose en la capa para permanecer caliente.

Sí, Eragon.

¿Por qué no está Oromis con nosotros?

Porque —atronó Glaedr— *es mi deber, como lo fue para el dragón de más edad durante los siglos pasados, asegurarme de que las nuevas generaciones de Jinetes entienden la verdadera importancia del estado al que han accedido. Y porque Oromis no está tan bien como aparenta.*

Las piedras crujieron con apagados sonidos cuando Glaedr se acuclilló, acurrucándose en el pedregal y apoyando su majestuosa cabeza en el suelo, paralela a Eragon y Saphira. Los examinó con un ojo dorado, grande y bruñido como un escudo redondo y el doble de brillante. Una vaharada de humo gris asomó por sus narices y se deshizo en el viento. *Algunas partes de lo que os voy a contar eran de dominio público entre elfos, Jinetes y humanos cultos, pero otras sólo las conocían el líder de los Jinetes, un puñado de elfos, los más potentados entre los hombres y, por supuesto, los dragones.*

Ahora, escuchadme, criaturas. Cuando se hizo la paz entre dragones y elfos, al terminar nuestra guerra, se crearon los Jinetes para garantizar que nunca más se diera un conflicto semejante entre nuestras razas. Tarmunora, la reina de los elfos, y el dragón escogido para representarnos, cuyo nombre —aquí hizo una pausa y transmitió a Eragon una serie de impresiones: dientes grandes, dientes blancos, dientes mellados; batallas vencidas, batallas perdidas; incontables Shrrg y Nagra devorados; veintisiete huevos engendrados y diecinueve criaturas crecidas hasta la madurez— *no puede expresarse en ningún idioma, decidieron que no bastaría con un tratado normal. Firmar papeles no significa nada para un dragón. Somos de sangre abundante y caliente, y a* medida que pasara el tiempo era inevitable que volviéramos a enfrentarnos a los elfos, igual que habíamos hecho con los enanos durante milenios. Sin embargo, al contrario que los enanos, ni nosotros ni los elfos podíamos permitirnos otra guerra. Ambas razas éramos demasiado peligrosas y nos hubiéramos destruido mutuamente. La única manera de evitarlo y de forjar un acuerdo significativo era vincular a las dos razas por medio de la magia.

Eragon se estremeció y, con un toque de diversión, Glaedr dijo: *Saphira, sé lista y calienta una de estas piedras con fuego de tu vientre para que tu Jinete no se congele.*

Entonces Saphira arqueó el cuello, y entre sus fauces serradas emergió una lengua de llamas azules que se lanzó contra el pedregal y ennegreció el liquen, que soltó un olor amargo al quemarse. El aire se calentó tanto que Eragon tuvo que darse la vuelta. Percibió que los insectos que había debajo de las piedras se chamuscaban en el infierno.

Gracias, dijo Eragon a Saphira. Se acurrucó junto a las piedras calcinadas y se calentó en ellas las manos.

Saphira, recuerda que has de usar la lengua para dirigir el torrente —la regañó Glaedr—. *Bueno... Crear el hechizo necesario llevó nueve años a los magos élficos más sabios. Cuando lo tuvieron listo, se reunieron con los dragones en Ilirea. Los elfos aportaron la estructura del encantamiento; los dragones, la fuerza; y juntos fundieron las almas de elfos y dragones.*

La unión nos cambió. Los dragones ganamos el uso del lenguaje y otras herramientas de la civilización, mientras que los elfos obtuvieron nuestra longevidad, pues hasta entonces su vida era tan corta como la de los humanos. Al fin, los elfos se vieron más afectados. Nuestra magia, la magia de los dragones, que impregna cada fibra de nuestro ser, se transmitió a los elfos y, con el tiempo, les otorgó su tan famosa fuerza y elegancia. Los humanos nunca han recibido una influencia tan fuerte, pues fuisteis añadidos al hechizo cuando ya estaba completado y no ha operado en vosotros tanto tiempo como en los elfos. Aun así —y aquí los ojos de Glaedr refulgieron— vuestra raza ya es más delicada que los brutos bárbaros que aterrizaron por primera vez en Alagaësia, aunque desde la Caída empezasteis a retroceder.

—¿Los enanos formaron parte del hechizo? —preguntó Eragon.

No, y por eso nunca ha habido un Jinete enano. No les gustan los dragones, ni ellos a nosotros, y les repelió la idea de unirse a nosotros. Tal vez sea una fortuna que no entraran en el pacto, porque han evitado el declive de los humanos y los elfos.

¿Declive, Maestro?, quiso saber Saphira, en un tono que Eragon hubiera jurado que parecía coqueto.

Sí, declive. Si una de nuestras tres razas sufre, también lo hacen las otras dos. Al matar a los dragones, Galbatorix dañó a su propia raza, además de a los elfos. Vosotros no lo habéis visto porque sois nuevos en Ellesméra, pero los elfos están en pleno declive; su poder ya no es el que era. Y los humanos han perdido gran parte de su cultura y los han consumido el caos y la corrupción. Sólo si se repara el desequilibrio entre nuestras tres razas el mundo recobrará el orden.

El viejo dragón rascó el pedregal con los talones, convirtiendo en grava las piedras para estar más cómodo. *Escondido entre el hechizo que supervisó la reina Tarmunora estaba el mecanismo que permite que un dragón se prenda a su Jinete. Cuando un dragón decide entregar un huevo a los Jinetes, se pronuncian ciertas palabras encima del huevo, palabras que os enseñaré más adelante y que impiden que la cría de dragón crezca hasta que entre en contacto con la persona escogida para establecer el vínculo. Como los dragones pueden seguir indefinidamente en el huevo, el tiem-*

po no importa y la criatura no sufre ningún daño. Tú misma eres un ejemplo de eso, Saphira.

El vínculo que se establece entre Jinete y dragón sólo es una versión reforzada del mismo vínculo existente entre nuestras razas. El humano, o el elfo, se vuelve más fuerte y hermoso, mientras que algunos de los rasgos más fieros del dragón quedan atemperados por un comportamiento más razonable... Veo que te estás mordiendo la lengua, Eragon... ¿Qué pasa?

—Sólo que... —Eragon dudó—. Me cuesta un poco imaginar que Saphira o tú pudierais ser más fieros. Tampoco —añadió, ansioso— es que me parezca mal.

La tierra se agitó cómo si se produjera una avalancha cuando Glaedr soltó una carcajada y escondió su gran ojo observador bajo el párpado para mostrarlo luego de nuevo.

Si hubieras conocido a algún dragón no afectado por el vínculo, no dirías eso. Un dragon solitario no responde ante nada ni nadie, toma lo que le apetece y no tiene un solo pensamiento bondadoso para nada que no sea su familia y su raza. Los dragones salvajes eran fieros y orgullosos, incluso arrogantes... Las hembras eran tan formidables que entre los dragones de los Jinetes se consideraba una gran gesta aparearse con ellas.

Si la unión de Galbatorix con Shruikan, su segundo dragón, es tan perversa, es precisamente por la carencia de vínculo. Shruikan no escogió a Galbatorix como compañero; lo pusieron al servicio de la locura de Galbatorix con ciertas magias negras. Galbatorix ha creado una imitación depravada de la relación que tenéis vosotros, Eragon y Saphira, algo que perdió cuando los úrgalos mataron a su dragón original.

Glaedr hizo una pausa y los miró a los dos. Sólo se movía el ojo. Lo que os une supera la simple conexión entre vuestras mentes. Vuestras propias almas, vuestras identidades, o como queráis llamarlo, se han fundido en un nivel

543

primario. —El ojo se centró en Eragon—. *¿Crees que el alma de una persona está separada del cuerpo?*

—No lo sé —dijo Eragon—. Saphira me sacó una vez de mi cuerpo y me dejó ver el mundo con sus ojos... Parecía que ya no estuviera conectado con mi cuerpo. Y si pueden existir los espectros que conjuran las brujas, tal vez nuestra conciencia también sea independiente de la carne.

Glaedr avanzó la zarpa delantera, puntiaguda como una aguja, y rodó una piedra para exponer a una rata asustada en su nido. Se la tragó con un estallido de su lengua roja; Eragon hizo una mueca de dolor al notar que la vida del animal se extinguía.

Cuando se destruye la carne, también se destruye el alma, dijo Glaedr.

—Pero un animal no es una persona —objetó Eragon.

Después de tus meditaciones, ¿de verdad crees que cualquiera de nosotros es muy distinto de una rata?¿Crees que se nos concede una cualidad milagrosa de la que no disfrutan las demás criaturas y que de algún modo conserva nuestro ser después de la muerte?

—No —murmuró Eragon.

Ya me parecía. Como estamos tan unidos, cuando un dragón o su Jinete reciben una herida, han de endurecer sus corazones y cortar la conexión que los vincula para protegerse mutuamente de un sufrimiento innecesario, o incluso de la locura. Y como el alma no puede arrancarse de la carne, debéis resistir la tentación de intentar acoger el alma de vuestro compañero en vuestro cuerpo y darle allí refugio, pues eso provocaría la muerte de ambos. Incluso si fuera posible, sería una aberración tener más de una conciencia en un mismo cuerpo.

—Qué terrible —dijo Eragon— morir solo, separado incluso de quien te resulta más cercano.

Todo el mundo muere solo, Eragon. Ya seas un rey en su

campo de batalla o un humilde campesino rodeado por su familia en la cama, nadie te acompaña al vacío... Ahora practicaréis cómo separar vuestras conciencias. Empezad por...

Eragon se quedó mirando la bandeja de la cena que le habían dejado en la antesala de la casa del árbol. Repasó su contenido: pan con manteca de avellanas, moras, alubias, un cuenco de verduras frondosas, dos huevos duros —que, de acuerdo con las creencias de los elfos, habían sido infertilizados— y una jarra de agua fresca de manantial tapada. Sabía que habían preparado cada plato con la máxima atención, que los elfos aplicaban a sus comidas todo su saber culinario y que ni siquiera la reina Islanzadí comía mejor que él.

No soportaba la visión de aquella bandeja.

Quiero carne —gruñó, entrando a grandes zancadas en la habitación. Saphira lo miró desde su tarima—. *Estaría dispuesto a aceptar un pescado, o un ave, cualquier cosa aparte de ese río interminable de verduras. No me llenan el estómago. No soy un caballo; ¿por qué he de alimentarme como si lo fuera?*

Saphira estiró las piernas, caminó hasta el borde del agujero con forma de lágrima desde el que se veía Ellesméra y dijo: *Yo también hace días que necesito comer. ¿Quieres acompañarme? Puedes cocinar tanta carne como quieras sin que se enteren los elfos.*

Me encantaría —dijo Eragon, animándose—. *¿Preparo la silla?*

No vamos tan lejos.

Eragon fue a buscar su provisión de sal, hierbas y otros condimentos y luego, con cuidado de no cansarse, ascendió por el hueco que quedaba entre las púas de la espalda de Saphira.

La dragona despegó de un salto, dejó que una corriente de aire los elevara sobre la ciudad y luego se deslizó fuera de

545

la corriente trazando un vuelo lateral y hacia abajo para seguir un riachuelo que serpenteaba por Du Weldenvarden hasta una laguna que quedaba a unos pocos kilómetros más allá. Aterrizó y se agachó mucho para que Eragon pudiera desmontar con más facilidad.

Hay conejos entre la hierba, cerca del agua —le dijo—. *Mira si puedes atraparlos. Mientras tanto, yo me voy a cazar un ciervo.*

¿Qué? ¿No quieres compartir tu presa?

No, no quiero —contestó ella, malhumorada—. *Pero lo haré si esos ratoncillos agrandados se te escapan.*

Eragon sonrió al verla despegar y luego se encaró a los enmarañados parches de hierba y chirivías que rodeaban la laguna y se dispuso a buscarse la cena.

En menos de un minuto, Eragon consiguió una brazada de conejos muertos de una madriguera. Apenas le había costado un instante localizar a los conejos con la mente y matarlos luego con una de las doce palabras destinadas a la muerte. Lo que había aprendido de Oromis restaba a la caza todo el estímulo y el desafío. «Ni siquiera he tenido que acecharlos», pensó, recordando los años que había pasado afinando sus habilidades para seguir una pista. Hizo una mueca de amarga sorpresa. «Al fin puedo echarme al morral cualquier pieza que quiera, y para mí no tiene sentido. Al menos cuando cazaba con Brown usando un guijarro, era un reto; pero esto... Esto es una matanza.»

Entonces acudió a él la advertencia de Rhunön, la hacedora de espadas: «Cuando te basta con pronunciar unas pocas palabras para obtener lo que quieres, no importa el objetivo, sino el camino que te lleva a él».

Con diestros movimientos sacó su viejo cuchillo de caza, despellejó a los conejos y les limpió las tripas y luego —tras apartar los corazones, pulmones, riñones e hígados— enterró las vísceras para que su olor no atrajera a los carroñeros.

Después cavó un hoyo, lo llenó de leña y encendió una pequeña fogata por medio de la magia, pues no había pensado en llevarse su pedernal. Se ocupó del fuego hasta que consiguió un buen lecho de ascuas. Cortó una vara de cornejo, arrancó la corteza y esparció la madera sobre las brasas para quemar la sabia amarga, luego tendió las carcasas en la vara y las suspendió entre dos ramas bifurcadas que había clavado en el suelo. Para los órganos puso una piedra lisa sobre una parte de las ascuas y la engrasó para convertirla en una improvisada sartén.

Saphira se lo encontró agachado junto al fuego, girando lentamente la vara para que la carne se asara regularmente por todos los lados. Aterrizó con un ciervo cojo colgando entre sus mandíbulas y los restos de un segundo ciervo atrapados entre los talones. Tumbada cuan larga era en la olorosa hierba, se dedicó a devorar a sus presas y se comió el ciervo entero, piel incluida. Los huesos crujían entre sus dientes afilados, como ramas que se partieran en un temporal.

Cuando estuvieron listos los conejos, Eragon los agitó en el aire para enfriarlos y luego se quedó mirando la carne brillante y dorada, cuyo olor le parecía casi insoportablemente atractivo.

Al abrir la boca para dar el primer bocado, sus pensamientos revertieron espontáneamente a la meditación. Recordó sus excursiones por el interior de las mentes de los pájaros, las ardillas y los ratones, cuánta energía había sentido en ellos y con cuánto vigor los había visto luchar por el derecho a existir ante el peligro. «Y si esta vida es todo lo que tienen...»

Saphira abandonó el banquete para contemplarlo con preocupación.

Tras respirar hondo, Eragon apretó los puños contra las rodillas con la intención de controlarse y entender por qué se sentía tan afectado. Había comido carne, pescado y aves toda la vida. Le encantaba. Y sin embargo, ahora le resultaba

547

físicamente desagradable la mera idea de comerse aquellos conejos. Miró a Saphira. *No puedo hacerlo*, le dijo.

Que todos los animales se coman entre sí es una ley natural. ¿Por qué te resistes al orden de las cosas?

Caviló la pregunta. No condenaba a quienes sí disfrutaban de la carne; sabía que era el único medio de subsistencia para muchos granjeros pobres. Pero él ya no podía hacerlo, salvo que se viera sometido al hambre. Tras haber estado en la mente de un conejo y haber sentido lo mismo que el animal sentía..., comérselo sería como comerse a sí mismo. *Porque podemos ser mejores* —contestó a Saphira—. *¿Hemos de ceder a nuestros impulsos de herir o matar a cualquiera que nos moleste, de tomar cuanto queremos de quienes son más débiles y, en general, de despreciar los sentimientos de los demás? Somos imperfectos por nacimiento y debemos vigilar nuestros defectos para que no nos destruyan.* —Señaló a los conejos—. *Como dijo Oromis, ¿por qué hemos de causar un sufrimiento innecesario?*

Entonces, ¿negarías todos tus deseos?

Negaría los que fueran destructivos.

¿Te mantienes firme en eso?

Sí.

En ese caso —dijo Saphira avanzando hacia él—, *esto será un buen postre.* —En un abrir y cerrar de ojos, se tragó los conejos y luego limpió de un lametazo la piedra que contenía los órganos, erosionando la pizarra con las púas de su lengua—. *Yo, por lo menos, no puedo vivir sólo de las plantas; eso es comida para mis presas, no para un dragón. Me niego a avergonzarme de cómo me mantengo. Cada uno tiene su lugar en el mundo. Eso lo saben hasta los conejos.*

No pretendo que te sientas culpable —dijo él, al tiempo que le daba una palmada en una pierna—. *Es una decisión personal. No voy a forzar a nadie a que escoja lo mismo que yo.*

Muy sabio de tu parte, dijo ella, con un punto de sarcasmo.

El huevo roto y el nido desparramado

—Concéntrate, Eragon —dijo Oromis, aunque no sin amabilidad.

Eragon pestañeó y se frotó los ojos en un intento de concentrarse en los glifos que decoraban el curvado papel de pergamino que tenía delante.

—Lo siento, Maestro.

La debilidad tiraba de él como si llevara pesas de plomo atadas a las piernas. Entrecerró los ojos para mirar los glifos, curvados y puntiagudos, levantó la pluma de ganso y empezó a copiarlos de nuevo.

A través de la ventana que quedaba detrás de Oromis, el sol poniente trazaba líneas de sombra en el saledizo verde de la cumbre de los riscos de Tel'naeír. Más allá, nubes livianas como plumas tapaban el cielo.

Cuando una línea de dolor ascendió por la pierna de Eragon, éste contrajo la mano, rompió la punta de la pluma y esparció la tinta sobre el papel, estropeándolo. Al otro lado, también Oromis se llevó un susto y se agarró el brazo derecho.

¡Saphira!, gritó Eragon. Trató de conectar con su mente y, para su asombro, se vio bloqueado por barreras impenetrables que ella misma había erigido. Apenas la sentía. Era como si intentara atrapar una esfera de granito pulido recubierta de aceite. Ella se deslizaba fuera de su alcance.

Miró a Oromis.

—Les ha pasado algo, ¿verdad?

—No lo sé. Glaedr vuelve, pero se niega a hablar conmigo.

Tras sacar de la pared a *Naegling*, su espada, Oromis salió a grandes zancadas y se plantó en el borde de los riscos, con la cabeza alzada mientras esperaba que apareciera el dragón dorado.

Eragon se unió a él, pensando en todo aquello —probable o improbable— que pudiera haberle ocurrido a Saphira. Los dos dragones se habían ido a mediodía, volando hacia el norte hasta un lugar llamado Piedra de los Huevos Rotos, donde anidaban los dragones en los salvajes tiempos pasados. Era un viaje fácil. «No pueden ser los úrgalos; los elfos no los dejan entrar en Du Weldenvarden», se dijo.

Al fin apareció a la vista Glaedr en lo alto, apenas una mancha intermitente entre las nubes oscuras. Mientras descendía hacia la tierra, Eragon vio una herida en la parte de atrás de la pata derecha delantera del dragón, un tajo en las escamas superpuestas, ancho como la mano de Eragon. La sangre escarlata recorría los espacios entre las escamas que rodeaban esa zona

En cuanto Glaedr tocó el suelo, Oromis corrió hacia él, pero se detuvo al ver que el dragón le rugía. Saltando sobre la pierna herida, Glaedr se arrastró hacia el límite del bosque, donde se acurrucó bajo las ramas estiradas, de espaldas a Eragon, y se dispuso a lamerse la herida para limpiarla.

Oromis se acercó y se arrodilló entre los tréboles junto a Glaedr, manteniendo la distancia con una tranquila paciencia. Era obvio que estaba dispuesto a esperar tanto como fuera necesario. Eragon se fue agitando a medida que pasaron los minutos. Al fin, con alguna señal tácita, Glaedr permitió que Oromis se acercara y le inspeccionara la pierna. La magia fluyó del gedwëy ignasia de Oromis cuando éste apoyó la mano en la herida de las escamas de Glaedr.

—¿Cómo está? —preguntó Eragon cuando Oromis se apartó.

—Parece una herida terrible, pero para alguien tan grande como Glaedr no es más que un rasguño.

—¿Y qué pasa con Saphira? Sigo sin poder entrar en contacto con ella.

—Debes ir a buscarla —respondió Oromis—. Ha sufrido varias heridas. Glaedr ha explicado poco de lo que pasó, pero he intuido mucho y harías bien en darte prisa.

Eragon miró alrededor en busca de algún medio de transporte y gruñó de angustia al confirmar que no había ninguno.

—¿Cómo puedo llegar hasta ella? Está demasiado lejos para ir corriendo, no hay rastro que seguir y no puedo...

—Cálmate, Eragon. ¿Cómo se llamaba el corcel que te trajo desde Sílthrim?

A Eragon le costó un instante recordarlo:

—*Folkvír*.

—Pues invócalo con tu conocimiento de la gramaticia. Menciona su nombre y tu necesidad en este lenguaje, el más poderoso de todos, y acudirá en tu ayuda.

Permitiendo que la magia invadiera su voz, Eragon exclamó el nombre de *Folkvír* y el eco envió su súplica por las boscosas colinas hacia Ellesméra, con tanta urgencia como le fue posible.

Oromis asintió, satisfecho.

—Bien hecho.

Doce minutos después, *Folkvír* emergió como un fantasma plateado de las oscuras sombras, entre los árboles, agitando sus crines y relinchando excitado. Los flancos del semental se agitaban por la velocidad del viaje.

Eragon pasó una pierna sobre el pequeño caballo élfico y dijo:

—Regresaré en cuanto pueda.

551

—Haz lo que debas —contestó Oromis.

Entonces Eragon apretó los talones en torno a las costillas de *Folkvír* y exclamó:

—¡Corre, *Folkvír*, corre!

El caballo dio un salto y se lanzó hacia Du Weldenvarden, abriéndose paso con una increíble destreza entre los pinos retorcidos. Eragon lo guió hacia Saphira con las imágenes de su mente.

Como no había rastro que seguir entre la maleza, a un caballo como *Nieve de Fuego* le abría costado tres o cuatro horas llegar a la Piedra de los Huevos Rotos. *Folkvír* consiguió realizar el viaje en poco más de una hora.

En la base del monolito de basalto —que ascendía desde el bosque como una columna moteada de verde y se alzaba unos treinta metros por encima de todos los árboles—, Eragon murmuró:

552

—Alto.

Luego desmontó. Miró a la lejana cumbre de la Piedra de los Huevos Rotos. Allí estaba Saphira.

Recorrió el perímetro en busca de algo que le permitiera llegar a la cumbre, pero fue en vano porque la desgastada formación era impenetrable. No tenía fisuras, grietas ni otros defectos suficientemente cercanos al suelo para servirse de ellos en la escalada.

«Podría hacerme daño», pensó.

—Quédate aquí —dijo a *Folkvír*. El caballo lo miró con ojos inteligentes—. Puedes pastar si quieres, pero quédate aquí, ¿vale?

Folkvír relinchó y, con su morro aterciopelado, tocó el brazo de Eragon.

—Sí, buen chico. Lo has hecho bien.

Fijando la mirada en la cresta del monolito, Eragon hizo acopio de fuerzas y luego dijo en el idioma antiguo:

—¡Arriba!

Luego se dio cuenta de que si no hubiera estado acostumbrado a volar con Saphira, la experiencia habría podido resultar tan inquietante como para perder el control del hechizo y desplomarse hacia la muerte. El suelo se alejó bajo sus pies a una velocidad de vértigo, y los troncos de los árboles se fueron estrechando mientras él flotaba hacia la parte inferior de la bóveda y hacia el cielo que empalidecía más allá en el anochecer. Las ramas se aferraban a su rostro y a sus hombros como dedos prensiles a medida que se alzaba hacia el cielo abierto. Al contrario que cuando volaba con Saphira, seguía teniendo consciencia de su propio peso, como si permaneciera aún sobre la tierra.

Tras alzarse sobre el borde de la Piedra de los Huevos Rotos, Eragon se movió hacia delante y liberó el control de la magia para aterrizar en un fragmento musgoso. Exhausto, flaqueó y esperó para ver si el agotamiento despertaba el dolor de espalda y luego suspiró de alivio al ver que no era así.

La cresta del monolito estaba compuesta por torres recortadas divididas por barrancos amplios y profundos en los que no crecían más que algunas flores silvestres desparramadas. Cuevas negras horadaban las torres, algunas naturales y otras cavadas en el basalto por talones tan gruesos como una pierna de Eragon. En el suelo de las cuevas había una espesa capa de huesos recubiertos de liquen, restos de las antiguas presas de los dragones. Donde en otro tiempo anidaran los dragones, lo hacían ahora los pájaros: halcones, gavilanes y águilas que lo contemplaban desde sus perchas, listos para atacar si amenazaba sus huevos.

Eragon se abrió camino entre el imponente paisaje, con cuidado de no torcerse un tobillo entre las piedras sueltas y de no acercarse demasiado a las fisuras ocasionales que hendían la columna. Si caía por una de ellas, saldría dando tumbos al espacio vacío. Tuvo que escalar varias veces elevados

553

resaltos y en otras dos ocasiones se vio obligado a recurrir a la magia para alzarse.

En todas partes se veían pruebas de la antigua presencia de los dragones, desde los profundos rasguños del basalto, hasta los charcos de roca derretida, pasando por una serie de escamas apagadas y descoloridas, atrapadas en los recovecos, junto con otros restos. Incluso tropezó con un objeto afilado que, cuando se agachó para examinarlo, resultó ser un fragmento de un huevo verde de dragón.

En el lado este del monolito estaba la torre más alta, en cuyo centro, como un hoyo negro tumbado de lado, quedaba la cueva más grande. Allí encontró Eragon finalmente a Saphira, acurrucada en un hueco contra la pared del fondo, de espaldas a la entrada. Los temblores recorrían todo su cuerpo. En las paredes de la cueva había marcas recientes de chamusquina, y los restos de huesos quebradizos estaban desparramados como si allí se hubiera producido una pelea.

—Saphira —dijo Eragon en voz alta, pues su mente seguía cerrada.

Ella alzó la cabeza y lo miró como si fuera un extraño, con las pupilas contraídas hasta formar un tajo negro mientras sus ojos se adaptaban a la luz que emitía el sol al ponerse tras ellos. Gruñó una vez, como un perro salvaje, y luego se dio la vuelta bruscamente. Al hacerlo, alzó el ala izquierda y mostró un corte largo e irregular en el muslo. A Eragon le dio un vuelco el corazón al verlo.

Como se dio cuenta de que no le iba a permitir acercarse, hizo lo que había visto hacer a Oromis con Glaedr; se arrodilló entre los huesos aplastados y esperó. Esperó sin pronunciar palabra ni moverse hasta que dejó de sentir las piernas y las manos se le quedaron rígidas del frío. Sin embargo, no lamentó la incomodidad. Estaba dispuesto a pagar ese precio encantado si eso significaba que podía ayudar a Saphira.

Al cabo de un rato, ella dijo: *He sido estúpida.*

Todos lo somos alguna vez.

Eso no lo hace más fácil cuando te toca convertirte en idiota.

Supongo que no.

Siempre he sabido qué hacer. Cuando murió Garrow, supe que lo correcto era perseguir a los Ra'zac. Cuando murió Brom, supe que debíamos ir a Gil'ead y desde allí seguir hasta los vardenos. Y cuando murió Ajihad, supe que debías jurar lealtad a Nasuada. Para mí, el camino siempre ha estado claro. Menos ahora. Sólo en este asunto estoy perdida.

¿Qué pasa, Saphira?

En vez de contestar, ella cambió de asunto y dijo: *¿Sabes por qué a esto lo llaman Piedra de los Huevos Rotos?*

No.

Porque durante la guerra entre los dragones y los elfos, éstos nos persiguieron hasta aquí y nos mataron mientras dormíamos. Destrozaron nuestros nidos y luego hicieron añicos los huevos con su magia. Aquel día, en el bosque de ahí abajo, llovió sangre. Desde entonces ningún dragón ha vivido aquí.

Eragon guardó silencio. No estaba allí por eso. Podía esperar hasta que ella se viera capaz de enfrentarse a aquella situación.

¡Di algo!, exigió Saphira.

¿Me vas a dejar que te cure la pierna?

Me las puedo arreglar sola.

Entonces permaneceré mudo como una estatua y me sentaré aquí hasta que me convierta en polvo, porque de ti he obtenido la paciencia de los dragones.

Cuando al fin llegaron, las palabras de Saphira fueron vacilantes, amargas y sarcásticas: *Me da vergüenza admitirlo. Cuando vinimos por primera vez y vi a Glaedr, sentí una* gran alegría al saber que otro miembro de mi raza, además de Shruikan, había sobrevivido. Nunca había visto a otro dragón, salvo en los recuerdos de Brom. Y pensé... Creía que a Glaedr le complacería mi existencia tanto como a mí la suya.

Y así es.

No lo entiendes. Creía que sería el compañero que nunca había esperado tener, y que juntos reviviríamos nuestra raza. —Resopló, y un estallido de llamas asomó por su nariz—. *Me equivocaba. No me quiere.*

Eragon escogió su respuesta con cuidado para no ofenderla y para ofrecerle un mínimo de consuelo. *Es porque sabe que estás destinada a otro dragón; a uno de los dos huevos que quedan. Tampoco sería apropiado que se aparease contigo siendo tu mentor.*

O tal vez no me encuentra suficientemente hermosa.

Saphira, no hay ningún dragón feo, y tú eres la dragona más bella.

Soy una estúpida, dijo ella. Sin embargo, alzó el ala izquierda y la mantuvo en el aire como si le diera permiso para ocuparse de su herida.

Eragon cojeó hasta el costado de Saphira, donde examinó la herida encarnada, contento de que Oromis le hubiera dado tantos pergaminos de anatomía para leer. El golpe —causado por un diente o por una zarpa, no estaba seguro— había rasgado el músculo del cuádriceps bajo la piel de Saphira, pero no tanto como para mostrar el hueso. No iba a bastar con cerrar la superficie de la herida, como Eragon había hecho ya tantas veces. Había que recoser el músculo de nuevo.

El hechizo que usó Eragon era largo y complejo, y ni siquiera él mismo entendía todas sus partes, pues lo había memorizado de un antiguo texto que ofrecía pocas explicaciones, más allá de la afirmación de que, si no había huesos rotos y los órganos internos estaban enteros, «este encanto curará cualquier lesión de origen violento, salvo la de la amarga muerte». Tras pronunciarlo, Eragon contempló fascinado cómo el músculo de Saphira se estremecía bajo su mano —las venas, los nervios y las fibras se entretejían— y volvía a quedar entero. La herida era tan grande que, estando debilitado, no se atrevió a curarla sólo con la energía de su cuerpo, de modo que recurrió también a las fuerzas de Saphira.

Pica, dijo Saphira cuando hubo terminado.

Eragon suspiró y apoyó la espalda en el duro basalto, mirando hacia la puesta de sol entre las pestañas. *Me temo que tendrás que sacarme tú de esta roca. Estoy demasiado cansado para moverme.*

Con un seco crujido, ella se volvió y apoyó la cabeza en los huesos esparcidos en torno a Eragon. *Te he tratado mal desde que llegamos a Ellesméra. Desprecié tus consejos cuando debía haberte escuchado. Me advertiste acerca de Glaedr, pero era demasiado orgullosa para ver la verdad que encerraban tus palabras... He fracasado en el intento de ser una buena compañera para ti, he traicionado lo que significa ser un dragón y he empañado el honor de los Jinetes.*

No, nada de eso —dijo Eragon en tono vehemente—. *Saphira, no has faltado a tu deber. Tal vez hayas cometido un error, pero ha sido un error honesto, uno que cualquiera podría haber cometido en tu situación.*

Eso no excusa mi comportamiento contigo.

Intentó mirarla al ojo, pero ella apartó la mirada hasta que Eragon le tocó el cuello y dijo: *Saphira, los miembros de una familia se perdonan entre sí, incluso aunque no siempre entiendan por qué uno de ellos se comporta de un modo determinado... Perteneces a mi familia tanto como Roran... Más que Roran. Eso no va a cambiar por nada que hagas. Nada.* —Al ver que ella no respondía, alargó la mano hasta

557

la mandíbula y le hizo cosquillas en el fragmento de piel correosa que quedaba bajo una oreja—. *¿Me oyes? ¿Eh? ¡Nada!*

Ella soltó una tos grave con humor reticente, luego arqueó el cuello y alzó la cabeza para huir de sus dedos bailarines.

¿Cómo puedo enfrentarme a Glaedr de nuevo? Tenía una furia terrible. *Toda la piedra temblaba por su rabia.*

Al menos has aguantado bien cuando te ha atacado.

Ha sido al revés.

Pillado por sorpresa, Eragon enarcó las cejas. *Bueno, en cualquier caso, lo único que puedes hacer es pedir perdón.*

¿Pedir perdón?

Sí. Ve a decirle que lo sientes, que no volverá a ocurrir y que quieres seguir formándote con él. Estoy seguro de que se compadecerá si le das una oportunidad.

Muy bien, dijo ella en voz baja.

Después de hacerlo, te sentirás mejor. —Sonrió—. *Lo sé por experiencia.*

Ella gruñó y se acercó al borde de la cueva, donde se agachó para supervisar el bosque que se extendía por debajo. *Nos tendríamos que ir. Pronto será de noche.* Rechinando los dientes, Eragon se obligó a levantarse —aunque cualquier movimiento le suponía un gran esfuerzo—, y le costó el doble de lo normal montar en su grupa.

Eragon... Gracias por venir. Sé los riesgos que corrías con tu espalda.

Él le dio una palmada en un hombro. *¿Somos uno otra vez?*

Somos uno.

El regalo de los dragones

*L*os días anteriores al Agaetí Blödhren fueron los mejores y los peores para Eragon. Su espalda le daba más problemas que nunca, pues reducía su salud y su resistencia y destruía la paz de su mente; vivía en un miedo constante de provocar un episodio de dolor. En cambio, él y Saphira nunca se habían sentido tan cercanos. Vivían tanto en la mente del otro como en la propia. Y de vez en cuando Arya acudía de visita a la casa del árbol y paseaba por Ellesméra con Eragon y Saphira. Nunca iba sola, sin embargo, pues siempre llevaba consigo a Orik o a Maud, la mujer gata.

En el decurso de sus paseos, Arya presentó a Eragon y Saphira a elfos distinguidos: grandes guerreros, poetas y artistas. Los llevó a conciertos que se celebraban bajo el techado de los pinos. Y les enseñó muchas maravillas ocultas de Ellesméra.

Eragon aprovechaba cualquier ocasión para hablar con ella. Le habló de su crianza en el valle de Palancar, de Roran, Garrow y su tía Marian, le contó historias de Sloan, Ethlbert y los demás aldeanos, y de su amor por las montañas que rodeaban Carvahall y de las láminas de luz llameante que adornaban el cielo en las noches de invierno. Le contó la ocasión en que una zorra cayó en las cubas que Geldric usaba para encurtir y tuvieron que sacarla con una red, como si fuera un pez. Le explicó la alegría que le producía plantar un cultivo, desherbarlo y alimentarlo, y ver cómo crecían los tiernos brotes verdes bajo sus cuidados; una alegría que ella podía apreciar mejor que nadie.

A cambio, Eragon obtuvo algún atisbo ocasional de la vida de Arya. Oyó alguna mención de su infancia, sus amigos y su familia, y de sus experiencias entre los vardenos, de las que hablaba con toda libertad, describiendo expediciones y batallas en las que había participado, tratados que había ayudado a negociar, sus disputas con los enanos y los sucesos trascendentales que había presenciado durante su actividad como embajadora.

Entre ella y Saphira, el corazón de Eragon encontró una cierta medida de paz, pero era un equilibrio precario que la menor influencia podía perturbar. El propio tiempo era un enemigo, pues Arya estaba destinada a abandonar Du Weldenvarden después del Agaetí Blödhren. De modo que Eragon atesoraba sus momentos con ella y temía la llegada de la inminente celebración.

Toda la ciudad rebullía de actividad a medida que los elfos preparaban el Agaetí Blödhren. Eragon nunca los había visto tan excitados. Decoraban el bosque con banderolas de colores y antorchas, sobre todo en torno al árbol Menoa, mientras que el propio árbol lo adornaban con una antorcha en la punta de cada rama, de donde pendían como lágrimas luminosas. Incluso las plantas, según percibió Eragon, tomaban una apariencia festiva con una colección de flores nuevas y brillantes. A menudo oía que los elfos les cantaban a altas horas de la noche.

Cada día llegaban a Ellesméra cientos de elfos de sus ciudades desparramadas entre los bosques, pues ningún elfo que pudiera evitarlo se perdería la celebración centenaria del tratado con los dragones. Eragon suponía que muchos de ellos acudían también para conocer a Saphira. «Parece que no hago más que repetir su saludo», pensó. Los elfos que debían ausentarse por sus responsabilidades mantenían sus propias fiestas simultáneas y participaban en las ceremonias de Ellesméra invocando en espejos encantados que reflejaban a quienes sí contemplaban la celebración, de modo que nadie se sintiera como si fuera espiado.

Una semana antes del Agaetí Blödhren, cuando Eragon y Saphira estaban a punto de volver a sus aposentos desde los riscos de Tel'naeír, Oromis dijo:

—Deberíais pensar los dos qué podéis llevar a la Celebración del Juramento de Sangre. Salvo que vuestras creaciones requieran la magia para existir, o para funcionar, sugiero que evitéis usar la gramaticia. Nadie respetará vuestra obra si es el fruto de un hechizo y no del trabajo de vuestras manos. Además, sugiero que hagáis una obra distinta cada uno. También es una costumbre.

Mientras volaban, Eragon preguntó a Saphira: *¿Tienes alguna idea?*

Puede ser. Pero si no te importa, me gustaría ver si funciona antes de contártelo.

561

Eragon captó parte de una imagen de su mente, que incluía un montículo desnudo de piedra que emergía del suelo del bosque, antes de que ella lo escondiera.

Sonrió. *¿No me das una pista?*

Fuego. Mucho fuego.

De vuelta en la casa del árbol, Eragon catalogó sus habilidades y pensó: *Sé más de agricultura que de cualquier otra cosa, pero no veo cómo puedo convertir eso en una ventaja. Tampoco puedo tener esperanzas de competir con los elfos en magia, o de igualar sus logros con las artes que me resultan familiares. Sus talentos sobrepasan los de los mejores artesanos del Imperio.*

Pero tienes una cualidad de la que carecen todos los demás, dijo Saphira.

Ah, ¿sí?

Tu identidad. Tu historia, tus gestas y tu situación. Úsa-

las para dar forma a tu creación y producirás algo único. Hagas lo que hagas, básalo en lo que sea más importante para ti. Sólo entonces tendrá profundidad y significado, y sólo entonces hallará eco en los demás.

La miró sorprendido. No me había dado cuenta de que supieras tanto de arte.

No sé nada —dijo ella—. Te olvidas de que me pasé una tarde entera viendo a Oromis pintar sus pergaminos cuando te fuiste volando con Glaedr. Oromis habló un poquito de este asunto.

Ah, sí, lo había olvidado.

Cuando Saphira se fue para iniciar su proyecto, Eragon caminó de un lado a otro ante el portal abierto de su habitación, cavilando lo que le había dicho. «¿Qué es importante para mí? —se preguntó—. Saphira y Arya, claro, y ser un buen Jinete. Pero ¿qué puedo decir sobre esos asuntos que no sea cegadoramente obvio? Aprecio la belleza de la naturaleza; pero, de nuevo, los elfos ya han expresado todo lo posible al respecto. La propia Ellesméra es un monumento de su devoción.» Volvió la mirada hacia dentro para determinar qué era lo que conmovía las fibras más oscuras y profundas de su interior. ¿Algo las agitaba con la pasión suficiente —ya fuera de amor o de odio— para que ardiera en deseos de compartirlo?

Se le presentaron tres cosas: su herida a manos de Durza, su miedo a luchar un día contra Galbatorix y las epopeyas de los elfos que tanto lo absorbían.

Una oleada de excitación recorrió por dentro a Eragon cuando una historia que combinaba aquellos tres elementos tomó forma en su mente. Subió con pasos ligeros los escalones retorcidos, de dos en dos, hasta llegar al estudio, donde se sentó ante el escritorio, hundió la pluma en la tinta y la sostuvo temblorosa sobre una clara hoja de papel.

La punta raspó al escribir el primer trazo:

En el reino junto al mar,
En las montañas cubiertas de azul...

Las palabras fluían de la pluma como si tuvieran voluntad propia. Se sintió como si no estuviera inventándose aquella historia, sino actuando como mero conducto para transportarla al mundo con su forma plena. Eragon se sentía atrapado por la emoción del descubrimiento que acompaña a las nuevas empresas, sobre todo porque, hasta entonces, no había sospechado que pudiera gustarle ser un bardo.

Trabajó con frenesí, sin parar a comer pan o a beber, con las mangas de la túnica enrolladas por encima del codo para protegerlas de la tinta que soltaba la pluma por la fuerza salvaje con que escribía. Era tan intensa su concentración que no oía nada más que el latido de su poema, ni veía otra cosa que el papel vacío, ni pensaba en nada más que en las frases esbozadas en líneas de fuego tras sus ojos.

Una hora y media después, la mano acalambrada soltó la pluma, apartó la silla del escritorio y se levantó. Tenía ante sí catorce páginas. Nunca había escrito tanto de una sola vez. Eragon sabía que su poema no podía superar los de los grandes autores entre elfos y enanos, pero tenía la esperanza de que resultara suficientemente honesto para que los elfos no se rieran de sus esfuerzos.

Recitó el poema a Saphira cuando ésta regresó. Luego ella le dijo: *Eh, Eragon, has cambiado mucho desde que salimos del valle de Palancar. No reconocerías al inexperto muchacho que se puso en marcha para vengarse, creo. Aquel Eragon no podía escribir una balada al estilo de los elfos. Tengo ganas de ver en qué te convertirás en los próximos cincuenta o cien años.*

Eragon sonrió. *Si vivo tanto tiempo.*

—Burdo, pero sincero —fue lo que dijo Oromis cuando Eragon le leyó el poema.

—Entonces, ¿te gusta?

—Es un buen retrato de tu estado mental en el presente y una lectura que atrapa, pero no es una obra maestra. ¿Esperabas que lo fuera?

—Supongo que no.

—En cualquier caso, me sorprende que hayas podido expresarlo en este lenguaje. No existe ninguna barrera que impida escribir ficción en el idioma antiguo. La dificultad surge cuando uno intenta decirlo en voz alta, pues eso obliga a decir cosas falsas y la magia no lo permite.

—Puedo leerlo —respondió Eragon—, porque yo creo que es verdad.

—Y eso hace mucho más poderosa tu escritura... Estoy impresionado, Eragon-finiarel. Tu poema será una valiosa aportación a la Celebración del Juramento de Sangre. —Oromis alzó un dedo, rebuscó entre su túnica y dio a Eragon un pergamino cerrado con una cinta—. Inscritas en ese papel hay nueve protecciones que quiero que actives en torno a ti y a Orik, el enano. Como descubriste en Sílthrim, nuestras fiestas son potentes y no están hechas para aquellos que tienen una constitución más débil que la nuestra. Sin protección, te arriesgas a perderte en la red de nuestra magia. He visto cómo pasa eso. Incluso con estas precauciones, debes tener cuidado de que no se te lleven los caprichos que volarán en la brisa. Mantén la guardia, pues durante ese tiempo los elfos podemos volvernos locos; maravillosa, gloriosamente locos, pero locos en cualquier caso.

En la vigilia del Agaetí Blödhren —que iba a durar tres días— Eragon, Saphira y Orik acompañaron a Arya al árbol Menoa, donde se habían reunido una gran cantidad de elfos, con sus cabellos negros y plateados flameando bajo las antorchas. Islanzadí estaba plantada en una raíz alta en la base del tronco, alta, pálida y clara como un abedul. Blagden descansaba en el hombro izquierdo de la reina, mientras que Maud, la mujer gata, merodeaba tras ella. Glaedr estaba allí, igual que Oromis, ataviado de rojo y negro, y otros elfos a los que Eragon reconoció, como Lifaen y Narí y, para su desagrado, Vanir. En lo alto, las estrellas brillaban en el cielo aterciopelado.

—Esperad aquí —dijo Arya.

Se deslizó entre la multitud y regresó con Rhunön. La herrera pestañeaba como una lechuza para mirar alrededor. Eragon la saludó, y ella les dedicó un asentimiento a él y a Saphira.

—Bienvenidos, Escamas Brillantes y Eragon Asesino de Sombra.

Luego estudió a Orik y se dirigió a él en el idioma de los enanos, a lo que Orik respondió con entusiasmo, obviamente encantado de conversar con alguien en la burda habla de su tierra natal.

—¿Qué ha dicho? —preguntó Eragon, agachándose.

—Me ha invitado a su casa para que la vea trabajar y hablemos del manejo del metal. —El asombro cruzó el rostro de Orik—. Eragon, ella aprendió al principio del propio Fûthark, uno de los grimstborith legendarios del Dûrgrimst Ingeitum. Hubiera dado lo que fuera por conocerlo.

Esperaron juntos hasta la llegada de la medianoche, cuando Islanzadí alzó el brazo izquierdo de tal manera que señalaba la luna nueva como una lanza de mármol. Una leve esfera blanca se formó sobre la palma de su mano a partir de la luz que emitían las linternas diseminadas por el árbol Menoa. Entonces Islanzadí caminó por la raíz hacia el gigantesco tronco y depositó la esfera en un hueco de la corteza, donde permaneció con un latido.

Eragon se volvió a Arya.

—¿Ha empezado?

—¡Ha empezado! —Se rió—. Y terminará cuando esa luz se extinga.

Los elfos se dividieron en campamentos informales a lo largo del bosque y del claro que rodeaba al árbol Menoa. Hicieron aparecer, aparentemente de la nada, mesas cargadas con fantásticas viandas que, por su fantasmagórico aspecto, eran obra del trabajo de los hechiceros, tanto como de los cocineros.

Luego los elfos empezaron a cantar con voces claras que sonaban como flautas. Entonaron muchas canciones, pero cada una era parte de una melodía mayor que trazaba un hechizo en la noche soñolienta, potenciaba los sentidos, eliminaba las inhibiciones y traía la diversión con una magia fantasiosa. Sus versos hablaban de gestas heroicas, de expediciones en barco y a caballo a tierras olvidadas y del dolor de la belleza perdida. El latido de la música envolvió a Eragon; sintió que un salvaje abandono se apoderaba de él, un deseo de correr y librarse de su vida y bailar en los claros de los elfos por siempre jamás. A su lado, Saphira tarareaba la tonada, con los ojos vidriosos entornados.

Eragon nunca fue capaz de recordar adecuadamente lo que pasó a partir de entonces. Era como si hubiera padecido una fiebre en la que hubiese perdido y recuperado alternativamente la conciencia. Recordaba ciertos incidentes con vívida claridad —brillantes y punzantes fulgores llenos de júbilo—, pero le resultaba imposible reconstruir el orden en que habían sucedido. Perdió la pista de si era de día o de noche, pues el crepúsculo parecía invadir el bosque fuera cual fuese la hora. Tampoco podía decir si había caído en un sueño profundo durante la celebración, si había necesitado dormir...

566

Υ

Recordaba dar vueltas aferrado a las manos de una doncella élfica con labios de cereza, el sabor de miel de su lengua y el olor a enebro en el aire...

Recordaba a los elfos colgados de las ramas abiertas del árbol Menoa, como una bandada de estorninos. Tocaban arpas doradas y lanzaban adivinanzas a Glaedr, que estaba debajo, y de vez en cuando señalaban el cielo con un dedo, y en ese momento aparecía un estallido de ámbares de colores con formas diversas que luego se desvanecían...

Recordaba estar sentado en una hondonada, apoyado en Saphira, y mirando a la misma doncella élfica que se cimbreaba ante un público embelesado mientras cantaba:

567

> Lejos, lejos, volarás lejos,
> Sobre los picos y los valles
> Hasta las tierras del más allá.
> Lejos, lejos, volarás lejos
> Y nunca volverás a mí.
>
> ¡Ido! Te habrás ido de mí
> y nunca volveré a verte.
> ¡Ido! Te habrás ido de mí,
> aunque te espere para siempre.

Recordaba poemas infinitos: algunos melancólicos; otros alegres; la mayoría, ambas cosas a la vez. Escuchó entero el poema de Arya y sin duda le pareció hermoso, y el de Islanzadí, que era más largo pero igualmente meritorio. Todos los elfos se habían reunido para escuchar esas dos obras...

Y

Recordaba las maravillas que los elfos habían preparado para la celebración, muchas de las cuales le hubieran parecido imposibles de antemano, incluso con la ayuda de la magia. Rompecabezas y juguetes, arte y armas, objetos cuya función se le escapaba. Un elfo había hechizado una bola de cristal de tal modo que cada pocos segundos nacía una flor distinta en su corazón. Otro se había pasado décadas recorriendo Du Weldenvarden y memorizando los sonidos de los elementos, e hizo que los más hermosos sonaran ahora en los cuellos de cien lirios blancos.

Rhunön aportó un escudo que no se podía romper, un par de guantes tejidos con hilo de hierro que permitían a quien los llevara manejar plomo derretido y objetos parecidos sin lastimarse, y una delicada escultura de un chochín en pleno vuelo, esculpido en un bloque de metal sólido y pintado con tal habilidad que el pájaro parecía vivo.

Una pirámide escalonada de madera de unos veinte centímetros de altura, construida con cincuenta y ocho piezas que se entrelazaban, fue la ofrenda de Orik, que encantó a los elfos, quienes insistieron en desmontarla y volverla a montar tantas veces como se lo permitiera Orik. «Maestro Barba Larga», lo llamaban, y le decían: «Dedos listos quiere decir mente lista»...

Recordaba que Oromis se lo había llevado a un lado, lejos de la música, y él le había preguntado al elfo:

—¿Qué pasa?

—Tienes que aclararte la mente. —Oromis lo había guiado hasta un tronco caído para que se sentara en él—. Quédate aquí unos minutos. Te sentirás mejor.

—Estoy bien. No necesito descansar —había protestado Eragon.

—No estás en condiciones de juzgar por ti mismo en este momento. Quédate aquí hasta que seas capaz de enumerar los hechizos de cambio, los mayores y los menores, y luego podrás reunirte con nosotros. Prométemelo...

Recordaba criaturas oscuras y extrañas que se deslizaban desde las profundidades del bosque. La mayoría eran animales que se veían alterados por los hechizos acumulados en Du Weldenvarden y se sentían arrastrados hacia el Agaetí Blödhren como se ve atraído un hambriento por la comida. Parecían encontrar alimento en la presencia de la magia de los elfos. La mayoría se atrevía a mostrarse apenas como un par de ojos brillantes en los aledaños de las antorchas. Un animal que sí se expuso por completo fue la loba que Eragon había visto antes, esta vez en forma de mujer ataviada de blanco. Merodeaba tras un zarzal, mostrando las dagas de sus dientes en una sonrisa divertida y paseando sus ojos amarillos de un lado a otro.

Pero no todas las criaturas eran animales. Unos pocos eran elfos que habían alterado sus formas originales por razones funcionales o en busca de un ideal distinto de belleza. Un elfo cubierto con una piel de pintas saltó por encima de Eragon y siguió dando botes, a menudo a cuatro patas, o sobre los pies. Tenía la cabeza estrecha y alargada, con orejas de felino, los brazos le llegaban hasta las rodillas y sus manos de largos dedos tenían burdas almohadillas en las palmas.

Más adelante, dos elfas idénticas se presentaron a Saphira. Se movían con una lánguida elegancia, y cuando se llevaron los dedos a los labios en el saludo tradicional, Eragon vio que sus dedos estaban unidos por una redecilla translúcida. «Venimos de lejos», susurraron. Al hablar, tres hileras de branquias latían a cada lado de sus esbeltos cuellos, revelando la carne rosada por debajo. Sus pieles brillaban como si estuvieran engrasadas. Sus cabellos lacios les llegaban más abajo de los hombros.

Conoció a un elfo cubierto con una armadura de escamas entrelazadas, como las de un dragón, con una cresta huesuda en la cabeza, una hilera de púas que le recorrían la espalda y dos pálidas llamas que flameaban en las fosas de su nariz acampanada.

Y conoció a otros que no eran tan reconocibles: elfos cuyas siluetas temblaban, como si los estuviera mirando a través del agua; elfos que, cuando permanecían quietos, se confundían con los árboles; elfos altos de ojos negros, incluso en la zona que debería ser blanca, cuya belleza terrible asustaba a Eragon y que, cuando llegaban a tocar algo, lo atravesaban como si fueran sombras.

El ejemplo definitivo de ese fenómeno era el árbol Menoa, que al mismo tiempo era la elfa Linnëa. El árbol parecía llenarse de vida con la actividad del claro. Sus ramas se agitaban aunque no las tocara ninguna brisa, por momentos los crujidos de su tronco se oían tanto que acompañaban el fluir de la música, y un aire de gentil benevolencia emanaba del árbol y se posaba en quienes estuvieran cerca...

Y recordaba dos ataques a su espalda, con gritos y gruñidos en las sombras, mientras los elfos locos continuaban regocijándose a su alrededor y sólo Saphira acudía a cuidar de él...

Al tercer día del Agaetí Blödhren, según supo Eragon después, ofrendó sus versos a los elfos. Se levantó y dijo:

—No soy herrero, ni se me da bien esculpir, tejer, la alfarería, la pintura, ni ninguna de las artes. Tampoco puedo rivalizar con los logros de vuestros hechizos. Así, sólo me quedan mis propias experiencias, que he intentado interpretar a través de la lente de una historia, aunque tampoco soy ningún bardo.

Luego, a la manera en que Brom había interpreado sus baladas en Carvahall, Eragon cantó:

En el reino junto al mar,
En las montañas cubiertas de azul,
En el último día de un invierno gélido
Nació un hombre con una sola tarea:

Matar a Durza, el enemigo,
En la tierra de las sombras.

Criado por la bondad y la sabiduría
Bajo robles más antiguos que el tiempo,
Corría con los ciervos, peleaba con osos
Y aprendió de los ancianos las artes

Para matar a Durza, el enemigo,
En la tierra de las sombras.

Aprendió a espiar al ladrón de negro
Cuando atrapa al débil y al fuerte;
A esquivar sus golpes y enfrentarse al demonio
Con trapos, piedras, plantas y huesos;

Y a matar a Durza, el enemigo,
En la tierra de las sombras.

Pasaron los años, rápidos como el pensamiento,
Hasta que se hizo todo un hombre,
Con el cuerpo ardiente de rabia febril,
Aunque la impaciencia de la juventud surcara aún sus venas.

Luego conoció a una hermosa doncella
Que era alta, fuerte y sabia,
Con la frente adornada por la luz de Gëda,
Que brillaba en su larga capa.

En sus ojos de azul de medianoche,
En aquellas enigmáticas lagunas,
Se le apareció un brillante futuro
En el que, juntos, no deberían

Temer a Durza, el enemigo,
En la tierra de las sombras.

Así contó Eragon la historia del hombre que viajaba a la tierra de Durza, donde buscaba al enemigo y luchaba con él pese al frío terror de su corazón. Sin embargo, aunque al final triunfaba, el hombre recibía un golpe fatal, pues ahora que había batido a su enemigo, ya no temía el destino de los mortales. No necesitaba matar a Durza, el enemigo. Entonces el hombre enfundaba su espada, volvía a casa y desposaba a su amada al llegar el verano. Con ella pasaba la mayor parte de los días contento, hasta que su barba se volvía larga y blanca. Pero:

En la oscuridad anterior al alba,
En el cuarto en que dormía el hombre,
El enemigo se arrastró y se alzó
Ante su poderoso rival, ahora tan débil.

Desde su lecho, el hombre
Alzó la cabeza y miró
El rostro frío y vacío de la muerte,
La reina de la noche eterna.

El corazón del hombre se llenó
De una tranquila resignación; mucho antes
Había perdido el miedo al abrazo de la muerte,
El último abrazo que conoce todo hombre.

Gentil como la brisa mañanera,
El enemigo se agachó y robó al hombre
Su espíritu brillante y latiente
Y desde entonces se fueron ambos a vivir

En paz para siempre en Durza,
En la tierra de las sombras.

Eragon se quedó callado y, consciente de que había muchos ojos puestos en él, agachó la cabeza y buscó enseguida su asiento. Le avergonzaba haber revelado tanto de sí mismo.

Däthedr, el noble elfo, dijo:

—Te subestimas, Asesino de Sombra. Parece que has descubierto un nuevo talento.

Islanzadí alzó una mano pálida.

—Tu obra se sumará a la gran biblioteca de la sala de Tialdarí, Eragon-finiarel, para que puedan apreciarla todos los que lo deseen. Aunque tu poema es una alegoría, creo que a muchos nos ha ayudado a entender mejor las penurias a que te has enfrentado desde que se te apareció el huevo de Saphira, de las que somos responsables, y no en pequeña medida. Debes leérnoslo otra vez para que podamos pensar más en eso.

Complacido, Eragon agachó la cabeza e hizo lo que se le ordenaba. Luego llegó el momento de que Saphira presentara su obra a los elfos. Alzó el vuelo en la noche y regresó con una piedra negra, cuyo tamaño triplicaba el de un hombre grande, atrapada en los talones. Aterrizó con las piernas tra-

573

seras y dejó la piedra en pie en medio de la pradera, a la vista de todos. La piedra brillante había sido derretida y, de algún modo, moldeada para que adoptara recargadas curvas que se enroscaban entre sí, como olas congeladas. Las lenguas estriadas de la piedra se retorcían con formas tan enrevesadas que el ojo tenía problemas para seguir una sola pieza desde la base hasta la punta y pasaba de una espiral a otra.

Como era la primera vez que veía la escultura, Eragon la miró con tanto interés como los elfos. *¿Cómo lo has hecho?*

Los ojos centelleaban de diversión. *Lamiendo la piedra derretida.* Luego se agachó y echó fuego sobre la piedra, bañándola en una columna dorada que ascendía hacia las estrellas y les lanzaba zarpazos con dedos luminosos. Cuando Saphira cerró las fauces, los extremos de la escultura, finos como el papel, ardían con un rojo de cereza, mientras que unas llamas pequeñas titilaban en los huecos oscuros y en las grietas de toda la piedra. Las cintas fluidas de piedra parecían moverse bajo aquella luz hipnótica.

Los elfos exclamaron admirados, aplaudieron y bailaron en torno a la pieza. Uno de ellos exclamó:

—¡Bien forjado, Escamas Brillantes!

Es bonita, dijo Eragon.

Saphira le tocó un brazo con el morro. *Gracias, pequeñajo.*

Luego Glaedr llevó su ofrenda: un bloque de roble rojo en el que había tallado, con la punta de un talón, un paisaje de Ellesméra vista desde arriba. Y Oromis reveló su contribución: el pergamino completo que Eragon le había visto ilustrar a menudo durante sus lecciones. En la mitad superior del pergamino marchaban columnas de glifos —una copia de La *balada de Vestarí el Marino*—, mientras que en la parte inferior desfilaba un panorama de paisajes fantásticos, presentados con una artesanía, un detallismo y una habilidad pasmosos.

Arya tomó a Eragon de la mano y lo guió entre el bosque hasta el árbol Menoa, donde le dijo:

—Mira cómo se va apagando la luz fantasmal. Sólo nos quedan unas pocas horas hasta que llegue el alba y debamos regresar al mundo de la fría razón.

En torno al árbol se reunía una gran cantidad de elfos, con los rostros brillantes de ansiosa anticipación. Con gran dignidad, Islanzadí salió de entre la bruma y caminó por una raíz tan ancha como un sendero hasta el punto en que trazaba un ángulo hacia arriba y se doblaba sobre sí misma. Se quedó sobre aquel saliente retorcido, mirando a los esbeltos elfos que la esperaban.

—Como es nuestra costumbre, y como acordaron tras la Guerra de los Dragones la reina Tarmunora, el primer Eragon y el dragón blanco que representaba a su raza —aquel cuyo nombre no puede pronunciarse en este lenguaje ni en ningún otro—, cuando unieron los destinos de elfos y dragones, nos hemos reunido para honrar el Juramento de Sangre con canciones y danzas, y con los frutos de nuestro trabajo. La última vez que se dio esta celebración, hace muchos y largos años, nuestra situación era sin duda desesperada. Desde entonces ha mejorado algo como consecuencia de nuestros esfuerzos, de los de los dragones y los vardenos, aunque Alagaësia sigue bajo la negra sombra del Wyrdfell y todavía hemos de vivir con la vergüenza de haber fallado a los dragones.

»De los Jinetes de antaño sólo quedan Oromis y Glaedr. Brom y otros muchos entraron en el vacío durante este último siglo. De todos modos, se nos ha concedido una nueva esperanza por medio de Eragon y Saphira, y es justo y correcto que estén ahora con nosotros aquí mientras reafirmamos el juramento entre nuestras tres razas.

Tras una señal de la reina, los elfos despejaron una amplia zona alrededor de la base del árbol Menoa. En torno a ese pe-

575

rímetro clavaron un anillo de antorchas montadas en pértigas talladas, mientras los músicos se reunían a lo largo de una larga raíz con sus flautas, arpas y tambores. Guiado por Arya hasta el borde del círculo, Eragon se encontró sentado entre ella y Oromis, mientras Saphira y Glaedr se acurrucaban a ambos lados como montículos llenos de piedras preciosas.

Oromis se dirigió a Eragon y Saphira:

—Prestad mucha atención, pues esto tiene una gran importancia para vuestra herencia como Jinetes.

Cuando todos los elfos estuvieron instalados, dos doncellas élficas caminaron hasta el centro y se situaron con las espaldas en contacto. Eran exageradamente bellas e idénticas en todos los aspectos, salvo por sus cabellos: una tenía mechones negros como una balsa remota, mientras que la melena de la otra brillaba como alambres de plata bruñida.

—Las cuidadoras, Iduna y Nëya —susurró Oromis.

Desde el hombro de Islanzadí, Blagden aulló:

—¡Wyrda!

Moviéndose a la vez, las dos elfas alzaron las manos hacia los broches que llevaban en el cuello, los soltaron y dejaron caer sus túnicas blancas. Aunque no llevaban más prendas, las mujeres se adornaban con el tatuaje iridiscente de un dragón. El tatuaje empezaba con la cola del dragón enroscada en torno al tobillo izquierdo de Iduna, subía por su pierna izquierda hasta el muslo, se alargaba por el torso y entonces pasaba a la espalda de Nëya, en cuyo pecho terminaba, con la cabeza del dragón. Cada escama estaba pintada con un color distinto; los halos vibrantes daban al tatuaje la apariencia de un arco iris.

Las doncellas élficas entrelazaron sus manos y sus brazos de tal modo que el dragón adquiría continuidad y pasaba de un cuerpo a otro sin interrupción. Luego ambas levantaron un pie descalzo y lo volvieron a bajar sobre la tierra con un suave *zum*.

Y otra vez: *zum*.

Al tercero, los músicos empezaron a tocar sus instrumentos siguiendo su ritmo. Un nuevo *zum* y los arpistas pinzaron las cuerdas de sus instrumentos dorados; un instante después, las flautas de los elfos se sumaron al latido de la melodía.

Despacio al principio, pero con una velocidad cada vez mayor, Iduna y Nëya empezaron a bailar, marcando el tiempo cuando sus pies pisaban la tierra y ondulándose de tal modo que, en vez de moverse ellas, parecía que fuera el dragón quien lo hacía. Dieron vueltas y vueltas, y el dragón trazó círculos interminables en sus pieles.

Luego las gemelas sumaron sus voces a la música, aumentando la pulsación con sus gritos feroces, sus líricos versos sobre un hechizo tan complejo que Eragon no pudo atrapar su significado. Como el viento creciente que precede a una tormenta, las elfas acompañaban el hechizo cantando con una sola lengua, una sola mente, una sola intención. Eragon no conocía aquellas palabras, pero se descubrió pronunciándolas al mismo tiempo que los elfos, empujado por la inexorable cadencia. Oyó que Saphira y Glaedr tarareaban al mismo tiempo, una pulsación profunda y tan fuerte que vibraba dentro de sus huesos, le cosquilleaba en la piel y hacía temblar el aire.

Iduna y Nëya daban vueltas cada vez más rápidas, hasta que sus pies se convirtieron en un remolino borroso y polvoriento y sus cabellos se alzaron en el aire y brillaron con una capa de sudor. Las doncellas aceleraron hasta alcanzar una velocidad inhumana, y la música llegó a su clímax en un frenesí de frases cantadas. Entonces un rayo de luz recorrió todo el tatuaje del dragón, de la cabeza a la cola, y éste se agitó. Al principio Eragon creyó que sus ojos lo habían engañado, hasta que la criatura guiñó un ojo, alzó las alas y apretó los talones.

Un estallido de llamas salió de las fauces del dragón, que se lanzó hacia delante y se liberó de la piel de las elfas para alzarse por el aire, donde quedó suspendido, agitando las alas. La punta de la cola seguía conectada con las gemelas, como un brillante cordón umbilical. La bestia gigantesca se estiró hacia la luna negra y soltó un salvaje rugido de tiempos pasados, y luego se volvió y repasó con la mirada a los elfos allí reunidos. Cuando la torva mirada del dragón recayó en él, Eragon supo que la criatura no era una mera aparición, sino un ser consciente, creado y sostenido por la magia. El ronroneo de Saphira y Glaedr creció en intensidad hasta bloquear cualquier otro sonido que pudiera llegar a los oídos de Eragon. En lo alto, aquel espectro de su raza voló en un círculo hacia los elfos y los rozó con su insustancial ala. Se detuvo delante de Eragon y lo atrapó en una mirada infinita y arremolinada. Impulsado por algún instinto, Eragon alzó la mano derecha, cuya palma ardía.

El eco de la voz del fuego resonó en su mente: *Nuestro regalo para que puedas hacer lo que debes.*

El dragón dobló el cuello y, con el morro, tocó el corazón del gedwëy ignasia de Eragon. Saltó entre ellos una centella, y Eragon se puso rígido al notar que un calor incandescente se derramaba por su cuerpo y le consumía las entrañas. Su visión se tiñó de rojo y de negro, y la cicatriz de la espalda le quemó como si la estuvieran marcando al rojo vivo. Refugiándose en la seguridad, se encerró en lo más profundo de sí mismo, donde la oscuridad lo agarró y no tuvo fuerzas para resistirse.

Por último, oyó de nuevo que la voz del fuego le decía: *Nuestro regalo para ti.*

En un claro estrellado

*C*uando se despertó, Eragon estaba solo.

Al abrir los ojos, se quedó mirando el techo tallado de la casa que él y Saphira compartían en el árbol. Fuera seguía reinando la noche, y los sonidos de la fiesta de los elfos se alzaban desde la brillante ciudad que quedaba allá abajo.

Antes de que pudiera percibir nada más, Saphira entró en su mente, irradiando preocupación y ansiedad. Recibió una imagen de ella plantada delante de Islanzadí en el árbol Menoa, y luego Saphira le preguntó: *¿Cómo estás?*

Me encuentro... bien. Hacía mucho tiempo que no me encontraba tan bien. ¿Cuánto rato llevo…?

Sólo una hora. Me hubiera quedado contigo, pero necesitaban que Oromis, Glaedr y yo completáramos la ceremonia. Tendrías que haber visto la reacción de los elfos cuando te has desmayado. Nunca había pasado nada así.

¿Ha sido cosa tuya, Saphira?

No sólo ha sido obra mía, también de Glaedr. Los recuerdos de nuestra raza, que tomaron forma y sustancia por medio de la magia de los elfos, te han ungido con toda la capacidad que poseemos los dragones, pues eres nuestra mejor esperanza para evitar la extinción.

No lo entiendo.

Mírate al espejo —le sugirió—. *Luego descansa y, al amanecer, volveré contigo.*

Saphira se fue, y Eragon se levantó y estiró los músculos,

asombrado por la sensación de bienestar que lo invadía. Fue a la zona de baño, cogió el espejo que solía usar para afeitarse y lo puso bajo la luz de una antorcha cercana.

Eragon se quedó paralizado por la sorpresa.

Era como si los numerosos cambios físicos que, con el paso del tiempo, alteran la apariencia de un Jinete humano —y que Eragon había empezado a experimentar desde que se vinculara con Saphira— se hubieran completado mientras permanecía inconsciente. Su rostro era ahora suave y anguloso como el de un elfo, con las orejas puntiagudas como ellos, ojos rasgados como los suyos y una piel pálida como el alabastro que parecía emitir un leve brillo, como el lustre de la magia. «Parezco un principito.» Eragon nunca había aplicado el término a un humano, y mucho menos a sí mismo, pero la única palabra que podía describirlo ahora era «hermoso». Y sin embargo, no llegaba a ser un elfo. La mandíbula era más fuerte; la frente, más gruesa; el rostro, más ancho. Era más bello que cualquier humano y más tosco que cualquier elfo.

Con dedos temblorosos, Eragon alargó una mano hacia la nuca en busca de la cicatriz.

No sintió nada.

Eragon se arrancó la túnica y se volvió ante el espejo para examinarse la espalda. Estaba lisa, como antes de la batalla de Farthen Dûr. Las lágrimas saltaron a sus ojos cuando pasó la mano por el lugar en que lo había mutilado Durza.

No sólo ya no estaba la marca salvaje que él había elegido conservar, sino que todas las demás cicatrices y manchas habían desaparecido de su cuerpo, dejándolo impecable como el de un recién nacido. Eragon trazó una línea por su muñeca, donde se había cortado afilando el azadón de Garrow. No quedaba ni rastro de la herida. Las emborronadas cicatrices de la cara interior de los muslos, restos de su primer vuelo con Saphira, también habían desaparecido. Durante un instante las añoró, pues eran un registro de su vida, pero el lamento fue breve, pues se dio cuenta de que el daño provocado por todas las heridas de su vida, incluso el más leve, había sido reparado.

«Me he convertido en lo que estaba destinado a ser», pensó, y respiró hondo aquel aire embriagador.

Dejó el espejo en la cama y se arregló con sus mejores ropas: una túnica encarnada, cosida con hilo de oro; un cinturón tachonado de jade; mallas cálidas y acolchadas; un par de botas de tela, favoritas de los elfos; y en los antebrazos, los protectores de piel que le habían regalado los enanos.

Eragon bajó del árbol, deambuló por las sombras de Ellesméra y observó la jarana de los elfos en la fiebre de la noche. Ninguno lo reconoció, aunque lo saludaban como si fuera uno más y lo invitaban a compartir sus fiestas saturnales.

Eragon flotaba en un estado de conciencia reforzada, con los sentidos atiborrados por una multitud de nuevas visiones, sonidos, olores y sentimientos que lo asaltaban. Podía ver en una oscuridad que, hasta entonces, lo hubiera dejado ciego. Podía tocar una hoja y, sólo por el tacto, contar de uno en uno los cabellos que crecían en ella. Podía identificar los olores que le llegaban con tanta habilidad como un lobo o un dragón. Y podía oír los pasitos de los ratones bajo la maleza y el ruido de un fragmento de corteza al caer al suelo; el latido de su corazón le parecía un tambor.

Su deambular sin rumbo lo llevó más allá del árbol de Menoa, donde se detuvo a mirar a Saphira en medio de la fiesta, aunque no se mostró a quienes estaban en el claro.

¿Adónde vas, pequeñajo?, le preguntó.

Vio que Arya se levantaba, abandonaba la compañía de su madre y se abría camino entre los elfos reunidos y luego, como un espíritu del bosque, se deslizaba bajo los árboles. *Camino entre la luz y la oscuridad*, respondió, y caminó tras Arya.

581

Eragon siguió su pista por su delicado aroma de pinaza aplastada, por el leve tacto de sus pies en el suelo y por los disturbios que su estela provocaba en el aire. La encontró sentada a solas al borde del claro, con pose de criatura salvaje mientras contemplaba los giros de las constelaciones en lo alto del cielo.

Cuando Eragon entró en el claro, Arya lo miró y él sintió que lo veía por primera vez. Abrió mucho los ojos y susurró:

—¿Eres tú, Eragon?

—Sí.

—¿Qué te han hecho?

—No lo sé.

Se acercó a ella, y juntos pasearon por los densos bosques, a los que el eco llevaba fragmentos de música y voces de la fiesta. Tras sus cambios, Eragon tenía una aguda conciencia de la presencia de Arya, del susurro de su ropa sobre la piel, de la suave y pálida exposición de su cuello y de sus pestañas, recubiertas por una capa de aceite que las hacía brillar y curvarse como pétalos negros húmedos de lluvia.

Se detuvieron en la orilla de un estrecho arroyo, tan claro que resultaba invisible bajo la tenue luz. Lo único que traicionaba su presencia era el profundo gorgoteo del agua al derramarse sobre las piedras. Alrededor de ellos, los gruesos pinos formaban una cueva con sus ramas, escondiendo a Eragon y Arya del mundo y amortiguando el aire, frío y tranquilo. El hueco parecía no tener época, como si fuera ajeno al mundo y estuviera protegido por la magia contra el aliento marchito del tiempo.

En aquel lugar secreto, Eragon se sintió de pronto cercano a Arya, y toda su pasión por ella se abalanzó en su mente. Estaba tan intoxicado por la fuerza y la vitalidad que recorría sus venas —así como por la magia indómita que llenaba el bosque—, que abandonó la precaución y dijo:

—Qué altos son los árboles, cómo brillan las estrellas... y qué hermosa estás, oh Arya Svit-kona.

En circunstancias normales, él mismo habría considerado aquel comentario como la cúspide de la estupidez, pero en aquella noche fantasiosa y alocada, parecía perfectamente sensato.

Ella se tensó.

—Eragon...

Él ignoró el aviso.

—Arya, haré lo que sea por obtener tu mano. Te seguiría a los confines de la tierra. Construiría un palacio para ti con mis manos desnudas. Haría...

—¿Quieres dejar de perseguirme? ¿Me lo puedes prometer? —Al ver que él dudaba, Arya se acercó más a él y, en tono grave y gentil, añadió—: Eragon, esto no puede ser. Tú eres joven y yo soy vieja, y eso no va a cambiar nunca.

—¿No sientes nada por mí?

583

—Mis sentimientos por ti —dijo ella— son los propios de una amiga, y nada más. Te agradezco que me rescataras en Gil'ead y encuentro agradable tu compañía. Eso es todo... Abandona esta búsqueda tuya, pues no hará más que partirte el corazón. Y encuentra alguien de tu edad con quien puedas pasar largos años.

Las lágrimas brillaban en los ojos de Eragon.

—¿Cómo puedes ser tan cruel?

—No soy cruel, sino amable. No estamos hechos el uno para el otro.

Desesperado, él sugirió:

—Podrías darme tus recuerdos, y así tendría el mismo conocimiento y tanta experiencia como tú.

—Sería una aberración. —Arya alzó la barbilla, con el rostro grave y solemne, teñido de plata por el brillo de las estrellas—. Escúchame bien, Eragon. Esto no puede ser y no será. Y mientras no te domines, nuestra amistad tiene que dejar de existir, pues tus emociones no hacen más que distraernos de nuestros deberes. —Le dedicó una reverencia—. Adiós, Eragon Asesino de Sombra.

Luego echó a andar a grandes zancadas y desapareció en Du Weldenvarden.

Entonces las lágrimas se derramaron por las mejillas de Eragon y cayeron sobre el musgo, donde permanecieron sin ser absorbidas, como perlas esparcidas en una manta de terciopelo esmeralda. Aturdido, Eragon se sentó en un tronco podrido y enterró la cara entre las manos, llorando por la condena de que su amor por Arya no fuera correspondido, y llorando por haberla apartado aun más de sí.

En pocos instantes, Saphira se unió a él. *Ah, pequeñajo.* Lo acarició con el hocico. *¿Por qué has tenido que hacerte esto? Ya sabías lo que iba a pasar si intentabas cortejar de nuevo a Arya.*

No he podido evitarlo. Se rodeó el vientre con los brazos y se balanceó sobre el tronco, reducido al hipo de los sollozos por la fuerza de su desgracia. Saphira lo cubrió con su cálida ala y lo acercó a ella, como haría la madre de un halcón con su criatura. Eragon se apretujó a ella y se quedó acurrucado mientras la noche se convertía en día y el Agaetí Blödhren tocaba a su fin.

Tierra a la vista

$\mathcal{R}$oran permanecía en la cubierta de popa del *Jabalí Rojo* con los brazos cruzados sobre el pecho y los pies bien separados para mantener el equilibrio en la barcaza, que se mecía. El viento salado le agitaba la melena, tiraba de su espesa barba y le hacía cosquillas en los pelos de los brazos descubiertos.

A su lado, Clovis manejaba la barra del timón. El curtido marinero señaló hacia la costa, a una roca llena de gaviotas y silueteada en la cresta de una colina que se extendía hasta el océano.

—Teirm queda justo al otro lado de ese pico.

Roran aguzó la mirada bajo el sol de la tarde, cuyo reflejo en el océano trazaba una cinta cegadora de tan brillante.

—Entonces, de momento nos paramos aquí.

—¿Todavía no quieres entrar en la ciudad?

—No todos a la vez. Llama a Torson y Flint y haz que lleven sus gabarras hasta esa costa. Parece un buen lugar para acampar.

Clovis hizo una mueca de desagrado.

—Arrrgh. Esperaba cenar caliente esta noche.

Roran lo entendió; la comida fresca de Narda se había terminado hacía tiempo, y se habían quedado con nada más que cerdo en salazón, arenques salados, coles saladas, galletas saladas que habían hecho los aldeanos con la harina que habían comprado, verduras escabechadas y algo de carne fresca cuando los aldeanos sacrificaban alguno de los animales que les quedaban, o cuando conseguían cazar algo si estaban en tierra.

La ruda voz de Clovis rebotó en el agua cuando gritó a los patrones de las otras dos gabarras. Cuando se acercaron, les ordenó que atracaran en la costa, pese al vociferío de su descontento. Ellos y los demás marineros habían contado con llegar aquel mismo día a Teirm y dilapidar su paga con los goces de la ciudad.

Cuando estuvieron atracadas las gabarras en la playa, Roran caminó entre los aldeanos y les ayudó a instalar tiendas aquí y allá, a descargar sus equipajes, a recoger agua en un arroyo cercano y, en general, prestó ayuda hasta que todos estuvieron instalados. Se detuvo a dirigir unas palabras de ánimo a Morn y Tara, pues parecían abatidos, y recibió una respuesta reservada. El tabernero y su mujer se habían mostrado distantes con él desde que abandonaran el valle de Palancar. En general, los aldeanos estaban en mejores condiciones que cuando llegaron a Narda, gracias al descanso que habían disfrutado en las gabarras, pero la preocupación constante y la exposición a los crudos elementos les habían impedido recuperarse tanto como esperaba Roran.

—Martillazos, ¿quieres cenar en nuestra tienda esta noche? —preguntó Thane, acercándose a Roran.

Éste rechazó la oferta con tanta elegancia como pudo y, al darse la vuelta, se vio encarado a Felda, cuyo marido, Byrd, había sido asesinado por Sloan. Ella hizo una breve reverencia y dijo:

—¿Puedo hablar contigo, Roran Garrowsson?

El le sonrió.

—Eso siempre, Felda. Ya lo sabes.

—Gracias. —Con una expresión furtiva, toqueteó las borlas que bordeaban su chal y miró hacia su tienda—. Te quisiera pedir un favor. Es por Mandel...

Roran asintió; él había escogido al hijo mayor de Felda para que lo acompañara a Narda en aquel fatídico viaje en el que matara a dos guardias. Mandel se había comportado admirablemente en aquella ocasión, así como en las semanas transcurridas desde entonces, formando parte de la tripulación de la *Edeline* y aprendiendo cuanto podía sobre el pilotaje de las barcazas.

—Se ha hecho muy amigo de los marineros de nuestra barcaza y ha empezado a jugar a los dados con esos forajidos. No se juegan dinero, que no tenemos, sino cosas pequeñas. Cosas que necesitamos.

—¿Le has pedido que deje de hacerlo?

Felda retorció las borlas.

—Me temo que, desde que murió su padre, ya no me respeta como antes. Se ha vuelto salvaje y testarudo.

«Todos nos hemos vuelto salvajes», pensó Roran.

—¿Y qué quieres que haga al respecto? —preguntó con amabilidad.

—Tú siempre has sido muy generoso con Mandel. Te admira. Si hablas con él, te escuchará.

Roran caviló sobre la petición y dijo:

—Muy bien, haré lo que pueda. —Felda suspiró aliviada—. Pero dime una cosa: ¿qué ha perdido en el juego?

—Sobre todo, comida. —Felda titubeó y luego añadió—: Pero sé que una vez se arriesgó a perder la pulsera de mi abuela por un conejo que esos hombres habían cazado con una trampa.

Roran frunció el ceño.

—Que descanse tu corazón, Felda. Me ocuparé del asunto en cuanto pueda.

—Gracias.

Felda hizo una nueva reverencia y luego desapareció entre las tiendas improvisadas; Roran se quedó rumiando lo que le había dicho.

587

Se rascaba la cabeza con la mente ausente mientras iba andando. El problema con Mandel y los marineros tenía doble filo; Roran se había dado cuenta de que durante el viaje desde Narda uno de los hombres de Torson, Frewin, había entablado relaciones con Odele, una joven amiga de Katrina. «Podrían crearnos problemas cuando dejemos a Clovis.»

Cuidándose de no llamar indebidamente la atención, Roran recorrió el campamento, reunió a los aldeanos de mayor confianza e hizo que lo acompañaran a la tienda de Horst, donde les dijo:

—Ahora nos iremos los cinco que acordamos, antes de que se haga tarde. Horst ocupará mi lugar mientras yo no esté. Recordad que vuestra tarea más importante es aseguraros de que Clovis no se vaya con las barcazas, ni las estropee de algún modo. Puede que no encontremos otro medio para llegar a Surda.

—Eso, y asegurarnos de que no nos descubran —comentó Orval.

—Exacto. Si ninguno de nosotros ha vuelto cuando caiga la noche de pasado mañana, dad por hecho que nos han capturado. Tomad las barcazas y zarpad hacia Surda, pero no os detengáis en Kuasta para comprar provisiones; probablemente el Imperio estará allí al acecho. Tendréis que encontrar comida en otro sitio.

Mientras sus compañeros se preparaban, Roran fue a la cabina de Clovis en el *Jabalí Rojo*.

—¿Sólo os vais cinco? —preguntó Clovis cuando Roran le hubo explicado su plan.

—Eso es. —Roran permitió que su mirada de hierro traspasara a Clovis hasta que éste se removió, incómodo—. Y cuando vuelva, espero que tú, las barcazas y todos tus hombres sigáis aquí todavía.

—¿Te atreves a poner en duda mi honor después de cómo he respetado nuestro trato?

—No pongo nada en duda, sólo te digo lo que espero. Hay demasiado en juego. Si cometes una traición ahora, condenas a una aldea entera a la muerte.

—Ya lo sé —murmuró Clovis, esquivando su mirada.

—Mi gente se defenderá en mi ausencia. Mientras quede algo de aliento en sus pulmones, no serán apresados, engañados ni abandonados. Y si les ocurriera alguna desgracia, yo los vengaría aunque tuviera que caminar mil leguas y pelear con el mismísimo Galbatorix. Escucha mis palabras, maestro Clovis, pues no digo más que la verdad.

—No somos tan amigos del Imperio como pareces creer —protestó Clovis—. Tengo tan pocas ganas como cualquiera de hacerles un favor.

Roran sonrió con ironía amarga.

—Un hombre haría cualquier cosa por proteger a su familia y su hogar.

Cuando Roran alzaba ya el pestillo de la puerta, Clovis preguntó:

—¿Y qué harás cuando llegues a Surda?

—Haremos...

—Haremos, no; qué harás tú. Te he estado mirando, Roran. Te he escuchado. Y pareces de buena calaña, aunque no me guste cómo me trataste. Pero no consigo que encaje en mi cabeza que sueltes el martillo y vuelvas a tomar el arado sólo porque ya hayas llegado a Surda.

Roran agarró el pestillo hasta que se le blanquearon los nudillos.

—Cuando haya llevado a la aldea hasta Surda —dijo con una voz vacía como un negro desierto—, me iré de caza.

—Ah, ¿tras esa pelirroja tuya? Algo he oído contar, pero no le daba...

Roran abandonó la cabina con un portazo. Dejó que su rabia ardiera un momento —disfrutando de la libertad de aquella emoción—, antes de dominar sus rebeldes pasiones.

Caminó hasta la tienda de Felda, donde Mandel se entretenía tirando un cuchillo de caza contra un madero.

«Felda tiene razón; alguien tiene que hablar con él para que sea sensato.»

—Estás perdiendo el tiempo —dijo Roran.

Mandel se dio la vuelta, sorprendido.

—¿Por qué lo dices?

—En una pelea de verdad, tienes más probabilidades de sacarte un ojo que de herir a tu enemigo. Si conoces la distancia exacta entre tú y tu objetivo... —Roran se encogió de hombros—. Es como si tiraras piedras.

Miró con interés distante mientras el joven hervía de orgullo.

—Gunnar me habló de un hombre al que conoció en Cithrí, capaz de acertar a un cuervo en pleno vuelo con su cuchillo, ocho veces de cada diez.

590

—Y las otras dos te matan. Normalmente, es mala idea desprenderte de tu arma en la batalla. —Roran agitó una mano para acallar las objeciones de Mandel—. Recoge tus cosas y reúnete conmigo en la colina del otro lado del arroyo dentro de quince minutos. He decidido que has de venir con nosotros a Teirm.

—Sí, señor.

Con una sonrisa de entusiasmo, Mandel se metió en la tienda y empezó a empacar.

Al irse, Roran se encontró con Felda, que sostenía a su hija menor sobre una cadera. Felda paseó la mirada entre Roran y la actividad que su hijo desarrollaba en la tienda, y tensó el rostro.

—Mantenlo a salvo, Martillazos.

Dejó a su hija en el suelo y luego se afanó por ayudar a reunir los objetos que iba a necesitar Mandel.

Roran fue el primero en llegar a la colina señalada. Se agachó en una roca blanca y contempló el mar mientras se preparaba para la tarea que tenía por delante. Cuando llegaron Loring, Gertrude, Birgit y su hijo Nolfavrell, Roran saltó de la roca y les dijo:

—Hemos de esperar a Mandel; se unirá a nosotros.

—¿Para qué? —quiso saber Loring.

También Birgit frunció el ceño.

—Creía que estábamos de acuerdo en que nadie más debía acompañarnos. Sobre todo Mandel, porque lo vieron en Narda. Bastante peligroso es que vengáis tú y Gertrude, y la presencia de Mandel no hace más que aumentar las posibilidades de que alguien nos reconozca.

—Correré ese riesgo. —Roran los miró a los ojos de uno en uno—. Necesita venir.

Al fin lo escucharon y, con Mandel, se dirigieron los seis hacia el sur, a Teirm.

591

Teirm

*E*n esa zona, la costa estaba compuesta por colinas bajas y alargadas, verdes de lustrosa hierba y algún que otro brezo, sauce y álamo. La tierra, blanda y embarrada, cedía bajo sus pies y dificultaba el camino. A su derecha quedaba el mar brillante. A su izquierda, la silueta púrpura de las Vertebradas. Las hileras de montañas cubiertas de nieve estaban pespunteadas de nubes y niebla.

Cuando la compañía de Roran se abrió camino entre las propiedades que rodeaban Teirm —algunas eran granjas sueltas; otras, enormes conglomerados—, se esforzaron al máximo por no ser detectados. Cuando encontraron el camino que conectaba Narda con Teirm, lo cruzaron a toda prisa y siguieron unos cuantos kilómetros hacia el este, en dirección a las montañas, antes de dirigirse de nuevo al sur. Una vez estuvieron seguros de que habían rodeado la ciudad, torcieron de nuevo hacia el océano hasta que encontraron el camino que entraba por el sur.

Durante el tiempo transcurrido en el *Jabalí Rojo*, a Roran se le había ocurrido que tal vez los oficiales de Narda habrían deducido que el asesino de los guardias se encontraba entre los hombres que habían zarpado en las gabarras de Clovis. En ese caso habría llegado algún mensaje de aviso a los soldados de Teirm para que vigilaran a cualquiera que concordara con la descripción de los aldeanos. Y si los Ra'zac habían visitado Narda, entonces los soldados también sabrían que no sólo buscaban a un puñado de asesinos, sino a Roran *Martillazos* y a los refugiados de Carvahall. Teirm podía ser una trampa enorme. Y sin embargo, no podían evitar la ciudad, pues los aldeanos necesitaban provisiones y un nuevo medio de transporte.

Roran había decidido que la mejor manera de evitar que los capturasen era no enviar a Teirm a nadie que hubiera sido visto en Narda, salvo Gertrude y él mismo; Gertrude porque sólo ella conocía los ingredientes de sus medicamentos, y Roran porque, aunque era el que más probabilidades tenía de ser reconocido, no se fiaba de nadie más para hacer lo que debía hacerse. Sabía que poseía la voluntad de actuar cuando los demás dudadan, como cuando había matado a los guardias. El resto del grupo estaba escogido para minimizar las sospechas. Loring era mayor, pero peleaba bien y mentía excelentemente. Birgit había demostrado ser astuta y fuerte, y su hijo Nolfavrell ya había matado a un soldado en combate a pesar de su tierna edad. Idealmente podrían parecer poco más que una extensa familia que viajaba junta. «Eso si Mandel no estropea el plan», pensó Roran.

También había sido idea suya entrar por el sur, de manera que aun resultara menos probable que vinieran de Narda.

Se acercaba ya la noche cuando apareció Teirm a la vista, blanca y fantasmagórica en el crepúsculo. Roran se detuvo a inspeccionar el camino que tenían por delante. La ciudad amurallada quedaba aislada al límite de una gran bahía, recogida sobre sí misma e impenetrable a cualquier ataque que pudiera concebirse. Las antorchas brillaban entre las almenas de los muros, donde los soldados armados con arcos patrullaban por sus interminables circuitos. Sobre los muros se alzaba una ciudadela y luego un faro con aristas, cuyo haz brumoso barría las oscuras aguas.

—Qué grande es —dijo Nolfavrell.

Loring agachó la cabeza sin quitar los ojos de Teirm.

—Sí que lo es, sí.

Un barco atracado en uno de los muelles de piedra que salían de la ciudad llamó la atención de Roran. El navío de tres mástiles era más grande que los que habían visto en Narda, tenía un gran castillo de proa, dos bancadas de toletes y doce potentes catapultas para lanzar jabalinas, montadas a ambos lados de la cubierta. La magnífica nave parecía igualmente adecuada para el comercio y para la guerra. Y aún más importante, Roran pensó que tal vez, tal vez, pudiera dar cabida a toda la aldea.

—Eso es lo que nos hace falta —dijo, al tiempo que la señalaba.

Birgit soltó un amargo gruñido.

—Para permitirnos un pasaje en ese monstruo tendríamos que vendernos como esclavos.

Clovis les había advertido que la entrada de Teirm se cerraba al ponerse el sol, así que aceleraron el paso para no tener que pasar la noche en el campo. A medida que se iban acercando a las claras murallas, el camino se llenó de un doble arroyo de gente que entraba y salía a toda prisa de Teirm.

Roran no había contado con tanto tráfico, pero pronto se dio cuenta de que podía contribuir a evitar la atención indeseada a su grupo. Roran llamó a Mandel y dijo:

—Atrásate un poco y pasa por la puerta con otros para que los guardias no crean que vas con nosotros. Te esperaremos al otro lado. Si te preguntan, has venido a buscar trabajo como marinero.

—Sí, señor.

Mientras Mandel se rezagaba, Roran alzó un hombro, adoptó una cojera y empezó a ensayar la historia que había compuesto Loring para explicar su presencia en Teirm. Se apartó del sendero, agachó la cabeza para dejar pasar a un hombre con un par de bueyes de andares torpes y agradeció la sombra que ocultaba sus rasgos.

La puerta se alzaba ante ellos, bañada de un naranja incierto por las antorchas apostadas en los apliques, a ambos lados de la entrada. Debajo de ellas había un par de soldados con la llama temblorosa de Galbatorix bordada en la parte delantera de sus túnicas moradas. Ninguno de los hombres armados dedicó siquiera una mirada a Roran y sus compañeros cuando pasaron bajo la entrada y se metieron en el breve túnel.

Roran relajó los hombros y sintió que se aliviaba la tensión. Él y los demás se apiñaron a la esquina de una casa, donde Loring murmuró:

—De momento, vamos bien.

Cuando Mandel se unió a ellos, se dispusieron a buscar un hotel barato en el que pudieran tomar una habitación. Mientras caminaban, Roran estudiaba la disposición de la ciudad, con sus casas fortificadas —cada vez más altas a medida que se acercaban a la ciudadela— y la cuadrícula en que se extendían las calles. Las que iban de norte a sur irradiaban desde la ciudadela como una estrella, mientras que las que iban de este a oeste se curvaban suavemente y formaban una red de telaraña, creando numerosos lugares en los que podía erigirse una barrera y apostar soldados.

«Si Carvahall tuviera esta forma —pensó—, no habría podido vencernos más que el mismísimo rey.»

Al caer la noche ya habían contratado alojamiento en el Green Chestnut, una taberna exageradamente ruin, con una cerveza atroz y camas infestadas de piojos. Su única ventaja era que no costaba prácticamente nada. Se fueron a dormir sin cenar para conservar sus preciosos ahorros y se acurrucaron todos juntos para evitar que cualquiera de los demás clientes de la taberna les robara los bolsos.

Al día siguiente, Roran y sus compañeros salieron del Green Chestnut antes del amanecer para buscar provisiones y transporte.

Gertrude dijo:

—He oído hablar de una herbolaria notoria que se llama Angela, que vive aquí y se supone que prepara unas curas asombrosas, tal vez incluso con algo de magia. Quisiera ir a verla, pues si alguien tiene lo que busco, ha de ser ella.

—No deberías ir sola —dijo Roran. Miró a Mandel—. Acompaña a Gertrude, ayúdala a comprar y haz cuanto puedas por protegerla si os atacan. Puede que en algún momento se ponga a prueba tu serenidad, pero no hagas nada que cause alarma, pues de lo contrario traicionarías a tus amigos y a tu familia.

Mandel hizo una reverencia y asintió en señal de obediencia. Él y Gertrude torcieron a la derecha en un cruce, mientras que Roran y los demás prosiguieron su búsqueda.

Roran tenía la paciencia de un animal de presa, pero incluso él empezó a removerse de inquietud cuando la mañana y la tarde pasaron sin que hubieran encontrado un barco que los llevara a Surda. Se enteró de que el navío de tres mástiles, el *Ala de Dragón*, estaba recién construido y a punto de zarpar en su primer viaje; que no tenían ni la menor opción de contratárselo a la compañía de navegación Blackmoor, salvo que pagaran el equivalente a una habitación llena del oro rojo de los enanos; y que, por supuesto, el dinero de los aldeanos no llegaba ni para contratar la peor nave. Tampoco arreglaban sus problemas quedándose con las barcazas de Clovis, porque seguía sin respuesta la pregunta de qué iban a comer durante el trayecto.

—Sería difícil —dijo Birgit—, muy difícil, robar bienes en este lugar, con tantos soldados, con las casas tan juntas y los vigilantes en la entrada. Si intentamos sacar todo eso de Teirm, querrán saber qué estamos haciendo.

Roran asintió. «Y encima eso.»

Roran había sugerido a Horst que si los aldeanos se veían obligados a huir de Teirm sin más provisiones que las que les quedaban, podían conseguir comida en alguna expedición. Sin embargo, Roran sabía que una actuación así los convertiría en alguien tan monstruoso como aquellos a quienes odiaban. Le provocaba repulsión. Una cosa era luchar y matar a quienes servían a Galbatorix —o incluso robar las barcazas de Clovis, pues éste tenía otros medios de ganarse la vida—, y otra muy distinta, robar provisiones a los granjeros inocentes que luchaban por sobrevivir, igual que lo habían hecho los aldeanos en el valle de Palancar. Eso era cometer asesinato.

Esos hechos le pesaban a Roran como piedras. Su proyecto había resultado siempre endeble, cuando menos, sostenido a partes iguales por el miedo, la desesperación, el optimismo y la improvisación de última hora. Ahora temía haber llevado a los aldeanos a la guarida de sus enemigos y mantenerlos allí, encadenados por su propia pobreza. «Podría escapar solo y seguir buscando a Katrina, pero ¿qué clase de victoria sería ésa si dejara a mi pueblo esclavizado por el Imperio? Sea cual sea nuestro destino en Teirm, me mantendré firme junto a quienes confiaron tanto en mí que abandonaron sus hogares por mi palabra.»

Para aliviar el hambre, se detuvieron en una panadería y compraron una hogaza de pan fresco de centeno, así como un botecito de miel para untarla en ella. Mientras él pagaba la compra, Loring mencionó al ayudante del panadero que andaban en busca de un barco, equipamiento y alimentos.

Roran se volvió al notar que le golpeaban el hombro. Un hombre de burdo cabello negro, con un buen pedazo de barriga, le dijo:

—Perdón por haber escuchado su charla con el aprendiz,

pero si estáis buscando barcos y otras cosas a buen precio, supongo que querréis presentaros a la subasta.

—¿Qué subasta es ésa? —preguntó Roran.

—Ah, es una triste historia, desde luego, pero hoy en día es muy común. Uno de nuestros mercaderes, Jeod, Jeod *Pataslargas*, como lo llamamos cuando no nos oye, ha tenido un golpe de mala suerte abominable. En menos de un año ha perdido sus cuatro barcos y, cuando intentó enviar sus bienes a otro lado, la caravana sufrió una emboscada de unos ladrones forajidos y quedó destruida. Sus acreedores lo obligaron a declararse en bancarrota y ahora van a vender sus propiedades para recuperar las pérdidas. No sé nada de comida, pero seguro que en la subasta encontraréis cualquier otra cosa que queráis comprar.

Una pequeña ascua de esperanza se encendió en el pecho de Roran.

—¿Y cuándo se celebra la subasta?

—Vaya, está anunciada en todos los tablones de la ciudad. Pasado mañana, sin falta.

Eso explicó a Roran por qué no habían oído hablar antes de la subasta; habían hecho todo lo posible para evitar los tablones de anuncios, por si acaso alguien reconocía a Roran por el retrato del cartel de recompensa.

—Muchas gracias —dijo al hombre—. Puede que nos haya evitado muchos problemas.

—Es un placer para mí.

Al salir de la panadería, Roran y sus compañeros se apiñaron en un extremo de la calle.

—¿Creéis que debemos intentarlo? —les dijo.

—No tenemos otra cosa que intentar —gruñó Loring.

—¿Birgit?

—No hace falta que me preguntes; es obvio. Pero no podemos esperar hasta pasado mañana.

—No. Propongo que nos reunamos con ese Jeod e intentemos cerrar un trato antes de que empiece la subasta. ¿Estamos de acuerdo?

Como sí lo estaban, partieron hacia casa de Jeod, con las direcciones que les dio uno que pasaba por ahí. La casa —o, más bien, la mansión— quedaba en el lado oeste de Teirm, cerca de la ciudadela, entre grupos de otros edificios opulentos embellecidos con finas volutas, puertas de hierro forjado, estatuas y fuentes de las que manaba agua en abundancia. Roran apenas alcanzaba a entender tanta riqueza; le asombraba que la vida de aquella gente fuera tan distinta de la suya.

Roran llamó a la puerta delantera de la mansión de Jeod, que quedaba junto a una tienda abandonada. Al cabo de un rato, la abrió un mayordomo rollizo, con una dentadura exageradamente brillante. Dirigió una mirada de desaprobación a los cuatro extraños que había en el umbral, luego les dedicó una sonrisa gélida y preguntó:

—¿En qué puedo servirles, señores, señora?

—Queremos hablar con Jeod, si está disponible.

—¿Tienen cita?

Roran pensó que el mayordomo sabía perfectamente que no la tenían.

—Nuestra estancia en Teirm es demasiado breve para haber preparado una cita como debe ser.

—Ah, vaya, entonces lamento decirles que harían mejor en perder el tiempo en otro sitio. Mi señor tiene muchos asuntos que atender. No puede dedicarse a cualquier grupo de vagabundos andrajosos que llame a la puerta para pedir las sobras —dijo el mayordomo.

Mostró aun más sus dientes cristalinos y empezó a retirarse.

—¡Espere! —exclamó Roran—. No queremos ningunas sobras; tenemos una propuesta de negocio para Jeod.

El mayordomo alzó una ceja.

599

—Ah, ¿sí?

—Sí, así es. Por favor, pregúntele si puede atendernos. Hemos viajado tantas leguas que no puedo ni contarlas, y es imprescindible que lo veamos hoy mismo.

—¿Puedo preguntarles por la naturaleza de su propuesta?

—Es confidencial.

—Muy bien, señor —dijo el mayordomo—. Comunicaré su oferta, pero le advierto que Jeod está ocupado en este momento, y dudo que esté dispuesto a molestarse. ¿Con qué nombre he de anunciarlo, señor?

—Puede llamarme Martillazos.

El mayordomo retorció la boca como si le hiciera gracia el nombre, luego desapareció tras la puerta y la cerró.

—Si llega a tener la cabeza un poco más grande, no cabría en el baño —murmuró Loring por una esquina de la boca.

Nolfavrell soltó una carcajada al oír la burla.

—Esperemos que el sirviente no se parezca al amo —dijo Birgit.

Al cabo de un minuto se volvió a abrir la puerta y el mayordomo, en tono más bien crispado, anunció:

—Jeod está de acuerdo en recibirlos en su estudio. —Se apartó a un lado y gesticuló con un brazo para indicarles que entraran—. Por aquí.

Entraron en tropel al recibidor, y el mayordomo pasó delante de ellos y entró por un pasillo de madera pulida hasta llegar a una de las muchas puertas, que abrió para hacerles entrar.

Jeod *Piernaslargas*

Si Roran hubiera sabido leer, le habría impresionado aun más el tesoro de libros alineados en las paredes del estudio. Como no sabía, concentró su atención en el hombre alto de cabello gris que los atendía tras un escritorio oval. El hombre —Roran dio por hecho que se trataba de Jeod— parecía tan cansado como el propio Roran. Tenía el rostro arrugado, marcado por las preocupaciones y triste, y cuando se volvió hacia ellos, vieron brillar una fea cicatriz que iba del cuero cabelludo hasta la sien izquierda. A Roran le pareció que la marca indicaba el temple de aquel hombre. Un temple antiguo y tal vez enterrado, pero férreo en cualquier caso.

—Siéntense —dijo Jeod—. No quiero ceremonias en mi propia casa. —Los miró con curiosidad mientras se instalaban en los suaves sillones de cuero—. ¿Puedo ofrecerles pastas y una copa de licor de albaricoque? No puedo hablar con ustedes mucho tiempo, pero veo que llevan semanas por esos caminos y recuerdo bien lo seca que quedaba mi garganta tras esa clase de viajes.

Loring sonrió.

—Sí. Desde luego, un trago de licor sería bienvenido. Es usted muy generoso, señor.

—Para mi hijo, sólo un vaso de leche.

—Por supuesto, señora. —Jeod llamó al mayordomo, le dio sus instrucciones y volvió a recostarse en su asiento—.

Estoy en desventaja. Creo que ustedes saben mi nombre, pero yo desconozco los suyos.

—Martillazos, a su servicio —dijo Roran.

—Mardra, a su servicio —dijo Birgit.

—Kell, a su servicio —dijo Nolfavrell.

—Y yo soy Wally, a su servicio —terminó Loring.

—Y yo estoy al de ustedes —respondió Jeod—. Bueno, Rolf ha mencionado que querían hacer un negocio conmigo. Es de justicia que sepan que no estoy en situación de comprar ni vender ningún bien, ni tengo el oro necesario para invertir, ni imponentes navíos que puedan transportar lana y comida, gemas y especias, por el inquieto mar. Entonces, ¿qué puedo hacer por ustedes?

Roran apoyó los codos en las rodillas, entrelazó los dedos y se los quedó mirando mientras ponía orden a sus pensamientos. «Un solo desliz podría matarnos», se recordó.

—Por decirlo con sencillez, representamos a cierto grupo de gente que, por diversas razones, ha de comprar una gran cantidad de provisiones con muy poco dinero. Sabemos que sus propiedades serán subastadas pasado mañana para pagar sus deudas y nos gustaría hacerle una oferta por los bienes que nos convienen. Hubiéramos esperado hasta la subasta, pero las circunstancias urgen y no podemos perder otros dos días. Si hemos de llegar a un acuerdo, ha de ser esta noche o mañana, a más tardar.

—¿Qué clase de provisiones necesitan? —preguntó Jeod.

—Comida y todo lo necesario para equipar un barco, o cualquier navío, para un largo viaje por mar.

Una chispa de interés brilló en el rostro cansado de Jeod.

—¿Han pensado en algún tipo concreto de barco? Conozco todas las naves que han recorrido estas aguas en los últimos veinte años.

—Aún está por decidir.

Jeod lo aceptó sin más preguntas.

—Ahora entiendo que hayan venido a mí, pero me temo que se han dejado llevar por un malentendido. —Extendió sus manos grises, abarcando toda la sala—. Todo lo que ven aquí ya no me pertenece a mí, sino a mis acreedores. No tengo autoridad para vender mis propiedades, y si lo hiciera sin permiso, probablemente me encarcelarían por engañar a mis acreedores y negarles el dinero que les debo.

Se calló cuando Rolf volvió a entrar en el estudio, cargado con una gran bandeja de plata en la que llevaba pastas, copas de cristal tallado, un vaso de leche y un decantador de licor. El mayordomo dejó la bandeja en una peana forrada y luego procedió a servir las copas. Roran tomó la suya y bebió un trago del meloso licor, preguntándose en qué momento sería cortés excusarse y seguir con su búsqueda en otro lado.

Cuando Rolf abandonó la sala, Jeod vació su copa de un solo trago y dijo:

—No puedo servirles de nada, pero conozco a gente de mi profesión que tal vez..., tal vez sí puedan serles de ayuda. Si pudieran darme algún detalle más sobre lo que quieren comprar, tendría una mejor idea de a quién puedo recomendarles.

A Roran no le pareció dañino, de modo que empezó a recitar una lista de bienes que los aldeanos necesitaban, de cosas que tal vez les fueran bien y otras que acaso quisieran pero nunca podrían permitirse salvo que tuvieran un gran golpe de fortuna. De vez en cuando Birgit y Loring mencionaban algo que Roran había olvidado —como una lámpara de aceite—, y Jeod los miraba un momento antes de volver a clavar sus ojos hundidos en Roran, en quien se fijaba con creciente intensidad. El interés de Jeod preocupaba a Roran; era como si el mercader supiera, o sospechara, lo que le estaba ocultando.

—A mí me parece —dijo Jeod cuando Roran hubo ter-

603

minado el inventario— que eso son provisiones suficientes para transportar a varios cientos de personas hasta Feinster o Aroughs..., o más allá. Admito que he estado bastante ocupado estas últimas semanas, pero no he sabido de ningún grupo de esa clase por esta zona, ni puedo imaginar de dónde podrían venir.

Con rostro inexpresivo, Roran aguantó la mirada a Jeod y no dijo nada. Por dentro, se llenó de desprecio por haber permitido que el mercader reuniera la información suficiente para llegar a esa conclusión.

Jeod se encogió de hombros.

—Bueno, en cualquier caso eso es cosa de ustedes. Les sugiero que vayan a ver a Galton, en la calle del mercado, para la comida; y al viejo Hamill, en los muelles, para todo lo demás. Ambos son hombres honestos y los tratarán con sinceridad y nobleza. —Se inclinó hacia delante, cogió una pasta de la bandeja, dio un mordisco y, después de masticar, preguntó a Nolfavrell—: Bueno, joven Kell, ¿has disfrutado de tu estancia en Teirm?

—Sí, señor —dijo Nolfavrell. Luego sonrió—. Nunca había visto una ciudad tan grande, señor.

—Ah, ¿sí?

—Sí, señor. Yo...

Presintiendo que se adentraban en territorio peligroso, Roran lo interrumpió:

—Siento cierta curiosidad, señor, acerca de la tienda contigua a su casa. Parece extraño que haya un almacén tan humilde entre estos edificios tan espléndidos.

Por primera vez una sonrisa, así fuera pequeña, iluminó la expresión de Jeod, borrando años de su rostro.

—Bueno, su propietaria era una mujer que también era un poco extraña: Angela, la herbolaria, una de las mejores sanadoras que he conocido. Se ocupó de esa tienda durante veintipico años y, hace sólo unos meses, la vendió y partió con paradero desconocido. —Suspiró—. Es una lástima, pues era una vecina interesante.

—Es la que quería conocer Gertrude, ¿no? —preguntó Nolfavrell, mirando a su madre.

Roran reprimió un rugido y le dirigió una mirada de advertencia tan severa que Nolfavrell se estremeció en su asiento. El nombre no podía significar nada para Jeod, pero si Nolfavrell no vigilaba más su lengua, terminaría soltando algo más dañino. «Es hora de irnos», pensó Roran. Dejó la copa en la mesa.

Entonces se percató de que el nombre sí tenía significado para Jeod. El mercader abrió mucho los ojos por la sorpresa, luego se aferró a los brazos del asiento hasta que las puntas de sus dedos quedaron blancas como huesos.

—¡No puede ser! —Jeod se concentró en Roran y estudió su cara como si quisiera ver algo más allá de la barba, y luego murmuró—: Roran... Roran Garrowsson.

605

Un aliado inesperado

*R*oran había sacado ya el martillo del cinturón y se había levantado a medias cuando oyó el nombre de su padre. Fue lo único que le impidió saltar al otro lado de la sala y dejar inconsciente a Jeod. «¿Cómo sabe quién es Garrow?» A su lado, Loring y Birgit se pusieron en pie de un salto y sacaron los cuchillos que llevaban en la manga, y hasta Nolfavrell se preparó para luchar con una daga en la mano.

—Eres Roran, ¿no? —preguntó Jeod en voz baja.

No pareció alarmarse por las armas.

—¿Cómo lo has adivinado?

—Porque Brom trajo aquí a Eragon y tú te pareces a tu primo. Cuando vi tu cartel al lado del de Eragon, me di cuenta de que el Imperio había intentado capturarte y te habías escapado. Pero —Jeod desvió la mirada hacia los otros tres—, pese a toda mi imaginación, nunca sospeché que te habrías llevado a toda Carvahall contigo.

Aturdido, Roran se dejó caer de nuevo en la silla y dejó el martillo cruzado sobre las piernas, listo para usarlo.

—¿Eragon estuvo aquí?

—Sí, y Saphira también.

—¿Saphira?

La sorpresa cruzó de nuevo el rostro de Jeod.

—Entonces, ¿no lo sabes?

—¿El qué?

Jeod caviló un largo minuto.

—Creo que ha llegado el momento de dejar de fingir, Roran Garrowsson, y hablar abiertamente y sin engaños. Puedo contestar a muchas de las preguntas que debes de tener, como por qué te persigue el Imperio, pero a cambio necesito saber la razón que os trae a Teirm..., la verdadera razón.

—¿Y por qué habríamos de fiarnos de ti, Piernaslargas? —quiso saber Loring—. Podría ser que trabajaras para Galbatorix.

—Fui amigo de Brom durante más de veinte años, antes de que él fuera el cuentacuentos de Carvahall —explicó Jeod—, e hice cuanto pude por ayudarlo a él y a Eragon cuando estuvieron bajo mi techo. Pero como ninguno de los dos está aquí para secundarme, pongo mi vida en vuestras manos para que hagáis lo que os parezca. Podría gritar para pedir ayuda, pero no lo haré. Ni lucharé con vosotros. Sólo os pido que me contéis vuestra historia y que escuchéis la mía. Luego podréis decidir por vosotros mismos cuál es la acción adecuada. No corréis ningún peligro inmediato, así que no os hará ningún daño hablar.

Birgit captó la mirada de Roran con un movimiento de barbilla.

—A lo mejor sólo quiere salvar el pellejo.

—Tal vez —replicó Roran—, pero hemos de averiguar qué sabe.

Pasó un brazo bajo la silla, la arrastró por la sala, pegó el respaldo a la puerta y luego se sentó en ella de tal modo que nadie pudiera entrar de repente y pillarlos por sorpresa. Señaló a Jeod con el martillo.

—De acuerdo. ¿Quieres hablar? Pues hablemos tú y yo.

—Será mejor que empieces tú.

—Si lo hago y luego no quedamos satisfechos con tus respuestas, tendremos que matarte —advirtió Roran.

Jeod se cruzó de brazos.

—Pues así sea.

Muy a su pesar, Roran estaba impresionado por la fortaleza moral del mercader; a Jeod no parecía preocuparle su destino, aunque una cierta amargura le rodeaba la boca.

—Así sea —repitió Roran.

Roran había revivido los sucesos ocurridos desde la llegada de los Ra'zac a Carvahall, pero nunca se los había descrito con detalle a otra persona. Mientras lo hacía, le sorprendió la cantidad de cosas que le habían sucedido a él y a los otros aldeanos en tan poco tiempo, y lo fácil que le había resultado al Imperio destruir sus vidas en el valle de Palancar. Resucitar los viejos terrores fue doloroso para Roran, pero al menos obtuvo el placer de ver que Jeod mostraba una sorpresa genuina al escuchar cómo los aldeanos habían echado a los soldados y a los Ra'zac de su campamento, el asedio a que Carvahall fue sometida a continuación, la traición de Sloan, el secuestro de Katrina, el discurso con que Roran había convencido a los aldeanos para huir y las penurias de su trayecto hasta Teirm.

—¡Por los reyes perdidos! —exclamó Jeod—. ¡Es una historia extraordinaria! Pensar que habéis logrado burlar a Galbatorix y que, ahora mismo, toda la aldea de Carvahall está escondida en las afueras de una de las ciudades más grandes del Imperio sin que el rey lo sepa siquiera...

Meneó la cabeza en señal de admiración.

—Sí, ésa es nuestra situación —gruñó Loring. Y más precaria no puede ser, así que será mejor que nos explique bien por qué hemos de correr el riesgo de dejarlo con vida.

—Me pone en la misma...

Jeod se detuvo al percibir que alguien toqueteaba el picaporte tras la silla de Roran con la intención de abrir la puerta. Luego sonaron unos golpes en las planchas de roble. Desde el pasillo, una mujer gritó:

—¡Jeod! ¡Déjame entrar, Jeod! No puedes esconderte en esa cueva.

—¿Puedo? —murmuró Jeod.

Roran chasqueó los dedos a Nolfavrell y, tras coger la daga que le tiró el muchacho, se deslizó en torno a la mesa y presionó el filo contra el cuello de Jeod.

—Haz que se vaya.

Jeod alzó la voz y dijo:

—Ahora no puedo hablar. Estoy en plena reunión.

—¡Mentiroso! No tienes ningún negocio. Estás en la bancarrota. ¡Sal y enfréntate a mí, cobarde! ¿O es que eres tan poco hombre que no te atreves a mirar a los ojos a tu esposa? —Se calló un segundo, como si esperara respuesta, pero luego el volumen de sus aullidos aumentó—: ¡Cobarde! Eres una rata sin entrañas, una rata asquerosa, comeovejas, con la tripa amarilla, no tienes sentido común ni para llevar un puesto de carne en el mercado, y mucho menos una compañía de navegación. Mi padre nunca hubiera perdido tanto dinero.

Roran se encogió al ver que continuaban los insultos. «Si sigue así, no podré contener a Jeod.»

—¡Cállate, mujer! —ordenó Jeod, y se hizo el silencio—. Puede que nuestras fortunas mejoren si tienes el sentido común de contener la lengua y no chillar como la mujer de un pescadero.

La respuesta de la mujer fue fría:

—Esperaré hasta que te plazca en el comedor, querido marido, y salvo que decidas atenderme a la hora de cenar y dar alguna explicación, abandonaré esta casa maldita para no volver jamás.

El sonido de sus pisadas se retiró hacia la lejanía.

Cuando estuvo seguro de que la mujer se había ido, Roran retiró la daga del cuello de Jeod y devolvió el arma a Nolfavrell antes de volver a sentarse en la silla, contra la puerta.

Jeod se frotó el cuello y luego, con expresión irónica, dijo:

—Si no llegamos a un acuerdo, será mejor que me mates; resultará más fácil que explicarle a Helen que le he gritado por nada.

—Cuenta con mi compasión, Piernaslargas —dijo Loring.

—No es culpa suya, la verdad —suspiró Jeod—. Tal vez sea culpa mía por no haberme atrevido a decírselo.

—¿Decirle qué? —preguntó Nolfavrell.

—Que soy un agente de los vardenos. —Jeod hizo una pausa al ver sus gestos de aturdimiento—. Tal vez debería empezar por el principio. Roran, ¿has oído en estos últimos meses los rumores de que existe un nuevo Jinete que se opone a Galbatorix?

—Algún murmullo por aquí y por allá, sí; pero nada digno de crédito.

Jeod dudó.

—No sé de qué otra manera decirlo, Roran, pero hay un nuevo Jinete en Alagaësia, y se trata de tu primo Eragon. La piedra que encontró en las Vertebradas en realidad era un huevo de dragón que yo ayudé a los vardenos a robarle a Galbatorix hace años. El dragón prendió con Eragon y es una hembra que se llama Saphira. Por eso fueron los Ra'zac al valle de Palancar la primera vez. Volvieron porque Eragon se ha convertido en un enemigo tan formidable del Imperio que Galbatorix confiaba en que si te capturaba, podrían dominarlo a él.

Roran echó la cabeza hacia atrás y se echó a reír hasta que las lágrimas se le asomaron a los ojos y le dolió el estómago de tanta convulsión. Loring, Birgit y Nolfavrell lo miraron con algo parecido al miedo, pero a Roran no le importaban sus opiniones. Se reía de lo absurdo de las afirmaciones de Jeod. Se reía de la terrible posibilidad de que Jeod hubiera dicho la verdad.

Con la respiración entrecortada, Roran recuperó gradualmente la normalidad pese a algún estallido ocasional de risas sin humor. Se secó la cara con la manga y luego miró a Jeod, con una dura sonrisa en los labios.

—Concuerda con los hechos; eso te lo concedo. Pero también concordarían otra docena de explicaciones que se me ocurren.

—Ah... —replicó Jeod—. Bueno, hay un asunto que conozco bien...

Cómodo en su silla, Roran escuchó con incredulidad mientras Jeod relataba una historia fantástica sobre cómo Brom —¡el viejo gruñón de Brom!— había sido en otro tiempo un Jinete y, supuestamente, había ayudado al establecimiento de los vardenos, cómo había descubierto Jeod un pasadizo secreto que llevaba a Urû'baen, cómo se las habían arreglado los vardenos para birlarle los tres últimos huevos a Galbatorix y cómo sólo se había salvado uno después de que Brom luchara contra Morzan, el Apóstata, y lo matara. Por si eso no era suficientemente ridículo, Jeod siguió describiendo un acuerdo entre los vardenos, los enanos y los elfos para trasladar el huevo entre Du Weldenvarden y las montañas Beor, razón por la cual el huevo y sus portadores estaban cerca del límite del gran bosque cuando fueron emboscados por un Sombra.

«Ya, un Sombra», pensó Roran.

Pese a su escepticismo, Roran atendió con redoblado interés cuando Jeod empezó a explicar que Eragon había encontrado el huevo y había criado al dragón en el bosque que quedaba junto a la granja de Garrow. Roran había estado ocupado en esa época —preparándose para partir hacia el molino de Dempton en Therinsford—, pero sí recordaba lo distraído que estaba Eragon, cómo pasaba mucho rato al aire libre haciendo quién sabía qué...

Mientras Jeod explicaba cómo y por qué había muerto Garrow, la rabia invadió a Roran contra Eragon por haberse atrevido a mantener en secreto la existencia del dragón cuando era tan obvio que los ponía a todos en peligro. «¡Mi padre murió por su culpa!»

—¡Cómo se le ocurre! —estalló.

Odió la mirada de tranquila comprensión que le dedicó Jeod.

—Dudo que él mismo lo supiera. Los Jinetes y sus dragones tienen un vínculo tan íntimo que a menudo cuesta distinguir a uno del otro. Antes de dañar a Saphira, Eragon se hubiera cortado una pierna.

—Podría haberlo hecho —masculló Roran—. Por su culpa, he tenido que hacer cosas tan dolorosas como ésa, y lo sé bien: podría haberlo hecho.

—Tienes derecho a sentirte así —dijo Jeod—, pero no olvides que la razón por la que Eragon abandonó el valle de Palancar fue protegerte a ti y a todos los que os quedabais. Creo que fue una decisión extremadamente dura para él. Desde ese punto de vista, se sacrificó para asegurar vuestra supervivencia y para vengar a tu padre. Y aunque al irse no lograra el efecto deseado, las cosas podrían haber salido mucho peor si Eragon se hubiera quedado.

Roran no dijo nada más hasta que Jeod mencionó que la razón por la que Brom y Eragon habían visitado Teirm era consultar los manifiestos de navegación para intentar localizar la guarida de los Ra'zac.

—¿Y lo consiguieron?

—Claro que lo conseguimos.

—Bueno, ¿y dónde están? Por el amor de dios, hombre, dilo. ¡Ya sabes lo importante que es para mí!

—Según los registros, parecía evidente que la madriguera de los Ra'zac está en la formación conocida como Helgrind, junto a Dras-Leona. Y luego recibí un mensaje de los vardenos, según el cual el relato del propio Eragon lo confirmaba.

Excitado, Roran agarró el martillo. «El viaje hasta Dras-Leona es largo, pero desde Teirm se accede al único paso abierto entre aquí y el extremo sur de las Vertebradas. Si consigo dejarlos a todos a salvo navegando costa abajo, puedo ir hasta Helgrind, rescatar a Katrina si está allí y seguir el río Jiet hasta Surda.»

Los pensamientos de Roran debieron de reflejarse en su rostro, porque Jeod le dijo:

—No puede ser, Roran.

—¿El qué?

—Ningún hombre solo puede conquistar Helgrind. Es una montaña de piedra negra, sólida y pelada, imposible de escalar. Piensa en los apestosos corceles de los Ra'zac; parece lógico que tengan su guarida en la cumbre de Helgrind y no cerca de la tierra, donde serían más vulnerables. Entonces, ¿cómo llegarías hasta ellos? Y si lo consiguieras, ¿de verdad crees que podrías derrotar a los dos Ra'zac y a sus monturas, nada menos? No dudo que seas un guerrero temible, pues al fin y al cabo Eragon y tú compartís la misma sangre; pero esos enemigos están más allá del alcance de cualquier humano normal.

Roran negó con la cabeza.

—No puedo abandonar a Katrina. Tal vez sea inútil, pero debo intentar liberarla aunque me cueste la vida.

—A Katrina no le servirá de nada que te hagas matar —lo sermoneó Jeod—. Si puedo darte un consejo, intenta llegar a Surda tal como habías planeado. Estoy seguro de que desde allí podrás recabar la ayuda de Eragon. Ni siquiera los Ra'zac pueden igualar a un Jinete y su dragón en un combate abierto.

Roran tuvo una visión mental de aquellas bestias enormes de piel gris en que montaban los Ra'zac. Odiaba reconocerlo, pero sabía que no tenía la capacidad de matar a aquellas criaturas, por muy fuerte que fuera su motivación. En cuanto aceptó esa verdad, Roran empezó a creerse finalmente el relato de Jeod; si no lo hacía, perdería a Katrina para siempre.

613

«Eragon —pensó—. ¡Eragon! Por toda la sangre que he derramado, por las entrañas que han manchado mis manos, juro sobre la tumba de mi padre que te haré responder por lo que hiciste arrasando Helgrind conmigo. Si tú creaste este lío, haré que lo arregles tú mismo.»

Roran señaló a Jeod.

—Sigue con tu historia. Oigamos lo que queda de esta penosa obra antes de que se acabe el día.

Entonces Jeod les habló de la muerte de Brom; de Murtagh, hijo de Morzan; de la captura y la huida de Gil'ead; de una desesperada huida para salvar a una elfa; de los úrgalos y los enanos y de una gran batalla en un lugar llamado Farthen Dûr, en la que Eragon había derrotado a un Sombra. Y Jeod les contó que los vardenos habían abandonado las Beor para dirigirse a Surda y que en aquel mismo momento Eragon estaba en las profundidades de Du Weldenvarden, aprendiendo los secretos misteriosos de los elfos sobre la magia y el arte de la guerra, aunque regresaría pronto.

Cuando calló el mercader, Roran se reunió en un extremo del estudio con Loring, Birgit y Nolfavrell y les preguntó qué pensaban. Bajando la voz, Loring dijo:

—No sabría decir si miente o no, pero un hombre capaz de inventar una historia así ante el filo de un puñal merece vivir. ¡Un nuevo Jinete! ¡Y encima es Eragon! —Meneó la cabeza.

—¿Birgit? —preguntó Roran.

—No sé. Es tan extravagante... —Dudó—. Pero ha de ser verdad. Otro Jinete es lo único que podría empujar al Imperio a perseguirnos tan ferozmente.

—Sí —estuvo de acuerdo Loring. Le brillaban los ojos de emoción—. Hemos participado de unos sucesos más trascendentales de lo que creíamos. Un nuevo Jinete. ¡Pensad en eso! El viejo orden está a punto de ser derrotado, os lo digo yo... ¡Tenías toda la razón, Roran!

—¿Nolfavrell?

El chico reaccionó con solemnidad al ver que se le consultaba. Se mordió un labio y luego dijo:

—Jeod parece bastante sincero. Creo que nos podemos fiar de él.

—Entonces, de acuerdo —dijo Roran. Se acercó a grandes zancadas hasta Jeod, plantó los nudillos al borde del escritorio y dijo—: Dos últimas preguntas, Piernaslargas. ¿Qué pinta tienen Eragon y Brom? ¿Y cómo has reconocido el nombre de Gertrude?

—Sabía de Gertrude porque Brom mencionó que le había dejado una carta dirigida a ti. En cuanto a la pinta que tenían, Brom era un poco más bajo que yo. Llevaba una barba espesa, tenía la nariz aguileña y llevaba un cayado de madera tallada. Y me atrevería a decir que a veces era muy irritable. —Roran asintió; ése era Brom—. Eragon era... joven. Pelo moreno, ojos oscuros, tenía una cicatriz en la muñeca y no paraba de hacer preguntas.

Roran asintió de nuevo; aquél era su primo.

Roran se encajó el martillo en el cinto. Birgit, Loring y Nolfavrell enfundaron sus cuchillos. Luego Roran apartó su silla de la puerta, y los cuatro volvieron a sentarse como personas civilizadas.

—¿Y ahora qué, Jeod? —preguntó Roran— ¿Nos puedes ayudar? Sé que estás en una situación difícil, pero nosotros... Nosotros estamos desesperados y no tenemos nadie más a quien recurrir. Como agente de los vardenos, ¿puedes garantizarnos su protección? Estamos dispuestos a servirles si nos protegen de la ira de Galbatorix.

—Los vardenos —dijo Jeod— estarán más que encantados de contar con vosotros. Más que encantados. Sospecho que eso ya lo habréis adivinado. En cuanto a su ayuda... —Se pasó una mano por la larga cara y miró más allá de Loring, hacia las hileras de libros en la estantería—. Hace casi

615

un año que sé que mi verdadera identidad, así como la de otros muchos mercaderes de aquí y de todas partes que han ayudado a los vardenos, fue revelada por traición al Imperio. Por eso no me he atrevido a huir a Surda. Si lo intentara, el Imperio me arrestaría y entonces... quién sabe a qué terrores me enfrentaría. He tenido que presenciar la destrucción gradual de mi negocio sin poder ejercer ninguna acción para oponerme o para escapar. Y aún peor, ahora que no puedo enviar nada a los vardenos ni se atreven ellos a mandarme sus envíos, temía que Lord Risthart me atrapara entre grilletes y me llevara a la mazmorra, pues el Imperio ya no tiene ningún interés en mí. Llevo esperando ese día desde que me declaré en bancarrota.

—Tal vez —sugirió Birgit— quieran que huyas para poder capturar a quien vaya contigo.

Jeod sonrió.

—Quizá. Pero ahora que estáis aquí, tengo un medio para salir con el que no había contado.

—¿O sea que tienes un plan? —preguntó Loring.

Un regocijo cruzó el rostro de Jeod.

—Ah, sí, tengo mi plan. ¿Habéis visto los cuatro el *Ala de Dragón*, atracado en el puerto?

Roran pensó en aquel navío.

—Sí.

—El *Ala de Dragón* es propiedad de la compañía de navegación Blackmoor, una tapadera del Imperio. Manejan provisiones para el ejército, que últimamente se ha movilizado hasta extremos alarmantes, reclutando soldados entre los campesinos y confiscando caballos, asnos y bueyes. —Jeod enarcó una ceja—. No estoy seguro de lo que eso significa, pero es posible que Galbatorix pretenda marchar hacia Surda. En cualquier caso, el *Ala de Dragón* zarpará hacia Feinster esta misma semana. Es el mejor barco que se haya botado jamás, con un diseño nuevo de Kinnel, el maestro armador.

—Y querías piratearlo —concluyó Roran.

—Sí. No sólo por fastidiar al Imperio, o porque el *Ala de Dragón* tiene la reputación de ser el barco velero más rápido de su tonelaje, sino porque ya está cargada de provisiones para un largo viaje. Y como lo que lleva es comida, tendríamos suficiente para toda la aldea.

Loring soltó una carcajada tensa.

—Espero que seas capaz de manejarla, Piernaslargas, porque ninguno de nosotros sabe llevar nada más grande que una gabarra.

—Algunos hombres de mis tripulaciones permanecen en Teirm. Están en la misma situación que yo, incapacitados para luchar y para huir. Estoy seguro de que no desaprovecharán la ocasión de desplazarse a Surda. Ellos os podrán enseñar lo que debe hacerse en el *Ala de Dragón*. No será fácil, pero no veo que tengamos mucha más elección.

Roran sonrió. El plan le gustaba: rápido, decisivo e inesperado.

—Has mencionado —comentó Birgit— que durante el año pasado ninguno de tus barcos, ni los de los otros mercaderes que ayudan a los vardenos, ha llegado a su destino. ¿Por qué, entonces, habría de triunfar esta misión en lo que han fracasado tantas otras?

Jeod contestó deprisa:

—Porque contamos con la sorpresa. La ley exige que los barcos mercantes sometan sus itinerarios a la aprobación de la autoridad portuaria al menos dos semanas antes de partir. Cuesta mucho tiempo preparar un barco para zarpar, así que si salimos sin previo aviso, a Galbatorix podría costarle una semana, o más, enviar algún barco a interceptarnos. Si tenemos suerte, no veremos ni las cofas de los mástiles de nuestros perseguidores. Entonces —siguió hablando Jeod—, si estáis dispuestos a intentar esta iniciativa, esto es lo que hemos de hacer...

Huida

$\mathcal{D}$espués de revisar la propuesta de Jeod desde todos los ángulos posibles y acceder a atenerse a ella con unas pocas modificaciones, Roran envió a Nolfavrell en busca de Gertrude y Mandel al Green Chestnut, pues Jeod había ofrecido su hospitalidad a todo el grupo.

—Ahora, si me perdonáis —dijo Jeod, al tiempo que se levantaba—, debo revelar a mi esposa lo que nunca debí esconderle y preguntarle si está dispuesta a acompañarme a Surda. Escoged las habitaciones que queráis en la segunda planta. Rolf os convocará cuando esté lista la cena.

Abandonó el estudio con pasos largos y lentos.

—¿Es inteligente dejar que se lo cuente a esa ogra? —preguntó Loring.

Roran se encogió de hombros.

—Lo sea o no, no podemos evitarlo. Y no creo que se quede en paz hasta que se lo haya contado.

En vez de irse a una habitación, Roran se paseó por la mansión, evitando inconscientemente a los sirvientes mientras cavilaba lo que había dicho Jeod. Se detuvo ante una ventana salediza de la parte trasera de la casa, que daba a los establos, y llenó los pulmones con el aire fresco y humeante, cargado con el olor familiar del estiércol.

—¿Lo odias?

Se dio un susto y, al volverse, vio a Birgit silueteada en el umbral de la puerta. Ella se envolvió el chal en torno a los hombros mientras se acercaba a él.

—¿A quién? —preguntó Roran, aunque lo sabía de sobras.

—A Eragon. ¿Lo odias?

Roran contempló el cielo oscurecido.

—No lo sé. Lo odio por causar la muerte de mi padre, pero sigue siendo parte de mi familia y por eso lo quiero... Supongo que si no necesitara a Eragon para salvar a Katrina, no querría saber nada de él durante un buen tiempo.

—Igual que yo te necesito y te odio a ti, Martillazos.

Roran resopló con expresión irónica.

—Sí, estamos unidos por la cadera, ¿no? Tú me has de ayudar a encontrar a Eragon para poder vengar la muerte de Quimby a manos de los Ra'zac.

—Y para luego vengarme de ti.

—Eso también.

Roran miró fijamente sus ojos firmes durante un rato, reconociendo el vínculo que los unía. Le resultaba extrañamente reconfortante saber que compartían el mismo impulso, el mismo ardor airado que aceleraba sus pasos cuando los demás titubeaban. Reconocía en ella un espíritu gemelo.

Al cruzar de vuelta la casa, Roran se detuvo junto al comedor al oír la cadencia de la voz de Jeod. Curioso, pegó un ojo a una grieta que había junto a la bisagra que quedaba a media altura. Jeod estaba de pie ante una mujer rubia y delgada. Roran dio por hecho que era Helen.

—Si lo que dices es verdad, ¿cómo puedes esperar que me fíe de ti?

—No lo espero —respondió Jeod.

—¿Y sin embargo, me pides que me convierta en fugitiva por ti?

—Una vez te ofreciste a dejar tu familia y vagar por la tierra conmigo. Me suplicaste que te sacara de Teirm.

—Una vez. Entonces me parecías terriblemente gallardo con tu espada y tu cicatriz.

—Aún las tengo —dijo él, en tono suave—. He cometido muchos errores contigo, Helen; ahora lo entiendo. Pero sigo amándote y quiero que estés a salvo. Aquí no tengo futuro. Si me quedo, sólo aportaré dolor a tu familia. Puedes volver con tu padre o venir conmigo. Haz lo que te haga más feliz. De todos modos, te suplico que me des una segunda oportunidad, que tengas el coraje de abandonar este lugar y deshacerte de los amargos recuerdos de nuestra vida aquí. Podemos volver a empezar en Surda.

Ella guardó silencio un largo rato.

—¿Aquel joven que estuvo aquí es un Jinete de verdad?

—Lo es. Están soplando vientos de cambios, Helen. Los vardenos están a punto de atacar, los enanos se reúnen, y hasta los elfos se agitan en sus escondrijos antiguos. Se acerca la guerra y, si tenemos suerte, también la caída de Galbatorix.

—¿Eres importante entre los vardenos?

—Me deben cierta consideración por haber participado en la obtención del huevo de Saphira.

—Entonces, ¿te concederán algún cargo en Surda?

—Imagino que sí.

Jeod puso las manos en los hombros de su mujer, y ella no se apartó.

—Jeod, Jeod, no me presiones —murmuró—. Aún no me puedo decidir.

—¿Te lo vas a pensar?

Ella se estremeció.

—Ah, sí. Me lo voy a pensar.

Cuando Roran se alejó, le dolía el corazón.

«Katrina.»

Aquella noche, durante la cena, Roran notó que Helen a menudo clavaba los ojos en él para estudiarlo y medirlo; para compararlo, sin duda, con Eragon.

Después de comer, Roran llamó a Mandel y lo llevó al patio trasero de la casa.

—¿Qué pasa, señor? —preguntó Mandel.

—Quería hablar contigo en privado.

—¿Acerca de qué?

Roran pasó los dedos por el borde mellado de su martillo y pensó que se sentía en gran medida como Garrow cuando éste le soltaba algún sermón sobre la responsabilidad; Roran sentía incluso que las mismas frases brotaban de su garganta. «Y así una generación pasa a la siguiente», pensó.

—Últimamente, te has hecho muy amigo de los soldados.

—No son enemigos nuestros —objetó Mandel.

—A estas alturas, todo el mundo es nuestro enemigo. Clovis y sus hombres podrían entregarnos en cualquier momento. De todas formas, no sería un problema si no fuera porque al estar con ellos has abandonado tus obligaciones. —Mandel se tensó y el color brotó en sus mejillas, pero no se rebajó en la estima de Roran negando la acusación. Complacido, Roran le preguntó—: ¿Qué es lo más importante que podemos hacer ahora, Mandel?

—Proteger a nuestras familias.

—Sí. ¿Y qué más?

Mandel dudó, inseguro, y al fin confesó:

—No lo sé.

—Ayudarnos mutuamente. Es la única manera de que algunos de los nuestros sobrevivan. Me decepcionó especialmente enterarme de que te habías jugado comida con los marineros, pues eso pone en peligro a toda la aldea. Sería mucho más útil que pasaras el tiempo cazando, en vez de jugar a los dados o aprender a tirar el cuchillo. En ausencia de tu padre, te corresponde a ti cuidar de tu madre y de tus hermanos. Ellos confían en ti. ¿Está claro?

—Muy claro, señor —respondió Mandel, con la voz ahogada.

—¿Volverá a pasar?

—Nunca más, señor.

—Bien. Bueno, no te he traído aquí sólo para reñirte. Tienes un talento prometedor, y por eso te voy a encargar una tarea que no confiaría a nadie más que a mí mismo.

—¡Sí, señor!

—Mañana por la mañana, necesito que vuelvas al campamento y le entregues un mensaje a Horst. Jeod cree que el Imperio tiene espías que vigilan esta casa, de modo que es vital que te asegures de que no te sigue nadie. Espérate hasta que hayas salido de la ciudad y luego despistas a quien te haya seguido al campo. Mátalo si tienes que hacerlo. Cuando encuentres a Horst, dile que...

Mientras repartía sus instrucciones, Roran vio que la expresión de Mandel pasaba de la sorpresa a la impresión y finalmente al asombro.

—¿Y si Clovis se niega? —preguntó Mandel.

—Esa noche, parte las barras de los timones de las barcazas, para que no puedan dirigirlas. Es un truco sucio, pero sería desastroso que Clovis o cualquiera de sus hombres llegara a Teirm antes que tú.

—No permitiré que eso ocurra —prometió Mandel.

Roran sonrió.

—Bien.

Satisfecho por haber resuelto el asunto del comportamiento de Mandel y porque el joven parecía dispuesto a hacer cuanto pudiera por llevar su mensaje a Horst, Roran volvió a la casa y dio las buenas noches al anfitrión antes de acostarse.

Con la única excepción de Mandel, Roran y sus compañeros se confinaron en la mansión durante todo el día siguiente, aprovechando el retraso para descansar, afinar sus armas y revisar sus estratagemas.

Entre el alba y el anochecer vieron alguna vez a Helen,

pues ésta iba ajetreada de una habitación a otra. Vieron más a Rolf, con sus dientes como perlas barnizadas, y en absoluto a Jeod, pues el mercader de cabellos grises había salido a pasear por la ciudad y —aparentemente, por casualidad— encontrarse con los pocos hombres de mar que le merecían confianza para la expedición.

Al regresar, dijo a Roran:

—Podemos contar con otros cinco hombres. Espero que sea suficiente.

Jeod se quedó en su estudio el resto de la tarde, escribiendo algunos documentos legales y ocupándose de diversos asuntos.

Tres horas antes del amanecer, Roran, Loring, Birgit, Gertrude y Nolfavrell se levantaron y, reprimiendo unos bostezos prodigiosos, se congregaron en la entrada de la mansión, donde se enfundaron en largas capas para oscurecer sus rostros. Cuando se les unió Jeod, llevaba un estoque colgado de un lado, y Roran pensó que de algún modo aquella espada estrecha encajaba con el hombre escuálido, como si sirviera para recordarle a Jeod quién era en realidad.

Jeod encendió una lámpara de aceite y la sostuvo ante ellos.

—¿Estamos listos? —preguntó.

Asintieron. Luego el mercader soltó el pestillo de la puerta y salieron todos en fila a la vacía calle adoquinada. Tras ellos, Jeod se quedó parado en la entrada y dirigió una anhelante mirada a las escaleras que quedaban a la derecha, pero Helen no apareció. Jeod se encogió de hombros, cerró la puerta y abandonó la casa.

Roran le apoyó una mano en un brazo.

—A lo hecho, pecho.

—Ya lo sé.

Trotaron por la oscura ciudad, reduciendo el paso cuando se cruzaban con algún guardia o con cualquier otro habitante de la noche, la mayoría de los cuales desaparecían enseguida de la vista. En una ocasión escucharon pasos en lo alto de un edificio cercano.

—El diseño de la ciudad —explicó Jeod— facilita a los ladrones pasar de un tejado a otro.

Volvieron a caminar despacio al llegar a la puerta este de Teirm. Como aquella entrada daba al puerto, sólo estaba cerrada cuatro horas cada noche para minimizar las molestias causadas al comercio. De hecho, pese a la hora, unos cuantos hombres pasaban ya bajo la puerta.

Aunque Jeod les había advertido que eso podía suceder, Roran sintió el brote del miedo cuando los guardias bajaron sus lanzas y les preguntaron qué querían. Se humedeció la boca y se esforzó por no temblar mientras el soldado mayor examinaba un pergamino que le dio Jeod. Al cabo de un largo minuto, el guardia asintió y le devolvió el pergamino.

—Podéis pasar.

Cuando estuvieron en el muelle, lejos del alcance de los muros de la ciudad, Jeod dijo:

—Suerte que no sabía leer.

Los seis esperaron en el húmedo embarcadero hasta que, de uno en uno, los hombres de Jeod fueron emergiendo de la bruma gris que se tendía sobre la orilla. Eran solemnes y silenciosos, llevaban el pelo trenzado hasta la mitad de la espalda, las manos untadas de brea y una serie de cicatrices que provocaron respeto incluso a Roran. Le gustó lo que veía y se dio cuenta de que también ellos lo aprobaban a él. Sin embargo, no les gustó la presencia de Birgit.

Uno de los marineros, un gran bruto, la señaló con el pulgar y acusó a Jeod:

—No nos dijiste que habría una mujer en la pelea. ¿Cómo se supone que me voy a concentrar si tengo delante a una vagabunda de los bosques?

—No hables así de ella —dijo Nolfavrell, rechinando los dientes.

—¿Y su crío también?

Con voz tranquila, Jeod dijo:

—Birgit se ha enfrentado a los Ra'zac. Y su hijo ya ha matado a uno de los mejores soldados de Galbatorix. ¿Puedes decir tú lo mismo, Uthar?

—No es correcto —intervino otro hombre—. Con una mujer a mi lado no me siento a salvo; sólo traen mala suerte. Una mujer no debería...

Lo que iba a decir quedó en el aire porque en ese instante Birgit hizo algo bien poco femenino. Dio un paso adelante, le pegó una patada entre las piernas a Uthar y luego agarró al segundo hombre y le puso la punta del cuchillo en el cuello. Lo sostuvo así un momento para que todos pudieran ver lo que había hecho, y luego lo soltó. Uthar rodó a sus pies por el muelle, con las manos en la entrepierna y mascullando un sinfín de maldiciones.

—¿Alguien más tiene alguna objeción? —quiso saber Birgit.

A su lado, Nolfavrell miraba boquiabierto a su madre.

Roran se tapó con la capucha para ocultar su sonrisa. «Suerte que no se han fijado en Gertrude», pensó.

Viendo que nadie más retaba a Birgit, Jeod preguntó:

—¿Habéis traído lo que quería?

Todos los soldados echaron mano a sus camisas y sacaron palos gruesos y maromas de distinta longitud.

Así armados, echaron a andar muelle abajo hacia el *Ala de Dragón*, haciendo lo posible por no ser detectados. Jeod mantenía la lámpara tapada en todo momento. Cerca del embarcadero, se escondieron tras un almacén y vieron cómo se agitaban en torno al muelle del barco las luces que llevaban los centinelas. Habían retirado la pasarela durante la noche.

—Recordad —susurró Jeod— que lo más importante es evitar que suene la alarma antes de que estemos listos para zarpar.

—Dos hombres abajo, dos arriba, ¿sí? —preguntó Roran.

Uthar respondió:

—Es lo habitual.

Roran y Uthar se quedaron en bombachos, se ataron la ropa y los palos a la cintura —Roran se desprendió del martillo— y luego fueron corriendo hasta más abajo por el muelle, lejos de la vista de los centinelas, donde se metieron en el agua helada.

—Garr, odio hacer esto —dijo Uthar.

—¿Lo habías hecho alguna vez?

—Es la cuarta. No dejes de moverte, o te congelarás.

Agarrándose a los escuálidos pilares que sostenían el muelle, nadaron de vuelta hacia el punto de partida, hasta que llegaron al embarcadero de piedra que llevaba al *Ala de Dragón*. Uthar acercó los labios al oído de Roran.

—Yo me encargo del ancla de estribor.

Roran asintió para mostrarse de acuerdo.

Se zambulleron los dos bajo el agua negra y se separaron. Uthar nadó como una rana bajo la proa del barco, mientras que Roran fue directo al ancla de babor y se agarró a la gruesa cadena. Desató el palo que llevaba a la cintura, lo sujetó entre los dientes —tanto por liberar las manos como para evitar el castañeteo— y se dispuso a esperar. El burdo metal le arrancaba el calor de los brazos, como si fuera hielo.

En menos de tres minutos, Roran oyó por arriba el roce de las botas de Birgit encima, cuando ella echó a andar hasta el extremo del embarcadero, que llegaba a la mitad del *Ala de Dragón*, y luego el tenue sonido de su voz cuando se puso a dar conversación a los centinelas. Si todo iba bien, conseguiría mantener su atención alejada de la proa.

«¡Ahora!»

Mano tras mano, Roran fue escalando la cadena. Le ardía el hombro derecho, donde le había mordido el Ra'zac, pero siguió subiendo. Desde la portilla por la que la cadena del ancla entraba en el barco, se agarró a los caballetes que sostenían el mascarón pintado, luego pasó a la borda y de ahí a la cubierta. Uthar ya estaba allí, boqueando y goteando.

Palo en mano, caminaron de puntillas hacia la popa del barco, escondiéndose donde podían. Se detuvieron a menos de tres metros de los centinelas. Los dos hombres estaban apoyados en la borda, charlando con Birgit.

Como un relámpago, Roran y Uthar abandonaron sus escondites y golpearon a los centinelas en la cabeza antes de que pudieran desenfundar los sables. Abajo, Birgit hizo señales a Jeod y al resto del grupo, y entre todos alzaron la pasarela y cruzaron uno de sus extremos hasta el barco, donde Uthar la ató a la borda.

Cuando Nolfavrell subió corriendo abordo, Roran le pasó su cuerda y le dijo:

—Ata a esos dos y amordázalos.

Luego, todos menos Gertrude bajaron a los camarotes a buscar a los demás centinelas. Encontraron a otros cuatro hombres: el sobrecargo, el contramaestre, el cocinero y su pinche. A todos los sacaron de la cama, golpearon en la cabeza a quienes se resistían y luego los ataron firmemente. También en esa tarea demostró Birgit su valía, pues ella sola atrapó a dos hombres.

Jeod dispuso a los infelices prisioneros en una fila a lo largo de la cubierta para poder vigilarlos en todo momento y luego declaró:

—Tenemos mucho que hacer y muy poco tiempo. Roran, ahora Uthar es el capitán del *Ala de Dragón*. Tú y los demás aceptaréis sus órdenes.

Durante las dos horas siguientes hubo un frenesí de actividad en el barco. Los marineros se encargaron de la jarcia y las velas, mientras Roran y los de Carvahall se encargaban de vaciar la bodega de provisiones superfluas, como algunas balas de lana cruda. Las echaron por la borda, sostenidas por

627

cuerdas para que nadie oyera la salpicadura desde el muelle. Si tenía que caber todo el pueblo en el *Ala de Dragón*, había que despejar el mayor espacio posible.

Roran estaba enganchando un cable a un barril cuando oyó una ronca exclamación:

—¡Viene alguien!

Todos los que estaban en cubierta, menos Jeod y Uthar, se tumbaron boca abajo y cogieron las armas. Los dos hombres que quedaban en pie caminaron arriba y abajo por el barco como si fueran centinelas. A Roran le estallaba el corazón mientras permanecía inmóvil, preguntándose qué iba a suceder. Contuvo la respiración al ver que Jeod se dirigía al intruso... Y luego sonó en la pasarela el eco de sus pasos.

Era Helen.

Llevaba un vestido sencillo, el pelo recogido con un pañuelo y un saco de yute al hombro. No dijo ni una palabra, pero instaló sus cosas en la cabina principal y, al salir, se quedó junto a Jeod. Roran pensó que nunca había visto a un hombre tan feliz.

Por encima de las lejanas Vertebradas, el cielo apenas empezaba a aclararse cuando uno de los marineros encargados de la jarcia señaló hacia el norte y silbó para advertir que había visto a los aldeanos.

Roran se movió aún más deprisa. Se les había ido el poco tiempo que tenían. Subió corriendo a la cubierta y escrutó la oscura fila de gente que avanzaba por la costa. Aquella parte del plan dependía del hecho de que, al contrario que en otras ciudades costeras, en Teirm los muros no quedaban abiertos al mar, sino que encerraban por completo toda la extensión de la ciudad para evitar los frecuentes ataques de los piratas. Eso implicaba que quedaban expuestos los edificios que bordeaban el puerto... Y que los aldeanos podían llegar caminando hasta el *Ala de Dragón*.

—¡Deprisa! ¡Vamos, deprisa! —dijo Jeod.

Tras una orden de Uthar, los marineros cargaron braza-
das de jabalinas para los grandes arcos que había en cubierta, así como toneles de una brea apestosa; los volcaron y usaron la brea para pintar la mitad superior de las jabalinas.
Luego empujaron y cargaron las catapultas a la amura de estribor; hizo falta que dos hombres tiraran de la cuerda de
lanzamiento para encajarla en su gancho.

A los aldeanos les quedaban dos tercios del camino para
llegar al barco cuando los soldados que patrullaban por las
almenas de Teirm los vieron e hicieron sonar la alarma. Antes incluso de que dejara de sonar la primera nota, Uthar
gritó:

—¡Cargad y disparadles!

Nolfavrell destapó la lámpara de Jeod y corrió de una catapulta a otra, acercando la llama a las jabalinas hasta que
ardía la brea. En cuanto se prendía un proyectil, un hombre
apostado tras el arco tiraba de la cuerda y la jabalina desaparecía con un pesado *zunc*. En total, doce proyectiles en llamas salieron del *Ala de Dragón* y rasgaron los barcos y edificios de la bahía como meteoros rugientes al rojo vivo que
cayeran del cielo.

—¡Cargadlas de nuevo! —gritó Uthar.

El crujido de la madera al flexionarse llenaba el aire
mientras tiraban entre todos de las cuerdas retorcidas. Dispusieron las jabalinas en su sitio. De nuevo, Nolfavrell echó
a correr. Roran notó en los pies la vibración cuando la catapulta que tenía delante envió su letal proyectil volando hacia su destino.

El fuego se extendió enseguida por todo el frente maríti-
mo, formando una barrera impenetrable que impedía a los
soldados llegar al *Ala de Dragón* por la puerta este de Teirm.
Roran había contado con que la columna de humo escondiera el barco a los arqueros de las almenas, y así fue, pero
por poco. Una nube de flechas chocó con las jarcias, y una de

ellas se clavó en la cubierta, al lado de Gertrude, antes de que los soldados perdieran el barco de vista.

Desde la proa, Uthar gritó:

—¡Disparad a discreción!

Los aldeanos corrían en tropel por la playa. Llegaron al extremo norte del embarcadero, y un puñado de hombres se tambalearon y cayeron cuando los soldados de Teirm afinaron la puntería. Los niños gritaban de terror. Luego los aldeanos recuperaron la inercia. Caminaron sobre la madera, pasaron ante un almacén envuelto en llamas y llegaron al muelle. Aquel grupo boqueante cargó hacia el barco en una confusa masa de cuerpos a empujones.

Birgit y Gertrude guiaron a la riada de gente hacia las escotillas de proa y popa. En pocos minutos, los distintos niveles del barco estaban atestados hasta el límite, desde la bodega de carga hasta la cabina del capitán. Los que no encontraban sitio bajo cubierta permanecieron en superficie, sosteniendo los escudos de Fisk sobre sus cabezas.

Tal como había pedido Roran en su mensaje, todos los hombres de Carvahall que se encontraban en buena forma se reunieron en torno al palo mayor, en espera de instrucciones. Roran vio a Mandel entre ellos y le dirigió un saludo lleno de orgullo.

Luego Uthar señaló a un marinero y ladró:

—¡Tú, Bonden! Lleva esos lampazos a los cabrestantes, sube las anclas y prepara los remos. ¡A toda prisa! —Luego dirigió sus órdenes a los que permanecían junto a las catapultas—: La mitad de vosotros, salid de ahí e id a la catapulta de babor. Alejad a cualquier grupo que pretenda embarcar.

Roran fue uno de los que cambiaron de lado. Mientras preparaba la catapulta, unos cuantos rezagados salieron del agrio humo y subieron al barco. A su lado, Jeod y Helen alzaron a los seis prisioneros de uno en uno hasta la pasarela y los enviaron rodando al muelle.

Sin que Roran pudiera apenas darse cuenta, habían subido las anclas, habían cortado la maroma que sujetaba la pasarela, y un tambor resonaba bajo sus pies para marcar el ritmo a los remeros. Muy, muy despacio, el *Ala de Dragón* giró a babor, hacia el mar abierto, y luego, con velocidad creciente, se alejó del muelle.

Roran acompañó a Jeod al alcázar, desde donde contemplaron el infierno encarnado que devoraba cualquier cosa inflamable entre Teirm y el océano. A través del filtro de humo, el sol parecía un disco naranja, liso, inflado y ensangrentado, al alzarse sobre la ciudad.

«¿A cuántos he matado ya?», se preguntó Roran.

Como si repitiera sus pensamientos, Jeod observó:

—Esto dañará a mucha gente inocente.

El sentido de culpa hizo que Roran respondiera con más fuerza de la que pretendía:

—¿Preferirías estar en las prisiones de Lord Risthart? Dudo que el incendio lastime a mucha gente, y quienes se salven no tendrán que enfrentarse a la muerte, como nosotros si nos atrapa el Imperio.

—No hace falta que me des lecciones, Roran. Conozco bien los argumentos. Hemos hecho lo que teníamos que hacer. Pero no me pidas que disfrute del sufrimiento que hemos causado para asegurarnos de seguir a salvo.

Hacia el mediodía estaban recogidos los remos y el *Ala de Dragón* navegaba por sus propias fuerzas, impulsado por los vientos favorables del norte. Las ráfagas de aire arrancaban un grave zumbido a las jarcias en lo alto.

El barco estaba desgraciadamente sobrecargado, pero Roran confiaba en que, con una cuidadosa planificación, llegarían a Surda con pocas incomodidades. El peor inconveniente era la escasez de alimentos; si no querían morir de hambre, tendrían que racionar la comida en míseras porciones. Y al estar tan amontonados, la posibilidad de que llegaran las enfermedades era demasiado cierta.

Tras un breve discurso de Uthar, en el que habló de la importancia de la disciplina en un barco, los aldeanos se aplicaron a las tareas que requerían su atención inmediata, como atender a los heridos, desempacar sus exiguas pertenencias y decidir la manera más eficaz de establecer turnos para dormir en cada cubierta. También tenían que escoger quién iba a ocupar los diferentes puestos necesarios en el *Ala de Dragón*: quién cocinaría, quiénes se formarían como marineros con las enseñanzas de los hombres de Uthar, etcétera.

Roran estaba ayudando a Elain a colgar una hamaca cuando se vio envuelto en una acalorada disputa entre Odele, su familia, y Frewin, que al parecer había abandonado a la tripulación de Torson para estar con Odele. Los dos querían casarse, a lo que se oponían de modo vehemente los padres de Odele con el argumento de que el joven marinero no tenía familia, ni una profesión respetable, ni medios para aportar siquiera un mínimo de comodidades a su hija. Roran creía que era mejor que el par de enamorados permanecieran juntos, pues no parecía muy práctico intentar separarlos mientras estuvieran confinados en el mismo barco, pero los padres de Odele se negaban a dar crédito a sus argumentos.

Frustrado, Roran preguntó:

—Entonces, ¿qué haríais vosotros? No podéis encerrarla, y creo que Frewin ha demostrado su dedicación más que...

—¡Ra'zac!

El grito llegaba desde la cofa.

Sin pensárselo dos veces, Roran sacó el martillo del cinto, se dio la vuelta y subió por la escala que llevaba a la escotilla de proa, dándose un golpe en la espinilla. Corrió hacia el grupo de gente que se apiñaba en el alcázar y se detuvo junto a Horst.

El herrero señaló.

Uno de los terribles corceles de los Ra'zac planeaba como una sombra desgarbada sobre el borde de la costa, con un Ra'zac en su grupa. Ver a aquellos dos monstruos a plena luz del día no disminuyó de ningún modo el escalofriante horror que inspiraban a Roran. Se estremeció cuando la criatura alada soltó su aullido aterrador. Luego, la voz de insecto del Ra'zac se deslizó sobre el agua, distante pero clara:

—¡No escaparás!

Roran miró hacia la catapulta, pero no tenía tanto alcance como para acertar al Ra'zac en su montura.

—¿Alguien tiene un arco?

—Yo —contestó Baldor. Hincó una rodilla en el suelo y empezó a encordar su arma—. No dejéis que me vean.

Todos los presentes en el alcázar formaron un prieto círculo en torno a Baldor, escudándolo con sus cuerpos de la malévola mirada del Ra'zac.

—¿Por qué no atacan? —gruñó Horst.

Sorprendido, Roran buscó una explicación, pero no la encontró. Fue Jeod quien sugirió:

—Tal vez haya demasiada luz para ellos. Los Ra'zac cazan de noche y, que yo sepa, no se aventuran a salir de sus madrigueras por su propia voluntad mientras esté el sol en el cielo.

—No es sólo eso —dijo lentamente Gertrude—. Creo que le tienen miedo al océano.

—¿Miedo al océano? —se mofó Horst.

—Míralos; no vuelan más que un metro por encima del agua en ningún momento.

—¡Tiene razón! —dijo Roran.

«Por fin, una debilidad que podré usar contra ellos.»

Unos pocos segundos después, Baldor dijo:

—¡Listo!

Al oírlo, los que estaban delante de él saltaron a un lado,

despejando el camino para su flecha. Baldor se puso en pie de un salto y, con un solo movimiento, se llevó la pluma a la mejilla y soltó la flecha de junco.

Fue un disparo heroico. El Ra'zac estaba lejos del alcance de cualquier arco, más allá de la marca que Roran jamás había visto alcanzar a ningún arquero, pero la puntería de Baldor era certera. La flecha golpeó a la criatura voladora en el flanco diestro, y la bestia soltó un grito de dolor tan desgarrador que el hielo de la cubierta se cuarteó y se astillaron las piedras de la orilla. Roran se tapó los oídos con ambas manos para protegerse del odioso estallido. Sin dejar de chillar, el monstruo se encaró hacia la tierra y se deslizó tras la línea de brumosas colinas.

—¿Lo has matado? —preguntó Jeod, con el rostro pálido.

—Me temo que no —respondió Baldor—. Sólo ha sido una herida superficial.

Loring, que acababa de llegar, observó con satisfacción:

—Sí, pero al menos lo has herido, y juraría que se lo van a pensar dos veces antes de volver a molestarnos.

A Roran lo invadió la pesadumbre.

—Guárdate la celebración para más adelante, Loring. Eso no ha sido ninguna victoria.

—¿Por qué no? —quiso saber Horst.

—Porque ahora el Imperio sabe exactamente dónde estamos.

El alcázar quedó en silencio mientras todos cavilaban las implicaciones de lo que Roran acababa de decir.

Juego de niños

—Y esto —dijo Trianna— es el último patrón que hemos inventado.

Nasuada cogió el velo negro que le ofrecía la bruja y se lo pasó entre las manos, maravillada por su calidad. Ningún humano podía coser un encaje tan fino. Miró con satisfacción las hileras de cajas que había en su escritorio, llenas de muestras de los muchos diseños que ya producía Du Vrangr Gata.

—Lo habéis hecho muy bien —dijo—. Mucho mejor de lo que esperaba. Dile a tus hechiceras lo contenta que estoy con su trabajo. Significa mucho para los vardenos.

Trianna inclinó la cabeza al oír las alabanzas.

—Les transmitiré tu mensaje, señora Nasuada.

—¿Ya han...?

Un alboroto en la puerta de sus aposentos interrumpió a Nasuada. Oyó que los guardias maldecían y alzaban la voz, y luego sonó un grito de dolor. Un entrechocar de metales resonó en el pasillo. Nasuada se apartó alarmada de la puerta y desenfundó su daga.

—¡Corre, señora! —dijo Trianna. La bruja se situó ante Nasuada y se arremangó, desnudando sus brazos blancos por si debía usar la magia—. Por la entrada de los sirvientes.

Antes de que Nasuada pudiera moverse, se abrieron las puertas de golpe y una pequeña figura la atrapó por las piernas y la tiró al suelo. Justo en el momento en que caía Nasuada, un objeto plateado cruzó el espacio que ocupaba hasta entonces y se clavó en la pared contraria con un sordo zumbido.

Entonces entraron los cuatro guardias, y todo resultó confuso mientras Nausada notaba que le quitaban de encima a su atacante. Cuando consiguió ponerse en pie, vio que tenían atrapada a Elva.

—¿Qué significa esto? —quiso saber Nasuada.

La niña de cabello oscuro sonrió, luego dobló el cuerpo y vomitó en la alfombra trenzada. Después clavó sus ojos violetas en Nasuada y, con su terrible voz sabia, dijo:

—Haz que tu maga examine la pared, oh, hija de Ajihad, y comprueba si he cumplido la promesa que te hice.

Nasuada hizo un gesto de asentimiento a Trianna, quien se deslizó hasta el agujero astillado de la pared y murmuró un encanto. Al regresar, sostenía un dardo metálico en la mano.

—Estaba enterrado en la madera.

—¿Pero de dónde ha salido? —preguntó Nasuada, desconcertada.

Trianna gesticuló hacia la ventana abierta, que daba a la ciudad de Aberon.

—De ahí, supongo.

Nasuada volvió a prestar atención a la expectante niña.

—¿Qué sabes tú de esto, Elva?

La horrible sonrisa de la niña se ensanchó.

—Era un asesino.

—¿Quién lo envía?

—Un asesino formado por Galbatorix en persona en los usos oscuros de la magia. —Entrecerró sus ojos ardientes, como si estuviera en trance—. Ese hombre te odia. Viene a por ti. Te habría matado si no llego a evitarlo. —Se lanzó hacia delante y vomitó de nuevo, escupiendo comida medio digerida por el suelo. Nasuada refrenó una náusea de asco—. Y va a sufrir aún más dolor.

—¿Por qué?

—Porque te diré que se hospeda en el hostal de la calle Fane, en la última habitación del piso superior. Será mejor que te des prisa, o se irá lejos..., muy lejos. —Gruñó como una bestia herida y se agarró el vientre—. Corre, antes de que el hechizo de Eragon me obligue a impedir que le hagas daño. En ese caso, te arrepentirías.

Trianna ya se ponía en marcha cuando Nasuada dijo:

—Cuéntale a Jörmundur lo que ha pasado y luego coge a tus magos más fuertes y perseguid a ese hombre. Capturadlo si podéis. Y si no podéis, matadlo.

Cuando se fue la bruja, Nasuada miró a sus hombres y vio que les sangraban las piernas por numerosos cortes. Se dio cuenta de lo mucho que habría costado a Elva hacerles daño.

—Marchaos —les dijo—. Buscad a una sanadora que os cure las heridas.

Los guerreros negaron con la cabeza, y su capitán dijo:

—No, señora. Nos quedaremos a su lado hasta que sepamos que está a salvo.

—Como a usted le parezca, capitán.

Los hombres instalaron barricadas en las ventanas —lo cual empeoró aún más el calor sofocante que plagaba el castillo Borromeo—, y luego todos se retiraron a las cámaras interiores en busca de mayor protección.

Nasuada caminaba de un lado a otro, con el corazón palpitante por la impresión retardada al darse cuenta de que había estado a punto de morir asesinada. «¿Qué les pasaría a los vardenos si yo muriera? —se preguntó—. ¿Quién me sucedería? —El desánimo se apoderó de ella; no había hecho ningún preparativo para los vardenos ante su hipotético fallecimiento, olvido que ahora se le antojaba un error fundamental—. No permitiré que los vardenos se sumerjan en el caos por no haber sido capaz de tomar precauciones.»

Se detuvo.

—Estoy en deuda contigo, Elva.

—Ahora y siempre.

Nasuada titubeó, desconcertada como siempre por las respuestas de la niña, y luego continuó:

—Te pido perdón por no haber ordenado a mis guardias que te dejaran pasar a cualquier hora del día o de la noche. Tendría que haber anticipado que pudiera suceder algo así.

—Pues sí —dijo Elva, en tono burlón.

Alisándose la parte delantera del vestido, Nasuada echó a andar de nuevo, tanto para evitar la visión del rostro de Elva, blanco como una piedra y marcado por el dragón, como para dispersar su propia energía nerviosa.

—¿Cómo has logrado escapar de tu habitación sin compañía?

—Le he dicho a mi vigilante, Greta, lo que quería oír.

—¿Eso es todo?

Elva pestañeó.

—Se ha quedado muy contenta.

—¿Y Angela?

—Ha salido esta mañana con algún recado.

—Bueno, en cualquier caso, cuenta con mi gratitud por salvarme la vida. Pídeme la recompensa que quieras y te la concederé, si entra en mis posibilidades.

Elva paseó la mirada por la decorada habitación y dijo:

—¿Tienes algo de comida? Tengo hambre.

Premonición de guerra

*D*os horas más tarde volvió Trianna con un par de guerreros que cargaban entre ambos un cuerpo inmóvil. Tras una orden de la maga, los hombres soltaron el cadáver al suelo. Luego, la bruja dijo:

—Encontramos al asesino donde ha dicho Elva. Se llamaba Drail.

Llevada por una curiosidad morbosa, Nasuada examinó el rostro del hombre que había intentado matarla. El asesino era bajo, barbudo y de aspecto llano, parecido a una incontable cantidad de hombres de la ciudad. Sintió una cierta conexión con él, como si el atentado contra su vida y el hecho de que ella hubiera decretado su muerte a cambio los vincularan de la manera más íntima posible.

—¿Cómo ha muerto? —preguntó—. No veo marcas en su cuerpo.

—Se ha suicidado con magia cuando hemos superado sus defensas y hemos entrado en su mente, pero antes de que pudiéramos controlar sus acciones.

—¿Habéis podido averiguar algo antes de que muriera?

—Sí. Drail forma parte de una red de agentes establecida aquí, en Surda, leales a Galbatorix. Se llaman la Mano Negra. Nos espían, sabotean nuestros preparativos de guerra y, hasta donde hemos podido determinar en nuestro breve atisbo de los recuerdos de Drail, son responsables de una docena de muertes entre los vardenos. Aparentemente, desde que llegamos de Farthen Dûr estaban esperando una buena ocasión para matarte.

—¿Y por qué la Mano Negra no ha asesinado todavía a Orrin?

Trianna se encogió de hombros.

—No sabría decirlo. Puede que Galbatorix considere que tú representas una amenaza mayor que Orrin. Si es así, en cuanto la Mano Negra se dé cuenta de que estás protegida de sus ataques... —Lanzó una rápida mirada a Elva—. Orrin no sobrevivirá ni un mes, salvo que esté protegido día y noche por magos. O tal vez Galbatorix haya evitado una acción tan directa porque quería que la Mano Negra pasara inadvertida. Él siempre ha tolerado la existencia de Surda. Ahora que se ha convertido en una amenaza...

—¿Puedes proteger también a Orrin? —preguntó Nasuada, volviéndose hacia Elva.

Sus ojos violetas parecían brillar.

—Tal vez, si me lo pide con amabilidad.

Los pensamientos de Nasuada se aceleraron al cavilar cómo desbaratar aquel nuevo peligro.

—¿Todos los agentes de Galbatorix pueden usar la magia?

—La mente de Drail estaba algo confusa, así que no se puede decir con exactitud —explicó Trianna—, pero diría que muchos sí pueden.

«Magia», maldijo Nasuada en silencio. El mayor peligro que los vardenos debían esperar de los magos, o de cualquier persona formada en el uso de la mente, no era el asesinato, sino más bien el espionaje. Los magos podían espiar los pensamientos de la gente y sonsacar información útil para destruir a los vardenos. Precisamente por eso Nasuada y toda la estructura de mando de los vardenos habían aprendido a detectar cuando alguien entraba en contacto con sus mentes y a protegerse de tales intenciones. Nasuada sospechaba que

Orrin y Hrothgar contaban con precauciones similares en sus propios gobiernos.

Sin embargo, como no resultaba práctico que todas las personas que tenían acceso a datos potencialmente dañiños dominaran esa habilidad, una de las mayores responsabilidades de Du Vrangr Gata consistía en perseguir a cualquiera que obtuviera información de las mentes de la gente. El coste de esa vigilancia era que Du Vrangr Gata terminaba espiando a los vardenos tanto como a sus enemigos, hecho que Nasuada se aseguraba de esconder a la mayoría de sus seguidores, pues sólo podía provocar odio, disgusto y discrepancias. Le disgustaba aquella práctica, pero no veía alternativa.

Lo que acababa de saber sobre la Mano Negra reforzó la convicción de Nasuada de que, de un modo u otro, tenía que dominar a los magos.

—¿Por qué no habéis descubierto esto antes? —preguntó—. Puedo entender que se os escapara un asesino solitario, pero ¿toda una red de hechiceros dedicados a destruirnos? Explícate, Trianna.

Los ojos de la bruja brillaron de rabia ante la acusación.

—Porque aquí, al contrario que en Farthen Dûr, no podemos examinar la mente de todo el mundo en busca de dobleces. Hay simplemente demasiada gente para que los magos les sigamos la pista. Por eso no sabíamos nada de la Mano Negra hasta ahora, señora Nasuada.

Nasuada se detuvo y luego inclinó la cabeza.

—Entendido. ¿Habéis descubierto la identidad de más miembros de la Mano Negra?

—De algunos.

—Bien. Usadlo para husmear los nombres de los demás agentes. Quiero que destruyas esa organización para mí, Trianna. Errádicalos como harías con una plaga de gusanos. Te daré a tantos hombres como te hagan falta.

La bruja hizo una reverencia.

—Como tú quieras, señora Nasuada.

Alguien llamó a la puerta; los guardias sacaron las espadas y tomaron posición a ambos lados de la entrada, y luego el capitán abrió la puerta de golpe sin previo aviso. Fuera había un joven paje, con el puño alzado para llamar de nuevo. Se quedó asombrado mirando el cadáver que había en el suelo y luego recuperó la atención cuando el capitán preguntó:

—¿Qué pasa, muchacho?

—Tengo un mensaje del rey Orrin para la señora Nasuada.

—Pues habla, y hazlo rápido —dijo la reina.

El paje se tomó un momento para recuperarse.

—El rey Orrin solicita que lo atienda de inmediato en su cámara del consejo, pues ha recibido informes del Imperio que exigen su atención inmediata.

—¿Eso es todo?

—Sí, señora.

—Debo atenderlo. Trianna, ya tienes tus órdenes. Capitán, ¿dejará a uno de sus hombres para que se deshaga de Drail?

—Sí, señora.

—Y también, por favor, localiza a Farica, mi doncella. Ella se encargará de que limpien mi estudio.

—¿Y qué pasa conmigo? —preguntó Elva, inclinando la cabeza.

—Tú —dijo Nasuada— me acompañarás. Suponiendo que tengas suficientes fuerzas para hacerlo.

La niña echó atrás la cabeza, y de su boca pequeña y redonda emanó una fría risa:

—Sí tengo fuerzas, Nasuada. ¿Y tú?

Ignorando la pregunta, Nasuada echó a andar por el pasillo, rodeada por sus guardias. Las piedras del castillo exudaban un olor terroso por el calor. Tras ella, oyó el golpeteo de los pasos de Elva y experimentó un perverso placer al ver que la espantosa niña tenía que correr para avanzar al ritmo de los pasos de los adultos, más largos.

Los guardias se quedaron atrás en el vestíbulo anterior a la sala del consejo, mientras entraban Nasuada y Elva. La sala era austera hasta el extremo de la severidad y reflejaba la naturaleza combativa de la existencia de Surda. Los reyes del país habían dedicado sus recursos a proteger a su gente y a derrotar a Galbatorix, no a decorar el castillo Borromeo con riquezas inútiles como habían hecho los enanos en Tronjheim.

En la sala principal había una mesa de burdo tallado, sobre la que aparecía un mapa abierto de Alagaësia, sostenido con dagas en las cuatro esquinas. Como de costumbre, Orrin estaba sentado a la cabeza de la mesa, mientras que sus diversos consejeros —muchos de los cuales, como bien sabía Nasuada, se oponían a ella— ocupaban las sillas más lejanas. El Consejo de Ancianos también estaba presente. Nasuada notó la preocupación en el rostro de Jörmundur cuando éste la miró y dedujo que Trianna le había contado ya lo de Drail.

—Señor, ¿has preguntado por mí?

Orrin se levantó.

—Sí. Hemos recibido... —Se detuvo a media frase al percatarse de la presencia de Elva—. Ah, sí, Frente Luminosa. No he tenido ocasión de recibirte en audiencia antes, aunque el relato de tus gestas ha llegado a mis oídos y, debo confesarlo, tenía mucha curiosidad por conocerte. ¿Encuentras satisfactorios los aposentos que te he concedido?

—Están bastante bien, señor. Gracias.

Al oír su voz fantasmagórica, propia de un adulto, todos los presentes en la mesa dieron un respingo.

Irwin, el primer ministro, se puso en pie de un salto y señaló a Elva con un dedo tembloroso.

—¿Por qué has traído a esta... abominación?

—Eso no son maneras, señor —replicó Nasuada, aunque entendía sus sentimientos.

Orrin frunció el ceño.

—Sí, contente, Irwin. De todos modos, tiene algo de razón, Nasuada; esta niña no puede estar presente en nuestras deliberaciones.

—El Imperio —anunció ella— acaba de intentar asesinarme. —Sonaron en la sala las exclamaciones de sorpresa—. Si no llega a ser por la rápida actuación de Elva, estaría muerta. En consecuencia, la he tomado bajo mi confianza; donde voy yo, va ella.

«Que se pregunten qué es capaz de hacer Elva exactamente.»

—Pues sí que son inquietantes tus noticias —exclamó el rey—. ¿Has atrapado al villano?

Viendo las ansiosas expresiones de los consejeros, Nasuada dudó.

—Sería mejor esperar hasta que pueda contártelo en privado, señor.

Orrin pareció decepcionado por su respuesta, pero no prosiguió con el asunto.

—Muy bien. Pero… siéntate, siéntate. Acabamos de recibir un informe muy preocupante. —Cuando se hubo sentado Nasuada frente a él, con Elva merodeando tras ella, el rey siguió hablando—: Parece que nuestros espías de Gil'ead estaban engañados al respecto del tamaño del ejército de Galbatorix.

—¿Y eso?

—Ellos creen que el ejército está en Gil'ead, mientras que aquí tenemos una misiva de uno de nuestros hombres de Urû'baen, quien afirma que vio a una gran hueste marchar hacia el sur desde la capital hace una semana y media. Era de noche, de modo que no pudo asegurarse del número de soldados, pero estaba seguro de que la tropa era mucho mayor que los dieciséis mil soldados que forman el grueso de las tropas de Galbatorix. Puede que fueran cien mil soldados, o más.

«¡Cien mil!» Un pozo frío de miedo se instaló en el estómago de Nasuada.

—¿Podemos fiarnos de esa fuente?

—Sus datos siempre han sido fiables.

—No lo entiendo —dijo Nasuada—. ¿Cómo puede desplazar Galbatorix a tantos hombres sin que nos hayamos dado cuenta antes? Sólo las caravanas de provisiones ya se extenderían durante kilómetros. Era obvio que el ejército se estaba movilizando, pero el Imperio no estaba ni mucho menos a punto de desplegarse.

Entonces habló Falberd, golpeando la mesa con su pesada mano para dar mayor énfasis a sus palabras:

—Han sido más listos que nosotros. Habrán engañado a nuestros espías con magia para que creyeran que el ejército seguía en sus cuarteles de Gil'ead.

645

Nasuada sintió que la sangre se le retiraba de la cara.

—La única persona dotada de la suficiente fuerza para mantener una ilusión tan fuerte durante tanto tiempo...

—Es el propio Galbatorix —terminó Orrin—. Hemos llegado a la misma conclusión. Eso significa que Galbatorix ha abandonado al fin su madriguera en busca del combate abierto. Ahora mismo, mientras hablamos, el enemigo negro se acerca.

Irwin se inclinó hacia delante.

—Ahora, la cuestión es cómo debemos responder. Hemos de reaccionar ante esa amenaza, sin duda, pero ¿de qué manera? ¿Dónde, cuándo y cómo? Nuestras fuerzas no están preparadas para una campaña de esa magnitud, señora Nasuada, mientras que las tuyas (los vardenos) ya están acostumbradas al feroz clamor de la guerra.

—¿Qué insinúas?

«¿Que hemos de morir por vosotros?»

—Sólo he hecho una observación. Tómala como quieras.

Entonces, Orrin dijo:

—Si nos quedáramos solos, un ejército de ese tamaño nos aplastaría. Hemos de buscar aliados y necesitamos especialmente a Eragon, sobre todo si nos vamos a enfrentar a Galbatorix. Nasuada, ¿enviarás a alguien en su busca?

—Lo haría si pudiera, pero hasta que regrese Arya no tengo modo de entrar en contacto con los elfos, ni de convocar a Eragon.

—En ese caso —dijo Orrin, con la voz grave—, hemos de tener la esperanza de que llegue antes de que sea demasiado tarde. Supongo que no podemos contar con la ayuda de los elfos en este asunto. Así como un dragón puede atravesar las leguas que separan Aberon y Ellesméra con la velocidad de un halcón, sería imposible que los propios elfos marcharan y recorrieran la misma distancia antes de que nos alcance el Imperio. Eso deja sólo a los enanos. Sé que Hrothgar y tú sois amigos desde hace muchos años. ¿Le enviarás de parte nuestra una súplica para que nos ayude? Los enanos siempre han prometido que lucharían cuando llegara el momento.

Nasuada asintió.

—Du Vrangr Gata tiene un acuerdo con algunos magos enanos que nos permite pasar mensajes de modo instantáneo. Les trasladaré tu... nuestra petición. Y pediré que Hrothgar envíe un emisario a Ceris para informar a los elfos de la situación, de modo que por lo menos estén sobre aviso.

—Bien. Estamos bastante lejos de Farthen Dûr, pero si conseguimos retrasar al Imperio, aunque sólo sea una semana, tal vez los enanos consigan llegar a tiempo.

La discusión que siguió fue extraordinariamente amarga. Existían diversas tácticas para derrotar a un ejército más numeroso —aunque no necesariamente superior—, pero en aquella mesa nadie era capaz de imaginar cómo podían vencer a Galbatorix, sobre todo si tenían en cuenta que Eragon aún parecía impotente en comparación con el viejo rey. La única trama que podía brindarles el éxito consistía en rodear a Eragon con la mayor cantidad posible de magos, humanos y enanos, y luego tratar de obligar a Galbatorix a enfrentarse solo contra ellos. «El problema de ese plan —pensó Nasuada— es que Galbatorix se impuso a enemigos mucho más formidables en la destrucción de los Jinetes, y desde entonces su fuerza no ha hecho más que crecer.» Estaba segura de que a los demás se les ocurriría lo mismo. «Si al menos contáramos con los hechiceros élficos para aumentar nuestras filas, entonces la victoria estaría a nuestro alcance. Sin ellos... Si no podemos vencer a Galbatorix, la única salida que nos quedaría sería huir de Alagaësia por los mares bravíos y encontrar nuevas tierras en las que reconstruir nuestras vidas. Allí podríamos esperar hasta que Galbatorix deje de existir. Ni siquiera él puede vivir para siempre. Lo único cierto es que, al fin, todo pasa.»

647

Pasaron de la táctica a la logística, y entonces el debate se volvió mucho más enconado, pues los miembros del Consejo de Ancianos discutían con los consejeros de Orrin acerca del reparto de responsabilidades entre los vardenos y Surda: quién debía pagar esto y aquello, aportar raciones para los peones que trabajaban en ambos grupos, gestionar las provisiones para sus respectivos guerreros, y cómo debían solucionarse otras muchas cuestiones relacionadas.

En mitad de la refriega verbal, Orrin sacó un pergamino que llevaba en el cinto y dijo a Nasuada:

—Ahora que hablamos de finanzas, ¿serías tan amable de explicar un asunto bastante curioso que me ha llamado la atención?

—Haré cuanto pueda, señor.

—Tengo en mis manos una queja del gremio de tejedoras,

que afirma que sus miembros en toda Surda han perdido una buena porción de sus beneficios porque se ha inundado el mercado textil con unos encajes extraordinariamente baratos; encajes que, según juran, proceden de los vardenos. —Una mirada de dolor cruzó su cara—. Parece absurdo incluso preguntarlo, pero ¿tiene su queja algo que ver con los hechos? Y en ese caso, ¿por qué habrían de hacer algo así los vardenos?

Nasuada no intentó esconder su sonrisa.

—Tal vez recuerdes, señor, que cuando te negaste a prestar más oro a los vardenos, me aconsejaste que encontrase otra manera de manteneros.

—Así fue. ¿Y qué? —preguntó Orrin, entrecerrando los ojos.

—Bueno, se me ocurrió que, como lleva mucho tiempo hacer los encajes a mano y por eso son tan caros, sería en cambio mucho más fácil hacerlos por medio de la magia, pues exigen muy poco gasto de energía. Tú más que nadie, filósofo por naturaleza, deberías apreciarlo. Vendiendo encajes aquí y allá por todo el Imperio hemos conseguido financiar por completo nuestros esfuerzos. Los vardenos ya no piden comida ni refugio.

Pocas cosas en la vida habían dado tanto placer a Nasuada como la incrédula expresión de Orrin en ese instante. El pergamino, congelado a medio camino entre su barbilla y la mesa, la boca ligeramente abierta y la incomprensión con que fruncía el ceño conspiraron para darle el aspecto aturdido de un hombre que acabara de ver algo que no era capaz de entender. Nasuada disfrutó de aquella visión.

—¿Encajes? —masculló.

—Sí, señor.

—¡No puedes enfrentarte a Galbatorix con encajes!

—¿Por qué no, señor?

Orrin titubeó un momento y luego gruñó:

—Porque... porque no es respetable. Por eso. ¿Qué bardo compondría una epopeya sobre nuestras gestas, escribiendo sobre encajes?

—No luchamos para que nos escriban epopeyas de alabanza.

—¡Pues al diablo las epopeyas! ¿Cómo se supone que tengo que contestar al gremio de tejedoras? Al vender tan baratos vuestros encajes, lastimáis los negocios del pueblo y dañáis nuestra economía. No puede ser, de ninguna manera.

Nasuada permitió que su sonrisa se volviera dulce y cálida y, en su tono más amistoso, dijo:

—Ah, querido. Si la carga es excesiva para tu tesorería, los vardenos estarían más que dispuestos a ofrecerte un crédito a cambio de lo amable que has sido con nosotros... Con el apropiado interés, por supuesto.

El Consejo de Ancianos consiguió mantener el decoro, pero detrás de Nasuada, Elva soltó una rápida risotada de diversión.

Filo rojo, filo negro

*E*n cuanto apareció el sol sobre el horizonte de árboles alineados, Eragon respiró más hondo, ordenó a su corazón que se acelerara y abrió los ojos para recuperar del todo la conciencia. No estaba dormido, pues no había vuelto a dormir desde su transformación. Cuando estaba débil y se tumbaba a descansar, entraba en un estado parecido a soñar despierto. Allí percibía muchas visiones asombrosas y caminaba entre las sombras grises de su memoria; sin embargo, permanecía consciente de cuanto lo rodeaba.

Contempló el amanecer, y los pensamientos sobre Arya invadieron su mente, igual que en todas las horas transcurridas desde el Agaetí Blödhren, dos días antes. A la mañana siguiente de la celebración había ido a buscarla al salón Tialdarí —con la intención de excusarse por su comportamiento—, sólo para descubrir que ya había partido hacia Surda. «¿Cuándo volveré a verla?», se preguntaba. Bajo la clara luz del día se había dado cuenta de la medida en que la magia de los elfos y los dragones le había perturbado el conocimiento durante el Agaetí Blödhren. «Tal vez haya actuado como un tonto, pero no fue del todo por culpa mía. Tenía la misma responsabilidad por mi conducta que si hubiera estado borracho.»

Aun así, todas las palabras que le había dicho a Arya eran verdaderas, pese a que en condiciones normales no se habría sincerado tanto. Su rechazo le había llegado a lo más hondo.

Libre de los hechizos que le habían nublado la mente, se veía obligado a admitir que probablemente ella tenía razón, que la diferencia de edad era demasiado grande. Le costaba aceptarlo, y cuando al fin lo consiguió, aquella noción no hacía más que aumentar su angustia.

Eragon había oído antes la expresión «corazón partido». Hasta entonces siempre la había considerado como una descripción fantasiosa, no un verdadero síntoma físico. Sin embargo, ahora sentía un profundo dolor en el pecho —como si tuviera un músculo dañado— y le dolía cada latido del corazón.

Su único consuelo era Saphira. Durante esos días no había criticado ninguno de sus actos ni lo había dejado solo más que unos pocos minutos, y le había prestado todo el apoyo de su compañía. También hablaba mucho con él y hacía todo lo posible por sacarlo del caparazón de su silencio.

Para evitar pasarse el tiempo pensando en Arya, Eragon sacó el anillo rompecabezas de Orik de su mesita de noche y lo rodó entre los dedos, maravillado por lo mucho que se habían afinado sus sentidos. Podía notar hasta la menor ranura en el metal retorcido. Mientras estudiaba el anillo, percibió un cierto patrón en la disposición de las cintas de oro, un patrón que hasta entonces se le había escapado. Confiando en su instinto, manipuló las cintas según la secuencia que le sugería su observación. Obtuvo gran placer al ver que las ocho piezas encajaban a la perfección y formaban un conjunto sólido. Se puso el anillo en el dedo anular de la mano derecha y admiró el modo en que las cintas entrelazadas captaban la luz.

Antes no podías hacerlo, observó Saphira desde el hueco del suelo en que dormía.

Veo muchas cosas que antes se me escondían.

Eragon fue al baño y se dedicó a sus abluciones matinales, que incluían el afeitado de la escasa barba que cubría sus mejillas por medio de un hechizo. Pese a que ahora se parecía mucho a los elfos, seguía creciéndole la barba.

Cuando Eragon y Saphira llegaron al campo de entrenamiento, Orik los estaba esperando. Se le iluminaron los ojos cuando Eragon alzó la mano y le mostró el anillo reconstruido.

—¿Así que lo has solucionado?

—Me ha costado más de lo que esperaba —contestó Eragon—, pero sí. ¿También has venido a entrenar?

—Eh... Ya he practicado un poco el hacha con un elfo que el otro día se regodeó golpeándome la cabeza. No, he venido a verte pelear.

—Ya me has visto otras veces —señaló Eragon.

—No, hace tiempo que no te veo.

—Quieres decir que sientes curiosidad por ver cómo he cambiado.

Por toda respuesta, Orik se encogió de hombros.

Vanir se acercó desde el lado contrario del campo.

—¿Estás listo, Asesino de Sombra? —exclamó.

El comportamiento condescendiente del elfo se había reducido algo desde su último duelo, anterior al Agaetí Blödhren, pero no mucho.

—Estoy listo.

Eragon y Vanir se situaron cara a cara en una zona abierta del campo. Eragon vació su mente y desenfundó a *Zar'roc* tan rápido como pudo. Para su sorpresa, la espada parecía pesar menos que una vara de sauce. Al no recibir la esperada resistencia, el brazo de Eragon quedó recto de golpe y la espada salió volando de su mano y recorrió unos veinte metros hacia la derecha, donde se clavó en el tronco de un pino.

—¿Ni siquiera eres capaz de sujetar la espada, Jinete? —preguntó Vanir.

—Te pido perdón, Vanir-vodhr —contestó Eragon, con el habla entrecortada. Se agarró el codo y se frotó la articulación lesionada para reducir el dolor—. He medido mal mis fuerzas.

—Asegúrate de que no vuelva a ocurrir.

Vanir se acercó al árbol, cogió la empuñadura de *Zar'roc* y trató de liberar la espada. El arma permaneció inmóvil. Vanir arqueó tanto las cejas que se le juntaron en la frente mientras miraba la rígida hoja roja, como si sospechara que se trataba de algún truco. El elfo apoyó los pies con firmeza, dio un tirón hacia atrás y, con un crujido de la madera, arrancó a *Zar'roc* del pino.

Eragon aceptó la espada que le entregaba Vanir y la blandió, preocupado porque le parecía muy ligera. «Aquí pasa algo», pensó.

—¡Ponte en guardia!

Esta vez fue Vanir quien inició la batalla. De un solo salto cruzó la distancia que los separaba y lanzó la espada hacia el hombro derecho de Eragon. A éste le parecía que el elfo se movía más despacio de lo habitual, como si los reflejos de Vanir se hubieran reducido hasta el nivel de los humanos. Le costó poco desviar la espada de Vanir, y el metal emitió chispas azules cuando los dos filos se rozaron.

Vanir aterrizó con expresión de asombro. Volvió a golpear, y Eragon esquivó la espada echándose hacia atrás, como un árbol que se meciera al viento. En rápida sucesión, Vanir soltó una lluvia de duros golpes contra Eragon, pero éste los esquivó o desvió todos, usando en la misma medida la espada y la funda para frustrar la arremetida del elfo.

Eragon no tardó en darse cuenta de que el dragón espectral del Agaetí Blödhren había hecho algo más que alterar su apariencia; también le había concedido las habilidades físicas de los elfos. En fuerza y velocidad, Eragon igualaba ahora incluso al elfo más atlético.

Espoleado por esa noción y por el deseo de comprobar sus límites, Eragon saltó tan alto como pudo. *Zar'roc* emitió un brillo encarnado bajo la luz del sol mientras él volaba hacia el cielo alcanzando una altura superior a los tres metros antes de revolotear como un acróbata y aterrizar detrás de Vanir, que seguía mirando hacia donde estaba al principio.

A Eragon se le escapó una risa salvaje. Ya no se encontraba impotente ante los elfos, los Sombra o cualquier otra criatura mágica. Ya no sufriría el escarnio de los elfos. Ya no tendría que depender de Saphira ni de Arya para que lo rescataran de enemigos como Durza.

Atacó a Vanir, y resonó en el campo un estruendo furioso mientras se enfrentaban, echando carreras a un lado y otro sobre la hierba pisoteada. La fuerza de sus golpes provocaba ráfagas de aire que les agitaban el pelo y se lo enmarañaban. En lo alto, los árboles se echaron a temblar y soltaron la pinaza. El duelo duró hasta bien entrada la mañana, pues pese a la habilidad recién adquirida por Eragon, Vanir seguía siendo un formidable oponente. Sin embargo, al final, Eragon no podía perder. Trazó en su ataque un círculo en torno a Vanir, superó su guardia y le golpeó en el antebrazo, partiéndole el hueso.

Vanir soltó el arma, y su rostro empalideció de sorpresa.

—Qué rápida es tu espada —dijo.

Eragon reconoció el famoso verso de *La balada de Umhodan*.

—¡Por todos los dioses! —exclamó Orik—. Ha sido el mejor combate de espadachines que he visto en mi vida, y eso que estuve presente cuando peleaste con Arya en Farthen Dûr.

Entonces Vanir hizo lo que Eragon nunca hubiera esperado: el elfo dobló la muñeca de la mano ilesa para componer el gesto de lealtad, la apoyó en su esternón e hizo una reverencia.

—Te pido perdón por mi comportamiento anterior. Creía que habías condenado a mi raza al vacío y por puro miedo me comporté de una manera vergonzosa. Sin embargo, parece que tu raza ya no pondrá en peligro nuestra causa. —A regañadientes, añadió—: Ahora ya eres merecedor del título de Jinete.

Eragon devolvió la reverencia.

—Es un honor. Lamento haberte herido tan gravemente. ¿Me permites que cure tu brazo?

—No, dejaré que se ocupe de él la naturaleza a su propio ritmo, como recuerdo de que en una ocasión crucé mi espada con la de Eragon Asesino de Sombra. No temas que eso interrumpa nuestro entrenamiento mañana. Soy igual de bueno con la mano izquierda.

Hicieron de nuevo sendas reverencias, y luego el elfo partió.

Orik se dio una palmada en el muslo y dijo:

—Ahora sí tenemos la posibilidad de alcanzar la victoria. ¡Una posibilidad verdadera! Lo siento en los huesos. Huesos como piedras, dicen. Ah, esto dará a Hrothgar y Nasuada una satisfacción sin fin.

Eragon mantuvo la calma y se concentró en desbloquear los filos de *Zar'roc*, pero dijo a Saphira: *Si bastara el puro músculo para derrocar a Galbatorix, los elfos lo habrían logrado hace mucho tiempo.* Sin embargo, no podía dejar de sentirse complacido por el aumento de su destreza, así como por el alivio del dolor de espalda, que tanto tiempo había esperado. Sin aquellos estallidos constantes de dolor, era como si la bruma se hubiera retirado de su mente y pudiera pensar de nuevo con lucidez.

Quedaban unos pocos minutos hasta la hora en que tenían que encontrarse con Oromis y Glaedr, así que Eragon sacó el arco y la aljaba, que estaban colgados en el lomo de Saphira, y caminó hasta la hilera de árboles que usaban los elfos para practicar su puntería. Como los arcos de los elfos eran mucho más potentes que el suyo, sus dianas acol-

655

chadas eran demasiado pequeñas y estaban demasiado lejos para él. Tenía que adelantarse hasta media distancia para disparar.

Tras ocupar su lugar, Eragon colocó una flecha y tiró lentamente de la cuerda, encantado de comprobar lo fácil que le resultaba. Apuntó, soltó la flecha y mantuvo la posición hasta comprobar si iba a acertar en la diana. Como una abeja enloquecida, el dardo zumbó hacia la diana y se hundió en el centro. Eragon sonrió. Disparó una y otra vez a la diana, aumentando la velocidad al mismo tiempo que su confianza, hasta que llegó a soltar treinta flechas en un minuto.

Con la siguiente diana, tiró de la cuerda con algo más de fuerza de la que jamás había aplicado —o podido aplicar— hasta entonces. Con un estallido explosivo, el arco de tejo se partió por la mitad, por debajo de su mano izquierda, rasgándole los dedos, y brotaron las astillas de la parte trasera del arco. Del tirón, se le quedó la mano entumecida.

656

Eragon se quedó mirando los restos del arma, desanimado por la pérdida. Se lo había hecho Garrow como regalo de cumpleaños tres años antes. Desde entonces, apenas había pasado una semana sin usarlo. Le había servido para conseguir comida para su familia en múltiples ocasiones, en las que de otro modo habrían pasado hambre. Con él había matado su primer ciervo. Y se había servido de él para usar la magia por primera vez. Perder aquel arco era como perder a un viejo amigo en quien se podía confiar incluso en la peor situación.

Saphira olisqueó las dos piezas de madera que colgaban de sus manos y dijo: *Parece que necesitas un nuevo lanzador de palitos.*

Sin ganas de hablar, Eragon gruñó y se fue a grandes zancadas a recuperar sus flechas.

Desde el campo, él y Saphira volaron hasta los blancos riscos de Tel'naeír y se presentaron ante Oromis, que los esperaba sentado en un taburete frente a su cabaña, mirando más allá del acantilado con sus ojos clarividentes.

—¿Te has recuperado del todo de la poderosa magia de la Celebración del Juramento de Sangre, Eragon?

—Sí, Maestro.

Se produjo un largo silencio a continuación, mientras Oromis bebía su taza de té de moras y seguía contemplando el viejo bosque. Eragon esperó sin quejarse; estaba acostumbrado a aquellas pausas cuando se hallaba ante el viejo Jinete. Al rato, Oromis dijo:

—Glaedr me ha contado tan bien como ha podido lo que se te hizo durante la celebración. Nunca había ocurrido una cosa semejante en toda la historia de los Jinetes. Una vez más, los dragones han demostrado ser capaces de mucho más de lo que imaginábamos. —Bebió un trago de té—. Glaedr no estaba seguro de qué cambios experimentarías exactamente, de modo que me gustaría que describieras el alcance de tu transformación, incluido tu aspecto físico.

Eragon resumió con rapidez las alteraciones que había experimentado, detallando el aumento de sensibilidad de su visión, olfato, oído y tacto, y terminó con el relato de su confrontación con Vanir.

—¿Y cómo te sientes al respecto? —preguntó Oromis—. ¿Lamentas que tu cuerpo haya sido manipulado sin tu permiso?

—¡No, no! En absoluto. Tal vez lo hubiera lamentado antes de la batalla de Farthen Dûr, pero ahora sólo estoy agradecido porque ya no me duele la espalda. Me hubiera sometido de buen grado a cambios mucho mayores con tal de librarme de la maldición de Durza. No, mi única respuesta es la gratitud.

Oromis asintió.

—Me encanta que tengas la inteligencia suficiente para adoptar esa postura, pues tu regalo vale más que todo el oro

657

del mundo. Con él, creo que al fin nuestros pies se encuentran en el sendero adecuado. —De nuevo, bebió un sorbo—. Procedamos. Saphira, Glaedr te espera en la Piedra de los Huevos Rotos. Eragon, tú empezarás hoy el tercer nivel del Rimgar, si puedes. Quiero saber de qué eres capaz.

Eragon echó a andar hacia el recuadro de tierra apisonada donde solían ejecutar la Danza de la Serpiente y la Grulla, pero luego dudó al ver que el elfo de cabello plateado seguía quieto.

—Maestro, ¿no vienes conmigo?

Una triste sonrisa cruzó el rostro de Oromis.

—Hoy no, Eragon. Los hechizos requeridos para la Celebración del Juramento de Sangre han tenido un duro efecto sobre mí. Por eso, y por mi... condición. He necesitado de mis últimas fuerzas para venir a sentarme fuera.

—Lo siento, Maestro. «¿Lamentará que los dragones no decidieran curarlo también a él?», se preguntó Eragon. Descartó la idea de inmediato: Oromis no podía ser tan mezquino.

—No lo sientas. No es culpa tuya que esté mutilado.

Mientras Eragon se esforzaba por completar el tercer nivel del Rimgar, se hizo evidente que aún carecía de la flexibilidad y el equilibrio de los elfos, dos atributos que incluso a ellos les requerían esfuerzo. En cierto modo agradeció esas limitaciones, pues si ya hubiera sido perfecto, ¿qué retos le habrían quedado por cumplir?

Las semanas siguientes fueron difíciles para Eragon. Por un lado, hizo enormes progresos en su formación y dominó, uno tras otro, los asuntos que antes lo confundían. Seguía encontrando difíciles las lecciones de Oromis, pero ya no se sentía como si se estuviera ahogando en el mar de su propia ineptitud. Le resultaba más fácil leer y escribir, y el incremento de su fuerza implicaba que ahora podía crear hechizos élficos que hubieran matado a cualquier humano por la energía que requerían. Su fuerza también le hacía tomar conciencia de lo débil que era Oromis, comparado con otros elfos.

Y sin embargo, a pesar de esos logros, Eragon experimentaba una creciente insatisfacción. Por mucho que tratara de olvidar a Arya, cada día que pasaba aumentaba su anhelo, una agonía que empeoraba al saber que ella no quería verlo, ni hablar con él. Y aún más, le parecía que en el horizonte se estaba preparando una tormenta de mal presagio, una tormenta que amenazaba con desatarse en cualquier momento y barrer la tierra entera, destruyendo cuanto encontrara en su camino.

Saphira compartía su inquietud. Le dijo: *El mundo está muy tenso, Eragon. Pronto estallará y se desatará la locura. Lo que sientes es lo mismo que los dragones y los elfos: la inexorable marcha del amargo destino a medida que se acerca el fin de nuestra era. Llora por aquellos que morirán en el caos que ha de sumir a Alagaësia. Y mantén viva la esperanza de que ganemos un futuro más luminoso con la fuerza de nuestras espadas y escudos, así como con mis colmillos y mis garras.*

Visiones de cerca y de lejos

Llegó un día en que Eragon se acercó al claro que quedaba detrás de la cabaña de Oromis, se sentó en el tocón blanco pulido que había en el centro del hoyo lleno de musgo y —al abrir su mente para observar a las criaturas que lo rodeaban— no sólo sintió a los pájaros, las bestias y los insectos, sino también a las plantas del bosque.

Las plantas poseían un tipo de conciencia distinta de la de los animales: lenta, deliberada y descentralizada, pero a su manera tan consciente de su entorno como la del propio Eragon. El débil latido de la conciencia de las plantas bañaba la galaxia de estrellas que giraba tras sus ojos —en la que cada estrella brillante representaba una vida— con un fulgor suave y omnipresente. Hasta la tierra más estéril estaba llena de organismos; la tierra misma estaba viva y sentía.

La vida inteligente, concluyó, existía en todas partes.

Mientras se sumergía en los pensamientos y en las sensaciones de los seres que lo rodeaban, Eragon era capaz de alcanzar una paz interior tan profunda que, durante aquellos ratos, dejaba de existir como individuo. Se permitía convertirse en una no-entidad, un vacío, un receptáculo de las voces del mundo. Nada escapaba a su atención, pues su atención no estaba centrada en nada.

Él era el bosque y sus habitantes.

«¿Será así como se sienten los dioses?», se preguntó al volver en sí.

Abandonó el claro, buscó a Oromis en la cabaña, se arrodilló ante él y dijo:

—Maestro, he hecho lo que me mandaste. He escuchado hasta que ya no oía nada.

Oromis dejó de escribir y, con expresión pensativa, miró a Eragon.

—Cuéntame.

Durante una hora y media, Eragon habló con gran elocuencia sobre todos los aspectos de las plantas y animales que poblaban el claro, hasta que Oromis alzó una mano y dijo:

—Me has convencido. Has oído todo lo que podía oírse. Pero ¿lo has entendido todo?

—No, Maestro.

—Así es como ha de ser. La comprensión llegará con la edad. Bien hecho, Eragon-finiarel. Bien hecho, desde luego. Si hubieras sido alumno mío en Ilirea, antes de que Galbatorix llegara al poder, ahora te graduarías tras el aprendizaje, se te consideraría miembro de pleno valor de nuestra orden y se te concederían los mismos derechos y privilegios que a los Jinetes mayores. —Oromis abandonó la silla con un empujón y se quedó de pie, balanceándose—. Préstame tu hombro, Eragon, y ayúdame a salir. Las piernas traicionan mi voluntad.

Eragon se acercó deprisa a su maestro y sostuvo el peso del elfo mientras éste cojeaba hasta el arroyo que corría hacia el límite de los riscos de Tel'naeír.

—Ahora que has llegado a esta etapa de tu educación, te puedo enseñar uno de los mayores secretos de la magia, un secreto que tal vez no sepa ni el propio Galbatorix. Es tu mayor esperanza para igualar sus poderes. —La mirada del elfo se aguzó—. ¿Cuál es el coste de la magia, Eragon?

—La energía. Un hechizo exige la misma energía que se requeriría para completar la tarea por medios mundanos.

Oromis asintió.

—¿Y de dónde viene esa energía?

—Del cuerpo del hechicero.

—¿Forzosamente?

La mente de Eragon se aceleró al cavilar las asombrosas implicaciones de la pregunta de Oromis.

—¿Quieres decir que puede venir de otras fuentes?

—Eso es exactamente lo que ocurre cuando Saphira te ayuda con un hechizo.

—Sí, pero ella y yo compartimos una conexión única —objetó Eragon—. Nuestro vínculo es la razón que me permite usar su energía. Para hacerlo con alguien más, tendría que entrar...

Se quedó a media frase al darse cuenta de lo que perseguía Oromis.

—Tendrías que entrar en la conciencia del ser o de los seres que hubieran de procurar esa energía —dijo Oromis, completando el pensamiento de Eragon—. Hoy has demostrado que puedes hacer eso incluso con la forma de vida más minúscula. Ahora... —Se detuvo, se llevó una mano al pecho al tiempo que tosía, y luego continuó—: Quiero que extraigas una esfera de agua del arroyo, usando sólo la energía que puedas obtener del bosque que te rodea.

—Sí, Maestro.

Cuando tendió su mente hacia las plantas y animales cercanos, Eragon sintió que la mente de Oromis rozaba la suya, pues el elfo contemplaba y juzgaba su progreso. Frunciendo el ceño para concentrarse, Eragon consiguió extraer la fuerza necesaria de su entorno y sostenerla dentro de sí mismo hasta que estuvo a punto para liberar la magia.

—¡Eragon! ¡No uses mi fuerza! Bastante débil estoy ya.

Sorprendido, Eragon se dio cuenta de que había incluido a Oromis en su búsqueda.

—Lo siento, Maestro —dijo, arrepentido. Continuó el proceso, cuidándose de no absorber la vitalidad del elfo, y cuando estuvo listo, ordenó—: ¡Arriba!

Silenciosa como la noche, una esfera de agua de un palmo de anchura se alzó desde el arroyo hasta que quedó flotando a la altura de los ojos de Eragon. Y aunque éste experimentaba la tensión que resultaba habitual en un esfuerzo tan intenso, el hechizo por sí mismo no le causaba la menor fatiga.

La esfera llevaba sólo un momento en el aire cuando una oleada de muerte recorrió a las criaturas menores con las que Eragon mantenía contacto. Una hilera de de hormigas se quedó inmóvil. Un ratoncillo boqueó y entró en el vacío al perder la energía necesaria para que su corazón siguiera latiendo. Innumerables plantas se marchitaron, se arrugaron y quedaron inertes como el polvo.

Eragon dio un respingo, horrorizado por lo que acababa de provocar. Dado su nuevo respeto por la santidad de la vida, aquel crimen le parecía horrendo. Y lo empeoraba el hecho de estar íntimamente ligado con todos aquellos seres cuya existencia llegaba a su fin; era como si él mismo muriera una y otra vez. Cortó el fluido de magia, permitiendo que la esfera de agua salpicara la tierra, se volvió hacia Oromis y rugió:

—¡Tú sabías que pasaría esto!

Una expresión de profunda pena envolvió al anciano Jinete.

—Era necesario —replicó.

—¿Era necesario que muriesen tantos?

—Era necesario que entendieras el terrible precio que se paga por usar esta clase de magia. Las meras palabras no pueden trasladar la sensación de que se mueren aquellos con quienes compartes la mente. Tenías que experimentarlo por ti mismo.

—No lo volveré a hacer —prometió Eragon.

—Ni te hará falta. Si eres disciplinado, puedes escoger obtener la fuerza sólo de plantas y animales que puedan permitirse la pérdida. No es práctico en la batalla, pero puedes hacerlo en las lecciones. —Oromis le hizo un gesto, y Era-

663

gon, temblando aún, permitió que el elfo se apoyara en él para regresar a la cabaña—. Ya ves por qué no se enseñaba esta técnica a los Jinetes más jóvenes. Si llegara a conocerla algún hechizero de mala voluntad, podría provocar una gran destrucción, sobre todo porque sería difícil detener a alguien capaz de reunir tanta fuerza.

De vuelta en la cabaña, el elfo suspiró, se dejó caer en su silla y juntó las yemas de los dedos. Eragon también se sentó.

—Si es posible absorber energía de... —agitó una mano en el aire— de la vida, ¿también lo es absorberla directamente de la luz, o del fuego, o de cualquier otra forma de energía?

—Ah, Eragon, si lo fuera, podríamos destruir a Galbatorix en un instante. Podemos intercambiar energía con otros seres vivos, podemos usar esa energía para mover nuestros cuerpos o para alimentar un hechizo, e incluso podemos almacenarla en ciertos objetos para usarla más adelante, pero no podemos asimilar las fuerzas fundamentales de la naturaleza. La razón indica que se puede hacer, pero nadie ha conseguido crear un hechizo que lo haga posible.

Nueve días más tarde, Eragon se presentó ante Oromis y dijo:

—Maestro, anoche se me ocurrió que ni tú ni los cientos de pergaminos élficos que he leído mencionáis vuestra religión. ¿En qué creéis los elfos?

La primera respuesta de Oromis fue un largo suspiro. Luego:

—Creemos que el mundo se comporta según ciertas leyes inviolables y que, mediante un esfuerzo persistente, podemos descubrir esas leyes y usarlas para predecir sucesos cuando se repiten las circunstancias.

Eragon pestañeó. Con eso no le había dicho lo que quería saber.

—Pero ¿qué adoráis? ¿O a quién?

—Nada.

—¿Adoráis el concepto de la nada?

—No, Eragon. No adoramos nada.

La noción le era tan ajena que Eragon necesitó un rato para entender lo que quería decir Oromis. Los aldeanos de Carvahall no tenían una sola doctrina que lo dominara todo, pero sí compartían una serie de supersticiones y rituales, la mayoría de los cuales se referían a la protección contra la mala suerte. Durante su formación, Eragon se había ido dando cuenta de que la mayor parte de los fenómenos que los aldeanos atribuían a fuentes sobrenaturales eran de hecho procesos naturales, como cuando aprendió en sus meditaciones que las larvas se incubaban en los huevos de las moscas, en vez de surgir espontáneamente del polvo, como había creído hasta entonces. Tampoco le parecía que tuviera sentido ofrecer comida a los espíritus para que no se amargara la leche, al saber que ésta se amargaba precisamente por la proliferación de minúsculos organismos en el líquido. Aun así, Eragon seguía convencido de que fuerzas de otros mundos influían en éste de maneras misteriosas; una creencia que se había redoblado por su exposición a los enanos.

—Entonces, ¿de dónde creéis que viene el mundo, si no lo crearon los dioses?

—¿Qué dioses, Eragon?

—Vuestros dioses, los de los enanos, los nuestros... Alguien lo habrá creado.

Oromis enarcó una ceja.

—No estoy necesariamente de acuerdo contigo. Pero, sea como fuere, no puedo demostrar que los dioses no existen. Tampoco puedo probar que el mundo y todo lo que existe no fuera creado por alguna o algunas entidades en un pasado lejano. Pero puedo decirte que en los milenios que llevamos los elfos estudiando la naturaleza, nunca hemos presenciado

665

una situación en la que se rompieran las leyes que gobiernan el mundo. Es decir, nunca hemos visto un milagro. Muchos sucesos han desafiado nuestra capacidad para explicarlos, pero estamos convencidos de que fracasamos porque ignoramos lamentablemente el universo, y no porque una deidad haya alterado las obras de la naturaleza.

—Un dios no tendría que alterar la naturaleza para cumplir su voluntad —afirmó Eragon—. Podría hacerlo dentro de un sistema que ya existe... Podría usar la magia para afectar a esos sucesos.

Oromis sonrió.

—Muy cierto. Pero pregúntate esto, Eragon: si existen los dioses, ¿han sido buenos custodios de Alagaësia? La muerte, la enfermedad, la pobreza, la tiranía y otras desgracias incontables asolan la tierra. Si ésta es la obra de seres divinos, entonces hay que rebelarse contra ellos y destronarlos, en vez de rendirles obediencia, homenajes y reverencias.

—Los enanos creen...

—¡Exacto! Los enanos creen. Cuando se trata de ciertos asuntos, prefieren confiar en la fe que en la razón. Incluso se sabe que ignoran hechos probados que contradicen sus dogmas.

—¿Por ejemplo? —preguntó Eragon.

—Los sacerdotes enanos usan el coral como prueba de que la piedra está viva y puede crecer, lo cual corrobora también su historia de que Helzvog formó la raza de los enanos a partir del granito. Pero nosotros los elfos descubrimos que el coral es de hecho un exoesqueleto secretado por animales minúsculos que viven en su interior. Cualquier mago puede sentir a esos animales si abre su mente. Se lo explicamos a los enanos, pero ellos se negaron a creerlo y dijeron que la vida que nosotros sentíamos reside en todas las clases de piedras, aunque se supone que sólo sus sacerdotes son capaces de detectar esa vida en las piedras de tierra adentro.

Durante un largo rato Eragon miró por la ventana y dio vueltas a las palabras de Oromis.

—Entonces, no creéis en la vida después de la muerte.

—Según lo que me dijo Glaedr, eso ya lo sabías.

—Y no esperáis mucho de los dioses.

—Sólo damos crédito a aquello cuya existencia podemos demostrar. Como no encontramos pruebas de que los dioses, los milagros y otras cosas sobrenaturales sean reales, no nos preocupamos de ellos. Si eso cambiara, si Helzvog se nos revelara, entonces aceptaríamos esa nueva información y revisaríamos nuestra posición.

—El mundo parece frío si no hay... algo más.

—Al contrario —dijo Oromis—, es un mundo mejor. Un lugar en el que somos responsables de nuestras acciones, en el que podemos ser buenos con los demás porque queremos y porque es lo que debe hacerse, en vez de portarnos bien por miedo a la amenaza del castigo divino. No te diré qué debes creer, Eragon. Es mucho mejor aprender a pensar con espíritu crítico y que luego se te permita tomar tus propias decisiones, que imponerte nociones ajenas. Me has preguntado por nuestra religión, y te he contestado la verdad. Haz con ella lo que quieras.

La conversación —sumada a sus preocupaciones anteriores— dejó a Eragon tan inquieto que le costó concentrarse en sus estudios durante los días siguientes, incluso cuando Oromis empezó a enseñarle a cantar a las plantas, algo que Eragon anhelaba aprender.

Reconoció que sus propias experiencias ya lo habían impulsado a adoptar una actitud más escéptica; en principio, estaba de acuerdo con buena parte de lo que había dicho Oromis. El problema al que se enfrentaba, sin embargo, era que si los elfos tenían razón, eso significaba que casi todos los humanos y los enanos se engañaban; cosa que a Eragon le costaba aceptar. «No puede ser que tanta gente se equivoque», insistía en repetirse.

Cuando le preguntó a Saphira, ella dijo: *A mí me importa poco, Eragon. Los dragones nunca han creído en un poder superior. ¿Por qué íbamos a hacerlo, si los ciervos y otras presas consideran que el poder superior somos nosotros?* Eragon se rió. *Pero no ignores la realidad para consolarte, pues cuando lo haces, facilitas que también los demás te engañen.*

Esa noche, las incertidumbres de Eragon estallaron mientras experimentaba sueños que recorrían su mente airados como un oso herido, arrancando imágenes de sus recuerdos y mezclándolas con tal clamor que se sintió como si lo hubieran transportado a la confusión de la batalla de Farthen Dûr.

Vio a Garrow muerto en la casa de Horst, luego a Brom muerto en la cueva solitaria de arena y después el rostro de Angela, la herbolaria, que le susurraba: «Ten cuidado, Argetlam, la traición está clara. Y vendrá de tu familia. ¡Vigila, Asesino de Sombra!». Luego el cielo rojizo se rasgaba y Eragon se encontraba ante los dos ejércitos de la premonición que había experimentado en las Beor. Los flancos de guerreros se enfrentaban en un campo naranja y amarillo, acompañados por los agudos gritos de los cuervos y el silbido de las flechas negras. La tierra misma parecía arder; llamas verdes brotaban de agujeros calcinados que moteaban la tierra, chamuscando los cuerpos destrozados que dejaban los ejércitos tras su paso. Oyó el rugido de una bestia gigante que en lo alto apare...

Eragon se incorporó de un salto en la cama y manoteó el collar de los enanos, que le ardía en el cuello. Se protegió la mano con la túnica, tiró del martillo para apartarlo de la piel y luego se quedó sentado esperando en la oscuridad, con el corazón desbocado por la sorpresa. Sintió que se le iban las fuerzas mientras el hechizo de Gannel frustraba a quienquiera que estuviera intentando invocarlo a él y a Saphira. Se preguntó una vez más si el propio Galbatorix estaría tras aquel embrujo, o si era alguno de los magos aficionados del rey.

Eragon frunció el ceño y soltó el martillo al notar que el metal volvía a enfriarse. «Está pasando algo. Eso sí lo sé, y ya hace tiempo, igual que Saphira.» Demasiado inquieto para regresar a aquel estado parecido al trance que había sustituido al sueño, salió de la habitación sin despertar a Saphira y subió la escalera de caracol que llevaba al estudio. Una vez allí, destapó una antorcha blanca y leyó una epopeya de Analísia hasta el amanecer, con la intención de calmarse.

Justo cuando Eragon apartaba el pergamino, Blagden llegó volando al portal abierto en la pared del este y, con un revoloteo, aterrizó en una esquina del escritorio tallado. El cuervo blanco fijó sus ojos como piedras en Eragon y grajó:

—¡Wyrda!

Eragon inclinó la cabeza.

—Y que las estrellas cuiden de ti, maestro Blagden.

El cuervo se acercó dando saltitos. Inclinó la cabeza a un lado, soltó una tos perruna como si se aclarara la garganta y luego recitó con su voz ronca:

> Por mi pico y mis huesos,
> Mi piedra ennegrecida
> Ve grajos y ladrones
> Y arroyos ensangrentados.

—¿Qué significa eso? —preguntó Eragon.

Blagden se encogió y repitió los versos. Como Eragon seguía exigiéndole una explicación, el pájaro alborotó las plumas con aspecto decepcionado y cloqueó:

—El hijo sale al padre: los dos, ciegos como murciélagos.

—¡Espera! —exclamó Eragon, poniéndose en pie de un salto—. ¿Conoces a mi padre? ¿Quién es?

Blagden volvió a cloquear. Esta vez parecía que se riera.

Aunque dos puedan compartir dos
Y uno de los dos sea ciertamente uno,
Uno puede ser dos.

—¡Un nombre, Blagden, dame un nombre!

Como el cuervo permanecía en silencio, Eragon activó su mente con la intención de sonsacar aquella información de los recuerdos del pájaro.

Sin embargo, Blagden era demasiado astuto. Tras aullar «¡Wyrda!», dio un salto adelante, atrapó la brillante tapa de cristal de un tintero y se alejó a toda prisa con el trofeo en el pico. Desapareció de la vista de Eragon antes de que éste pudiera lanzar un hechizo para obligarlo a volver.

A Eragon se le hizo un nudo en el estómago mientras intentaba descifrar las dos adivinanzas de Blagden. Nunca había esperado oír que se mencionara a su padre en Ellesméra. Al fin, murmuró:

—Ya vale.

«Luego buscaré a Blagden y le arrancaré la verdad. Pero ahora mismo... Para despreciar estos portentos, tendría que ser medio tonto.»

Se puso en pie de un salto, bajó corriendo la escalera, despertó con su mente a Saphira y le contó lo que había ocurrido durante la noche. Tras sacar el espejo del baño que usaba para afeitarse, se sentó entre las dos zarpas delanteras de Saphira para que ella pudiera mirar por encima de su cabeza y ver lo mismo que él.

A Arya no le gustará que nos metamos en su intimidad, advirtió Saphira.

Necesito saber si está a salvo.

Saphira lo aceptó sin discutir. *¿Cómo la vas a encontrar? Dijiste que cuando la encarcelaron, erigió barreras que, igual que tu collar, impiden que nadie la invoque.*

Si logro invocar a la gente que está con ella, tal vez consiga deducir cómo está Arya.

Eragon se concentró en una imagen de Nasuada, pasó una mano por encima del espejo y murmuró la frase tradicional:

—Ojos del sueño.

El espejo emitió un resplandor y se volvió blanco, salvo en la parte en que se veía a nueve personas sentadas en torno a una mesa invisible. Entre ellos, Eragon reconoció a Nasuada y a los miembros del Consejo de Ancianos. Pero no consiguió identificar a una niña que merodeaba detrás de Nasuada. Eso lo desconcertó, pues un mago sólo podía invocar cosas que ya hubiera visto antes, y Eragon estaba seguro de no haberle puesto nunca los ojos encima a aquella niña. Se olvidó de ella, sin embargo, al percatarse de que los hombres, e incluso Nasuada, estaban armados para la batalla.

Oigamos lo que dicen, sugirió Saphira.

En cuanto Eragon hizo las alteraciones necesarias en su hechizo, la voz de Nasuada emanó del espejo:

—...y la confusión nos destruirá. Nuestros guerreros sólo pueden permitirse tener un general en este conflicto. Decide tú quién va a ser, Orrin, y hazlo rápido.

Eragon oyó un suspiro desmayado:

—Como desees; el cargo será para ti.

—Pero, señor, no tiene ninguna experiencia.

—Ya basta, Irwin —ordenó el rey—. Tiene más experiencia en la guerra que nadie de Surda. Y los vardenos son la única fuerza que ha derrotado a uno de los ejércitos de Galbatorix. Si Nasuada fuera un general de Surda, lo cual admito que resultaría bastante peculiar, no dudarías en proponerla para ese cargo. Me encantará ocuparme de los problemas de autoridad, si es que más adelante se producen, pues eso significará que sigo en pie y no estoy acostado en mi tumba. Como están las cosas, es tal nuestra inferioridad numérica que me temo que estamos condenados, salvo que Hrothgar llegue a nosotros antes de que se acabe esta semana. Bueno, ¿dónde está ese maldito pergamino de la carava-na de provisiones? Ah, gracias, Arya. Tres días más sin...

A partir de entonces, la conversación se centró en la es-casez de cuerdas para arcos, una discusión de la que Eragon no pudo obtener ninguna información útil, de modo que puso fin al hechizo. El espejo se aclaró, y Eragon se encontró ante su propio rostro.

Está viva, murmuró. Su alivio quedó oscurecido, sin em-bargo, por el significado de todo lo que acababa de oír.

Saphira lo miró. *Nos necesitan.*

Sí. ¿Por qué no nos ha dicho nada de esto Oromis? Se-guro que lo sabe.

Tal vez quiera evitar que interrumpas tu formación.

Preocupado, Eragon se preguntó qué otras cosas impor-tantes estarían ocurriendo en Alagaësia sin saberlo él. *Ro-ran.* Con una punzada de dolor, Eragon se dio cuenta de que habían pasado dos semanas desde la última vez que pensara en su primo, y aun más desde que lo invocara de camino a Ellesméra.

Tras una orden de Eragon, el espejo mostró dos figuras de pie ante un fondo de pura blancura. A Eragon le costó un largo rato reconocer que Roran era el hombre de la derecha. Llevaba ropas ajadas por el viaje, un martillo encajado en el cinto, una larga barba oscurecía su rostro y tenía una expre-sión angustiada que mostraba su desesperación. A su iz-quierda estaba Jeod. Ambos hombres subían y bajaban, al ritmo de un tronar de olas que enmascaraba su conversa-ción. Al cabo de un rato Roran se dio la vuelta y se puso a re-correr lo que Eragon supuso que sería la cubierta de un bar-co, y aparecieron a la vista docenas de aldeanos.

¿Dónde están? ¿Y por qué está Jeod con ellos?, preguntó Eragon, perplejo.

Alterando la magia, invocó en una rápida sucesión las imágenes de Teirm —se sorprendió al ver que los muelles de la ciudad estaban destruidos—, Therinsford, la vieja granja de Garrow y luego Carvahall; en ese momento Eragon soltó un grito de lástima.

El pueblo había desaparecido.

Todos los edificios, hasta la magnífica casa de Horst, estaban incendiados hasta el suelo. Carvahall ya no era más que una mancha de hollín junto al río Anora. Los únicos habitantes que quedaban eran cuatro lobos que merodeaban entre los restos.

El espejo resbaló entre las manos de Eragon y se partió en el suelo. Se apoyó en Saphira, con lágrimas ardientes en los ojos, originadas por el dolor de su casa perdida. El pecho de Saphira emitió un grave murmullo, y la dragona le acarició un brazo con el lado del morro, envolviéndolo en una cálida manta de comprensión. *Consuélate, pequeñajo. Al menos tus amigos siguen vivos.*

Eragon se estremeció y sintió que un duro núcleo de determinación prendía en su vientre. *Llevamos demasiado tiempo secuestrados del mundo. Ha llegado la hora de abandonar Ellesméra y enfrentarnos a nuestro destino, sea cual sea. De momento, Roran deberá cuidar de sí mismo, pero los vardenos... A los vardenos sí podemos ayudarlos.*

¿Ha llegado la hora de luchar, Eragon?, preguntó Saphira, con un extraño toque de formalidad en la voz.

Eragon sabía lo que quería decir: ¿Había llegado la hora de desafiar abiertamente al Imperio, la hora de matar y arrasar hasta el límite de sus considerables capacidades, la de liberar hasta la última gota de su ira hasta que tuvieran a Galbatorix muerto ante ellos? ¿Había llegado la hora de comprometerse en una campaña que tardaría decenios en resolverse?

Ha llegado la hora.

Regalos

*E*ragon recogió sus pertenencias en menos de cinco minutos. Cogió la silla que les había regalado Oromis, la ató a Saphira y le echó a la grupa sus bolsas y las afirmó con correas.

Saphira agitó la cabeza, con las fosas nasales bien abiertas, y le dijo: *Te esperaré en el campo*. Con un rugido, alzó el vuelo de un salto desde la casa del árbol, abrió sus alas azules ya en el aire y se alejó volando, rozando el techo del bosque.

Veloz como un elfo, Eragon corrió hasta el salón Tialdarí, donde encontró a Orik sentado en su rincón habitual y jugando a las runas. El enano lo saludó con una sentida palmada en un brazo.

—¡Eragon! ¿Qué te trae por aquí a estas horas de la mañana? Creía que estabas cruzando tu espada con Vanir.

—Saphira y yo nos vamos —dijo Eragon.

Orik se quedó con la boca abierta, luego frunció los ojos y se puso serio.

—¿Has recibido noticias?

—Te lo contaré luego. ¿Quieres venir?

—¿A Surda?

—Sí.

Una amplia sonrisa recorrió el rostro barbudo de Orik.

—Para que me quedara aquí, tendrías que atarme con hierros. En Ellesméra no he hecho más que engordar y volverme perezoso. Un poco de emoción me irá bien. ¿Cuándo salimos?

—Lo antes posible. Recoge tus cosas y reúnete con nosotros en el campo de entrenamiento. ¿Puedes pedir prestadas provisiones para una semana?

—¿Una semana? Con eso no...

—Iremos volando con Saphira.

La piel que rodeaba la barba de Orik empalideció.

—Los enanos no nos llevamos bien con las alturas, Eragon. Nada bien. Sería mejor si pudiéramos cabalgar, como hicimos para venir.

Eragon negó con la cabeza.

—Nos llevaría demasiado tiempo. Además, montar en Saphira es fácil. Si te caes, te recogerá.

Orik gruñó, intranquilo y convencido al mismo tiempo. Tras abandonar la sala, Eragon corrió por la nemorosa ciudad para reunirse con Saphira, y luego fueron volando a los riscos de Tel'naeír.

Oromis estaba sentado en la pata derecha delantera de Glaedr cuando llegaron al claro. Las escamas del dragón iluminaban el paisaje con incontables chispas de luz dorada. Ni el elfo ni el dragón se movieron. Desmontando de la grupa de Saphira, Eragon saludó:

—Maestro Glaedr, maestro Oromis...

¿No os habrá dado por volver con los vardenos, no?, dijo Glaedr.

Sí nos ha dado, contestó Saphira.

La sensación de haber sido traicionado pudo más en Eragon que su capacidad de contenerse.

—¿Por qué nos habéis escondido la verdad? ¿Tan decididos estáis a mantenernos aquí que necesitáis recurrir a trucos tan sucios? ¡Los vardenos están a punto de recibir un ataque y ni siquiera lo habéis mencionado!

Tranquilo como siempre, Oromis preguntó:

—¿Tenéis ganas de saber por qué?

Muchas, Maestro, dijo Saphira, sin dar tiempo a Eragon a responder. En la intimidad, lo regañó con un gruñido: *¡Sé educado!*

—Hemos callado las noticias por dos razones. La principal era que nosotros mismos no supimos hasta hace nueve días que los vardenos estaban bajo amenaza, y seguimos ignorando el verdadero tamaño de las tropas del Imperio, su ubicación y sus movimientos hasta tres días después de eso, cuando el señor Däthedr quebró los embrujos que usaba Galbatorix para resistirse a nuestra invocación.

—Eso no explica que no nos hayáis dicho nada —gruñó Eragon—. No sólo eso, sino que después de descubrir que los vardenos corrían peligro, ¿por qué no convocó Islanzadí a los elfos para la lucha? ¿No somos aliados?

—Los ha convocado, Eragon. En el bosque resuenan los martillos, los pasos de las botas de las armaduras y el dolor de los que están a punto de partir. Por primera vez en un siglo, nuestra raza está a punto de abandonar Ellesméra y enfrentarse a nuestro mayor enemigo. Ha llegado la hora de que los elfos caminen abiertamente de nuevo por Alagaësia. —Con amabilidad, Oromis añadió—: Has estado distraído últimamente, Eragon, y lo entiendo. Ahora debes mirar más allá de ti mismo. El mundo exige tu atención.

Avergonzado, Eragon sólo pudo decir:

—Lo siento, Maestro. —Recordó las palabras de Blagden y se permitió mostrar una sonrisa amarga—: Estoy ciego como un murciélago.

—De eso nada, Eragon. Lo has hecho bien, si tenemos en cuenta las enormes responsabilidades con las que te hemos pedido que cargues. —Oromis lo miró con gravedad—. Esperamos recibir una misiva de Nasuada en los próximos días, pidiendo ayuda a Islanzadí y solicitando que vuelvas con los vardenos. Pensaba informarte entonces de la situa-

676

ción de los vardenos, y todavía habrías estado a tiempo de llegar a Surda antes de que se desenfundaran las espadas. Si te lo hubiera dicho antes, el honor te habría impulsado a abandonar tu formación y apresurarte a defender a tu señora. Por eso Islanzadí y yo guardamos silencio.

—Mi formación no tiene ninguna importancia si los vardenos son destruidos.

—No. Pero tal vez seas tú la única persona que pueda impedir su destrucción, pues existe la posibilidad, lejana pero terrible, de que Galbatorix esté presente en la batalla. Es demasiado tarde para que nuestros guerreros ayuden a los vardenos, lo cual significa que si Galbatorix está efectivamente presente, te enfrentarás con él a solas, sin la protección de nuestros hechiceros. En esas circunstancias, parecía vital que tu formación continuara durante el mayor tiempo posible.

En un instante, la rabia de Eragon se desvaneció y fue sustituida por un estado de ánimo frío, duro y brutalmente pragmático al entender que el silencio de Oromis había sido necesario. Los sentimientos personales eran irrelevantes en una situación tan nefasta como la suya.

—Tenías razón. Mi juramento de lealtad me impulsa a prevenir la seguridad de Nasuada y los vardenos. Sin embargo, no estoy preparado para enfrentarme a Galbatorix. Al menos, no todavía.

—Mi sugerencia —dijo Oromis— es que si Galbatorix se muestra, hagas cuanto puedas por distraerlo de los vardenos hasta que se decida la batalla para bien o para mal y que evites luchar directamente con él. Antes de que te vayas, te pido una última cosa: que Saphira y tú prometáis que, cuando lo permita el desarrollo de los sucesos, volveréis aquí para completar vuestra formación, pues aún tenéis mucho que aprender.

Volveremos, prometió Saphira, comprometiéndose en el idioma antiguo.

677

—Volveremos —repitió Eragon, sellando así su destino.

Aparentemente satisfecho, Oromis echó una mano atrás, sacó una bolsa roja bordada y la abrió.

—Anticipando tu partida, he reunido tres regalos para ti, Eragon. —Sacó de la bolsa una botella verde—. Primero, un poco de faelnirv cuyo poder he aumentado con mis hechizos. Esta poción puede mantenerte cuando falle todo lo demás, y tal vez encuentres útiles sus propiedades también en otras circunstancias. Bébela con moderación, pues sólo he tenido tiempo de preparar unos pocos sorbos.

Pasó la botella a Eragon y luego sacó de la bolsa un largo cinto negro y azul para una espada. Cuando Eragon lo recorrió con las manos, lo encontró inusualmente grueso y pesado. Estaba hecho de retales de tela entretejidos con un patrón que representaba una Lianí Vine enroscada. Siguiendo las instrucciones de Oromis, Eragon tiró de una borla que había en un extremo del cinto y soltó un grito ahogado al ver que una tira del centro se estiraba hacia atrás y mostraba doce diamantes, de más de dos centímetros y medio cada uno. Había cuatro diamantes blancos y cuatro negros; los demás eran rojo, azul, amarillo y marrón. Emitían un fulgor frío y brillante, como el hielo al amanecer, y un arco iris de manchas multicolores brotó hacia las manos de Eragon.

—Maestro... —Eragon meneó la cabeza y tomó aliento varias veces, incapaz de encontrar palabras—. ¿No es peligroso darme esto?

—Guárdalo bien para que nadie intente robártelo. Es el cinturón de Beloth *el Sabio*, de quien leíste en tu historia del Año de la Oscuridad, y es uno de los grandes tesoros de los Jinetes. Son las gemas más perfectas que pudieron encontrar los Jinetes. Algunas se las compramos a los enanos. Otras las ganamos en la batalla o las encontramos nosotros mismos en alguna mina. Las piedras no tienen magia por sí mismas, pero las puedes usar para reponer tus fuerzas y para usarlas de reserva cuando te haga falta. Esto, además del rubí instalado en la empuñadura de *Zar'roc*, te permitirá amasar una reserva de energía para que no quedes indebidamente exhausto al preparar hechizos para una batalla, o incluso cuando te enfrentes a los magos enemigos.

Por último, Oromis sacó un fino pergamino protegido dentro de un tubo de tela decorado con una escultura en bajo relieve del árbol Menoa. Eragon desenrolló el pergamino y vio el poema que había recitado en el Agaetí Blödhren. Estaba escrito con la mejor caligrafía de Oromis e ilustrado con los detallados dibujos del elfo. Las plantas y los animales se entrelazaban con el primer glifo de cada cuarteto, mientras que unas delicadas cenefas reseguían las columnas de palabras y flanqueaban las imágenes.

—He pensado —dijo Oromis— que te gustaría tener una copia para ti.

Eragon se quedó con los doce diamantes impagables en una mano y el pergamino en la otra, y supo que éste le parecía más valioso. Hizo una reverencia y, reducido al lenguaje más simple por la profundidad de su gratitud, dijo:

—Gracias, Maestro.

Entonces Oromis sorprendió a Eragon al iniciar el saludo tradicional de los elfos, indicando así lo mucho que respetaba a Eragon.

—Que la fortuna gobierne tus días.

—Y que las estrellas cuiden de ti.

—Y que la paz viva en tu corazón —terminó el elfo de cabello plateado. Luego repitió el intercambio con Saphira—. Ahora, id y volad tan rápido como el viento del norte, sabiendo que vosotros, Saphira Escamas Brillantes y Eragon Asesino de Sombra, contáis con la bendición de Oromis, el último descendiente de la casa de Thrándurin, que es al mismo tiempo el Sabio Doliente y el Lisiado que está Ileso.

Y también con la mía, añadió Glaedr. Estiró el cuello para rozar la punta de su nariz con la de Saphira mientras sus ojos dorados brillaban como ascuas giratorias. *Acuérdate de mantener tu corazón a salvo, Saphira*. Ella ronroneó por toda respuesta.

Partieron con solemnes despedidas. Saphira se alzó sobre el denso bosque, y Oromis y Glaedr fueron menguando tras ellos, a solas en los riscos. Pese a las dificultades de su estancia en Ellesméra, Eragon echaría de menos su presencia entre los elfos, pues con ellos había encontrado lo más parecido a un hogar desde que abandonara el valle de Palancar.

«Soy un hombre distinto del que llegó», pensó y, cerrando los ojos, se aferró a Saphira.

Antes de ir al encuentro de Orik, hicieron una última parada: el salón Tialdarí. Saphira aterrizó en sus recogidos jardines, con cuidado de no dañar ninguna planta con la cola o con las garras. Sin esperar a que la dragona se agachara, Eragon saltó directamente al suelo, en una cabriola que en otros tiempos le hubiera hecho daño.

Salió un elfo, se tocó los labios con dos dedos y preguntó en qué podía ayudarles. Cuando Eragon respondió que quería una audiencia con Islanzadí, el elfo dijo:

—Espera aquí, por favor, Mano de Plata.

No habían pasado cinco minutos cuando la reina en persona salió de las profundidades boscosas del salón Tialdarí, con su túnica encarnada como una gota de sangre entre los elfos de ropas blancas y las damas que la acompañaban. Tras unos cuantos saludos formularios, dijo:

—Oromis me ha informado de tu intención de dejarnos. Me desagrada, pero no puedo ofrecer resistencia al destino.

—No, Majestad... Majestad, hemos venido a ofrecer nuestros respetos antes de partir. Has sido muy considerada con nosotros, y te agradecemos, a ti y a tu Casa, la ropa, los aposentos y los alimentos. Estamos en deuda contigo.

—Nada de deudas, Jinete. No hemos hecho más que pagar una pequeña parte de lo que os debemos a ti y a los dragones por nuestro desgraciado fracaso en la Caída. Me satisface, en cualquier caso, que aprecies nuestra hospitalidad. —Hizo una pausa—. Cuando llegues a Surda, traslada mis saludos reales a la señora Nasuada y al rey Orrin, e infórmales de que nuestros guerreros atacarán pronto la mitad norte del Imperio. Si nos sonríe la fortuna, podremos pillar a Galbatorix con la guardia baja y, con el tiempo, dividir sus defensas.

—Como desees.

—Además, quiero que sepas que he enviado a Surda a doce de nuestros mejores hechiceros. Si sigues vivo cuando lleguen, se pondrán bajo tu mando y harán cuanto puedan por protegerte del peligro, día y noche.

—Gracias, Majestad.

Islanzadí extendió una mano, y uno de los señores élficos le pasó una caja de madera, plana y sin adornos.

—Oromis tenía regalos para ti, y yo tengo otro. Que te sirvan para recordar el tiempo que has pasado con nosotros bajo la oscuridad de los pinos. —Abrió la caja y mostró un arco largo y oscuro con los extremos vueltos hacia dentro y las puntas curvas, encajado en un lecho de terciopelo. Unos encastres de plata adornados con hojas de tejo decoraban la parte central y la zona de agarre. A su lado había una aljaba llena de flechas nuevas rematadas por plumas de cisnes blancos.

—Ahora que compartes nuestra fuerza, parece apropiado que tengas un arco de los nuestros. Lo he hecho yo misma cantándole a un tejo. La cuerda no se romperá nunca. Y mientras uses estas flechas, será muy difícil que no atines al objetivo, por mucho que sople el viento cuando dispares.

Una vez más, Eragon quedó abrumado por la generosidad de los elfos. Hizo una reverencia.

—¿Qué puedo decir, señora mía? Me honra que te haya

parecido apropiado regalarme el fruto del trabajo de tus manos.

Islanzadí asintió, como si estuviera de acuerdo con él, y luego pasó ante él y dijo:

—Saphira, a ti no te he traído ningún regalo porque no se me ha ocurrido nada que te hiciera falta o que pudieras desear, pero si hay algo nuestro que deseas, dilo y será tuyo.

Los dragones —dijo Saphira— *no requieren poseer nada para ser felices. ¿De qué nos sirven las riquezas cuando nuestra piel es más gloriosa que cualquier tesoro escondido que pueda existir? No, tengo bastante con la amabilidad que habéis mostrado a Eragon.*

Luego Islanzadí les deseó un buen viaje. Se dio la vuelta, con un revoloteo de la capa que llevaba atada a los hombros, e hizo ademán de partir, sólo para detenerse al final del gesto y decir:

—¿Eragon...?

—Sí, Majestad.

—Cuando veas a Arya, comunícale por favor mi afecto y dile que la añoramos amargamente en Ellesméra.

Sus palabras sonaron rígidas y formales. Sin esperar respuesta, se alejó a grandes zancadas y desapareció entre los sombríos troncos que protegían el interior de la sala Tialdarí, seguida por los señores y las damas élficos.

A Saphira le costó menos de un minuto volar hasta el campo de entrenamiento, donde encontraron a Orik sentado en su abultado saco, pasándose el hacha de guerra de una mano a otra y con rostro feroz.

—Ya era hora de que llegarais —masculló. Se levantó y se echó el hacha al cinto. Eragon se excusó por el retraso y ató el saco de Orik a la silla de Saphira. El enano miró la espalda del dragón, que se alzaba a gran altura—. ¿Y cómo se supone que voy a montar ahí? Hasta un acantilado tiene más lugares donde agarrarse que tú, Saphira.

Aquí, dijo ella. Se tumbó sobre el vientre y abrió tanto como pudo la pierna derecha de atrás, creando así una rampa nudosa. Orik montó en su espinilla con un sonoro resoplido y trepó por la pierna a cuatro patas. Saphira resopló y soltó una pequeña llamarada. *¡Date prisa! Me hace cosquillas.*

Orik se detuvo en el rellano de las ancas, luego puso un pie a cada lado de la columna vertebral de Saphira y caminó con cuidado por la espalda hacia la silla. Toqueteó una de las púas de marfil, que le quedaba entre las piernas, y dijo:

—Nunca he visto una manera tan buena como ésta de perder la virilidad.

Eragon sonrió.

—No te resbales.

Cuando Orik descendió hasta la parte delantera de la silla, Eragon montó en Saphira y se sentó detrás del enano. Para mantener a Orik en su sitio cuando Saphira girase o se diera la vuelta en pleno vuelo, Eragon soltó las correas destinadas a sujetar sus brazos y pidió a Orik que pasara las piernas por ellas.

Cuando Saphira se levantó del todo, Orik se balanceó y se agarró a la púa que le quedaba delante.

—¡Garr! Eragon, no me dejes abrir los ojos hasta que estemos en el aire, o temo que me marearé. Esto no es natural, no, señor. Los enanos no están hechos para montar en dragones. Yo no lo he hecho nunca.

—¿Nunca?

Orik meneó la cabeza sin contestar.

Los elfos se habían agrupado en las afueras de Du Weldenvarden, reunidos a lo largo del campo, y contemplaban con expresiones solemnes a Saphira mientras ésta alzaba sus alas translúcidas, preparando el despegue.

Eragon apretó las piernas al sentir que la poderosa musculatura de la dragona se tensaba bajo sus piernas. Con un salto acelerado, Saphira se lanzó hacia el cielo azul, aleteando con fuerza y rapidez para alzarse sobre los árboles gigantescos. Giró sobre el extenso bosque —trazando espirales hacia arriba a medida que ganaba velocidad— y luego se dirigió al sur, hacia el desierto de Hadarac.

Aunque el viento sonaba con fuerza en los oídos de Eragon, oyó que una elfa de Ellesméra alzaba su clara voz en una canción, igual que cuando llegaron por primera vez. Así cantaba:

> Lejos, lejos, volarás lejos,
> Sobre los picos y los valles
> Hasta las tierras del más allá.
> Lejos, lejos, volarás lejos
> Y nunca volverás a mí.

Las fauces del océano

$\mathcal{U}$n mar de obsidiana se alzaba bajo el *Ala de Dragón*, impulsando el barco hacia el aire. Allí se precipitaba en la escarpada cresta de una ola espumosa antes de lanzarse hacia delante y bajar corriendo por la otra cara hacia el seno negro que lo esperaba abajo. Jirones de niebla pegajosa recorrían el gélido aire cuando el viento gemía y aullaba como un espíritu monstruoso.

Roran se aferraba a las jarcias de estribor, a media eslora del barco, y vomitaba por encima de la borda; no le salía más que amarga bilis. Se había ufanado de no sentir ninguna molestia de estómago en las barcazas de Clovis, pero la tormenta a que se enfrentaban ahora era tan violenta que incluso a los hombres de Uthar —todos ellos, curtidos marineros— les resultaba difícil conservar el whisky en las tripas.

Roran sintió como si una roca de hielo lo golpeara entre los omóplatos cuando una ola barrió el barco de costado, empapando la cubierta antes de escurrirse por los imbornales y volver al espumoso, malhumorado y furioso océano de donde había salido. Roran se secó el agua salada de los ojos con unos dedos torpes como pedazos de madera congelados, y los entrecerró para mirar el negruzco horizonte que se alzaba más allá de la popa.

«Tal vez así no puedan olisquear nuestro rastro.» Tres balandros de velas negras los habían seguido desde que pasaran los acantilados de Hierro y doblaran lo que Jeod llamaba Edur Carthungavë y Uthar identificó como el cabo de Rathbar.

—Sería como la cola de las Vertebradas —le había dicho Uthar, con una sonrisa. Los balandros eran más rápidos que el *Ala de Dragón*, cargado con el peso de todos los aldeanos, y le habían ganado terreno al barco mercante hasta acercarse tanto como para intercambiar una oleada de flechas. Peor aún, parecía que el primero de los balandros llevaba un mago, pues sus flechas tenían una puntería sobrenatural y habían cortado cuerdas, destrozado catapultas y atascado plataformas. Por aquellos ataques, Roran dedujo que al Imperio ya no le importaba capturarlo vivo y sólo quería impedir que encontrara refugio entre los vardenos. Acababa de preparar a los aldeanos para repeler abordajes cuando las nubes se hincharon hasta adquirir un tono amoratado, cargadas de lluvia, y una furiosa tempestad empezó a soplar desde el noroeste. En aquel momento, Uthar llevaba el *Ala de Dragón* de través al viento, en dirección a las islas del Sur, donde esperaba eludir a los balandros entre los bancos de arena y las caletas de Beirland.

Una lámina de relámpagos horizontales tembló entre dos nubarrones con forma de bulbo, y el mundo se convirtió en un retablo de mármol blanco antes de que volviera a reinar de nuevo la oscuridad. Cada relámpago cegador imprimía en los ojos de Roran una escena inmóvil que luego permanecía allí, palpitando hasta mucho después de desaparecer el claro rayo.

Luego vino otra serie de relámpagos bifurcados, y Roran vio —como si presenciara una secuencia de dibujos monocromos— que el palo de mesana crujía y se desmoronaba hacia el mar revuelto, cruzado a medio barco por el lado de babor. Aferrado a una cuerda de salvamento, Roran se lanzó hacia el alcázar y, con la ayuda de Bonden, cortó a tajos los obenques que mantenían el mástil unido al *Ala de Dragón* y hundían la popa bajo el agua. Los cables se sacudían como serpientes al cortarlos.

Luego Roran se deslizó hasta la cubierta con el brazo derecho enganchado en la regala para mantenerse firme en su lugar mientras el barco descendía seis…, nueve metros, entre una ola y la siguiente. Una ola le pasó por encima, absorbiéndole el calor de los huesos. Los escalofríos le recorrían el cuerpo entero.

«No me dejes morir aquí —suplicó, aunque no sabía a quién se dirigía.— En estas crueles olas, no. Aún no he terminado mi tarea.» Durante aquella larga noche se aferró a los recuerdos de Katrina y obtuvo consuelo en ellos cuando se sintió débil y la esperanza amenazó con abandonarlo.

La tormenta duró dos días enteros y se disipó en las primeras horas del anochecer. La mañana siguiente trajo consigo un amanecer de pálido verde, cielos claros y tres velas negras que navegaban al norte por el horizonte. Al suroeste, la brumosa costa de Beirland quedaba bajo un saledizo de nubes reunidas en torno a la escarpada montaña que dominaba la isla.

Roran, Jeod y Uthar se reunieron en la pequeña cabina de proa —pues el camarote del capitán se había destinado a los enfermos—, donde Uthar desenrolló las cartas de navegación sobre una mesa y señaló un punto por encima de Beirland.

—Ahora estamos aquí —dijo. Sacó un mapa más grande de la costa de Alagaësia y señaló la desembocadura del río Jiet—. Y éste es nuestro destino, porque la comida no nos va a alcanzar hasta Reavstone. De todos modos, se me escapa cómo podemos llegar hasta allí sin que nos atrapen. Sin la vela de mesana, esos malditos balandros nos pillarán mañana al mediodía, o al anochecer si somos capaces de manejar bien las velas.

—¿Podemos sustituir el mástil? —preguntó Jeod—. Las naves de este tamaño suelen llevar palos para reparaciones de ese tipo.

Uthar se encogió de hombros.

—Podríamos si hubiera entre nosotros un buen carpintero de barcos. Como no lo tenemos, prefiero no dejar que manos inexpertas monten un palo, porque sólo serviría para que se nos desplomara en cubierta y podría haber algún herido.

Roran contestó:

—Si no fuera por el mago, o los magos, yo diría que podemos ofrecerles pelea, pues nuestra tripulación es mucho más numerosa que la de los balandros. Tal como están las cosas, preferiría evitar la confrontación. Parece poco probable que podamos vencer, teniendo en cuenta cuántos buques enviados en ayuda de los vardenos han desaparecido.

Uthar gruñó y trazó un círculo en torno a su situación.

—Mañana por la noche podríamos llegar hasta aquí, suponiendo que no nos abandone el viento. Podríamos atracar en algún lugar de Beirland o de Nía si quisiéramos, pero no sé de qué nos serviría. Quedaríamos atrapados. Los soldados de los balandros, los Ra'zac o el propio Galbatorix nos darían caza a discreción.

Roran frunció el ceño mientras cavilaba las diversas opciones; la lucha con los balandros parecía inevitable.

Durante varios minutos reinó el silencio en la cabina, salvo por el lametazo de las olas contra el casco. Luego Jeod puso el dedo en el mapa, entre Beirland y Nía, miró a Uthar y preguntó:

—¿Y el Ojo del Jabalí?

Para asombro de Roran, el curtido marinero se puso literalmente blanco.

—Por mi vida que preferiría no correr ese riesgo, maestro Jeod. Prefiero enfrentarme a esos balandros y morir mar adentro que ir a ese lugar maldito. Se ha tragado una cantidad de barcos equivalente a la mitad de la flota de Galbatorix.

—Creo recordar que una vez leí —dijo Jeod, recostándose en la silla— que el paso es absolutamente seguro con la marea alta o baja del todo. ¿No es así?

Con mucha y evidente reticencia, Uthar admitió:

—Sí. Pero el Ojo es tan ancho que para cruzarlo sin destruir el barco, se requiere la más precisa sincronización. Tendríamos muchas dificultades para conseguirlo con los balandros siguiendo nuestra estela.

—Sin embargo, si lo consiguiéramos —insistió Jeod—, si pudiéramos planificarlo bien, los balandros encallarían o, si les faltara el coraje, se verían obligados a circunnavegar Nía. Eso nos daría tiempo para encontrar un lugar donde escondernos en la costa de Beirland.

—Sí, sí... Si fuera por usted, nos iríamos al fondo del mar.

—Vamos, Uthar. Tu miedo no tiene razón de ser. Lo que propongo es peligroso, lo admito, pero no más de lo que lo era huir de Teirm. ¿O acaso dudas de tu capacidad de cruzar el paso? ¿No eres lo bastante hombre?

Uthar cruzó sus brazos desnudos.

—Nunca ha visto el Ojo, ¿verdad, señor?

—No puedo decir lo contrario.

—No es que yo no sea lo bastante hombre, sino que el Ojo supera las fuerzas de los hombres; ridiculiza nuestros barcos más grandes, nuestros mayores edificios y cualquier otra cosa que quiera nombrar. Tentarlo sería como tratar de correr más que una avalancha; se puede conseguir, pero también puedes quedar enterrado en el polvo.

—¿Qué es eso del Ojo de Jabalí? —preguntó Roran.

689

—Las fauces del océano, que todo lo devoran —proclamó Uthar.

En un tono más suave, Jeod dijo:

—Es un remolino, Roran. El Ojo se forma como consecuencia de la corriente de las mareas que chocan entre Beirland y Nía. Cuando baja la marea, el Ojo gira de norte a oeste. Cuando sube, de norte a este.

—No suena tan peligroso.

Uthar meneó la cabeza y la coleta le golpeó los lados del cuello, quemado por el viento. Se echó a reír.

—No tan peligroso, dice. ¡Ja!

—Lo que no puedes comprender —continuó Jeod— es el tamaño del vórtice. De promedio, el centro del Ojo mide cinco millas de diámetro, mientras que los brazos del remolino pueden llegar a tener entre diez y quince millas. Los barcos que tienen la desgracia de ser tragados por el Ojo son arrastrados al fondo del océano y lanzados allí contra las puntiagudas rocas. A menudo se encuentran pecios de los restos de esas naves en las dos islas.

—¿Alguien espera que tomemos esa ruta? —preguntó Roran.

—Nadie, y por buenas razones —gruñó Uthar.

Jeod negó con la cabeza al mismo tiempo.

—¿Cabe al menos la posibilidad de cruzar el Ojo?

—Sería una maldita estupidez.

Roran asintió.

—Ya sé que no quieres correr ese riesgo, Uthar, pero las opciones son limitadas. No soy marinero, de modo que debo fiarme de tu juicio. ¿Podemos cruzar el Ojo?

El capitán dudó.

—Tal vez sí, tal vez no. Habría que estar loco de remate para acercarse a menos de cinco millas de ese monstruo.

Roran sacó el martillo y golpeó con él la mesa, dejando una marca de varios centímetros de profundidad.

—¡Pues yo estoy loco de remate! —Sostuvo la mirada de Uthar hasta que el marinero se removió, incómodo—. ¿Debo recordarte que sólo hemos llegado hasta aquí por hacer lo que los quejicas angustiados afirmaban que no podía o no debía hacerse? Nosotros, los de Carvahall, nos atrevimos a abandonar nuestros hogares y cruzar las Vertebradas. Jeod se atrevió a imaginar que podíamos robar el *Ala de Dragón*. ¿A qué te atreverás tú, Uthar? Si conseguimos superar el Ojo y vivimos para contarlo, te saludarán como a uno de los más grandes marineros de la historia. Ahora, contéstame. Y hazlo con la verdad. ¿Se puede hacer?

Uthar se pasó una mano por la cara. Cuando al fin habló, lo hizo en voz baja, como si el estallido de Roran lo obligara a abandonar las bravuconadas.

—No lo sé, Martillazos... Si esperamos a que el Ojo se reduzca, los balandros podrían estar tan cerca de nosotros que si pasáramos, también pasarían ellos. Y si amaina el viento, nos atrapará la corriente y no podremos evitarla.

—Como capitán, ¿estás dispuesto a intentarlo? Ni Jeod ni yo podemos dirigir el *Ala de Dragón* en tu lugar.

Uthar miró largamente las cartas de navegación, mano sobre mano. Trazó un par de líneas desde su posición y realizó una serie de cálculos numéricos de los que Roran no pudo deducir nada. Al fin dijo:

—Temo que naveguemos hacia la destrucción, pero sí. Haré lo posible por asegurarnos de cruzarlo.

Satisfecho, Roran apartó el martillo.

—Así sea.

Cruzando el Ojo del Jabalí

*L*os balandros siguieron acercándose al *Ala de Dragón* a lo largo del día. Roran contemplaba sus progresos siempre que podía, preocupado de que se acercaran lo suficiente para atacarles antes de que el *Ala de Dragón* llegara al Ojo. Aun así, Uthar parecía capaz de mantener la distancia al menos durante algo más de tiempo.

Cumpliendo sus órdenes, Roran y otros aldeanos se esforzaron por recoger el barco tras la tormenta y prepararlo para la ordalía que se le echaba encima. Terminaron de trabajar al anochecer y extinguieron todas las luces de la cubierta con la intención de confundir a sus perseguidores respecto al rumbo del *Ala de Dragón*. El truco surtió efecto en parte, pues cuando salió el sol, Roran vio que los balandros se habían retrasado cerca de una milla por el noroeste, aunque pronto recuperaron la distancia perdida.

A última hora de la mañana, Roran escaló el palo mayor y se montó en la cofa, a cuarenta metros de la cubierta, tan alto que los hombres de abajo le parecían más pequeños que su meñique. El agua y el cielo parecían balancearse peligrosamente en torno a él cuando el *Ala de Dragón* se escoraba de un lado a otro.

Roran sacó el catalejo que había llevado consigo, se lo llevó a un ojo y lo ajustó hasta que quedaron enfocados los balandros, a menos de cuatro millas tras su popa, y acercándose a mayor velocidad de la que le hubiera gustado. «Se habrán dado cuenta de lo que pretendemos hacer», pensó. Trazó un barrido con el catalejo y repasó el océano en busca de alguna señal del Ojo de Jabalí. Se detuvo al divisar un gran disco de espuma, del tamaño de una isla, que giraba de norte a este. «Llegamos tarde», pensó, con un nudo en el estómago. La marea alta había pasado ya, y el Ojo de Jabalí aumentaba su velocidad y su fuerza a medida que el océano se retiraba de la costa. Roran apuntó el catalejo por el costado de la cofa y vio que la cuerda anudada que Uthar había atado a estribor por la popa —para detectar en qué momento entraban en la corriente del remolino— flotaba ahora paralela al *Ala de Dragón* en vez de estirarse por su estela como era normal. Lo único que tenían a favor era que navegaban en la misma dirección que la corriente del Ojo, y no contra ella. De haber sido al contrario, no hubieran tenido más remedio que esperar hasta que volviera a subir la marea.

Abajo, Roran oyó que Uthar gritaba a los aldeanos que se pusieran a los remos. Un momento después brotaron del *Ala de Dragón* dos hileras de remos a cada lado que dieron al barco un aspecto de gigantesco insecto de río. Al ritmo de un tambor hecho con piel de buey, acompañado por el canto rítmico de Bonden para marcar el tempo, los remos se arquearon hacia delante, se hundieron en el verde mar y barrieron la superficie del agua hacia atrás, dejando blancas estelas de burbujas. El *Ala de Dragón* aceleró de repente y empezó a moverse más rápido que los balandros, que seguían todavía fuera de la influencia del Ojo.

Roran contempló con aterrada fascinación la obra teatral que se desplegaba en torno a él. El elemento esencial de la trama, el punto crucial del que dependía el resultado, era el tiempo. Aunque llegaban tarde, ¿podría el *Ala de Dragon*, con la fuerza combinada de las velas y los remos, navegar a la velocidad necesaria para cruzar el Ojo? Y los balandros, que ahora también habían sacado los remos, ¿podrían acortar el espacio que los separaba del *Ala de Dragón* lo suficiente para asegurar su propia supervivencia? No podía saberlo. La pulsación del tambor medía los minutos; Roran tenía una aguda consciencia de cada instante que pasaba.

Se llevó una sorpresa al ver que un brazo se alzaba sobre el borde de la plataforma y aparecía la cara de Baldor, mirándolo.

—Échame una mano, ¿quieres? Me da la sensación de que estoy a punto de caerme.

Agarrándose con firmeza, Roran ayudó a Baldor a subir a la plataforma. Éste le pasó una galleta y una manzana seca y le dijo:

—He pensado que querrías comer algo.

Roran asintió para darle las gracias, mordisqueó la galleta y volvió a mirar por el catalejo. Cuando Baldor le preguntó si podía ver el Ojo, Roran le pasó el catalejo y se concentró en la comida.

694

Durante la siguiente media hora, el disco de espuma aumentó la velocidad de sus revoluciones hasta que empezó a girar como una peonza. El agua que rodeaba la espuma se infló y empezó a alzarse, mientras que la propia espuma desapareció de la vista, tragada hasta el fondo de un gigantesco hoyo cada vez más amplio y profundo. Un ciclón de bruma retorcida se formó encima del vórtice, y de la garganta del abismo, negra como el ébano, surgió un aullido torturado como los gritos de un lobo herido.

La velocidad con que se formaba el Ojo del Jabalí abrumó a Roran.

—Será mejor que vayas a decírselo a Uthar —dijo.

Baldor salió de la plataforma.

—Átate al mástil. Si no, podrías caerte.

—Lo haré.

Al atarse, Roran se dejó los brazos libres para estar seguro de que, si era necesario, podría sacar el cuchillo del cinturón y soltarse. Al supervisar la situación, se llenó de ansiedad. El *Ala de Dragón* estaba a menos de una milla de la mediana del Ojo, los balandros quedaban dos millas atrás y el Ojo iba creciendo hasta alcanzar su plena furia. Aún peor, enturbiado por el remolino, el viento chisporroteaba y rugía, soplando primero en una dirección y luego en otra. Las velas se hinchaban un momento, luego quedaban inertes, después volvían a inflarse mientras el confuso viento daba vueltas en torno al barco.

«A lo mejor Uthar tenía razón —pensó Roran—. A lo mejor he ido demasiado lejos y me he enfrentado a un oponente al que no puedo superar por mera determinación. A lo mejor estoy enviando a los aldeanos a la muerte.» Las fuerzas de la naturaleza eran inmunes a la intimidación.

El centro abierto del Ojo de Jabalí medía ya casi nueve millas y media de diámetro, y nadie podía decir cuántas brazas de profundidad, salvo aquellos que hubieran caído atrapados en él. Los lados del Ojo se curvaban hacia dentro en un ángulo de cuarenta y cinco grados; estaban estriados por surcos superficiales, como arcilla húmeda moldeada en el torno del alfarero. El aullido grave se hizo más sonoro, hasta tal extremo que a Roran le pareció que el mundo entero debía de desmoronarse por la intensidad de aquella vibración. Un arco iris glorioso emergió entre la bruma suspendida sobre aquella sima giratoria.

La corriente circulaba más rápida que nunca, imprimiendo una velocidad de vértigo al *Ala de Dragón* a medida que giraba por el contorno del remolino, y cada vez parecía menos probable que el barco pudiera librarse al alcanzar el extremo sur del Ojo. La velocidad del *Ala de Dragón* era tan prodigiosa que se escoró mucho a estribor, dejando a Roran suspendido sobre las agitadas aguas.

Pese a los progresos del *Ala de Dragón*, los balandros seguían acercándose. Los barcos enemigos navegaban en co-

695

lumna a menos de una milla, moviendo en perfecta sincronización los remos, y de cada proa brotaban dos aletas de agua a medida que iban surcando el océano. Roran no pudo sino admirar aquella visión.

Se guardó el catalejo en la camisa; ya no le hacía falta. Los balandros estaban suficientemente cerca para distinguirlos a primera vista, mientras que el remolino cada vez parecía más oscuro por las nubes de vapor blanco que emergían del borde del sumidero. Al precipitarse hacia las profundidades, el vapor formaba una lente espiral sobre el golfo, reproduciendo la forma del propio remolino.

Entonces el *Ala de Dragón* hizo un bordo a babor, apartándose de la corriente porque Uthar buscaba ya el mar abierto. La quilla surcó las aguas removidas, y la velocidad del barco se redujo a la mitad mientras el *Ala de Dragón* luchaba contra el abrazo mortal del Ojo de Jabalí. Un temblor recorrió el mástil, haciendo entrechocar los dientes a Roran, y la cofa se balanceó en la dirección contraria, provocándole un mareo de vértigo.

El miedo se apoderó de Roran al ver que el barco seguía frenándose. Cortó de un tajo las cuerdas que lo sujetaban y, con un temerario desprecio de su propia seguridad, se agarró a una maroma que tenía por debajo y se deslizó por la jarcia a tal velocidad que en un momento se soltó y no pudo volver a agarrarse hasta varios metros más abajo. Saltó a cubierta, corrió a la escotilla de proa y bajó a la primera bancada de remeros, donde se unió a Baldor y Albriech en un remo de roble.

Sin decir palabra, se pusieron a trabajar al ritmo de su propia respiración desesperada, el alocado batir del tambor, los gritos roncos de Bonden y el rugido del Ojo de Jabalí. Roran sentía la resistencia del potente remolino a cada golpe de remo.

Y sin embargo, sus esfuerzos no lograban evitar que el

Ala de Dragón llegara a detenerse virtualmente. «No lo vamos a conseguir», pensó Roran. La espalda y las piernas le ardían de puro agotamiento. Sentía una punzada en los pulmones. Entre un golpe de tambor y el siguiente, oyó que Uthar ordenaba a los marinos de la cubierta que cazaran las velas para sacar el máximo provecho del viento inconstante.

Dos asientos más allá de Roran, Darmmen y Hamund pasaron su remo a Thane y Ridley y luego se tumbaron en medio del pasillo, con temblores en las piernas. Menos de un minuto después, alguien se desmayó al fondo de la galería y fue reemplazado de inmediato por Birgit y otra mujer.

«Si sobrevivimos —pensó Roran—, será sólo porque somos tantos que podemos mantener este ritmo tanto rato como haga falta.»

Le pareció una eternidad el tiempo que pasó remando en la sala oscura y humeante, empujando primero y tirando después, haciendo todo lo posible por ignorar el creciente dolor de su cuerpo. Le dolía el cuello de agacharse bajo el techo bajo. La oscura madera del remo estaba manchada de sangre por las zonas en que la piel se había llagado y abierto. Se quitó la camisa —tirando al suelo el catalejo—, envolvió el remo con la tela y siguió remando.

Al fin Roran no fue capaz de moverse más. Las piernas cedieron, cayó de lado y se deslizó por el pasillo de tan sudado como estaba. Orval ocupó su lugar. Roran se quedó quieto hasta que pudo recuperar la respiración, luego logró ponerse a cuatro patas y avanzó a gachas hasta la escotilla.

Como un borracho enfebrecido, subió a pulso la escalera, meciéndose con los movimientos del barco y desplomándose a menudo contra la pared para descansar. Al salir a cubierta, se tomó un breve momento para apreciar el aire fresco y luego se acercó a tumbos hacia la popa para llegar al timón, aunque sus piernas amenazaban con acalambrarse a cada paso.

697

—¿Cómo va? —preguntó boqueando a Uthar, que manejaba el timón.

Uthar meneó la cabeza.

Mirando por la borda, Roran escrutó los tres balandros, tal vez a media milla de distancia y algo más al oeste, más cerca del centro del Ojo. En comparación con el *Ala de Dragón*, parecían inmóviles.

Al principio, mientras Roran miraba, las posiciones de las cuatro naves se mantuvieron iguales. Luego percibió un cambio de velocidad en el *Ala de Dragón*, como si el barco hubiera pasado un punto crucial y las fuerzas que lo frenaban hubieran disminuido. Se trataba de una diferencia sutil y apenas se traducía en más que unos pocos metros por minuto, pero era suficiente para que la distancia entre el *Ala de Dragón* y los balandros empezara a aumentar. A cada golpe de remos, el *Ala de Dragón* ganaba inercia.

En cambio, los balandros no lograban superar la fuerza terrible del remolino. Sus remos redujeron la velocidad hasta que, uno tras otro, los barcos se deslizaron hacia atrás y fueron tragados por el velo de la bruma, tras la cual los esperaban el muro giratorio de aguas de ébano y las rechinantes rocas del fondo del mar.

«No pueden seguir remando —se dio cuenta Roran—. Sus tripulaciones son cortas, y están demasiado cansados.» No pudo evitar una punzada de compasión por el destino de los hombres de los balandros.

En ese preciso instante, una flecha salió disparada del balandro más cercano y estalló con una llamarada verde al tiempo que se dirigía hacia el *Ala de Dragón*. Para volar hasta tan lejos, la flecha debía de estar sostenida por la magia. Se clavó en la vela de mesana y explotó en glóbulos de fuego líquido que se pegaban a cualquier objeto que tocaran. Al cabo de escasos segundos, ardían veinte fuegos pequeños en el palo de mesana, su vela y la cubierta.

—¡No podemos apagarlo! —gritó uno de los marinos, con el pánico en la cara.

—¡Cortad a hachazos lo que se esté quemando y echadlo por la borda! —rugió Uthar en respuesta.

Roran desenfundó el cuchillo que llevaba en el cinto y se puso a eliminar una buena cantidad de fuegos de color verde de los tablones que quedaban a sus pies. Pasaron varios minutos de mucha tensión hasta que aquellas llamas sobrenaturales desaparecieron y quedó claro que la conflagración no se iba a extender al resto del barco.

Cuando sonó el grito: «¡Todo despejado!», Uthar relajó la mano que se aferraba al timón.

—Si eso es lo mejor que puede hacer su mago, yo diría que no hemos de temerlo demasiado.

—Vamos a salir del Ojo, ¿verdad? —preguntó Roran, ansioso por confirmar sus esperanzas.

Uthar alzó los hombros y soltó una rápida sonrisa, orgulloso e incrédulo al mismo tiempo.

—En esta vuelta, todavía no; pero estamos a punto. No haremos ningún progreso para alejarnos de la boca abierta de ese monstruo hasta que la marea empiece a aflojar. Ve a decirle a Bonden que baje un poco el ritmo; no quiero que se desmayen todos los remeros si puedo evitarlo.

Y así fue. Roran se aplicó a los remos en un turno breve y, cuando regresó a cubierta, el remolino empezaba a amainar. El aullido horrendo del vórtice se desvanecía bajo el ruido normal del viento; el agua adquiría una textura tranquila y lisa que no daba la menor pista de la violencia que solía cernirse sobre el lugar; y la niebla retorcida que se había agitado antes sobre el abismo se fundía ahora bajo los cálidos rayos del sol, dejando el aire claro como el cristal. Del Ojo de Jabalí, tal como comprobó Roran cuando recuperó su catalejo entre los remeros, no quedaba más que el disco de espuma amarilla que giraba en el agua.

Y en el centro de la espuma pudo apenas distinguir tres mástiles partidos y una vela negra que flotaban dando vueltas y vueltas en un círculo infinito. Pero tal vez fuera su imaginación.

Al menos, eso se dijo a sí mismo.

Elain se acercó a su lado con una mano apoyada en el vientre hinchado. En voz muy baja, le dijo:

—Hemos tenido suerte, Roran; más de lo que era razonable esperar.

—Sí —reconoció Roran.

Hacia Aberon

*P*or debajo de Saphira, el bosque sin senderos se extendía a ambos lados del horizonte blanco, pasando, a medida que se alejaba, del más denso verde a un morado brumoso y desleído. Vencejos, grajos y otros pájaros del bosque revoloteaban sobre los pinos retorcidos y soltaban aullidos de alarma al ver a Saphira. Ella volaba bajo sobre el dosel de ramas para proteger a sus dos pasajeros de las temperaturas árticas de las capas más altas del cielo.

Aparte de cuando Saphira echó a los Ra'zac hacia las Vertebradas, era la primera vez que ella y Eragon tenían la ocasión de volar juntos una larga distancia sin necesidad de detenerse o esperar a algún compañero que se desplazara por tierra. Saphira estaba especialmente contenta con el viaje y se deleitó en enseñarle a Eragon en qué medida las enseñanzas de Glaedr habían aumentado su fuerza y su resistencia.

Cuando superó su incomodidad inicial, Orik dijo a Eragon:

—Dudo que nunca llegue a sentirme cómodo en el aire, pero entiendo que a Saphira y a ti os guste tanto. Volar te hace sentir libre y carente de límites, como un halcón de mirada fiera al perseguir a sus presas. Me acelera el corazón, eso sí.

Para reducir el tedio del trayecto, Orik jugaba a las adivinanzas con Saphira. Eragon se excusó para no participar en el concurso, pues nunca había sido especialmente experto en adivinanzas; el giro de pensamientos necesario para resolverlas siempre parecía escapársele. En eso, Saphira lo superaba con mucho. Como a la mayoría de dragones, le fascinaban los enigmas y le resultaba bastante fácil resolverlos.

Orik dijo:

—Las únicas adivinanzas que conozco proceden del idioma de los enanos. Haré cuanto pueda por traducirlas bien, pero tal vez el resultado sea burdo y poco flexible.

Luego, propuso:

> De joven soy alta,
> De mayor soy baja;
> En vida tengo brillo,
> El aliento de Urûr es mi enemigo.

No es justo —gruñó Saphira—. *Casi no sé nada de vuestros dioses.* No hizo falta que Eragon repitiera sus palabras, pues Orik le había concedido permiso para que las proyectara directamente hacia su mente. El enano se rió.

—¿Te rindes?

Nunca. Durante unos minutos no sonó más que el batir de alas, hasta que ella preguntó: *¿Es una vela?*

—Has acertado.

Ella resopló, y una nubecilla de humo caliente subió hasta las caras de Eragon y Orik. *No se me da muy bien esa clase de adivinanzas. Desde mi incubación, no he vuelto a estar dentro de una casa, y me resultan difíciles los enigmas relacionados con objetos domésticos.*

A continuación, propuso: *¿Qué hierba cura todas las dolencias?*

El dilema resultó terrible para Orik. Gruñó, rugió y rechinó los dientes de frustración. Tras él, Eragon no pudo evitar una sonrisa, pues él veía claramente la respuesta en la mente de Saphira. Al fin, Orik dijo:

—Bueno, ¿qué es? Con ésta me has superado.

Por el bien del cuervecillo, y porque no es amarillo,
la respuesta ha de ser tomillo.

Le tocó el turno de prostestar a Orik.

—¡No es justo! No es mi lengua natal. No puedes esperar que se me ocurran esas rimas.

Así son las cosas. La rima está bien buscada.

Eragon vio que los músculos de la espalda de Orik se contraían y se tensaban al tiempo que el enano asomaba la cabeza hacia delante.

—Ya que te pones así, Dientes de Hierro, te haré resolver esta adivinanza que conocen todos los niños enanos:

Me llaman forja de Morgothal y vientre de Helzvog.
Oculto a la hija de Nordvig y provoco la muerte gris,
Y renuevo el mundo con la sangre de Helzvog.
¿Qué soy?

Y así seguían, intercambiando adivinanzas cada vez más difíciles mientras Du Weldenvarden se deslizaba bajo ellos a toda velocidad. A menudo, algún hueco entre las ramas entrelazadas revelaba manchas plateadas, fragmentos de los muchos ríos que recorrían el bosque. En torno a Saphira, las nubes se inflaban en una arquitectura fantástica: arcos de bóveda, cúpulas y columnas; murallas almenadas; torres grandes como montañas; picos y valles cargados de una luz refulgente que provocaba a Eragon la sensación de estar volando en un sueño.

Saphira era tan rápida que, cuando llegó el crepúsculo, ya habían dejado atrás Du Weldenvarden y habían entrado en los campos castaños que separaban el gran bosque del desierto de Hadarac. Acamparon entre la hierba y se agacha-

703

ron junto a la pequeña fogata, rematadamente solos sobre la lisa extensión de la tierra. Tenían el rostro severo y hablaron poco, pues las palabras no hacían más que reforzar su insignificancia en aquella tierra desnuda y vacía.

Eragon aprovechó la parada para almacenar algo de energía en el rubí que adornaba la empuñadura de *Zar'roc*. La gema asorbía toda la energía que él quisiera darle, así como la de Saphira cuando ésta le prestaba sus fuerzas. Eragon concluyó que harían falta unos cuantos días para saturar las reservas del rubí y los doce diamantes escondidos en el cinturón de Beloth *el Sabio*.

Debilitado por ese ejercicio, se envolvió en las mantas, se tumbó junto a Saphira y se deslizó a su soñar despierto, en el que los fantasmas de la noche se enfrentaban al mar de estrellas que brillaban en lo alto.

Poco después de reiniciar el viaje a la mañana siguiente, la marea de hierba dio paso a una maleza oscura que se fue volviendo cada vez más escasa hasta que también fue reemplazada por una tierra calcinada por el sol en la que sólo sobrevivían las plantas más resistentes. Aparecieron las dunas de un dorado rojizo. Desde su atalaya en la grupa de Saphira, a Eragon le parecían hileras de olas que se encaminaban eternamente hacia una costa distante.

Cuando el sol empezó a descender, Eragon descubrió un grupo de montañas a lo lejos, hacia el este, y entendió que contemplaba Du Fells Nángoröth, adonde acudieran antaño los dragones salvajes a aparearse, a criar a sus retoños y, finalmente, a morir. *Tenemos que visitarlo algún día*, le dijo a Saphira, que seguía su mirada.

Sí.

Esa noche Eragon sintió su soledad con mayor intensidad todavía, pues habían acampado en las regiones más desoladas del desierto de Hadarac, donde había tan poca humedad en el aire que pronto se le agrietaron los labios por mucho que se los untara de nalgask cada pocos minutos. Percibió poca vida en la tierra, apenas un puñado de plantas miserables intercaladas con unos pocos insectos y algunos lagartos.

Igual que cuando cruzaron el desierto para huir de Gil'ead, Eragon sacó agua del suelo para rellenar sus botas y, antes de permitir que el líquido restante se secara, invocó a Nasuada en el reflejo del charco para ver si los vardenos habían sido atacados ya. Comprobó con alivio que no era así.

Al tercer día de su partida de Ellesméra, el viento se alzó tras ellos y llevó en volandas a Saphira hasta más allá de donde podría haber llegado por sus propias fuerzas, ayudándolos a cruzar por completo el desierto de Hadarac.

Cerca del límite del desierto pasaron por encima de unos nómadas a caballo, ataviados con ropas largas y sueltas para defenderse del calor. Los hombres gritaron en su burdo idioma y agitaron sus lanzas y espadas en dirección a Saphira, aunque ninguno se atrevió a lanzarle una flecha.

Eragon, Saphira y Orik acamparon esa noche en el límite sur del Bosque Plateado, que se extendía junto al lago Tüdosten y se llamaba así porque estaba compuesto casi por completo de hayas, sauces y álamos blancos. En contraste con el crepúsculo infinito que se instalaba bajo los melancólicos pinos de Du Weldenvarden, el Bosque Plateado quedaba invadido por una luz brillante, las alondras y el amable susurro de las hojas verdes. A Eragon los árboles le parecieron jóvenes y alegres, y se alegró de estar allí. A pesar de que había desaparecido hasta el último rastro del desierto, el clima era más caluroso de lo que tenía por costumbre en esa época del año. Parecía más verano que primavera.

Υ

Desde allí volaron directamente a Aberon, capital de Surda, guiados por señas que Eragon sonsacaba de los recuerdos de pájaros que se encontraban por el camino. Saphira no hizo el menor intento de esconderse durante el camino, y a menudo oían gritos de asombro y de alarma, procedentes de los aldeanos que quedaban abajo.

Estaba ya avanzada la tarde cuando llegaron a Aberon, una ciudad baja y amurallada, levantada en torno a un acantilado en una tierra por otra parte lisa. El castillo Borromeo ocupaba la parte alta del acantilado. La intrincada ciudadela estaba protegida por tres hileras concéntricas de murallas, numerosas torres y, según percibió Eragon, cientos de catapultas diseñadas para derribar dragones. La rica luz ambarina del sol descendente silueteaba los edificios de Aberon con un marcado relieve e iluminaba un penacho de polvo que se alzaba desde la puerta oeste de la ciudad, por donde se disponía a entrar una hilera de soldados.

Cuando Saphira descendió hacia la zona interior del castillo, Eragon pudo entrar en contacto con la combinación de pensamientos de la gente de la capital. Al principio lo abrumó el ruido. ¿Cómo se suponía que podía prestar atención a la posible presencia de enemigos y funcionar con normalidad al mismo tiempo? Luego se dio cuenta de que, como siempre, se estaba concentrando demasiado en los detalles. Sólo tenía que percibir las intenciones generales de la gente. Amplió el foco, y las voces individuales que reclamaban su atención cedieron paso a un continuo de emociones que lo rodeaban. Era como una lámina de agua que permaneciera arrebujada sobre el paisaje cercano, ondulándose al son de los sentimientos ajenos y soltándose cuando alguien experimentaba alguna pasión extrema.

Así, Eragon percibió la alarma que se apoderaba de la gente allá abajo a medida que corría la voz de la presencia de Saphira. *Ten cuidado* —le dijo—. *No queremos que nos ataquen.*

El polvo ascendía por el aire cada vez que Saphira agitaba sus poderosas alas para instalarse en el centro del patio, con las zarpas bien clavadas en la tierra pelada para mantener el equilibrio. Los caballos atados en el patio relincharon de miedo y provocaron tal alboroto que Eragon terminó por colarse en sus mentes y calmarlos con palabras del idioma antiguo.

Eragon desmontó tras Orik, mirando a los muchos soldados que se habían reunido en los parapetos y los apuntaban con las catapultas. No tuvo miedo de sus armas, pero no tenía el menor deseo de involucrarse en una pelea con sus aliados.

Un grupo de doce hombres, algunos de los cuales eran soldados, salieron corriendo de la muralla hacia Saphira. Los dirigía un hombre alto con la piel tan oscura como Nasuada; Eragon sólo había conocido a otros dos con esa complexión. El hombre se detuvo a unos diez pasos, hizo una reverencia —imitada por quienes lo seguían— y dijo:

—Bienvenido, Jinete. Soy Dahwar, hijo de Kedar. Soy el senescal del rey Orrin.

Eragon inclinó la cabeza.

—Y yo soy Eragon Asesino de Sombra, hijo de nadie.

—Y yo, Orik, hijo de Thrifk.

Y yo, Saphira, hija de Vervada, dijo Saphira, usando a Eragon de portavoz.

Dahwar hizo otra reverencia.

—Te pido perdón porque no haya nadie de mayor rango que yo para recibir a un invitado tan noble como tú, pero el rey Orrin, la señora Nasuada y todos los vardenos se fueron hace tiempo para enfrentarse al ejército de Galbatorix. —Eragon asintió. Ya contaba con ello—. Dejaron órdenes de que si venías en su busca, te unieras a ellos con la mayor brevedad, pues se requiere tu destreza para que venzamos.

—¿Puedes mostrarnos en un mapa dónde encontrarlos? —preguntó Eragon.

—Por supuesto, señor. Mientras lo mando a buscar, ¿quieres alejarte del calor y disfrutar de unos refrescos?

Eragon negó con la cabeza.

—No hay tiempo que perder. Además, el mapa no tengo que verlo sólo yo, sino también Saphira, y dudo que quepa en vuestros salones.

Eso pareció pillar al senescal con la guardia baja. Pestañeó, recorrió a Saphira con la mirada y luego dijo:

—Muy cierto, señor. En cualquier caso, cuenta con nuestra hospitalidad. Si hay algo que deseéis tú o tus compañeros, no tenéis más que pedirlo.

Por primera vez, Eragon se dio cuenta de que podía dar órdenes y contar con que se cumplieran.

—Necesitamos provisiones para una semana. Para mí, sólo fruta, vegetales, harina, queso, pan, cosas por el estilo. También necesitamos recargar nuestras botas de agua.

Le llamó la atención que Dahwar no se extrañara por no haber mencionado la carne. Orik añadió cecina, panceta y otros productos similares.

Dahwar chasqueó los dedos para enviar a dos sirvientes a la carrera hacia el interior del castillo en busca de provisiones. Mientras todos los presentes en el patio esperaban el regreso de los hombres, preguntó:

—¿Puedo deducir por tu presencia aquí, Asesino de Sombra, que has completado tu formación con los elfos?

—Mi formación no terminará mientras viva.

—Ya entiendo. —Al cabo de un rato, Dahwar dijo—: Por favor, perdona mi impertinencia, señor, pues ignoro las costumbres de los Jinetes, pero ¿tú no eres humano? Me habían dicho que sí lo eras.

—Sí que lo es —gruñó Orik—. Experimentó un… cambio. Y debes dar las gracias por eso, pues de lo contrario nuestra situación sería mucho peor de lo que es.

Dahwar tuvo el tacto suficiente para no seguir preguntando, pero Eragon dedujo por sus pensamientos que el senescal hubiera pagado lo que fuera por conocer más detalles: cualquier información sobre Eragon y Saphira tenía mucho valor en el gobierno de Orrin.

Pronto dos pajes con los ojos bien abiertos trajeron la comida, el agua y un mapa. Siguiendo las instrucciones de Eragon, depositaron todo junto a Saphira, afectados por un miedo terrible, y luego se retiraron detrás de Dahwar. Éste se arrodilló en el suelo, desenrolló el mapa —que representaba Surda y las tierras vecinas— y trazó una linea al noroeste de Aberon, hasta Cithrí.

—Según lo último que he sabido, el rey Orrin y la señora Nasuada se detuvieron aquí para recoger provisiones. No tenían la intención de quedarse ahí, sin embargo, porque el Imperio avanza hacia el sur por el río Jiet y querían estar listos para enfrentarse al ejército de Galbatorix cuando llegara allí. Los vardenos pueden estar en cualquier lugar entre Cithrí y el río Jiet. No es más que mi humilde opinión, pero yo diría que el mejor lugar para buscarlos será los Llanos Ardientes.

—¿Los Llanos Ardientes?

Dahwar sonrió.

—Quizá los conozcas por su viejo nombre, el que usan los elfos: Du Völlar Eldrvarya.

—Ah, sí.

Eragon se acordó entonces. Había leído acerca de ellos en una de las historias que le había mandado estudiar Oromis. Los llanos —que contenían gigantescos depósitos de turba— se extendían al este del río Jiet, hasta donde llegaba la frontera de Surda y donde se habían producido escaramuzas entre los Jinetes y los Apóstatas. Durante la pelea, los dragones habían incendiado la turba sin darse cuenta con las llamas de sus fauces, y el fuego había escarbado hasta cobijarse bajo tierra, donde seguía ardiendo desde entonces. La tierra se había vuelto inhabitable por los humos tóxicos que exhalaban las fumarolas ardientes de la tierra calcinada.

Un escalofrío recorrió el costado izquierdo de Eragon cuando recordó su premonición: hileras de soldados que se enfrentaban en un campo anaranjado y amarillo, acompañados por los violentos gritos de los cuervos y el silbido de las flechas negras. Se estremeció de nuevo. *Se nos echa el destino encima* —dijo a Saphira. Luego, señalando el mapa—: *¿Lo das por visto?*

Sí.

Eragon y Orik empacaron las provisiones de inmediato, volvieron a montar en Saphira y desde su grupa agradecieron a Dahwar sus servicios. Cuando Saphira estaba a punto de alzar de nuevo el vuelo, Eragon frunció el ceño; una leve discrepancia había tomado cuerpo en las mentes que supervisaba.

—Dahwar, dos mozos de cuadra de los establos han iniciado una discusión, y uno de ellos, Tathal, pretende cometer un asesinato. Sin embargo, puedes evitarlo si envías a tus hombres de inmediato.

Dahwar abrió mucho los ojos con cara de asombro, e incluso Orik se dio la vuelta para mirar a Eragon.

—¿Cómo lo sabes, Asesino de Sombra? —preguntó el senescal.

Eragon se limitó a responder:

—Porque soy un Jinete.

Entonces Saphira desplegó las alas, y todos los presentes corrieron para evitar que un golpe los tumbara cuando las batió hacia abajo y alzó el vuelo hacia el cielo. Cuando el castillo Borromeo se empequeñeció tras ellos, Orik dijo:

—¿Puedes oír mis pensamientos, Eragon?

—¿Quieres que lo intente? Ya sabes que no lo he probado.

—Inténtalo.

Eragon frunció el ceño y concentró su atención en la conciencia del enano, pero le sorprendió encontrar la mente de Orik bien protegida tras gruesas barreras. Notaba la presencia de Orik, pero no sus pensamientos, ni lo que sentía.

—Nada.

Orik sonrió.

—Bien. Quería asegurarme de que no había olvidado mis viejas lecciones.

Se pusieron tácitamente de acuerdo en no detenerse aquella noche para seguir avanzando por el cielo oscuro. No vieron señales de la luna y las estrellas, ningún resplandor, ni un pálido brillo que quebrara la opresiva oscuridad. Las horas muertas se hinchaban y combaban, y a Eragon le parecía que se aferraban a cada segundo, reticentes a entregarse al pasado.

Cuando al fin regresó el sol —trayendo consigo su bienvenida luz—, Saphira aterrizó al borde de un pequeño lago para que Eragon y Orik pudieran estirar las piernas, aliviar sus necesidades y tomar un desayuno sin el movimiento constante que experimentaban a su grupa.

Acababan de despegar de nuevo cuando apareció en el horizonte una gran nube marrón, como un borrón de tinta castaña en una hoja de papel blanco. La nube fue creciendo a medida que Saphira se acercaba a ella, hasta que, a última hora de la mañana, oscureció por completo la tierra bajo una cortina de vapores hediondos.

Habían llegado a los Llanos Ardientes de Alagaësia.

711

Los Llanos Ardientes

*E*ragon se puso a toser cuando Saphira descendió entre las capas de humo, bajando hacia el río Jiet, que quedaba escondido entre la bruma. Pestañeó y se secó las lágrimas negras. Le ardían los ojos por el humo.

Más cerca del suelo, el aire se aclaraba, y Eragon pudo tener una visión despejada de su destino. El velo rizado de humo negro y encarnado filtraba los rayos del sol de tal modo que todo lo que quedaba debajo parecía bañado por un naranja intenso. Algún que otro hueco en la suciedad del cielo permitía que unas barras de luz iluminaran la tierra, donde permanecían como columnas de cristal translúcido hasta que el movimiento de las nubes las truncaba.

El río Jiet se extendía ante ellos, grueso y crecido como una serpiente atiborrada, y su superficie sombreada reflejaba el mismo halo espectral que invadía los Llanos Ardientes. Incluso cuando una mancha de luz plena iluminaba por casualidad el río, el agua adquiría una blancura de tiza, opaca y opalescente —casi como si fuera la leche de alguna bestia aterradora— y parecía brillar con una fantasmagórica luminiscencia propia.

Había dos ejércitos dispuestos a lo largo de la orilla este del agua supurante. Al sur quedaban los vardenos y los hombres de Surda, parapetados tras múltiples capas defensivas, donde desplegaban una fina colección de estandartes de tela, hileras de tiendas arrogantes y las monturas agrupadas de la caballería del rey Orrin. Por fuertes que fueran, su cantidad empalidecía en comparación con las fuerzas reunidas al norte. El ejército de Galbatorix era tan numeroso que su primera línea cubría casi cinco kilómetros y era imposible discernir cuánto medía de hondo el batallón, pues los individuos se fundían en una masa sombría a lo lejos.

Entre los dos enemigos mortales quedaba un espacio vacío de unos tres kilómetros. Aquella extensión de tierra, así como la zona en que habían acampado los ejércitos, estaba horadada por incontables orificios dentados en los que bailaban las llamas de fuego verde. De aquellas antorchas mareantes se alzaban penachos de humo que oscurecían el sol. Cada palmo de vegetación parecía calcinado por el suelo reseco, salvo por algunas extensiones de liquen negro, naranja y castaño que, desde el aire, daban a la tierra un aspecto costroso e infectado.

Eragon nunca había contemplado una vista tan imponente.

713

Saphira emergió sobre la tierra de nadie que separaba los severos ejércitos y luego trazó una curva y se lanzó en picado hacia los vardenos tan rápido como se atrevía, pues mientras permanecieran expuestos al Imperio, serían vulnerables a los ataques de los magos enemigos. Eragon extendió su conciencia tanto como pudo en todas las direcciones, en busca de mentes hostiles que pudieran notar su contacto de tanteo y reaccionar: las mentes de los magos y de aquellos formados para rechazar la magia.

En vez de eso, lo que sintió fue el pánico repentino que abrumó a los centinelas vardenos, muchos de los cuales, entendió, nunca habían visto a Saphira. El miedo les hizo perder el sentido común y lanzaron una bandada de flechas dentadas que se arqueaban para detener a Saphira.

Eragon alzó la mano derecha y exclamó:

—¡Letta orya thorna!

Las flechas se congelaron en pleno vuelo. Con un giro de muñeca y la palabra «Gánga», cambió su dirección y las envió en barrena hacia la tierra de nadie, donde pudieran clavarse en el suelo sin dañar a nadie. Se le escapó una flecha que alguien había disparado unos pocos segundos después de la primera oleada.

Eragon se inclinó a la derecha tanto como pudo y, más veloz que cualquier humano, agarró la flecha en el aire cuando Saphira pasó volando junto a ella.

Sólo cuando ya estaban a decenas de metros del suelo, Saphira agitó las alas para frenar el descenso antes de aterrizar primero sobre las patas traseras y luego apoyar las delanteras y corretear hasta detenerse entre las tiendas de los vardenos.

—Werg —gruñó Orik, al tiempo que soltaba las correas que le mantenían las piernas fijas—. Preferiría enfrentarme a una docena de kull que experimentar otra vez esta caída.

Se soltó por un lado de la silla para luego descender por la pierna delantera de Saphira y de ahí saltar al suelo.

Eragon estaba desmontando todavía cuando se reunieron en torno a Saphira docenas de guerreros con expresiones de asombro. Salió de entre ellos con grandes zancadas un hombre grande como un oso, a quien Eragon reconoció: Fredric, el maestro armero de los vardenos, de Farthen Dûr, ataviado como siempre con su armadura peluda de cuero de buey.

—Venga, patanes boquiabiertos —rugió Fredric—. No os quedéis ahí pasmados; volved a vuestros puestos si no queréis que os doble las guardias.

Siguiendo sus órdenes, los hombres empezaron a dispersarse entre abundantes gruñidos y miradas atrás. Luego Fredric se acercó, y Eragon notó que se quedaba sorprendido por los cambios de su apariencia física. El barbudo hizo cuanto pudo por disimular su reacción, se llevó una mano a la frente y dijo:

—Bienvenido, Asesino de Sombra. Llegas justo a tiempo... No puedo ni contarte la vergüenza que me da que te hayamos atacado. El honor de todos estos hombres quedará manchado por ese error. ¿Hemos herido a alguno de los tres?

—No.

El alivio cruzó el rostro de Fredric.

—Bueno, demos las gracias. He hecho retirar a los responsables. Serán azotados y perderán el rango... ¿Te parece suficiente castigo, Jinete?

—Quiero verlos —dijo Eragon.

Fredric exhibió una repentina preocupación; era evidente que temía que Eragon quisiera ejercer algún castigo terrible y forzado a los centinelas. Sin embargo, en vez de manifestar en voz alta su preocupación, dijo:

—Entonces, sígueme, señor.

Lo guió por el campo hasta una tienda de mando con la tela rayada, donde unos veinte hombres de aspecto desgraciado se desprendían de sus armas y protecciones bajo la mirada atenta de una docena de guardias. Al ver a Eragon y Saphira, todos los prisioneros hincaron una rodilla en el suelo y se quedaron quietos, mirando al suelo.

—Ave, Asesino de Sombra —gritaron.

Eragon no dijo nada y recorrió la hilera de hombres mientras estudiaba sus mentes, hundiendo las botas en la costra de tierra calcinada con un molesto crujido. Al fin, dijo:

—Tendríais que estar orgullosos de haber reaccionado tan rápido ante nuestra aparición. Si ataca Galbatorix, eso es exactamente lo que debéis hacer, aunque dudo que las flechas resulten más efectivas contra él que contra Saphira y yo. —Los centinelas lo miraron incrédulos, con las caras alzadas del color del bronce bruñido por la luz multicolor—. Sólo os pido que, en el futuro, os toméis un instante para identificar el objetivo antes de disparar. La próxima vez po-

715

dría estar demasiado distraído para detener vuestros proyectiles. ¿Me habéis entendido?

—¡Sí, Asesino de Sombra! —gritaron.

Eragon se detuvo delante del antepenúltimo hombre de la fila y sostuvo la flecha que había atrapado a lomos de Saphira.

—Creo que esto es tuyo, Harwin.

Con expresión de asombro, Harwin aceptó la flecha de Eragon.

—¡Lo es! Tiene la cinta blanca que siempre pinto en el tallo para encontrarlas luego. Gracias, Asesino de Sombra.

Eragon asintió y luego se dirigió a Fredric de modo que todos pudieran oírle.

—Estos hombres son buenos y sinceros, y no quiero que les suceda ninguna desgracia por culpa de este incidente.

—Me encargaré de ello personalmente —dijo Fredric, y sonrió.

—Bueno, ¿puedes llevarnos con la señora Nasuada?

—Sí, señor.

Al abandonar a los centinelas, Eragon notó que su bondad le había ganado la lealtad eterna de aquéllos, y que el rumor de esa buena obra se extendería entre los vardenos.

El camino que seguía Fredric entre las tiendas puso a Eragon en contacto con una cantidad de mentes superior a las que había contactado hasta entonces. Cientos de pensamientos, imágenes y sensaciones se apretujaban en su conciencia. Pese a sus esfuerzos por mantenerlos a distancia, no podía evitar absorber detalles sueltos de las vidas de la gente. Algunas revelaciones le parecían sorprendentes; otras, insignificantes; otras, conmovedoras o, al contrario, desagradables; y muchas, avergonzantes. Algunos percibían el mundo de un modo tan distinto que sus mentes se abalanzaban hacia él precisamente por sus diferencias.

«Qué fácil es ver a estos hombres como meros objetos,

que yo y otros podemos manipular a voluntad. Y sin embargo, todos tienen esperanzas y sueños, potencial para posibles logros y recuerdos de lo que ya han conseguido. Y todos sienten dolor.»

Un puñado de las mentes que rozó eran conscientes del contacto y se defendieron de él, escondiendo su vida interna tras defensas de distintas fortalezas. Al principio Eragon se preocupó, pues creía que había descubierto a un gran número de enemigos infiltrados entre los vardenos, pero luego dedujo de su rápido atisbo que eran miembros de Du Vrangr Gata.

Saphira dijo: *Deben de estar muertos de miedo, convencidos de que está a punto de asaltarlos un extraño mago.*

Si me bloquean de esta suerte, no puedo convencerlos de lo contrario.

Deberías saludarlos en persona, y pronto, antes de que decidan unirse para atacarte.

Sí, aunque no creo que representen una amenaza para nosotros... Du Vrangr Gata... El propio nombre revela su ignorancia. En el idioma antiguo, para decirlo bien, debería ser Du Gata Vrangr.

El viaje terminó por detrás de los vardenos, en un pabellón grande y rojo rematado por un banderín bordado con un escudo negro y dos espadas paralelas inclinadas debajo. Fredric descorrió la tela de la puerta, y Eragon y Orik entraron en el pabellón. Tras ellos, Saphira metió la cabeza por la apertura y miró por encima de sus hombros.

Una ancha mesa ocupaba el centro de la tienda amueblada. Nasuada estaba en una punta, con ambas manos apoyadas en la mesa, estudiando un montón de mapas y pergaminos. A Eragon se le encogió el estómago al ver a Arya frente a ella. Las dos mujeres iban armadas como hombres para la batalla.

Nasuada volvió su rostro almendrado hacia ella.

717

—¿Eragon...? —murmuró.

No esperaba que ella se alegrara tanto de verlo. Con una amplia sonrisa, dobló una muñeca sobre el esternón para practicar la señal de lealtad entre los elfos e hizo una reverencia:

—A tu servicio.

—¡Eragon! —Ahora, Nasuada parecía encantada y aliviada. También Arya parecía complacida—. ¿Cómo has recibido tan rápido nuestro mensaje?

—No lo recibí. Supe del ejército de Galbatorix por una invocación y salí de Ellesméra ese mismo día. —Volvió a sonreír—. Es bueno estar de nuevo entre los vardenos.

Mientras él hablaba, Nasuada lo estudiaba con expresión de asombro.

—¿Qué te ha pasado, Eragon?

Arya no se lo habrá contado, dijo Saphira.

De modo que Eragon le contó con detalle lo que les había pasado a él y Saphira desde que abandonaran a Nasuada en Farthen Dûr, tanto tiempo atrás. Percibió que ella ya sabía gran parte de lo que le estaba contando, ya fuera por los enanos o por Arya, pero Nasuada le dejó hablar sin interrumpirlo. Eragon tuvo que ser prudente a propósito de su formación. Había dado su palabra de no revelar la existencia de Oromis sin permiso y no debía compartir la mayoría de sus lecciones con extraños, pero hizo cuanto pudo por transmitir a Nasuada una buena noción de sus habilidades y de los riesgos que les amenazaban. Del Agaetí Blödhren sólo dijo:

—...y durante la celebración, los dragones obraron en mí los cambios que ves para concederme las capacidades físicas de un elfo y curarme la espalda.

—Entonces, ¿ya no tienes cicatriz? —preguntó Nasuada.

Eragon asintió. Terminó su relato con unas pocas frases más, mencionó brevemente la razón por la que había abandonado Du Weldenvarden y luego resumió su viaje desde entonces. Ella meneó la cabeza.

—Vaya historia. Saphira y tú habéis experimentado muchas cosas desde que dejasteis Farthen Dûr.

—Tú también. —Señaló la tienda—. Lo que has conseguido es asombroso. Debe de haberte costado un esfuerzo enorme llevar a los vardenos hasta Surda... ¿Te ha creado muchos problemas el Consejo de Ancianos?

—Algunos, pero nada extraordinario. Parece que se han resignado a aceptar mi liderazgo.

Entre tintineos de su malla, Nasuada se sentó en una silla grande, de alto respaldo, y se volvió hacia Orik, quien aún no había hablado. Le dio la bienvenida y le preguntó si tenía algo que añadir al relato de Eragon. Orik se encogió de hombros y aportó unas pocas anécdotas de su estancia en Ellesméra, aunque Eragon sospechó que el enano mantenía en secreto sus verdaderas observaciones para su rey.

Cuando hubo terminado, Nasuada dijo:

—Me anima saber que si conseguimos capear esta arremetida, contaremos con la ayuda de los elfos. ¿Alguno de vosotros ha visto a los guerreros de Hrothgar en el vuelo desde Aberon? Contamos con sus refuerzos.

No —contestó Saphira por medio de Eragon—. Pero era muy oscuro y a menudo volaba entre nubes. En esas condiciones sería fácil que se me hubiera escapado un campamento. En cualquier caso, dudo que nos hayamos cruzado, pues he volado directamente desde Aberon y parece probable que los enanos tomaran otra ruta distinta —tal vez por algún camino establecido— en vez de desfilar entre la naturaleza salvaje.

—¿Cuál es la situación aquí? —preguntó Eragon.

Nasuada suspiró y le contó cómo se habían enterado ella y Orrin del ejército de Galbatorix y las medidas desesperadas a que habían recurrido desde entonces para llegar a los

Llanos Ardientes antes que los soldados del rey. Al terminar, dijo:

—El Imperio llegó hace tres días. Desde entonces, hemos intercambiado dos mensajes. Primero nos pidieron que nos rindiéramos, a lo que nos negamos, y ahora estamos esperando su respuesta.

—¿Cuántos son? —gruñó Orik—. A lomos de Saphira parecía una cantidad abrumadora.

—Sí. Calculamos que Galbatorix ha reunido hasta cien mil soldados.

Eragon no pudo contenerse:

—¡Cien mil! ¿De dónde han salido? Parece imposible que haya podido encontrar a más de un puñado dispuestos a servirle.

—Los ha reclutado. Sólo nos queda la esperanza de que los hombres que han sido arrancados de sus casas no estén ansiosos por pelear. Si conseguimos asustarlos lo suficiente, tal vez rompan filas y huyan. Somos más que en Farthen Dûr, pues el rey Orrin ha unido sus fuerzas a las nuestras y hemos recibido una auténtica riada de voluntarios desde que empezaron a correr rumores sobre ti, aunque todavía somos mucho más débiles que el Imperio.

Entonces Saphira hizo una pregunta terrible, y Eragon se vio obligado a repetirla en voz alta: *¿Qué posibilidades creéis que tenemos de ganar?*

—Eso —dijo Nasuada, poniendo énfasis en la palabra— depende en gran medida de ti y de Eragon, y del número de magos que haya entre sus tropas. Si podéis encontrar y destruir a esos magos, entonces nuestros enemigos quedarán desprotegidos y podréis matarlos a discreción. Creo que a estas alturas es poco probable una victoria clara, pero quizá logremos mantenerlos a raya hasta que se queden sin provisiones, o hasta que Islanzadí acuda en nuestra ayuda. Eso... suponiendo que no llegue volando el propio Galbatorix a la batalla. En ese caso, me temo que no nos quedaría más opción que la retirada.

Justo en ese momento, Eragon sintió que se aproximaba una mente extraña, una que sabía de su vigilancia y sin embargo no retrocedía ante el contacto. Una mente que él sentía fría y fuerte. Atento al peligro, Eragon volvió la mirada hacia la parte trasera del pabellón, donde vio a la misma niña de cabello negro que había aparecido al invocar a Nasuada en Ellesméra. La niña lo miró fijamente con sus ojos violetas y dijo:

—Bienvenido, Asesino de Sombra. Bienvenida, Saphira.

Eragon se estremeció al oír su voz, propia de un adulto. Se humedeció la boca, que se le había secado, y preguntó:

—¿Quién eres?

Sin contestar, la niña retiró su brillante flequillo y mostró una marca blanca plateada en la frente, exactamente igual que el gedwëy ignasia de Eragon. Entonces supo a quién estaba mirando.

721

Nadie se movió mientras Eragon se acercaba a la niña, acompañado por Saphira, que estiró el cuello hacia el fondo del pabellón. Eragon hincó una rodilla en el suelo y tomó la mano derecha de la niña entre las suyas; su piel ardía como si tuviera fiebre. Ella no se resistió, sino que se limitó a dejar la mano inerte. En el idioma antiguo —y también con la mente para que lo entendiera— Eragon le dijo:

—Lo siento. ¿Podrás perdonarme lo que te hice?

La mirada de la niña se suavizó al tiempo que se inclinaba hacia delante y besaba la frente de Eragon.

—Te perdono —suspiró, y por primera vez su voz pareció adecuada a sus años—. ¿Cómo no iba a hacerlo? Saphira y tú creasteis lo que soy, y sé que no pretendíais hacerme daño. Te perdono, pero dejaré que este conocimiento torture vuestra conciencia. Me habéis condenado a ser consciente de todo el sufrimiento que me rodea. Ahora mismo, tu hechizo me impulsa a ayudar a un hombre que está a menos de tres tiendas de distancia y acaba de cortarse en una mano, a ayudar al joven portador de la bandera que se ha roto el índice de la mano derecha con los radios de una rueda de carro y a ayudar a incontables hombres que han sido heridos, o están a punto de serlo. Me cuesta un horror resistirme a esos impulsos, y aún más si yo misma provoco conscientemente algún dolor a alguien, tal como estoy haciendo al decir esto... Ni siquiera puedo dormir por las noches, de tan fuerte como es mi compulsión. Ése es tu legado, oh, Jinete.

Al final su voz había recuperado aquel tono amargo y burlón.

Saphira se interpuso entre ellos y, con el morro, tocó el centro de la marca de la niña. *Paz, niña cambiada. Hay mucha rabia en tu corazón.*

—No tienes que vivir así para siempre —dijo Eragon—. Los elfos me enseñaron a deshacer los hechizos, y creo que puedo librarte de esta maldición. No será fácil, pero se puede hacer.

Por un instante pareció que la niña perdía su formidable control. Se le escapó un grito ahogado entre los labios, su mano tembló sobre la de Eragon y sus ojos brillaron, cubiertos por una película de lágrimas. Luego, con la misma rapidez, escondió sus verdaderas emociones tras una máscara de cínica diversión.

—Ya veremos, ya veremos. En cualquier caso, no deberías intentarlo hasta después de la batalla.

—Podría ahorrarte mucho dolor.

—No serviría de nada agotarte cuando nuestra supervivencia depende de tu talento. No me engaño; eres más importante que yo. —Una sonrisa taimada recorrió su rostro—. Además, si retiras ahora tu hechizo, no podré ayudar a ningún vardeno si son atacados. No querrás que Nasuada muera por eso, ¿verdad?

—No —admitió Eragon. Guardó silencio un largo rato, cavilando el asunto, y luego dijo—: Muy bien, esperaré. Pero te lo juro: si ganamos esta batalla, compensaré ese error.

La niña inclinó la cabeza a un lado.

—Te tomo la palabra, Jinete.

Nasuada se alzó de la silla y dijo:

—Elva fue quien evitó que me matara un asesino en Aberon.

—Ah, ¿sí? En ese caso, estoy en deuda contigo, Elva, por proteger a mi señora.

—Bueno, ven —dijo Nasuada—. Tengo que presentaros a los tres ante Orrin y sus nobles. ¿Ya conoces al rey, Orik?

El enano negó con la cabeza.

—Nunca había llegado tan al oeste.

Cuando abandonaron el pabellón —Nasuada delante, con Elva a su lado—, Eragon trató de colocarse de tal modo que pudiera hablar con Arya, pero cuando se acercó a ella, la elfa aceleró el paso hasta llegar a la altura de Nasuada. Arya ni siquiera lo miró mientras caminaba, desaire que le provocó más angustia que cualquiera de las heridas físicas que había sufrido. Elva se volvió a mirarlo, y Eragon entendió que había percibido su dolor.

Pronto llegaron a otro pabellón grande, en este caso blanco y amarillo, aunque resultaba difícil determinar el tono exacto de los colores por el naranja estridente que lo teñía todo en los Llanos Ardientes. Cuando les permitieron entrar, Eragon se sorprendió al encontrarse la tienda plagada de una excéntrica colección de probetas, alambiques, crisoles y otros instrumentos de la filosofía natural. «¿Qué clase de persona se ocuparía de acarrear todo esto hasta un campo de batalla?», se preguntó atónito.

—Eragon —dijo Nasuada—. Quiero que conozcas a Orrin, hijo de Larkin y monarca del reino de Surda.

De entre las profundidades del montón de cristales apilados emergió un hombre más bien alto y guapo con el cabello largo hasta los hombros y sujeto por una diadema de oro que descansaba en la frente. Su mente, como la de Nasuada, estaba protegida tras muros de hierro; era obvio que había recibido extensa formación en esa capacidad. Por la conversación, a Eragon le pareció agradable, si bien algo verde e inexperto en cuanto concernía al mando de los hombres en guerra, y un poco chalado. Por lo general, Eragon se fiaba más del liderazgo de Nasuada.

Tras eludir montones de preguntas de Orrin sobre su estancia entre los elfos, Eragon se encontró sonriendo y asintiendo con educación mientras desfilaban de uno en uno los nobles. Todos insistieron en darle la mano, decirle que era un honor saludar a un Jinete e invitarlo a sus respectivos estados. Eragon memorizó con diligencia sus muchos nombres y títulos —tal como sabía que Oromis hubiera esperado de él— e hizo cuanto pudo por mantener la calma, pese a su creciente frustración.

Estamos a punto de enfrentarnos a uno de los mayores ejércitos de la historia y aquí nos tienes, atascados en el intercambio de galanterías.

Paciencia —aconsejó Saphira—. *Ya no quedan muchos... Además, míralo de esta manera: si ganamos, nos deberán un año entero de cenas gratis, con todo lo que te están prometiendo.*

Eragon reprimió una carcajada. *Creo que si supieran lo que cuesta alimentarte, se quedarían abatidos. Por no decir que podrías vaciar sus bodegas de cerveza y vino en una sola noche.*

Nunca lo haría —resopló ella antes de conceder—. *Tal vez en dos noches.*

Cuando al fin consiguieron salir del pabellón de Orrin, Eragon preguntó a Nasuada:

—¿Qué hago ahora? ¿Cómo puedo servirte?

Nasuada lo miró con expresión curiosa.

—¿Cómo crees tú que podrías servirme, Eragon? Conoces tus habilidades mucho mejor que yo.

Hasta Arya lo miró en ese momento, atenta a su respuesta.

Eragon alzó la vista hacia el cielo ensangrentado mientras cavilaba la respuesta.

—Tomaré control de Du Vrangr Gata, tal como me pidieron en una ocasión, y los organizaré bajo mi mando para poder dirigirlos en la batalla. Si trabajamos juntos, tendremos más probabilidades de frustrar a los magos de Galbatorix.

—Me parece una idea excelente.

¿Hay algún lugar en el que Eragon pueda dejar sus bolsas? —preguntó Saphira—. *No quiero cargar con ellas ni con su silla más de lo necesario.*

Cuando Eragon repitió la pregunta, Nasuada contestó:

—Por supuesto. Las puedes dejar en mi pabellón, y encargaré que alcen una tienda para ti, Eragon, para que las conserves ahí. Sin embargo, sugiero que te pongas la armadura antes de separarte de las bolsas. Podrías necesitarla en cualquier momento... Ahora que me acuerdo: Saphira, tenemos tu armadura. ¿Hago que la desempaqueten y te la traigan?

—¿Y qué pasa conmigo, Señora? —preguntó Orik.

—Tenemos entre nosotros a varios knurlan del Dûrgrimst Ingeitum que han aportado su pericia en la construcción de nuestras defensas en tierra. Si quieres, puedes asumir su mando.

Orik parecía animado por la perspectiva de ver a otros enanos, sobre todo a los de su propio clan. Se golpeó el pecho con un puño y dijo:

—Creo que lo haré. Si me perdonas, me voy a ocupar de ello ahora mismo.

725

Sin echar una mirada atrás, echó a andar por el campamento en dirección al norte, hacia los parapetos.

Cuando los cuatro que quedaban regresaron ante el pabellón, Nasuada dijo a Eragon:

—Infórmame en cuanto hayas resuelto tus asuntos con Du Vrangr Gata.

Luego descorrió la entrada del pabellón y desapareció en la oscuridad de la tienda.

Cuando Arya se disponía a seguirla, Eragon se acercó a ella y, en el idioma antiguo, le dijo:

—Espera. —La elfa se detuvo y lo miró, sin revelar nada. Él sostuvo su mirada con firmeza, llegando hasta el fondo de sus ojos, en los que se reflejaba la extraña luz que los rodeaba—. Arya, no te voy a pedir perdón por lo que siento por ti. Sin embargo, quiero que sepas que sí lamento cómo me comporté durante la Celebración del Juramento de Sangre. Esa noche no era yo mismo; de otro modo, nunca hubiera sido tan descarado contigo.

—¿Y no lo volverás a hacer?

Eragon contuvo una risa malhumorada.

—Si lo hiciera, no me serviría de nada, ¿verdad? —Al ver que ella permanecía en silencio, añadió—: No importa. No quiero molestarte, ni siquiera si...

Dejó la frase a medias, antes de hacer un comentario que sabía que terminaría por lamentar.

El rostro de Arya se suavizó.

—No pretendo lastimarte, Eragon. Has de entenderlo.

—Lo entiendo —dijo, aunque no muy convencido.

Una tensa pausa se estableció entre ambos.

—Confío en que hayas volado bien.

—Bastante bien.

—¿No has encontrado dificultades en el desierto?

—¿Tendríamos que haberlas encontrado?

—No, era sólo por curiosidad. —Luego, con una voz aún

más amable, Arya preguntó—. ¿Y qué se ha hecho de ti, Eragon? ¿Cómo te ha ido desde la Celebración? He oído lo que le contabas a Nasuada, pero no has mencionado más que tu espalda.

—Yo... —Eragon quiso mentir, pues no quería que ella supiera cuánto la había echado de menos, pero el idioma antiguo detuvo las palabras en su boca y lo enmudeció. Al fin, recurrió a la técnica de los elfos: decir sólo una parte de la verdad para crear una impresión contraria a la verdad completa—. Estoy mejor que antes —dijo, refiriéndose mentalmente a la condición de su espalda.

Pese al subterfugio, Arya no parecía convencida. Sin embargo, en vez de insistir, le dijo:

—Me alegro.

Desde dentro del pabellón sonó la voz de Nasuada, y Arya miró hacia allí antes de encararse de nuevo a él.

—Me necesitan en otro sitio, Eragon... Nos necesitan a los dos. Está a punto de celebrarse una batalla. —Alzó la tela que tapaba la entrada y entró a medias en la tienda en penumbra, pero luego dudó y añadió—: Cuídate, Eragon Asesino de Sombra.

Y desapareció.

El desánimo dejó clavado a Eragon. Había logrado lo que se proponía, pero parecía que nada hubiera cambiado entre él y Arya. Cerró los puños bien prietos, tensó los hombros y fulminó con la mirada el suelo sin verlo, temblando de frustración.

Cuando Saphira le tocó el hombro con la nariz, se llevó un susto. *Vamos, pequeñajo* —le dijo con voz amable—. *No puedes quedarte ahí para siempre, y me empieza a picar la silla.*

Eragon se acercó a su lado, tiró de la correa del cuello y masculló al ver que se había atascado en la hebilla. Casi deseaba que se rompiera la correa. Soltó las demás cintas y

727

dejó que la silla y todo lo que iba atado a ella cayera al suelo en un montón deslavazado. *Qué gusto da quitarse eso*, dijo Saphira, al tiempo que relajaba sus hombros gigantescos.

Eragon sacó su armadura de las alforjas y se atavió con los brillantes vestidos de guerra. Primero se puso la malla encima de la túnica élfica, luego se ató a las piernas las espinilleras cinceladas y los protectores con incrustaciones en los antebrazos. Se puso en la cabeza la gorra de piel acolchada, después la cofia de hierro templado y luego el yelmo de oro y plata. Por último, se quitó los guantes y los reemplazó por los guanteletes de malla.

Se colgó a *Zar'roc* de la cadera izquierda, sostenida en el cinto de Beloth *el Sabio*. Se echó a la espalda la aljaba de flechas con plumas de cisne blanco que le había regalado Islanzadí. Le gustó descubrir que en la aljaba cabía también el arco que la reina de los elfos había creado para él con una canción, incluso cuando estaba encordado.

Tras depositar sus propiedades y las de Orik en el pabellón, Eragon salió con Saphira en busca de Trianna, líder hasta entonces de Du Vrangr Gata. No habían dado más que unos pocos pasos cuando Eragon notó que una mente cercana se escondía de él. Dando por hecho que se trataba de algún mago de los vardenos, se encaminaron hacia él.

A doce metros de donde habían arrancado, había una pequeña tienda verde con un asno atado en la parte delantera. A la izquierda de la tienda había un caldero de hierro ennegrecido sobre una trébede metálica instalada encima de una de las apestosas llamaradas que nacían en la profundidad de la tierra. Había unas cuerdas tendidas sobre el caldero, y de ellas pendía la hierba mora, la cicuta, el rododendro, la sabina, corteza de tejo y abundantes setas, como la de sombrero de muerte y la de pie manchado, que Eragon reconoció gracias a las lecciones de Oromis sobre venenos. De pie junto al caldero, sosteniendo la larga pala de madera con que removía el guiso, estaba Angela, la herbolaria. A sus pies estaba sentado Solembum.

El hombre gato emitió un maullido lastimero, y Angela apartó la mirada de su tarea, con su cabello de sacacorchos como una nube inflada en torno al rostro brillante. Frunció el ceño, y su rostro se volvió rematadamente macabro, pues quedaba iluminado desde abajo por la temblorosa llama verde.

—Así que habéis vuelto, ¿eh?

—Sí —contestó Eragon.

—¿No tienes nada más que decir? ¿Ya has visto a Elva? ¿Has visto lo que le hiciste a la pobre niña?

—Sí.

—¡Sí! —exclamó Angela—. ¡Mira que llegas a ser mudo! Con todo el tiempo que has pasado en Ellesméra bajo la tutela de los elfos, y sólo sabes decir que sí. Pues déjame que te diga algo, bruto: cualquier persona tan estúpida como para hacer lo que hiciste merece...

Eragon entrelazó las manos tras la espalda y esperó mientras Angela lo informaba con exactitud, en términos muy explícitos, detallados y altamente imaginativos, de lo burro que llegaba a ser; de la clase de antepasados que debía de tener para ser tan burro —incluso llegó al extremo de insinuar que una de sus abuelas se había apareado con un úrgalo—; y de los muy espantosos castigos que debería recibir por su estupidez. Si cualquier otra persona lo hubiera insultado de aquella manera, Eragon la habría retado a duelo, pero toleró la bronca de Angela porque sabía que no podía juzgar su comportamiento con los mismos criterios que aplicaba a los demás, y porque entendía que su indignación era justificada: había cometido un terrible error.

Cuando al fin calló para tomar aire, Eragon dijo:

—Tienes mucha razón, e intentaré retirar el hechizo cuando se decida la batalla.

Angela pestañeó tres veces seguidas y dejó la boca abierta un instante en una pequeña «O» antes de cerrarla de golpe. Con una mirada de suspicacia, preguntó:

—No lo dices sólo para aplacarme, ¿verdad?

—Nunca haría eso.

—¿Y de verdad pretendes deshacer el hechizo? Creía que esas cosas eran irrevocables.

—Los elfos han descubierto muchos usos de la magia.

—Ah... Bueno, entonces ya está, ¿no? —Le dedicó una amplia sonrisa y luego pasó a grandes zancadas delante de él para dar una palmada en los carrillos a Saphira—. Qué bueno volver a verte, Saphira. Has crecido.

Sí que es bueno verte, Angela.

Cuando Angela volvió para remover su poción, Eragon le dijo:

—Menuda retahíla impresionante me has soltado.

—Gracias. Llevaba semanas preparándola. Lástima que no hayas llegado a oír el final. Es memorable. Si quieres, la puedo terminar para que lo oigas.

—No, ya está bien. Me lo puedo imaginar. —Eragon la miró con el rabillo del ojo y añadió—: No pareces sorprendida por mis cambios.

La herbolaria se encogió de hombros.

—Tengo mis fuentes. En mi opinión, has mejorado. Antes estabas un poco... Oh, cómo decirlo... Por terminar.

—Eso sí. —Eragon señaló las plantas colgadas—. ¿Qué piensas hacer con eso?

—Ah, sólo es un pequeño proyecto que tengo... Un experimento, si quieres llamarlo así.

—Mmm. —Eragon examinó los diversos colores de los hongos secos que pendían ante él y preguntó—: ¿Llegaste a averiguar si existen los sapos?

—De hecho, sí. Parece que todos los sapos son ranas, pero no todas las ranas son sapos. De modo que, en ese sentido, los sapos no existen, lo cual significa que siempre he tenido razón. —Cortó la charla abruptamente, se inclinó a un lado, cogió una taza de un banco que tenía al lado y se lo ofreció a Eragon—. Toma, un poco de infusión.

Eragon miró las plantas mortales que los rodeaban y luego al rostro franco de Angela antes de aceptar la taza. En un murmullo, para que la herbolaria no pudiera oírlo, pronunció tres hechizos para detectar venenos. Sólo después de confirmar que la infusión no estaba contaminada, se atrevió a beberla. Estaba deliciosa, aunque no consiguió identificar sus ingredientes.

En ese momento, Solembum se acercó a Saphira y se puso a erizar el lomo y a frotarse contra su pata, como hubiera hecho cualquier gato normal. Saphira dobló el cuello, se agachó y acarició el lomo del hombre gato con el morro.

En Ellesméra me encontré con alguien que te conocía, le dijo.

Solembum dejó de frotarse y alzó la cabeza.

Ah, ¿sí?

Sí. Se llama Zarpa Rápida, Danzarina de Sueños y también Maud.

Los ojos dorados de Solembum se abrieron de par en par. Un ronroneo profundo y grave resonó en su pecho y luego se frotó contra Saphira con renovado vigor.

—Bueno —dijo Angela—. Supongo que ya has hablado con Nasuada, Arya y el rey Orrin. —Él asintió—. ¿Y qué te ha parecido el querido y viejo Orrin?

Eragon escogió sus palabras con cuidado, pues era consciente de que estaban hablando de un rey.

—Bueno... Parece que le interesan muchas cosas distintas.

—Sí, es tan agradable como un loco lunático en la vigilia del solsticio de verano. Pero, de una u otra manera, todos lo somos.

Sorprendido por su franqueza, Eragon dijo:

731

—Hay que estar loco para traerse todo ese cristal desde Aberon.

Angela enarcó una ceja.

—¿Y eso?

—¿No has entrado en su tienda?

—Al contrario que algunos —dijo con desdén—, no pretendo congraciarme con cada rey que conozco.

De modo que Eragon le describió el montón de instrumentos que Orrin se había llevado a los Llanos Ardientes. Angela dejó de remover la poción mientras él hablaba y lo escuchó con gran interés. En cuanto terminó, ella se ajetreó en torno a su caldero, recogió las plantas que colgaban de las cuerdas —algunas de ellas con pinzas— y dijo:

—Creo que tengo que hacerle una visita a Orrin. Tendréis que contarme vuestro viaje a Ellesméra en otro momento. Bueno, ya os podéis ir. ¡Largo!

Eragon meneó la cabeza sin soltar la taza de infusión mientras la mujer bajita los empujaba para alejarlos de la tienda.

Hablar con ella siempre es...

¿Distinto?, sugirió Saphira.

Eso es.

Nubes de guerra

*D*esde allí, les costó casi una hora encontrar la tienda de Trianna, que aparentemente servía de cuartel extraoficial para el Du Vrangr Gata. Les resultó difícil encontrarla porque poca gente sabía de su existencia, y aún eran menos los que podían decir dónde estaba, pues la tienda quedaba escondida tras el saledizo de una roca que la escondía de los magos del ejército enemigo de Galbatorix.

Cuando Eragon y Saphira se acercaron a la tienda negra, la entrada se abrió bruscamente y Trianna salió de golpe, con los brazos desnudos hasta el codo, lista para usar la magia. Tras ella se apiñaba un grupo de hechiceros decididos, aunque asustados, a muchos de los cuales había visto Eragon durante la batalla de Farthen Dûr, ya fuera peleando o curando a los heridos.

Eragon miró a Trianna, y los demás reaccionaron con la sorpresa, ya esperada, que les producían las alteraciones de su aspecto físico. Trianna bajó los brazos y dijo:

—Asesino de Sombra, Saphira. Tendríais que habernos avisado antes de vuestra llegada. Nos estábamos preparando para enfrentarnos a lo que parecía ser un enemigo poderoso.

—No quería molestaros —dijo Eragon—, pero teníamos que presentarnos ante Nasuada y el rey Orrin nada más aterrizar.

—¿Y por qué nos honras ahora con tu presencia? Nunca

te habías dignado visitarnos, a nosotros que somos más hermanos tuyos que nadie entre los vardenos.

—He venido a asumir el mando de Du Vrangr Gata.

Los hechiceros allí reunidos murmuraron de sorpresa ante el anuncio, y Trianna se puso tensa. Eragon notó que varios magos tanteaban su conciencia con la intención de adivinar sus verdaderas intenciones. En vez de protegerse —lo cual le hubiera impedido divisar cualquier ataque inminente—, Eragon contraatacó golpeando las mentes de los aspirantes a invasores con tal fuerza que se retiraron tras sus barreras. Al hacerlo, Eragon tuvo la satisfacción de ver que dos hombres y una mujer daban un respingo y desviaban la mirada.

—¿Por orden de quién? —quiso saber Trianna.

—De Nasuada.

—Ah —dijo la bruja con una sonrisa triunfal—, pero Nasuada no tiene ninguna autoridad directa sobre nosotros. Ayudamos a los vardenos por nuestra propia voluntad.

Su resistencia desconcertó a Eragon.

—Estoy seguro de que a Nasuada le sorprendería oír eso, después de todo lo que ella y su padre han hecho por Du Vrangr Gata. Podría llevarse la impresión de que ya no queréis el apoyo y la protección de los vardenos. —Dejó que la amenaza quedara suspendida en el aire—. Además, creo recordar que os habíais ofrecido a concederme ese cargo en algún momento. ¿Por qué no ahora?

Trianna enarcó una ceja.

—Rechazaste mi oferta, Asesino de Sombra... ¿O ya lo has olvidado?

Pese a su contención, un tono defensivo tiñó la respuesta, y Eragon sospechó que se daba cuenta de que su postura era insostenible. Le parecía más madura que en su último encuentro, y tuvo que recordarse las penurias que debía de haber pasado desde entonces: la marcha por Alagaësia hasta

Surda, la supervisión de los magos de Du Vrangr Gata y los preparativos para la guerra.

—Entonces no podíamos aceptarlo. No era el momento.

Ella cambió de tono abruptamente y preguntó:

—En cualquier caso, ¿por qué cree Nasuada que debes mandarnos tú? Sin duda, Saphira y tú seríais más útiles en otro lugar.

—Nasuada quiere que comande a Du Vrangr Gata en la batalla, y así lo haré. —A Eragon le pareció mejor no mencionar que la idea había sido suya.

Trianna frunció el ceño y adoptó una apariencia feroz. Señaló al grupo de hechiceros que había tras ella.

—Hemos dedicado nuestras vidas al estudio de nuestro arte. Tú llevas menos de dos años practicando los hechizos. ¿Qué te hace más merecedor que cualquiera de nosotros?... No importa. Dime, ¿cuál es tu estrategia? ¿Cómo planeas utilizarnos?

—Mi plan es sencillo —contestó—. Todos vosotros juntaréis vuestras mentes y buscaréis a los hechiceros enemigos. Cuando encontréis alguno, sumaré mis fuerzas, y entre todos aplastaremos su resistencia. Luego podemos destrozar a las tropas que hasta entonces estuvieran protegidas por sus defensas.

—¿Y qué harás tú el resto del tiempo?

—Pelear al lado de Saphira.

Tras un tenso silencio, uno de los hombres que seguían detrás de Trianna dijo:

—Es un buen plan.

Cuando Trianna le dirigió una mirada de rabia, se echó a temblar. Ella volvió a encararse a Eragon.

—Desde que murieron los gemelos, he dirigido Du Vrangr Gata. Bajo mi guía, ellos han aportado los medios para financiar los costes de la guerra a los vardenos, han descubierto a la Mano Negra, la red de espías de Galbatorix que intentó asesinar a Nasuada, y han prestado innumerables servicios. No me vanaglorio al decir que no son logros menores. Y estoy segura de que puedo seguir ofreciéndolos... Entonces, ¿por qué quiere deponerme Nasuada? ¿En qué la he disgustado?

Entonces Eragon lo vio todo claro. *Se ha acostumbrado al poder y no quiere cederlo. Pero, además, interpreta su sustitución como una crítica a su liderazgo.*

Tienes que resolver esta discusión y has de hacerlo rápido —dijo Saphira—. *Cada vez nos queda menos tiempo.*

Eragon se devanó los sesos para encontrar una manera de establecer su autoridad sobre Du Vrangr Gata sin enajenar aun más a Trianna. Al fin dijo:

—No he venido a crear problemas. He venido a pediros ayuda. —Se dirigía a toda la congregación, pero miraba sólo a la bruja—. Soy fuerte, sí. Saphira y yo podríamos derrotar probablemente a cualquier cantidad de magos aficionados de Galbatorix. Pero no podemos proteger a todos los vardenos. No podemos estar en todas partes. Y si los magos guerreros del Imperio unen sus fuerzas contra nosotros, nos veremos en dificultades para sobrevivir... No podemos librar solos esta batalla. Tienes mucha razón, Trianna: lo has hecho muy bien con Du Vrangr Gata, y yo no he venido a usurpar tu autoridad. Lo que pasa es que, como mago, necesito trabajar con Du Vrangr Gata y, como Jinete, tal vez necesite daros órdenes, y he de saber que serán obedecidas sin dudar. Ha de establecerse una jerarquía de mando. Dicho eso, mantendréis la mayor parte de vuestra autonomía. Casi todo el tiempo estaré demasiado ocupado para centrar mi atención en Du Vrangr Gata. Tampoco pretendo ignorar vuestros consejos, pues soy consciente de que tenéis mucha más experiencia que yo... De modo que os lo vuelvo a preguntar: ¿me vais a ayudar por el bien de los vardenos?

Trianna hizo una pausa y luego una reverencia.

—Por supuesto, Asesino de Sombra... Por el bien de los vardenos. Será un honor que dirijas Du Vrangr Gata.

—Pues empecemos.

Durante las siguientes horas, Eragon habló con cada uno de los magos allí reunidos, aunque había muchos ausentes, ocupados con alguna tarea para ayudar a los vardenos. Hizo cuanto pudo por ponerse al tanto de su conocimiento de la magia. Descubrió que la mayoría de los miembros de Du Vrangr Gata se habían iniciado en su arte por algún pariente, y a menudo en absoluto secreto para no atraer la atención de quienes temían la magia y, por supuesto, del propio Galbatorix. Sólo un puñado de ellos habían realizado un aprendizaje adecuado. En consecuencia, la mayoría de los hechiceros sabía poco del idioma antiguo —ninguno de ellos podía hablarlo con soltura—, sus creencias sobre la magia se veían a menudo distorsionadas por supersticiones religiosas e ignoraban numerosas aplicaciones de la gramaticia.

737

No me extraña que los gemelos estuvieran tan desesperados por sonsacarte el vocabulario del idioma antiguo cuando te pusieron a prueba en Farthen Dûr —observó Saphira—. *Con eso hubieran conquistado fácilmente a estos magos menores.*

Pero son lo único que tenemos.

Cierto. Espero que ahora te des cuenta de que yo tenía razón acerca de Trianna. Ella pone sus deseos por delante del bien común.

Tenías razón —concedió—. *Pero no la condeno por ello. Trianna se ocupa del mundo tan bien como es capaz, como hacemos todos. Yo lo comprendo, aunque no lo apruebo, y la comprensión, como dijo Oromis, provoca empatía.*

Algo más de una tercera parte de los hechiceros estaba especializada en curaciones. Eragon los alejó de allí tras darles cinco hechizos nuevos para que los recordaran, encantos que les permitirían tratar una gran variedad de heridas. Luego trabajó con los demás hechiceros para establecer una jerarquía de mando clara: nombró a Trianna su lugarteniente y le encargó asegurarse de que se transmitieran sus órdenes y de fundir la diversidad de sus personalidades en una unidad de batalla cohesionada. Intentar convencer a los magos para que cooperasen, descubrió, era como pedir que una jauría de perros compartiera un hueso. Tampoco ayudaba el hecho de que estuvieran asombrados por él, pues no encontraba el modo de usar su influencia para suavizar las relaciones de los magos que competían entre sí.

Para hacerse una más clara idea de su grado de eficacia, Eragon les mandó lanzar una serie de hechizos. Mientras los veía luchar con unos embrujos que ahora a él le resultaban fáciles, Eragon se dio cuenta de hasta dónde habían avanzado sus propios poderes. Se maravilló y dijo a Saphira: *Y pensar que en otros tiempos me costaba sostener un guijarro en el aire.*

Y pensar —replicó ella— *que Galbatorix ha dispuesto de más de un siglo para afinar su talento.*

El sol descendía por el oeste, intensificando así la anaranjada fermentación de la luz hasta que el campamento de los vardenos, el lívido río Jiet y la totalidad de los Llanos Ardientes brillaron bajo la loca y marmórea refulgencia, como si fuera un paisaje del sueño de un lunático. El sol se alzaba ya poco menos de un dedo sobre el horizonte cuando llegó un mensajero a la tienda. Anunció a Eragon que Nasuada ordenaba que se presentara ante ella de inmediato.

—Y creo que será mejor que te apures, Asesino de Sombra, si no te importa que lo diga.

Tras obtener la promesa de Du Vrangr Gata de que estarían listos y bien dispuestos cuando les pidiera su ayuda, Eragon corrió con Saphira entre las hileras de tiendas grises hacia el pabellón de Nasuada. Un brusco tumulto en las alturas obligó a Eragon a apartar los ojos del suelo traicionero y desviarlos hacia arriba.

Lo que vio fue una bandada gigantesca de pájaros que revoloteaban entre los dos ejércitos. Distinguió águilas, gavilanes y halcones, junto con una incontable cantidad de grajos glotones, así como sus primos mayores, los cuervos rapaces, con sus picos como dagas, sus espaldas azuladas. Cada pájaro graznaba pidiendo sangre para mojarse la garganta y carne para llenar el estómago y saciar el hambre. Por experiencia y por instinto, sabían que cuando aparecían los ejércitos en Alagaësia, podían contar con hectáreas enteras llenas de carroña para darse un banquete.

Llegan las nubes de guerra, observó Eragon.

739

Nar Garzhvog

*E*ragon entró en el pabellón, y Saphira metió el cuello tras él. Se encontró con un rasgueo de metales cuando Jörmundur y media docena de los comandantes de Nasuada desenfundaron las espadas ante su intrusión. Los hombres bajaron las espadas cuando Nasuada dijo:

—Ven, Eragon.

—¿Qué ordenas?

—Nuestros exploradores informan de que una compañía de unos cien kull se acercan por el noreste.

Eragon frunció el ceño. No había contado con encontrarse con úrgalos en esa batalla, porque Durza ya no los controlaba y muchos habían muerto en Farthen Dûr. Pero si estaban allí, estaban allí. Sintió que el cuerpo le pedía sangre y se permitió una sonrisa salvaje mientras se planteaba destruir a los úrgalos con sus nuevas fuerzas. Echó mano a la empuñadura de *Zar'roc* y dijo:

—Será un placer eliminarlos. Saphira y yo podemos encargarnos de eso, si quieres.

Nasuada estudió atentamente su rostro y dijo:

—No podemos hacer eso, Eragon. Llevan bandera blanca y han pedido hablar conmigo.

Eragon se quedó boquiabierto.

—Sin duda, no pretenderás concederles audiencia...

—Les ofreceré las mismas cortesías que tendría con cualquier enemigo que llegara bajo la bandera de la tregua.

—Pero si son brutos. ¡Monstruos! Es una locura dejarles entrar en el campamento... Nasuada, he visto las atrocidades que cometen los úrgalos. Adoran el dolor y el sufrimiento y no merecen más piedad que los perros rabiosos. No hace ninguna falta que malgastes tu tiempo en lo que sin duda será una trampa. Dame sólo tu palabra, y yo y todos tus guerreros estaremos más que dispuestos a matar a esas apestosas criaturas por ti.

—En eso —dijo Jörmundur— estoy de acuerdo con Eragon. Ya que no nos escuchas a nosotros, Nasuada, escúchalo a él por lo menos.

Primero Nasuada se dirigió a Eragon en un murmullo tan bajo que no pudo oírlo nadie más:

—Desde luego, si tan ciego estás, tu formación aún no ha terminado. —Luego alzó la voz, y Eragon apreció en ella los mismos tonos diamantinos de mando que había poseído su padre—: Olvidáis todos que luché como vosotros en Farthen Dûr y que vi las salvajadas de los úrgalos... Sin embargo, también vi a nuestros hombres cometer actos igualmente abyectos. No denigraré lo que hemos soportado en manos de los úrgalos, pero tampoco ignoraré a los aliados potenciales cuando el Imperio nos supera numéricamente de un modo tan brutal.

—Mi señora, es demasiado peligroso que te enfrentes a un kull.

—¿Demasiado peligroso? —Nasuada enarcó una ceja—. ¿Con la protección de Eragon, Saphira, Elva y todos los guerreros en torno a mí? No lo creo.

Eragon rechinó los dientes de frustración. *Di algo, Saphira. Tú puedes convencerla para que abandone ese plan descabellado.*

No lo voy a hacer. Tienes la mente nublada en este aspecto.

¡No puede ser que estés de acuerdo con ella! —exclamó

741

Eragon, horrorizado—. *Estuviste en Yazuac conmigo; sabes lo que hicieron los úrgalos a los aldeanos. ¿Y cuando salíamos de Teirm, mi captura en Gil'ead o lo de Farthen Dûr? Cada vez que nos hemos encontrado con úrgalos, han intentado matarnos, o algo peor. No son más que animales perversos.*

Los elfos creían lo mismo de los dragones durante Du Fyrn Skulblaka.

A instancias de Nasuada, sus guardias retiraron el panel frontal y los laterales del pabellón y lo dejaron abierto para que todos pudieran verlo y Saphira pudiera agacharse junto a Eragon. Luego Nasuada se sentó en su sillón de alto respaldo, y Jörmundur y los demás comandantes se dispusieron en dos filas paralelas de tal modo que cualquiera que buscara audiencia con la reina tuviera que pasar entre ellos. Eragon se sentó a su derecha; Elva, a su izquierda.

Menos de cinco minutos después, sonó un gran rugido de rabia en la zona este del campamento. La tormenta de exclamaciones e insultos aumentó y aumentó hasta que apareció a la vista un solo kull que caminaba hacia Nasuada, mientras un grupo de vardenos lo salpicaba de insultos. El úrgalo —o carnero, como también los llamaban, recordó Eragon— mantenía la cabeza erguida y mostraba los colmillos, pero no ofreció mayor reacción a los abusos que le dedicaban. Era un espécimen magnífico, de casi tres metros de altura, con rasgos fuertes y altivos, aunque grotescos, gruesos cuernos que se extendían en espiral y una fantástica musculatura que parecía capacitarlo para matar a un oso de un solo golpe. Su única ropa era un taparrabos nudoso, unas pocas planchas de hierro puro sostenidas por retazos de malla y un disco metálico curvado que descansaba entre los dos cuernos para proteger la parte alta de la cabeza. Llevaba el largo cabello negro recogido en una cola.

Eragon sintió que sus labios se tensaban en una mueca de odio; tuvo que esforzarse para no desenfundar a *Zar'roc* y atacar. Sin embargo, a su pesar, no pudo sino admirar el coraje mostrado por el úrgalo para enfrentarse a todo un ejército enemigo, solo y sin armas. Para su sorpresa, encontró la mente del úrgalo fuertemente protegida.

Cuando el úrgalo se detuvo ante los aleros del pabellón, sin atreverse a acercarse más, Nasuada hizo que los guardias reclamaran silencio a gritos para acallar a la muchedumbre. Todos miraban al úrgalo, preguntándose qué haría a continuación.

El úrgalo alzó su abultado brazo al cielo, dio una profunda bocanada y luego abrió las fauces y dirigió un rugido a Nasuada. En un instante, un bosque de espadas apuntó al kull, pero éste no les prestó atención y siguió ululando hasta vaciar los pulmones. Luego miró a Nasuada, ignorando a los cientos de personas que, obviamente, deseaban matarlo, y gruñó con un acento gutural y espeso:

—¿Qué es esta traición, señora, Acosadora de la Noche? Se me prometió un paso a salvo. ¿Tan fácil resulta a los humanos incumplir su palabra?

Uno de los comandantes se inclinó hacia Nasuada y dijo:

—Déjanos castigarlo, señora, por su insolencia. Cuando le hayamos enseñado lo que significa el respeto, podrás escuchar su mensaje, sea cual fuere.

Eragon quería permanecer en silencio, pero conocía sus obligaciones hacia Nasuada y los vardenos, de modo que se agachó y habló al oído a Nasuada:

—No lo tomes como una ofensa. Así saludan a sus grandes líderes guerreros. A continuación, la respuesta adecuada consiste en entrechocar las cabezas, aunque no creo que quieras intentarlo.

—¿Eso te lo enseñaron los elfos? —murmuró ella, sin quitarle los ojos de encima al kull.

—Sí.

—¿Qué más te enseñaron sobre los kull?

743

—Muchas cosas —admitió con reticencia.

Entonces Nasuada se dirigió al kull, pero también a los hombres que quedaban tras él.

—Los vardenos no son mentirosos como Galbatorix y el Imperio. Habla; no has de temer ningún peligro mientras estemos reunidos bajo tregua.

El úrgalo gruñó y levantó aun más la huesuda barbilla, mostrando el cuello; Eragon lo reconoció como una señal amistosa. Entre los suyos, bajar la cabeza era una amenaza, pues significaba que el úrgalo se disponía a atacarte con los cuernos.

—Soy Nar Garzhvog, de la tribu de Bolvek. Te hablo en nombre de mi gente. —Parecía que masticara cada palabra antes de escupirla—. Los úrgalos son más odiados que cualquier otra raza. Los elfos, los enanos y los humanos nos dan caza, nos queman y nos sacan de nuestras guaridas.

—No les faltan buenas razones —señaló Nasuada.

Garzhvog asintió.

—No les faltan. A nuestra gente le encanta la guerra. Sin embargo, a menudo nos atacáis simplemente porque nos encontráis feos, igual que nos lo parecéis vosotros. Desde la Caída de los Jinetes hemos crecido. Ahora nuestras tribus son abundantes y la tierra dura en que vivimos ya no basta para alimentarnos.

—Por eso hicisteis un pacto con Galbatorix.

—Sí, Acosadora de la Noche. Nos prometió buenas tierras si matábamos a sus enemigos. Pero nos engañó. Su chamán de cabellos ardientes, Durza, forzó las mentes de nuestros líderes guerreros y obligó a nuestras tribus a trabajar juntas, en contra de nuestra costumbre. Cuando descubrimos eso en la montaña hueca de los enanos, las Herndall, las hembras que nos gobiernan, enviaron a mi hermana de cuna a preguntar a Galbatorix por qué nos utilizaba de ese modo. —Garzhvog agitó su pesada cabeza—. Ella no regresó.

Nuestros mejores carneros murieron por Galbatorix, y luego nos abandonó como si fuéramos espadas rotas. Es un *drajl*, tiene lengua de serpiente, es un traidor sin cuernos. Acosadora de la Noche, ahora somos menos, pero lucharemos a tu lado si nos dejas.

—¿A qué precio? —preguntó Nasuada—. Vuestras Herndall querrán algo a cambio.

—Sangre. La sangre de Galbatorix. Y si cae el Imperio, pedimos que nos des tierras; tierras para alimentarnos y para crecer, tierras para evitar más batallas en el futuro.

Eragon adivinó la decisión de Nasuada por la expresión de su cara antes de que hablara. Al parecer también lo hizo Jörmundur, pues se inclinó hacia ella y dijo en voz baja:

—Nasuada, no puedes hacer esto. Va contra nuestra naturaleza.

—Nuestra naturaleza no puede ayudarnos a derrotar al Imperio. Necesitamos aliados.

—Los hombres desertarán antes de luchar con los úrgalos.

—Eso tiene arreglo. Eragon, ¿mantendrán su palabra?

—Sólo mientras tengamos un enemigo común.

Tras un brusco asentimiento, Nasuada alzó la voz de nuevo:

—Muy bien, Nar Garzhvog. Tú y vuestros guerreros podéis acampar en el flanco este de nuestro ejército, lejos del cuerpo central, y ya discutiremos los términos de nuestro acuerdo.

—Ahgrat ukmar —rugió el kull, golpeándose la frente con los puños—. Eres una Herndall sabia, Acosadora de la Noche.

—¿Por qué me llamas así?

—¿Herndall?

—No, Acosadora.

Garzhvog emitió un *ruc-ruc* en la garganta, y Eragon lo interpretó como una risa.

—Acosador de la Noche es el nombre que dimos a tu padre por su manera de darnos caza en los túneles oscuros debajo de la montaña de los enanos y por el color de su pelo. Como descendiente suyo, mereces el mismo nombre.

Tras decir eso, se volvió y abandonó el campamento a grandes zancadas.

Nasuada se puso en pie y proclamó:

—Quien ataque a los úrgalos será castigado como si atacara a un humano. Aseguraos de que eso se anuncie en todas las compañías.

En cuanto hubo terminado, Eragon vio que el rey Orrin se acercaba con pasos rápidos, con la capa revoloteando a su alrededor. Cuando se hubo acercado lo suficiente, exclamó:

—¡Nasuada! ¿Es cierto que te has reunido con un úrgalo? ¿Qué significa eso? ¿Y por qué no me has avisado antes? No pienso...

Lo interrumpió un centinela que apareció entre las hileras de tiendas grises gritando:

—¡Se acerca un jinete del Imperio!

El rey Orrin olvidó la discusión al instante y se unió a Nasuada mientras ésta se apresuraba para llegar a la vanguardia de su ejército, seguida por al menos un centenar de personas. En vez de quedarse entre la muchedumbre, Eragon montó en Saphira y dejó que ella lo llevara a su destino.

Cuando Saphira se detuvo entre los muros, trincheras e hileras de estacas afiladas que protegían el frente de los vardenos, Eragon vio a un soldado solitario que cabalgaba a velocidad de furia para cruzar la tierra de nadie. Por encima de él, las aves rapaces volaban bajo para descubrir si había llegado ya el primer plato de su banquete.

El soldado tiró de las riendas de su semental negro a unos treinta metros del parapeto, manteniendo la mayor distancia posible entre él y los vardenos. Luego gritó:

—Al rechazar los generosos términos de rendición que

os propone Galbatorix, habéis escogido la muerte como destino. No negociaremos más. ¡La mano amiga se ha convertido en puño de guerra! Si alguno de vosotros aún siente respeto por vuestro legítimo soberano, el sabio y omnipotente rey Galbatorix, que huya. Nadie debe interponerse ante nosotros cuando avancemos para limpiar Alagaësia de todos los bellacos, traidores y subversivos. Y aunque duela a nuestro señor, pues él sabe que muchas de estas rebeliones son instigadas por amargos y equivocados líderes, castigaremos el ilegítimo territorio conocido como Surda y lo devolveremos al benevolente mando del rey Galbatorix, que se sacrifica día y noche por el bien de su pueblo. Huid entonces, os digo, o sufrid la condena de vuestro heraldo.

Tras eso el soldado desató un saco de lienzo y mostró una cabeza cortada. La lanzó al aire y la vio caer entre los vardenos. Luego dio la vuelta al semental, clavó las espuelas y galopó de regreso hacia la inmensa masa oscura del ejército de Galbatorix.

—¿Lo mato? —preguntó Eragon.

Nasuada negó con la cabeza.

—Pronto tendremos nuestra ración. Respetaré la inviolabilidad de los mensajeros, aunque no lo haya hecho el Imperio.

—Como tú...

Soltó un grito de sorpresa y se agarró al cuello de Saphira para no caerse mientras ella caminaba hacia atrás sobre el terraplén y plantaba las zarpas delanteras en la orilla castaña. Saphira abrió las fauces y soltó un rugido largo y profundo, muy parecido al de Garzhvog, aunque éste era un desafío a los enemigos, una advertencia de la ira que habían provocado y una llamada de clarín a cuantos odiaran a Galbatorix.

El sonido de su voz rugiente asustó tanto al semental que se desvió a la derecha, resbaló sobre la tierra caliente y cayó de costado. El soldado cayó más allá y aterrizó en un agujero de fuego que manaba en ese instante. Soltó un solo grito tan horrible que a Eragon se le erizó el cuero cabelludo. Luego guardó silencio para siempre.

Los pájaros empezaron a descender.

Los vardenos vitorearon el logro de Saphira. Hasta Nasuada se permitió una leve sonrisa. Luego dio una palmada y dijo:

—Creo que atacarán al amanecer. Eragon, reúne a Du Vrangr Gata y preparaos para la acción. Dentro de una hora tendré órdenes para vosotros. —Tomó a Orrin por el hombro y lo guió de vuelta hacia el centro del campamento, al tiempo que le decía—: Señor, hemos de tomar algunas decisiones. Tengo un plan, pero hará falta...

Que vengan —dijo Saphira. Agitó la punta de la cola como un gato que acechara a una liebre—. *Se quemarán todos.*

El brebaje de la bruja

𝓗abía caído la noche sobre los Llanos Ardientes. El techo de humo opaco tapaba la luna y las estrellas y sumía la tierra en una oscuridad profunda, rota sólo por el hosco brillo de alguna fumarola esporádica y por los miles de antorchas que habían encendido ambos ejércitos. Desde la posición de Eragon, cerca de la primera línea de los vardenos, el Imperio parecía un denso nido de luces naranjas temblorosas, grande como una ciudad.

Mientras ataba la última pieza de la armadura de la dragona a su cola, Eragon cerró los ojos para mantener mejor el contacto con los magos de Du Vrangr Gata. Tenía que aprender a ubicarlos al instante; su vida podía depender de su capacidad para comunicarse con ellos de manera rápida y oportuna. A su vez, los magos tenían que aprender a reconocer el contacto de su mente para no bloquearlo cuando necesitara su ayuda.

Eragon sonrió y dijo:

—Hola, Orik.

Al abrir los ojos, vio al enano trepando la pequeña roca en que se habían sentado él y Saphira. Orik, con su armadura completa, llevaba su arco de cuerno de úrgalo en una mano.

Orik se agachó junto a Eragon, se secó la frente y meneó la cabeza.

—¿Cómo has sabido que era yo? Estaba protegido.

Cada conciencia produce una sensación distinta —explicó Saphira—. *Igual que dos voces distintas nunca suenan igual.*

—Ah.

Eragon preguntó:

—¿Qué te trae por aquí?

Orik se encogió de hombros.

—Se me ha ocurrido que tal vez apreciarías un poco de compañía en esta noche amarga. Sobre todo porque Arya tiene otros planes y en esta batalla no tienes a Murtagh a tu lado.

«Ojalá lo tuviera», pensó Eragon. Murtagh había sido el único humano capaz de igualar la habilidad de Eragon con la espada, al menos antes del Agaetí Blödhren. Entrenarse con él había sido uno de los pocos placeres del tiempo que habían pasado juntos. «Me hubiera encantado pelear contigo de nuevo, viejo amigo.»

Al recordar cómo había muerto Murtagh —arrastrado bajo tierra por los úrgalos en Farthen Dûr—, Eragon se vio obligado a enfrentarse a una verdad aleccionadora: por muy buen guerrero que fuera, muy a menudo el puro azar dictaminaba quién moría y quién sobrevivía en la guerra.

Orik debió de percibir su estado de ánimo, pues palmeó a Eragon en la espalda y dijo:

—Te irá bien. Imagina cómo deben de sentirse esos soldados, sabiendo que dentro de poco tendrán que enfrentarse a ti.

Eragon volvió a sonreír agradecido.

—Me alegro de que hayas venido.

A Orik se le sonrojó la punta de la nariz, bajó la mirada y rodó el arco entre sus nudosas manos.

—Ah, bueno —gruñó—. A Hrothgar no le gustaría nada que yo permitiera que te pasara algo. Además, ahora somos hermanos adoptivos, ¿eh?

A través de Eragon, Saphira preguntó: *¿Qué pasa con los otros enanos? ¿No están bajo tu mando?*

Una chispa brilló en los ojos de Orik.

—Vaya, claro que sí. Y se unirán a nosotros dentro de poco. Como Eragon es miembro del Dûrgrimst Ingeitum, es justo que nos enfrentemos juntos al Imperio. Así, vosotros dos no seréis tan vulnerables; podréis concentraros en descubrir a los magos de Galbatorix en vez de defenderos de ataques constantes.

—Buena idea. Gracias. —Orik gruñó su reconocimiento. Luego Eragon preguntó—: ¿Qué opinas de Nasuada y los úrgalos?

—Ha elegido bien.

—¡Estás de acuerdo con ella!

—Sí, Eragon. Me gusta tan poco como a ti, pero estoy de acuerdo.

Tras eso los envolvió el silencio. Eragon se sentó apoyado en Saphira y contempló al Imperio, al tiempo que se esforzaba por evitar que su creciente ansiedad lo abrumara. Los minutos se arrastraban. Para él, la interminable espera anterior a la batalla era tan estresante como la lucha misma. Engrasó la silla de Saphira, se limpió el polvo del jubón y reemprendió la tarea de familiarizarse con las mentes de Du Vrangr Gata, cualquier cosa con tal de pasar el tiempo.

Al cabo de una hora se detuvo al percibir que dos seres se acercaban, cruzando la tierra de nadie. «¿Angela? ¿Solembum?» Perplejo y asustado, despertó a Orik, que se había adormilado, y le dijo lo que acababa de descubrir.

El enano frunció el ceño y sacó el hacha del cinto.

—Sólo he visto a la herbolaria un par de veces, pero no me parece la clase de persona que podría traicionarnos. Los vardenos la han acogido entre ellos desde hace decenios.

—Aun así, deberíamos averiguar qué estaba haciendo —dijo Eragon.

Se abrieron paso juntos entre el campamento para interceptar al dúo cuando se acercaran a las fortificaciones. Pronto apareció Angela trotando bajo la luz, con Solembum a sus pies. La bruja iba envuelta en una capa oscura hasta los pies que le permitía fundirse con el paisaje moteado. Mostrando una sorprendente presteza, fuerza y flexibilidad, trepó los abundantes parapetos que habían instalado los enanos, pasando de una estaca a la siguiente, saltando las trincheras y corriendo finalmente por la rampa que bajaba a la ladera pronunciada del último terraplén hasta detenerse, boqueando, junto a Saphira.

Angela se echó atrás la capucha de la capa y les dedicó una brillante sonrisa.

—¡Un comité de bienvenida! Qué atentos.

Mientras ella hablaba, el hombre gato temblaba de los pies a la cabeza, con el lomo erizado. Luego su silueta se difuminó como si la vieran a través de una nube de vapor y se disolvió una vez más para convertirse en la figura desnuda de un muchacho de pelo desordenado. Angela metió una mano en su bolso de cuero y le pasó a Solembum una túnica y unos bombachos, junto con la pequeña daga negra que solía usar para la lucha.

—¿Qué hacíais ahí? —preguntó Orik, con una mirada de suspicacia.

—Bueno, un poco de esto y un poco de lo otro.

—Creo que es mejor que nos lo digas —terció Eragon.

El rostro de Angela se endureció.

—Ah, ¿sí? ¿No te fías de Solembum y de mí?

El hombre gato mostró sus dientes afilados.

—La verdad es que no —admitió Eragon, aunque con una leve sonrisa.

—Eso está bien —contestó Angela. Le dio una palmada en la mejilla—. Así vivirás más. Bueno, si has de saberlo, estaba haciendo todo lo posible por derrotar al Imperio, sólo que mis métodos no consisten en gritar y correr por ahí con una espada.

—¿Y cuáles son exactamente tus métodos? —gruñó Orik.

Angela se detuvo para recoger la capa en un grueso fardo que luego metió en el bolso.

—Prefiero no decirlo; quiero que sea una sorpresa. No tendréis que esperar mucho para descubrirlo; empezará dentro de unas horas.

Orik se mesó la barba.

—¿El qué empezará? Si no puedes darnos una respuesta clara, tendremos que llevarte ante Nasuada. A lo mejor ella consigue que tengas algo de sentido común.

—No sirve de nada arrastrarme ante Nasuada —dijo Angela—. Ella me dio permiso para cruzar las líneas.

—O eso dices —la retó Orik, cada vez más beligerante.

—Eso digo yo —anunció Nasuada, acercándose por detrás, tal como había previsto Eragon.

También se había dado cuenta de que la acompañaban cuatro kull, uno de los cuales era Garzhvog. Con cara de pocos amigos, se volvió para encararlos y no trató de disimular la rabia que le provocaba la presencia de los úrgalos.

—Señora —murmuró Eragon.

Orik no se contuvo tanto: dio un salto atrás con un sonoro juramento y agarró el hacha de guerra. Enseguida se dio cuenta de que nadie lo atacaba y dirigió a Nasuada un lacónico saludo. Pero su mano nunca soltó el mango del arma y sus ojos no abandonaron a los enormes úrgalos. Angela no parecía tener esa clase de inhibiciones. Saludó a Nasuada con el debido respeto y luego se dirigió a los úrgalos en su propio y brusco idioma, y éstos contestaron con evidente placer.

Nasuada se llevó a Eragon a un lado para que pudieran tener cierta intimidad. Entonces le dijo:

—Necesito que dejes de lado por un momento tus sentimientos y juzgues lo que estoy a punto de decirte con la lógica y la razón. —Él asintió, con la cara rígida—. Bien. Estoy haciendo todo lo que puedo para asegurarnos de no perder mañana. Sin embargo, no importa si luchamos bien, si yo dirijo bien a los vardenos o incluso si avasallamos al Imperio, si a ti —le golpeó el pecho con un dedo— te matan. ¿Lo entiendes? —Eragon asintió de nuevo—. No puedo hacer nada para protegerte si comparece Galbatorix; en ese caso, te enfrentarás con él a solas. Du Vrangr Gata supone para él una amenaza tan pequeña como para ti, y no permitiré que sean erradicados sin una razón.

—Siempre he sabido —dijo Eragon— que me enfrentaría a Galbatorix solo, salvo por Saphira.

Una triste sonrisa asomó a los labios de Nasuada. Parecía muy cansada a la luz temblorosa de la antorcha.

—Bueno, no hay ninguna razón para inventarse problemas donde no los hay. Puede que Galbatorix ni siquiera esté aquí. —Sin embargo, no parecía creer sus propias palabras—. En cualquier caso, al menos puedo evitar que te claven una espada en las tripas. He oído lo que pretendían hacer los enanos y se me ha ocurrido que podía mejorar el concepto. Le he pedido a Garzhvog y a tres de sus carneros que sean tus guardas, siempre que estuvieran de acuerdo, como así ha sido, en permitir que examines sus mentes para descartar la traición.

Eragon se puso rígido.

—No puedes esperar que pelee con esos monstruos al lado. Además, ya he aceptado la oferta de los enanos para defendernos a Saphira y a mí. Si los rechazara a favor de los úrgalos, se lo tomarían mal.

—Entonces, que te protejan todos —replicó Nasuada. Lo miró a la cara durante un largo rato, en busca de algo que él pudiera estar callando—. Ah, Eragon. Esperaba que fueras capaz de mirar más allá del odio. ¿Qué harías tú en mi situación? —La reina suspiró, y él guardó silencio—. Si alguien tiene razones para guardar rencor a los úrgalos, soy yo. Mataron a mi padre. Sin embargo, no puedo permitir que eso interfiera con la decisión de lo que más conviene a los vardenos... Al menos, pregúntale a Saphira qué opina antes de decir sí o no. Puedo ordenarte que aceptes la protección de los úrgalos, pero preferiría no hacerlo.

Te estás portando como un tonto, observó Saphira sin que nadie le preguntara.

¿Te parece una tontería que no quiera tener a los úrgalos a mis espaldas?

No, es una tontería rechazar ayuda, venga de quien venga, en nuestra situación actual. Piensa. Ya sabes lo que haría Oromis, y lo que diría. ¿No te fías de su juicio?

No puede tener razón en todo, dijo Eragon.

Eso no es un argumento... Piénsalo bien, Eragon, y dime si estoy diciendo la verdad. Sabes el camino correcto. Me decepcionaría que no pudieras obligarte a tomarlo.

La presión de Saphira y de Nasuada no hizo sino aumentar las reticencias de Eragon. Sin embargo, sabía que no tenía otra opción.

—De acuerdo, dejaré que me defiendan, pero sólo si no encuentro en sus mentes nada sospechoso. ¿Me prometes que, después de esta batalla, no me harás trabajar nunca más con los úrgalos?

Nasuada negó con la cabeza.

—No puedo hacerlo, porque tal vez perjudicaría a los vardenos. —Hizo una pausa y añadió—: Ah, otra cosa, Eragon..:

—¿Sí, mi señora?

—En el caso de que yo muriera, te he escogido como sucesor. Si eso ocurre, sugiero que confíes en los consejos de Jörmundur. Tiene más experiencia que los demás miembros del Consejo de Ancianos. Y espero que pongas el bienestar de tus súbditos por encima de cualquier otra cosa. ¿Está claro, Eragon?

El anuncio lo cogió por sorpresa. Nada significaba más

755

para él que los vardenos. Ofrecerle su mando era el mayor acto de confianza que Nasuada podía mostrarle. Su confianza lo conmovió y lo llenó de humildad; inclinó la cabeza.

—Me esforzaría por ser tan buen líder como lo habéis sido tú y Ajihad. Es un honor, Nasuada.

—Sí, lo es.

Le dio la espalda y se reunió con los otros.

Todavía abrumado por la revelación de Nasuada, y con la rabia templada por la misma razón, Eragon caminó despacio hacia Saphira. Estudió a Garzhvog y a los demás úrgalos con la intención de deducir su estado de ánimo, pero sus rasgos eran tan distintos de aquellos a los que estaba acostumbrado que no pudo distinguir más que las emociones más básicas. Tampoco pudo encontrar dentro de sí mismo ninguna empatía hacia ellos. Para él, eran bestias salvajes dispuestas a matarlo a la menor ocasión, incapaces de mostrar amor, amabilidad o incluso verdadera inteligencia. En resumen, eran seres inferiores.

En las honduras de su mente, Saphira susurró: *Estoy segura de que Galbatorix tiene la misma opinión.*

Y por buenas razones, gruñó él, con la intención de sorprenderla. Luego contuvo su repulsión y dijo en voz alta:

—Nar Garzhvog, me han dicho que los cuatro aceptáis que entre en vuestras mentes.

—Así es, Espada de Fuego. La Acosadora de la Noche nos ha dicho que era necesario. Es un honor que se nos permita batallar junto a un guerrero tan poderoso, que tanto ha hecho por nosotros.

—¿A qué te refieres? He matado a muchos de los vuestros.

Algunos fragmentos sueltos de uno de los pergaminos de Oromis se interpusieron en la memoria de Eragon. Recordó haber leído que los úrgalos, tanto los machos como las hembras, determinaban su rango en la sociedad por medio del combate y que era esa práctica, por encima de cualquier otra, la que había provocado tantos conflictos entre los úrgalos y las demás razas. Y eso, se dio cuenta, significaba que si admiraban sus proezas en la batalla, tal vez le hubieran concedido el mismo rango que a sus líderes de guerra.

—Al matar a Durza, nos libraste de su control. Estamos en deuda contigo, Espada de Fuego. Ninguno de nuestros carneros te desafiará, y si visitas nuestras estancias, tú y el dragón Lengua en Llamas seréis bienvenidos como si no fuerais extraños.

Aquella gratitud era la última respuesta que había esperado Eragon, y la que menos preparado estaba para contemplar. Incapaz de pensar otra cosa, dijo:

—No lo olvidaré. —Repasó a los demás úrgalos con la mirada y luego regresó a Garzhvog y sus ojos amarillos—. ¿Estás listo?

—Sí, Jinete.

Al buscar el contacto con la conciencia de Garzhvog, Eragon recordó cómo habían intentado invadir la suya los gemelos cuando entró en Farthen Dûr por primera vez. Despejó esa observación para sumergirse en la identidad del úrgalo. La naturaleza de su búsqueda —alguna intención malévola que pudiera permanecer escondida en el pasado de Garzhvog— obligaba a Eragon a examinar años de recuerdos. Al contrario que los gemelos, Eragon evitó hacer daño deliberadamente, pero tampoco se excedió en gentilezas. Notó que Garzhvog daba algún respingo ocasional de incomodidad. Igual que las de los enanos y los elfos, la mente de los úrgalos poseía elementos distintos de la de los humanos. Su estructura ponía el énfasis en la rigidez y en la jerarquía —como resultado de la organización tribal de los úrgalos—, pero parecía burda y cruda, brutal y astuta: la mente de un animal salvaje.

Aunque no hizo ningún esfuerzo por averiguar nada de

Garzhvog como individuo, Eragon no pudo evitar absorber fragmentos de la vida del úrgalo. Éste no ofreció resistencia. Al contrario, parecía ansioso por compartir sus experiencias, por convencer a Eragon de que los úrgalos no eran sus enemigos natos. *No podemos permitirnos que se alce otro Jinete con la intención de destruirnos* —le dijo Garzhvog—. *Mira bien, Espada de Fuego, y comprueba si de verdad somos tan monstruosos como nos consideras tú...*

Fueron tantas las sensaciones e imágenes que vibraron entre ellos, que Eragon casi perdió la pista: la infancia de Garzhvog con otros miembros de su raza en una aldea destartalada erigida en el corazón de las Vertebradas; su madre cepillándolo con un peine de cuerno y cantándole una canción suave; el aprendizaje para cazar ciervos y otras presas con las manos desnudas; la manera de crecer y crecer hasta que se hacía evidente que la vieja sangre seguía fluyendo por sus venas e iba a alcanzar más de dos metros y medio para convertirse en un kull; las docenas de desafíos que había propuesto, aceptado y ganado; aventurarse fuera de la aldea para obtener renombre, gracias al cual poder aparearse, y el aprendizaje gradual del odio, la desconfianza y el miedo —sí, miedo— a un mundo que había condenado a su raza; la lucha en Farthen Dûr; el descubrimiento de que su única esperanza para una vida mejor era abandonar las viejas diferencias, entablar amistad con los vardenos y ver a Galbatorix depuesto. No había ninguna evidencia de que Garzhvog mintiera.

Eragon no podía entender lo que había visto. Se desprendió de la mente de Garzhvog y se sumergió en las de los otros tres úrgalos. Sus recuerdos confirmaban los hechos presentados por Garzhvog. No hicieron el menor intento de esconder que habían matado a humanos, pero lo habían hecho por órdenes de Durza cuando el brujo los controlaba, o cuando se habían enfrentado a ellos por la comida o por la tierra. *Hicimos lo que teníamos que hacer para proteger a nuestras familias*, le dijeron.

Al terminar, plantado ante Garzhvog, Eragon sabía que el legado de sangre del úrgalo era tan regio como el de cualquier príncipe. Sabía que, pese a no haber sido educado, Garzhvog era un brillante comandante y un pensador y filósofo tan bueno como el mismísimo Oromis. *Desde luego, es más listo que yo*, admitió a Saphira. Mostrando el cuello en señal de respeto, Eragon dijo en voz alta:

—Nar Garzhvog. —Por primera vez fue consciente de los elevados orígenes del título *nar*—. Es un orgullo que estés a mi lado. Puedes decir a las Herndall que mientras los úrgalos mantengan su palabra y no se vuelvan contra los vardenos, no me voy a oponer a ti.

Eragon dudó que nunca llegara a caerle bien un úrgalo, pero la férrea certeza de los prejuicios que tenía apenas unos minutos antes le parecía ahora una muestra de ignorancia y, por su buena conciencia, no podía mantenerla.

Saphira le tocó el brazo con su lengua espinosa, provocando un tintineo de la malla. *Hay que ser valiente para admitir que te equivocabas.*

Sólo si te da miedo pasar por tonto, y yo hubiera parecido más tonto todavía en caso de haber persistido en una creencia errónea.

Vaya, pequeñajo, acabas de decir algo sabio.

Pese a sus burlas, Eragon notó el cálido orgullo de la dragona por lo que él acababa de lograr.

—Una vez más, estamos en deuda contigo, Espada de Fuego —dijo Garzhvog.

Él y los demás úrgalos se llevaron los puños a las protuberantes frentes.

Eragon percibió que Nasuada quería saber los detalles de lo que acaba de ocurrir, pero se estaba reprimiendo.

—Bueno, ahora que esto ya está arreglado, me tengo que

ir. Eragon, recibirás mi señal por medio de Trianna cuando llegue el momento.

Y se fue a grandes zancadas hacia la oscuridad.

Cuando Eragon se acomodó en Saphira, Orik se le acercó sigilosamente.

—Suerte que estamos aquí los enanos, ¿eh? Vigilaremos a los kull como si fuéramos halcones, eso seguro. No les dejaremos pillarte por la espalda. En cuanto ataquen, les cortaremos las piernas desde abajo.

—Creía que estabas de acuerdo con que Nasuada aceptara la propuesta de los úrgalos.

—Eso no significa que me fíe de ellos, ni que quiera estar a su lado, ¿no?

Eragon sonrió y no se molestó en discutir: era imposible convencer a Orik de que los úrgalos no eran unos asesinos rapaces, pues él mismo se había negado a considerar tal posibilidad antes de compartir sus recuerdos.

La noche los envolvió con su pesadez mientras esperaban que llegara el alba. Orik sacó una piedra de afilar del bolsillo y se puso a repasar el filo de su hacha curvada. Cuando llegaron, los otros seis enanos hicieron lo mismo, y el chirrido del metal sobre la piedra llenó el aire con un coro rasposo. Los kull se sentaron, espalda contra espalda, y se pusieron a entonar cantos de muerte en voz baja. Eragon pasó el tiempo estableciendo protecciones mágicas en torno a sí mismo, Saphira, Nasuada, Orik, e incluso Arya. Sabía que era peligroso proteger a tantos, pero no podía soportar que sufrieran ningún daño. Cuando terminó, transfirió a los diamantes incrustados en el cinturón de Beloth *el Sabio* todas las fuerzas de las que se atrevía a desprenderse.

Eragon contempló con interés a Angela mientras ésta se cubría con una armadura verde y negra y luego, tras sacar una caja de madera tallada, montaba su bastón espada juntando dos varas separadas por la mitad y dos filos de acero diluido que encajaban en los extremos de la pértiga resultante. Giró el arma montada por encima de la cabeza unas cuantas veces antes de dar por hecho que soportaría el fragor de la batalla.

Los enanos la miraban con desaprobación, y Eragon oyó que uno de ellos murmuraba:

—...blasfemia que use el hûthvír alguien que no es del Dûrgrimst Quan.

Luego sólo sonó la música discordante que generaban los enanos al afilar sus armas.

Ya se acercaba el alba cuando empezaron los gritos. Eragon y Saphira los oyeron antes por la agudeza de sus sentidos, pero las exclamaciones agónicas pronto alcanzaron el volumen suficiente para que las oyeran los demás. Orik se puso en pie y miró hacia el Imperio, donde nacía aquel griterío.

—¿A qué clase de criaturas estarán torturando para provocar esos aullidos terribles? Ese ruido me hiela el tuétano, desde luego.

—Te dije que no tendrías que esperar mucho —dijo Angela.

Había perdido la sonrisa; estaba pálida, concentrada y con el rostro gris, como si hubiera enfermado.

Desde su puesto junto a Saphira, Eragon preguntó:

—¿Has sido tú?

—Sí. Emponzoñé su brebaje, su pan, su agua, todo aquello de lo que pude echar mano. Algunos morirán ahora; otros, más adelante, a medida que las diversas toxinas se vayan cobrando peaje. Di a los oficiales hierba mora y otros venenos para que sufran alucinaciones en la batalla. —Intentó sonreír, mas con poco éxito—. No es una manera muy honrosa de pelear, supongo, pero prefiero hacer eso que morir. La confusión del enemigo, y todo eso.

—¡Sólo los cobardes y los ladrones usan veneno! —exclamó Orik—. ¿Qué gloria se obtiene de derrotar a un enemigo enfermo?

Mientras hablaban, los gritos se intensificaron. Angela le dedicó una risa desagradable.

—¿Gloria? Si quieres gloria, hay miles de tropas a las que no he envenenado. Estoy segura de que, cuando termine el día de hoy, habrás tenido toda la gloria que quieras.

—¿Para eso necesitabas el material de la tienda de Orrin? —preguntó Eragon.

Encontraba repugnante su estratagema, pero no pretendía saber si estaba bien o mal hecho. Era algo necesario. Angela había envenenado a los soldados por la misma razón que había llevado a Nasuada a aceptar la oferta de amistad de los úrgalos: porque podía ser su única esperanza de sobrevivir.

—Así es.

Los aullidos de los soldados aumentaron en número hasta tal punto que Eragon deseó taparse los oídos y bloquear aquel sonido. Le provocaba muecas de dolor y temblores, y le daba dentera. Sin embargo, se obligó a escuchar. Era el precio de enfrentarse al Imperio. Hubiera sido un error ignorarlo. De modo que se sentó con los puños prietos y la mandíbula dolorosamente tensa mientras resonaba en los Llanos Ardientes el eco de las voces incorpóreas de los moribundos.

Estalla la tormenta

*L*os primeros rayos horizontales del alba cruzaron la tierra cuando Trianna le decía a Eragon: *Ha llegado la hora.*

Una oleada de energía borró el sueño de Eragon. Se puso en pie de un salto y dio la voz a todos los que lo rodeaban mientras montaba en la silla de Saphira y sacaba el arco de la aljaba. Los kull y los enanos rodearon al dragón y salieron corriendo por el parapeto hasta llegar a la apertura que se había despejado durante la noche.

Los vardenos salían por aquel agujero en el mayor silencio posible. Fila tras fila de guerreros marchaban con las armaduras y las armas envueltas en trapos para que ningún ruido alertara al Imperio de su acercamiento. Saphira se estaba sumando a la procesión cuando apareció Nasuada montada en un ruano entre los hombres. Arya y Trianna iban a su lado. Se saludaron los cinco con miradas silenciosas, nada más.

Durante la noche, los apestosos vapores se habían acumulado sobre la tierra, y ahora la tenue luz de la mañana doraba las nubes crecidas, volviéndolas opacas. Así, los vardenos lograron cruzar tres cuartas partes de la tierra de nadie antes de que los vieran los centinelas del Imperio. En cuanto sonaron los cuernos de alarma ante ellos, Nasuada gritó:

—¡Ahora, Eragon! Dile a Orrin que ataque. ¡A mí, vardenos! ¡Luchad para destronar a Galbatorix! ¡Atacad y bañad vuestras espadas en la sangre de nuestros enemigos! ¡Al ataque!

Espoleó a su caballo y, con un gran rugido, los hombres la siguieron, agitando las armas sobre sus cabezas.

Eragon transmitió la orden de Nasuada a Barden, el hechicero que montaba junto al rey Orrin. Un instante después, oyó el tamborileo de los cascos cuando Orrin y su caballería —acompañados por el resto de los kull, capaces de correr tanto como los caballos— galoparon hacia el este. Cargaron contra el flanco del Imperio, atrapando a los soldados contra el río Jiet y distrayéndolos lo suficiente para que los vardenos cruzaran sin oposición la distancia que los separaba.

Los dos ejércitos entrechocaron con un estruendo ensordecedor. Picas entrecruzadas con lanzas, martillos contra escudos, espadas contra yelmos, mientras por encima revoloteaban los hambrientos cuervos rapaces soltando sus ásperos graznidos, en un frenesí desatado por el olor de la carne fresca.

A Eragon, el corazón le dio un vuelco en el pecho. «Ahora debo matar o morir.» Casi de inmediato, notó que las barreras mágicas le absorbían las fuerzas para desviar los ataques que recibían Arya, Orik, Nasuada y Saphira.

La dragona evitó la primera línea de batalla para no quedar expuestos a los magos del frente de Galbatorix. Eragon respiró hondo y empezó a buscar a los magos con su mente, sin dejar de disparar flechas al mismo tiempo.

Du Vrangr Gata encontró al primer hechicero enemigo. En cuanto recibió la alerta, Eragon contactó con la mujer que lo había descubierto y luego pasó al enemigo que forcejeaba con ella. Eragon puso en juego todo el poder de su voluntad, demolió la resistencia del mago, tomó control de su conciencia —esforzándose por ignorar el terror de aquel hombre—, determinó a qué tropas protegía y lo asesinó con una de las doce palabras de muerte. Sin pausa, Eragon localizó las mentes de todos los soldados que habían quedado sin protección y los mató también. Los vardenos vitorearon al ver que un grupo entero de hombres caía sin vida.

A Eragon le asombró la facilidad con que los había matado. Aquellos soldados no habían tenido la menor oportunidad de escaparse o de ofrecer pelea. «Qué distinto de Farthen Dûr», pensó. Aunque le maravillaba el perfeccionamiento de sus habilidades, aquellas muertes lo asqueaban. Pero no había tiempo para pensar en eso.

Recuperado del asalto inicial de los vardenos, el Imperio empezó a usar sus máquinas de guerra: catapultas que lanzaban misiles de cerámica endurecida, trabucos armados con barriles de fuego líquido y lanzadoras que bombardeaban a los asaltantes con una lluvia de flechas de seis metros. Las bolas de cerámica y el fuego líquido causaban un terrible daño allí donde aterrizaran. Una bola estalló en el suelo a menos de diez metros de Saphira. Mientras Eragon se escondía tras el escudo, un fragmento dentado saltó hacia su cabeza y se detuvo en el aire gracias a una de sus protecciones mágicas. Eragon pestañeó al notar la repentina pérdida de energía.

765

Pronto las máquinas estancaron el avance de los vardenos y sembraron un tumulto con su puntería. «Si hemos de aguantar lo suficiente para debilitar al Imperio, hay que destruirlas», entendió Eragon. Desmantelar aquellas máquinas hubiera sido fácil para Saphira, pero no se atrevía a volar entre los soldados por miedo a un ataque de los magos.

Ocho soldados se abrieron paso entre las filas de vardenos y se echaron encima de Saphira, intentando clavarle sus picas. Antes de que Eragon pudiera desenfundar a *Zar'roc*, los enanos y los kull eliminaron a todo el grupo.

—¡Buena pelea! —rugió Garzhvog.

—¡Buena pelea! —accedió Orik, con una sonrisa sanguinaria.

Eragon no usaba hechizos contra sus enemigos. Debían de estar protegidos contra cualquier embrujo imaginable. «Salvo que...» Expandió su mente y entró en contacto con la de uno de los soldados que manejaban las catapultas. Aunque estaba seguro de que lo defendía alguna clase de magia, Eragon logró dominarlo y dirigir sus acciones desde lejos. Guió al hombre hacia el arma, que alguien estaba cargando, y luego le hizo golpear con su espada la madeja de cuerdas retorcidas que la disparaban. La cuerda era tan gruesa que no pudo cortarla antes de que se lo llevaran a rastras sus camaradas, pero el daño ya estaba hecho. Con un poderoso crujido, la cuerda cortada a medias se partió y el brazo de la catapulta saltó hacia atrás, hiriendo a varios hombres. Con los labios curvados en una amarga sonrisa, Eragon pasó a la siguiente catapulta y, en poco rato, incapacitó todas las máquinas que quedaban.

Vuelto en sí, Eragon se dio cuenta de que, en torno a Saphira, docenas de hombres se desplomaban; alguien había superado a un miembro de Du Vrangr Gata. Soltó una terrible maldición y se lanzó por el rastro de magia en busca del hombre que había lanzado aquel hechizo fatal, dejando el cuidado de su cuerpo en manos de Saphira y sus guardianes.

Durante una hora, Eragon persiguió a los magos de Galbatorix, mas con poco acierto, pues eran astutos y taimados y no lo atacaban directamente. Sus reticencias desconcertaban a Eragon, hasta que arrancó de la mente de uno de los hechiceros, justo antes de que éste se suicidara, el pensamiento: *...órdenes de no matarte a ti ni al dragón... No matarte a ti ni al dragón.*

Eso responde a mi pregunta —dijo a Saphira—. *Pero ¿por qué nos quiere vivos todavía Galbatorix? Hemos dejado claro que apoyamos a los vardenos.*

Antes de que Saphira pudiera responder, apareció ante ellos Nasuada, con la cara manchada de sangre y entrañas, el escudo lleno de abolladuras, y un rastro de sangre que brotaba de una herida en el muslo y se derramaba por la pierna izquierda.

—Eragon —lo llamó con la voz entrecortada—. Te necesito. Necesito que los dos peleéis, que os mostréis y seáis un estímulo para nuestros hombres. Que asustéis a los soldados.

Eragon estaba impresionado por su estado.

—Déjame curarte antes —exclamó, temeroso de que fuera a desmayarse.

«La tendría que haber protegido con más defensas.»

—No. Yo puedo esperar. En cambio, si no consigues frenar la marea de soldados, estamos perdidos. —Tenía los ojos vidriosos y vacíos, como dos agujeros en la cara—. Necesitamos... un Jinete. —Se balanceó en la silla.

Eragon le mostró a *Zar'roc*.

—Lo tienes, mi señora.

—Ve —dijo Nasuada—, y si existe algún dios, que él te proteja.

Eragon iba demasiado alto en el lomo de Saphira para golpear a los enemigos que quedaban por abajo, así que desmontó por la pierna derecha de delante. Se dirigió a Orik y Garzhvog:

—Proteged el lado izquierdo de Saphira. Y en ningún caso os interpongáis en nuestro camino.

—Te superarán, Espada de Fuego.

—No. No lo harán. ¡Ocupad vuestro lugar!

Mientras lo obedecían, apoyó una mano en la pierna de Saphira y le miró el ojo cristalino de zafiro.

¿Bailamos, amiga de mi corazón?

Bailemos, pequeñajo.

Entonces ambos fundieron sus identidades en un grado mayor que nunca, venciendo todas las diferencias para convertirse en una sola identidad. Soltaron un rugido, saltaron hacia delante y se abrieron camino hasta la línea del frente. Una vez allí, Eragon no hubiera sabido decir de qué boca emanaba el fuego devorador que consumía a docenas de soldados, calcinándolos en sus mallas, ni de quién era el brazo que blandía a *Zar'roc* en un arco y partía en dos el yelmo de un soldado.

El olor metálico de la sangre invadía el aire, y se alzaban cortinas de humo sobre los Llanos Ardientes, escondiendo y mostrando alternativamente los grupos, las alas, los flancos, los batallones de cuerpos apalizados. En lo alto, las aves carroñeras esperaban su comida y el sol escalaba el firmamento hacia el mediodía.

Por las mentes de quienes los rodeaban, Eragon y Saphira recibieron un atisbo de su apariencia. Siempre veían primero a Saphira: una gran criatura voraz con los colmillos y las garras teñidas de rojo, que lo arrasaba todo en su camino con sus zarpazos y los latigazos de la cola, y con las oleadas de llamas que envolvían a secciones enteras de soldados. Sus escamas brillantes refulgían como estrellas y casi cegaban a sus enemigos al reflejar la luz. Luego veían a Eragon corriendo junto al dragón. Se movía con tal velocidad que los soldados no podían reaccionar a tiempo y, con una fuerza sobrehumana, les astillaba los escudos de un solo golpe, rasgaba sus armaduras y rajaba las espadas de quienes se oponían a él. Los dardos y los disparos que le lanzaban caían al pestilente suelo a tres metros de distancia, detenidos por sus barreras mágicas.

A Eragon —y, por extensión, a Saphira— le costaba más pelear contra su propia raza que contar los úrgalos en Farthen Dûr. Cada vez que veía un rostro aterrado o que captaba la mente de un soldado, pensaba: «Podría ser yo». Pero él y Saphira no podían permitirse la piedad: si un soldado se plantaba ante ellos, moría.

Hicieron tres incursiones, y las tres veces Eragon y Saphira mataron a todos los hombres de la línea del frente del Imperio antes de retirarse entre el grueso de los vardenos para no ser rodeados. Al final del último ataque, Eragon tuvo que reducir o eliminar algunas barreras que había establecido en torno a Arya, Orik, Nasuada, Saphira y él mismo para que los hechizos no lo agotaran demasiado rápido. Aunque eran muchas sus fuerzas, también lo eran las exigencias de la batalla.

¿Lista?, preguntó a Saphira, tras un breve descanso. Ella gruñó afirmativamente.

Una nube de flechas silbó hacia Eragon en cuanto se zambulló de nuevo en el combate. Rápido como un elfo, esquivó la mayoría —pues su magia ya no lo protegía de esa clase de proyectiles—, detuvo doce con el escudo y se tambaleó cuando una de ellas le acertó en el abdomen y otra en el costado. Ninguna de las dos rasgó la armadura, pero lo dejaron sin aire y le provocaron morados grandes como manzanas. «¡No te pares! Has soportado dolores más fuertes que éste», se dijo.

Eragon se enfrentó a un grupo de ocho soldados y saltó de uno a otro, ladeando a golpes sus picas y blandiendo a *Zar'roc* como un relámpago mortal. Sin embargo, la pelea había reducido sus reflejos, y un soldado consiguió deslizar la pica entre su malla y rajarle el tríceps izquierdo.

Los soldados se encogieron ante el rugido de Saphira.

Eragon se aprovechó de la distracción para reforzarse con la energía almacenada en el rubí de la empuñadura de *Zar'-roc* y matar luego a los tres soldados que quedaban.

Saphira agitó la cola por encima de él y echó del camino a un grupo de hombres. En la pausa siguiente, Eragon se miró el latiente brazo y dijo:

—Waíse heill.

Se curó también los morados, con la ayuda del rubí de *Zar'roc*, así como de los diamantes del cinturón de Beloth *el Sabio*.

Luego los dos siguieron avanzando.

Eragon y Saphira amontonaban los cuerpos de sus enemigos sobre los Llanos Ardientes, pero el Imperio no flojeaba ni cedía terreno. Por cada hombre que mataban, otro daba un paso adelante y ocupaba su lugar. Una sensación de desespero envolvía a Eragon a medida que la masa de soldados forzaba a los vardenos a retirarse gradualmente hacia su campamento. Vio la desesperanza reflejada en los rostros de Nasuada, Arya, el rey Orrin e incluso Angela cuando pasó junto a ellos en la batalla.

A pesar de toda nuestra formación no podemos detener al Imperio —dijo Eragon con rabia—. *¡Hay demasiados soldados! No podemos seguir así para siempre. Y Zar'roc y mi cinturón ya casi se han gastado.*

Si te hace falta, puedes sacar energía de lo que te rodea.

No quiero hacerlo, salvo que mate a otro mago de Galbatorix y pueda sacarla de sus soldados. Si no, no haré más que herir a los vardenos, pues aquí no puedo recurrir a la ayuda de ninguna planta o animal.

A medida que se iban arrastrando las largas horas, Eragon se sentía cada vez más débil y dolorido, desprovisto de muchas de sus defensas arcanas... Había acumulado docenas de heridas menores. Tenía el brazo izquierdo insensible de tantos golpes como había recibido el escudo abollado. Llevaba una herida en la frente que no hacía más que cegarlo con el goteo de sangre mezclada con sudor. Creía que podía tener un dedo roto.

Saphira no salía mejor parada. Las armaduras de los soldados le herían la boca por dentro, docenas de espadas y flechas habían cortado sus alas desprotegidas, y una jabalina había agujereado una plancha de su armadura, hiriéndole un hombro. Eragon había visto llegar la lanza y había intentado desviarla con un hechizo, pero había sido lento. Cada vez que se movía, Saphira salpicaba la tierra con cientos de gotas de sangre.

A su lado, habían caído tres guerreros de Orik y dos kull. Y el sol empezaba su descenso hacia el anochecer.

Mientras Eragon y Saphira se preparaban para el séptimo y último asalto, sonó una trompeta por el este, fuerte y clara, y el rey Orrin gritó:

—¡Han llegado los enanos! ¡Han llegado los enanos!

«¿Enanos?» Eragon pestañeó y miró alrededor, confundido. No veía más que soldados. Luego lo recorrió un estallido de emoción cuando lo entendió. «¡Los enanos!» Montó en Saphira, y ella alzó el vuelo y se quedó un momento suspendida con sus alas destrozadas mientras supervisaban el campo de batalla.

Era cierto: un gran grupo marchaba hacia el este por los Llanos Ardientes. A la cabeza iba el rey Hrothgar, vestido con su malla de oro, tocado con el yelmo enjoyado y con *Volund*, su antiguo martillo de guerra, aferrado en el puño de hierro. El rey enano alzó a *Volund* para saludar cuando vio a Eragon y Saphira.

Eragon rugió a pleno pulmón y devolvió el gesto, blandiendo a *Zar'roc* en el aire. Una oleada de renovado vigor le hizo olvidar las heridas y sentirse de nuevo furibundo y decidido. Saphira sumó su voz, y los vardenos alzaron la mirada con esperanza, mientras que los soldados del Imperio, asustados, titubeaban.

—¿Qué has visto? —exclamó Orik cuando Saphira volvió a posarse en la tierra—. ¿Es Hrothgar? ¿Con cuántos guerreros viene?

Aliviado hasta el éxtasis, Eragon se alzó en los estribos y gritó:

—¡Ánimo! ¡Ha llegado el rey Hrothgar! ¡Y parece que se ha traído a todos los enanos! ¡Aplastaremos al Imperio! —Cuando los hombres dejaron de vitorear, añadió—: Ahora, sacad las espadas y recordad a estos piojosos cobardes por qué nos han de tener miedo. ¡Al ataque!

Justo cuando Saphira saltaba hacia los soldados, Eragon oyó un segundo grito, esta vez del oeste:

—¡Un barco! ¡Viene un barco por el río Jiet!

—Maldita sea —gruñó.

«No podemos permitir que llegue ese barco si trae refuerzos para el Imperio.» Contactó con Trianna y le dijo: *Dile a Nasuada que de eso nos encargamos Saphira y yo. Si el barco es de Galbatorix, lo hundiremos.*

Como quieras, Argetlam, respondió la bruja.

Sin dudar, Saphira alzó el vuelo y trazó un círculo sobre el llano pisoteado y humeante. Cuando el implacable fragor de la batalla se desvaneció en sus oídos, Eragon respiró hondo y sintió que su mente se despejaba. Abajo, le sorprendió ver lo desparramados que estaban los dos ejércitos. El Imperio y los vardenos se habían desintegrado en una serie de grupos menores que luchaban entre sí por todo lo ancho y largo de los Llanos Ardientes. En ese confuso tumulto se insertaron los enanos, pillando por el flanco al Imperio, tal como había hecho Orrin con la caballería.

Eragon perdió de vista la batalla cuando Saphira giró a la izquierda y se lanzó en picado entre las nubes, en dirección al río Jiet. Una ráfaga de aire despejó el humo de la turba y desveló un gran barco de tres mástiles que navegaba por las aguas anaranjadas, remando contra la corriente con dos filas de remeros. El barco estaba lastimado y destrozado y no llevaba ningún estandarte que identificara sus lealtades. Aun así, Eragon se preparó para destruirlo. Mientras Saphira descendía hacia él, alzó a *Zar'roc* y soltó su salvaje grito de guerra.

Convergencia

*R*oran iba en la proa del *Ala de Dragón* y escuchaba el ruido de los remos al deslizarse por el agua. Acababa de cumplir con su turno de remo, y un dolor frío y dentado invadía su hombro derecho. «¿Tendré que cargar siempre con este recuerdo de los Ra'zac?» Se secó el sudor de la cara e ignoró la molestia para concentrarse en el río, oscurecido por una masa de nubes de hollín.

Elain se unió a él junto a la regala. Apoyó una mano en su vientre hinchado.

—El agua parece diabólica —dijo—. Quizá deberíamos habernos quedado en Dauth, en vez de arrastrarnos en busca de más problemas.

Roran temió que tuviera razón. Después del Ojo de Jabalí, habían navegado hacia el este desde las islas del Sur, de vuelta hacia la costa y luego por la embocadura del río Jiet hasta la ciudad portuaria de Dauth. Cuando llegaron a tierra, se habían agotado las provisiones y los aldeanos estaban enfermos.

Roran tenía toda la intención de quedarse en Dauth, sobre todo después de recibir la entusiasta bienvenida de su gobernadora, Lady Alarice. Pero eso era antes de que le hablaran del ejército de Galbatorix. Si los vardenos caían derrotados, nunca volvería a ver a Katrina. Así que, con la ayuda de Jeod, había convencido a Horst y otros muchos aldeanos de que si querían vivir en Surda, a salvo del Imperio, tenían que remar por el Jiet arriba y ayudar a los vardenos. La tarea había sido difícil, pero al final había vencido Roran. Y cuando le contaron sus planes a Lady Alarice, ella les dio todas las provisiones que quisieron.

Desde entonces, Roran se había preguntado a menudo si había sido una decisión acertada. A esas alturas todo el mundo odiaba vivir en el *Ala de Dragón*. La gente estaba tensa y malhumorada, situación que no hacía sino agravarse por la noción de que estaban navegando hacia una batalla. «¿Fue egoísta por mi parte? —se preguntaba Roran—. ¿De verdad lo hice por el bien de los aldeanos, o sólo porque esto me acercará un paso más al encuentro de Katrina?»

—Quizá sí —contestó a Elain.

Contemplaron juntos la gruesa capa de humo que se reunía en las alturas, oscureciendo el cielo y filtrando la luz restante de tal modo que todo quedaba coloreado por un nauseabundo halo naranja. Eso producía un crepúsculo fantasmagórico que Roran jamás había imaginado. Los marineros de cubierta miraban alrededor asustados, murmuraban refranes de protección y sacaban sus amuletos de piedra para alejar el mal de ojo.

—Escucha —dijo Elain. Inclinó la cabeza—. ¿Qué es eso?

Roran aguzó los oídos y captó el lejano chasquido de metales entrechocados.

—Eso —dijo— es el sonido de nuestro destino. —Miró hacia atrás y gritó por encima del hombro—: ¡Capitán, ahí delante están peleando!

—¡Los hombres, a las catapultas! —rugió Uthar—. Redobla el ritmo de los remeros, Bonden. Y que todos los hombres en condiciones se preparen, si no quieren usar sus tripas de almohada.

Roran permaneció en su sitio mientras el *Ala de Dragón* estallaba de actividad. Pese al aumento del ruido, aún oía el chasquido de espadas y escudos a lo lejos. Los gritos de los hombres eran ya audibles, así como los rugidos de alguna bestia gigantesca.

Miró a Jeod, que se unía a ellos en la proa. El mercader tenía el rostro pálido.

—¿Has tomado parte en alguna batalla? —le preguntó Roran.

Jeod negó con la cabeza y tragó saliva, y el nudo que tenía en la garganta se movió.

—Participé en muchas peleas con Brom, pero nunca en una de este tamaño.

—Entonces, los dos nos estrenamos.

La masa de humo se aclaró por la derecha y les permitió atisbar la tierra oscura que escupía fuego y un pútrido vapor naranja, cubierta por masas de hombres en plena lucha. Era imposible distinguir quién pertenecía al Imperio y quién a los vardenos, pero a Roran le pareció que, con el adecuado empujón, la batalla podía decantarse en cualquiera de las dos direcciones. «El empujón lo daremos nosotros.»

Entonces el agua les trajo el eco del grito de un hombre:

—¡Un barco! ¡Viene un barco por el río Jiet!

—Tendrías que irte bajo cubierta —dijo Roran a Elain—. Aquí no estarás a salvo.

Ella asintió, se fue corriendo a la escotilla de proa, descendió la escala y cerró la apertura tras ella. Un instante después Horst saltó a la proa y pasó a Roran uno de los escudos de Fisk.

—Me ha parecido que podía hacerte falta.

—Gracias. Yo...

Roran se calló al notar que el aire vibraba en torno a ellos, como si lo agitara un golpe brutal. Rechinó los dientes. *Zum.* Le dolían los oídos por la presión. *Zum.* El tercer zumbido le pisó los talones al segundo —*zum*—, seguido por un grito salvaje que Roran reconoció, pues lo había oído muchas veces en su infancia. Alzó la mirada y vio un gigantes-

775

co dragón del color de los zafiros que descendía desde las nubes agitadas. Y a lomos del dragón, donde se unían el cuello y los hombros, iba sentado su primo Eragon.

No era el Eragon que él recordaba, sino más bien como si un artista hubiera tomado los rasgos básicos de su primo y los hubiera reforzado, estilizándolos, para volverlos al mismo tiempo más nobles y más felinos. Aquel Eragon iba ataviado como un príncipe, con finas ropas y armadura —aunque manchada por la mugre de la guerra— y llevaba en la mano izquierda una espada de rojo incandescente. Aquel Eragon era poderoso e implacable... Aquel Eragon podía matar a los Ra'zac y a sus monturas y ayudarle a rescatar a Katrina.

Agitando sus alas translúcidas, el dragón ascendió bruscamente y se quedó suspendido delante del barco. Entonces Eragon cruzó su mirada con la de Roran.

Hasta ese momento Roran no había terminado de creerse la historia de Jeod sobre Eragon y Brom. Ahora, al mirar a su primo, lo recorrió una oleada de emociones confusas. «¡Eragon es un Jinete!» Parecía impensable que el muchacho esbelto, malhumorado y ansioso con el que se había criado se hubiese convertido en aquel temible guerrero. Verlo vivo de nuevo llenó a Roran de una alegría inesperada. Sin embargo, al mismo tiempo, una rabia terrible y familiar creció en su interior por el papel de Eragon en la muerte de Garrow y el asedio de Carvahall. Durante esos pocos segundos, Roran no supo si odiaba o amaba a Eragon.

Se tensó asustado al notar que un ser enorme y ajeno entraba en contacto con su mente. De aquella conciencia emanó la voz de Eragon: *¿Roran?*

—Sí.

Piensa tus respuestas y así podré oírlas. ¿Están todos los de Carvahall contigo?

Casi todos.

¿Cómo habéis...? No, ya entraremos en eso; ahora no hay tiempo. Quedaos donde estáis hasta que se decida la batalla. Aun mejor, volved hacia atrás por el río hasta donde no pueda atacaros el Imperio.

Tenemos que hablar, Eragon. Has de contestar a muchas cosas.

Eragon dudó con expresión preocupada y luego dijo: *Ya lo sé. Pero ahora no, luego.*

Sin ninguna orden aparente, el dragón se alejó del barco, voló hacia el este y desapareció entre la bruma que cubría los Llanos Ardientes.

Con voz de asombro, Horst dijo:

—¡Un Jinete! ¡Un Jinete de verdad! Nunca pensé que vería llegar este día, y mucho menos que sería Eragon. —Meneó la cabeza—. Parece que nos dijiste la verdad, ¿eh, Pataslargas?

Jeod sonrió por toda respuesta, con pinta de niño encantado.

Sus palabras llegaron apagadas a Roran, que se había quedado mirando la cubierta, sintiendo que estaba a punto de estallar de tensión. Una multitud de preguntas sin respuesta lo asaltaban. Se obligó a ignorarlas. «Ahora no puedo pensar en Eragon. Hemos de luchar. Los vardenos han de vencer al Imperio.»

Una ola creciente de furia lo consumía. Ya lo había experimentado antes, un frenesí enloquecido que le permitía superar prácticamente cualquier obstáculo, mover objetos que normalmente se le resistirían, enfrentarse al enemigo en combate sin sentir miedo. Ahora lo atenazó esa sensación, una fiebre en las venas que le aceleraba la respiración y aumentaba los latidos de su corazón.

Abandonó la jarcia de un salto, recorrió el barco hasta el alcázar, donde Uthar permanecía ante el timón, y dijo:

—Atraca el barco.

—¿Qué?

—Te digo que atraques el barco. Quédate aquí con los demás soldados, y usad las catapultas para armar tanto caos como podáis, evitad que asalten el *Ala de Dragón* y defended a nuestras familias con vuestras vidas. ¿Lo has entendido?

Uthar le dirigió una mirada llana, y Roran temió que no aceptara sus órdenes. Luego el curtido marinero gruñó y dijo:

—Sí, sí, Martillazos.

Los pesados pasos de Horst precedieron su llegada al alcázar.

—¿Qué pretendes hacer, Roran?

—¿Hacer? —Roran se echó a reír y se dio la vuelta bruscamente para quedar cara a cara con el herrero—. ¿Hacer? ¡Vaya, pretendo cambiar el destino de Alagaësia!

El mayor

*E*ragon apenas se dio cuenta de que Saphira lo llevaba de nuevo a la agitada confusión de la batalla. Se había enterado de que Roran se echaba a la mar, pero nunca se le había ocurrido que su primo pudiera dirigirse hacia Surda, ni que se iban a reunir de aquella manera. ¡Y los ojos de Roran! Sus ojos habían taladrado a Eragon, interrogantes, aliviados, rabiosos... acusatorios. En ellos, Eragon había visto que su primo se había enterado de su papel en la muerte de Garrow y que aún no le había perdonado.

Sólo cuando una espada rebotó en los protectores de sus piernas reconcentró la atención en lo que lo rodeaba. Soltó un grito ronco y lanzó un mandoble hacia abajo, cortando al soldado que lo había atacado. Maldiciéndose por haber tenido tan poco cuidado, Eragon entró en contacto con Trianna y le dijo: *En ese barco no hay ningún enemigo. Corre la voz de que no deben atacarlo. Pregúntale a Nasuada si, como favor, puede enviar un heraldo a explicar la situación y a asegurarse de que se mantengan alejados de la batalla.*

Como quieras, Argetlam.

Desde el flanco oeste de la batalla, donde había aterrizado, Saphira cruzó los Llanos Ardientes con unos pocos pasos gigantescos hasta detenerse delante de Hrothgar y sus enanos. Eragon desmontó y se acercó al rey. Éste lo saludó:

—¡Ave, Argetlam! ¡Ave, Saphira! Parece que los elfos han hecho contigo más de lo que habían prometido.

Orik estaba a su lado.

—No, señor, fueron los dragones. ·

—¿De verdad? Tengo que oír tus aventuras cuando hayamos terminado este maldito trabajo. Me alegré de que aceptaras mi oferta de convertirte en miembro de Dûrgrimst Ingeitum. Es un honor que formes parte de mi familia.

—Y tú de la mía.

Hrothgar se rió, luego se volvió hacia Saphira y dijo:

—Aún no he olvidado tu promesa de arreglar Isidar Mithrim, dragón. Ahora mismo están nuestros artesanos montando el zafiro estrellado en el centro de Tronjheim. Ardo en deseos de verlo entero de nuevo.

Ella inclinó la cabeza.

Lo prometí, y así será.

Eragon transmitió sus palabras, y Hrothgar alargó un dedo nudoso y tocó una de las planchas metálicas del costado de la dragona.

—Veo que llevas nuestra armadura. Espero que te haya servido.

Mucho, rey Hrothgar —dijo Saphira, por medio de Eragon—. *Me ha evitado muchas heridas.*

Hrothgar se estiró y blandió a *Volund*, con una chispa en sus ojos hundidos.

—Bueno, ¿desfilamos y volvemos a probar el martillo en la forja de la batalla? —Volvió la vista hacia sus guerreros y gritó—: ¡Akh sartos oen dûrgrimst!

—¡Vor Hrothgarz korda! ¡Vor Hrothgarz korda!

Eragon miró a Orik, quien tradujo con un poderoso grito:

—¡Por el martillo de Hrothgar!

Eragon se sumó al grito y corrió con el rey enano hacia las encarnadas filas de soldados, con Saphira a su lado.

Al fin, con la ayuda de los enanos, la batalla volvía a decantarse a favor de los vardenos. Juntos empujaron a las

fuerzas del Imperio, las dividieron, las aplastaron y obligaron al extenso ejército de Galbatorix a abandonar las posiciones que había conquistado desde la mañana. Sus esfuerzos contaron con la ayuda de los venenos de Angela, que
seguían causando efecto. Muchos de los oficiales del Imperio
se comportaban de manera irracional, dando órdenes que fa-
cilitaban a los vardenos penetrar en su ejército y sembrar el
caos a su paso. Los soldados parecían darse cuenta de que ya
no les sonreía la fortuna, pues cientos de ellos se rindieron o
desertaron directamente y se volvieron contra sus antiguos
camaradas, o tiraron las armas y huyeron.

Y el día se alargó hacia el anochecer.

Eragon estaba en plena batalla con dos soldados cuando
una jabalina en llamas pasó por encima y se clavó en una de
las tiendas del comando del Imperio, a unos veinte metros,
incendiando la tela. Eragon se deshizo de sus oponentes,
miró hacia atrás y vio que docenas de misiles en llamas se
arqueaban desde el barco del río Jiet. «¿A qué estás jugando,
Roran?», se preguntó Eragon, antes de cargar contra el siguiente grupo de soldados.

Poco después sonó una trompa en la retaguardia del ejército del Imperio y después otra y aún otra más. Alguien empezó a redoblar un sonoro tambor, cuyos retumbos acalla-
ban el campo porque todo el mundo miraba alrededor para
descubrir el origen de aquel latido. Mientras Eragon miraba,
una figura de mal agüero se destacó en el horizonte hacia el
norte y se alzó en el refulgente cielo por encima de los Llanos Ardientes. Los cuervos rapaces se dispersaron ante la
sombra negra dentada, que se balanceaba inmóvil en las
corrientes térmicas. Al principio Eragon pensó que sería
un Lethrblaka, una de las monturas de los Ra'zac. Luego, un
rayo de luz se escapó de las nubes e iluminó de lado la figura desde el oeste.

Un dragón rojo flotaba encima de ellos, brillante y chis-

781

peante bajo el rayo de sol, como un lecho de ascuas al rojo vivo. Las membranas de sus alas eran del color del vino sostenido ante una antorcha. Sus garras, sus dientes y las púas de la columna eran blancos como la nieve. En sus ojos bermellones brillaba un terrible regocijo. Llevaba una silla atada a la grupa, y en la silla iba un hombre vestido con una armadura de hierro pulido y armado con una espada corta.

El miedo se apoderó de Eragon. «¡Galbatorix ha conseguido que incube otro dragón!»

Entonces el hombre de hierro alzó la mano izquierda y un rayo de crujiente energía rubí saltó desde su palma y golpeó a Hrothgar en el pecho. Los hechiceros enanos soltaron un grito de agonía al consumirse su energía en el intento de bloquear el ataque. Cayeron muertos al suelo, y luego Hrothgar se llevó una mano al corazón y se desplomó. Los enanos soltaron un gran grito de desánimo al ver caer a su rey.

—¡No! —gritó Eragon, al tiempo que Saphira protestaba con un rugido. Fulminó con una mirada de odio al Jinete enemigo. *Te mataré por esto.*

Eragon sabía que, en aquella situación, Saphira y él estaban demasiado cansados para enfrentarse a un enemigo tan poderoso. Miró a su alrededor y distinguió a un caballo tumbado en el lodo, con una lanza clavada en el costado. El semental seguía vivo. Eragon le puso una mano en el cuello y murmuró: «Duérmete, hermano». Luego transfirió a sí mismo y a Saphira la energía que le quedaba. No era la suficiente para recuperar todas sus fuerzas, pero calmó sus músculos adoloridos y detuvo los temblores de las piernas.

Rejuvenecido, Eragon montó de un salto en Saphira y gritó:

—¡Orik, toma el mando de los tuyos!

Vio que Arya lo miraba desde el otro lado del campo con preocupación. La eliminó de su mente mientras tensaba las correas de la silla en torno a sus piernas. Luego Saphira se lanzó hacia el dragón rojo, agitando las alas a un ritmo furioso para obtener la velocidad necesaria.

Espero que recuerdes las lecciones de Glaedr, le dijo Eragon. Agarró bien el escudo.

En vez de contestarle, Saphira envió sus pensamientos con un rugido al otro dragón: *¡Traidor! ¡Ladrón de huevos, perjuro, asesino!* Luego, como un solo cuerpo, ella y Eragon asaltaron las mentes de la otra pareja con la intención de superar sus defensas. A Eragon le pareció extraña la conciencia del Jinete, como si contuviera multitudes; abundantes voces distintas susurradas en la caverna de su mente, como espíritus encarcelados que suplicaran su liberación.

En cuanto entablaron contacto, el Jinete contraatacó con un estallido de pura energía superior al que era capaz de generar el mismísimo Oromis. Eragon se retiró en las profundidades de sus barreras, recitando frenéticamente unos ripios que Oromis le había enseñado a usar en circunstancias como ésa:

Bajo un frío y vacío cielo invernal,
Había un hombre minúsculo con una espada de plata.
Saltaba y lanzaba golpes con un frenesí febril,
Luchando contra las fuerzas reunidas ante él...

El asedio de la mente de Eragon amainó cuando Saphira y el dragón rojo colisionaron, como dos meteoros incandescentes chocando de cabeza. Forcejearon, se dieron mutuas patadas en el vientre con las patas traseras. Sus talones provocaban chirridos horrendos al rozar la armadura de Saphira y las escamas lisas del dragón rojo. Éste era más pequeño que Saphira, pero tenía las piernas y los hombros más gruesos. Consiguió deshacerse de ella por un instante con una patada, pero luego volvieron a acercarse, luchando ambos por agarrar el cuello del contrario entre las mandíbulas.

Eragon no pudo más que sostener a *Zar'roc* mientras los dragones se desplomaban hacia el suelo, atacándose mutuamente con terribles patadas y coletazos. Apenas a cincuenta metros de los Llanos Ardientes, Saphira y el dragón rojo se soltaron y lucharon por recuperar altura. En cuanto hubo detenido la caída, Saphira echó el cuello atrás como una serpiente a punto de atacar y soltó un grueso torrente de fuego.

No llegó a su destino; a cuatro metros del dragón rojo, el fuego se bifurcó y pasó por sus costados sin causar el menor daño. «Maldita sea», pensó Eragon. Justo cuando el dragón rojo abría la boca para contraatacar, Eragon gritó:

—¡Skölir nosu fra brisingr!

Justo a tiempo. El estallido giró en torno a ellos, pero ni siquiera abrasó las escamas de Saphira.

Luego Saphira y el dragón rojo aceleraron entre las estrías de humo hacia el cielo claro y gélido que quedaba más allá, lanzándose adelante y atrás mientras intentaban montar encima de su oponente. El dragón rojo dio un mordisco a la cola de Saphira, y ella y Eragon gritaron de dolor compartido. Boqueando por el esfuerzo, Saphira ejecutó una tensa voltereta hacia atrás y terminó detrás del otro dragón, que entonces pivotó hacia la izquierda e intentó trazar una espiral para quedar encima de ella.

Mientras los dragones libraban su duelo con acrobacias cada vez más complejas, Eragon se dio cuenta de una molestia que se producía en los Llanos Ardientes: los hechiceros de Du Vrangr Gata eran acosados por dos magos nuevos del Imperio. Éstos eran mucho más poderosos que los anteriores. Ya habían matado a un miembro de Du Vrangr Gata y estaban destrozando las barreras del segundo. Eragon oyó que Trianna gritaba en su mente: *¡Eragon! ¡Tienes que ayudarnos! No podemos detenerlos. Matarán a todos los vardenos. Ayúdanos, son los...*

La voz se desvaneció cuando el Jinete atacó su conciencia.

—Esto ha de terminar —espetó Eragon entre dientes mientras se esforzaba por soportar el ataque. Por encima del cuello de Saphira, vio que el dragón rojo se lanzaba hacia ellos desde abajo. Eragon no se atrevió a abrir su mente para hablar con ella, así que lo dijo en voz alta—: ¡Cógeme!

Con dos golpes de *Zar'roc*, cortó las correas que sujetaban sus piernas y abandonó de un salto la grupa de Saphira.

«Es una locura», pensó Eragon. Se rió de pura excitación mareada al notar que la sensación de levedad se apoderaba de él. El roce del aire le quitó el yelmo, y los ojos, aguados, empezaron a picarle. Eragon soltó el escudo y abrió los brazos y las piernas, tal como le había enseñado Oromis, para estabilizar el vuelo. Abajo, el Jinete de la armadura de hierro se había percatado de la acción de Eragon. El dragón rojo se desvió hacia la izquierda de Eragon, pero no pudo esquivarlo. Éste lanzó una estocada con *Zar'roc* cuando el flanco del dragón pasaba a su lado y sintió que el filo se hundía en la corva de la criatura antes de que la inercia se lo llevara.

El dragón soltó un rugido de agonía.

El impacto del golpe dejó a Eragon girando en el aire, arriba, abajo, en todas las direcciones. Cuando consiguió detener la rotación, se había desplomado ya a través de las nubes y se encaminaba a un rápido y fatal aterrizaje en los Llanos Ardientes. Podía detenerse por medio de la magia si era necesario, pero habría agotado sus reservas de energía. Miró por encima de los dos hombros.

Vamos, Saphira, ¿dónde estás?

Como si quisiera responderle, ella apareció entre el humo apestoso, con las alas bien pegadas al cuerpo. Trazó una curva por debajo de él y abrió un poco las alas para detener la caída. Con cuidado de no empalarse en una de sus púas, Eragon maniobró para volver a instalarse en la silla y

785

agradeció el regreso de la sensación de gravedad cuando ella cortó el descenso.

Nunca me vuelvas a hacer eso, dijo ella bruscamente.

Eragon comprobó que la sangre corría por el filo de *Zar'roc*. *Ha salido bien, ¿no?*

Su satisfacción desapareció al darse cuenta de que su estratagema había dejado a Saphira a merced del otro dragón. La estaba sobrevolando, apurándola hacia un lado y hacia el otro para obligarla a descender al suelo. Saphira trataba de maniobrar para salir de debajo de él, pero cada vez que lo hacía, el otro dragón se le echaba encima y la abofeteaba con las alas para obligarla a cambiar de dirección.

Los dragones siguieron retorciéndose y lanzándose hasta que les empezó a colgar la lengua, se les caían las colas y dejaron de aletear para limitarse a planear.

Con la mente cerrada de nuevo a cualquier contacto, por amistoso que fuera, Eragon habló en voz alta:

—Aterriza, Saphira; no sirve de nada. Me enfrentaré a él en tierra.

Con un gruñido de débil resignación, Saphira descendió sobre la zona despejada más cercana, una pequeña meseta de piedra en la orilla oeste del río Jiet. El agua se había vuelto roja de tanta sangre derramada en la batalla. Eragon saltó de Saphira en cuanto ésta aterrizó en la meseta y comprobó la firmeza del suelo. Era liso y duro, sin nada en que tropezar. Asintió complacido.

Unos pocos segundos después, el dragón rojo pasó volando sobre sus cabezas y se detuvo en el extremo opuesto de la meseta. No apoyaba la pierna izquierda de atrás para no agravar la herida: un tajo largo que casi cortaba el músculo. El dragón temblaba de arriba abajo, como un perro herido. Intentó saltar hacia delante, pero luego se detuvo y gruñó a Eragon.

El Jinete enemigo se desató las piernas y se deslizó por la

pata ilesa de su dragón. Luego lo rodeó y examinó su pierna. Eragon lo dejó: sabía el dolor que le causaría ver la herida que había sufrido el compañero al que estaba vinculado. Sin embargo, esperó demasiado, pues el Jinete musitó unas pocas palabras indescifrables y, en menos de tres segundos, la herida del dragón estaba curada.

Eragon temblaba de miedo. «¿Cómo ha podido hacerlo tan rápido y con un hechizo tan corto?» Sin embargo, fuera quien fuese, no se trataba de Galbatorix, cuyo dragón era negro.

Eragon se aferró a esa noción mientras daba un paso adelante para enfrentarse al Jinete. Cuando se juntaron en el centro de la meseta, Saphira y el dragón rojo trazaron círculos tras ellos.

El Jinete agarró su espada con las dos manos y la giró por encima de la cabeza, apuntando a Eragon, quien alzó a *Zar'-roc* para defenderse. Sus filos chocaron con un estallido de chispas encarnadas. Luego Eragon empujó a su oponente y empezó una serie compleja de golpes. Lanzaba y esquivaba estocadas, bailando sobre los pies ligeros mientras forzaba al Jinete de armadura de hierro a retirarse hacia el límite de la meseta.

Cuando llegaron al borde, el Jinete defendió su terreno, esquivando los ataques de Eragon por muy inteligentes que fueran. «Es como si fuera capaz de anticipar todos mis movimientos», pensó Eragon, frustrado. Si hubiera podido descansar, le habría resultado más fácil batir al Jinete; pero tal como estaba, no conseguía tomar ventaja. El Jinete no tenía la velocidad y la fuerza de un elfo, pero su habilidad técnica era mayor que la de Vanir y tan buena como la de Eragon.

Éste sintió un toque de pánico cuando su golpe inicial de energía empezó a desvanecerse sin que hubiera conseguido nada más que un leve rasguño en la brillante pechera de la armadura del Jinete. Las últimas reservas de energía alma-

787

cenadas en el rubí de *Zar'roc* y en el cinturón de Beloth *el Sabio* apenas bastaban para mantener sus esfuerzos un minuto más. Entonces el Jinete dio un paso adelante. Y luego otro. Y antes de que Eragon se diera cuenta, habían regresado al centro de la meseta, donde se quedaron cara a cara, intercambiando golpes.

Zar'roc pesaba tanto en su mano, que Eragon apenas podía alzarla. Le ardía el hombro, necesitaba boquear para respirar y el sudor le bañaba la cara. Ni siquiera su deseo de vengar a Hrothgar podía ayudarle a superar el agotamiento.

Al fin Eragon resbaló y cayó al suelo. Decidido a que no lo mataran en el suelo, rodó para ponerse de nuevo en pie y lanzó una estocada al Jinete, que desvió a *Zar'roc* a un lado con un leve giro de la muñeca.

La floritura que el Jinete trazó a continuación con la espada —describiendo un rápido círculo lateral— sonó de repente a Eragon, como ya le había ocurrido con todos sus movimientos anteriores. Miró fijamente con un creciente horror la espada corta de su enemigo y luego las ranuras para los ojos de su yelmo espejeado y gritó:

—¡Te conozco!

Se lanzó contra el Jinete, con las espadas atrapadas entre ambos cuerpos, clavó los ojos por debajo del yelmo y lo arrancó. Y allí, en el centro de la meseta, a un lado de los Llanos Ardientes de Alagaësia, estaba Murtagh.

El legado

*M*urtagh sonrió. Luego dijo:

—Thrysta vindr.

Y una dura bola de aire ardió en llamas entre ellos y golpeó a Eragon en el centro del pecho, lanzándolo seis metros por el aire en la meseta.

Mientras caía de espaldas, Eragon oyó que Saphira rugía. Su visión se tiñó de rojo y negro, y luego se arrebujó formando una pelota mientras esperaba que pasara el dolor. Cualquier placer que hubiera sentido por la reaparición de Murtagh quedó anulado por las macabras circunstancias del reencuentro. Una inestable mezcla de impresión, confusión y rabia hervía en su interior.

Murtagh bajó la espada y señaló a Eragon con su mano envuelta en hierro, cerrando todos los dedos menos el índice para formar un puño espinoso.

—Nunca supiste rendirte.

Un escalofrío recorrió la columna vertebral de Eragon, pues acababa de reconocer una escena de la premonición que había experimentado mientras remaba por el Az Ragni hacia Hedarth: *Había un hombre tumbado en el barro revuelto, con el yelmo partido y la malla ensangrentada... Su rostro se escondía detrás de un brazo alzado. Una mano con guante de hierro entró en la visión de Eragon y señaló al hombre caído con la autoridad del mismísimo destino. El pasado y el futuro acababan de converger. Ahora se decidiría la condena de Eragon.*

Eragon se levantó a trompicones, tosió y dijo:

—Murtagh... ¿cómo puede ser que estés vivo? Vi cómo los úrgalos te llevaban bajo tierra. Intenté invocarte, pero sólo veía oscuridad.

Murtagh soltó una risa triste.

—No veías nada, como yo cuando intentaba invocarte durante los días que pasé en Urû'baen.

—¡Pero estabas muerto! —gritó Eragon, casi incoherente—. Moriste bajo Farthen Dûr. Arya encontró tu ropa ensangrentada en los túneles.

Una sombra oscureció el rostro de Murtagh.

—No, no morí. Fue cosa de los gemelos, Eragon. Tomaron el control de un grupo de úrgalos y prepararon una emboscada para matar a Ajihad y capturarme. Luego me embrujaron para que no pudiera escapar y me trasladaron a Urû'baen.

Eragon meneó la cabeza, incapaz de entender lo que había pasado.

—Pero ¿por qué aceptaste servir a Galbatorix? Me dijiste que lo odiabas. Me dijiste...

—¿Aceptar? —Murtagh se echó de nuevo a reír; esta vez su estallido contenía un toque de locura—. No acepté nada. Primero Galbatorix me castigó por haber estropeado sus años de protección cuando me criaba en Urû'baen, por desafiar su voluntad y escaparme. Luego me sonsacó todo lo que sabía de ti, de Saphira y de los vardenos.

—¡Nos traicionaste! Yo lloraba tu pérdida, y tú nos traicionaste.

—No tenía otra opción.

—Ajihad tenía razón cuando te encerró. Tendría que haber dejado que te pudrieras en tu celda, y nada de esto...

—¡No tenía otra opción! —gruñó Murtagh—. Y cuando Espina prendió para mí, Galbatorix nos obligó a los dos a jurarle lealtad en el idioma antiguo. Ahora no podemos desobedecerle.

La pena y el asco crecieron en el interior de Eragon.

—Te has convertido en tu padre.

Un extraño brillo asomó a los ojos de Murtagh.

—No, en mi padre no. Soy más fuerte que Morzan. Galbatorix me ha enseñado cosas de la magia que tú ni siquiera has soñado. Hechizos tan poderosos que los elfos no se atreven a pronunciarlos, porque son unos cobardes. Palabras del idioma antiguo que se perdieron hasta que Galbatorix las descubrió. Maneras de manipular la energía... Secretos, secretos terribles que pueden destruir a los enemigos y cumplir cualquier deseo.

Eragon recordó algunas lecciones de Oromis y replicó:

—Cosas que deberían seguir siendo secretas.

—Si las conocieras, no lo dirías. Brom era un diletante, sólo eso. ¿Y los elfos? Bah... Lo único que saben hacer es esconderse en su fortaleza y esperar a que los conquisten. —Murtagh recorrió a Eragon con la mirada—. Ahora pareces un elfo. ¿Eso te lo ha hecho Islanzadí? —Al ver que Eragon guardaba silencio, Murtagh sonrió y se encogió de hombros—. No importa. Lo voy a saber bien pronto.

Se detuvo, frunció el ceño y luego miró hacia el este.

Eragon siguió la dirección de su mirada y vio a los gemelos en el frente del Imperio, lanzando bolas de energía hacia las filas de vardenos y enanos. Las cortinas de humo dificultaban la visión, pero Eragon estaba seguro de que los magos calvos sonreían y reían mientras destrozaban a los hombres a quienes en otro tiempo habían jurado solemne amistad. Pero de lo que los gemelos no se habían dado cuenta —mientras que Eragon y Murtagh sí lo veían con claridad desde su ventajosa atalaya— era que Roran se estaba acercando a ellos por un lado.

El corazón de Eragon dio un vuelco al reconocer a su primo. «¡No seas tonto! ¡Aléjate de ellos! Te van a matar.»

Justo cuando Eragon abría la boca para lanzar un hechizo que alejara a Roran del peligro —por muy caro que le costara—, Murtagh dijo:

—Espera. Quiero ver qué hace.

—¿Por qué?

Una sombría sonrisa cruzó el rostro de Murtagh.

—Los gemelos disfrutaron torturándome cuando me tenían cautivo.

Eragon lo miró con suspicacia:

—¿No le vas a hacer daño? ¿No vas a avisar a los gemelos?

—Vel eïnradhin iet ai Shur'tugal. —Palabra de Jinete.

Vieron juntos cómo Roran se escondía tras un montón de cadáveres. Eragon se tensó al ver que los gemelos miraban hacia el montón. Por un instante pareció que lo habían detectado, pero luego se dieron la vuelta y Roran saltó. Blandió el martillo y golpeó a uno de los gemelos en la cabeza, partiéndole el cráneo. El otro gemelo cayó al suelo entre convulsiones y emitió un grito hasta que encontró el fin de sus días bajo el martillo de Roran. Luego éste plantó un pie sobre los cadáveres de sus enemigos, alzó el martillo por encima de la cabeza y soltó un rugido victorioso.

—¿Y ahora qué? —quiso saber Eragon, apartando la mirada del campo de batalla—. ¿Has venido a matarme?

—Claro que no. Galbatorix te quiere vivo.

—¿Para qué?

Murtagh retorció los labios.

—¿No lo sabes? ¡Ja! ¡Menuda broma! No es por ti; es por ella. —Señaló con un dedo a Saphira—. El dragón del último huevo de Galbatorix, el último huevo de dragón del mundo, es macho. Saphira es la única hembra que existe. Si procrea, será la madre de toda su raza. ¿Lo entiendes ahora? Galbatorix no quiere erradicar a los dragones. Quiere usar a Saphira para reconstruir a los Jinetes. No puede matarte, no puede matar a ninguno de los dos si quiere que su visión se convierta en realidad... Y menuda visión, Eragon. Tendrías que oírsela describir y entonces tal vez no tendrías tan mala opinión de él. ¿Está mal que quiera unir Alagaësia bajo una sola bandera, eliminar la necesidad de guerrear y restablecer los Jinetes?

—Para empezar, fue él quien los destruyó.

—Y tuvo sus buenas razones —afirmó Murtagh—. Estaban viejos, gordos y corrompidos. Los elfos los controlaban y los usaban para subyugar a los humanos. Había que deshacerse de ellos para volver a empezar.

Los rasgos de Eragon se contorsionaron de furia. Echó a caminar arriba y abajo por la meseta, con la respiración pesada, y luego señaló la batalla y dijo:

—¿Cómo puedes justificar que se cause tanto sufrimiento por los desvaríos de un loco? Galbatorix no ha hecho más que quemar, matar y amasar poder. Miente. Asesina. Manipula. ¡Y tú lo sabes! Por eso te negaste a trabajar para él de entrada. —Eragon se detuvo y adoptó un tono más amable—: Entiendo que te vieras obligado a actuar en contra de tu voluntad y que no eres responsable de haber matado a Hrothgar. Pero puedes intentar escapar. Estoy seguro de que Arya y yo podríamos inventar una manera de neutralizar los lazos que te ha echado encima Galbatorix... Únete a mí, Murtagh. Podrías hacer tanto por los vardenos... Con nosotros, serías alabado y admirado, en vez de maldecido, temido y odiado.

Murtagh miró un momento su espada llena de muescas, y Eragon confió en que aceptaría. Luego, en voz baja, dijo:

—No puedes ayudarme, Eragon. Sólo Galbatorix puede liberarnos de nuestro juramento, y no lo hará jamás... Conoce nuestros verdaderos nombres, Eragon... Somos sus esclavos para siempre.

Por mucho que quisiera, Eragon no podía negar la compasión que sentía por la situación de Murtagh. Con la mayor gravedad, contestó:

—Entonces, déjanos mataros a los dos.

—¡Matarnos! ¿Por qué iba a permitirlo?

Eragon escogió sus palabras con cuidado:

—Te liberaría del control de Galbatorix. Y salvaría la vida de cientos o miles de personas. ¿No te parece una causa suficientemente noble para sacrificarte por ella?

Murtagh negó con la cabeza.

—Tal vez lo sea para ti, pero yo aún encuentro la vida demasiado dulce para despedirme de ella tan fácilmente. Ninguna vida ajena es más importante que la de Espina o la mía.

Por mucho que lo odiara —de hecho, por mucho que odiara toda aquella situación—, Eragon sabía lo que debía hacer. Renovando su ataque a la mente de Murtagh, saltó hacia delante, perdiendo el contacto del suelo con los dos pies al lanzarse hacia su enemigo con la intención de clavarle una estocada en el corazón.

—¡Letta! —ladró Murtagh.

Eragon cayó al suelo, y unas cintas invisibles anudaron sus brazos y sus piernas, inmovilizándolo. A su derecha, Saphira soltó un chorro de fuego rizado y saltó contra Murtagh como un gato que se abalanzara sobre un ratón.

—¡Rïsa! —ordenó Murtagh, extendiendo una mano como una zarpa, como si pretendiera atraparla.

Saphira soltó un grito ahogado de sorpresa cuando el hechizo de Murtagh la detuvo en el aire y la sostuvo allí, flotando unos palmos por encima de la meseta. Por mucho que se retorciera, no conseguía tocar el suelo, ni alzar el vuelo.

«¿Cómo puede seguir siendo humano y tener la fuerza necesaria para hacer eso? —se preguntó Eragon—. A pesar de mis nuevas habilidades, si emprendiera esa tarea, me quedaría sin respiración y no podría ni caminar.» Confiando en la experiencia que había adquirido al contrarrestar los hechizos de Oromis, Eragon dijo:

—¡Brakka du vanyalí sem huildar Saphira un eka!

Murtagh no intentó detenerlo y se limitó a mirarlo con ojos apagados, como si la resistencia de Eragon le pareciera una inútil molestia. Eragon rechinó los dientes y redobló sus esfuerzos. Sentía las manos frías, le dolían los huesos y se le frenaba el pulso a medida que la magia absorbía sus energías. Sin necesidad de pedírselo, Saphira sumó sus fuerzas y le concedió el acceso a los formidables recursos de su cuerpo.

Pasaron cinco segundos...

Veinte segundos... Una gruesa vena latía en el cuello de Murtagh.

Un minuto...

Un minuto y medio... Temores involuntarios recorrían a Eragon. Sus cuádriceps y sus corvas temblaban, y si hubiera llegado a tener libertad de movimientos, las piernas habrían flaqueado.

Pasaron dos minutos...

Al fin Eragon se vio obligado a abandonar la magia, pues se arriesgaba a perder la conciencia y caer en el vacío. Se quedó doblado, gastado por completo.

Antes tenía miedo, pero sólo porque pensaba que podía fracasar. Ahora lo tenía porque no sabía de qué era capaz Murtagh.

—No puedes competir conmigo —dijo éste—. Nadie puede, aparte de Galbatorix. —Se acercó a Eragon y apuntó a su cuello con la espada, rasgándole la piel. Eragon resistió el impulso de apartarse—. Qué fácil sería llevarte a Urû'baen.

Eragon lo miró al fondo de los ojos.

—No. Déjame ir.

—Acabas de intentar matarme.

—Y tú hubieras hecho lo mismo en mi situación. —Al ver que Murtagh permanecía callado e inmutable, Eragon añadió—: En otro tiempo fuimos amigos. Luchamos juntos. No puede ser que Galbatorix te haya cambiado tanto como

795

para olvidar... Si lo haces, Murtagh, estarás perdido para siempre.

Pasó un largo minuto en el que el único sonido fue el clamor y los gritos de los ejércitos enfrentados. La sangre goteaba por el cuello de Eragon, donde le había cortado la punta de la espada. Saphira dio un coletazo de pura rabia desesperada.

Al fin, Murtagh dijo:

—Me ordenaron que intentara capturaros a ti y a Saphira. —Hizo una pausa—. Lo he intentado... Asegúrate de que nuestros caminos no vuelvan a cruzarse. Galbatorix me hará pronunciar nuevos juramentos en el idioma antiguo que me impedirán tener piedad contigo la próxima vez que nos encontremos.

Bajó la espada.

—Estás haciendo lo que debes —dijo Eragon.

Intentó dar un paso atrás, pero seguía inmovilizado.

—Tal vez. Antes de que te deje ir... —Murtagh arrancó a *Zar'roc* del puño de Eragon y soltó la funda que éste llevaba prendida al cinturón de Beloth *el Sabio*—. Si me he convertido en mi padre, tendré que usar su espada. Espina es mi dragón y será una espina para todos nuestros enemigos. Entonces, parece justo que lleve la espada *Suplicio*. *Suplicio* y Espina, buen equipo. Además, *Zar'roc* tenía que haber pasado al hijo mayor de Morzan, no al menor. Es mía por derecho de nacimiento.

Un pozo frío se formó en el estómago de Eragon. «No puede ser.»

Una sonrisa cruel apareció en el rostro de Murtagh.

—Nunca te dije el nombre de mi madre, ¿verdad? Y tú no me dijiste el de la tuya. Lo diré ahora: Selena. Selena era mi madre, y la tuya. Morzan era nuestro padre. Los gemelos adivinaron la conexión mientras hurgaban en tu mente. A Galbatorix le interesó mucho conocer esa información particular.

—¡Mientes! —exclamó Eragon.

No podía soportar la idea de ser hijo de Morzan. «¿Lo sabía Brom? ¿Lo sabía Oromis?... ¿Por qué no me lo dijo nadie?» Entonces recordó que Angela había predicho que alguien de su familia lo traicionaría. «Tenía razón.»

Murtagh se limitó a menear la cabeza, repitió sus palabras en el idioma antiguo y luego acercó los labios al oído de Eragon y susurró:

—Tú y yo somos lo mismo, Eragon. La misma imagen reflejada. No puedes negarlo.

—Te equivocas —gruñó Eragon, luchando contra el hechizo—. No nos parecemos. Yo ya no tengo la cicatriz en la espalda.

Murtagh se echó hacia atrás como si le hubieran pinchado, y su rostro se endureció y se volvió frío. Alzó a *Zar'roc* y la sostuvo delante del pecho.

—Pues así sea. Te cojo mi legado, hermano. Adiós.

Luego recogió el yelmo del suelo y montó en Espina. No miró a Eragon ni una sola vez mientras el dragón se agachaba, alzaba las alas y sobrevolaba la meseta hacia el norte. Sólo cuando Espina había desaparecido por el horizonte se soltó la red mágica que retenía a Eragon y Saphira.

Los talones de Saphira golpearon la piedra al aterrizar. Se arrastró hasta Eragon y le tocó un brazo con el morro. *¿Estás bien, pequeñajo?*

Estoy bien. Pero no estaba bien, y lo sabía.

Eragon caminó hasta el borde de la meseta y supervisó los Llanos Ardientes y el campo tras la batalla, pues ésta había terminado. Con la muerte de los gemelos, los vardenos y los enanos habían recuperado el terreno perdido y se habían visto capaces de derrotar a las formaciones de soldados confundidos, arreándolos en manada hacia el río, o forzándolos a irse por donde habían venido.

Aunque el grueso de sus fuerzas permanecía ileso, el Im-

797

perio había tocado a retirada, sin duda para reagruparse y preparar un segundo intento de invadir Surda. Tras su estela quedaban montones de cadáveres enmarañados de ambas partes del conflicto, una cantidad de hombres y enanos suficiente para poblar una ciudad entera. El espeso humo negro consumía los cuerpos que habían caído en las fumarolas de la turba.

Ahora que había cesado la lucha, los halcones, las águilas, los grajos y los cuervos descendían como una mortaja sobre el campo.

Eragon cerró los ojos, y las lágrimas desbordaron los párpados.

Habían ganado, pero él había perdido.

Reunión

Eragon y Saphira se abrieron paso entre los cadáveres que se amontonaban en los Llanos Ardientes, avanzando despacio por las heridas y el agotamiento. Se encontraron con otros supervivientes que se tambaleaban sobre el campo de batalla calcinado, hombres de miradas vacías que miraban sin llegar a ver, con la vista enfocada en la distancia.

Ahora que la sed de sangre había desaparecido, Eragon sólo sentía pena. La lucha le parecía totalmente inútil. «Qué tragedia que deban morir tantos hombres para detener a un solo loco.» Se detuvo para esquivar un racimo de flechas clavadas en el lodo y se dio cuenta de que Saphira tenía un tajo en la cola, donde la había mordido Espina, además de otras heridas.

Ven, déjame tu fuerza; te curaré.

Primero a los que están en peligro de muerte.

¿Estás segura?

Del todo, pequeñajo.

Eragon asintió, se agachó y curó el cuello partido de un soldado antes de dirigirse hacia uno de los vardenos. No hizo distinciones entre enemigos y aliados y aplicó sus habilidades hasta el límite para ambos.

Eragon estaba tan ocupado con sus pensamientos que no prestaba mucha atención a lo que hacía. Deseaba poder repudiar las afirmaciones de Murtagh, pero todo lo que éste había dicho sobre su madre —la de los dos— coincidía con las pocas cosas que Eragon sabía de ella: Selena había abandonado Carvahall unos veinte años antes, había vuelto una vez para parir a Eragon y no la habían visto más. Su mente retrocedió hasta el momento en que él y Murtagh llegaron a Farthen Dûr. Murtagh había comentado que su madre había desaparecido del castillo de Morzan cuando éste perseguía a Brom, Jeod y el huevo de Saphira. «Cuando Morzan lanzó a *Zar'roc* contra Murtagh y estuvo a punto de matarlo, mamá debió de disimular su embarazo y volver a Carvahall para protegerme de Morzan y Galbatorix.» Le animaba saber que Selena se había preocupado tanto por él.

Desde que alcanzara la edad suficiente para entender que era hijo adoptivo, Eragon se había preguntado quién era su padre y por qué su madre lo había dejado con su hermano Garrow y Marian, la mujer de éste, para que lo criaran ellos. La fuente que ahora acababa de arrojarle las respuestas era tan inesperada, y tan poco propicio el lugar, que en aquel momento apenas conseguía entenderlo. Le iba a costar meses, o incluso años, aceptar aquella revelación.

Eragon siempre había dado por hecho que le encantaría conocer la identidad de su padre. Ahora que la sabía, el dato le repugnaba. Cuando era más joven, a menudo se entretenía imaginando que su padre era alguien grande e importante, aunque Eragon sabía que lo más probable era lo contrario. Sin embargo, nunca se le había ocurrido, ni en sus más extravagantes ensoñaciones, que pudiera ser el hijo de un Jinete, y mucho menos de uno de los Apóstatas.

La ensoñación se había convertido en pesadilla.

«Desciendo de un monstruo... Mi padre fue el que traicionó a los Jinetes ante Galbatorix.» Eragon tenía la sensación de estar manchado.

«Pero no...» Mientras curaba la columna partida de un hombre, se le ocurrió una nueva manera de contemplar la situación, una manera que le devolvía parte de la confianza en sí mismo: «Tal vez descienda de Morzan, pero él no es mi padre. Mi padre es Garrow. Él me crió. Me enseñó a vivir bien con honradez, con integridad. Soy quien soy gracias a él. Hasta Brom y Oromis son más padres míos que Morzan. Y mi hermano es Roran, no Murtagh.»

Eragon asintió, decidido a mantener ese punto de vista. Hasta entonces, se había negado a aceptar del todo a Garrow como su padre. Y por mucho que Garrow ya estuviera muerto, aceptarlo ahora alivió a Eragon, le dio la sensación de cerrar un asunto pendiente y le ayudó a superar su angustia por Morzan.

Te has vuelto sabio, observó Saphira.

¿Sabio? —Eragon negó con la cabeza—. *No, sólo he aprendido a pensar. Al menos eso me dio Oromis.* —Eragon retiró una capa de polvo del rostro de un niño que había portado el estandarte para asegurarse de que efectivamente estaba muerto y luego estiró el cuerpo, haciendo una mueca de dolor porque sus músculos protestaban con un espasmo—. *¿Te das cuenta de que Brom debía de saberlo, no? Si no, ¿por qué habría de escoger Carvahall para esconderse mientras esperaba que tú prendieras?... Quería mantener vigilado al hijo de su enemigo.* —Le inquietaba pensar que Brom pudiera haberlo considerado como una amenaza—. *Y además tenía razón. ¡Mira lo que me pasó al final!*

Saphira le acarició el pelo con una vaharada de cálido aliento. *Recuerda que, fueran cuales fuesen las razones de Brom, siempre intentó protegernos del peligro. Murió para salvarte de los Ra'zac.*

Ya lo sé... ¿Crees que no me dijo nada de todo esto porque temía que yo emulara a Morzan, igual que ha hecho Murtagh?

Por supuesto que no.

La miró con curiosidad. *¿Cómo puedes estar tan segura?* Ella alzó la cabeza por encima de él y se negó a contestar o a sostenerle la mirada. *Entonces, lo que tú digas.*

Eragon se arrodilló junto a un hombre del rey Orrin, que tenía una flecha clavada en las tripas y le agarró los brazos para que dejara de retorcerse.

—Tranquilo.

—Agua —gruñó el hombre—. Por piedad, un poco de agua. Tengo la garganta seca, como si fuera de arena. Por favor, Asesino de Sombra. —El sudor perlaba su frente.

Eragon sonrió y trató de consolarlo.

—Puedo darte de beber ahora, pero será mejor que esperes hasta que te haya curado. ¿Puedes esperar? Si lo haces, te prometo que podrás beber tanta agua como quieras.

—¿Lo prometes, Asesino de Sombra?

—Lo prometo.

El hombre luchó visiblemente contra una nueva oleada de agonía antes de decir:

—Si ha de ser así...

Con la ayuda de la magia Eragon retiró la flecha, y él y Saphira unieron sus esfuerzos para reparar las entrañas de aquel hombre, usando parte de la energía del guerrero para alimentar el hechizo. Les costó unos cuantos minutos. Luego, el hombre se examinó el abdomen, apretando la piel inmaculada con las manos, y miró a Eragon con lágrimas en los ojos.

—Yo... Asesino de Sombra, tú...

Eragon le pasó su bota de agua.

—Ten, quédatela. La necesitas más que yo.

Unos cien metros más allá, Eragon y Saphira atravesaron una agria pared de humo. Allí se encontraron con Orik y otros diez enanos —entre los que había algunas mujeres— desplegados en torno al cuerpo de Hrothgar, tendido sobre cuatro escudos, resplandeciente en su malla de oro. Los enanos se tiraban de los pelos, se golpeaban el pecho y gemían al cielo sus lamentos. Eragon agachó la cabeza y murmuró:

—Stydja unin mor'ranr, Hrothgar Könungr.

Al cabo de un rato Orik se percató de su presencia y se levantó, con la cara enrojecida de tanto llorar y la trenza que solía llevar en la barba, deshecha. Se tambaleó hacia Eragon y, sin más preámbulos, preguntó:

—¿Has matado al cobarde responsable de esto?

—Se ha escapado. —Eragon no se sentía capaz de explicar que el Jinete era Murtagh.

Orik se dio un puñetazo en una mano.

—¡Barzûln!

—Pero te juro sobre todas las piedras de Alagaësia que, como miembro del Dûrgrimst Ingeitum, haré todo lo que pueda por vengar la muerte de Hrothgar.

—Sí, y eres el único, aparte de los elfos, que tiene la fuerza suficiente para someter a la justicia a ese asqueroso asesino. Y cuando lo encuentres... Aplástale los huesos hasta que se conviertan en polvo, Eragon. Arráncale los dientes y llénale las venas de plomo derretido; haz que sufra por cada minuto de vida que le ha robado a Hrothgar.

—¿No ha sido una buena muerte? ¿Hrothgar no hubiera querido morir en plena batalla, con *Volund* en las manos?

—En plena batalla, sí; enfrentándose a un enemigo honrado que se atreviera a plantarse ante él y luchar como un hombre. No desplomado por los trucos de un mago... —Meneando la cabeza, Orik volvió la vista hacia Hrothgar y luego se cruzó de brazos y pegó la barbilla al cuello. Tomó aire con la respiración entrecortada—. Cuando la viruela mató a mis padres, Hrothgar me devolvió la vida. Me llevó a su sala. Me convirtió en su heredero. Perderlo a él... —Orik se apretó el puente de la nariz con el pulgar y el índice, tapándose la cara—. Perderlo a él es como volver a perder a mi padre.

El dolor sonaba tan claro en su voz, que Eragon se sintió como si compartiera la pena del enano.

—Lo entiendo —dijo.

—Sé que lo entiendes, Eragon... Sé que lo entiendes.

—Tras un momento, Orik se secó los ojos y señaló a los diez enanos—. Antes de hacer nada más, hemos de llevar a Hrothgar a Farthen Dûr para poderlo enterrar con sus antepasados. El Dûrgrimst Ingeitum debe elegir a un nuevo grimstborith, y luego los trece jefes de clan, incluidos los que ves aquí, escogerán al nuevo rey entre ellos. Lo que vaya a ocurrir después, no lo sé. Esta tragedia alentará a algunos clanes a volverse contra nuestra causa... —Volvió a menear la cabeza.

Eragon apoyó una mano en el hombro de Orik.

—No te preocupes por eso ahora. No tienes más que pedirlo, y pondré mi brazo a tu servicio... Si quieres, ven a mi tienda y podremos compartir un tonel de aguamiel y brindar a la memoria de Hrothgar.

—Me encantaría. Pero aún no. No hasta que terminemos de suplicar a los dioses que concedan a Hrothgar un pasaje seguro a la vida de ultratumba.

Orik abandonó a Eragon, volvió al círculo de enanos y se sumó a sus lamentos.

Mientras seguían avanzando por los Llanos Ardientes, Saphira dijo: *Hrothgar era un gran rey.*

Sí, y buena persona —suspiró Eragon—. *Tendríamos que encontrar a Arya y Nasuada. Ya no puedo curar ni un rasguño, y tienen que saber lo de Murtagh.*

De acuerdo.

Giraron hacia el campamento de los vardenos, pero apenas habían avanzado unos pocos metros cuando Eragon vio que Roran se acercaba desde el río Jiet. Le invadió la inquietud. Roran se detuvo directamente delante de ellos, plantó los pies bien separados y miró fijamente a Eragon, moviendo arriba y abajo la mandíbula como si quisiera hablar pero no lograra que sus palabras pasaran más allá de los dientes.

Luego le dio un puñetazo a Eragon en la barbilla.

804

A Eragon le hubiera resultado fácil esquivar el golpe, pero permitió que acertara y se apartó sólo un poco para evitar que Roran se partiera los nudillos.

Aun así, le dolió.

Con una mueca de dolor, Eragon se encaró a su primo.

—Supongo que me lo merecía.

—Claro que sí. Tenemos que hablar.

—¿Ahora?

—No puede esperar. Los Ra'zac capturaron a Katrina, y necesito que me ayudes a rescatarla. La tienen desde que nos fuimos de Carvahall.

«De modo que es por eso.» Eragon entendió por qué Roran parecía tan amargado y torturado y por qué se había llevado a todos los aldeanos hasta Surda. «Brom tenía razón. Galbatorix envió a los Ra'zac al valle de Palancar.» Eragon frunció el ceño, dividido entre sus responsabilidades con Roran y el deber de informar a Nasuada.

—Antes tengo que hacer algo, y luego podremos hablar. ¿De acuerdo? Puedes acompañarme si quieres.

—Voy...

Mientras atravesaban la tierra agujereada, Eragon no dejó de mirar a Roran con el rabillo del ojo. Al fin, le dijo en voz baja:

—Te echaba de menos.

Roran titubeó y luego respondió con una breve sacudida de cabeza. Unos pasos más allá, preguntó:

—Ésta es Saphira, ¿no? Jeod me dijo que se llamaba así.

—Sí.

Saphira miró a Roran con uno ojo brillante. Él aguantó el escrutinio sin volverse, cosa que no mucha gente era capaz de hacer.

Siempre quise conocer al compañero de cuna de Eragon.

—¡Habla! —exclamó Roran cuando Eragon repitió sus palabras.

805

Esta vez Saphira se dirigió a él directamente: *¿Qué? ¿Creías que era muda como una lagartija?*

Roran pestañeó.

—Te pido perdón. No sabía que los dragones fueran tan inteligentes. —Una amarga sonrisa le tensó los labios—. Primero los Ra'zac, luego los magos, ahora los enanos, los Jinetes y dragones que hablan. Parece que el mundo se ha vuelto loco.

—Sí que lo parece.

—Te he visto pelear contra el otro Jinete. ¿Le has herido? ¿Ha huido por eso?

—Espera. Ya lo oirás.

Cuando llegaron al pabellón que buscaba Eragon, apartó la tela de la entrada y se metió dentro, seguido de Roran y Saphira, que metió la cabeza y el cuello tras ellos. En el centro de la tienda estaba Nasuada, sentada al borde de la mesa mientras una doncella le quitaba la retorcida armadura, al tiempo que ella sostenía una acalorada discusión con Arya. El corte de la pierna estaba curado.

Nasuada se detuvo a media frase al ver a los recién llegados. Corrió hacia ellos, rodeó a Eragon con sus brazos y gritó:

—¿Dónde estabas? Creíamos que habías muerto, o algo peor.

—No del todo.

—La vela sigue encendida —murmuró Arya.

Nasuada dio un paso atrás y dijo:

—No hemos podido ver lo que os pasaba a Saphira y a ti desde que habéis aterrizado en la meseta. Cuando se ha ido el dragón rojo y tú no aparecías, Arya ha intentado ponerse en contacto contigo, pero no sentía nada. Así que dábamos por hecho... —Se calló un momento—. Estábamos discutiendo la mejor manera de transportar Du Vrangr Gata y una compañía entera de guerreros al otro lado del río.

—Lo siento. No quería que os preocuparais. Estaba tan cansado al terminar la batalla, que me he olvidado de retirar las barreras. —Entonces Eragon presentó a Roran—. Nasuada, quiero presentarte a mi primo Roran. Tal vez Ajihad te hablara de él. Roran, la señora Nasuada, líder de los vardenos, de quien soy vasallo. Y ésta es Arya Svit-kona, la embajadora de los elfos.

Roran dedicó una reverencia a cada una.

—Es un honor conocer al primo de Eragon —dijo Nasuada.

—Desde luego —añadió Arya.

Tras intercambiar saludos, Eragon explicó que toda la población de Carvahall había llegado en el *Ala de Dragón*, y que Roran era el responsable de la muerte de los gemelos.

Nasuada alzó una oscura ceja.

—Los vardenos están en deuda contigo, Roran, por evitar su masacre. A saber el daño que habrían causado los gemelos antes de que Eragon o Arya pudieran enfrentarse a ellos. Nos has ayudado a ganar esta batalla. No lo olvidaré. Nuestras provisiones son limitadas, pero me aseguraré de que todos los ocupantes de tu barco reciban ropas y alimentos, así como de que los enfermos sean tratados.

Roran hizo una reverencia aun más profunda.

—Gracias, señora Nasuada.

—Si no apremiara tanto el tiempo, insistiría en preguntar por qué tú y los de tu aldea escapasteis de los hombres de Galbatorix, viajasteis hasta Surda y os reunisteis con nosotros. Hasta los meros hechos puntuales de vuestra expedición deben de conformar un relato extraordinario. Quiero conocer los detalles, sobre todo porque sospecho que tienen que ver con Eragon, pero en este momento debo ocuparme de otros asuntos más urgentes.

—Por supuesto, señora Nasuada.

—Entonces, puedes retirarte.

—Por favor —dijo Eragon—, déjale quedarse. Conviene que esté presente.

Nasuada le dirigió una mirada interrogativa.

—Muy bien. Si así lo deseas... Pero basta de charloteo. Ve al grano y cuéntanos lo de ese Jinete.

Eragon empezó con una rápida historia sobre los tres huevos que quedaban —dos de los cuales habían prendido ya—, así como sobre Morzan y Murtagh, para que Roran entendiera el significado de sus noticias. Luego procedió a describir la lucha que él y Saphira habían sostenido con Espina y el misterioso Jinete, prestando una atención especial a sus extraordinarios poderes.

—En cuanto hizo girar la espada, me di cuenta de que ya habíamos combatido antes, de modo que me lancé contra él y le arranqué el yelmo. —Eragon hizo una pausa.

—Era Murtagh, ¿verdad? —preguntó Nasuada en voz baja.

—¿Cómo...?

Ella suspiró.

—Si los gemelos sobrevivieron, tenía sentido que también estuviera vivo Murtagh. ¿Te ha contado lo que pasó realmente aquel día en Farthen Dûr?

Entonces Eragon les contó cómo los gemelos habían traicionado a los vardenos, reclutado a los úrgalos y secuestrado a Murtagh. Una lágrima rodó por la mejilla de Nasuada.

—Es una pena que le ocurriera eso a Murtagh, que ya había soportado muchas penurias. Disfruté de su compañía en Tronjheim y creía que era nuestro aliado, pese a sus antecedentes. Me cuesta pensar en él como enemigo. —Se volvió hacia Roran y dijo—: Parece que también tengo una deuda personal contigo por matar a los traidores que asesinaron a mi padre.

«Padres, madres, hermanos, primos —pensó Eragon—. Todo se reduce a la familia.» Sacando fuerzas de flaqueza, terminó su informe contando que Murtagh le había robado a *Zar'roc* y luego el último y terrible secreto.

—No puede ser —murmuró Nasuada.

Eragon vio que la impresión y el asco cruzaban el rostro de Roran antes de que consiguiera disimular su reacción. Eso le dolió más que cualquier otra cosa.

—¿Puede ser que Murtagh haya mentido?

—No veo por qué. Cuando lo he puesto en duda, me lo ha vuelto a decir en el idioma antiguo.

Un silencio largo e incómodo invadió el pabellón.

Entonces Arya dijo:

—Esto no debe saberlo nadie más. Los vardenos ya están muy desmoralizados por la aparición de un nuevo Jinete. Y aun se inquietarán más cuando sepan que es Murtagh, a cuyo lado pelearon muchos y en quien confiaron en Farthen Dûr. Si corre la voz de que Eragon Asesino de Sombra es hijo de Morzan, los hombres perderán la ilusión y pocos querrán unirse a nosotros. Ni siquiera debería saberlo el rey Orrin.

Nasuada se frotó las sienes.

—Me temo que tienes razón. Un nuevo Jinete... —Meneó la cabeza—. Sabía que esto podía ocurrir, pero no lo creía de verdad porque los huevos en poder de Galbatorix llevaban mucho tiempo sin prender.

—Tiene una cierta simetría —dijo Eragon.

—Ahora nuestra tarea es doblemente difícil. Hoy hemos aguantado, pero el ejército del Imperio sigue siendo más numeroso que el nuestro, y ahora no nos enfrentamos a un Jinete, sino a dos, y ambos son más fuertes que tú, Eragon. ¿Crees que podrás derrotar a Murtagh con la ayuda de los hechiceros de los elfos?

—Tal vez. Pero dudo que cometa la estupidez de enfrentarse a ellos y a mí a la vez.

Discutieron durante varios minutos las consecuencias

809

que podía tener la aparición de Murtagh en la campaña y sus estrategias para minimizarlas o eliminarlas. Al fin, Nasuada dijo:

—Basta. No podemos decidir esto llenos de sangre y agotados, con las mentes nubladas por la batalla. Ve, descansa, y mañana retomaremos el asunto.

Cuando Eragon se volvía para salir, Arya se acercó a él y lo miró a los ojos.

—No permitas que esto te inquiete demasiado, Eragonelda. No eres tu padre ni tu hermano. Su deshonra no es tuya.

—Sí —reforzó Nasuada—. Tampoco creas que esto ha empeorado la opinión que nos mereces. —Se acercó y tomó la cara de Eragon entre sus manos—. Te conozco, Eragon. Tienes buen corazón. El nombre de tu padre no puede cambiar eso.

810 El calor floreció en el interior de Eragon. Miró a una mujer, luego a la otra, y después dobló la muñeca sobre el pecho, abrumado por su amistad:

—Gracias.

Cuando volvió a salir al aire libre, Eragon puso las manos en jarras y respiró hondo aquel aire humeante. El día tendía a su fin, y el estridente naranja de la luna se rendía ante una polvorienta luz dorada que invadía el campo de batalla, concediéndole una extraña belleza.

—Bueno, pues ya lo sabes —dijo.

Roran se encogió de hombros.

—De casta le viene al galgo.

—No digas eso —gruñó Eragon—. No lo digas nunca.

Roran lo estudió unos segundos.

—Tienes razón; ha sido una fea idea. No lo decía en serio. —Se rascó la barba y miró con los ojos achinados hacia la luz moteada que descansaba en el horizonte—. Nasuada no es como me la esperaba.

Eso provocó en Eragon una risa cansada.

—Tu esperabas a su padre, Ajihad. Ella es tan buena líder como él, o aun mejor.

—¿No se ha teñido la piel?

—No, ella es así.

Justo entonces Eragon notó que Jeod, Horst y un grupo de hombres de Carvahall se apresuraban hacia ellos. Los aldeanos frenaron el paso al rodear una tienda y toparse con Saphira.

—¡Horst! —exclamó Eragon. Dio un paso adelante y encerró al herrero en un abrazo de oso—. ¡Cuánto me alegro de volver a verte!

Horst miró boquiabierto a Eragon, y luego una sonrisa de placer cruzó su cara.

—Maldita sea si no me alegro yo también, Eragon. Desde que te fuiste, has engordado.

—Querrás decir desde que huí.

811

Encontrarse con los aldeanos era una extraña experiencia para Eragon. Las penurias habían alterado tanto a aquellos hombres que casi no los reconocía. Y lo trataban de un modo distinto, con una mezcla de asombro y reverencia. Eso le recordaba un sueño en el que todo lo familiar se había vuelto ajeno. Le desconcertaba sentirse tan desplazado entre ellos.

Tras acercarse a Jeod, Eragon se detuvo.

—¿Sabes lo de Brom?

—Ajihad me envió un mensaje, pero me gustaría oír lo que pasó directamente de tus labios.

Eragon asintió con gravedad.

—En cuanto tenga la ocasión, nos sentaremos juntos y tendremos una larga conversación.

Luego Jeod se acercó a Saphira y le dedicó una reverencia.

—Llevo toda la vida esperando ver un dragón y ahora he visto dos en el mismo día. Desde luego, tengo suerte. En cualquier caso, tú eres el dragón que quería conocer.

Saphira dobló el cuello y tocó la frente de Jeod. Éste tembló al recibir el contacto.

Dale las gracias por ayudar a rescatarme de Galbatorix. Si no, siguiría languideciendo en la cueva del tesoro del rey. Era amigo de Brom, o sea que es nuestro amigo.

Cuando Eragon repitió sus palabras, Jeod dijo:

—Atra esterní ono thelduin, Saphira Bjartskular. —Sorprendió a todos con su conocimiento del idioma antiguo.

—¿Dónde te habías metido? —preguntó Horst a Roran—. Te hemos buscado por todas partes cuando te has ido a perseguir a esos dos magos.

—Eso ahora no importa. Volved a la nave y haced que desembarquen todos. Los vardenos nos darán comida y refugio. ¡Esta noche podremos dormir en tierra firme!

Los hombres vitorearon.

Eragon contempló con interés mientras Roran iba dando órdenes. Cuando al fin se fueron Jeod y los aldeanos, le dijo:

—Confían en ti. Hasta Horst te obedece sin dudar. ¿Hablas en nombre de todo Carvahall ahora?

—Sí.

Una pesada oscuridad avanzaba por los Llanos Ardientes cuando encontraron la pequeña tienda de dos plazas que los vardenos habían asignado a Eragon. Como Saphira no podía meter la cabeza por la abertura, se acurrucó en el suelo junto a la tienda y se preparó para mantener la guardia.

En cuanto recupere las fuerzas, me ocuparé de tus heridas, le prometió Eragon.

Ya lo sé. No trasnoches mucho hablando.

Dentro de la tienda, Eragon encontró una lámpara de aceite y la encendió con un pedernal. Podía ver perfectamente sin ella, pero Roran sí necesitaba la luz.

Se sentaron cara a cara: Eragon sobre el catre tendido a un lado de la tienda, y Roran en un taburete plegable que encontró apoyado en un rincón. Eragon no estaba seguro de cómo empezar, así que guardó silencio y miró fijamente el bailoteo de la llama de la lámpara.

Tras incontables minutos, Roran propuso:

—Dime cómo murió mi padre.

—Nuestro padre. —Eragon mantuvo la calma al ver que la expresión de Roran se endurecía. Con tono amable, dijo—: Tengo tanto derecho como tú a llamarlo así. Mira en tu interior; sabrás que es verdad.

—Vale. Nuestro padre. ¿Cómo murió?

Eragon ya había contado esa historia varias veces. Pero en esta ocasión no se guardó nada. En vez de presentar simplemente los sucesos, describió lo que había pensado y sentido desde que encontrara el huevo de Saphira, con la intención de lograr que Roran entendiera por qué había actuado así. Nunca había sentido aquella ansiedad.

—Me equivoqué al esconder a la familia la existencia de Saphira —concluyó Eragon—, pero temía que insistierais en matarla y no me di cuenta del peligro que representaba para nosotros. Si no... Cuando murió Garrow, decidí irme para perseguir a los Ra'zac, y también para evitar que Carvahall corriera peligro. —Se le escapó una risotada de mal genio—. No funcionó, pero si me llego a quedar, los soldados hubieran venido mucho antes. Y entonces, ¿quién sabe? Incluso Galbatorix podría haber visitado el valle de Palancar en persona. Tal vez Garrow, papá, murió por mí, pero nunca tuve esa intención, ni la de que tú o cualquier otra persona de Carvahall sufriera por mis decisiones... —Gesticuló, desesperado—. Lo hice lo mejor que pude, Roran.

—¿Y lo demás? Lo de que Brom era un Jinete, el rescate de Arya en Gil'ead, cuando mataste a un Sombra en la capital de los enanos... Todo lo que pasó.

—Sí.

Tan rápido como fue capaz, Eragon resumió lo que había ocurrido desde que él y Saphira partieran con Brom, inclui-

813

do el trayecto a Ellesméra y su propia transformación durante el Agaetí Blödhren.

Roran se inclinó hacia delante, apoyó los codos en las rodillas, juntó las manos y se quedó mirando el trozo de tierra que los separaba. A Eragon le resultaba imposible descubrir sus emociones sin entrar en su conciencia, cosa que se negó a hacer, pues sabía que invadir la intimidad de Roran hubiera sido un terrible error.

Roran guardó silencio tanto rato, que Eragon empezó a dudar si en algún momento contestaría. Al fin:

—Has cometido errores, pero no son peores que los míos. Garrow murió porque mantuviste a Saphira en secreto. Muchos más han muerto porque yo me negué a entregarme al Imperio. Tenemos la misma culpa. —Alzó la mirada y luego extendió lentamente la mano derecha—. ¿Hermanos?

—Hermanos —dijo Eragon.

Agarró a Eragon por el antebrazo, y se dieron un brusco abrazo de lucha libre, moviéndose adelante y atrás como solían hacer en el pueblo. Cuando se separaron, Eragon tuvo que secarse los ojos con el dorso de la mano.

—Ahora que estamos juntos de nuevo, Galbatorix debería rendirse —bromeó—. ¿Quién puede enfrentarse a los dos? —Se dejó caer otra vez en el camastro—. Ahora cuéntame tú. ¿Cómo capturaron a Katrina los Ra'zac?

La alegría se desvaneció por completo del rostro de Roran. Empezó a hablar en tono grave, y Eragon le escuchó con asombro creciente mientras trazaba la epopeya de ataques, asedios y traiciones, el abandono de Carvahall, el recorrido por las Vertebradas, el asalto a los muelles de Teirm y la navegación por un remolino monstruoso.

Cuando al fin Roran terminó, Eragon dijo:

—Eres más grande que yo. Yo no hubiera podido hacer ni la mitad de esas cosas. Pelear sí, pero no convencer a todos para que me siguieran.

—No tenía otro remedio. Cuando se llevaron a Katrina...
—A Roran se le quebró la voz—. Podía rendirme y morir, o podía intentar escapar de la trampa de Galbatorix a cualquier coste. —Clavó su mirada ardiente en Eragon—. He mentido, incendiado y matado para llegar aquí. Ya no tengo que preocuparme de proteger a todos los de Carvahall; los vardenos se encargarán de eso. Ahora sólo tengo un objetivo en la vida: encontrar a Katrina y rescatarla, si no está muerta ya. ¿Me vas a ayudar, Eragon?

Eragon alargó un brazo, cogió las alforjas que tenía en un rincón de la tienda, donde las habían depositado los vardenos, y sacó un cuenco de madera y el frasco de plata lleno de faelnirv embrujado que le había regalado Oromis. Bebió un traguito del licor para revitalizarse y boqueó al notar cómo se deslizaba por su garganta y le cosquilleaba los nervios con un fuego helado. Luego echó faelnirv en el cuenco hasta que se formó un charquito de la anchura de su mano.

—Mira. —Recurriendo al empuje de su nueva energía, Eragon dijo—: Draumr kópa.

El licor tembló y se volvió negro. Al cabo de unos segundos, una fina mancha de luz apareció en el centro del cuenco, revelando a Katrina. Estaba desplomada contra una pared invisible, con las manos suspendidas en lo alto por esposas también invisibles y el cabello cobrizo extendido como un abanico sobre la espalda.

—¡Está viva!

Roran se agachó sobre el cuenco, como si creyera que podía zambullirse en el faelnirv y reunirse con Katrina. Su esperanza y su determinación se fundieron con una mirada de afecto tan tierna, que Eragon supo que sólo la muerte impediría a Roran intentar liberarla.

Incapaz de sostener el hechizo por más tiempo, Eragon permitió que se desvaneciera la imagen. Se apoyó en la pared de la tienda en busca de apoyo.

—Sí —dijo débilmente—, está viva. Y lo más probable es que esté presa en Helgrind, en la madriguera de los Ra'zac. —Eragon agarró a Roran por un hombro—. La respuesta a tu pregunta, hermano, es sí. Viajaré a Dras-Leona contigo. Te ayudaré a rescatar a Katrina. Y luego, tú y yo juntos mataremos a los Ra'zac y vengaremos a nuestro padre.

Apéndice

El idioma antiguo

Adurna: agua

Agaetí Blödhren: Celebración del Juramento de Sangre

Aiedail: el lucero matutino

Argetlam: Mano de Plata

Atra esterní ono thelduin / Mor'ranr lífa unin hjarta onr / Un du evarínya ono varda: Que la fortuna gobierne tus días, / la paz viva en tu corazón / y las estrellas cuiden de ti.

Atra gulïa un ilian tauthr ono un atra ono waíse skölir fra rauthr: Que la suerte y la felicidad te acompañen y te protejan de la desgracia.

Atra nosu waíse vardo fra eld hórnya: Que no pueda oírnos nadie.

Bjartskular: Escamas Brillantes

Blöthr: alto, detente.

Brakka du vanyalí sem huildar Saphira un eka!: ¡Reduce la magia que nos encierra a Saphira y a mí!

Brisingr: Fuego

Dagshelgr: Día Sagrado

Draumr kópa: ojos del sueño

Du Fells Nángoröth: Las Montañas Malditas

Du Fyrn Skulblaka: La Guerra de los Dragones

Du Völlar Eldrvarya: Los Llanos Ardientes

Du Vrangr Gata: El Camino Errante

Du Weldenvarden: El Bosque Guardián

Dvergar: enanos

Ebrithil: Maestro

Edur: risco, loma

Eka fricai un Shur'tugal: Soy un Jinete y un amigo

Elda: título honorífico de gran alabanza, desprovisto de género

Eyddr eyreya onr!: ¡Vaciad vuestros oídos!

Fairth: retrato obtenido por medios mágicos

Finiarel: título honorífico que se concede a un joven muy prometedor

Fricai Andlát: amigo de la muerte (una seta venenosa)

Gala O Wyrda brunhvitr / Abr Berundal vandr-fódhr / Burthro laufsblädar ekar undir / Eom kona dauthleikr...: Canta, oh, Destino de blanca frente, / sobre el malhadado Berundal, / nacido bajo las hojas del roble / de mujer mortal...

Gánga aptr: Ir hacia atrás

Gánga fram: Ir adelante

Gath sem oro un lam iet: Une esa flecha con mi mano

Gedwëy ignasia: palma reluciente

Gëuloth du knífr: Desafila ese cuchillo

Haldthin: estramonio

Helgrind: Las Puertas de la Muerte

Hlaupa: corre

Hljödhr: calla

Jierda: romper; golpear

Kodthr: atrapar

Kvetha Fricai: Saludos, amigo

Lethrblaka: un murciélago; la montura de los Ra'zac (literalmente, alas de piel)

Letta: detener

¡Letta orya thorna!: ¡Detén esas flechas!

Liduen Kvaedhí: Escritura Poética

Losna kalfya iet: Suelta mis pantorrillas

Malthinae: atar o sostener en un lugar, confinar

Nalgask: mezcla de cera de abejas y aceite de avellana usada para humedecer la piel

Osthato Chetowä: El Sabio Doliente

Reisa du adurna: Álzate; sal del agua

Rïsa: levántate

Sé mor'ranr ono finna: Que encuentres la paz

¡Sé onr sverdar sitja hvass!: ¡Que tu espada esté bien afilada!

Sé orúm thornessa hávr sharjalví lífs: Que esta serpiente cobre vida y movimiento

Skölir: escudo

Skölir nosu fra brisingr!:¡Escúdanos del fuego!

Skulblaka: dragón (literalmente, alas de escamas)

Stydja unin mor'ranr, Hrothgar Könungr: Descansa en paz, rey Hrothgar

Svit-kona: título formal y honorífico para una elfa de gran sabiduría

Thrysta: empujar, comprimir

Thrysta vindr: Comprime el aire

Togira Ikonoka: El Lisiado que está Ileso

Vardenos: los vigilantes

Vel eïnradhin iet ai Shur'tugal: Por mi palabra de Jinete

Vinr Älfakyn: elfo amigo

Vodhr: título honorífico masculino de mediana categoría

Vor: título honorífico masculino para un amigo cercano

Waíse heill: Cúrate

Wiol ono: Por ti

Wyrda: Destino

Wyrdfell: nombre que los elfos dan a los Apóstatas

Yawë: un vínculo de confianza

Zar'roc: Suplicio

El idioma de los enanos

Akh sartos oen Dûrgrimst!: ¡Por la familia y el clan!

Ascûdgamln: puños de hierro

Astim Hefthyn: Celador de Visiones (inscripción en un collar regalado a Eragon)

Az Ragni: El Río

Az Sweldn rak Anhûin: Las Lágrimas de Anhûin

Azt jok jordn rast: Entonces, puedes pasar

Barzûl: para maldecir el destino de alguien

Barzûl knurlar!: ¡Malditos sean!

Barzûln: maldecir a alguien con múltiples desgracias

Beor: oso de cueva (palabra élfica)

Dûrgrimst: clan (literalmente, nuestra sala/hogar)

Eta: no

¡Etzil nithgech!: ¡Detente!

Farthen Dûr: Padre Nuestro

Feldûnost: barba de escarcha (una especie de cabra natural de las montañas Beor)

¡Formv Hrethcarach... formv Jurgencarmeitder nos eta goroth bahst Tarnag, dûr encesti rak kythn! ¿Jok is warrev az barzûlegûr dûr dûrgrimst, Az Sweldn rak Anhûin, môg tor rak Jurgenvren? Né ûdim etal os rast knurlag. Knurlag ana...: Este Asesino de Sombra... Este Jinete de Dragón no tiene nada que hacer en Tarnag, ¡nuestra más sagrada ciudad! ¿Olvidas que la maldición de nuestro clan, las Lágrimas de Anhûin, procede de la Guerra de los Dragones? No lo dejaremos entrar. Es un...

Grimsborith: jefe de clan

Grimstcarvlorss: el que arregla la casa

Gûntera Arûna: Bendición de Gûntera

¿Hert Dûrgrimst? ¿Fild rastn?: ¿De qué clan? ¿Quién viene?

Hírna: retrato, estatua

Hûthvír: arma larga de doble filo usada por el Dûrgrimst Quan

¡Ignh az voth!: ¡Traed la comida!

Ilf gauhnith: Peculiar expresión de los enanos que significa: «Es buena y sana». Suele pronunciarla el anfitrión de una comida y es un vestigio de los tiempos en que era común entre los clanes envenenar a los invitados.

Ingeitum: trabajadores del fuego, herreros

Isidar Mithrim: zafiro estrellado

¿Jok is frekk dûrgrimstvren?: ¿Quieres una guerra entre clanes?

Knurl: piedra, roca

Knurla: enano (literalmente, hecho de piedra)

¡Knurlag qana qirânû Dûrgrimst Ingeitum! Qarzûl ana Hrothgar oen volfild: ¡Lo han convertido en miembro del clan Ingeitum! Malditos sean Hrothgar y todos los que...

Knurlagn: hombres

Knurlheim: Cabeza de Piedra

Knurlnien: Corazón de Piedra

Nagra: jabalí gigante, natural de las montañas Beor

Oeí: sí, afirmativo

Orik Thrifkz menthiv oen Hrethcarach Eragon rak Dûrgrimst Ingeitum. Wharn, az vanyali-carharûg Arya. Né oc Ûndinz grimstbelardn: Orik, hijo de Thrifk, y Eragon Asesino de Sombra del clan Ingeitum. También la mensajera élfica, Arya. Somos los invitados al salón de Ûndin.

Os il dom qirânû carn dûr thargen, zeitmen, oen grimst vor formv edaris rak skilfz. Narho is belgond...: Que nuestra carne, nuestro honor y nuestra sala se conviertan en una por mi sangre. Prometo que...

Otho: fe

Ragni Hefthyn: Guardián del Río

Shrrg: lobo gigante, natural de las montañas Beor

Smer voth: Servid la comida

Tronjheim: Yelmo de Gigantes

Urzhad: oso de cueva

Vanyali: elfo (los elfos tomaron prestada esta palabra del idioma antiguo, en el que significaba «magia»)

¡Vor Hrothgarz korda!: ¡Por el martillo de Hrothgar!

Vrron: basta

Werg: exclamación de desagrado (equivalente de «agh» entre los enanos)

El idioma de los úrgalos

Ahgrat ukmar: Hecho está
Drajl: prole de gusanos
Nar: título de gran respeto, carente de género

Agradecimientos

Kvetha Fricäya.

Como tantos otros autores que han emprendido una epopeya del tamaño de la trilogía de «El Legado», he descubierto que la creación de *Eragon*, y ahora de *Eldest*, se convertía en mi empeño personal, una empresa que me ha transformado en la misma medida en que transformó a Eragon la suya.

Cuando concebí el principio de *Eragon*, tenía quince años: ya no era un niño, aún no era un hombre. Acababa de terminar la educación secundaria, no estaba seguro de qué camino tomar en la vida y era un adicto a la potente magia de la literatura fantástica que adornaba mis estanterías. El proceso de escribir *Eragon*, promocionarlo por todo el mundo y ahora al fin completar *Eldest* me ha acompañado hasta la edad adulta. Tengo veintiún años y, para mi constante sorpresa, ya he publicado dos novelas. Estoy seguro de que han ocurrido cosas más extrañas que ésa, pero no a mí.

El viaje de Eragon ha sido el mío: el abandono de una crianza rural y protegida y la obligación de recorrer la tierra en una carrera desesperada contra el tiempo; el paso por una formación ardua e intensa; el logro del éxito contra todas las expectativas; la aceptación de las consecuencias de la fama; y, finalmente, el encuentro de una cierta medida de paz.

Al igual que en la ficción el decidido y bienintencionado protagonista —que, al fin y al cabo, tampoco es tan listo,

¿verdad?— encuentra en el camino la ayuda de un montón de personajes más sabios que él, también yo he sido guiado por una serie de gente de estupendo talento. Son los siguientes:

En casa: mamá, por escucharme siempre que necesito hablar de un problema con la historia o con los personajes, y por darme el valor para tirar doce páginas y reescribir la entrada de Eragon en Ellesméra (doloroso); papá, como siempre, por sus correcciones incisivas; y mi querida hermana Angela, por dignarse recuperar su papel de bruja y por sus contribuciones a los diálogos de su fantasmagórica doble.

En Writers House: mi agente, el grande y poderoso Maestro de las Comas, Simon Lipskar, que lo hace todo posible (¡Mervyn Peake!); y su valiente ayudante, Daniel Lazar, que impide que el Maestro de las Comas quede enterrado por una pila de manuscritos no solicitados, muchos de los cuales, me temo, son consecuencia de *Eragon*.

827

En Knopf: mi editora, Michelle Frey, que ha ido mucho más allá de lo obligado por su profesión al llevar a cabo su trabajo y conseguir que *Eldest* quedara mucho mejor; Judith Haut, directora de publicidad, que de nuevo ha demostrado que ninguna gesta promocional está más allá de su alcance (¡escúchenla rugir!); Isabel Warren-Lynch, diseñadora sin par que, con *Eldest*, ha superado sus logros anteriores; John Jude Palencar, por un dibujo de cubierta que me gusta aun más que el de *Eragon*; el jefe de redacción, Artie Bennet, que ha hecho un trabajo esplendoroso al comprobar todas las palabras oscuras de esta trilogía y probablemente sabe más que yo del idioma antiguo, aunque flojea un poco con el de los úrgalos; Chip Gibson, gran maestro de la división infantil de Random House; Nancy Hinkel, extraordinaria directora editorial; Joan De Mayo, director comercial (¡muchos aplausos, vítores y reverencias!) y su equipo; Daisy Kline, que diseñó con su equipo los maravillosos y atractivos materiales de mercadotecnia; Linda Palladino, Rebeccca Price y Timothy Terhune, de producción; una reverencia de gratitud a Pam White y su equipo, que han extendido *Eragon* por los cuatro confines del mundo; Melissa Nelson, de diseño; Alison Kolani, de corrección; Michele Burke, devota y trabajadora ayudante de Michelle Frey, y todos los demás que me han apoyado en Knopf.

En Listening Library: Gerard Doyle, que da vida al mundo de Alagaësia; Taro Meyer, por pillar bien la pronunciación de mis idiomas; Jacob Bronstein, por atar todos los cabos; y Tim Ditlow, editor de Listening Library.

828   Gracias a todos.

Sólo queda otro volumen y habremos llegado al final de esta historia. Otro manuscrito de aflicción, éxtasis y perseverancia... Otro código de sueños.

Quedaos conmigo, si os gusta, y veamos adónde nos lleva el camino errante, tanto en este mundo como en el de Alagaësia.

Sé onr sverdar sitja hvass!

Christopher Paolini
23 de agosto de 2005

Índice

Paolini

Amante de la ciencia ficción y la fantasía, se graduó en el instituto con quince años y comenzó a escribir *Eragon*, a la que siguieron *Eldest* y *Brisingr*. Con diecinueve años se convirtió en un autor superventas en los Estados Unidos. Vive en Montana; se inspiró en sus paisajes para crear el reino de Alagaësia. Actualmente sigue trabajando en *El legado,* su serie de libros. www.eragonellegado.com